Inhaltsverzeichnis

ein Ullstein Buch

Vom gleichen Autor
in der Reihe der
Ullstein Bücher:

Die Moralisten (2659)
Die Traumfabrik (2709)
Die Manager (2723)
Die Playboys (2824)
Die Wilden (2885)
Die Profis (2946)

Harold Robbins

Die Unersättlichen

Roman

ein Ullstein Buch

Ullstein Buch Nr. 2615
im Verlag Ullstein GmbH,
Frankfurt/M – Berlin – Wien
Titel der amerikanischen Originalausgabe:
»The Carpetbaggers«
Übersetzt von Herbert Roch

Nach der deutschen Originalausgabe bearbeitet

Umschlagentwurf: Dietmar Meyer
(Foto: Agentur Walter Hayum, New York)

Printed in Germany 1974
Gesamtherstellung:
Augsburger Druck- und
Verlagshaus GmbH
ISBN 3 548 12615 4

Erstes Buch

Jonas – 1925

1

Es schien, als wollte sich die Sonne aus ihrer Höhe in die weiße Nevada-Wüste stürzen, und plötzlich tauchte Reno unter mir auf. Langsam legte ich die Waco in eine Kurve und nahm Ostkurs. Ich hörte den Wind in den Streben des Doppeldeckers pfeifen und grinste vor mich hin. Mein Alter würde bestimmt einen Anfall bekommen, wenn er die Maschine sah. Aber er würde keinen Grund zum Nörgeln haben und auch nicht in seine Tasche zu greifen brauchen. Ich hatte sie beim Würfeln gewonnen.

Ich drückte auf den Steuerknüppel und ging allmählich auf fünfhundert herunter. Ich befand mich direkt über der Bundesstraße 32, und die Wüste zu beiden Seiten bildete ein vorüberhuschendes Etwas aus Sand. Ich richtete den Bug auf den Horizont und blickte hinunter. Und dort, etwa acht Meilen vor mir, stand es. Wie eine häßliche Kröte hockte es mitten in der Wüste. Das Werk. »Cord Sprengstoffe«. Wieder drückte ich auf den Knüppel, und als ich über die Werksanlagen hinwegbrauste, betrug meine Höhe nur etwa dreißig Meter. Ich ging in einen Immelmann und schaute zurück.

Alles war bereits an den Fenstern. Die dunklen mexikanischen und indianischen Mädchen in ihren bunten Kleidern und die Männer in ihren verblichenen blauen Arbeitsanzügen. Sie blickten mir nach, und ich konnte fast das Weiße in ihren erschreckten Augen erkennen. Wieder grinste ich vor mich hin. Ihr Leben war so eintönig, daß ihnen ein bißchen Abwechslung nur zu gönnen war.

Ich riß die Maschine aus dem fast vollendeten Immelmann heraus und stieg auf achthundert Meter. Dann drückte ich auf den Knüppel und schoß im Sturzflug direkt auf das geteerte Dach zu.

Peng! Eine der dünnen Drahtstreben war zerrissen. Ich blinzelte und beleckte meine Lippen. Ich spürte den salzigen Tränengeschmack auf der Zunge. Jetzt konnte ich bereits die grauen Kiesel im schwarzen Teer des Daches ausmachen. Ich lockerte den Knüppel, ging in dreihundert Meter Höhe aus dem Sturzflug in die Horizontale und beschrieb einen weiten Bogen, der mich zu dem Rollfeld hinter dem Werk bringen würde. Ich legte mich in den Wind und machte eine vollkommene Durchsacklandung. Plötzlich fühlte ich mich total erschöpft. Es war ein langer Flug gewesen von Los Angeles bis hierher.

Nevada Smith kam über das Feld auf mich zu, als die Maschine ausrollte. Ich schaltete ab, und der Motor hustete den letzten Tropfen Treibstoff aus seinen Vergaserlungen und erstarb. Ich schaute zu Nevada hinaus.

Nevada änderte sich nie. Seit ich ihn als Fünfjähriger zum ersten Mal auf die Veranda vor unserem Haus zukommen sah, hatte er sich nicht mehr verändert. Der wiegende, krummbeinige Gang, als hätte er sich nie daran gewöhnt, nicht im Sattel zu sitzen, die winzigen weißen Wetterfalten in der lederartigen Haut an seinen Augenwinkeln. Das war vor sechzehn Jahren. 1909.

Ich spielte hinter der Verandaecke, und mein Vater saß in dem großen Schaukelstuhl vor der Haustür und las die in Reno erscheinende Wochenzeitung. Es war etwa acht Uhr morgens, und die Sonne stand bereits hoch. Ich hörte Hufgeklapper und kam nach vorn, um zu sehen, wer es wäre.

Ein Mann stieg von seinem Pferd. Er bewegte sich mit täuschender langsamer Anmut. Er warf die Zügel über den Anbindepfosten und lief langsam auf das Haus zu. Am Fuß der Treppe blieb er stehen und schaute hinauf.

Mein Vater legte die Zeitung beiseite und erhob sich. Er war von großer Statur. Einsdreiundachtzig. Rotes Gesicht, das in der Sonne glänzte. Er blickte hinunter.

Nevada blinzelte zu ihm hinauf. »Jonas Cord?«

Mein Vater nickte. »Ja.«

Der Mann schob seinen breitrandigen Cowboyhut ins Genick, wobei sein rabenschwarzes Haar zum Vorschein kam. »Wie ich höre, suchen Sie eine Arbeitskraft.«

Mein Vater sagte nie ja oder nein zu etwas. »Was können Sie?« fragte er.

Das Lächeln des Mannes blieb ausdruckslos. Sein Blick schweifte über die Vorderfront des Hauses und weiter über die Wüste. Endlich schaute er meinen Vater wieder an. »Ich könnte Rinder treiben, aber Sie haben ja kein Vieh. Ich kann Zäune instand setzen, aber auch die gibt es hier nicht.« Für einen Augenblick sagte mein Vater gar nichts.

»Können Sie mit diesem Ding da umgehen?« fragte er. Erst jetzt bemerkte ich den Revolver am Schenkel des Mannes. Er trug ihn ganz niedrig und festgeschnallt. Der Kolben war schwarz und abgenützt, und der Hahn und das Metall glänzten ölig.

»Ich bin noch am Leben«, erwiderte er.

»Wie heißen Sie?«

»Nevada.«

»Nevada wie?«

Die Antwort erfolgte ohne Zaudern. »Smith. Nevada Smith.«

Wieder schwieg mein Vater. Diesmal wartete der Mann nicht, bis er wieder das Wort ergriff.

Er deutete auf mich. »Ist das Ihr Junge?«

Mein Vater nickte.

»Wo ist seine Mutter?«

Mein Vater blickte ihn an und hob mich dann auf. Ich paßte genau in die

Krümmung seines Armes. Seine Stimme war frei von jeglicher Erregung. »Sie ist vor einigen Monaten gestorben.«
Der Mann starrte zu uns hinauf. »Das hab' ich gehört.«
Mein Vater starrte ihn für einen Augenblick ebenfalls an. Ich spürte, wie sich die Muskeln an seinem Arm unter meinem Hintern strafften. Und dann, ehe ich noch wußte, was mir geschah, flog ich in hohem Bogen über das Verandageländer hinweg.
Der Mann fing mich mit einem Arm auf und zog mich eng an sich, während er in die Knie ging, um den Aufprall abzuschwächen. Die Luft zischte aus mir heraus, und ehe ich anfangen konnte zu weinen, sprach mein Vater erneut.
Ein schwaches Lächeln huschte über seine Lippen. »Bringen Sie ihm das Reiten bei«, sagte er. Dann ergriff er seine Zeitung und ging ins Haus, ohne einen Blick zurückzuwerfen.
Mich noch immer mit einer Hand festhaltend, richtete sich der Mann, der sich Nevada nannte, wieder auf. Der Revolver in seiner anderen Hand wirkte wie eine lebende schwarze Schlange und war auf meinen Vater gerichtet. Während ich hinschaute, verschwand der Revolver im Halfter. Ich hob den Kopf und schaute Nevada ins Gesicht.
Er lächelte warm und freundlich und ließ mich behutsam zu Boden gleiten. »Na, Kleiner«, sagte er. »Du hast doch gehört, was dein Pappi gesagt hat. Also los.«
Ich warf noch einen Blick auf das Haus, aber mein Vater war bereits hineingegangen. Damals wußte ich es nicht, aber es war das letzte Mal, daß mein Vater mich im Arm hielt. Von diesem Augenblick an war es, als wäre ich Nevadas Junge.

Noch ehe Nevada heran war, hing ich mit einem Fuß bereits über den Rand des Führersitzes. Er warf einen Blick zu mir herauf. »Du hast dir ja wieder ein ziemliches Stück geleistet.«
Ich sprang ab, landete neben ihm und blickte auf ihn hinunter. Irgendwie konnte ich mich nie daran gewöhnen. Ich einsdreiundachtzig wie mein Vater, und Nevada wie immer bloß einsachtundsechzig.
»Ein ziemliches Stück«, gab ich zu.
Nevada reckte sich und warf einen Blick in den hinteren Führersitz.
»Ganz hübsch«, sagte er. »Wie bist du dazu gekommen?«
Ich lachte. »Beim Würfeln gewonnen.«
Er blickte mich fragend an.
»Keine Bange«, fügte ich rasch hinzu. »Hinterher hab' ich ihn fünfhundert Dollar gewinnen lassen.«
Er nickte befriedigt. Auch das war eine von den Lehren, die Nevada mir erteilt hatte. Wenn man das Pferd eines Mannes gewonnen hat, nie vom Spieltisch aufzustehen, ohne ihn mindestens einen Einsatz für den kommenden Tag ein-

streichen zu lassen. Es verminderte den eigenen Gewinn kaum, und der Trottel zog mit dem Gefühl ab, wenigstens etwas gewonnen zu haben.
Ich griff in den hinteren Führersitz und holte ein paar Bremsklötze heraus. Ich warf Nevada einen davon zu, lief um die Maschine herum und schob meinen unter ein Rad. Nevada tat dasselbe auf der anderen Seite.
»Dein Pappi wird schön wütend sein. Du hast eine ganze Tagesproduktion auf dem Gewissen.«
Ich richtete mich auf. »Was macht das schon aus?« Ich ging um den Propeller herum auf ihn zu. »Wie ist er denn so schnell dahintergekommen?«
Über Nevadas Lippen huschte das vertraute freudlose Lächeln. »Du hast das Mädchen ins Krankenhaus gebracht. Man hat ihre Angehörigen benachrichtigt. Ehe sie starb, hat sie ihnen alles erzählt.«
»Wieviel verlangen sie?«
»Zwanzigtausend.«
»Die geben sich auch mit fünf zufrieden.«
Er gab keine Antwort. Statt dessen warf er einen Blick auf meine Füße. »Zieh deine Schuhe an und komm«, sagte er. »Dein Vater wartet.«
Er machte kehrt, und während er über das Rollfeld schritt, schaute ich auf meine Füße hinunter. Das warme Erdreich tat meinen nackten Zehen wohl. Für einen Augenblick bewegte ich sie im Sand, dann trat ich noch einmal an den Führersitz und zog ein Paar mexikanische Huarachos heraus. Ich fuhr hinein und lief über das Feld hinter Nevada her.
Ich hasse Schuhe. Sie hindern einen am Atmen.

2

Ich wirbelte kleine Staubwolken auf mit den Huarachos, als ich auf das Werk zuschritt. Der schwache klinische Geruch des Schwefels, den man zur Pulverherstellung verwendet, stieg mir in die Nase. Es war derselbe Geruch wie im Krankenhaus an jenem Abend, als ich sie dort einlieferte. Es war ganz und gar nicht der Geruch wie in jener Nacht, als wir das Kind zeugten.
Damals hatte sie ihre Sache gut gemacht, das Luder, so gut, daß sie mir fünf Wochen später erklärte, wir müßten heiraten. Diesmal befanden wir uns auf dem Heimweg von einem Fußballspiel und saßen auf dem Vordersitz meines Wagens.
Ich drehte mich zu ihr um. »Weshalb denn eigentlich?«
Sie wandte den Kopf. Damals hatte sie noch keine Angst und war ihrer selbst völlig sicher. Ihre Stimme klang fast keck. »Aus dem üblichen Grunde. Aus welchem anderen Grunde heiratet man denn sonst?«
Ich wußte, daß ich hineingelegt worden war. Das hatte man unter anderem davon, wenn man Jonas Cord jun. war. Zu viele Mädchen und auch ihre Müt-

ter glaubten, der Name verhieße Geld. Besonders seit dem Kriege, als mein Vater ein Vermögen an Schießpulver verdiente.
Ich blickte auf sie herab. »Dann ist die Sache ja ganz einfach.«
Ihr Ausdruck veränderte sich. Sie rutschte mir näher. »Soll das heißen, daß wir heiraten werden?«
Das schwache Aufglimmen von Triumph in ihren Augen erlosch rasch, als ich den Kopf schüttelte.
Sie rückte von mir ab. Plötzlich war ihr Gesicht hart und kalt. Ihre Stimme klang gefaßt und praktisch. »Ich werde zusehen müssen, daß ich's loswerde.«
Ich grinste und bot ihr eine Zigarette an. »Der einzig vernünftige Standpunkt, Mädchen.«
Sie nahm die Zigarette, und ich gab ihr Feuer.
»Aber das wird eine Stange Geld kosten«, sagte sie.
»Wieviel?«
Sie blickte mich fragend an. »Zweihundert?«
»O. K. Einverstanden«, erklärte ich rasch. Es war billig. Das letzte hatte mich dreihundertfünfzig gekostet.
Sie lachte, rückte mir näher und schaute mir ins Gesicht. »Ich möchte wissen, was meine Mutter sagen würde, wenn sie erführe, wie weit ich gegangen bin, um dich rumzukriegen. Sie hat mir geraten, alle nur erdenklichen Kniffe anzuwenden.«
Ich lachte. »Du hast auch keinen ausgelassen.«
Sie schüttelte den Kopf. »Arme Mutter. Sie hatte die Hochzeit schon geplant.«
Arme Mutter. Hätte die alte Kuh das Maul gehalten, wäre ihre Tochter vielleicht noch heute am Leben.
Es war in der Nacht darauf, so gegen halb zwölf, als mein Telefon zu läuten anfing. Fluchend griff ich nach dem Hörer.
Ihre Stimme kam in einem ängstlichen Geflüster über den Draht. »Joney, ich blute.«
Ich war sofort hellwach. »Was ist geschehen?«
»Ich war heut nachmittag im mexikanischen Viertel, und jetzt stimmt etwas nicht. Ich blute ununterbrochen und habe Angst.«
Ich richtete mich im Bett auf. »Wo bist du jetzt?«
»Seit heute nachmittag wohne ich im Westwood-Hotel. Zimmer neun-null-eins.«
»Leg dich sofort wieder hin. Ich komme gleich.«
»Aber mach schnell, Joney. Bitte.«
Das Westwood ist ein schäbiges Hotel in der Innenstadt von L. A. Niemand kümmerte sich um mich, als ich den Fahrstuhl, ohne mich vorher anzumelden, betrat. Vor Zimmer 901 blieb ich stehen und klinkte. Die Tür war unverschlossen. Ich trat ein.
Sie lag auf dem Bett, und ihr Gesicht war so weiß wie das Kissen unter ihrem

Kopf. Sie hatte die Augen geschlossen gehabt, doch als ich näher trat, öffnete sie sie einen Spalt. Ihre Lippen bewegten sich, sie brachte jedoch keinen Laut hervor.
Ich beugte mich über sie. »Sag jetzt gar nichts, Kind. Ich werde einen Arzt rufen. Alles wird wieder gut.«
Sie schloß die Augen, und ich trat ans Telefon. Nur einen Arzt zu rufen, hatte keinen Zweck. Mein Vater würde zwar toben, wenn ich unseren Namen wieder in die Zeitungen brachte. Ich rief McAllister an, den Anwalt, der die Interessen der Firma in Kalifornien vertrat.
Sein Diener rief ihn an den Apparat. Ich versuchte so ruhig wie möglich zu sprechen. »Ich brauche dringend einen Arzt und einen Krankenwagen.« Alsbald begriff ich, warum mein Vater große Stücke auf Mac hielt. Er verschwendete keine Zeit mit nutzlosen Fragen. Nur wo, wann und wer. Kein warum. Seine Angaben waren präzis. »Ein Arzt und ein Krankenwagen werden in zehn Minuten dort sein. Ihnen rate ich jedoch, vorher zu verschwinden. Es hat keinen Sinn, daß Sie sich noch mehr kompromittieren, als es bereits der Fall ist.«
Ich bedankte mich und legte auf. Ich warf einen Blick auf das Bett. Ihre Augen waren geschlossen, sie schien zu schlafen. Ich ging auf die Tür zu, und sie schlug die Augen auf.
»Laß mich nicht allein, Joney, ich habe Angst.«
Ich kehrte um, trat an das Bett und setzte mich daneben. Ich ergriff ihre Hand, und sie machte die Augen wieder zu. Der Krankenwagen war in zehn Minuten zur Stelle. Und sie ließ meine Hand nicht mehr los, bis wir im Krankenhaus waren.

3

Ich betrat die Werkräume, und der Lärm und der Gestank hüllten mich ein. Im Vorübergehen spürte ich, daß alle Arbeit für einen Augenblick ruhte; ein dumpfes Stimmengemurmel folgte mir.
»El hijo.«
Der Sohn. Anders kannten sie mich nicht. Sie sprachen von mir mit derselben Zuneigung und demselben Stolz, wie ihre Vorfahren von den Kindern ihrer *patrones* gesprochen hatten. Es verlieh ihnen ein Gefühl der Zugehörigkeit und erleichterte ihnen ihr erbärmliches Dasein.
Ich ging an den Gemengetonnen, den Pressen und Gußformen vorüber und gelangte zu der Hintertreppe, die ins Büro meines Vaters führte. Ich nahm ein paar Stufen und drehte mich dann zu ihnen um. An die hundert Gesichter lächelten mir zu. Ich winkte und lächelte zurück, wie ich es schon als kleiner Knirps getan hatte, wenn ich diese Treppe hinaufgegangen war.

Als die Tür oben hinter mir zufiel, war es mit einem Mal still. Ich ging den kurzen Gang entlang und trat in das Vorzimmer zum Büro meines Vaters.

Denby saß an seinem Schreibtisch und kritzelte an einer Notiz. An einem anderen Schreibtisch ihm gegenüber saß ein Mädchen und tippte wie wild. Auf der Besuchercouch saßen zwei andere Leute. Ein Mann und eine Frau.

Die Frau war in Schwarz und zerknüllte ein weißes Taschentuch. Sie warf mir einen Blick zu, als ich eintrat. Man brauchte mir nicht erst zu sagen, wer sie war. Das Mädchen hatte große Ähnlichkeit mit ihr gehabt. Unsere Blicke trafen sich, und sie wandte sich ab.

Denby erhob sich nervös. »Ihr Vater wartet.«

Ich sagte nichts. Er öffnete die Tür zum Büro. Ich ging hinein. Er machte die Tür hinter mir zu. Ich sah mich im Büro um.

Nevada stand mit halb geschlossenen Augen an der Wand links, gegen das Bücherregal gelehnt, in der ihm eigentümlichen Haltung, als stünde er auf dem Sprunge. McAllister saß meinem Vater gegenüber. Er wandte den Kopf und schaute mich an. Mein Vater saß mit starrem Blick hinter dem riesigen alten Eichenholzschreibtisch. Sonst sah es in dem Büro genauso aus, wie ich es in Erinnerung hatte.

Die dunklen, mit Eiche getäfelten Wände, die schweren Lederstühle. Die grunen Samtvorhänge an den Fenstern, und ein Bild meines Vaters und Präsident Wilsons an der Wand hinter dem Schreibtisch. An der Seite meines Vaters stand der Telefontisch mit drei Apparaten, und daneben stand ein anderes Tischchen mit der unvermeidlichen Wasserkaraffe, einer Flasche Bourbon-Whisky und zwei Gläsern. Die Whiskyflasche war noch etwa ein Drittel voll. Das hieß, daß es etwa drei Uhr sein mußte. Ich schaute auf meine Uhr. Es war zehn nach drei. Mein Vater trank täglich eine Flasche.

Ich durchquerte das Zimmer und blieb vor ihm stehen. Ich schaute auf ihn herab und hielt seinem Blick stand. »Hallo, Vater.«

Sein rotes Gesicht wurde noch röter. Die Stränge an seinem Genick traten hervor, als er losbrüllte: »Hast du mir weiter nichts zu sagen, nachdem du eine ganze Tagesproduktion ruiniert und die Belegschaft mit deinen Verrücktheiten völlig durcheinandergebracht hast?«

»Ich sollte auf schnellstem Wege herkommen. Und so hab' ich mich beeilt.«

Aber jetzt war er nicht mehr zu bändigen. Er wütete. Es war seine Veranlagung. Seine Stimmung schlug mitunter von einem Augenblick zum anderen um.

»Warum, zum Teufel, bist du nicht aus dem Hotelzimmer verschwunden, wie McAllister dir geraten hat? Weshalb mußtest du mit ins Krankenhaus fahren? Weißt du, was du dir eingebrockt hast? Jetzt kann man dich wegen Beihilfe zu einer Abtreibung belangen.«

Jetzt war auch meine Geduld erschöpft. Ich war nicht viel anders veranlagt als mein Vater. »Was hätte ich denn tun sollen? Das Mädchen blutete sich zu Tode und hatte Angst. Hätte ich sie einfach liegenlassen sollen?«

»Ja, wenn du nur einen Funken Verstand hättest, hättest du genau das getan. Das Mädchen war sowieso nicht mehr zu retten, auch durch dein Bleiben nicht. Jetzt verlangt die Bande da draußen zwanzigtausend Dollar, andernfalls drohen sie mit Anzeige. Glaubst du denn, ich hätte zwanzigtausend Dollar für jede Hure übrig? Das ist in diesem Jahr das dritte Mädchen, mit dem du Schwierigkeiten hast.«

Es war ihm völlig gleich, daß das Mädchen gestorben war. Ihm ging es nur um das Geld. Aber das allein war es nicht. Es saß tiefer.

Die Bitterkeit, die aus seiner Stimme klang, verriet ihn. Plötzlich begriff ich, was in ihm vorging. Mein Vater wurde alt und litt darunter. Rina mußte ihm wieder einmal tüchtig zugesetzt haben. Über ein Jahr war seit der großen Hochzeit in Reno verstrichen, und nichts hatte sich ereignet.

Ich drehte mich um und ging wortlos auf die Tür zu. Vater schrie hinter mir her: »Wo, zum Teufel, willst du denn hin?«

Ich schaute in seine Richtung. »Zurück nach L. A. Du brauchst mich nicht, um eine Entscheidung zu treffen. Entweder du zahlst oder du zahlst nicht. Mir ist das völlig egal. Außerdem hab' ich eine Verabredung.«

Sein Gesicht verzerrte sich vor Wut. Er hob beide Hände, als wollte er auf mich eindreschen. Er bleckte die Zähne, die Adern auf seiner Stirn traten rot hervor. Dann wurde sein Gesicht plötzlich ausdruckslos. Er stolperte und fiel gegen mich.

Meine Arme vollführten eine Reflexbewegung, und ich fing ihn auf. Für einen Augenblick waren seine Augen klar und blickten mich an. Seine Lippen bewegten sich. »Jonas – mein Sohn.«

Dann trübte sich sein Blick, er lastete mit vollem Gewicht auf mir und glitt zu Boden. Ich wußte, daß er tot war, noch ehe Nevada ihn umdrehte und sein Hemd aufriß.

Nevada kniete auf dem Fußboden neben dem Leichnam meines Vaters, McAllister telefonierte nach einem Arzt, und ich griff nach der Whiskyflasche, als Denby zur Tür hereintrat.

Er schreckte zurück, die Papiere in seiner Hand knisterten. »Mein Gott, Junior«, sagte er entgeistert und schaute mich an. »Wer soll denn jetzt die Lieferungsverträge mit den Deutschen unterzeichnen?«

Ich warf einen Seitenblick auf McAllister. Er nickte kaum wahrnehmbar. »Ich«, erwiderte ich.

Unten auf dem Fußboden drückte Nevada meinem Vater die Augen zu. Ich stellte die Whiskyflasche ungeöffnet wieder hin und schaute Denby an.

»Künftig lassen Sie das Junior gefälligst weg, wenn Sie mit mir reden«, sagte ich.

Noch vor Eintreffen des Arztes hatten wir meinen Vater auf die Couch gehoben und eine Decke über ihn gebreitet. Der Arzt war ein hagerer kräftiger Mann, glatzköpfig, mit starker Brille. Er hob die Decke an und ließ sie wieder fallen. »Nichts mehr zu machen«, erklärte er.

Ich sagte nichts. McAllister stellte die notwendigen Fragen, während ich mich im Stuhl meines Vaters räkelte.

»Die Ursache?«

Der Arzt trat an den Schreibtisch. »Gehirnschlag. Seinem Aussehen nach muß ein Blutgerinsel ins Gehirn geraten sein.« Er schaute mich an. »Sie können froh sein, daß es so schnell gegangen ist. Er hat nichts ausgestanden.«

Schnell war es bestimmt gegangen. Innerhalb einer Minute, und jetzt hatte mein Vater nicht einmal mehr die Kraft, die neugierige Fliege zu verscheuchen, die über den Deckensaum auf sein Gesicht kroch. Ich schwieg.

Der Arzt ließ sich schwerfällig auf einen Stuhl mir gegenüber nieder. Er zog einen Federhalter und ein Blatt Papier heraus. Er legte das Papier auf den Schreibtisch, verkehrt herum, so daß ich den Kopf lesen konnte. Totenschein. Die Feder kratzte über das Papier. Nach einer Weile hob er den Kopf. »O. K, wenn ich Embolie als Todesursache angebe, oder wünschen Sie eine Leichenschau?«

Ich schüttelte den Kopf. »Embolie genügt. Eine Leichenschau würde doch nichts mehr ändern.«

Wieder schrieb der Arzt. Bald darauf war er fertig und schob mir den Schein zu.

»Vergewissern Sie sich, ob alles seine Richtigkeit hat.«

Ich nahm den Schein in die Hand. Es stimmte alles. Erstaunlich für einen Arzt, der keinen von uns je gesehen hatte; aber in Nevada wußte jedes Kind über die Cords Bescheid. Alter 67. Überlebende: Ehefrau, Rina Marlowe Cord; Sohn, Jonas Cord jun. Ich schob ihm den Schein wieder zu. »In Ordnung.«

Er steckte ihn ein und erhob sich. »Ich werde ihn zu den Akten nehmen und meine Sprechstundenhilfe veranlassen, Ihnen Durchschläge zu schicken.« Für eine Weile stand er zögernd da, als wisse er nicht, ob es angebracht wäre, mir sein Beileid auszusprechen. Offenbar hielt er es jedoch für überflüssig. Wortlos ging er zur Tür hinaus.

Denby kam wieder herein. »Was machen wir mit den Leuten, die draußen warten? Soll ich sie wegschicken?«

Ich schüttelte den Kopf. Sie würden doch wieder vorsprechen. »Lassen Sie reinkommen.«

Sie traten durch die Tür, die Eltern des Mädchens, mit ernsten Mienen, eine seltsame Mischung von Trauer und Mitgefühl.

Ihr Vater blickte mich an. »Es tut mir leid, daß wir uns unter so bedauerlichen Umständen kennenlernen müssen.«
Ich schaute ihn an. Er hatte ein aufrichtiges Gesicht. Ich glaube, er meinte, was er sagte. »Mir auch«, erklärte ich.
Seine Frau fing sofort an zu schluchzen. »Es ist furchtbar, furchtbar«, jammerte sie und ließ ihre Blicke über den zugedeckten Leichnam meines Vaters auf der Couch schweifen.
Ich schaute sie mir etwas näher an. Ihre Tochter hatte ihr ähnlich gesehen, aber es war nur eine oberflächliche Ähnlichkeit. Das Mädchen war von erfrischender Ehrlichkeit gewesen; dieses Weib jedoch war eine geborene Megäre.
»Warum weinen Sie eigentlich?« fragte ich. »Sie haben ihn heute zum erstenmal gesehen. Und auch nur, um Geld aus ihm herauszuholen.«
Sie blickte mich entsetzt an. Ihre Stimme wurde schrill. »Wie können Sie so etwas sagen? Wo Ihr Vater dort auf der Couch liegt, und nach allem, was Sie meiner Tochter angetan haben!«
Ich erhob mich. Was ich in den Tod nicht ausstehen kann, sind Weiber, die sich derart aufspielen. »Nach allem, was ich Ihrer Tochter angetan habe?« schrie ich. »Ich habe nur das mit ihr gemacht, was sie gern wollte. Und wenn Sie ihr nicht geraten hätten, mich mit allen Mitteln zu umgarnen, wäre sie vielleicht noch am Leben. Aber nein, Sie haben ihr keine Ruhe gelassen und sie immer wieder auf Jonas Cord jun. gehetzt. Um jeden Preis. Ich weiß von ihr, daß Sie die Hochzeit bereits geplant hatten.«
Ihr Mann wandte sich an sie. Seine Stimme bebte. »Du wußtest also, daß sie schwanger war?«
Sie blickte ihn ängstlich an. »Nein, Henry, nein. Ich wußte es nicht. Ich habe ihr nur gesagt, es wäre schön, wenn sie ihn heiraten könnte. Das ist alles.«
Er preßte die Lippen aufeinander, und für einen Augenblick glaubte ich, er würde sie schlagen. Statt dessen wandte er sich wieder an mich. »Tut mir leid, Mr. Cord. Wir werden Sie nicht wieder belästigen.«
In stolzer Haltung ging er auf die Tür zu. Seine Frau lief hinter ihm her. »Henry!« rief sie. »Henry!«
»Halt's Maul«, sagte er, machte die Tür auf und schob sie hinaus. »Hast du noch nicht genug Unheil angerichtet?«
Die Tür fiel hinter ihnen zu, und ich wandte mich an McAllister. »Ist der Fall damit für mich erledigt oder nicht?«
Er schüttelte den Kopf.
Ich überlegte einen Augenblick. »Am besten, Sie gehen und suchen ihn morgen auf. Ich bin überzeugt, daß er jetzt eine Verzichterklärung unterschreibt. Er scheint ein anständiger Kerl zu sein.«
McAllister lachte verschlagen. »Ein anständiger Kerl müßte sich also Ihrer Meinung nach so verhalten?«

»Das ist etwas, was ich von meinem Vater gelernt habe.« Unwillkürlich warf ich einen Blick auf die Couch. »Es war eine stehende Redensart von ihm, daß jeder Mensch seinen Preis hätte. Für einige ist es Geld, für manche sind es Weiber, für andere Ruhm. Aber den anständigen Kerl braucht man nicht zu kaufen – er gibt von selber auf, ohne daß es einen Pfennig kostet.«
»Ihr Vater war ein praktischer Mann«, sagte McAllister.
Ich starrte den Anwalt an. »Mein Vater war ein egoistischer, habgieriger alter Gauner, der alles an sich reißen wollte«, sagte ich. »Ich kann nur hoffen, daß ich Manns genug bin, in seine Fußstapfen zu treten.«
McAllister strich sich nachdenklich über das Kinn. »Sie werden es schon schaffen.«
Ich deutete auf die Couch. »Er wird nicht immer hier sein, um mir beizustehen.«
McAllister sagte nichts. Er warf einen Seitenblick auf Nevada. Er hatte die ganze Zeit schweigend dagestanden, gegen die Wand gelehnt. Seine Augen flackerten unter verschleierten Lidern. Er zog einen Tabaksbeutel heraus und drehte eine Zigarette. Ich wandte mich wieder an McAllister. »Ich werde viel Unterstützung brauchen«, sagte ich.
Nur seine Augen verrieten, daß er interessiert war. Er schwieg.
»Ich benötige einen Fachberater und einen Syndikus«, fuhr ich fort. »Sind Sie verfügbar?«
Er sprach langsam. »Ich weiß nicht, ob ich die Zeit haben werde, Jonas«, sagte er. »Ich habe eine ziemlich große Praxis.«
»Wie groß?«
»Sie trägt mir rund sechzigtausend jährlich ein.«
»Würden hunderttausend Sie zur Übersiedlung nach Nevada bewegen können?«
Seine Antwort ließ nicht lange auf sich warten. »Wenn Sie mich den Vertrag aufsetzen lassen.«
Ich nahm eine Packung Zigaretten heraus und bot ihm eine an. Er nahm sie, und auch ich steckte mir eine in den Mund. Ich zündete ein Streichholz an und gab ihm Feuer. »O. K.«, sagte ich.
Er hielt mitten im Anzünden der Zigarette inne. Forschend schaute er mich an. »Woher wissen Sie eigentlich, daß Sie sich's leisten können, mir eine solche Summe zu zahlen?«
Ich steckte meine eigene Zigarette an und lächelte. »Ich wußte es vorher auch nicht. Erst als Sie sich bereit erklärten, die Stellung anzunehmen, war ich mir sicher.«
Als Erwiderung lächelte auch er, aber nur kurz und flüchtig. Dann war er rein geschäftlich. »Als erstes müssen wir eine Aufsichtsratsitzung einberufen, die Sie zum Präsidenten der Gesellschaft wählen muß. Glauben Sie, daß es irgendwelche Schwierigkeiten machen wird?«

Ich schüttelte den Kopf. »Ich glaube nicht. Mein Vater hat nichts vom Teilen mit anderen gehalten. Neunzig Prozent der Aktien liefen unter seinem Namen, und laut Testament fallen sie mir bei seinem Tode zu.«
»Haben Sie eine Abschrift des Testaments?«
»Nein«, erwiderte ich. »Aber Denby muß eine haben. Er hat alles schriftlich fixiert, was mein Vater je getan hat.«
Ich drückte auf den Summer, und Denby kam herein.
»Besorgen Sie mir eine Abschrift vom Testament meines Vaters«, befahl ich.
Schon einen Augenblick später lag die Abschrift auf meinem Schreibtisch – ganz amtlich, in einem blauen Anwalts-Hefter. Ich schob das Schriftstück McAllister zu. Er durchblätterte es flüchtig. »Alles in Ordnung, wie's scheint. Das Stammkapital gehört Ihnen. Am besten, wir lassen die Sache gleich gerichtlich bestätigen.«
Ich wandte mich fragend an Denby. Er kam mir mit der Antwort zuvor. »Richter Haskell in Reno hat die Urkunde in Verwahrung.«
»Rufen Sie ihn an und sagen Sie ihm, er soll sofort die nötigen Schritte in dieser Angelegenheit unternehmen.« Denby wollte gehen, aber ich hielt ihn zurück. »Und wenn Sie damit fertig sind, rufen Sie die Mitglieder des Aufsichtsrates an und teilen ihnen mit, daß morgen zum Frühstück eine Sitzung stattfindet. In meinem Hause.«
Denby ging hinaus, und ich wandte mich wieder an McAllister. »Ist noch etwas zu erledigen, Mac?«
Er schüttelte bedächtig den Kopf. »Im Augenblick nicht. Da ist nur noch dieser Lieferungsvertrag mit den Deutschen. Ich weiß nicht viel darüber, aber Ihr Vater hat sich eine ganze Menge davon versprochen. Es hat etwas mit einem ganz neuen Produkt zu tun. Plastikstoffe, wenn ich nicht irre.«
Ich drückte meine Zigarette aus. »Lassen Sie sich von Denby die nötigen Unterlagen geben und werfen Sie noch heute abend einen Blick hinein. Morgen vor der Sitzung können Sie mir dann Näheres sagen. Ich werde um fünf auf den Beinen sein.«
Ein seltsamer Ausdruck huschte über McAllisters Züge. Für einen Augenblick wußte ich nicht, was ich daraus machen sollte, doch dann merkte ich, daß er Respekt vor mir hatte. »Ich werde um fünf da sein, Jonas.«
Er erhob sich und ging auf die Tür zu. Noch ehe er sie erreicht hatte, rief ich hinter ihm her: »Da Sie gerade dabei sind, Mac, lassen Sie sich doch bei der Gelegenheit von Denby eine Liste der anderen Aktionäre geben. Es wäre ganz gut, wenn ich ihre Namen vor der Sitzung wüßte.«
Er setzte eine noch respektvollere Miene auf. »Sehr wohl, Jonas«, sagte er und ging hinaus.
Ich drehte mich auf dem Stuhl zu Nevada um und schaute zu ihm auf. »Was denkst du?« Er antwortete nicht sogleich und spuckte ein Stück Zigaretten-

papier aus, das an seinen Lippen klebte. »Ich denke, daß dein alter Herr jetzt in Frieden ruhen kann.«

Das erinnerte mich an etwas. Ich hatte es fast vergessen. Ich stand auf und ging um den Schreibtisch herum zur Couch. Ich hob die Decke an und schaute auf ihn nieder.

Seine Augen waren geschlossen, um seinen Mund lag ein strenger Zug. Unter der Haut an seiner rechten Schläfe zeigte sich ein blauer Fleck. Die Embolie, dachte ich.

Ich hätte gern um ihn geweint. Aber ich konnte nicht. Er hatte mich vor zu langer Zeit verstoßen – an jenem Tag auf der Veranda, als er mich Nevada zuwarf.

Nevadas Stimme kam aus dem Hintergrund.

»Was soll aus ihm werden?«

Ich drehte mich um und sah, daß sein Blick auf die Couch gerichtet war.

»Ruf das Bestattungsinstitut an und sieh zu, daß man sich um alles kümmert. Sag ihnen, wir wollen den teuersten Sarg haben, den es im Lande gibt.«

Nevada nickte.

»Dann nimm den Wagen und warte draußen vor der Tür auf mich, und wir fahren nach Hause.«

Ich ging hinaus, ohne seine Antwort abzuwarten.

Ich trat aus der Halle ins Tageslicht und blinzelte. Noch stand die Sonne am Himmel. Fast hatte ich vergessen, daß es sie gab, so lange schien es her.

Der große Pierce-Arrow stand direkt vor der Tür; Nevada saß am Steuer. Ich stieg ein und warf noch einen Blick auf das Werk. Mein Blick blieb an dem schwarzen, klebrigen Teerdach haften. Ich entsann mich, daß ich es vom Flugzeug aus gesehen hatte.

»Jake«, sagte ich zu dem in der Tür stehenden Vorarbeiter, »sehen Sie das Dach dort?«

Er drehte sich um und schaute in die angedeutete Richtung. Ich spürte, wie er sich den Kopf über meine Worte zerbrach.

Plötzlich fühlte ich mich völlig erschöpft. Ich lehnte mich in die Polster zurück und schloß die Augen. »Lassen Sie es weißen«, sagte ich.

5

Ich döste, während der große Pierce-Arrow die zwanzig Meilen zwischen dem neuen Haus meines Vaters und dem Werk zurücklegte. Hin und wieder öffnete ich die Augen und sah, wie mich Nevada im Rückspiegel beobachtete, doch gleich darauf fielen mir die Augen wieder zu, als wären sie mit Blei beschwert.

Ich hasse meinen Vater, und ich hasse meine Mutter, und hätte ich Geschwister gehabt, hätte ich auch sie gehaßt. Nein, ich haßte meinen Vater nicht. Nicht mehr. Er war tot. Die Toten haßt man nicht. Man erinnert sich ihrer nur. Und ich haßte auch meine Mutter nicht. Sie war gar nicht meine Mutter. Ich hatte eine Stiefmutter. Und ich haßte sie nicht. Ich liebte sie.

Deswegen hatte ich sie damals mit nach Hause genommen. Ich wollte sie heiraten. Aber mein Vater erklärte mir, ich wäre zu jung. Neunzehn wäre zu jung, hatte er gesagt. Nur er war nicht zu jung. Er heiratete sie eine Woche nach meiner Rückkehr aufs College.

Ich lernte Rina im Landklub kennen, zwei Wochen bevor die Ferien zu Ende waren. Sie kam aus dem östlichen Teil der Staaten, aus einem Ort namens Brookline in Massachusetts, und sie war anders als alle Mädchen, die ich bisher kennengelernt hatte. Hier draußen sind die Mädchen dunkel und sonnengebräunt und schreiten wie Männer aus, reden wie Männer und reiten sogar wie Männer. Nur abends, wenn sie Röcke statt Hosen tragen, merkt man, daß sie weiblichen Geschlechts sind. Selbst im Schwimmbassin sehen sie, der Mode entsprechend, wie Knaben aus. Flachbrüstig und schmalhüftig.

Aber Rina war wirklich ein Mädchen. Man konnte nicht umhin, das zu bemerken. Besonders in einem Badeanzug, so wie ich sie das erstemal sah. Wohl war sie schlank, und ihre Schultern waren breit, vielleicht etwas zu breit für eine Frau. Aber ihre Brüste waren kräftig entwickelt und zeichneten sich strotzend unter dem seidenen Badekostüm ab, das die Mode Lügen strafte.

Ihr Haar war hellblond, sie trug es lang, am Hinterkopf zusammengerafft, auch wieder modewidrig. Ihre Stirn war hoch, ihre Augen standen weit auseinander und etwas schräg, und ihr eisiges Blau spiegelte eine darunter schwelende Glut wider. Ihre Nase war gerade und nicht zu schmal und verriet ihre finnische Abstammung. Das einzige, woran man etwas auszusetzen finden konnte, war ihr Mund. Er war breit – aber nicht großzügig-breit, da ihre Lippen dazu nicht voll genug waren. Es war ein beherrschter Mund, der streng über einem spitz zulaufenden entschlossenen Kinn saß.

Sie hatte ihren letzten Schliff in einem Schweizer Pensionat erhalten, war schwer zum Lachen zu bringen und sehr zurückhaltend. Innerhalb von zwei Tagen war ich wie vernarrt in sie. Ihre Stimme klang leise und tief und hatte einen leicht ausländischen Akzent, der dem Ohr schmeichelte.

Es war etwa zehn Tage später an einem Sonnabend beim Tanzen im Klub, als ich zuerst merkte, wie sehr ich sie begehrte. Es war ein langsamer Walzer, die Lichter waren blau abgeblendet. Plötzlich verfehlte sie einen Halbschritt. Sie schaute mich an und lächelte.

»Sie sind sehr stark«, sagte sie und schmiegte sich wieder an mich.

Wir tanzten weiter, und ich spürte die Hitze, die sie ausstrahlte. Schließlich hielt ich es nicht mehr aus. Ich ergriff ihren Arm, und wir verließen die Tanzfläche.

Schweigend folgte sie mir hinaus zum Wagen. Wir stiegen in den großen

Duesenberg Roadster, ich warf den Motor an, und wir rasten die Autostraße entlang. Die Nachtluft in der Wüste war warm. Ich betrachtete sie von der Seite. Ihr Kopf lehnte gegen die Polsterung, sie hatte die Augen vor dem Wind geschlossen.

Ich fuhr in einen Dattelhain und schaltete ab. Sie saß noch immer mit zurückgelehntem Kopf da. Ich beugte mich über sie und küßte ihren Mund.

Sie reagierte kaum. Ihr Mund war wie ein Brunnen in einer Wüstenoase. Vorhanden, wenn man ihn brauchte. Ich griff nach ihrer Brust. Sie hielt meine Hand fest.

Ich hob den Kopf und schaute sie an. Ihre Augen waren weit geöffnet und dennoch verschleiert. Ich konnte nicht hineinsehen. »Ich möchte mit dir zusammen sein«, sagte ich.

Der Ausdruck ihrer Augen änderte sich nicht. Ich konnte ihre Stimme kaum hören. »Ich weiß.«

Ich rückte ihr näher. Abwehrend legte sie ihre Hand auf meine Brust.

»Warum nicht?« fragte ich.

Sie wandte mir ihr Gesicht zu, das bleich in der Dunkelheit schimmerte. »Weil ich in zwei Tagen heimfahre. Weil mein Vater beim Börsenkrach von dreiundzwanzig alles verloren hat. Weil ich einen reichen Mann zum Heiraten finden muß. Weil ich mir meine Chancen nicht verderben darf.«

Ich starrte sie eine Weile an und setzte den Wagen in Gang. Rückwärts fuhr ich aus dem Dattelhain heraus und auf direktem Wege nach Hause. Ich sagte kein Wort, aber ich hatte bereits auf alles eine Antwort. Ich war reich. Jedenfalls würde ich es eines Tages sein.

Ich ließ Rina im Salon zurück und trat in das Arbeitszimmer meines Vaters. Er arbeitete wie gewöhnlich an seinem Schreibtisch, und die einzige Lampe warf ihren Schimmer auf die Papiere. Als ich eintrat, hob er den Kopf.

»Ja?« fragte er, als wäre ich jemand aus seinem Büro und hätte ihn gestört.

Ich schaltete die volle Beleuchtung ein.

»Ich möchte heiraten«, erklärte ich.

Er schaute mich für eine Weile geistesabwesend an. Aber alsbald hatte er sich wieder gefaßt. »Du bist verrückt«, sagte er ungerührt. Er wandte sich wieder seiner Arbeit zu. »Geh schlafen und laß mich in Ruhe.«

Ich blieb stehen. »Es ist mein voller Ernst, Vater.« Seit meinen Kindertagen hatte ich ihn nicht mehr so angeredet.

Langsam erhob er sich. »Nein«, sagte er. »Dazu bist du noch zu jung.«

Das war alles, was er sagte. Er erkundigte sich nicht einmal, wen ich heiraten wollte oder warum. Nein, ich war einfach zu jung.

»Gut, Vater«, sagte ich und ging auf die Tür zu. »Vergiß nicht, daß ich dich gefragt habe.«

»Augenblick«, sagte er. Ich blieb stehen, die Hand auf der Klinke. »Wo ist sie?«

»Im Salon«, erwiderte ich.
Er schaute mich scharf an. »Wann hast du dich dazu entschlossen?«
»Heut abend«, antwortete ich. »Ganz plötzlich.«
»Wohl eine von den albernen Gänsen aus dem Klub, wie? Jetzt steht sie wahrscheinlich zitternd draußen und wartet darauf, dem alten Herrn vorgestellt zu werden.«
Ich ergriff ihre Partei. »Sie ist ganz anders. Ja, sie weiß nicht einmal, daß ich hier drin bin und die Angelegenheit mit dir bespreche.«
»Soll das heißen, daß du sie noch nicht einmal gefragt hast?«
»Das ist gar nicht nötig«, erwiderte ich. »Ich kenne ihre Antwort.«
Mein Vater schüttelte den Kopf. »Solltest du sie nicht doch lieber erst fragen?«
Ich ging hinaus, kehrte mit Rina zurück und stellte sie vor.
Rina nickte höflich. Ihrem ganzen Benehmen nach hätte es ebensogut Mittag sein können statt zwei Uhr nachts.
Vater musterte sie nachdenklich. Auf seinem Gesicht lag ein seltsamer Ausdruck, wie ich ihn nie zuvor bemerkt hatte. Er trat hinter seinem Schreibtisch hervor und streckte ihr die Hand entgegen. »Guten Abend, Miß Marlowe«, sagte er leise. Ich starrte ihn an. Noch nie hatte er einen meiner Freunde, ob männlich oder weiblich, auf diese Weise begrüßt.
Sie ergriff seine Hand. »Guten Abend.«
Ihre Hand noch immer festhaltend, schlug er einen halb belustigten Ton an. »Mein Sohn bildet sich ein, Sie heiraten zu müssen, Miß Marlowe, aber ich halte ihn für zu jung dazu. Sie nicht auch?«
Rina schaute mich an. Für einen Augenblick konnte ich in ihre Augen sehen. Sie glänzten hell und verschleierten sich dann wieder.
Sie wandte sich an Vater. »Das ist mir sehr peinlich, Mr. Cord. Würden Sie mich bitte nach Hause bringen?«
Sprachlos sah ich zu, wie mein Vater ihren Arm nahm und mit ihr das Zimmer verließ. Kurz darauf hörte ich das Geknatter des Duesenberg und blickte mich nach etwas um, woran ich meine Wut auslassen konnte. Das einzig Greifbare war die Tischlampe. Ich schmetterte sie gegen die Wand.
Zwei Wochen später, als ich wieder auf dem College war, erhielt ich ein Telegramm von meinem Vater.

> Rina und ich haben heute früh geheiratet. Befinden uns im Waldorf-Astoria, New York. Treten morgen auf der Leviathan eine Europareise an, um Flitterwochen dort zu verleben.

Ich rief ihn sofort an.
»Alter schützt vor Torheit nicht«, schrie ich ihm über die dreitausend Meilen zu, die zwischen uns lagen. »Ist dir denn nicht klar, daß sie dich nur deines Geldes wegen geheiratet hat?«

Vater tobte nicht einmal. Er lachte sogar in sich hinein. »Der Esel bist du. Was sie haben wollte, war ein Mann, kein Knabe. Auf ihren Wunsch haben wir sogar vor der Trauung eine Vermögensregelung getroffen.«
»Was du nicht sagst! Wer hat den Vertrag aufgesetzt? Ihr Anwalt?«
Wieder lachte Vater in sich hinein. »Nein, meiner.« Mit einem Mal änderte sich sein Ton und wurde drohend. »Und jetzt geh und sieh zu, daß du auf der Schule weiterkommst, und steck deine Nase nicht in Dinge, die dich nichts angehen. Hier ist es gleich Mitternacht, und ich möchte mich hinlegen!«
Plötzlich war die Verbindung unterbrochen. Ich starrte eine Weile auf den Apparat und legte dann auf. In jener Nacht fand ich keine Ruhe. Sobald ich die Augen schloß, sah ich pornographische Bilder von Rina und meinem Vater vor mir. Verschiedentlich wachte ich in kaltem Schweiß gebadet auf.

Eine Hand rüttelte mich sanft. Langsam schlug ich die Augen auf und blickte in Nevadas Gesicht. »Wach auf, Jonas«, sagte er. »Wir sind zu Hause.«
Ich blinzelte den Schlaf aus meinen Augen. Die Sonne verschwand gerade hinter dem großen Haus. Ich schüttelte den Kopf, stieg aus und warf einen Blick auf das Haus. Seltsames Haus. Ich hatte kaum mehr als zwei Wochen darin zugebracht, seit mein Vater es bauen ließ, und jetzt gehörte es mir. Wie alles andere, was mein Vater geschaffen hatte.
Ich ging auf die Treppe zu. Rina hatte an alles gedacht. Nur daran nicht. Mein Vater war tot. Und aus meinem Munde würde sie es erfahren.

6

Die Vordertür ging auf, als ich die Veranda durchquerte. Mein Vater hatte ein Plantagen-Haus im traditionellen südlichen Stil gebaut, und um es in Gang zu halten, hatte er sich Robair aus New Orleans kommen lassen. Robair war ein kreolischer Diener alten Schlages.
Er war ein Hüne von Mann und überragte mich fast um Kopfeslänge, dabei war er so sanft und tüchtig wie groß. Schon sein Vater und sein Großvater waren Diener gewesen, und wenn sie auch Sklaven gewesen waren, so hatten sie ihm doch ein Gefühl des Stolzes auf seinen Beruf hinterlassen. Er hatte einen sechsten Sinn in allem, was seine Obliegenheiten betraf. Irgendwie war er stets zur Stelle, wenn man ihn brauchte.
Er trat beiseite, um mich vorbeizulassen. »Hallo, Master Cord.« Er grüßte mich in seinem weichen kreolischen Englisch. »Hallo, Robair«, sagte ich und wandte mich an ihn, als er die Tür zumachte. »Folgen Sie mir.«
Schweigend folgte er mir ins Arbeitszimmer meines Vaters und machte die Tür mit unbeweglicher Miene hinter sich zu. »Ja, Mr. Cord?«
Es war das erstemal, daß er Mister und nicht Master zu mir sagte. Ich blickte ihn an. »Mein Vater ist tot«, sagte ich.

»Ich weiß«, erwiderte er. »Mr. Denby hat angerufen.«
»Wissen die anderen schon Bescheid?«
Er schüttelte den Kopf. »Ich habe Mr. Denby gesagt, Mrs. Cord wäre nicht zu Hause, und den übrigen Dienstboten gegenüber habe ich noch nichts verlauten lassen.«
Ich warf einen fragenden Blick auf die Treppe. Seltsamerweise zögerte ich.
Robairs Stimme kam über meine Schulter. »Mrs. Cord ist auf ihrem Zimmer.«
Ich schaute ihn an. Sein Gesicht war eine undurchdringliche Maske. »Danke, Robair. Ich werde hinaufgehen und ihr die Nachricht überbringen.«
Ich nahm ein paar Stufen. Seine Stimme hielt mich noch einmal auf.
»Mr. Cord?« Ich wandte mich um und schaute hinunter.
Sein schwarzes Gesicht strahlte. »Wann darf ich das Essen servieren, Sir?«
Ich überlegte kurz. »Gegen acht«, erwiderte ich.
»Danke, Sir«, sagte er und schritt auf die Küche zu.
Ich klopfte leise an Rinas Tür. Es erfolgte keine Antwort. Ich öffnete sie und trat ein. Ihre Stimme kam aus dem Badezimmer.
»Louise, mein Handtuch!«
Ich ging ins Badezimmer und nahm ein großes Tuch von dem Stapel auf dem Brett über ihrem Ankleidetisch. Ich wollte es ihr gerade hineinreichen, als sie die Glastür aufschob.
Sie glänzte goldig und weiß unter dem Wasser, das an ihr herabrann. Für einen Augenblick stand sie überrascht da. Die meisten Frauen würden versucht haben, sich zu bedecken. Rina nicht. Sie streckte die Hand nach dem Tuch aus.
Sachkundig band sie's sich um und trat aus der Wanne. »Wo ist Louise?« fragte sie und ließ sich vor dem Ankleidetisch nieder.
»Unten«, erwiderte ich.
Sie begann, sich das Gesicht mit einem anderen Handtuch abzutrocknen. »Dein Vater würde nicht gerade erbaut sein, wenn er dich hier sähe.«
»Er wird es nie erfahren.«
»Und wenn ich's ihm erzählte?«
»Dazu wirst du keine Gelegenheit mehr haben.«
Erst jetzt merkte sie, daß etwas nicht stimmte. Sie schaute mein Spiegelbild an. Ihr Gesicht war plötzlich ernst. »Hat sich zwischen dir und deinem Vater etwas zugetragen, Jonas?«
Sie beobachtete mich eine Weile, ohne herauszubekommen, was los war. Sie reichte mir ein schmales Handtuch. »Sei so lieb, Jonas, und trockne mir den Rücken ab. Ich reiche nicht hin.« Sie lächelte mir durch den Spiegel zu. Der Duft ihres Parfüms schlug mir entgegen, stechend von ihrer Badewärme. Ich drückte meine Lippen auf ihr Genick. Überrascht wandte sie sich um. »Laß das, Jonas! Dein Vater hat erst heute morgen erklärt, daß man sich vor dir in acht nehmen müßte, aber du brauchst es mir nicht unbedingt zu beweisen.«

Ich blickte in ihre Augen. Es lag keine Furcht darin. Sie schien ihrer selbst völlig sicher. Ich lächelte schwach. »Vielleicht hatte er recht«, sagte ich. »Oder hatte es auch nur vergessen, was es heißt, jung zu sein.«
Ich riß sie vom Stuhl und zog sie an mich. Ihr Handtuch löste sich und wurde nur durch den Druck unserer Körper festgehalten.
Vielleicht täuschte ich mich, doch für einen Augenblick glaubte ich, daß sie sich mir entgegendrängte. Gleich darauf riß sie sich wütend los. Das Handtuch lag jetzt unbeachtet auf dem Fußboden. »Bist du verrückt geworden?« zischte sie mich an. Ihre Brust wogte. »Weißt du nicht, daß er jede Minute zur Tür hereinkommen könnte?«
Für einen Moment verharrte ich regungslos und ließ dann den Druck entweichen, der sich in meinen Lungen angesammelt hatte. »Er wird niemals mehr durch diese Tür treten«, sagte ich.
Sie erblaßte. »Was – was soll das heißen?« stammelte sie.
Ich blickte sie fest an. Zum erstenmal konnte ich tief in ihre Augen hineinsehen. Sie hatte Angst. Genau wie andere Leute, die in eine ungewisse Zukunft schauen müssen. »Mrs. Cord«, sagte ich betont langsam, »Ihr Mann ist tot.«
Für einen Augenblick wurden ihre Augen ganz groß, und sie sank auf den Stuhl zurück. Mit einer Reflexbewegung ergriff sie das Handtuch und band es sich wieder um. »Ich kann es einfach nicht fassen«, sagte sie benommen.
»Was kannst du nicht fassen, Rina?« fragte ich grausam. »Daß er tot ist oder daß du einen Fehler begangen hast, als du ihn zum Mann nahmst statt mich?«
Ich glaube nicht, daß sie mich überhaupt hörte. Sie blickte mich an, mit trokkenen Augen, in denen ein sanftes Leid lag – ein Mitleid, dessen ich sie nie für fähig gehalten hätte. »Hat er große Schmerzen gehabt?« fragte sie.
»Nein«, erwiderte ich. »Es ist ganz schnell gegangen. Kurz vorher tobte er noch und plötzlich . . .« Ich schnappte mit den Fingern. »Genauso war's.«
Ihre Augen waren noch immer auf mich gerichtet. »Um seinetwillen bin ich froh«, sagte sie leise. »Froh, daß er einen so leichten Tod gehabt hat.«
Langsam erhob sie sich. Wieder verschleierten sich ihre Augen.
Das war die mir bekannte Rina, die ich gern ganz klein gesehen hätte. Die Unnahbare, die Unerreichbare, die Berechnende. »Nein«, erklärte ich. »Ich bin noch längst nicht fertig.«
Sie wollte an mir vorbeigehen. »Was gibt es denn noch?«
Ich ergriff ihren Arm und riß sie herum. »Wir sind noch nicht zu Ende miteinander«, schrie ich ihr ins Gesicht. »Du und ich. Eines Nachts hab' ich dich mit zu mir nach Hause genommen, weil ich dich haben wollte. Aber du hast dich für meinen Vater entschieden, weil dir das vorteilhafter erschien. Ich glaube, ich habe lange genug gewartet.«
Sie starrte mich an. Jetzt hatte sie keine Angst. Dies war Boden, auf dem zu kämpfen sie gewöhnt war. »Das würdest du nie und nimmer wagen!«

Als Antwort darauf riß ich ihr das Handtuch herunter. Sie wandte sich ab, um aus dem Zimmer zu flüchten, aber ich erwischte sie gerade noch am Arm und zerrte sie zurück.
Mit meiner anderen Hand griff ich in ihr Haar und drückte ihren Kopf so weit nach hinten, daß sie mir das Gesicht zuwenden mußte. »Nein?«
»Ich werde schreien«, keuchte sie. »Die Dienstboten werden gelaufen kommen!«
Ich grinste. »Denkst du! Sie würden es nur für einen Schmerzausbruch halten. Robair hat sie alle in der Küche, und solange ich nicht nach jemand schicke, kommt niemand herauf.«
»Warte«, flehte sie. »So warte doch, bitte. Um deines Vaters willen!«
»Warum sollte ich? Er hat auf mich auch nicht gewartet.« Ich hob sie auf und trug sie ins Schlafzimmer. Sie zerkratzte mir das Gesicht und hämmerte mit den Fäusten gegen meine Brust.
Ich warf sie aufs Bett, ohne die weiße Satindecke abzunehmen. Sie versuchte sich auf der anderen Seite hinunterzurollen. Ich packte sie an der Schulter und riß sie zurück. Sie biß mich in die Hand und versuchte freizukommen, als ich die Hand zurückzog. Ich kniete mich auf ihre Schenkel und gab ihr eine kräftige Ohrfeige. Der Schlag warf sie auf das Kissen zurück. Auf ihrem Gesicht waren die Abdrücke meiner Finger deutlich sichtbar zu erkennen.
Sie schloß die Augen, und als sie sie wieder aufschlug, waren sie umwölkt, und es lag eine solche Wildheit darin, wie ich sie noch nie gesehen hatte. Sie lächelte, schlang die Arme um meinen Hals, zog mich zu sich herunter und schaute mir tief in die Augen. »Mach mich schwanger, Jonas«, flüsterte sie. »Dein Vater hat es nie tun wollen. Er hatte Angst, jemand könnte dir etwas wegnehmen.«
»Was – was?« Ich versuchte mich aufzurichten, aber sie war wie ein bodenloser Brunnen, aus dem ich nicht herauskonnte.
»Ja, Jonas«, sagte sie, noch immer lächelnd, während ihr Leib mich verschlang. »Dein Vater hat immer Vorsichtsmaßregeln getroffen. Deswegen mußte ich auch vor der Hochzeit jenen Vertrag unterzeichnen. Es sollte alles für seinen teuren Sohn bleiben.«
Ich versuchte mich aufzurichten, aber sie hatte die Beine auf geheimnisvolle Weise gekreuzt. Lachend, triumphierend, sagte sie: »Aber jetzt werde ich bestimmt schwanger, Jonas, nicht wahr? Und niemand wird das je wissen, mit uns beiden. Du wirst dein Vermögen mit deinem Kind teilen, selbst wenn alle Welt glaubt, es wäre von deinem Vater.«
In plötzlicher Wut riß ich mich von ihr los. Schweigend erhob ich mich und verließ das Zimmer.
Während ich über den Gang schritt, mußte ich immerzu daran denken, daß ich meinem Vater wirklich etwas bedeutet hatte. Ich hatte es zwar nie bemerkt, aber er hatte mich geliebt.

Er hatte mich geliebt. Aber nie so sehr, daß man es gespürt hätte. Als ich endlich mein Zimmer betrat, liefen mir die Tränen über die Backen.

7

Ich saß auf dem kleinen indianischen Schecken, den ich als Zehnjähriger hatte, und ritt in wildem Galopp über die Dünen. Die Fluchtpanik ergriff mich. aber ich wußte nicht, wovor ich flüchtete. Ich warf einen Blick zurück.

Mein Vater kam auf seinem großen Rotschimmel hinter mir hergeprescht. Seine Jacke stand offen und flatterte im Wind, und ich konnte die schwere Uhrkette erkennen, die er trug. Ich vernahm seine Stimme, die im Wind einen unheimlichen Klang hatte. »Dreh sofort um, Jonas, und komm zurück!«

Ich erhöhte meine Geschwindigkeit und schlug unbarmherzig auf den Schekken ein, an dessen Flanken sich Striemen zeigten. Allmählich vergrößerte sich der Abstand zwischen meinem Vater und mir.

Plötzlich, wie aus dem Nichts, war Nevada auf seinem großen schwarzen Pferd an meiner Seite. Ruhig schaute er mich an. »Kehr um, Jonas. Dein Vater ruft dich. Was bist du bloß für ein Sohn!«

Ich gab keine Antwort und spornte mein Pferd weiter an. Wieder warf ich einen Blick zurück.

Mein Vater zügelte sein Pferd. Er machte ein trauriges Gesicht. »Kümmern Sie sich um ihn, Nevada.« Ich konnte kaum verstehen, was er sagte. Die Entfernung war zu groß. »Kümmern Sie sich um ihn, ich habe keine Zeit dazu.« Er vollführte eine Wendung und galoppierte davon.

Ich brachte das Pony zum Stehen und schaute ihm nach. Seine Gestalt schrumpfte bereits in der Ferne zusammen. Selbst seine Umrisse verschwammen in den Tränen, die mir plötzlich in die Augen traten. »Geh nicht fort, Vater.« Aber die Worte blieben mir im Halse stecken.

Ich richtete mich im Bett auf, schweißgebadet. Ich schüttelte den Kopf, um den Traum loszuwerden. Durch das offene Fenster vernahm ich das Schnauben von Pferden aus der Koppel hinter dem Haus.

Ich trat ans Fenster und blickte hinaus. Es war fünf Uhr, und die Sonne warf lange Frühschatten. Unten in der Koppel lehnten einige Stallburschen gegen den Zaun und sahen zu, wie ein widerspenstiges braunes Fohlen zugeritten wurde. Ich kniff die Augen vor der Sonne zu. Rasch wandte ich mich vom Fenster ab. Das war's, was mir fehlte. Etwas, was das Gefühl der Leere aus mir verdrängen und den bitteren Geschmack aus meinem Munde vertreiben würde. Ich nahm ein Paar alte Hosen und ein altes blaues Hemd und verließ das Zimmer.

Ich ging über den Korridor zur Hintertreppe. Dort stieß ich auf Robair. Er trug ein Tablett mit einem Glas Orangensaft und einer Kanne dampfenden Kaffees. Ohne die geringste Überraschung zu zeigen, blickte er mich an.

»Guten Morgen, Mr. Jonas.«
»Guten Morgen«, erwiderte ich.
»Mister McAllister ist hier und hätte Sie gern gesprochen. Ich habe ihn ins Arbeitszimmer geführt.«
Ich zögerte einen Augenblick. Zum Ausreiten war jetzt nicht die Zeit. Es gab wichtigere Dinge zu tun. »Vielen Dank, Robair«, sagte ich und lief auf die Vordertreppe zu.
»Mr. Jonas«, rief er mir nach.
Ich blieb stehen und wandte den Kopf.
»Ich habe immer gefunden, daß es besser ist, vorher etwas zu sich zu nehmen, wenn geschäftliche Dinge zu besprechen sind.«
Ich warf einen Blick auf ihn, dann auf das Tablett. Ich nickte und setzte mich auf die oberste Stufe. Robair stellte das Tablett neben mich. Ich griff nach dem Glas Orangensaft und leerte es. Robair goß den Kaffee ein und hob den Dekkel vom Toast. Ich trank einen Schluck Kaffee. Robair hatte recht. Das Gefühl der Leere kam aus meinem Magen. Jetzt ließ es nach. Ich griff nach einer Scheibe Toast.

McAllister enthielt sich jeder Äußerung, falls er überhaupt bemerkte, wie ich angezogen war. Er kam sofort zur Sache. »Die zehn Prozent Minderheitsaktien verteilen sich wie folgt:«, sagte er und breitete einige Schriftstücke auf dem Schreibtisch aus. »Je zweieinhalb Prozent fallen auf Rina Cord und Nevada Smith; je zwei Prozent auf Richter Samuel Haskell und Peter Commack, den Präsidenten der Industriebank von Reno; und ein Prozent auf Eugène Denby.«
Ich blickte ihn an. »Was sind die Aktien wert?«
»Auf welcher Grundlage?« fragte er. »Gewinn oder Nennwert?«
»Beides«, erwiderte ich.
Wieder warf er einen Blick auf die Schriftstücke.
»Auf der durchschnittlichen Gewinngrundlage der letzten fünf Jahre sind die Minderheitsaktien fünfundvierzigtausend Dollar wert.«
Er steckte sich eine Zigarette an. »Die Gewinnquote der Gesellschaft ist seit dem Kriege zurückgegangen.«
»Was heißt das?«
»Einfach, daß in Friedenszeiten die Nachfrage für unser Produkt geringer ist als im Kriege.«
Ich nahm eine Zigarette heraus und zündete sie an. Mir kamen Bedenken wegen der hunderttausend jährlich, die ich ihm zahlte. »Ich wüßte gern einiges, was ich nicht weiß«, sagte ich.
Wieder durchflog er die Schriftstücke. »Commacks Bank hat die Zweihunderttausend-Dollar-Anleihe abgelehnt, die Ihr Vater zur Finanzierung des deut-

schen Lieferungsvertrages aufnehmen wollte, von dem ich Ihnen gestern erzählt habe.«
Langsam drückte ich die Zigarette im Aschenbecher aus. »Das läßt mich ein bißchen knapp bei Kasse, wie?«
McAllister nickte.
Meine nächste Frage traf ihn unvorbereitet. »Und was haben Sie in dieser Angelegenheit unternommen?«
Er starrte mich an, als wäre ich ein Verrückter.
»Wie kommen Sie darauf, daß ich etwas unternommen haben sollte?«
»Sie waren im Büro meines Vaters, als ich dort hinkam, und ich weiß, daß Sie nicht nur deswegen dort waren, um die Sache mit den Eltern des Mädchens zu regeln. Das hätte er allein machen können. Und Sie haben die Stellung angenommen. Das heißt, Sie hatten keine Bedenken und wußten, daß Sie Ihr Geld erhalten würden.«
Er lächelte. »Ich habe eine andere Anleihe mit der Pioneer National Trust Company in Los Angeles arrangiert. Um ganz sicherzugehen, gleich dreihunderttausend Dollar.«
»Gut«, sagte ich. »Das verschafft mir die Mittel, die Aktionärsminderheit aufzukaufen.«
Er starrte mich noch immer überrascht an, als ich mich auf dem Stuhl neben ihm niederließ. »Und jetzt«, sagte ich, »erzählen Sie mir mal alles, was Sie über die neue Sache, auf die mein Vater so erpicht war, ausfindig gemacht haben. Wie hieß doch das Zeug gleich? Plastikstoffe?«

8

Robair servierte ein ländliches Frühstück: Steak und Eier und heiße Biskuits. Ich ließ meine Blicke über den Tisch schweifen. Der letzte Teller war abgeräumt worden, und jetzt zog sich Robair diskret zurück und machte die hohen Türen hinter sich zu. Ich trank meinen Kaffee aus und erhob mich.
»Meine Herren«, sagte ich, »ich brauche wohl nicht erst zu betonen, was für einen Schock es gestern für mich war, als die Verantwortung für eine so große Gesellschaft wie Cord Sprengstoffe plötzlich auf meinen Schultern ruhte.«
Commacks helle Stimme kam über den Tisch. »Sie können sich voll und ganz auf uns verlassen, mein Junge.«
»Vielen Dank, Mr. Commack«, sagte ich. »Mir scheint, wir sollten als erstes einen neuen Präsidenten wählen. Jemand, der sich dem Unternehmen in demselben vollen Umfang widmet, wie mein Vater es getan hat.«
Ich musterte die Tischrunde. Denby saß am Ende und machte sich eifrig Notizen. Nevada rollte eine Zigarette. Er warf mir einen lächelnden Blick zu McAllister saß ruhig neben ihm. Haskell und Commack schwiegen. Ich war-

tete, bis die Stille etwas Bedrückendes hatte, was nicht lange dauerte. Man brauchte mir nicht erst zu sagen, wer meine Freunde waren.

»Irgendwelche Vorschläge, meine Herren?« fragte ich.

Commack schaute mich an. »Haben Sie welche zu machen?«

»Das habe ich mir gestern eingebildet«, sagte ich. »Aber ich habe die Sache beschlafen und bin heute früh zu dem Entschluß gekommen, daß es eine ziemlich harte Nuß für jemand mit meiner geringen Erfahrung ist.«

Zum erstenmal an diesem Morgen atmeten Haskell, Commack und Denby erleichtert auf. Sie wechselten rasche Blicke. Commack ergriff das Wort. »Das finde ich sehr vernünftig von Ihnen, mein Junge«, sagte er. »Wie wär's mit Richter Haskell hier? Er lebt zwar im Ruhestand, aber ich glaube, er würde den Posten annehmen, um Ihnen einen Gefallen zu tun.«

Ich wandte mich an den Richter. »Was meinen Sie dazu, Richter?«

Der Richter lächelte. »Nur um Ihnen gefällig zu sein, mein Junge«, sagte er »Aus reiner Gefälligkeit.«

Ich schaute zu Nevada hinüber. Auf seinem Gesicht lag jetzt ein breites Lächeln. Ich erwiderte es und wandte mich dann an die anderen. »Wollen wir darüber abstimmen, meine Herren?«

Denby meldete sich zum erstenmal zum Wort. »Nach den Satzungen dieser Gesellschaft kann ein Präsident nur von einer Aktionärsversammlung gewählt werden. Und dann auch nur mit Mehrheit der Außenstände.«

»Gut, dann halten wir eben eine Aktionärsversammlung ab«, sagte Commack. »Die Aktienmehrheit ist hier vertreten.«

»Eine gute Idee«, sagte ich. Lächelnd wandte ich mich an den Richter. »Das heißt, wenn ich mit abstimmen kann.«

»Aber natürlich, mein Junge«, verkündete der Richter mit lauter Stimme, zog ein Schriftstück aus seiner Tasche und reichte es mir.

»Das ist alles im Testament Ihres Vaters niedergelegt. Ich habe die beglaubigte Abschrift hier.«

Ich nahm das Dokument an mich und fuhr fort. »Gut, dann vertage ich jetzt die Aufsichtsratsitzung und rufe die Aktionärsversammlung zur Ordnung. Der erste Punkt auf der Tagesordnung ist die Wahl eines Präsidenten und Schatzmeisters der Gesellschaft an Stelle des verstorbenen Jonas Cord.«

Commack lächelte. »Ich nominiere Richter Samuel Haskell.«

Denby schaltete sich sofort ein. Zu schnell. »Ich unterstütze den Antrag.«

Ich nickte. »Der Kandidat ist vorgemerkt. Noch irgendwelche Vorschläge, ehe die Liste geschlossen wird?«

Nevada erhob sich. »Ich schlage Jonas Cord jun. vor«, sagte er mit schleppender Stimme.

Ich lächelte ihn an. »Danke.« Dann wandte ich mich an den Richter, und meine Stimme nahm einen harten Klang an. »Will niemand den Antrag unterstützen?«

Dem Richter war das Blut ins Gesicht gestiegen. Er warf einen Blick auf Commack, dann auf Denby. Denby war bleich.
»Will niemand den Antrag unterstützen?« wiederholte ich kalt.
Er wußte, daß ich sie in der Hand hatte. »Ich unterstütze den Antrag«, erklärte der Richter kleinlaut.
»Danke Ihnen, Richter«, sagte ich.
Danach war alles ganz einfach. Ich kaufte ihre Aktien für fünfundzwanzigtausend Dollar, und meine erste Amtshandlung bestand darin, daß ich Denby entließ.
Wenn es schon ohne Sekretär nicht ging, so wollte ich auf keinen Fall einen Waschlappen wie ihn um mich haben. Ich dachte an eine Sekretärin mit ordentlichem Busen.

Robair betrat das Arbeitszimmer, in dem McAllister und ich saßen. Ich hob den Kopf. »Was gibt's, Robair?«
Er verneigte sich devot. »Miß Rina läßt Sie bitten, auf ihr Zimmer zu kommen.«
Ich stand auf und reckte mich. Ein paar Stunden hintereinander am Schreibtisch zu sitzen, war nicht gerade angenehm. »O. K., ich komme.«
McAllister schaute mich fragend an.
»Warten Sie hier auf mich«, sagte ich. »Es wird nicht lange dauern.«
Robair hielt mir die Tür auf, und ich ging die Treppe hinauf zu Rinas Zimmer. Ich klopfte an.
»Herein«, rief sie.
Sie saß an dem Tischchen vor dem Spiegel. Louise kämmte ihr Haar mit einer großen weißen Bürste. Rina musterte mich im Spiegel.
»Du wolltest mich sprechen?«
»Ja.« Sie wandte sich an Louise. »Das ist im Augenblick alles«, sagte sie. »Laß uns allein.«
Das Mädchen nickte schweigend und ging auf die Tür zu. Rina rief hinter ihr her. »Warte unten. Ich werde dich rufen, wenn ich dich brauche.«
Rina schaute mich an und lächelte. »Sie hat die Angewohnheit, durchs Schlüsselloch zu horchen.«
»Ich weiß«, sagte ich und machte die Tür hinter mir zu. »Was hast du auf dem Herzen?«
Rina erhob sich. Ihr schwarzes Negligé umwirbelte ihre Gestalt. Es war fast durchsichtig, und ich stellte fest, daß sie schwarze Unterwäsche anhatte. Unsere Blicke trafen sich. Wieder lächelte sie. »Was hältst du von meiner Witwentracht?«
»Erinnert mich an die ›Lustige Witwe‹«, erwiderte ich. »Aber deswegen wolltest du mich doch bestimmt nicht sprechen.«
Sie nahm eine Zigarette und steckte sie an.

»Ich möchte gleich nach der Beisetzung von hier fort.«
»Warum?« fragte ich. »Das Haus gehört dir. Er hat's dir vermacht.«
Unsere Blicke trafen sich durch eine Rauchwolke, die sie ausstieß. »Ich möchte, daß du's mir abkaufst.«
»Und wo soll ich das Geld dazu hernehmen?«
»Das wirst du schon auftreiben«, erklärte sie. »Dein Vater hat auch jedesmal das Geld für all die Dinge aufgetrieben, die er unbedingt haben wollte.«
Ich betrachtete sie. Sie schien genau zu wissen, was sie wollte. »Wieviel willst du dafür haben?« erkundigte ich mich vorsichtig.
»Hunderttausend Dollar«, erwiderte sie ruhig.
»Was?« rief ich. »Es ist nicht mehr wert als fünfzigtausend höchstens.«
»Ich weiß«, sagte sie. »Aber in dem Preis ist noch etwas anderes einbegriffen – meine Cord-Sprengstoff-Aktien.«
»Die Aktien sind die Differenz nicht wert«, erklärte ich heftig. »Ich habe heute morgen gerade doppelt soviel für fünfundzwanzigtausend gekauft.«
Sie erhob sich und kam auf mich zu. Ihre Augen starrten mich kalt an. »Schau her, Jonas«, sagte sie. »Ich will dir keine Schwierigkeiten machen. Nach den Gesetzen dieses Bundesstaates stehen mir zwei Drittel vom Vermögen deines Vaters zu, mit und ohne Testament. Es wäre mir ein leichtes, das Testament anzufechten. Und selbst wenn ich damit nicht durchkäme, könnte ich dir einen langwierigen Prozeß anhängen. Und was würde dann aus all deinen Plänen werden?«
Schweigend starrte ich sie an. »Wenn du mir nicht glaubst, warum erkundigst du dich nicht bei deinem Anwalt-Freund unten?« fügte sie hinzu.
»Du hast bereits Erkundigungen eingezogen, nehme ich an?«
»Darauf kannst du dich verlassen. Haskell hat mich gleich angerufen, nachdem er wieder in seinem Büro war.«
Ich holte tief Luft. Ich hätte ahnen sollen, daß der alte Schuft nicht so ohne weiteres klein beigeben würde. »Soviel Geld habe ich nicht zur Verfügung«, sagte ich. »Die Firma auch nicht.«
»Das weiß ich«, sagte sie. »Und deswegen will ich dir entgegenkommen. Gib mir gleich nach der Beisetzung fünfzigtausend, den Rest zahlst du mir in jährlichen Raten von zehntausend in den nächsten fünf Jahren, und die Firma bürgt mir dafür.«
Ich brauchte keinen Anwalt, um mir sagen zu lassen, daß sie gut beraten worden war.
»O. K.«, sagte ich und ging auf die Tür zu. »Komm mit hinunter. McAllister kann die Papiere gleich ausfertigen.«
Wieder lächelte sie. »Das geht schlecht.«
»Warum nicht?«
»Ich habe Trauer«, sagte sie. »Wie sähe es denn aus, wenn die Witwe von Jonas Cord jetzt herunterkäme, um ein Geschäft abzuschließen?« Sie trat

wieder an ihren Toilettentisch und setzte sich. »Schick mir die Dokumente herauf, sobald sie fertig sind.«

9

Es war fünf Uhr, als wir vor der Bank in der Innenstadt von Los Angeles aus dem Taxi stiegen. Wir gingen hinein und suchten die Direktionsräume auf. McAllister führte mich zu einer Tür, auf der *Privat* stand. Es war das Empfangszimmer.

Eine Sekretärin hob den Kopf. »Mr. McAllister.« Sie lächelte. »Wir haben geglaubt, Sie wären in Nevada.«

»Dort war ich auch«, erwiderte er. »Ist Mr. Moroni im Hause?«

»Ich werde mich gleich vergewissern«, sagte sie. »Mitunter verläßt er das Büro, ohne mir Bescheid zu sagen.«

Ich schaute McAllister an. »So eine Sekretärin möchte ich haben. Tüchtig und mit passender Brustweite.«

Er lächelte. »So ein Mädchen verdient fünfundsiebzig bis achtzig Dollar die Woche. Billig sind die nicht.«

»Für alles Gute muß man blechen«, sagte ich.

Die Sekretärin erschien auf der Schwelle und lächelte uns an. »Mr. Moroni läßt bitten, Mr. McAllister.« Ich folgte ihm in das Büro. Es war groß und düster, dunkle holzgetäfelte Wände. In der Mitte stand ein großer Schreibtisch, und dahinter saß ein kleiner Mann mit eisgrauem Haar und klugen Augen. Als wir eintraten, erhob er sich.

»Mr. Moroni«, sagte McAllister, »dies ist Jonas Cord.«

Moroni streckte mir die Hand hin. Ich ergriff sie. Es war keine übliche schlaffe Bankiershand. Diese war hart und rauh, ihr Zugriff kräftig. Viele Arbeitsjahre steckten in dieser Hand, und die meisten davon hatte der Mann, dem sie gehörte, nicht hinter einem Schreibtisch verbracht. »Freut mich, Sie kennenzulernen, Mr. Cord«, sagte er mit leichtem italienischen Akzent.

»Ganz meinerseits«, erwiderte ich respektvoll.

Er deutete auf die Stühle vor dem Schreibtisch, und wir nahmen Platz. McAllister kam gleich zur Sache. Als er fertig war, lehnte sich Moroni über den Schreibtisch und blickte mich an. »Ich habe von Ihrem Verlust gehört, und es tut mir leid«, sagte er. »Nach allem, was ich von ihm weiß, war er ein höchst außergewöhnlicher Mann.«

Ich nickte. »Das war er.«

»Sie sind sich doch wohl klar darüber, daß dies die Lage beträchtlich ändert.«

Ich schaute ihn an. »Ich will mich hier nicht auf technische Einzelheiten einlassen, Mr. Moroni, aber ich war der Meinung, die Anleihe ginge an die Cord-Sprengstoff-Gesellschaft, und nicht an meinen Vater oder mich.«

Moroni lächelte. »Ein tüchtiger Bankier gibt Anleihen an Firmen, aber er schaut sich stets den Mann hinter dem Unternehmen an.«
»Meine Erfahrung ist beschränkt, Sir, aber ich habe immer geglaubt, das Hauptaugenmerk eines tüchtigen Bankiers wäre darauf gerichtet, entsprechende Nebensicherheiten für seine Anleihe zu erhalten. Ich glaube, das war der Inhalt der Abmachung, die McAllister mit Ihnen getroffen hat.«
Moroni lächelte. Er lehnte sich im Stuhl zurück und nahm eine Zigarre heraus, steckte sie in Brand und schaute mich durch eine Rauchwolke an.
»Mr. Cord, ich würde gern von Ihnen hören, was Sie für die elementarste Pflicht des Entleihers halten?«
Ich schaute ihn an. »Kapital aus seiner Anleihe zu schlagen.«
»Ich habe Entleiher gesagt, Mr. Cord, nicht Verleiher.«
»Das habe ich gehört, Mr. Moroni«, sagte ich. »Aber wenn ich nicht das Gefühl hätte, Kapital aus der Anleihe schlagen zu können, die Sie mir vielleicht gewähren, hätte es keinen Zweck, überhaupt erst Geld aufzunehmen.«
»Und wie wollen Sie das machen?« fragte er. »Wie gut verstehen Sie Ihr Geschäft?«
»Längst nicht so gut, wie ich sollte, Mr. Moroni, und gewiß noch nicht so gut, wie ich es nächste Woche, nächsten Monat, nächstes Jahr verstehen werde. Aber soviel weiß ich: Eine ganz neue Welt ist angebrochen, und es werden sich ganz andere Gelegenheiten bieten, Geld zu verdienen, als zu Zeiten meines Vaters. Und ich werde diese Gelegenheiten voll ausnützen.«
»Ich nehme an, Sie sprechen von dem neuen Produkt, über das Sie einen Lieferungsvertrag haben.«
»Auch das gehört dazu«, sagte ich, obwohl ich mit keinem Gedanken daran gedacht hatte, bis er es erwähnte.
»Was wissen Sie über diesen Kunststoff?«
»Sehr wenig«, gab ich zu.
»Und was macht Sie so sicher, daß er etwas wert ist?«
»Du Ponts und Eastmans Bemühungen um die amerikanischen Rechte. Alles, woran diese Leute interessiert sind, muß etwas wert sein. Und Ihre Zustimmung, mir das Geld zu leihen, das wir zur Erwerbung jener Rechte brauchen. Sobald ich hier verschiedenes geklärt haben werde, beabsichtige ich zwei oder drei Monate in Deutschland zu verbringen und mich genau über den neuen Stoff zu informieren.«
»Wer wird die Firma in Ihrer Abwesenheit leiten?« fragte Moroni. »In drei Monaten kann sich mancherlei ereignen.«
»Mr. McAllister, Sir«, sagte ich. »Er hat sich schon bereit erklärt, bei mir einzutreten.«
Eine Art Hochachtung huschte über das Gesicht des Bankiers. »Ich weiß, daß meine Aufsichtsratmitglieder unter Umständen anderer Meinung sein werden, Mr. Cord, aber ich habe mich entschlossen, Ihnen die Anleihe zu gewähren.

Die Sache ist zwar riskant und weicht von den Grundsätzen ab, die sie als gesund betrachten mögen, aber unser Bankhaus ist durch Gewährung solcher Anleihen groß geworden. Wir waren das erste Bankhaus, das Geld an Filmproduzenten ausgeliehen hat, und etwas Riskanteres gibt es kaum.«

»Ich danke Ihnen, Mr. Moroni.«

Er griff nach dem Telefon auf seinem Schreibtisch. »Bringen Sie mir den Cord-Anleihe-Vertrag und den Scheck.« Dann wandte er sich wieder an mich. »Sie werden bemerken«, erklärte er, »daß wir Ihren Kredit auf Grund dieses Vertrages auf ein Maximum von fünfhunderttausend Dollar erhöht haben, obwohl die Anleihe nur auf dreihunderttausend lautet.« Er lachte mich an. »Das ist einer meiner Grundsätze, Mr. Cord. Ich halte meine Klienten nicht gern knapp. Manchmal machen ein paar Dollar mehr den Unterschied zwischen Erfolg und Mißlingen aus.«

Plötzlich empfand ich eine warme Zuneigung für den Mann. Man muß selber eine Spielernatur sein, um eine andere zu erkennen. Und dieser Mann war ein Spieler. Ich lächelte ihn an. »Vielen Dank, Mr. Moroni. Hoffentlich trägt uns das Geschäft beiden recht viel ein.« Ich beugte mich hinüber und unterzeichnete das Anleihe-Gesuch.

»Davon bin ich überzeugt«, sagte Moroni und schob mir den Scheck zu.

Ich nahm ihn an mich und gab ihn an McAllister weiter, ohne ihn mir näher anzusehen. »Nochmals vielen Dank, Mr. Moroni. Es tut mir leid, daß ich schon gehen muß, aber wir müssen heute abend wieder in Nevada sein.«

»Heute abend? Vor morgen früh geht kein Zug.«

»Ich hab' mein Privatflugzeug. Damit sind wir gekommen. Wir werden gegen neun zu Haus sein.«

Moroni trat hinter dem Schreibtisch hervor. Etwas wie Bedenken spiegelte sich auf seinem Gesicht.

»Seien Sie vorsichtig, Mr. Cord«, sagte er. »Schließlich haben wir Ihnen soeben einen ganzen Batzen Geld gegeben.«

Ich lachte laut. »Keine Bange, Mr. Moroni. Es ist ebenso sicher wie ein Automobil. Falls etwas passiert, lassen Sie den Scheck einfach sperren.«

Beide lachten. McAllister leicht nervös, doch zu seinem Glück sagte er nichts. Wir gaben uns die Hände, und Moroni begleitete uns bis an die Tür. »Alles Gute«, sagte er, als wir in das Empfangszimmer traten.

Ein Mann saß auf der Couch. Langsam erhob er sich. Ich erkannte Buzz Dalton, den Piloten, dessen Flugzeug ich beim Würfeln gewonnen hatte. »He, Buzz«, rief ich. »Kennst du deine alten Freunde nicht mehr?«

Ein Lächeln erschien auf seinem Gesicht. »Jonas!« rief er. »Was, zum Teufel, treibst du denn hier?«

»Ich hab' versucht, etwas Geld aufzutreiben«, erklärte ich und gab ihm die Hand. »Und du?«

3*

»Dasselbe«, erwiderte er, und sein Gesicht verdüsterte sich. »Bisher ohne Erfolg.«
»Wie kommt das?«
Buzz zuckte die Achseln. »Ich hab' einen Vertrag mit der Post über die Beförderung von Luftpost von L. A. nach San Franzisko. Zwölf Monate sind mir mit zehntausend monatlich garantiert. Aber ich werde es wohl aufgeben müssen. Kann das Geld nirgends kriegen, um die drei Maschinen zu kaufen, die ich brauche. Die Banken halten die Sache für zu riskant.«
»Wieviel mußt du aufnehmen?«
»Etwa fünfundzwanzigtausend«, sagte er. »Zwanzigtausend für die Maschinen und fünf, um die Flüge durchzuführen, bis der erste Scheck eintrifft.«
»Hast du den Vertrag bei dir?«
»Hier in meiner Tasche«, sagte er und zog ihn heraus.
Ich sah ihn mir an. »Scheint mir ein gutes Geschäft zu sein.«
»Ganz ohne Frage«, erwiderte er. »Ich hab' mir alles genau ausgerechnet. Nach Abzug der Unkosten und der Amortisation bleiben mir immer noch fünftausend monatlich.«
Die Zahlen schienen mir zu stimmen. Ich wußte ziemlich genau, wie hoch die Betriebskosten eines Flugzeuges sind. Ich drehte mich zu Moroni um. »War das Ihr Ernst, was Sie vorhin gesagt haben? Über meinen zusätzlichen Kredit? Ohne jede Beschränkung?« Er lächelte. »Ohne jede Beschränkung.« Ich wandte mich an Buzz. »Ich geb' dir das Geld unter zwei Bedingungen«, erklärte ich. »Ich kaufe fünfzig Prozent von den Aktien deiner Gesellschaft und gebe dir eine Hypothek auf deine bewegliche Habe, tilgbar in zwölf Monaten, beide zahlbar an die Cord-Sprengstoff-Gesellschaft.«
Buzz grinste. »Gemacht«, sagte er.
»O. K.«, sagte ich und wandte mich an Mr. Moroni. »Würden Sie so freundlich sein, sich um die Einzelheiten zu kümmern? Ich muß heute abend wieder zurück sein.«
»Sehr gern, Mr. Cord.« Er lächelte.
»Stellen Sie die Anleihe auf dreißigtausend Dollar aus«, sagte ich.
»Moment mal«, warf Buzz dazwischen. »Ich hab' nur um fünfundzwanzigtausend gebeten.«
»Ich weiß«, sagte ich und wandte mich mit einem Lächeln wieder an ihn. »Aber ich habe heute etwas dazugelernt.«
»Was denn?« fragte Buzz.
»Es ist schlechtes Geschäftsgebaren, jemand nur so viel Geld zu geben, daß er gerade damit rumkommt. Man geht ein Risiko damit ein, und beide Teile können dabei verlieren. Wenn man wirklich helfen will, muß man so viel geben, daß der Erfolg gewährleistet ist.«

Es war eine warme Nacht, selbst das Lüftchen, das durch die offenen Fenster aus der Wüste hereinwehte, brachte keine Kühlung. Ich wälzte mich unruhig auf dem Bett hin und her und schob das Laken beiseite. Es war ein langer Tag gewesen, angefangen mit der Beerdigung und anschließender Konferenz mit McAllister, bis er aufbrechen mußte. Ich war sehr müde, konnte jedoch nicht schlafen. Zu vieles ging mir durch den Kopf. Ich fragte mich, ob das der Grund dafür sein mochte, daß ich meinen Vater immer in seinem Zimmer auf und ab gehen gehört hatte, lange nachdem die übrigen Hausbewohner zu Bett gegangen waren.

Plötzlich vernahm ich ein Geräusch an der Tür. Ich richtete mich im Bett auf. Meine Stimme zerbrach die Stille. »Wer ist da?«

Die Tür ging ein Stückchen weiter auf, und ich konnte ihr Gesicht sehen; der Rest ihrer Gestalt zerfloß in der Dunkelheit zusammen mit dem schwarzen Negligé. Ihre Stimme klang sehr leise, als sie die Tür hinter sich zugemacht hatte. »Ich wollte nur mal sehen, ob du noch wach bist, Jonas. Ich konnte auch nicht einschlafen.«

»Geldsorgen?« fragte ich sarkastisch. »Der Scheck liegt dort drüben auf dem Ankleidetisch neben den anderen Papieren. Du brauchst nur die Verzichter-klärung zu unterzeichnen, und er gehört dir.«

»Es handelt sich nicht um Geld«, sagte sie und trat näher.

»Was denn sonst?« fragte ich kalt. »Bist du etwa gekommen, um mir dein Beileid auszusprechen? Soll dies ein Kondolenzbesuch sein?«

Sie stand jetzt neben dem Bett und schaute auf mich herab. »Du mußt so etwas nicht sagen, Jonas«, erklärte sie schlicht. »Selbst wenn er dein Vater war, so war ich doch seine Frau. Ja, es tut mir leid.«

Aber damit gab ich mich nicht zufrieden. »Was tut dir leid?« herrschte ich sie an. »Daß er dir nicht mehr Geld hinterlassen hat? Daß du ihn geheiratet hast statt mich?« Ich lachte voller Bitterkeit. »Du hast ihn doch nicht geliebt.«

»Nein, ich habe ihn nicht geliebt«, sagte sie mit gepreßter Stimme. »Aber ich habe ihn geachtet. Einen männlicheren Mann hab' ich nie kennengelernt.«

Ich sagte nichts.

Plötzlich weinte sie. Sie setzte sich auf den Bettrand und schlug die Hände vor das Gesicht.

»Laß das«, sagte ich barsch. »Zum Trauern ist es zu spät.«

Sie nahm die Hände herunter und starrte mich an. In der Dunkelheit konnte ich die schimmernden Tränen über ihre Wangen rollen sehen. »Was weißt du schon darüber, wozu es zu spät ist?« rief sie. »Zu spät, ihn zu lieben. Oh, ich hab's versucht. Aber ich bin einfach unfähig zu lieben. Ich weiß nicht warum. Ich bin eben so veranlagt, das ist alles. Dein Vater wußte das und begriff es. Deswegen habe ich ihn geheiratet. Nicht seines Geldes wegen. Auch das wußte er. Und er war zufrieden mit dem, was ich ihm gab.«

»Wenn das stimmt«, sagte ich, »warum heulst du dann eigentlich?«

»Weil ich Angst habe«, sagte sie.

»Angst?« Ich lachte. Es paßte einfach nicht zu ihr. »Wovor hast du Angst?«

Von irgendwoher holte sie eine Zigarette aus ihrem Negligé und steckte sie sich geschickt in den Mund. Ihre Augen glitzerten mich an wie die eines Panthers, der sich um ein Lagerfeuer in der Wüste schleicht. »Vor Männern«, sagte sie kurz.

»Vor Männern?« wiederholte ich. »Du und Angst vor Männern? Du bist doch die geborene . . .«

»Richtig, du Blödian«, erklärte sie gereizt. »Ich habe Angst vor Männern, vor ihren Begierden, ihren geilen Händen und der Einseitigkeit ihres Denkens. Vor den Liebesbeteuerungen, hinter denen sie ihre Begierden verbergen. Sie wollen ja doch alle nur eines.«

Dann klammerte sie sich plötzlich an mich und bedeckte mein Gesicht mit winzigen Küssen. Sie bebte vor Angst. »Jonas, Jonas, laß mich bei dir bleiben, bitte. Nur diese Nacht«, rief sie. »Ich fürchte mich allein.«

Ich erstarrte. In der Dunkelheit sah ich nur ihr Gesicht vor mir und schmeckte dann ihre salzigen Tränen auf meinen Lippen. Mein Zorn verrauchte und wich einem plötzlichen Verlangen. Und unter alleiniger Führung des Teufels in mir stürzten wir uns in den lustvollen Abgrund unserer persönlichen Hölle.

Ich erwachte und blickte zum Fenster hinüber. Es dämmerte gerade erst. Ich wandte mich um und warf einen Blick auf Rina. Sie lag auf meinem Kissen, den Arm über den Augen. Ich berührte sie leicht an der Schulter.

Sie nahm den Arm herunter. Ihre Augen waren offen und klar und ruhig.

Behende schlüpfte sie aus dem Bett. Ihr Körper glänzte in jugendlicher Anmut. Sie hob ihr schwarzes Negligé auf, das am Fußende des Bettes lag, und fuhr hinein. Ich saß da und beobachtete sie, während sie an den Toilettentisch trat.

»Im oberen rechten Schubfach findest du einen Federhalter«, sagte ich.

Sie nahm den Federhalter heraus und unterzeichnete die Verzichterklärung.

»Willst du nicht wenigstens lesen, was drinsteht?« fragte ich.

Sie schüttelte den Kopf. »Wozu? Du kannst nicht mehr bekommen, als ich dir zugestanden habe.«

Sie hatte recht. Sie hatte auf alle weiteren Ansprüche verzichtet. Sie nahm den Scheck und die Dokumente und ging auf die Tür zu. Dort drehte sie sich um und blickte zu mir zurück.

»Ich werde nicht mehr hier sein, wenn du aus dem Werk kommst.«

Ich schaute sie für eine Weile an. »Du brauchst nicht fortzugehen«, sagte ich. Unsere Blicke trafen sich. Mir schien, als läge etwas wie Trauer in ihren Augen. »Nein, Jonas«, sagte sie leise. »Es würde zu nichts führen.«

»Vielleicht doch«, sagte ich.
»Nein, Jonas«, wiederholte sie. »Es wird Zeit, daß du aus dem Schatten deines Vaters heraustrittst. Er war ein bedeutender Mann, und auch du hast das Zeug dazu in dir. Auf deine Art.«
Ich nahm mir eine Zigarette vom Nachttisch und steckte sie wortlos an. Der Rauch brannte in meinen Lungen.
»Leb wohl, Jonas«, sagte sie. »Alles Gute.« Ich starrte sie für einen Augenblick an, dann erst fand ich Worte. Meine Stimme klang heiser von der Zigarette. »Ich danke dir«, sagte ich. »Leb wohl, Rina.«
Die Tür ging auf und schnell wieder zu, und sie war verschwunden. Ich stieg aus dem Bett und trat ans Fenster. Das erste Morgenrot schimmerte am Horizont. Es sah nach einem glühendheißen Tag aus.
Ich hörte die Tür hinter mir aufgehen, und mein Herzschlag setzte für einen Augenblick aus. Sie war zurückgekommen. Ich wandte mich um.
Robair trat mit einem Tablett ins Zimmer. Er lächelte.
»Ich dachte, eine Tasse Kaffee würde Ihnen guttun.«

Als ich ins Werk kam, hatte Jake Platt eine Arbeitskolonne auf das Dach beordert und ließ es weißen. Ich grinste vor mich hin und ging hinein.
Dieser erste Tag war hektisch. Nichts schien richtig zu funktionieren. Die Sprengkapseln, die wir einer Bergwerksgesellschaft geliefert hatten, waren fehlerhaft, und wir mußten Ersatz stellen. Zum drittenmal in diesem Jahr.
Du Pont unterbot uns bei einem Regierungsauftrag für rauchschwaches Schießpulver.
Ich verbrauchte den halben Tag damit, die Zahlen durchzugehen, und fand, daß es an unserem Profitprozentsatz lag. Als ich eine gründliche Überprüfung unseres Verfahrens empfahl, erhob Jake Platt Einwände. Mein Vater, erklärte er, hätte behauptet, es lohne sich nicht, auf einer Basis von weniger als zwölf Prozent zu arbeiten. Ich wurde wütend und erklärte Jake Platt, daß ich jetzt die Leitung des Werkes innehätte und daß es mir ganz egal wäre, was mein Vater getan hätte. Beim nächsten Angebot würde ich dafür sorgen, daß wir das Pfund mindestens drei Cent billiger lieferten als Du Pont.
Inzwischen war es fast fünf geworden, und der Produktionsleiter kam mit den Produktionsziffern herein. Ich wollte sie gerade durchsehen, als Nevada mich unterbrach.
»Jonas«, sagte er.
Ich hob den Kopf. Er hatte den ganzen Tag stumm in einer Ecke gesessen, und ich hatte seine Gegenwart völlig vergessen. »Was gibt's?«
»Ist es dir recht, wenn ich etwas früher gehe?« fragte er. »Ich hab' noch verschiedenes zu erledigen.«
»Selbstverständlich«, sagte ich und beschäftigte mich wieder mit den Produktionsziffern. »Nimm den Duesenberg. Jake kann mich heimfahren.«

»Nicht nötig«, sagte er. »Ich habe meinen eigenen Wagen draußen.«
»Nevada«, rief ich ihm nach. »Sag Robair, daß ich um acht zum Essen zu Hause sein werde.«
Er zögerte einen Augenblick, dann hörte ich seine Antwort. »Gut, Jonas. Ich werd's ausrichten.«
Ich wurde früher fertig, als ich angenommen hatte, und fuhr schon um halb sieben in dem Duesenberg vor dem Hause vor, gerade als Nevada, einen Koffer in jeder Hand, die Treppe herunterkam.
Er schien überrascht, daß ich schon da war.
»Ich bin früher fertig geworden, als ich glaubte.«
»Oh«, sagte er und ging weiter die Treppe hinunter auf seinen Wagen zu. Er schob die Koffer hinten hinein.
Ich folgte ihm hinunter und sah, daß der Kofferraum bereits voll war. »Wo willst du denn hin mit all dem Gepäck, Nevada?«
»Schließlich sind es meine eigenen Sachen«, brummte er.
»Ich habe nicht behauptet, daß es nicht deine eigenen wären«, sagte ich. »Ich habe nur gefragt, wo du hin willst.«
»Fort.«
»Auf einen Jagdausflug?« fragte ich. Es war um die Jahreszeit, da Nevada und ich während meiner Kindheit stets ins Gebirge gefahren waren.
»Nein«, sagte er. »Für immer.«
»Moment mal«, sagte ich. »Du kannst dich doch nicht einfach so mir nichts, dir nichts aus dem Staube machen.«
Seine dunklen Augen bohrten sich in meine.
»Wer wollte mich daran hindern?«
»Ich. Wie soll ich denn ohne dich auskommen?«
Er lächelte. »Ganz gut, schätze ich. Du brauchst jetzt kein Kindermädchen mehr. Ich hab' dich die letzten Tage genau beobachtet.«
»Aber ... aber ...« protestierte ich.
Nevada lächelte noch breiter. »Alles muß einmal ein Ende haben, Jonas. Ich habe sechzehn Jahre auf dich aufgepaßt, und jetzt ist meine Aufgabe erfüllt. Ich verdiene mein Geld nicht gern durch Nichtstun.«
Ich starrte ihn eine Weile an. Er hatte recht. Er war noch zu rüstig, um hier eine Art Gnadenbrot zu essen.
»Hast du genügend Geld?«
Er nickte. »Ich hab' in den ganzen sechzehn Jahren keinen Pfennig aus meiner eigenen Tasche bezahlt. Dein Vater wollte das nicht.«
»Was hast du vor?«
»Mich mit ein paar alten Kumpels zusammenzutun. Wir wollen die kalifornische Küste mit einer Wildwest-Schau abklappern. Kann ganz lustig werden.«
Wir standen uns für eine Weile verlegen gegenüber, dann streckte er mir die Hand entgegen. »Mach's gut, Jonas.«

Ich klammerte mich an seine Hand. Ich war nahe daran, in Tränen auszubrechen. »Mach's gut, Nevada.«

Er ging um den Wagen herum und setzte sich ans Steuer. Er ließ den Motor an und schaltete die Kupplung ein. Als der Wagen anfuhr, hob er die Hand zum Gruß.

»Laß mal was von dir hören, Nevada«, rief ich hinter ihm her und blickte ihm nach, bis er außer Sicht war.

Ich kehrte ins Haus zurück und begab mich ins Eßzimmer. Ich setzte mich an den leeren Tisch.

Robair kam mit einem Brief herein. »Mr. Nevada hat dies für Sie hinterlassen«, sagte er. In dumpfer Benommenheit öffnete ich den Umschlag und nahm einen mit Bleistift gekritzelten Zettel heraus.

Lieber Sohn,
da ich Abschiedsszenen hasse, nur soviel: Meine Aufgabe hier ist erfüllt, und so halte ich es für das beste, wenn ich gehe. Mein ganzes Leben lang habe ich Dir was zum Geburtstag schenken wollen, aber Dein Vater ist mir immer zuvorgekommen. Dein Vater hat Dir alles gegeben. Und so konnte ich keinen Deiner Wünsche erfüllen. In diesem Umschlag wirst Du etwas finden, was Du Dir wirklich wünschst. Du brauchst keine Bedenken deswegen zu haben. Ich war bei einem Anwalt in Reno, und die Sache hat ihre Richtigkeit.
Herzlichen Glückwunsch zum Geburtstag.

Dein Freund
Nevada Smith

Ich sah mir die anderen Papiere in dem Umschlag an. Es waren Aktien der Cord-Sprengstoff-Gesellschaft, auf meinen Namen überschrieben.

Ich legte sie auf den Tisch und spürte einen Klumpen im Halse. Plötzlich war das Haus leer. Alle waren fort. Mein Vater, Rina, Nevada. Alle. Das Haus war nur noch voll Erinnerungen.

Ich mußte daran denken, was Rina mir über mein Heraustreten aus dem Schatten meines Vaters gesagt hatte. Sie hatte recht. Ich konnte in diesem Hause nicht leben. Es gehörte mir nicht. Es war seines. Für mich würde es immer sein Haus bleiben.

Mein Entschluß stand fest. Ich würde mir eine Wohnung in Reno nehmen. Dort würden mich keine Erinnerungen heimsuchen. Ich würde das Haus an McAllister abtreten. Er hatte Familie, und es würde ihm die Mühe ersparen, sich eines zu suchen.

Mein Blick fiel noch einmal auf Nevadas Zettel. Die letzte Zeile erschütterte mich. Herzlichen Glückwunsch zum Geburtstag. Meine Eingeweide krampften sich zusammen. Ich hatte es vergessen, und nur Nevada hatte daran gedacht. Heute war mein Geburtstag. Ich war einundzwanzig.

Zweites Buch

Die Geschichte des Nevada Smith

1

Es war neun durch, als Nevada mit dem Wagen von der Autobahn auf die Landstraße abbog, die zu der Ranch führte. Vor dem großen Hause machte er halt und stieg aus. Er stand da und vernahm das Gelächter, das aus dem Kasino erscholl.

Ein Mann trat auf die Veranda und blickte auf ihn herunter. »Hallo, Nevada.«

Nevada antwortete, ohne sich umzudrehen. »Hallo, Charlie. Es klingt, als amüsierten sich die scheidungswütigen Weiber wieder einmal köstlich.«

Charlie lächelte. »Warum auch nicht? Sich scheiden zu lassen, bringt den meisten eine ganz schöne Stange Geld ein.«

Nevada wandte sich um. »Wahrscheinlich. Ich kann mich nur noch nicht richtig dran gewöhnen, Weiber statt Rindvieh auf dem Gelände zu haben.«

»Du wirst dich schon noch damit abfinden«, sagte Charlie. »Schließlich gehören dir fünfzig Prozent dieses Besitztums. Zeit, daß du seßhaft würdest und was draus machtest.«

»Ich weiß nicht«, sagte Nevada. »Mir juckt es in allen Gliedern. Ich glaube, ich war zu lange an einem Ort.«

»Wo willst du denn hin?« fragte Charlie. »Für uns ist nirgends mehr Platz. Überallhin führen jetzt Straßen. Du kommst dreißig Jahre zu spät.«

Nevada nickte schweigend. Charlie hatte recht, aber seltsamerweise hatte er keineswegs das Gefühl, dreißig Jahre zu spät zu kommen. Ihm war wie immer zumute. Er ging ganz in der Gegenwart auf.

»Ich habe die Frau in deiner Hütte untergebracht«, sagte Charlie. »Martha und ich haben mit dem Abendessen auf dich gewartet.«

Nevada stieg wieder in den Wagen. »Dann hole ich sie am besten. Sobald ich mich gewaschen habe, kommen wir.«

Charlie nickte und trat in das Haus, als der Wagen sich in Bewegung setzte. An der Tür drehte er sich um und verfolgte das Auto, das sich die Anhöhe hinter der Ranch emporwand. Er schüttelte den Kopf und ging hinein.

Martha wartete auf ihn. »Was macht er für einen Eindruck?« erkundigte sie sich.

»Ich weiß nicht«, antwortete er und schüttelte abermals den Kopf. »Er scheint mir ziemlich durcheinander zu sein. Ich werde nicht schlau aus ihm.«

In der Hütte war es dunkel, als Nevada eintrat. Er griff nach der Öllampe neben der Tür und stellte sie auf den Tisch. Er riß ein Streichholz an und hielt es an den Docht. Der Docht flackerte einen Augenblick und brannte dann. Er setzte den Zylinder wieder auf und stellte die Lampe auf den Sims zurück.

Rinas Stimme erklang hinter seinem Rücken. »Warum hast du nicht das elektrische Licht angedreht, Nevada?«

»Mir ist Lampenschimmer lieber«, sagte er. »Elektrisches Licht ist unnatürlich. Es geht auf die Augen.«

Sie saß auf dem Stuhl gegenüber der Tür, ihr Gesicht war blaß und durchsichtig. Sie trug einen dicken Pullover, der bis über die blauen Hosen herabhing, die ihre Beine bedeckten.

»Frierst du?« fragte er. »Dann mach ich Feuer an.«

Sie schüttelte den Kopf. »Nein.«

Er stand ein Weilchen schweigend da und sagte dann: »Ich werde meine Sachen reinholen und mich waschen. Charlie und Martha haben mit dem Essen auf uns gewartet.«

»Laß, ich helfe dir.«

»O. K.«

Sie traten in die Nacht hinaus. Die Sterne standen klar am schwarzen Himmel, von unten klang Musik und Gelächter herauf.

Sie warf einen Blick auf das Kasino unten.

»Ich bin froh, daß ich nicht eine von denen bin.«

»Das könntest du nie sein. Du bist nicht der Typ.«

»Ich habe auch manchmal mit dem Gedanken gespielt, mich von ihm scheiden zu lassen«, sagte sie. »Doch etwas hat mich immer davon abgehalten, obwohl ich wußte, daß es von Anfang an verkehrt war.«

»Geschäft ist Geschäft«, sagte er und kehrte bepackt in die Hütte zurück.

»Daran wird's wohl liegen.«

Ohne zu sprechen, gingen sie noch zweimal hinaus, dann setzte sie sich auf den Bettrand, während er sein Hemd auszog und Wasser in das Becken der Schlafkammer laufen ließ.

Die Muskeln traten unter seiner erstaunlich weißen Haut hervor. Das Haar auf seiner Brust war schwarz und daunenweich. Er wusch sich Gesicht und Hals und griff blindlings nach einem Handtuch.

Sie reichte es ihm, und er rieb sich ab. Er legte das Handtuch beiseite und griff nach einem sauberen Hemd. Er streifte es über und knöpfte es zu.

»Warte«, sagte sie plötzlich. »Laß mich das machen.«

Ihre Finger waren geschickt und schnell. Er spürte sie auf seiner Haut. Sie hob den Kopf, und in ihren Augen lag etwas wie Verwunderung.

»Wie alt bist du eigentlich, Nevada? Deine Haut ist wie die eines Knaben.«

Er lächelte.

»Wie alt?« wiederholte sie.

»Nach meiner Schätzung bin ich zweiundachtzig geboren«, sagte er. »Meine Mutter war eine Kiowa-Indianerin, und damals nahm man es mit den Geburtsdaten nicht so genau. Ich muß also jetzt dreiundvierzig sein.« Er stopfte sich das Hemd in die Hosen.

»Du siehst mehr wie dreißig aus.«

Er lachte und fühlte sich wider Willen geschmeichelt. »Gehen wir essen.«

Sie nahm seinen Arm. »Komm«, sagte sie. »Plötzlich kann ich's vor Hunger kaum noch aushalten.«

Erst nach Mitternacht kehrten sie wieder in die Hütte zurück. Er öffnete die Tür und ließ ihr den Vortritt. Er trat an den Kamin und hielt ein Streichholz an die Kienspäne. Sie stand hinter ihm, und er hob den Kopf.

»Leg dich hin«, sagte er.

Schweigend ging sie in die Schlafkammer, und er fachte die Späne an. Er legte ein paar Holzscheite auf und trat an einen Schrank. Er nahm eine Flasche Bourbon und ein Glas heraus und setzte sich vor das Feuer.

Er goß sich einen Schluck ein und betrachtete den Whisky in dem Glas. Der Feuerschein dahinter verlieh der Flüssigkeit einen warmen Glanz. Langsam trank er den Whisky aus.

Als er fertig war, setzte er das leere Glas ab und zog seine Stiefel aus. Er stellte sie neben den Stuhl, trat an die Couch und streckte sich aus. Er hatte sich gerade eine Zigarette angezündet, als ihre Stimme von der Kammertür her kam.

»Nevada?«

Er richtete sich auf und wandte sich ihr zu. »Was ist denn?«

»Hat Jonas etwas über mich gesagt?«

»Nein.«

»Er hat mir hunderttausend Dollar für die Aktien und das Haus gegeben.«

»Ich weiß«, erwiderte er.

Sie zauderte einen Augenblick und kam dann weiter ins Zimmer hinein. »Ich brauche das Geld nicht. Falls du etwas brauchen solltest . . .«

Er lachte lautlos. »Nein, vielen Dank.«

»Bestimmt nicht?«

Wieder lachte er in sich hinein und fragte sich, was sie sagen würde, wenn sie wüßte, daß er eine Sechstausend-Morgen-Ranch in Texas besaß und ungefähr zur Hälfte an der Wildwest-Schau beteiligt war. Auch er hatte eine Menge von dem Alten gelernt. Geld war nur dann zu etwas nutze, wenn es für einen arbeitete.

»Bestimmt nicht«, sagte er. Er erhob sich und trat auf sie zu. »Leg dich jetzt hin, Rina. Du hast Ruhe nötig.«

Er folgte ihr in die Schlafkammer, und während sie sich hinlegte, nahm er eine Decke aus dem Schrank. Sie ergriff seine Hände, als er am Bett vorbeiging. »Erzähl mir noch was, während ich einzuschlafen versuche.«

Er setzte sich auf den Bettrand. »Was soll ich dir denn erzählen?«

Sie hielt seine Hand noch immer fest. »Etwas über dich. Wo du geboren bist, wo du herstammst, irgend etwas.«
Er lächelte in die Dunkelheit. »Da gibt es nicht viel zu erzählen«, sagte er. »Soviel ich weiß, bin ich in West-Texas zur Welt gekommen. Mein Vater war ein Büffeljäger und hieß John Smith, und meine Mutter war eine Kiowa-Prinzessin und hieß ...«
»Verrat's mir nicht«, sagte sie verschlafen. »Ich weiß, wie sie hieß. Pocahontas.«
Er lachte leise und tat erstaunt. »Wer hat dir denn das erzählt?«
»Niemand. Ich hab's irgendwo gelesen«, flüsterte sie.
Langsam entglitt ihm ihre Hand. Als er näher hinschaute, lag sie mit geschlossenen Augen da und schlief fest.
Er stand geräuschlos auf, deckte sie zu und trat in das andere Zimmer. Er breitete eine Decke über die Couch und zog sich rasch aus. Er streckte sich aus und wickelte sich in die Decke.
John Smith und Pocahontas. Wie viele Male hatte er dieses Märchen schon erzählt! Aber die Wahrheit war noch seltsamer. Wahrscheinlich würde kein Mensch auch nur ein Wort davon glauben.
Es war so lange her, daß er mitunter selbst nicht mehr daran glaubte. Damals hieß er nicht Nevada Smith, sondern Max Sand.
Und wurde in drei Bundesländern wegen bewaffneten Raubüberfalls und Mordes gesucht.

2

Es war im Mai 1882, als Samuel Sand in die kleine Hütte trat, die sein Zuhause darstellte, und sich schwerfällig auf eine Kiste niederließ, die ihm als Stuhl diente. Schweigend wärmte seine Squaw-Frau etwas Kaffee und stellte das Getränk vor ihn hin. Sie war hochschwanger und bewegte sich unbeholfen. Kaneha war in diesem Frühjahr sechzehn geworden, und erst im vergangenen Sommer war der Büffeljäger zwischen den Zelten ihres Stammes erschienen, um eine Frau einzuhandeln.

Jetzt bewegte sie sich, hochschwanger mit seinem Kind, während er am Tisch saß und besorgt darüber nachdachte, warum die Büffel ausbleiben mochten. Eine innere Stimme sagte ihm, daß sie nie wieder kommen würden. Zu viele waren in den letzten Jahren erlegt worden.
Endlich hob er den Kopf und sagte: »Pack alles zusammen, wir ziehen hier aus.«
Kaneha nickte und raffte die Haushaltsgegenstände zusammen, während er hinausging und die Maulesel vor den Wagen schirrte. Als er fertig war, kam er wieder herein.

Kaneha ergriff ein Bündel und ging auf die Tür zu, als die ersten Wehen einsetzten. Das Bündel fiel ihr aus der Hand, und sie krümmte sich vor Schmerz. Sie schaute ihn vielsagend an.

»Doch nicht etwa jetzt?« fragte Sam ungläubig.

Sie nickte.

»Warte, ich helfe dir.«

Sie richtete sich auf, der erste Anfall war vorüber. »Nein«, sagte sie. »Das ist Frauensache und nichts für einen Krieger.«

Sam nickte. Er trat an die Tür. »Ich halte mich solange draußen auf.«

Es war zwei Uhr nachts, als er das erste Säuglingsgeplärr aus der Hütte vernahm.

Er hatte vor sich hin gedöst, der Schrei weckte ihn, und die Nacht war sternenklar.

Nach etwa zwanzig Minuten ging die Tür auf. Kaneha schaute heraus. Er erhob sich und trat in die Hütte.

In einer Ecke vor dem Feuer lag der nackte Säugling auf einer Decke. Sam blieb davor stehen und betrachtete das Kind.

»Ein Sohn«, sagte Kaneha stolz.

»Verdammt noch mal!« Sam berührte den Säugling, das Kind stieß einen Schrei aus und schlug die Augen auf. »Ein Sohn, wahrhaftig ein Sohn!« sagte Sam. »Wie schaut er denn aus, der Kleine?«

Er beugte sich über das Kind, sein Bart kitzelte den Säugling, der erneut zu plärren anfing. Seine Haut war weiß, die Augen blau wie die seines Vaters, aber sein Haar war schwarz und bildete einen dichten Schopf auf dem kleinen Köpfchen.

Am nächsten Morgen verließen sie die Hütte.

3

Sie ließen sich etwa zwanzig Meilen außerhalb von Dodge City nieder, und Sam eröffnete eine Art Fuhrunternehmen und arbeitete als Spediteur für die Postkutschen-Linien. Da er der einzige Mann in der Gegend war, der mehrere Maulesel besaß, ging sein Geschäft ziemlich gut.

Sie wohnten in einer kleinen Hütte, und dort wuchs Max langsam heran. Kaneha war glücklich über ihren Sohn. Mitunter fragte sie sich, warum ihr die Geister nicht noch mehr Kinder geschenkt hatten, aber sie machte sich weiter keine Gedanken darüber. Weil sie Indianerin war, lebten sie zurückgezogen und für sich.

Das war ganz nach Sams Geschmack. Im Grunde war er ein sehr scheuer Mensch, und die Jahre, die er allein auf der Prärie verbracht, hatten nicht dazu beigetragen, ihn geselliger zu machen.

Im Ort galt er als wortkarg und geizig. Es waren Gerüchte im Umlauf, wonach er auf seinem Anwesen Gold vergraben haben sollte, das noch aus seiner Büffeljägerzeit stamme.
Mit elf Jahren war Max so behende und flink wie seine indianischen Vorfahren. Er konnte jedes Pferd ohne Sattel reiten und einer Prärieratte die Augen auf dreißig Meter Entfernung mit seiner Kleinkaliberbüchse ausschießen. Sein schwarzes Haar hing ihm nach Indianerart lang und lose herunter, und seine Augen waren dunkelblau und wirkten fast schwarz in seinem sonnengebräunten Gesicht.
Eines Abends beim Essen warf Sam einen Blick auf seinen Sohn. »In Dodge City wird jetzt eine Schule eröffnet«, sagte er.
Max schaute seinen Vater an. Kaneha trat vom Herd an den Tisch. Max wußte nicht, ob er etwas erwidern sollte oder nicht. Schweigend aß er weiter.
»Ich habe dich angemeldet«, sagte Sam, »und zehn Dollar bezahlt.«
Max spürte, daß jetzt eine Äußerung von ihm erwartet wurde. »Wozu?«
»Damit du lesen und schreiben lernst«, sagte sein Vater.
»Wozu soll ich denn das lernen?« fragte Max.
»Weil man das können muß«, erklärte Sam.
»Du kannst doch auch nicht schreiben und nicht lesen«, erwiderte Max mit der eigenartigen Logik von Kindern. »Und es stört dich auch weiter nicht.«
»Die Zeiten sind jetzt anders«, sagte Sam. »Als ich klein war, brauchte man diese Dinge nicht. Jetzt ist Lesen oder Schreiben alles.«
»Ich hab' keine Lust, zur Schule zu gehen.«
»Du gehst«, sagte Sam und brüllte plötzlich. »Ich hab' schon alles abgesprochen. Die Woche über kannst du hinten in Olsens Mietsstall schlafen.«
Kaneha war sich nicht klar, ob sie richtig begriff, was ihr Mann sagte. »Worum handelt's sich?« fragte sie auf Kiowa.
Sam antwortete in derselben Sprache.
»Eine Quelle großen Wissens, ohne die unser Sohn nie ein großer Häuptling unter den Bleichgesichtern werden kann.«
Das genügte Kaneha. »Selbstverständlich muß er gehen«, sagte sie schlicht. Großes Wissen bedeutete großen Zauber. Sie trat wieder an den Herd.
Am nächsten Montag brachte Sam seinen Sohn zur Schule.
Die Lehrerin, eine verarmte adlige Dame aus den Südstaaten, kam an die Tür und lächelte Sam an.
»Guten Morgen, Mr. Sand«, sagte sie.
»Guten Morgen, Ma'am. Ich bringe Ihnen hier meinen Sohn.«
Die Lehrerin schaute erst ihn an, dann Max und sah sich dann suchend auf dem Schulhof um. »Wo ist er denn?« fragte sie endlich.
Sam gab Max einen Stoß. Max geriet ins Stolpern und blickte zu der Lehrerin auf. »Sag deiner Lehrerin guten Tag«, sagte Sam.

Max, der sich in seinem sauberen Wildlederhemd und seinen Gamaschen höchst unbehaglich fühlte, bohrte seinen nackten Fuß in das Erdreich und sagte schüchtern guten Tag.
Die Lehrerin musterte ihn von oben herab und rümpfte verächtlich die Nase. »Du lieber Gott, er ist ja ein Indianer!« rief sie. »Wir nehmen keine Indianer in diese Schule auf.«
Sam starrte sie an. »Er ist mein Sohn, Ma'am.«
Die Lehrerin kräuselte die Lippen. »Wir nehmen auch keine Mischlinge auf. Diese Schule ist ausschließlich für weiße Kinder.« Damit wandte sie sich ab. Sams Stimme hielt sie zurück. Sie klang eisig kalt, als er die vielleicht längste Ansprache seines Lebens hielt. »Ich weiß nichts über Ihre Religion, Ma'am, es interessiert mich auch nicht, was Sie für einen Glauben haben mögen. Ich weiß nur, daß Sie zweitausend Meilen von Virginia entfernt sind und daß Sie meine zehn Dollar Schulgeld gestern auf der Elternversammlung im Laden genauso gern angenommen haben wie die anderer Leute. Wenn Sie Ihren Verpflichtungen jetzt nicht nachkommen, empfehle ich Ihnen dringend, die nächste Postkutsche zurück nach den Oststaaten zu nehmen.«
Die Lehrerin starrte ihn empört an. »Mr. Sand, was nehmen Sie sich eigentlich mir gegenüber heraus? Ich glaube nicht, daß die anderen Eltern ihre Kinder gern mit Ihrem Sohn auf einer Bank sähen.«
»Sie waren alle auf der Versammlung«, sagte Sam. »Und keiner hat widersprochen.«
Die Lehrerin schaute ihn an. Sam merkte, daß sie im Begriff war, nachzugeben. »Euch Leute aus dem Westen werde ich nie und nimmer begreifen«, erklärte sie hilflos.
Mißbilligend schaute sie auf Max herab. »In dieser Kleidung kann er auf keinen Fall zum Unterricht kommen. Er muß zum mindesten so angezogen sein wie die anderen Kinder.«
»Sehr wohl, Ma'am«, sagte Sam und wandte sich an Max. »Komm«, sagte er. »Wir gehen jetzt in den Laden und kleiden dich anständig ein.«
»Wenn Sie schon dabei sind«, sagte sie, »so lassen Sie ihm doch auch gleich die Haare schneiden. Dann unterscheidet er sich nicht mehr so stark von den anderen Kindern.«
Sam nickte. Er wußte, was sie meinte.
Nachdem sie sich verabschiedet hatten, ging Max mit seinem Vater in den Laden. Auf dem Wege dorthin blickte er zu seinem Vater auf. Es war das erstemal, daß ihm dieser Gedanke kam. »Bin ich anders als andere, Pa?«
Sam blickte ihn an. Auch er hatte darüber noch nicht weiter nachgedacht. Eine plötzliche Traurigkeit überkam ihn. Er kniete sich in den Straßenstaub neben seinen Sohn und redete mit dem Wissen eines Menschen, der von der Erde lebt, auf ihn ein. »Selbstverständlich bist du anders«, sagte er und schaute dem Knaben in die Augen. »Auf dieser Welt unterscheidet sich einer vom

andern, genauso, wie es keine zwei Büffel oder Maulesel gibt, die sich völlig gleichen. Alle Menschen ähneln sich, doch jeder ist anders.«

Am Ende des ersten Schuljahres war die Lehrerin stolz auf Max. Zu ihrer großen Überraschung hatte er sich als ihr bester Schüler erwiesen. Er hatte eine rasche Auffassungsgabe und lernte leicht. Vor den Ferien sprach sie mit Sam und nahm ihm das Versprechen ab, seinen Sohn im Herbst zurückzuschicken.

Als die Schule schloß, fuhr Max mit seinen Sachen nach Hause. Während der ersten Woche war er voll beschäftigt damit, die Schäden zu beheben, die der Winter der Hütte zugefügt hatte.

Eines Abends, nachdem Max sich hingelegt hatte, wandte sich Kaneha an ihren Mann. »Sam«, sagte sie auf englisch zu ihm.

Sam ließ fast das Mauleselgeschirr fallen, das er ausbesserte. Es war das erstemal in ihrem Zusammenleben, daß sie ihn mit Vornamen anredete.

Kaneha spürte, wie ihr das Blut ins Gesicht stieg. Sie staunte über ihre Verwegenheit. Squaws warteten stets, bis sie von ihren Männern angesprochen wurden. Sie senkte den Blick.

»Stimmt es, daß unser Sohn auf der Schule der Bleichgesichter gut abgeschnitten hat?«

Sie spürte seinen durchdringenden Blick.

»Ja«, erwiderte er.

»Ich bin stolz auf unsern Sohn«, sagte sie und verfiel wieder in Kiowa. »Und ich bin seinem Vater dankbar, er ist ein mächtiger Jäger, der für seine Familie sorgt.«

Sam wußte nicht recht, worauf sie hinauswollte. Sie fuhr fort.

»Es ist nicht zu leugnen, daß unser Sohn viele Dinge in der Schule der Bleichgesichter lernt, die von großem Nutzen sind, aber er lernt auch manches, was ihn tief verstört.«

»Beispielsweise?« fragte Sam leise.

Sie blickte ihn voller Stolz an. »Unter den Bleichgesichtern gibt es Leute, die behaupten, daß er weniger wert wäre als sie, daß sein Blut nicht so rot wäre wie ihres.«

Sams Lippen wurden schmaler. Er fragte sich, woher sie das wissen mochte. Sie kam nie in das Städtchen, nie verließ sie die Hütte. Etwas wie Schuldgefühl regte sich in ihm.

»Das sind dumme Kinder«, sagte er.

»Ich weiß«, erwiderte sie schlicht.

Er streckte die Hand aus und tätschelte ihre Wange. Sie ergriff seine Hand und preßte sie gegen ihr Gesicht. »Ich meine, es wäre jetzt Zeit, unseren Sohn zu den Zelten des mächtigen Häuptlings zu schicken, der sein Großvater ist, damit er die wahre Zusammensetzung seines Blutes erfährt.«

Sam schaute ihr ins Gesicht. Es war in mancherlei Hinsicht ein kluger Vor-

schlag. Ein Sommer unter den Kiowa würde Max all die Dinge lehren, die er brauchte, um sich in diesem Lande durchzusetzen. Er würde merken, daß er aus einem Geschlecht stammte, das sein Blut weiter zurückverfolgen konnte als die Schakale, die auf ihn herabblickten. Sam nickte. »Ich werde unseren Sohn in das Lager unserer Brüder bringen.«
Wieder schaute er sie an. Er war jetzt zweiundfünfzig, und sie war fast um die Hälfte jünger. Sie ging noch immer aufrecht und war schlank und kräftig; sie war nicht so in die Breite gegangen wie andere Indianerinnen. Ein Gefühl tiefer Zuneigung stieg in ihm auf.
Er ließ das Mauleselgeschirr fallen und zog ihren Kopf an seine Brust.
Er streichelte ihr Haar. Plötzlich wurde ihm bewußt, was er all die Jahre im tiefsten Inneren für sie empfunden hatte. Er hob ihren Kopf an. »Ich liebe dich, Kaneha«, sagte er.
Ihre Augen waren dunkel und standen plötzlich voller Tränen. »Ich liebe dich, mein Mann.«
Und zum allerersten Mal küßte er sie auf den Mund.

4

Es war drei Sommer später an einem Sonnabendnachmittag gegen zwei, als Max auf einem Wagen im Hinterhof von Olsens Mietsstall stand und Heu ablud. Sein Oberkörper war nackt und tiefbraun gebrannt. Die Muskeln auf seinem Rücken bewegten sich spielend, als er das Heu aufgabelte und es durch die Luke hinauf auf den Boden beförderte.
Die drei Männer kamen auf den Hof geritten und machten in der Nähe des Wagens halt. Sie saßen nicht ab, sondern verharrten auf ihren Pferden und schauten ihn an.
Max setzte seine Tätigkeit fort, und nachdem sie ihm noch ein Weilchen zugesehen hatten, ergriff einer von den Männern das Wort. »He, Indianer«, sagte er. »Wo ist denn der Sand-Junge?«
Max warf eine weitere Heugabel voll durch die Luke. Dann spießte er die Gabel ins Heu und schaute auf die Männer hinunter. »Ich bin Max Sand«, erklärte er ruhig und stützte sich auf den Gabelgriff.
Die Männer wechselten bedeutungsvolle Blicke. »Wir suchen deinen Vater«, sagte der Mann, der zuerst gesprochen hatte. Max starrte ihn an, ohne etwas zu erwidern. Seine blauen Augen waren dunkel und unergründlich. »Wir waren am Postkutschenstand, aber dort war geschlossen. Wir sahen ein Schild dort, auf dem es hieß, daß dein Vater Fuhren übernimmt.«
»Das stimmt«, sagte Max. »Aber heut ist Sonnabend, und er ist nach Hause gegangen.«
Einer der anderen sagte: »Wir haben eine Wagenladung mit Stückgut für Virginia City. Die Sache eilt. Wir möchten gern mit ihm sprechen.«

Wiederum ergriff Max die Gabel und setzte seine Arbeit fort. »Ich werd's ihm ausrichten, wenn ich heute abend heimkomme.«
»Solange können wir nicht warten«, erklärte der erste Mann. »Wir wollen den Handel möglichst rasch abschließen und noch heute weiter. Wo wohnt ihr, und wie kommen wir dorthin?«
Max schaute sie neugierig an. Sie sahen nicht wie Siedler oder Bergleute oder wie die üblichen Auftraggeber aus, für die sein Vater Fuhren machte. Unter den Hüten, die ihre Gesichter beschatteten, und mit ihren umgeschnallten Revolvern sahen sie eher wie Banditen aus.
»In ein paar Stunden bin ich fertig hier«, sagte Max. »Dann kann ich euch hinführen.«
»Hast du nicht gehört, daß wir's eilig haben, Junge? Dein Vater wird schön wütend werden, wenn er erfährt, daß wir uns einen anderen Fuhrmann gesucht haben.«
Max zuckte die Achseln. »Wir wohnen etwa zwanzig Meilen außerhalb. Haltet euch nach Norden, immer die Straße entlang, dann ist es nicht zu verfehlen.«
Ohne weitere Worte wendeten die Männer ihre Pferde und ritten vom Hof. Der Wind trug ihm ihre Stimmen zu.
»Man sollte meinen, der alte Sand wüßte sich was Besseres, als mit einer Squaw zusammen zu hausen bei all den Reichtümern, die er verbuddelt hat.«
Max hörte die anderen lachen und arbeitete ingrimmig weiter.

Kaneha hörte sie zuerst. Sonnabend nachmittags lauschte sie besonders angespannt auf jedes Geräusch von der Straße, weil Max an diesem Tag zu erwarten war. Sie trat an die Tür und öffnete sie. »Drei Männer kommen«, sagte sie, hinausschauend.
Sam erhob sich vom Tisch, trat hinter sie und schaute ebenfalls hinaus. »Tatsächlich«, sagte er. »Ich bin gespannt, was die hier wollen.«
Kaneha hatte eine böse Vorahnung.
»Verriegle die Tür und laß sie nicht erst herein«, sagte sie. »Sie reiten so geräuschlos wie Apachen auf dem Kriegspfade, nicht wie ehrliche Leute.«
Sam lachte. »Du bist es nur nicht gewöhnt, Menschen zu sehen«, sagte er. »Wahrscheinlich wollen sie sich nur nach dem Weg ins Städtchen erkundigen.«
»Sie kommen von dort«, sagte Kaneha. Aber es war schon zu spät. Sam war bereits ins Freie getreten.
»Hallo!«rief er, als die Männer ihre Pferde vor der Hütte zügelten.
»Sam Sand?« fragte der Anführer.
Sam nickte. »Das bin ich. Was gib's?«
»Wir haben eine Fuhre nach Virginia City«, sagte der Mann. Er nahm seinen Hut ab und wischte sich mit dem Ärmel über das Gesicht. »Verdammt heiß heute.«

»Kann man wohl sagen«, nickte Sam. »Kommt rein und verschnauft euch ein Weilchen, während wir darüber sprechen.«
Die Männer stiegen ab, und Sam trat in die Hütte. »Hol eine Flasche Whisky«, sagte er zu Kaneha und wandte sich dann wieder an die Männer.
»Nehmt Platz, Um was für eine Fuhre handelt's sich denn?«
»Gold.«
»Gold?« fragte Sam. »Hier gibt's kein Gold, schon gar keine Wagenladung voll.«
»Darüber sind wir besser informiert«, sagte einer der Männer. Plötzlich hatten sie Revolver in den Händen. »Wir haben gehört, daß du eine ganze Wagenladung voll Gold verbuddelt haben sollst.«
Sam starrte sie für einen Augenblick an und lachte dann. »Steckt eure Schießeisen ruhig wieder ein, meine Herren«, sagte er. »Ihr glaubt doch diese verrückte Geschichte hoffentlich nicht?«
Einer der Männer trat langsam auf Sam zu und schlug ihm den Revolver mit voller Wucht über das Gesicht. Sam taumelte gegen die Wand. Ungläubig starrte er den Mann an.
»Du wirst schon noch mit der Sprache herausrücken, ehe wir mit dir fertig sind!« stieß er mit gepreßter Stimme hervor.

Die Luft in der Hütte war fast unerträglich heiß. Die drei Männer hatten sich in eine Ecke zurückgezogen und flüsterten miteinander. Hin und wieder warfen sie einen Blick auf ihre Gefangenen.
Sam hing schlaff da, fest an den Stützbalken in der Mitte der Hütte gebunden. Sein Kopf hing ihm auf die nackte Brust herunter. Blut rann ihm über das Gesicht und durchtränkte seine ergrauenden roten Bart- und Brusthaare. Seine Augen waren geschwollen und fast völlig geschlossen, seine Nase zerschlagen und gegen seine Backe gequetscht.
Kaneha war an einen Stuhl gebunden. Ihre Augen waren starr auf ihren Mann gerichtet. Sie versuchte den Kopf zu wenden, um etwas von dem zu hören, was die Männer hinter ihr sagten, aber sie konnte kein Glied bewegen, ihre Fesseln saßen zu straff.
»Vielleicht hat er wirklich kein Gold«, flüsterte einer der Männer.
»Natürlich hat er welches«, sagte der erste. »Der ist nur zäh. Du kennst diese alten Büffeljäger nicht so gut wie ich.«
»Auf die Art, wie du mit ihm umgehst, wirst du ihn nie zum Reden bringen«, erklärte der untersetzte Mann. »Er krepiert dir vorher.«
»Der wird schon noch reden«, erwiderte der erste Mann. Er trat an den Herd und holte mit einer Feuerzange eine glühende Kohle heraus. Damit trat er vor Sam hin, packte ihn an den Haaren und drückte seinen Kopf gegen den Balken. Er hielt Sam die Zange vor das Gesicht. »Wo ist das Gold?«
Sams Augen waren offen. Seine Stimme war nur noch ein heiseres Krächzen.

»Ich hab' kein Gold. Um Gottes willen, hätt' ich's euch nicht schon längst verraten, wenn ich welches hätte?«
Der Mann preßte die glühende Kohle gegen Sams Genick und seine Schulter. Sam brüllte vor Schmerz. »Ich hab' kein Gold!« Sein Kopf fiel zur Seite. Der Mann zog die glühende Kohle zurück, und das Blut quoll unter dem versengten Fleisch hervor und rann über seine Brust und seinen Arm.
Der Mann ergriff die auf dem Tisch stehende Whiskyflasche und nahm einen Schluck.
»Kipp etwas Wasser über ihn«, sagte er. »Wenn er nicht für sich selber reden will, so redet er vielleicht für seine Squaw.«
Der jüngste Mann nahm einen Eimer und überschüttete Sam mit Wasser. Sam schüttelte den Kopf und öffnete die Augen. Er starrte sie an.
Der älteste Mann stellte die Flasche ab und trat neben Kaneha. Er zog ein Jagdmesser aus seinem Gürtel. Die beiden anderen Männer beobachteten ihn gespannt. Er zerschnitt den Strick, mit dem sie an den Stuhl gebunden war. »Steh auf«, befahl er.
Kaneha erhob sich stumm. Der Mann vollführte hinter ihrem Rücken eine rasche Bewegung mit dem Messer, und ihr Kleid fiel zu Boden. Nackt stand sie vor ihm. Der jüngste Mann leckte seine Lippen, griff nach dem Whisky und trank, ohne den Blick von ihr abzuwenden.
Der ältere Mann packte Kaneha am Haar, drückte das Messer in ihren Rücken und zwang sie, vor Sam hinzutreten.
»Seit fünfzehn Jahren hab' ich keine Indianer-Squaw mehr gehäutet«, sagte er. »Aber ich hab' noch nicht vergessen, wie man das macht.«
Rasch ging er um sie herum und ließ das Messer leicht über ihre Haut gleiten. Eine dünne Blutspur kennzeichnete den Weg, den die Klinge genommen hatte, und verlief von unterhalb ihres Kinns über ihren Hals durch die Rinne zwischen ihren Brüsten bis hinab zu ihrer Scham.
Sam fing an zu schluchzen und vergaß den eigenen Schmerz. »Verschont sie«, flehte er. »Verschont sie, um Gottes willen. Wir haben kein Gold.«
Kaneha streckte die Hand aus und strich sanft über das Gesicht ihres Mannes. »Ich fürchte mich nicht, mein Gemahl«, sagte sie auf Kiowa. »Die Geister werden den Bösewichtern ihr Tun vergelten.«
Sam neigte den Kopf, das Gesicht tränenüberströmt. »Es tut mir leid, mein Leben«, sagte er auf Kiowa.
»Binde ihre Hände an die Tischbeine«, befahl der älteste Mann.
Nachdem sein Befehl ausgeführt war, kniete er sich auf sie, das Messer an ihrer Kehle. »Das Gold, wo ist das Gold?«
Sam schüttelte den Kopf, er konnte nicht mehr sprechen.
Er blickte Sam an. »Der Herr hat sicherlich nichts dagegen, wenn wir uns seine Squaw erst ein bißchen vornehmen, ehe wir sie häuten. Indianerinnen sollen das besonders gern haben.«

Er stand auf, legte das Messer auf den Tisch und schnallte seinen Revolvergürtel ab.
Kaneha stieß mit den Beinen nach ihm.
Er fluchte leise. »Haltet ihre Beine fest«, sagte er. »Ich werd' den Anfang machen.«

Es war fast sieben Uhr, als Max auf dem Braunen, den Olsen ihm geliehen hatte, zu der Hütte hinaufritt. Eine seltsame Stille lag über dem Anwesen. Aus dem Kamin quoll keinerlei Rauch. Das war verwunderlich. Gewöhnlich war seine Mutter beim Kochen, wenn er heimkam.
Er sprang vom Pferd und ging auf die Hütte zu. Plötzlich blieb er stehen. Die Tür stand offen und bewegte sich in der leichten Brise. Eine unerklärliche Furcht beschlich ihn, und er setzte sich in Trab.
Er stolperte über die Schwelle und blieb plötzlich wie angewurzelt stehen. Seine Augen weiteten sich vor Entsetzen. Sein Vater hing festgebunden an dem Mittelbalken. Sein Mund und seine Augen standen im Tode offen. Seine hintere Schädeldecke war von der Kugel eines Revolvers weggerissen, den man ihm in den Mund gesteckt und abgefeuert hatte.
Langsam ließ Max seine Blicke über den Fußboden schweifen. In einer Blutlache lag eine formlose Masse, die nur noch in groben Umrissen an seine Mutter erinnerte.
Die Lähmung wich im selben Augenblick von ihm, da er anfing zu schreien, aber die Übelkeit, die in ihm aufstieg, erstickte den Schrei. Wieder und wieder mußte er sich übergeben, bis er nichts mehr in sich hatte.
Er wandte sich um und torkelte aus der Hütte. Draußen sank er zu Boden und fing an zu schluchzen. Nach einer Weile versiegten seine Tränen. Er erhob sich und ging um die Hütte herum zu dem Wassertrog.
Er steckte den Kopf hinein und säuberte sein Gesicht und seine Kleider. Von Nässe triefend, richtete er sich auf und blickte sich um.
Das Pferd seines Vaters war verschwunden, doch die sechs Maulesel grasten unbeteiligt auf der Koppel, und der Wagen stand unangetastet unter der Remise auf der Rückseite der Hütte. Die vier Schafe und die Hühner, auf die seine Mutter so stolz gewesen war, befanden sich ebenfalls noch im Stall.
Er wischte sich mit den Armen über die Augen. Ich muß etwas unternehmen, dachte er. Aber er konnte sich nicht dazu aufraffen, das zu bestatten, was in der Hütte war. Das hatte nichts mehr mit seiner Mutter und seinem Vater zu tun, niemals konnten seine Eltern so aussehen. Es blieb nur ein einziger Ausweg.
Er holte das Geschirr aus der Remise und spannte die Maulesel vor den Wagen. Er ergriff einen Korb, trat in den Stall und warf die Hühner hinein. Er stellte den Korb auf den Wagen. Dann hob er ein Schaf nach dem anderen auf den Wagen und band die Tiere fest.

Er fuhr mit dem Gespann um die Hütte herum nach vorn und band den Braunen mit dem Halfter an die Rückseite des Wagens. Dann führte er das Gespann im Schritt den Weg hinunter, bis er etwa zweihundert Meter von der Hütte entfernt war, band die Maulesel an einen Strauch und kehrte zu der Hütte zurück.

Er ergriff den Teereimer und ging hinein. Er beschmierte das auf dem Fußboden gestapelte Brennholz mit Teer, ohne einen Blick auf die Leichname seiner Eltern zu werfen. An der Tür blieb er stehen und bestrich sie mit dem Rest des Teers.

Er zögerte noch einen Augenblick, dann fiel ihm etwas ein, und er trat noch einmal ins Innere der Hütte. Er langte in das Fach, wo sein Vater seine Flinte und seinen Revolver aufbewahrte, aber die Waffen fehlten. Er tastete das Fach ab und berührte etwas Weiches. Er zog es heraus.

Es war ein neues Wildlederhemd und ein Paar ebensolcher Hosen, die seine Mutter für ihn angefertigt hatte, beide hell und geschmeidig und schön in der Farbe. Wieder traten ihm die Tränen in die Augen. Er rollte die Sachen zusammen, nahm sie unter den Arm und trat an die Tür.

Er hielt ein Streichholz an den Teerbesen, bis er lichterloh brannte. Nachdem er sich vergewissert hatte, daß er richtig Feuer gefangen, schleuderte er ihn ins Innere der Hütte und trat von der offenen Tür zurück

Eine gewaltige Rauchwolke quoll aus dem Türrahmen. Plötzlich gab es einen lauten Krach, und eine Flamme schlug heraus.

Er lief den Weg entlang, stieg auf den Wagen und fuhr in Richtung des Städtchens.

5

Er fuhr mit dem Wagen in den Hof hinter Olsens Mietsstall. Dann sprang er hinunter und ging zu dem danebenstehenden Haus hinüber. Er stieg die Hintertreppe hinauf und klopfte.

»Mr. Olsen!« rief er.

Ein Schatten verdunkelte das erleuchtete Fenster. Die Tür wurde geöffnet, und Olsen erschien. »Max«, sagte er, »was machst du denn hier auf dem Hofe?«

Max starrte in Olsens Gesicht. »Jemand hat meine Ma und meinen Pa umgebracht.«

»Umgebracht!« stieß Olsen hervor. »Wer hat sie umgebracht?«

Olsens Stimme lockte seine Frau herbei.

»Die drei Männer«, sagte Max. »Sie haben sich bei mir erkundigt, und ich hab' ihnen den Weg zu uns beschrieben. Und sie haben sie umgebracht.« Er zauderte, und seine Stimme brach fast. »Und sie haben Vaters Pferd gestohlen und auch seine Flinte und seinen Revolver mitgenommen.« Mrs.Olsen

spürte zuerst, was sich hinter der Gefaßtheit des Jungen verbarg. Sie schob ihren Mann beiseite und streckte die Hand nach Max aus. »Komm herein, ich mach dir was zu trinken«, sagte sie.
Er schaute in ihre Augen. »Dazu ist jetzt keine Zeit«, sagte er. »Ich muß die Verfolgung aufnehmen.« Er wandte sich an Olsen. »Ich habe die Maulesel und den Wagen und vier Schafe und sechzehn Hühner draußen. Würden Sie mir hundert Dollar und das Indianerpony dafür geben?«
Olsen nickte. »Selbstverständlich, mein Junge.« Die Maulesel und der Wagen waren dreimal soviel wert.
»Kann ich das Geld jetzt gleich haben?«
»Sicher, mein Junge«, erwiderte Olsen und trat ins Zimmer.

Am zweiten Tage nach seinem Aufbruch ließ Max das Pony in Schritt fallen und blickte sich aufmerksam im Gelände um. Nach einigen Minuten hielt er an und stieg ab. Er stellte fest, daß die vier Pferde hier haltgemacht hatten. Sie hatten sich für eine Weile im Kreise bewegt, und dann hatten zwei von ihnen den Weg nach Virginia City genommen. Die anderen beiden Spuren verliefen in östlicher Richtung über die Prärie.
Er saß wieder auf und folgte den Spuren, die ihm verrieten, daß eines der beiden Pferde seinem Vater gehört hatte. Er erkannte die Hufabdrücke in dem weichen Erdreich. Sie waren flacher als die anderen, was bedeutete, daß das Pferd nicht geritten, sondern reiterlos mitgeführt wurde. Es bedeutete auch, daß der Mann, hinter dem er her war, der Anführer sein mußte, sonst hätte man ihm das Pferd kaum überlassen, das die wertvollste Beute war.
Nach einigen Meilen sah er Pferdeäpfel auf dem Boden liegen. Er machte halt und sprang ab. Er stieß mit dem Fuß in den Dung. Er war nicht älter als sieben Stunden. Sie hatten länger getrödelt, als er vermutet hatte. Er saß wieder auf und ritt weiter.
Er ritt die ganze Nacht hindurch und verfolgte die Spuren, die in dem hellen Mondlicht lesbar waren. Am Abend des folgenden Tages hatte er seinen Gegner nahezu eingeholt.
Er musterte den Himmel. Es war gegen sieben Uhr und würde bald dunkel werden. Der Mann würde wahrscheinlich Rast machen, wenn er es nicht schon getan hatte. Max saß ab und wartete auf den Anbruch der Dunkelheit.
Während er dasaß, schnitt er einen gegabelten Zweig von einem Strauch und klemmte einen runden Stein in die Gabelung. Dann befestigte er den Stein mit dünnen Lederstreifen und umwickelte den Zweig damit, um einen Griff zu bekommen. Als er fertig war, besaß er eine handliche Keule. Jetzt kam ihm zugute, was er in jenem Sommer von den Kiowa gelernt hatte.
Inzwischen war es finster geworden. Er erhob sich und befestigte die Keule an seinem Gürtel. Er nahm das Pony am Halfter und ging vorsichtig zu Fuß weiter.

Er lief langsam, angespannt lauschend, und setzte sein ganzes Witterungsvermögen ein, ob ihm die Brise den Geruch eines Lagerfeuers zutrüge.
Er hatte Glück und witterte das Lagerfeuer schon aus der Ferne. Er band das Pony an einen Strauch und zog die Flinte aus dem Packen, den er auf dem Rücken des Tieres festgeschnallt hatte. Geräuschlos schlich er weiter. Das Lagerfeuer glomm nur noch schwach und war am Verlöschen. Er konnte die dunkle Gestalt des Mannes neben den Felsen liegen sehen. Behutsam robbte er sich näher. Der Mann schnarchte leicht und bewegte sich im Schlaf. Max erstarrte für einen Augenblick, dann verfiel die Gestalt wieder in Reglosigkeit, und Max robbte sich noch näher heran Er konnte die ausgestreckte Hand des Mannes erkennen. Seine Fingerspitzen lagen am Abzug des Revolvers.
Max kroch um ihn herum und hob einen kleinen Stein auf. Geräuschlos zog er seine Keule aus dem Gürtel und ging in Kauerstellung. Er hielt den Atem an und warf den Stein zu Füßen des daliegenden Mannes.
Mit einem unterdrückten Fluch setzte dieser sich auf, den Revolver in der Hand. Der Keulenschlag von hinten traf ihn völlig unvermutet.
Max starrte ihn einen Augenblick an, zog dann sein Messer heraus und skalpierte ihn.
Er nahm die beiden Pferde am Halfter und bestieg dann das Pony. Mit den beiden anderen Tieren im Gefolge wandte er sich nordwärts, wo die Kiowa ihr Land hatten.
Der alte Häuptling, sein Großvater, trat aus seinem Zelt und sah zu, wie er absaß. Er verharrte in Schweigen, bis Max auf ihn zukam.
Max schaute dem Alten in die Augen. »Ich komme mit trauriger Kunde zu den Zelten meines Stammes«, sagte er auf Kiowa. Der Häuptling schwieg.
»Mein Vater und meine Mutter sind tot«, fuhr Max fort.
Der Häuptling sagte noch immer nichts.
Max nahm den Skalp, der an seinem Gürtel hing, und warf ihn vor den Häuptling hin. »Ich habe den Skalp des einen Mörders mitgebracht«, sagte er. »Und bin zu den Zelten meines Großvaters, des mächtigen Häuptlings, gekommen, um mein Leid hier zu verwinden.«

6

Max saß auf dem Pony und kam hinter den letzten Rindern die aus dem Viehwagen führende Rampe herunter. Er wartete einen Augenblick, bis der letzte Stier innerhalb des Viehhofes war und warf dann das Gatter zu. Er nahm den Hut ab und wischte sich mit dem Ärmel den Schweiß von der Stirn. Er warf einen Blick auf die Sonne, die fast senkrecht über ihm stand, weißglühend, und ihre Strahlen in den späten Frühjahrsstaub des Viehhofes bohrte. Die Rinder brüllten leise, als ahnten sie, daß ihr Ende bevorstand.

Max stülpte sich den Hut wieder auf und ließ seinen Blick am Zaun entlang schweifen, wo der Boß mit den Aufkäufern saß. Er ritt auf sie zu.
Farrar wandte sich um, als Max das Pferd neben ihnen zum Stehen brachte. »Alles drin?«
»Alles drin, Mr. Farrar«, erwiderte Max.
»Gut«, sagte Farrar. Er wandte sich an einen der Aufkäufer. »Stimmt die Anzahl? Elfhundertzehn Stück nach meiner Rechnung.«
»Nach meiner auch«, sagte der Käufer.
Farrar sprang von der Einzäunung. »Ich komme heute nachmittag in Ihr Büro, um mir den Scheck zu holen.«
Der Käufer nickte. »Bis dahin ist er ausgeschrieben.«
Farrar stieg auf sein Pferd. »Komm, Junge«, sagte er über seine Schulter. »Gehen wir ins Hotel und waschen uns den Dreck vom Leibe.«
»Mann«, sagte Farrar, nachdem er gebadet hatte. »Ich fühle mich zwanzig Pfund leichter.«
Max zog sich gerade die Stiefel an, richtete sich auf und wandte sich um. »Ja«, sagte er. »Mir geht's genauso.«
Farrar machte große Augen und stieß einen Pfiff aus. Max hatte ein fast weißes Wildlederhemd und Reithosen an. Seine hochhackigen Cowboy-Stiefel waren auf Hochglanz geputzt, und sein Halstuch hob sich wie ein Goldfunken von seiner dunklen, gebräunten Haut ab. Sein nahezu blauschwarzes Haar wallte über seine Schultern herab.
Wieder stieß Farrar einen Pfiff aus. »Mann, wo hast du denn diese Klamotten her?«
Max lächelte. »Es sind die letzten Sachen, die meine Mutter für mich gemacht hat.«
Farrar lachte. »Darin siehst du tatsächlich wie ein Indianer aus.«
Max stimmte in sein Lachen ein. »Das bin ich ja auch.«
Farrar wurde plötzlich ernst. »Nur zur Hälfte, Junge«, sagte er. »Dein Vater war weiß und ein großartiger Kerl. Ich habe viele Jahre mit Sam Sand auf Jagd verbracht; du solltest stolz auf ihn sein.«
»Ich bin auch stolz auf ihn, Mr. Farrar«, sagte Max. »Aber ich hab' noch immer nicht vergessen, daß es Weiße waren, die ihn und meine Mutter umgebracht haben.«
Er nahm seinen Revolvergürtel vom Stuhl und schnallte ihn um. Farrar beobachtete ihn und sah, wie er sich bückte, um das Halfter an seinem Schenkel zu befestigen. »Hast du die Suche nach diesen Kerlen noch immer nicht aufgegeben?«
Max hob den Kopf. »Nein, noch nicht.«
»Kansas City ist eine große Stadt«, sagte Farrar. »Woher weißt du, daß du ihn hier finden wirst?«
»Wenn er sich hier aufhält, finde ich ihn auch«, erwiderte Max. »Ich habe

gehört, daß er hier sein soll. Sobald ich mit ihm abgerechnet haben werde, gehe ich nach West-Texas und hol' mir den anderen.«
Farrar schwieg eine Weile. »Paß nur auf, daß er dich in dieser Aufmachung nicht zuerst erkennt und zuerst zieht.«
»Hoffentlich«, sagte Max ruhig. »Er soll wissen, weshalb er sterben muß.«
Die kalte Glut in den Augen des jungen Menschen zwang Farrar dazu, sich abzuwenden und nach einem Hemd zu greifen. Max wartete schweigend, bis er fertig angekleidet war.»Ich würde jetzt gern mein Geld haben, Mr. Farrar«, sagte er, als der Mann seine Hosen angezogen hatte.
Farrar trat an die Kommode und nahm seine Brieftasche heraus. »Hier«, sagte er. »Lohn für vier Monate – achtzig Dollar – und die sechzig Dollar, die du beim Pokern gewonnen hast.« Max steckte die Scheine in seine Gesäßtasche, ohne sie zu zählen. »Vielen Dank, Mr. Farrar.«
»Du gehst also bestimmt nicht mit mir zurück?« fragte Farrar.
»Nein, danke, Mr. Farrar.«
»Du kannst nicht all diesen aufgespeicherten Haß in deiner Seele mit dir herumtragen, Junge«, sagte der ältere Mann. »Es ist ungesund. Am Ende schadest du dir nur selber.«
»Das kann ich nicht ändern, Mr. Farrar«, sagte Max langsam. Seine Augen waren leer und kalt. »Ich kann nicht vergessen, daß der Lump dieselbe Brust, die mich genährt hat, als Tabaksbeutel verwendet.«
Die Tür fiel hinter ihm ins Schloß, und Farrar stand da, den Blick starr darauf gerichtet.

Mary Grady lächelte den jungen Mann an. »Trink deinen Whisky aus«, sagte sie. »Ich streif' mir inzwischen das Kleid ab.«
Der junge Mensch beobachtete sie einen Augenblick und leerte sein Glas dann auf einen Zug. Er hustete, trat an den Bettrand und ließ sich darauf nieder.
Mary warf ihm einen Blick zu und streifte sich ihr Kleid über den Kopf. »Wie fühlst du dich?«
Der junge Mensch schaute sie an. Sie bemerkte, daß seine Augen bereits trüb waren. »Gut«, sagte er. »Ich bin nur nicht gewöhnt, so viel zu trinken.«
Sie trat näher und schaute auf ihn herab, das Kleid über dem Arm. »Streck dich aus und mach die Augen zu. Dann hast du in ein paar Minuten wieder einen klaren Kopf.« Verständnislos starrte er zu ihr hinauf, ohne etwas zu erwidern.
Nach einer Weile beugte sie sich über ihn und rüttelte ihn an der Schulter. Etwas wie Bewußtheit funkelte in seinen Augen auf. Er versuchte sich aufzurichten, die Hand um den Kolben seines Revolvers geklammert, aber die Anstrengung war zu groß. Er sackte in sich zusammen und fiel schräg über das Bett.
Sachkundig hob Mary eines seiner Augenlider an. Der junge Kerl war total

hinüber. Sie lächelte vor sich hin, trat an das Fenster und blickte auf die Straße hinunter.
Ihr Zuhälter stand auf der anderen Straßenseite vor einer Kneipe. Sie zog das Rouleau zweimal auf und zu; es war das vereinbarte Zeichen, und er kam daraufhin auf das Hotel zugeschritten.
Als er zu ihr ins Zimmer trat, war sie bereits wieder angekleidet. »Lange genug hat's gedauert, bis du ihn hier oben hattest«, sagte er mürrisch.
»Was sollte ich denn machen?« sagte sie. »Er wollte durchaus nicht trinken. Er ist ja noch ein halbes Kind.«
»Wieviel hatte er bei sich?« fragte der Zuhälter.
»Ich weiß nicht«, erwiderte Mary. »Das Geld steckt in seiner Gesäßtasche. Nimm's ihm ab und dann bloß fort. Mir ist das Ganze unheimlich.«
Der Zuhälter trat an das Bett und zog dem jungen Menschen das Geld aus der Tasche. Rasch zählte er es durch. »Hundertdreißig Dollar«, sagte er.
Mary trat neben ihn und umschlang ihn mit den Armen. »Hundertdreißig Dollar! Damit könnten wir eigentlich für heute Schluß machen«, sagte sie und küßte ihn aufs Kinn. »Wir könnten in meine Wohnung gehen und die Nacht miteinander verbringen.«
Der Zuhälter blickte sie von oben herab an. »Was? Bist du wahnsinnig?« krächzte er. »Es ist erst elf. Du kannst noch mindestens drei Mann ausnehmen.«
Er wandte sich um und warf einen Blick auf den Daliegenden, während sie ihre Handtasche ergriff.
»Vergiß die Flasche Whisky nicht«, sagte er über seine Schulter.
»Bestimmt nicht.«
»Er sieht mir nicht wie ein Cowboy aus«, sagte er. »Mir sieht er mehr nach einem Indianer aus.«
»Das ist er auch«, sagte sie. »Er war auf der Suche nach irgendeinem Kerl, der einen Tabaksbeutel, hergestellt aus der Haut einer Indianerin, haben sollte.« Sie lachte. »Ich glaube, er wollte gar nicht mit mir zusammensein. Ich habe ihn nur hier herauflotsen können, indem ich ihm vortäuschte, ich wüßte, wen er suche.«
Der Zuhälter machte ein nachdenkliches Gesicht.
»Er trägt auch einen Revolver. Das zu erfahren, müßte dem Mann, den er sucht, eigentlich etwas wert sein.«
»Weißt du, um wen es sich handelt?«
»Vielleicht«, sagte der Zuhälter. »Komm jetzt.«

Es war fast zwei Uhr, als der Zuhälter den Mann fand, den er suchte. Er spielte Karten in einem Hinterzimmer des Golden Eagle.
Behutsam klopfte der Zuhälter ihm auf die Schulter. »Mr. Dort«, flüsterte er.
»Was willst du denn, zum Teufel?«

Der Zuhälter leckte sich nervös die Lippen. »Entschuldigen Sie vielmals, Mr. Dort«, sagte er. »Aber ich habe Kenntnis von einer Sache bekommen, die Sie interessieren dürfte.«
Der Zuhälter ließ seinen Blick nervös rings um den Tisch schweifen. Die anderen Männer starrten ihn an.
»Vielleicht sollten wir lieber unter vier Augen darüber sprechen, Mr. Dort«, sagte er. »Es handelt sich um den Tabaksbeutel dort.«
Er deutete auf den Tisch, wo der Beutel lag.
Dort lachte. »Meinen Tabaksbeutel? Immer will ihn mir jemand abkaufen. Er ist unveräußerlich.«
»Darum geht es nicht, Mr. Dort«, flüsterte der Zuhälter.
»So sag schon, was du willst, verdammt noch mal.«
»Was bekomme ich als Belohnung?«
Dort sprang auf, packte den Zuhälter am Jackett und drückte ihn fest gegen die Wand.
»Wovon sollte ich Kenntnis haben?«
»Und meine Belohnung, Mr. Dort?« fragte der Zuhälter, die Augen vor Furcht weit aufgerissen. Dort war einer der gefürchtetsten Totschläger in der Stadt.
»Du bekommst deine Belohnung gleich, wenn du nicht sofort mit der Sprache herausrückst«, sagte Dort drohend.
»Hier in der Stadt ist ein Indianerjunge, der Sie sucht«, sagte der Zuhälter entsetzt. »Er ist bewaffnet.«
»Ein Indianerjunge?« Langsam lockerte sich sein Zugriff. »Wie sieht er denn aus?«
Der Zuhälter gab eine rasche Beschreibung von Max.
»Hat er blaue Augen?« fragte Dort rauh.
Der Zuhälter nickte. »Ja. Das ist mir aufgefallen, als er sich in der Kneipe an eines von meinen Mädchen heranmachte. Deswegen hab' ich ihn zuerst auch gar nicht für einen Indianer halten wollen. Kennen Sie ihn?«
Dort nickte gedankenlos. »Ich kenne ihn«, sagte er. »Der Beutel dort ist aus der Haut seiner Mutter.«
Alle Augen waren auf den Tabaksbeutel gerichtet. Dort ergriff ihn und steckte ihn ein.
»Was werden Sie gegen ihn unternehmen?« fragte der Zuhälter.
»Unternehmen?« wiederholte Dort schwerfällig. Er schaute den Zuhälter an, dann die Männer am Tisch. Jetzt konnte er nicht mehr kneifen, sonst war alles verloren. Sein Ruf, seine Stellung in diesem Kreis, kurz: alles.
»Unternehmen?« sagte er wiederum, diesmal lauter und überzeugter. »Das, was ich schon vor einem Jahr hätte tun sollen. Ihn umbringen.« Er wandte sich an den Zuhälter. »Wo ist er?«
»Ich werde Sie hinführen«, erklärte der Zuhälter bereitwilligst.

Die Männer am Tisch schauten sich an und erhoben sich dann schweigend. »Das dürfte einen Heidenspaß geben«, sagte einer von ihnen. »So warte doch auf uns, Tom.«
Als sie in das Hotel kamen, war Max bereits gegangen. Aber der Geschäftsführer sagte ihnen, wo sie ihn am nächsten Tage antreffen würden. Um zwei Uhr auf dem Viehhof. Der Geschäftsführer war mit ihm dort verabredet, um einen Dollar für das Zimmer zu kassieren.
Dort warf einen Silberdollar auf das Zahlbrett.
»Hier haben Sie Ihren Dollar«, sagte er. »Ich werde ihn für Sie einkassieren.«
Farrar lehnte am Zaun und sah zu, wie Max die jungen Stiere in die Futterkoppel trieb. Neben ihm lehnte noch ein anderer Mann lässig am Zaun.
»Der Junge hat einen sechsten Sinn im Umgang mit Pferden«, sagte Farrar, ohne ihn anzuschauen.
Die Stimme des Mannes klang unverbindlich.
»Ja.« Er drehte eine Zigarette und nahm sie in den Mund. »Hätten Sie vielleicht etwas Feuer?«
»Aber ja«, sagte Farrar und griff in seine Tasche. Er steckte ein Streichholz an und hielt es dem Mann hin. Seine Hand erstarrte, als er den Tabaksbeutel in der Hand des anderen erblickte.
Der Mann verfolgte seinen Blick. »Was gibt's denn da zu starren?«
»Diesen Tabaksbeutel«, sagte Farrar. »Etwas Ähnliches ist mir noch nie zu Gesicht gekommen.«
Der Mann lachte. »Das ist nichts weiter als eine alte Squaw-Brust«, sagte er. »Darin bleibt der Tabak am längsten frisch und feucht. Lange halten die Dinger allerdings nicht. Dieser wird schon ziemlich dünn, wie Sie sehen.«
Plötzlich wandte sich Farrar vom Zaun ab, um Max ein Zeichen zu geben.
»An Ihrer Stelle würde ich das unterlassen«, sagte der Mann. Erst jetzt nahm Farrar die anderen Männer hinter sich wahr. Hilflos sah er zu, wie Max das Gatter hinter den letzten Stieren zuwarf und auf die Gruppe von Männern zugeritten kam.
Max stieg aus dem Sattel und band das Pferd an einen Pfosten.
»Alles erledigt, Mr. Farrar«, sagte er.
»Das war großartiges Reiten, Junge«, sagte der Mann. Er warf Max den Tabaksbeutel zu. »Da, dreh dir eine Zigarette.«
Max fing den Beutel gewandt auf. »Danke«, sagte er. Er richtete den Blick auf den Beutel, um ihn zu öffnen. Er schaute den Mann an, dann wieder auf den Beutel, und verfärbte sich.
Der Beutel fiel ihm aus der Hand, und der Tabak ergoß sich auf die Erde. Er starrte den Mann an. »Ich hätte Sie nicht wiedererkannt, wenn Sie das nicht getan hätten«, sagte er leise.
Dort lachte rauh. »Das macht der Bart, schätze ich.«

Max trat langsam ein paar Schritte zurück. »Stimmt. Du bist einer von ihnen. Jetzt erkenne ich dich wieder.«
»Ja, ich bin einer von ihnen«, sagte Dort, die Hand an seinem Revolver. »Hast du was dagegen?«
Unwillkürlich traten Farrar und die anderen Männer zur Seite. »Mach keine Dummheiten, Max!« rief Farrar heiser. »Das ist Tom Dort. Du hast keine Ahnung, wie fix er mit dem Revolver ist.«
Max schaute Dort unverwandt an. »Ganz gleich, wie fix er sein mag, Mr. Farrar«, sagte er. »Ich werde ihn umbringen.«
»Zieh, Indianer, zieh!« sagte Dort mit dumpfer Stimme.
»Das hat Zeit!«, sagte Max leise. »Du sollst so langsam sterben wie meine Mutter.«
Dorts Gesicht lief in der prallen Sonne rot an. »Zieh!« sagte er heiser. »Zieh, du gottverdammter Bastard einer billigen Indianerhure!«
»Ich hab's nicht eilig, dich zu töten«, erwiderte Max leise. »Ich will dich verrecken sehen.«
Dort spürte Furcht in sich aufsteigen. Aus den Augenwinkeln sah er die Männer stehen, die Zeuge dieser Szene waren. Er starrte auf Max. Das Gesicht des jungen Menschen war haßverzerrt; mit gebleckten Zähnen stand er da.
Jetzt, dachte Dort, jetzt. Am besten, ich bringe es hinter mich. Seine Hand griff nach dem Revolver.
Farrar nahm die Bewegung wahr, aber so rasch er die Blickrichtung auch änderte, er sah nicht mehr, wie der Revolver in Max' Hand gelangte. Er entlud sich, noch ehe Dorts Revolver aus dem Halfter heraus war.
Die Waffe entfiel Dorts Hand, er ging in die Knie nieder und faßte mit den Händen zwischen seine Beine.
Langsam kam Max auf ihn zu.
Dort verharrte eine Weile kniend, fast in Gebetshaltung, dann hob er die Hand und betrachtete sie. Von den Fingern tropfte Blut. Er hob den Kopf und starrte Max an. »Du Schwein!« schrie er und griff nach dem Revolver, der vor ihm im Staub lag.
Max wartete, bis die Mündung auf ihn gerichtet war; dann feuerte er zwei Schüsse ab.
Die Kugeln rissen Dort um, zuckend wälzte er sich am Boden. Max trat näher, schaute auf ihn herab, den rauchenden Revolver in der Hand.
Zwei Tage später wurde Max vor die Wahl gestellt, entweder ins Heer einzutreten oder sich vor Gericht zu verantworten. Überall ging die Rede von einem Krieg mit Kuba, und der Richter gebärdete sich sehr patriotisch. Max hätte unter Umständen auf Notwehr plädieren und einen Freispruch erreichen können, aber das war ihm selbst mit Zeugen zu riskant.
Er hatte noch mit einem Manne abzurechnen, dessen Namen er nicht einmal kannte.

7

Nevada bewegte sich unruhig in dem unbestimmten Gefühl, daß noch jemand mit ihm im Zimmer wäre. Automatisch langte er nach einer Zigarette, und als seine Hand ins Leere griff und herunter gegen die Couchkante fiel, wurde er wach.

Er mußte erst kurz überlegen, wo er sich befand, dann rollte er sich von der Couch herunter und tastete nach seinen Hosen. Die Zigaretten steckten in der Tasche rechts. Er steckte sich eine in den Mund und zündete ein Streichholz an.

Die Flamme erhellte die Dunkelheit, und er sah Rina in dem Armlehnstuhl sitzen, den Blick auf ihn gerichtet. Er zog tief an der Zigarette und blies das Streichholz aus.

»Warum schläfst du nicht?« fragte er.

Sie holte tief Luft. »Ich konnte nicht schlafen«, sagte sie. »Ich habe Angst.«

Er schaute sie verwundert an. »Angst, Rina? Angst wovor?«

Sie bewegte sich nicht. »Angst vor dem, was mir bevorsteht.«

Er lachte und sagte beschwichtigend: »Du hast Vermögen, und du bist jung. Dein ganzes Leben liegt noch vor dir.«

Ihr Gesicht war ein leuchtender Schatten in der Dunkelheit. »Ich weiß«, flüsterte sie. »Das sage ich mir selber auch. Ich kann nur nicht daran glauben.«

Plötzlich lag sie vor ihm auf den Knien. »Du mußt mir helfen, Nevada.«

Er streckte die Hand aus und strich über ihr Haar. »Alles braucht seine Zeit, Rina.«

Ihre Hand griff nach seiner. »Du begreifst nicht, Nevada«, sagte sie rauh. »Ich hatte dieses Gefühl schon immer. Ehe ich Cord heiratete, bevor ich hier herauskam. Selbst als kleines Mädchen.«

»Dann und wann fürchtet sich jeder einmal, Rina.«

Ihre Stimme klang noch immer heiser vor Entsetzen. »Aber nicht so wie ich. Ich bin anders. Ich sterbe bestimmt jung und an einer schrecklichen Krankheit. Ich spüre es, Nevada, die Gewißheit ist in mir.«

Nevada blieb ruhig sitzen, fuhr mit der Hand über ihren Kopf und ließ sie weinen. »Wenn du erst wieder in den Oststaaten sein wirst, wird sich alles ändern«, sagte er leise. »Dort wirst du junge Männer kennenlernen und . . .«

Sie hob den Kopf und blickte ihn an. Der erste schwache Schimmer der Morgendämmerung huschte über ihre Züge. Ihre Augen waren weit geöffnet und standen voller Tränen. »Junge Männer, Nevada?« fragte sie, und ihre Stimme bekam einen verächtlichen Klang. »Gerade vor ihnen fürchte ich mich am meisten. Glaubst du, ich hätte nicht Jonas geheiratet statt seinen Vater, wenn das nicht der Fall wäre?«

Er gab keine Antwort.

»Junge Männer sind sich alle gleich. Sie wollen doch nur das eine.«

»Was erwartest du denn, Rina?« fragte er. »Warum erzählst du mir das eigentlich alles?«
Sie blickte ihn an. »Weil du wissen sollst, wie ich bin. Weil du mich verstehen sollst! Kein Mann hat mich je verstanden.«
Die Zigarette verbrannte seine Lippen. Rasch drückte er sie aus. »Warum gerade ich?«
»Weil du kein Jüngling mehr bist, sondern ein erwachsener Mann.«
»Und du, Rina?«
In ihren Augen lag etwas wie Trotz, aber ihre Stimme verriet etwas von ihrer Unsicherheit.
»Ich glaube, ich bin lesbisch.«
Er lachte.
»Lach nicht«, sagte sie schnell. »Das ist gar nicht so abwegig. Ich bin mit Mädchen zusammen gewesen und mit Männern. Und mit keinem einzigen Mann war es je so schön wie mit Mädchen.« Sie lachte bitter. »Männer sind solche Narren. Es ist so leicht, ihnen etwas vorzumachen. Und ich kenne alle dazugehörigen Kniffe.«
Seine männliche Eitelkeit wurde geweckt. »Vielleicht ist das alles nur, weil du noch nie an einen richtigen Mann geraten bist.«
Eine herausfordernde Note klang aus ihrer Stimme. »Meinst du?« Rasch schlug sie die Decke zurück und vergrub ihren Kopf in seinem Schoß.
Er zog ihren Kopf an den Haaren zurück. »Was willst du damit beweisen?« fragte er rauh.
Ihr Atem ging heftig und ungleichmäßig. »Daß du dieser Mann bist«, flüsterte sie. »Ich weiß es. Ich fühle es in mir. Du kannst mich wieder ganz machen. Ich werde mich nie mehr zu fürchten brauchen.«
Wieder wandte sie den Kopf, aber seine Hand hielt sie fest. Ihre Augen waren groß und verzweifelt. »Bitte, Nevada, bitte. Laß mich beweisen, wie sehr ich dich lieben kann.« Sie fing erneut an zu weinen.
Plötzlich stand er auf und trat an den Kamin. Er schürte das Feuer, schüttete Späne auf und legte Holz nach. Innerhalb weniger Minuten verbreitete sich eine knisternde Wärme im Raum. Er drehte sich um. Sie hockte noch immer auf dem Fußboden vor der Couch und beobachtete ihn. Langsam ging er auf sie zu. »Als ich dich gebeten habe, hierherzukommen, Rina, glaubte ich, das Rechte zu tun.« Er setzte sich und griff nach einer Zigarette.
Ehe er sie anstecken konnte, hielt sie ihm ein Streichholz hin. »Wie meinst du das, Nevada?«
Die Flamme spiegelte sich in seinen Augen und erlosch mit dem Streichholz.
»Ich bin nicht der Mann, den du suchst, Rina.«
Ihre Finger strichen leicht über seine Wange.
»Nein, Nevada«, sagte sie. »Das ist nicht wahr.«
»Vielleicht nicht«, sagte er, und ein Lächeln huschte über sein Gesicht. »Aber

ich glaube, selbst ich bin zu jung für dich. Siehst du, alles was ich mit dir machen möchte, ist, was alle jungen Männer mit dir machen möchten.«
Sie schaute ihn einen Augenblick an und lächelte dann. Rasch erhob sie sich und nahm ihm die Zigarette aus dem Mund. Ihre Lippen berührten die seinen flüchtig, dann trat sie an das Feuer und wandte sich zu ihm um. Sie steckte sich die Zigarette zwischen die Lippen und atmete tief ein.
Dann vollführte sie eine leichte Bewegung, und ihr Gewand glitt zu Boden. Das züngelnde Feuer verwandelte ihren Körper in rotes Gold. Sie warf die Zigarette in die Flammen und ging auf ihn zu.
»Vielleicht ist es besser so«, sagte sie und warf sich in seine ausgestreckten Arme. »Jetzt können wir Freunde sein.«

8

»Wir sind in Geldschwierigkeiten«, sagte der Kassierer.
Nevada warf einen Blick auf Rina. Sie schaute zum Fenster des Kassenwagens hinaus und sah dem letzten Akt der Wildwest-Schau zu, die in der Arena abrollte. Von fern drang der Lärm, den man draußen vollführte, durch die stille warme Luft.
»Ernste Schwierigkeiten?« erkundigte sich Nevada und wandte den Blick von ihr ab.
»Ernst genug«, sagte der Kassierer. »Wir hinken den ganzen Sommer genau eine Woche hinter Buffalo Bill Codys Schau her. Wenn diese beiden Wochen einen Anhaltspunkt bieten, so werden wir diese Saison mit einem Defizit von vierzigtausend abschließen.«
»Wie konnten Sie denn so etwas geschehen lassen?« fragte er.
»Nicht meine Schuld, Nevada«, erwiderte der Kassierer rasch. »Ich glaube, der Agent hat uns angeschmiert.«
Nevada gab keine Antwort. Er zündete eine Zigarette an.
»Was werden Sie tun?« fragte der Kassierer besorgt.
Nevada machte einen Lungenzug. »Die Saison über durchspielen.«
»Und vierzigtausend dabei einbüßen?« Die Stimme des Kassierers klang entsetzt. »Das können wir uns nicht leisten.«
Nevada betrachtete ihn. Das Gesicht des Kassierers war rot angelaufen.
Er fragte sich, warum der Mann so aufgebracht sein mochte. Es war nicht sein Geld, das man einbüßen würde.
»Wir können es uns nicht leisten, nicht weiter zu spielen«, sagte Nevada. »Wenn wir zumachen, verlieren wir unsere besten Kräfte. Niemand von den Darstellern wird für das nächste Jahr mit uns abschließen, wenn wir sie jetzt entlassen. Ich bringe Mrs. Cord jetzt zum Bahnhof. Dann schaue ich zu dem Agenten hinein. Warten Sie hier, bis ich zurückkomme.«

»O. K.«, erwiderte der Kassierer.
Nevada nahm Rinas Arm, als sie aus dem Wagen kletterten. Sie gingen über das Feld auf sein Auto zu.
Neben dem Auto wandte sich Rina an ihn. »Laß mich hier bei dir bleiben.«
Er lächelte verhalten. »Ich dachte, das wäre erledigt.«
»Aber Nevada!« Ihre Augen wurden ernst. »Was erwartet mich in den Oststaaten schon? Nichts. Hier spüre ich wenigstens, daß ich lebe . . .«
»Sei nicht kindisch«, sagte er. »Du bist jetzt eine erwachsene Frau. Das hier ist kein Leben für dich.«
Sie schaute ihn eine Weile an und stieg dann in das Auto. Auf der Fahrt zum Bahnhof sagte sie kein Wort mehr. Erst kurz vor dem Einsteigen sprach sie wieder.
»Du schreibst mir doch bestimmt, Nevada?«
»Ich bin kein großer Briefschreiber«, sagte er.
»Aber wir bleiben doch auf alle Fälle in Verbindung miteinander, nicht wahr? Versprich mir, daß ich von dir höre, wenn ich schreibe.«
Er nickte.
»Darf ich dich dann und wann besuchen?« fragte sie. »Wenn ich mich einsam fühle und Angst habe?«
»Dazu sind Freunde da«, sagte er.
Ihre Augen wurden feucht. »Du warst ein guter Freund, Nevada«, sagte sie ernst.
Sie küßte ihn auf die Wange und stieg in den Schlafwagen. An der Tür wandte sie sich um und winkte, dann verschwand sie im Inneren.
Als der Zug sich in Bewegung setzte, sah er ihr Gesicht noch einmal flüchtig am Fenster auftauchen. Dann war sie fort, und er verließ den Bahnhof.
Er ging eine wackelige Treppe hinauf, die zu einem staubigen Gang führte. Die Farbe an der Tür war zerkratzt und abgeblättert, die Beschriftung einfach und ausgeblichen.

DANIEL PIERCE – THEATERAGENTUR

Das Büro war nicht viel besser als der Gang draußen. An einem unaufgeräumten Schreibtisch saß ein Mädchen und hob den Kopf. Ihr Haar trug Spuren der letzten Henna-Spülung. Gummikauend fragte sie ihn, fast feindselig: »Sie wünschen?«
»Dan Pierce im Hause?«
Sie musterte Nevada eine Weile von oben bis unten, seine abgetragene Lederjacke, die verblichenen Hosen, den breitrandigen Cowboy-Hut. »Falls Sie eine Stellung suchen«, sagte sie, »hier ist nichts frei.«
»Ich suche keine Stellung«, erklärte er rasch. »Ich möchte Dan Pierce sprechen.«

»Sind Sie angemeldet?«
Nevada schüttelte den Kopf. »Nein.«
»Ohne vorherige Anmeldung empfängt er niemand.«
»Ich bin von der Wildwest-Schau«, sagte Nevada. »Mich empfängt er bestimmt.«
Etwas wie Interesse zeigte sich auf ihrem Gesicht. »Von der Buffalo-Bill-Schau?«
»Nein. Dem Great Southwest Rodeo.«
»Oh.« Plötzlich hatte sie keinerlei Interesse mehr. »Von der anderen also.«
Nevada nickte. »Ja, von der anderen.«
»Damit Sie Bescheid wissen, er ist nicht im Hause.«
»Wo kann ich ihn finden?« fragte er.
»Ich weiß nicht. Er ist unterwegs.«
Nevada blieb hartnäckig. »Wo ist er hingegangen?«
Etwas in seinen Augen zwang sie zu einer Antwort. »Zur Norman-Filmgesellschaft. Er ist auf dem Gelände draußen, um jemand für einen Wildwestfilm zu vermitteln.«
»Wie komme ich dorthin?«
»Es ist weit draußen auf dem Lankershim Boulevard, hinter Universal und Warner's.«
»Danke«, sagte er und ging.

An der Einfahrt zu den Ateliers der Norman-Filmgesellschaft wurde er von einem Pförtner angehalten.
»Ist Dan Pierce hier?« erkundigte sich Nevada.
»Augenblick, ich sehe gleich mal nach.« Der Pförtner trat in seine Loge und schaute auf ein Blatt Papier. »Sie sind wohl der Mann, den er erwartet«, sagte er. »Er ist ganz hinten auf dem Aufnahmegelände. Immer den Weg entlang, es ist gar nicht zu verfehlen.«
Er fuhr eine Strecke, bis er zu einem Parkplatz gelangte, wo er seinen Wagen neben einer Reihe von anderen Pkws und Lkws abstellte.
»Dan Pierce hier in der Nähe?« erkundigte sich Nevada bei einem Manne, der in einem der Lkws saß.
»Gehört er zum Drehstab?« fragte der Fahrer.
»Ich denke ja.«
»Sie sind gleich hinter der Anhöhe dort.«
Auf dem Kamm der Anhöhe blieb Nevada stehen und schaute hinunter. Etwas weiter unten stand eine Gruppe von Leuten.
»Achtung, Kameras! Sie kommen!« rief eine dröhnende Stimme.
Plötzlich kam eine Postkutsche den Weg unter ihm entlanggebraust. Gerade als sie sich in einer Biegung befand, sah Nevada den Kutscher abspringen und sich an den Wegrand rollen.

Einen Augenblick später lösten sich die Stränge der Pferde, die Kutsche rutschte ab, überschlug sich und rollte den Abhang hinunter.

Der Staub hatte sich kaum gelegt, als eine Stimme erscholl. »Abblenden! Abblenden! Gottverdammt, Russel, Sie sind zu früh abgesprungen. Die Kutsche ist erst nach Ihnen abgestürzt.«

Der Kutscher raffte sich auf und lief langsam, sich die Hosen mit seinem Hut abstäubend, auf die Gruppe von Männern zu.

Nevada ging hinunter, sah sich nach Pierce um, konnte ihn aber nirgends entdecken.

Ein Mann mit einer Rolle Film ging an ihm vorüber. »Ist Dan Pierce hier irgendwo?«

Der Mann zuckte die Achseln. »Keine Ahnung. Fragen Sie den da«, sagte er und deutete auf einen Jüngling in Knickerbockers.

»Ist Dan Pierce hier?«

Der Jüngling hob den Kopf. »Er mußte nach vorn ins Hauptbüro gehen, um zu telefonieren.«

»Danke«, sagte Nevada. »Dann warte ich solange.« Er begann, sich eine Zigarette zu drehen.

Wieder erscholl die Stentorstimme. »Ist Pierce mit diesem verdammten Kunstreiter schon zurück?«

»Er ist gegangen, um ihn anzurufen«, sagte der Jüngling. Überraschung spiegelte sich auf seinem Gesicht, als sein Blick wieder auf Nevada fiel. »Augenblick, Sir«, rief er und ging auf Nevada zu. »Sind Sie der Mann, den Pierce erwartete?«

»Vermutlich.«

»Kommen Sie«, sagte der Jüngling. Nevada trat mit ihm unter die Männer, die um einen großen Mann neben der Kamera herumstanden.

Der Jüngling wandte sich an ihn. »Hier ist der Mann, den Pierce erwartet hat, Sir.«

Der Mann drehte sich um, blickte Nevada an und deutete dann auf einen weiter entfernten Steilabhang, zu dessen Füßen ein Fluß dahinströmte. »Trauen Sie sich zu, mit einem Pferde von diesem Hang ins Wasser zu springen?«

Nevada folgte dem ausgestreckten Finger des Mannes. Das Steilufer war etwa achtzehn Meter hoch, und das Pferd würde mindestens viereinhalb Meter darüber hinaus springen müssen, um im Wasser zu landen.

»Wir haben den Fluß an dieser Stelle sieben Meter tief ausbaggern lassen«, erklärte der Regisseur. Nevada nickte. Das war tief genug. »Meiner Meinung nach läßt es sich machen.«

Der Regisseur lächelte. »Der Teufel soll mich holen«, brüllte er. »Endlich ein Kerl mit etwas Mumm in den Knochen.«

Er klopfte Nevada auf den Rücken. »Gehen Sie dort hinüber, der Stallbursche wird Ihnen ein Pferd geben. Wir drehen nur noch diese eine Szene, dann sind wir soweit.«
Er wandte sich wieder an den Kameramann. Nevada klopfte ihm auf die Schulter. »Ich habe gesagt, es läßt sich wahrscheinlich machen«, erklärte er. »Ich habe nichts davon gesagt, daß ich es machen würde.«
Der Regisseur starrte ihn an. »Für derartige Kunststücke bezahlen wir das Dreifache. Sind Ihnen neunzig Dollar zu wenig? O. K. Sagen wir hundert.«
Nevada lächelte. »Sie mißverstehen mich. Ich bin hier, um mit Dan Pierce zu sprechen. Ich bin kein Kunstreiter.«
Der Regisseur verzog verächtlich die Lippen. »Ihr Cowboys seid alle gleich. Große Schnauze und nichts dahinter.«
Nevada starrte ihn eine Weile an. Ein harter Wutknoten zog sich in ihm zusammen. Er hatte die Behandlung satt, die man ihm hier überall angedeihen ließ. Seine Stimme wurde kalt. »Wenn ich den Sprung machen soll, kostet es Sie fünfhundert Dollar.«
Der Regisseur starrte ihn an und lächelte dann. »Sie müssen erfahren haben, daß sämtliche Leute in Hollywood abgelehnt haben.«
Nevada gab keine Antwort.
»O. K. Fünfhundert also«, sagte der Regisseur beiläufig und wandte sich wieder an den Kameramann.
»Wir sind gleich soweit«, sagte der Regisseur. »Sie werden von allen Seiten fotografiert, Sie brauchen also nicht in eine bestimmte Richtung zu schauen. Reiten Sie los, sobald ich das Zeichen gebe.«
Nevada nickte und saß auf. Der Regisseur trat an den Rand des Steilufers und hob den Arm. Plötzlich ließ er ihn fallen, und Nevada gab dem Pferd die Sporen. Das Tier setzte sich mit einem Schlag in fast vollen Galopp. Nevada ließ ihm freien Lauf und setzte zu einem Hochsprung an. Er spürte, wie das Herz des Pferdes wild zu pochen begann, als es nicht den erwarteten festen Boden unter seinen Hufen fand.
Im Absturz schlug das Tier in wilder Panik um sich. Nevada befreite seine Füße von den Steigbügeln und ließ sich seitwärts fallen. Das Wasser schien ihm entgegenzuschlagen, und er hoffte nur, daß der Abstand groß genug war und das Pferd nicht direkt auf ihm landete.
Mit einem glatten Hechtsprung durchbrach er die Wasserfläche und ließ sich von der eigenen Fallgeschwindigkeit hinuntertragen. Dicht in seiner Nähe spürte er eine Explosion im Wasser. Das mußte das Pferd sein. Seine Lungen brannten, aber er blieb so lange wie möglich unten.
Schließlich mußte er auftauchen. Eine Ewigkeit schien zu vergehen, ehe er wieder an der Oberfläche war und Luft bekam. Er wandte den Kopf und sah das Pferd; es lag auf der Seite und trieb mit seltsam verdrehtem Kopf dahin. In seinen Augen spiegelte sich eine große Qual.

Er wendete und schwamm mit raschen Stößen ans Ufer. Wütend ging er auf den Regisseur zu.
Der Regisseur lächelte. »Das war großartig. Die beste Szene, die wir je gedreht haben.«
»Das Pferd hat sich vermutlich das Rückgrat gebrochen«, sagte Nevada. Er wandte sich um und warf einen Blick auf das Tier, das den Kopf nur mit Mühe über Wasser hielt. »Will denn niemand das arme Vieh erschießen?« fragte er.
»Wir haben schon jemand nach einem Gewehr geschickt.«
»Inzwischen säuft das Pferd ab«, sagte Nevada kurz. »Hat keiner einen Revolver?«
»Gewiß, aber kein Mensch könnte den Gaul damit treffen. Nicht auf diese Entfernung.«
Nevada starrte den Regisseur an. »Her mit dem Revolver!«
Nevada nahm die Waffe und wog sie in seiner Hand. Er drehte die Trommel. »Das sind ja Platzpatronen«, sagte er. Jemand reichte ihm scharfe Munition. Rasch lud er den Revolver und trat an das Flußufer. Er feuerte auf ein Stück Treibholz. Der Revolver hatte etwas Linksdrall. Er wartete einen Augenblick, bis das Pferd wiederum den Kopf hob, und jagte ihm eine Kugel zwischen die Augen.
Nevada ging zurück und überreichte dem Regisseur den Revolver. Der nahm ihn schweigend entgegen und hielt Nevada eine Packung Zigaretten hin. Nevada nahm eine, und der Regisseur gab ihm Feuer.
Ein Mann kam herangekeucht. »Tut mir leid, Mr. Von Elster«, sagte er mit heiserer Stimme. »Ich kann diesen Kunstreiter einfach nirgends auftreiben. Aber bis morgen verschaffe ich Ihnen bestimmt jemand.«
»Haben Sie noch nicht gehört, Pierce? Er ist doch schon längst hier. Wir haben die Szene gerade abgedreht.«
Pierce starrte ihn an. »Unmöglich. Ich . . .«
Der Regisseur trat beiseite. »Hier ist er. Überzeugen Sie sich selbst.«
Pierce warf einen Blick auf Nevada, dann auf den Regisseur. »Das ist nicht der, den ich meine. Das ist Nevada Smith, der Eigentümer des Great Southwest Rodeo, der Wildwest-Schau.« Er wandte sich wieder an Nevada und streckte die Hand aus. »Schön, daß man Sie wieder einmal trifft, Nevada.« Er lächelte: »Was bringt Sie hierher?«
Nevada funkelte ihn an. Wut stieg in ihm hoch. Ohne zu überlegen, schlug er zu, und Pierce ging völlig überrumpelt zu Boden.
»Sind Sie wahnsinnig geworden, Nevada?«
»Wie hoch war die Summe, mit der die Cody-Schau Sie bestochen hat?«
Von Elster trat dazwischen. »Ich suche schon lange einen Mann wie Sie, Smith«, sagte er. »Verkaufen Sie Ihre Schau und kommen Sie zu uns. Ich zahle Ihnen für den Anfang zweihundertfünfzig.«

Pierce, der noch immer am Boden lag, rief plötzlich: »Kommt überhaupt nicht in Frage, Von Elster. Tausend die Woche oder gar nichts.«
Nevada wollte etwas sagen. »Halten Sie den Mund«, herrschte Pierce ihn an. »Schließlich bin ich Ihr Agent, vergessen Sie das nicht.«
Dann wandte er sich wieder an Von Elster. »Innerhalb einer Stunde dürfte sich die Geschichte mit dem gelungenen Sprung in ganz Hollywood herumgesprochen haben«, sagte er. »Die anderen Filmgesellschaften werden sich um ihn reißen.«
Von Elster starrte den Agenten an. »Fünfhundert«, sagte er kurz. »Das ist mein letztes Wort.«
Pierce packte Nevada am Arm. »Kommen Sie, Nevada.«
»Siebenhundertfünfzig«, sagte Von Elster.
»Für sechs Monate, dann tausend wöchentlich und hinterher entsprechende Zulagen.«
»Abgemacht«, sagte Von Elster. Er schüttelte Pierce die Hand und wandte sich dann an Nevada. Er lächelte und streckte ihm die Hand hin. »Wie war gleich Ihr Name?«
»Smith. Nevada Smith.«
Sie schüttelten sich die Hände. »Und wie alt sind Sie, junger Mann?«
Ehe Nevada etwas sagen konnte, erklärte Pierce: »Dreißig, Mr. Von Elster.«
Nevada wollte widersprechen, aber Pierce kniff ihn in den Arm, und so schwieg er.
»Sagen wir neunundzwanzig, aus Reklamegründen hört sich das besser an.«
Von Elster lächelte. »Kommen Sie jetzt beide mit mir ins Hauptbüro. Ich möchte Norman sagen, daß wir den Sheriff von Peaceful Village endlich gefunden haben.«
Nevada wandte sich ab, um ein Lächeln zu verbergen. Was wohl die Männer in dem Straflager vor vielen Jahren gesagt haben würden, hätten sie geahnt, daß ausgerechnet er einmal die Staatsgewalt verkörpern würde. Wenn auch nur im Film.

9

»Mein Gott«, sagte der Gefängnisdirektor, als man Max in sein Büro führte. »Was denken sich denn die Leute hier unten eigentlich? Das ist ein Gefängnis, keine Fürsorgeanstalt.«
»Lassen Sie sich von seinem Aussehen nicht täuschen, Herr Direktor«, sagte der tabakkauende Hilfssheriff und legte dem Direktor ein paar Schriftstücke zur Unterschrift vor. »Das ist ein ganz durchtriebener Bursche. Hat unten in New Orleans einen Mann umgelegt.«
Der Direktor griff nach den Papieren. »Worauf lautete die Anklage? Mord?«

»Nein«, sagte der Hilfssheriff. »Unerlaubter Waffengebrauch. Vorsätzlicher Mord war ihm nicht nachzuweisen, hat angeblich in Notwehr gehandelt.« Er spuckte einen Tabakstrahl in den Napf. »Der Kerl, der dabei hopsgegangen ist, hat ihn im Schlafzimmer so eines Luxusweibchens erwischt.«
»Ich war der Leibwächter der Dame, Herr Direktor«, sagte Max.
Der Direktor blickte ihn scharf an. »Das gab dir noch lange nicht das Recht, einen Menschen zu töten.«
»Mir blieb nichts weiter übrig, Herr Direktor«, sagte Max. »Der Kerl kam mit einem Messer auf mich zu, und ich mußte mich verteidigen. Ich hatte keine Kleider an.«
»Sieht mir nach einem Fall echter Notwehr aus«, sagte der Direktor. »Wie kommt es, daß man ihn trotzdem verurteilt hat?«
»Der Kerl, den er umgelegt hat, war ein Vetter von den Darcys«, erklärte der Hilfssheriff.
»Oh«, sagte der Direktor. Das erklärte alles. Die Darcys waren einflußreiche Leute in New Orleans.
»Da hast du noch Glück gehabt, daß du so glimpflich davongekommen bist.« Er unterschrieb die Papiere und schob sie über den Schreibtisch.
»Hier, Hilfssheriff.«
Der Hilfssheriff nahm die Schriftstücke an sich und schloß Max' Handschellen auf. »Laß dir die Zeit nicht lang werden.«
Der Direktor erhob sich schwerfällig.»Wie alt bist du, Junge?«
»Etwa neunzehn, schätze ich«, erwiderte Max.
»Ziemlich jung für einen Leibwächter eines dieser Luxusweibchen in New Orleans«, sagt der Direktor. »Wie bist du dazu gekommen?«
»Ich brauchte Arbeit, als ich aus dem Heer entlassen wurde«, sagte Max. »Und sie suchte jemand, der fix mit dem Revolver war. Ich war fix genug, schätze ich.«
»Zu fix«, sagte der Direktor und trat wieder hinter den Schreibtisch. »Ich bin für Gerechtigkeit, aber für Unruhestifter hab' ich nichts übrig. Wer bei mir jeden Morgen pünktlich aufsteht und seine Arbeit verrichtet, bekommt keine Schwierigkeiten mit mir.«
»Jawohl, Herr Direktor«, sagte Max.
Der Direktor trat an die Tür. »Mike!« brüllte er.
Ein riesiger Neger steckte den Kopf zur Tür herein. »Herr Direktor?«
»Führ diesen Neuen hier heraus und gib ihm zehn Peitschenhiebe.«
Max machte ein verdutztes Gesicht.
»Damit ist nichts Persönliches verbunden«, sagte der Direktor. »Eine Vorbeugungsmaßnahme sozusagen, damit du nicht erst auf dumme Gedanken kommst.« Er trat wieder hinter den Schreibtisch.
»Los, Junge, komm«, sagte der Neger.
Die Tür fiel hinter ihnen zu, und sie gingen einen Gang entlang. Die Stimme

des Kalfaktors klang warm und tröstlich. »Mach dir weiter keine Gedanken über die Hiebe, Junge«, sagte er. »Ich schlage so zu, daß du gleich beim ersten das Bewußtsein verlierst und von den anderen neun nichts mehr spürst.«

Max war ungefähr um die diesjährige Faschingszeit in New Orleans eingetroffen. Auf den Straßen wimmelte es von lachenden Menschen, und etwas von der Atmosphäre der Stadt und ihrer Stimmung übertrug sich auf ihn, und er beschloß, ein paar Tage dazubleiben und seinen Ritt nach West-Texas erst später fortzusetzen.
Er stellte sein Pferd in einem Mietsstall unter, suchte sich ein kleines Hotel und ging ins Französische Viertel, um sich zu amüsieren.
Sechs Stunden später hatte er sein ganzes Geld verspielt. Er schob den Stuhl zurück und erhob sich.
»Ich bin restlos pleite, meine Herren«, erklärte er. »Ich werde jetzt in den Mietsstall gehen und mein Pferd holen.«
Einer der Spieler schaute zu ihm auf.
»Darf ich mir die Frage erlauben, mein Herr, was Sie danach anzufangen gedenken?« fragte er mit weichem Südstaatenakzent.
Max zuckte die Achseln und grinste. »Keine Ahnung. Mir irgendeine Stellung suchen, schätze ich.«
»Haben Sie etwas Bestimmtes im Auge?«
»Ich verstehe was von Pferden. Vom Viehtreiben. Irgend etwas wird sich schon finden.«
Der Spieler deutete auf Max' Revolver. »Können Sie damit umgehen?«
»Einigermaßen.«
Der Spieler stand auf. »Die Glücksgöttin war Ihnen nicht sehr hold heute abend.«
»Sie haben ihr nicht gerade dabei geholfen«, sagte Max.
Der Spieler vollführte eine blitzschnelle Bewegung nach seiner Jacke. Er erstarrte und blickte in die Mündung von Max' Revolver. Die Waffe war so schnell herausgekommen, daß er nicht das geringste davon wahrgenommen hatte.
»Derartige Dummheiten haben schon manch einem das Leben gekostet«, sagte Max leise.
Ein Lächeln erschien auf dem Gesicht des Spielers, er atmete erleichtert auf. »Alle Hochachtung«, sagte er respektvoll. Max ließ den Revolver in die Halfter zurückgleiten.
»Ich glaube, ich wüßte ein passende Stellung für Sie«, sagte der Spieler. »Das heißt, wenn es Ihnen nichts ausmacht, für eine Dame zu arbeiten.«
»Stellung ist Stellung«, sagte Max. »Ich kann jetzt nicht wählerisch sein.«

Am nächsten Morgen saßen Max und der Spieler im Salon eines der vornehmsten Etablissements von New Orleans. Eine kreolische Zofe trat in das Zimmer. »Miß Pluvier läßt bitten.« Sie knickste. »Bitte, folgen Sie mir.«
Sie gingen eine lange, anmutig geschwungene Treppe hinauf. Die Zofe öffnete eine Tür, knickste beim Eintreten und machte dann die Tür hinter ihnen zu. Nach zwei Schritten blieb Max mit aufgerissenem Mund wie angewurzelt stehen.
Noch nie hatte er etwas Ähnliches gesehen. Das Zimmer war ganz in Weiß gehalten. Die seidenbespannten Wände, die Fenstervorhänge, das Holzwerk, die Möbel, der Baldachin aus schimmernder Seide über dem Bett. Selbst der dicke Teppich, der den Fußboden bedeckte, war weiß.
»Ist dies der junge Mann?« fragte eine leise Stimme.
Max vollführte eine Wendung in Richtung der Stimme. Die Frau war eine noch größere Überraschung als das Zimmer. Sie war hochgewachsen, fast so groß wie er selber, und ihr Gesicht war jung, sehr jung; aber die eigentliche Wirkung ging von ihrem Haar aus. Es war lang und reichte fast bis an ihre Taille und war mit weißen glitzernden Satinfäden durchflochten.
Der Spieler schlug einen respektvollen Ton an. »Miß Pluvier, darf ich Ihnen Max Sand vorstellen?«
Miß Pluvier betrachtete Max für eine Weile.
Max verbeugte sich leicht.
Sie ging um ihn herum und musterte ihn von allen Seiten. »Er scheint mir noch ziemlich jung«, sagte sie unschlüssig.
»Er ist äußerst tüchtig, versichere ich Ihnen«, sagte der Spieler. »Er hat am letzten Krieg gegen Spanien teilgenommen.«
Sie hob achtlos die Hand und unterbrach ihn. »Ich bin überzeugt, daß er den Anforderungen genügt, wenn Sie ihn empfehlen«, sagte sie. »Aber er macht einen ziemlich ungepflegten Eindruck.«
»Ich bin gerade erst zu Pferde aus Florida gekommen, Ma'am«, sagte Max, der seine Stimme wiederfand.
»Tadellos gewachsen ist er, das muß man ihm lassen«, fuhr sie fort, als hätte er nichts gesagt. Wieder umschritt sie ihn. »Sehr breite Schultern, fast keine Hüften. Anständige Kleidung müßte ihm eigentlich gut stehen. Ich glaube, er ist der geeignete Mann.«
Sie trat wieder an den Toilettentisch, wo sie gestanden hatte, und wandte sich ihnen zu. »Junger Mann«, sagte sie, »wissen Sie schon, was Ihre Aufgabe hier sein wird?«
Max schüttelte den Kopf. »Nein, Ma'am.«
»Sie werden mein Leibwächter sein«, erklärte sie sachlich. »Ich führe hier ein ziemlich großes Etablissement. Im Erdgeschoß befinden sich einige Spielzimmer. Wir befriedigen selbstverständlich auch noch andere diskrete Bedürfnisse. Unser Haus genießt den besten Ruf in den Südstaaten, und folglich haben wir

viele Neider, mitunter schreiten manche Leute in ihrem Verlangen, uns Schaden zuzufügen, zum Äußersten. Meine Freunde haben mir nahegelegt, Schutz zu suchen.«

»Ich verstehe, Ma'am.«

Sie wurde noch geschäftlicher. »Meine Stunden werden auch Ihre Stunden sein«, sagte sie. »Sie werden hier wohnen. Ihr Lohn beträgt hundert Dollar monatlich. Davon werden Ihnen zwanzig Dollar monatlich für Kost und Logis abgezogen. Und Sie haben sich unter keinen Umständen mit einer von den jungen Damen einzulassen, die hier ansässig sind.«

Max nickte. »Sehr wohl, Ma'am.«

Miß Pluvier lächelte und wandte sich an den Spieler. »Seien Sie so freundlich und lassen Sie ihm von Ihrem Schneider sechs Anzüge anfertigen – drei weiße und drei schwarze. Ich glaube, das wäre im Augenblick alles.«

Der Spieler lächelte. »Wird sofort erledigt.«

Max folgte ihm. An der Tür drehte er sich noch einmal um. Sie saß an ihrem Toilettentisch vor dem Spiegel und kämmte ihr Haar. Sie hob den Kopf, und ihre Blicke trafen sich.

»Vielen Dank, Ma'am«, sagte er.

»Sagen Sie bitte Miß Pluvier zu mir«, sagte sie kühl.

Es war eines Nachts gegen drei, als Max auf seinem Rundgang aus dem Spielzimmer ins Foyer trat. In den Räumen im Erdgeschoß waren die Reinemachefrauen bereits an der Arbeit. Vor der Haustür blieb er stehen.

»Alles gut abgeschlossen, Jacob?« fragte er den großen farbigen Portier.

»Alles dicht, Mr. Sand.«

»Gut.« Max lächelte, ging auf die Treppe zu, blieb noch einmal stehen und wandte sich um. »Ist Mr. Darcy schon gegangen?«

»Nein«, erwiderte der Neger. »Er verbringt die Nacht mit Miß Eleanor. Sie können aber ganz unbesorgt sein, ich hab' ihnen das goldene Zimmer zugewiesen.«

Max nickte und ging die Treppe hinauf. Darcy war in den letzten Monaten sein einziges Problem gewesen. Der junge Mann war entschlossen, sich nicht eher zufriedenzugeben, als bis er eine Nacht mit der Hausherrin verbracht hatte. Und diesen Abend war er besonders unangenehm deswegen geworden.

Auf dem oberen Flur blieb Max stehen. Er klopfte an eine Tür und trat ein. Seine Chefin saß vor ihrem Toilettentisch. Eine Zofe bürstete ihr Haar. Im Spiegel begegneten sich ihre Blicke.

»Es ist alles abgeschlossen, Miß Pluvier«, sagte er.

Fragend hob sie die Augenbrauen. »Darcy?«

»Mit Eleanor im goldenen Zimmer auf der anderen Seite des Hauses.«

»*Bon.*« Sie nickte.

Max blieb stehen und betrachtete sie mit besorgter Miene. Sie nahm den Ausdruck seines Gesichts im Spiegel wahr und schickte die Zofe hinaus.
»Bedrückt dich etwas, *chéri?*«
Er nickte. »Dieser Darcy macht mir Sorge«, gab er zu. »Sein Benehmen gefällt mir nicht. Ich glaube, wir sollten ihm das Haus verbieten.«
»La.« Sie lachte. »Das können wir nicht. Die Familie ist zu einflußreich.«
Wieder lachte sie hell und kam auf ihn zu. Sie legte die Arme um seinen Hals und küßte ihn. »Mein junger Indianer ist eifersüchtig.« Sie lächelte. »Aber laß nur. Er wird bald darüber hinwegkommen. Alle jungen Männer kommen darüber hinweg. Ich erlebe das nicht zum ersten Mal.«
Kurz darauf lag sie neben ihm auf dem großen weißen Bett, und er konnte sich nicht sattsehen an dem Wunder ihres Körpers.
Ein leises Geräusch entstand an der Tür. Er wandte den Kopf ein wenig zur Seite und fragte sich, was die Ursache sein könnte. Plötzlich wurde die Tür aufgestoßen, und Darcy trat ins Zimmer.
Er fühlte, wie sie sich von ihm fortrollte, als er sich aufrichtete; dann erklang ihre Stimme vom Fußende des Bettes. »Mach, daß du rauskommst, du verdammter Idiot!«
Darcy starrte sie dumm an. Er schwankte leicht und war völlig verblüfft. Er zog die Hand aus der Tasche und riß dabei ein Bündel Banknoten heraus. Die Scheine flatterten zu Boden. »Da, schau, was ich dir mitgebracht habe – tausend Dollar«, lallte er.
Sie sprang vom Bett und trat ihm, ihrer Blöße ungeachtet, herrisch entgegen. Sie hob eine Hand und deutete auf die Tür. »Raus, hab' ich gesagt!«
Darcy stand einfach da und starrte.
»Mein Gott!« murmelte er heiser. »Ich muß dich haben!«
Endlich fand Max seine Fassung wieder. »Haben Sie Miß Pluvier nicht gehört?« sagte er. »Raus mit Ihnen!«
Jetzt erst bemerkte Darcy ihn. Sein Gesicht lief vor Wut rot an. »Du«, fauchte er. »Du! Während ich gebettelt und gefleht habe, warst du bei ihr und hast mich ausgelacht.«
Plötzlich hatte er ein Messer in der Hand. Er warf es so schnell, daß Max sich gerade noch vom Bett auf den Fußboden wälzen konnte, ehe es sich in die Satindecke bohrte. Max riß ein Kissen vom Bett und hielt es sich vor, während er rückwärts auf den Stuhl zuschritt, an dem sein Revolver hing.
Darcys Augen sprühten vor Wut. »Du hast dich die ganze Zeit über mich lustig gemacht. Jedesmal, wenn du mit ihr zusammen warst, hast du über mich gelacht.«
»Machen Sie lieber, daß Sie rauskommen, ehe ein Unglück passiert«, sagte Max.
Darcy schüttelte den Kopf. »Damit du dich erst recht über mich lustig machen kannst? Nein. Diesmal will ich was zu lachen haben.«

Wieder stieß er mit dem Messer zu. Diesmal blieb es in dem Kissen stecken, und er fiel vornüber gegen Max, der an die Wand gedrückt wurde. Der Revolver entlud sich, und Darcy sank mit fassungslosem Gesicht in die Knie und ging dann zu Boden. Die nackte Frau starrte Max an. Rasch kniete sie neben Darcy nieder. Sie fühlte nach seinem Puls und ließ die Hand dann fallen.

»Mußtest du ihn gleich töten, du Narr!« sagte sie wütend.

»Was hätte ich denn tun sollen?« fragte er. »Er hat mich mit dem Messer bedroht.«

»Du hättest ihn mit einem Schlag niederstrecken können«, herrschte sie ihn an.

»Womit denn?« fuhr er sie wütend an.

Für einen Augenblick verharrte sie regungslos und starrte ihn an. Dann drehte sie sich um, trat an die Tür und warf einen Blick hinaus. Im Hause war alles still. Der Knall des Schusses war durch das Kissen gedämpft worden.

Langsam schloß sie die Tür und kam auf ihn zu.

Wieder lag jener Ausdruck verschwommener Sinnlichkeit auf ihrem Gesicht.

»Nicht böse sein mit Anne-Louise, mein Geliebter«, flüsterte sie.

»Komm zu mir.«

Am nächsten Morgen überantwortete Anne-Louise Pluvier ihn kaltblütig der Polizei.

10

Im Osten, Westen und Süden war das Gefängnis von einem Sumpf umgeben, an dessen Rändern hohe Zypressen ihre Blätter auf die düstere Wasserfläche warfen. Der einzige Weg in die Außenwelt ging nach Norden durch die Reisfelder der Cajun-Pächter. Achtzehn Meilen nördlich des Gefangenenlagers lag eine kleine Ortschaft, und dort war es, wo die Ausbrecher meistens gefaßt und von den Cajuns gegen das vom Staat ausgesetzte Zehn-Dollar-Kopfgeld wieder ins Gefängnis eingeliefert wurden. Von denjenigen, die nicht wieder aufgegriffen wurden, nahm man an, daß sie im Sumpf umgekommen waren. Seit dem Bestehen des Gefängnisses hatte es nur zwei solcher Fälle gegeben.

Eines Morgens im Mai, nachdem Max schon längere Zeit dort war, meldete der Aufseher beim Durchgang durch seine Baracke einem der Kalfaktoren das Fehlen eines Gefangenen namens Jim Reeves.

Der Kalfaktor schaute sich um. »Nicht da, sagen Sie?«

»Auch draußen auf der Latrine nicht«, sagte der Aufseher.

»Dann muß er getürmt sein«, sagte der Kalfaktor.

»Wahrscheinlich nachts über die Mauer geklettert.«

»So ein Idiot«, sagte der Aufseher leise und machte eine Kehrtwendung, um dem Direktor Meldung zu erstatten.

Sie standen in einer Reihe vor der Küche, um Kaffee und Hafergrütze zu fassen, als Max einen der Aufseher zum Tor hinausreiten und den Weg nach der Ortschaft einschlagen sah.

Am nächsten Morgen, als sie wiederum beim Frühstück waren, wurde Jim Reeves zurückgebracht. Er saß auf einem Wagen neben zwei Cajuns, deren lange Flinten in der Krümmung ihrer Arme ruhten. Schweigend hoben die Gefangenen die Köpfe, als der Wagen vorüberrollte.

Als sie abends von ihrer Arbeit kamen, war Jim Reeves nackt an den Schandpfahl gebunden. Schweigend führten die Kalfaktoren die Gefangenen in den Hof, damit sie noch vor dem Essen den Vollzug der Strafe mitansehen sollten.

Der Direktor wartete, bis die Gefangenen angetreten waren. »Ihr Männer wißt, was auf einem Fluchtversuch steht – zehn Peitschenhiebe und fünfzehn Tage im Käfig für jeden Tag draußen.«

Stumm traten die Männer weg und stellten sich zum Essenfassen an. Max warf einen Blick auf den Käfig. Der Käfig stellte genau das dar, was sein Name besagte – Stahlgitter, die ein Verlies von einem Meter zwanzig im Durchmesser bildeten. Darin war weder Platz zum Laufen noch zum Stehen, nicht einmal genügend Raum, sich der Länge nach auszustrecken. Der Eingekerkerte konnte nur sitzen oder auf allen vieren zusammengekrümmt dahokken wie ein Tier. Es gab keinen Schutz vor der Sonne oder den Elementen.

In diesem Käfig würde Jim Reeves die nächsten dreißig Tage verbringen müssen – ohne Kleidung, ohne ärztliche Betreuung, bei Wasser und Brot, von Schmerz gepeinigt, im eigenen Kot, und niemand würde es wagen, ein Wort an ihn zu richten oder ihm Beistand zu leisten, da sonst dieselbe Strafe seiner harrte.

Jim Reeves trat in die Baracke. Es war jetzt einen Monat her, seit man ihn aus dem Käfig gezerrt hatte, dreckverkrustet, zusammengekrümmt, die Augen wild flackernd wie die eines Tieres. Jetzt durchdrang er die Dunkelheit mit seinen Blicken und ging auf die Pritsche zu, auf der Max ausgestreckt lag, und klopfte ihm auf die Schulter. Max richtete sich auf.

»Ich muß hier raus«, sagte er.

Max starrte ihn in der Dunkelheit an. »Wer möchte das nicht?«

»Mach keine Witze mit mir, Indianer«, sagte Reeves rauh »Es ist mein voller Ernst.«

»Meiner auch«, sagte Max. »Aber bisher hat's noch keiner geschafft.«

»Ich weiß einen Weg«, sagte Reeves. »Aber es geht nur zu zweit. Deswegen habe ich mich an dich gewandt.«

»Weshalb gerade an mich? Warum nicht an einen von den Männern, die noch lange brummen müssen?«

»Weil die meisten von ihnen Städter sind«, sagte Reeves, »und ich mit denen keine zwei Tage im Sumpf durchhalten würde.«

Max setzte sich auf den Rand der Pritsche.
»Jetzt weiß ich, daß du verrückt bist«, sagte er. »Niemand kann diesen Sumpf durchqueren. Es sind vierzig Meilen Treibsand. Alligatoren, Mokassinschlangen und scharfkantiges Gehölz. Der einzig gangbare Weg führt nach Norden an der Ortschaft vorbei.«
Ein bitteres Lächeln huschte über Reeves' Gesicht. »Das hab' ich mir damals auch eingebildet«, sagte er. »Es war ganz einfach – über den Zaun und die Straße entlang. Kinderspiel, dachte ich. Man hat nicht einmal die Hunde hinter mir hergehetzt. War auch gar nicht nötig, da sämtliche gottverdammten Cajuns der Gegend hinter mir her waren.«
Er kniete sich neben Max' Pritsche. »Der Sumpf«, sagte er. »Das ist der einzige Weg. Ich habe alles ausgeknobelt. Wir beschaffen uns ein Boot und ...«
»Wo, zum Teufel, willst du denn ein Boot herbekommen?« fragte Max.
»Es wird eine Weile dauern«, sagte Reeves vorsichtig. »Aber die Reisernte rückt näher. Dann verdingt uns der Direktor an die großen Pflanzer. Sträflingsarbeit ist billig, und der Direktor steckt das Geld dafür ein. Die Reisfelder stehen halb unter Wasser. Und es sind immer Boote in der Nähe.«
»Ich weiß nicht«, sagte Max unentschlossen.
Reeves' Augen glühten tierisch. »Willst du zwei volle Jahre deines Lebens hier vergeuden, Junge? Hast du so viel Zeit zu verschwenden?«
»Gib mir etwas Bedenkzeit«, sagte Max zaudernd. »Ich sag' dir dann Bescheid.«
Reeves verschwand in der Dunkelheit, als Mike die Baracke betrat. Der Kalfaktor kam direkt auf Max' Pritsche zu. »Hat er dir auch in den Ohren gelegen, daß du mit ihm durch den Sumpf flüchten sollst?« fragte er.
Man hörte Max die Überraschung am Klang der Stimme an. »Woher weißt du das?«
»Er hat schon mit sämtlichen Gefangenen gesprochen, aber alle haben ihn abgewiesen. Ich hab' mir gedacht, daß er sich bald an dich heranmachen würde.«
»Oh«, sagte Max.
»Tu's nicht, Junge«, sagte der hünenhafte Kalfaktor leise. »Egal, wie erfolgversprechend es aussieht, tu's nicht. Reeves ist so haßerfüllt, daß es ihm gleichgültig ist, wer dabei zu Schaden kommt, wenn es ihm selber nur gelingt.«
Max streckte sich auf der Pritsche aus. Seine Augen starrten in die Dunkelheit. Das einzige von dem, was Reeves gesagt und was Sinn hatte, war das über die zwei Jahre. Max hatte keine zwei Jahre zu vergeuden In zwei Jahren würde er bereits einundzwanzig sein.

Nach ein paar Tagen trat Jim Reeves wieder an Max heran. »Ich wollte schon lange mit dir sprechen«, sagte er schnell. »Aber immer war dieser Nigger in der Nähe. Ich habe ein Boot.«

»Was?«
»Schrei nicht so«, sagte Reeves rauh. »Es ist alles vorbereitet. Einen Tag nach unserer Rückkehr wird das Boot in der großen Zypressengruppe südlich des Gefängnisses liegen.«
»Woher weißt du das?«
»Ich hab' es mit einem Cajun-Mädchen ausgemacht«, sagte Reeves.
»Bist du sicher, daß sie dich nicht an der Nase herumführt?«
»Ganz sicher«, erwiderte Reeves schnell. »Diese Cajun-Mädchen wollen alle dasselbe. Ich hab' ihr versprochen, sie mit nach New Orleans zu nehmen, wenn sie mir zur Flucht verhilft. Das Boot ist bestimmt da. Sie wohnt irgendwo dort draußen in der Wildnis. Dort können wir uns verbergen, bis man die Suche nach uns eingestellt hat.«
Er blickte sich rasch nach allen Seiten um und machte sich davon.
An diesem Abend beim Essen setzte sich Mike neben Max. Für eine ganze Weile hörte man nichts als Schmatzen und das Schaben von Löffeln auf den Tellern.
»Gehst du mit Reeves, jetzt wo er ein Boot hat?« fragte Mike plötzlich.
Max starrte ihn an. »Das weißt du auch schon?«
Mike lächelte. »Hier gibt es keine Geheimnisse.«
»Ich weiß nicht«, sagte Max.
»Glaub mir, Junge«, sagte der Neger, »dreißig Tage im Käfig dauern länger als die anderthalb Jahre, die du noch zu machen hast.«
»Vielleicht schaffen wir's.«
»Auf gar keinen Fall«, erklärte Mike mit Bestimmtheit. »Als erstes hetzt der Direktor die Hunde hinter euch her. Wenn die euch nicht kriegen, kriegt euch der Sumpf.«
»Woher will er wissen, daß wir den Weg durch den Sumpf genommen haben?« warf Max ein. »Du würdest uns doch nicht verpfeifen, oder?«
Der Neger schaute gekränkt drein. »Das weißt du doch ganz genau. Ich mag zwar ein Kalfaktor sein, aber ich bin kein Verräter. Der Direktor wird sich das selber sagen. Ein einzelner Mann nimmt stets die Straße. Zwei Männer versuchen es immer durch den Sumpf. Es scheint eine Art Regel zu sein.«
Max schwieg und zog an seiner Zigarette.
»Laß es bitte, Junge«, sagte Mike. »Bring mich nicht in die Lage, daß ich dir weh tun muß. Ich möchte dein Freund sein.«
Max blickte ihn an und lächelte verhalten. Er streckte die Hand aus und legte sie auf die Schulter des Hünen. »Ganz gleich, was kommt«, erklärte er ernst, »du bist mein Freund.«
»Du gehst also doch«, sagte Mike niedergeschlagen. »Du bist fest entschlossen dazu.« Er erhob sich und entfernte sich langsam.
Max schaute ihm verwirrt nach. Wie konnte Mike etwas wissen, was er selbst noch nicht wußte?

Er stand auf und kratzte seinen Teller aus.
Erst als er am nächsten Abend über den Zaun geklettert war und mit Reeves wie wahnsinnig auf das Zypressengehölz zurannte, wußte er, wie recht Mike gehabt hatte.
Dann wühlte Reeves, bis an die Knie im düsteren Sumpfwasser stehend, am Fuß der Zypressen herum und fluchte. »Diese Sau! Diese elende verlogene Hure!«
Es war kein Boot da.

11

Sie bahnten sich ihren Weg durch hohes Schilf, bis an die Hüften im Wasser, und erklommen einen Erdhügel. Heftig keuchend kauerten sie sich nieder. Aus weiter Ferne konnten sie das Anschlagen eines Hundes vernehmen.
Reeves schlug nach den Insekten, die ihn umschwirrten. »Sie gewinnen Boden«, murmelte er durch geschwollene Lippen.
Max warf einen Blick auf seinen Gefährten. Reeves' Gesicht war zerstochen und aufgedunsen, seine Kleider hingen in Fetzen herab. Reeves gab ihm einen bösen Blick zurück. »Woher willst du wissen, daß wir uns nicht im Kreise bewegt haben? Wir irren jetzt schon drei Tage so herum.«
»Woher ich das weiß? Wenn wir uns im Kreise bewegt hätten, wären wir ihnen längst in die Arme gelaufen.«
»Ich halte das nicht viel länger aus«, sagte Reeves. »Die Insekten machen mich wahnsinnig. Ich lass' mich bald greifen.«
»Du vielleicht«, sagte Max. »Ich nicht. Ich hab' keine Lust, mich in einen Käfig sperren zu lassen.« Er erhob sich.
»Los jetzt. Wir haben uns lange genug verschnauft.«
Reeves schaute ihn an. »Wie kommt es, daß die Insekten dich nicht zerstechen? Es muß an deinem indianischen Blut oder sonst was liegen.«
»Kann sein«, sagte Max. »Vielleicht auch, weil ich mich nicht andauernd kratze. Los jetzt.«
»Können wir nicht hier übernachten?«
»Kommt überhaupt nicht in Frage«, sagte Max. »Wir haben noch zwei Stunden Tageslicht. Das bedeutet eine weitere Meile. Komm schon.«
Er stieg ins Wasser, ohne sich umzusehen. Einen Augenblick später hörte er Reeves hinter sich ins Wasser planschen. Es war fast dunkel, als sie einen anderen Erdhügel fanden.
Reeves streckte sich sofort lang aus. Max schaute auf ihn nieder. Für einen Moment tat er ihm fast leid, doch dann entsann er sich der Gehässigkeit, die den Mann erfüllte, und empfand kein Bedauern mehr mit ihm. Er hatte gewußt, was ihnen bevorstand.

Max nahm sein Messer heraus und hackte eine lange Stange ab. Er spitzte sie an und watete damit ins Wasser hinaus. Fast eine Viertelstunde verharrte er regungslos auf demselben Fleck, bis er etwas Dunkles unter der Wasserfläche entlanghuschen sah. Er hielt die Luft an und ließ es näher kommen. Dann stieß er blitzschnell zu.

Er spürte das Gewicht, als er den Speer aus dem Wasser zog. Er hatte einen großen Katzenwels gestochen.

»Diesmal hat's sich gelohnt«, sagte er, als er wieder bei Reeves war. Er hockte sich neben ihn und begann, den Fisch abzuziehen. Er nahm ein Stück und bot es Reeves an. »Hier, iß. Wenn man gut kaut, schmeckt es gar nicht so übel.«

Reeves nahm den Fisch, hockte sich neben Max und fing an zu kauen. Nach einer Weile spuckte er aus. »Ich kann das Zeug nicht fressen.« Er schwieg einen Augenblick und schlug dann die Arme um seinen Körper. »Es wird verdammt kalt hier draußen«, sagte er bebend.

Max schaute ihn an. So kalt war es gar nicht. Reeves' Gesicht war mit feinen Schweißperlen bedeckt. Er zitterte am ganzen Leibe.

»Streck dich aus«, sagte Max. »Ich deck' dich mit Gras zu – das wärmt.«

Reeves legte sich hin. Max beugte sich über ihn und legte die Hand auf seine Stirn. Sie war fieberheiß. Langsam richtete Max sich auf und holte noch mehr Gras. Ausgerechnet jetzt mußte Reeves einen Malariaanfall bekommen. Widerstrebend wickelte er eines von seinen Streichhölzern aus der wasserdichten Hülle und brachte ein Feuer in Gang.

Reeves hatte Schüttelfrost, klapperte mit den Zähnen und stöhnte unter seiner Decke aus Sumpfgras. Max warf einen Blick zum Himmel empor. Die Nacht war fast vorüber. Unwillkürlich stieß er einen Seufzer aus und fragte sich, wie lange es noch dauern würde, bis man sie wieder eingefangen hatte.

Leicht schwankend, döste er im Sitzen vor sich hin. Ein seltsamer Laut drang bis in sein Unterbewußtsein, und plötzlich war er hellwach.

Er griff nach seinem Fischspeer und duckte sich. Wieder erklang das Geräusch. Was es auch sein mochte, es rührte von etwas Großem her. Wieder vernahm er es, näher diesmal. Er ging in Angriffsstellung über. Der Speer taugte zwar nicht viel, aber es war die einzige Waffe, die er besaß.

Dann stand Mike plötzlich da, die Flinte im Arm. »Du bist wahrhaftig ein Idiot, Junge«, sagte er. »Hier draußen ein Feuer anzumachen!«

Max erhob sich. Jetzt, da alles vorüber war, fühlte er sich plötzlich total erschöpft. Er deutete auf den Kranken. »Er hat Fieber.«

Mike trat an Reeves heran. »Weiß Gott«, sagte er erstaunt. »Der Direktor hat recht behalten. Er meinte, Reeves würde nach drei Tagen im Sumpf bestimmt einen Anfall kriegen.«

Mike setzte sich neben das Feuer und wärmte seine Hände. »Mann, das tut wohl«, sagte er. »Aber du solltest nicht länger hier herumlungern.«

»Was bleibt mir denn weiter übrig?«

»Er hätte dich auch einfach im Stich gelassen.«
»Er vielleicht, ich nicht.«
Der Neger blickte zu Boden. »Mach, daß du weiterkommst, Junge.«
Max starrte ihn an. »Was meinst du damit?«
»Hau ab«, sagte Mike barsch.
»Und das übrige Aufgebot?«
»Eh die ran sind, vergehen noch ein paar Stunden«, sagte Mike. »Sie würden sich mit Reeves begnügen.«
Max starrte ihn an und ließ seine Blicke dann über das Sumpfgelände schweifen. Nach einer Weile schüttelte er den Kopf. »Ausgeschlossen«, sagte er.
»Du bist ein noch größerer Idiot, als ich glaubte, Junge«, sagte Mike. »Er wäre schon längst auf und davon.«
»Wir sind zusammen getürmt«, sagte Max. »Und so ist es nur richtig, daß wir auch zusammen wieder zurückgehen.«
»Gut, Junge«, sagte Mike resigniert und stand auf. »Mach das Feuer aus.«
Max stieß das schwelende Holz ins Wasser, wo es aufzischend verlosch. Er warf einen Blick zurück und sah, wie Mike den Kranken aufhob, als wäre er ein Säugling, und ihn über die Schulter nahm. Max schlug die Richtung nach dem Gefängnis ein.
»Wo willst du denn hin, Junge?« rief Mike hinter ihm her.
Max drehte sich um und starrte ihn an.
Mike deutete in die entgegengesetzte Richtung. »Der Sumpf zieht sich noch etwa fünfundzwanzig Meilen hin und endet dann.«
Plötzlich begriff Max. »Das kannst du nicht tun, Mike. Offiziell giltst du nicht einmal mehr als Sträfling.«
Der Hüne nickte. »Stimmt, Junge. Ich bin kein Sträfling mehr. Das bedeutet, daß ich hingehen kann, wo ich will, und wenn ich nicht zurück will, kann man gar nichts machen.« – »Aber es ist ein Unterschied, ob du allein gehst oder mir zur Flucht verhilfst. Wenn man dich schnappt –«
»Wenn man uns schnappt, schnappt man uns eben«, sagte Mike schlicht. »Jedenfalls will ich nicht derjenige sein, der dich auspeitschen muß. Ich könnte es einfach nicht. Denn siehst du, wir sind richtige Freunde.«
Acht Tage später lag das Sumpfgelände hinter ihnen. Sie streckten sich auf dem festen, trockenen Boden aus und rangen nach Luft. Max hob den Kopf. In der Ferne nahm er eine Rauchfahne am Horizont wahr.
»Dort muß eine Ortschaft liegen«, sagte er erregt und raffte sich auf. »Vielleicht kriegen wir dort was Anständiges zu fressen.«
»Nicht so hastig«, sagte Reeves und zog ihn herunter. Reeves war noch immer gelb vom Fieber, litt aber nicht mehr darunter. »Wenn es sich um eine Ortschaft handelt, gibt es auch einen Laden dort. Wir warten bis heute nacht und brechen dann dort ein. Wozu uns unnötigen Gefahren aussetzen? Womöglich lauert man auf uns.«

Max schaute zu Mike hinüber. Der riesige Neger nickte.
Um zwei Uhr früh brachen sie in den Laden ein. Als sie herauskamen, waren sie neu eingekleidet, hatten Pistolen im Gürtel und fast achtzehn Dollar Bargeld aus der Ladenkasse in den Taschen.
Max wollte drei Pferde aus dem Mietsstall stehlen und sofort weiterreiten.
»Typisch indianisch«, sagte Reeves sarkastisch. »Pferden kommt man schneller auf die Spur als uns. Wir vermeiden die Straßen für ein oder zwei Tage und sehen dann zu, wie wir zu Pferden kommen.«
Zwei Tage danach waren sie im Besitz von Pferden. Vier Tage danach raubten sie eine kleinstädtische Bank aus und erbeuteten achtzehnhundert Dollar. Zehn Minuten später befanden sie sich auf dem Wege nach Texas.

12

Max kam nach Fort Worth, um die Tochter von Jim Reeves, die aus New Orleans erwartet wurde, vom Zuge abzuholen. Er saß im Barbierstuhl und betrachtete sich im Spiegel. Das Gesicht, das er erblickte, war jetzt kein Knabengesicht mehr. Der gestutzte schwarze Bart diente dazu, die hohen Backenknochen zu verbergen. Er sah nicht mehr wie ein Indianer aus.
Max erhob sich aus dem Stuhl. »Macht wieviel?«
»Fünfzig Cent fürs Haarschneiden, fünfundzwanzig fürs Bartstutzen.«
Max warf ihm einen Silberdollar hin.
Mike kam von der Seite des Gebäudes, wo er sich herumgeräkelt hatte, und fiel in Schritt mit ihm.
»Der Zug muß jeden Augenblick einfahren«, sagte Max.
Vor dreieinhalb Jahren waren sie eines Nachts mit siebentausend Dollar in ihren Satteltaschen nach Fort Worth gekommen, zwei ausgeraubte Banken und zwei Tote hinter sich zurücklassend. Aber sie hatten Glück gehabt. Keiner von ihnen war erkannt worden, und die Fahndung lief nach unbekannten Tätern.
»Scheint ein ganz ordentliches Städtchen zu sein«, hatte Max begeistert erklärt. »Schon auf den ersten Blick hab' ich zwei Banken gezählt.«
Reeves hatte auf einem Stuhl in dem billigen Hotelzimmer gesessen und ihn angeschaut. »Damit ist Schluß jetzt«, sagte er.
Max starrte ihn an. »Warum? Leichter kann es uns doch gar nicht gemacht werden.«
Reeves schüttelte den Kopf. »Diesen Fehler hab' ich einmal begangen. Man muß zur richtigen Zeit aufhören können.« Er steckte sich eine Zigarette in den Mund.
»Was sollen wir denn sonst anfangen?« fragte Max. Reeves zündete sich die Zigarette an. »Uns hier niederlassen. Hier draußen bieten sich allerlei Möglichkeiten. Land ist billig, und Texas ist im Wachsen begriffen.«

Reeves fand das Geschäft, das er suchte, in einem Kleinstädtchen fünfundsechzig Meilen südwestlich von Fort Worth. Eine Kneipe mit Spielsaal. In weniger als zwei Jahren war er der einflußreichste Mann in dem Städtchen. Dann gründete er eine Bank, die ihre Geschäftsräume in einer Ecke des Spielsaals hatte, und begann wenig später, Land aufzukaufen. Es war sogar die Rede davon, ihn zum Bürgermeister zu wählen.
Er erstand eine kleine Ranch draußen vor dem Städtchen, richtete das Haus her und gab seine über der Kneipe gelegene Wohnung auf. Bald darauf verlegte er auch sein Bankgeschäft aus dem Spielsaal, den Max damals führte, in ein kleines Gebäude auf der Hauptstraße. Innerhalb eines Jahres hatte man vergessen, daß er je eine Kneipe besessen hatte, und betrachtete ihn als Bankier des Städtchens. Ganz unmerklich wurde er reich.
Zum ehrbaren Bürger fehlte ihm nur noch eines – eine Familie. Er ließ diskret Nachforschungen in New Orleans anstellen, erfuhr, daß seine Frau gestorben war und daß seine Tochter bei Verwandten mütterlicherseits lebte. Er telegrafierte ihr, und sie teilte ihm daraufhin mit, daß sie am fünften März in Fort Worth eintreffen würde.
Max sah sich auf dem Bahnsteig unter den ankommenden Reisenden um. »Weißt du denn überhaupt, wie sie aussieht?« fragte Mike.
»Nur das, was Jim mir gesagt hat, und er hat sie auch seit zehn Jahren nicht gesehen.«
Nach und nach zerstreuten sich die Reisenden, bis nur noch eine junge Dame übrig war, die inmitten einiger Koffer stand und Umschau hielt. Mike warf Max einen fragenden Blick zu. »Meinst du, daß sie das sein könnte?«
Sie gingen auf die junge Frau zu. Max nahm seinen Hut ab. »Miß Reeves?«
Ein erleichtertes Lächeln erschien auf dem Gesicht der jungen Frau. »Mir fällt ein Stein vom Herzen«, sagte sie. »Ich dachte schon, Daddy hätte mein Telegramm nicht erhalten.«
Sie lächelte warm, und Max erwiderte ihr Lächeln. »Ich heiße Max Sand«, sagte er. »Ihr Vater hat mich geschickt, um Sie abzuholen.«
Ein flüchtiger Schatten huschte über die Züge des Mädchens. »Das hab' ich erwartet«, sagte sie. »Daddy war in den letzten zehn Jahren so beschäftigt, daß er nicht ein einziges Mal zu Hause gewesen ist.«
Max vermutete, daß sie nichts von der Verurteilung ihres Vaters wußte. »Kommen Sie«, sagte er leise. »Ich habe drüben im Palast-Hotel ein Zimmer für Sie reservieren lassen. Dort können Sie Toilette machen und schlafen. Wir haben eine Zweitagereise vor uns und brechen erst morgen früh auf.«
Noch ehe sie das Hotel zwanzig Minuten später erreicht hatten, war Max zum erstenmal in seinem Leben verliebt.

Max band sein Pferd vor dem Wohnhaus der Reeves-Ranch an einen Pfosten, ging die Stufen hinauf und klopfte an die Tür. Als Reeves' Tochter aufmachte,

lag ein angespannter und erschöpfter Ausdruck auf ihrem Gesicht, als hätte sie geweint. »Ach, du bist's«, sagte sie leise. »Komm rein.«
Er folgte ihr ins Wohnzimmer. Plötzlich um sie besorgt, zog er sie an sich. »Was ist los, Betty?«
Sie entwand sich ihm. »Warum hast du mir nicht gesagt, daß du ein entwichener Sträfling bist?« fragte sie, ohne ihn anzuschauen.
Seine Miene wurde starr. »Hätte das etwas ausgemacht?«
Sie blickte ihn offen an. »Ja«, sagte sie. »Ich hätte mich dann niemals so weit mit dir eingelassen.«
»Und jetzt, da du Bescheid weißt«, drang er in sie, »macht es etwas aus?«
»Ja«, wiederholte sie. »Frag mich nicht, ich bin völlig durcheinander.«
»Was hat dir dein Vater noch gesagt?«
Sie blickte auf ihre Hände. »Daß ich dich nicht heiraten könnte. Nicht nur wegen deiner Vergangenheit, sondern weil du halb indianisch wärst.«
»Und deswegen hast du aufgehört, mich zu lieben?«
Ohne etwas zu erwidern, starrte sie auf ihre zuckenden Hände. »Ich bin mir nicht klar über meine Gefühle«, sagte sie schließlich.
Er zog sie an sich. »Betty, Betty«, sagte er mit heiserer Stimme. »Gestern abend beim Tanz hast du mich geküßt und hast mir erklärt, du liebtest mich. Ich habe mich nicht verändert seitdem.«
Für einen Augenblick stand sie regungslos da und entzog sich ihm dann. »Rühr mich nicht an«, sagte sie.
Max starrte sie befremdet an. »Du brauchst keine Angst vor mir zu haben.«
Sie ließ seine Hand los. »Rühr mich nicht an!« wiederholte sie, und diesmal war die Furcht, die aus ihrer Stimme klang, unüberhörbar.
Ohne ein weiteres Wort drehte er sich um und verließ das Zimmer.
Er ritt in das Städtchen, stieg vor dem Bankgeschäft ab und begab sich in das Hinterzimmer, das Reeves als Büro diente.
Reeves saß vor einem großen Rollpult und hob den Kopf. »Was, zum Teufel, fällt dir ein, so mir nichts, dir nichts hier einzudringen?«
Max starrte ihn an. »Mich schüchterst du nicht so schnell ein wie deine Tochter, Reeves.«
Reeves lehnte sich in seinem Stuhl zurück und lachte. »Ist das alles?«
»Gerade genug«, sagte Max. »Gestern abend hat sie mir versprochen, mich zu heiraten.«
Reeves beugte sich vor. »Ich habe dich für klüger gehalten, Max.«
»Das spielt jetzt keine Rolle mehr. Ich verschwinde von hier.«
Reeves starrte ihn einen Augenblick an. »Ist das dein Ernst?«
Max nickte. »Ja.«
»Nimmst du den Nigger mit?«
»Ja«, sagte Max. »Sobald du uns unsere Anteile auszahlst.«
Reeves drehte sich mitsamt dem Schemel herum, auf dem er saß, und nahm

einige Banknoten aus dem Tresor hinter seinem Rücken. Er warf sie auf den Schreibtisch vor Max hin. »Da!«
Max warf einen Blick auf die Scheine, dann auf Reeves. Er nahm das Geld an sich und zählte es. »Das sind nur fünfhundert Dollar«, sagte er.
»Was hast du denn erwartet?«
»Wir sind mit siebentausend nach Fort Worth gekommen. Allein mein Anteil daran betrug zweitausenddreihundert, und mit der Kneipe haben wir nicht gerade Geld zugesetzt.« Max nahm eine fertige Zigarette von Reeves' Schreibtisch und zündete sie an. »Meiner Rechnung nach kommen auf Mike und mich mindestens fünftausend.«
Reeves zuckte die Achseln. »Ich will keinen Streit«, sagte er. »Schließlich haben wir allerlei zusammen durchgemacht, du und ich. Wenn du diese Summe beanspruchst, kriegst du sie auch.«
Er zählte das Geld auf den Schreibtisch. Max nahm es an sich und steckte es ein. »Ich hätte nicht geglaubt, daß du dich so leicht davon trennen würdest.«
Er war auf halbem Wege zu der Kneipe, als jemand ihn von hinten anrief. Langsam drehte er sich um.
Der Sheriff und zwei seiner Leute kamen mit gezogenen Pistolen auf ihn zu. Reeves stand hinter ihnen.
»Was gibt's denn, Sheriff?« fragte Max.
»Durchsucht ihn«, sagte Reeves. »Er muß das gestohlene Geld noch bei sich haben.«
»Gestohlen?« sagte Max. »Er ist verrückt. Das Geld gehört mir. Er war es mir schuldig.«
»Laß deine Hand von der Pistole«, sagte der Sheriff und kam behutsam näher. Mit ausgestreckter Hand griff er in Max' Taschen und zog ein Bündel Banknoten heraus.
»Da habt ihr's!« schrie Reeves. »Was hab' ich gesagt?«
»Du elender Lump!« explodierte Max und stürzte sich auf Reeves. Doch ehe er ihn packen konnte, schlug ihm der Sheriff mit dem Pistolenkolben über den Schädel. Gerade in diesem Augenblick schaute Mike aus dem Fenster des über der Kneipe gelegenen Zimmers.
Reeves trat an Max heran und schaute auf den Daliegenden hinunter. »Ich hätte diesem Mischling von vornherein nicht trauen dürfen.«
»Nehmt ihn und bringt ihn ins Gefängnis«, sagte der Sheriff.
»Geht lieber auch in die Kneipe und greift euch seinen Kumpan, diesen Nigger«, sagte Reeves. »Der hat bestimmt die Hand im Spiele.«
Mike sah den Sheriff kommen. Er verlor keinen Augenblick. Er lief die Hintertreppe hinunter und machte, daß er aus der Stadt kam.

Reeves befand sich auf dem Heimweg und summte leise vor sich hin. Er fühlte sich außerordentlich wohl und völlig sicher. Max würde sich hüten, etwas

auszuplaudern; er würde sich damit nur selber schaden. Und der Nigger war getürmt. Sobald es brenzlig wurde, nahm dieses Pack Reißaus. Er war so in seine Gedanken versponnen, daß er den Knall der Peitsche überhörte, die sich hinter einem Baum hervorschlängelte und ihn vom Pferde riß.
Er raffte sich auf und griff nach seiner Pistole, aber ein neuer Knall der Peitsche riß ihm die Waffe aus der Hand. Langsam kam Mike auf ihn zu, aufs neue zum Schlag mit der großen Peitsche ausholend.
Reeves schrie entsetzt auf.
Wieder knallte die Peitsche. Reeves drehte sich um sich selber und stürzte rücklings zu Boden. Auf allen vieren kroch er ein Stück, richtete sich dann auf und versuchte davonzulaufen. Die Peitsche holte ihn jedoch schon nach wenigen Schritten ein, schlängelte sich zwischen seine Beine und brachte ihn zu Fall. Er wandte den Kopf und sah, wie Mike erneut zum Schlage ausholte.
Er brüllte vor Schmerz, als sich das Leder in sein Fleisch fraß.

Früh am nächsten Morgen stießen der Sheriff und seine Gehilfen auf einen Leichnam am Wegrand. In der Nacht hatte jemand die Gitterstäbe aus dem Fenster der einzigen Zelle des Gefängnisses gebrochen, und Max war entkommen.
Einer der Gehilfen entdeckte den Leichnam zuerst. Er riß sein Pferd herum und warf einen Blick darauf.
Der Sheriff und der andere Gehilfe rissen ihre Pferde ebenfalls herum. Für eine ganze Weile starrten sie auf den verstümmelten Leichnam. Dann fuhr sich einer der Männer mit dem Hut über die Stirn und wischte sich den kalten Schweiß ab.
»Sieht aus wie Bankier Reeves.«
Der Sheriff wandte sich nach ihm um. »Das *war* mal Bankier Reeves«, sagte er. Auch er nahm den Hut ab und wischte sich das Gesicht. »Merkwürdig«, sagte er. »Das einzige mir bekannte Instrument, mit dem man einen Menschen derart zurichten kann, ist die Schlange – eine Louisiana-Gefängnispeitsche.«

31

Der spanische Name der Ortschaft war sehr lang und für Amerikaner schwer auszusprechen, und so gaben sie ihr einen eigenen Namen. Versteck. Es war ein Ort, wo man sich hinwandte, wenn alle anderen Wege versperrt waren, wenn man verfolgt wurde und es einem bis zum Halse stand, nachts auf der kalten Prärie zu schlafen und kalte Büchsenbohnen zu essen. Es war zwar teuer dort, aber es lohnte sich. Vier Meilen über die Grenze, und man war für die Justiz unerreichbar. Und es war der einzige Ort in Mexiko, wo man stets amerikanischen Whisky bekommen konnte. Selbst wenn man den vierfachen Preis dafür bezahlen mußte.

Der Alkalde saß an seinem Tisch im Hintergrund der *cantina* und sah die beiden *americanos* hereinkommen. Sie nahmen an dem Tisch in Türnähe Platz. Der kleinere von beiden bestellte Tequila.

Interessiert beobachtete der Alkalde die beiden und erinnerte sich des ersten Zusammentreffens mit ihnen. Es war fast drei Jahre her.

Sie waren geräuschlos in die *cantina* getreten, müde und staubbedeckt. Damals hatten sie an dem gleichen Tisch Platz genommen, an dem sie jetzt saßen.

Flasche und Gläser standen auf dem Tisch, als der große Mann, der an der Theke gestanden hatte, an sie herangetreten war. Er richtete seine Worte an den kleineren Mann und ignorierte den anderen. »Niggern ist das Betreten dieses Lokals verboten.«

Der kleinere Mann hob nicht einmal den Kopf. Er füllte das Glas seines Freundes zuerst, dann erst sein eigenes. Er setzte es an die Lippen.

Das Glas zerschellte auf dem Fußboden, und es wurde plötzlich ganz still in der *cantina*.

»Raus mit dem Nigger!« sagte der große Mann. Er starrte sie eine Weile an, wandte sich dann um und trat wieder an die Theke.

Der Neger traf Anstalten, sich zu erheben, aber der kleinere Mann hielt ihn durch einen Blick zurück. Langsam ließ sich der Neger wieder auf seinen Stuhl sinken.

Erst als der kleinere Mann vom Tisch aufstand, um an die Theke zu treten, merkte der Alkalde, daß er gar nicht so klein war, wie es ausgesehen hatte. Nur im Vergleich zu dem Neger wirkte er schmächtig.

»Wer bestimmt hier, was erlaubt ist und was nicht?« fragte er den Mann an der Theke.

Der Mann deutete nach hinten. »Der Alkalde, Señor.«

Der *americano* drehte sich um und kam auf den Tisch zu. Seine Augen überraschten den Alkalden; sie waren von einem stählernen Dunkelblau. Er sprach spanisch, mit einem leichten kubanischen Akzent. »Sagt das Schwein die Wahrheit, Señor?«

»Nein, Señor«, erwiderte der Alkalde. »Hier ist jeder willkommen, solange er seine Zeche bezahlen kann.«

Der Mann nickte und trat wieder an die Theke. Er blieb vor dem Mann stehen, der sich beschwert hatte. »Der Alkalde sagt, mein Freund kann bleiben.«

Wütend wandte sich der Mann nach ihm um. »Wer, zum Teufel, kümmert sich darum, was dieser Mexikaner denkt. Bloß weil wir jenseits der Grenze sind, brauche ich noch lange nicht mit Niggern zu saufen!«

Die Stimme des schmächtigen Mannes klang kalt. »Mein Freund ißt, trinkt und schläft mit mir, und er bleibt.« Ruhig drehte er sich um und kehrte an den Tisch zurück.

Er wollte sich gerade setzen, als der wütende *americano* an der Theke losbrüllte. »Wenn du so für Nigger schwärmst, kannst du ja mal probieren, wie's sich mit einem toten Nigger schläft!«

Der kleinere *americano* schien sich kaum zu rühren. Plötzlich war eine Pistole in seiner Hand, Pulverdampf quoll aus dem Lauf, und das Echo des Schusses verhallte im Dachgebälk der *cantina*. Und der Schreihals lag tot auf dem Fußboden vor der Theke.

Der Alkalde warf einen Blick auf den Daliegenden und zuckte die Achseln. »*De nada*«, sagte er. »Macht nichts. Sie hatten recht. Das Schwein besaß keine Manieren.«

Mehrmals im Jahr verschwanden die beiden Freunde unauffällig aus der Ortschaft und tauchten ebenso unauffällig wieder auf – einige Wochen, manchmal einige Monate später. Und jedesmal, wenn sie zurückkehrten, hatten sie Geld, für Miete, Weiber und Whisky.

Aber jedesmal spürte der Alkalde, wie die Einsamkeit um beide immer größer wurde. Und jetzt waren sie wieder bei Tequila angelangt. Wie oft noch, ehe sie eines Tages auf Nimmerwiederkehr verschwinden würden?

Max schluckte den Tequila und biß in die Limone. Der saure Saft spritzte in seine Kehle, und er spürte einen sauberen, frischen Geschmack im Munde. Er schaute Mike an. »Wieviel haben wir noch?«

Mike überlegte einen Augenblick. »Drei Wochen reicht es ungefähr noch.«

Max drehte eine Zigarette und steckte sie an. »Wir müssen ein großes Ding drehen. Dann könnten wir vielleicht nach Kalifornien oder Nevada oder irgendwohin gehen, wo uns kein Mensch kennt, und ein neues Leben anfangen. Hier rinnt einem das Geld nur so durch die Finger.«

Der Neger nickte. »Das kann man wohl sagen«, stimmte er zu. »Aber das wäre keine Lösung. Wir müssen uns trennen. Man weiß, daß wir gemeinsame Sache machen. Wenn man mich sieht, so ist es, als trüge ich ein großes Schild mit deinem Namen drauf mit mir herum.«

Wieder füllte Max sein Glas. »Klingt ja gerade, als wolltest du mich loswerden.« Er lächelte, kippte den Schnaps hinunter und griff nach der Limone.

Mike wurde ernst. »Ohne mich könntest du vielleicht irgendwo Fuß fassen und brauchtest nicht mehr dauernd auf der Flucht zu sein.«

Max spuckte einen Limonenkern aus.

»Wir haben vereinbart, zusammenzuhalten. Wenn wir diesmal genug erbeuten, gehen wir nach Kalifornien.«

Die Tür ging auf, und ein hochgewachsener, rothaariger Cowboy trat ein. Er kam an ihren Tisch und ließ sich auf einen leeren Stuhl fallen.

»Der alte Charlie Dobbs scheint gerade zur rechten Zeit zu kommen.« Er

lachte. »Dieser verdammte Tequila verbrennt einem ja die Magenwände. He, Keeper, eine Flasche Whisky.«
Der Keeper stellte Whisky und Gläser auf den Tisch und entfernte sich. Charlie füllte die Gläser, und sie tranken.
»Was bringt dich hierher zurück, Charlie?« fragte Max. »Ich dachte, du wärst auf dem Wege nach Reno.«
»War ich auch. Aber unterwegs bin ich auf die tollste Sache gestoßen, die mir je vorgekommen ist. Daran konnte man einfach nicht vorbeigehen.«
»Was denn?« fragte Max und lehnte sich über den Tisch.
Charlie senkte die Stimme. »Eine neue Bank. Entsinnst du dich noch, was ich dir damals gesagt habe? Vergangenes Jahr hab' ich erfahren, daß man in Texas nach Öl bohrt. Auf meinem Wege nach Norden hab' ich mir diese Ölfelder mal genauer angesehen.« Er goß sich ein neues Glas ein und kippte den Inhalt hinunter. »Nun, man ist auf Öl gestoßen. Das Verrückteste, was du je erlebt hast. Man bohrt einen Brunnen, und statt Wasser kommt Öl herauf. Man läßt es durch eine Rohrleitung abfließen und verfrachtet es. Die Gegend schwimmt in Öl, und die Bank platzt vor Geld.«
»Klingt ganz gut«, sagte Max. »Wie soll die Sache vor sich gehen?«
»Jemand aus der dortigen Gegend, der genau Bescheid weiß, hat den Überfall fix und fertig vorbereitet, aber er braucht Hilfe. Er verlangt zwei Anteile, wir bekommen jeder einen.«
»Läßt sich hören«, sagte Max. Er wandte sich an Mike. »Was meinst du dazu?«
Mike nickte. »Wann drehen wir das Ding?« fragte er.
Charlie schaute ihn an. »Gleich nach Neujahr. Dann bekommt die Bank einen Haufen Geld für neue Bohrungen.« Er füllte sämtliche Gläser neu. »Morgen müssen wir aufbrechen. Ich war drei Wochen zu Pferde unterwegs, um hierherzukommen.«

14

Max bahnte sich hinter Charlie Dobbs einen Weg in das Lokal. Es war voll von Cowboys und Männern, die auf den Petroleumfeldern arbeiteten, und die Würfel- und Pharaotische waren sämtlich besetzt. Die Männer standen in Dreierreihen um die Tische und warteten auf ihre Chance.
»Was hab' ich dir gesagt?« frohlockte Charlie. »Hier herrscht Hochkonjunktur.«
Er ging voraus und trat an die Theke, wo ein Mann abgesondert für sich stand.
Der Mann drehte sich um und blickte ihn an. »Seid ihr endlich da? Lange genug hat's gedauert«, sagte er leise.
»Es war ein weiter Ritt, Ed«, sagte Charlie.

»Wir treffen uns draußen«, sagte Ed, warf einen Silberdollar auf die Theke und ging. Im Hinausgehen streifte er Max mit einem kurzen Seitenblick.
Max schaute einen Augenblick in kleine, ausdruckslose Augen. Der Mann schien Ende Vierzig zu sein und trug einen langen rötlichgelben Schnurrbart. Irgendwie kam er Max bekannt vor, aber er wußte nicht, wo er ihn unterbringen sollte. Er hatte das Gefühl, ihn schon einmal gesehen zu haben.
Der Mann wartete vor dem Lokal auf sie. Er ging voraus, und sie folgten ihm in eine dunkle Gasse. Dort wandte er sich zu ihnen um. »Ich hab' gesagt, wir brauchen vier Mann«, erklärte er wütend.
»Geht in Ordnung, Ed«, sagte Charlie rasch. »Der vierte hält sich außerhalb der Ortschaft verborgen.«
»Gut. Ihr seid noch gerade rechtzeitig eingetroffen. Morgen abend – das ist Freitag – arbeiten der Präsident und der Kassierer länger und machen die Lohntüten für Sonnabend fertig. Gewöhnlich haben sie bis um zehn zu tun. Wir schnappen sie uns beim Herauskommen und drängen sie wieder hinein. Dann müssen sie uns den Tresor öffnen, den wir auf diese Weise nicht aufzusprengen brauchen.«
»Geht in Ordnung, was mich betrifft«, sagte Charlie. »Was meinst du, Max?«
Max schaute Ed an. »Sind sie bewaffnet?«
»Wahrscheinlich. Hast du Angst vor einer Schießerei?«
Max schüttelte den Kopf. »Nein, ich will nur wissen, was ich zu erwarten habe.«
»Wie hoch wird die Beute sein, was glaubst du?« fragte Charlie.
»Fünfzigtausend. Vielleicht mehr.«
Charlie stieß einen Pfiff aus. »Fünfzigtausend!«
»Ihr findet euch einer nach dem anderen hier ein. Unauffällig. Niemand darf stutzig werden. Wir treffen uns Punkt neun Uhr dreißig auf der Rückseite des Bankgebäudes.« Wieder schaute Ed sie an, und sie nickten. Er entfernte sich, kam jedoch noch einmal zurück und musterte Max aufmerksam. »Sind wir uns nicht schon irgendwo begegnet?«
Max zuckte die Achseln. »Kann sein. Ich bin ziemlich herumgekommen. Du kommst mir übrigens auch bekannt vor.«
»Vielleicht fällt's mir bis morgen ein.« Er ging die Gasse entlang.
Max schaute ihm nach, bis er um die Ecke verschwunden war. Langsam wandte er sich an Charlie. »Irgendwie hab' ich das Gefühl, daß mir der Kerl schon mal über den Weg gelaufen ist.«
Charlie lachte. »Gehen wir. Mike wird schon in Sorge um uns sein.«

»Achtung!« flüsterte Ed heiser. »Sie kommen!«
Max drückte sich eng gegen die Mauer in Türnähe. Ed und Charlie lauerten auf der anderen Seite. Er konnte die Stimmen der beiden Männer vernehmen, die sich der Tür von innen näherten.

Als die Tür aufging, traten sie alle auf einmal in Aktion. »Was, zum Teufel...«, sagte eine Stimme aus der Dunkelheit drinnen. Man hörte einen dumpfen Schlag und dann das Geräusch eines fallenden Körpers.

»Und du hältst dein Maul, wenn dir dein Leben lieb ist!«

Jemand keuchte entsetzt, dann wurde es still. »Ins Hinterzimmer mit ihnen«, wisperte Ed rauh.

Max bückte sich und schleifte den Daliegenden nach hinten. Hinter seinem Rücken wurde ein Streichholz angesteckt, und dann warf eine Lampe einen matten Schimmer in das Hinterzimmer. Er zog den Mann in den Raum hinein. Als Max ihn losließ, sackte er auf der Stelle zusammen und lag still.

»Sieh nach, ob draußen alles in Ordnung ist!« zischte Ed.

Max lief an die Tür und lugte hinaus. Die Straße lag ruhig und verlassen da. »Kein Mensch zu sehen«, sagte er.

»Gut«, sagte Ed. »Legen wir los.« Er wandte sich an den anderen der beiden Männer. »Mach den Tresor auf.«

Der Mann war hoch in den Fünfzigern. Mit entsetztem Gesicht starrte er auf den am Boden liegenden Mann. »Ich – ich kann nicht«, sagte er. »Das kann nur Mr. Gordon. Er ist der Präsident, der einzige, der die Kombination kennt.«

Ed wandte sich an Max. »Bring ihn zu sich.«

Max kniete sich neben den Mann und drehte sein Gesicht herum. Der Kopf machte einen eigenartigen Eindruck, der Kiefer hing lose herunter. Max warf Ed einen Blick zu. »Der ist nicht mehr zu sich zu bringen. Du hast ihm den Schädel eingeschlagen.«

»Mein Gott!« sagte der andere Mann. Er schien einer Ohnmacht nahe.

Ed trat vor ihn hin. »Jetzt wirst du den Tresor wohl doch öffnen müssen.«

»Aber – ich weiß doch nicht wie«, sagte der Bankangestellte. »Ich kenne die Kombination nicht.«

Ed versetzte ihm einen Schlag ins Gesicht. Der Mann taumelte gegen den Schreibtisch. »Dann laß sie dir gefälligst einfallen.«

»Wirklich, Mister«, schluchzte er. »Ich kenne sie nicht. Mr. Gordon war der einzige. Er war...«

Wieder schlug Ed zu. »Mach den Tresor auf!«

»Schauen Sie, Mister«, flehte der Mann. »Im Pult liegen viertausend Dollar. Nehmen Sie sie, aber schlagen Sie mich bitte nicht mehr. Ich kenne die Kombination nicht.«

Ed ging um den Schreibtisch herum und zog das mittlere Schubfach auf. Er nahm ein Bündel Banknoten heraus und steckte sie zu sich. Er trat hinter dem Schreibtisch hervor und stellte sich vor den knienden Mann. »Du machst jetzt den Tresor auf, sag ich dir«, herrschte er ihn an und schlug wiederum zu.

Der Mann sank zu Boden. »Ich weiß doch nicht wie, Mister, ich weiß nicht wie.«

Als Ed ihm einen Tritt versetzen wollte, klopfte Max ihm auf die Schulter. »Vielleicht sagt er die Wahrheit.«
Ed starrte ihn einen Augenblick an und ließ den erhobenen Fuß dann sinken. »Vielleicht. Das werden wir gleich feststellen.« Er gab Max ein Zeichen. »Geh an die Tür und paß auf.«
Max ging hinaus und blieb angespannt lauschend an der Tür stehen.
Aus dem Hinterzimmer war Eds Stimme zu vernehmen. »Bind den Kerl an einen Stuhl.«
»Was wollen Sie denn von mir?« protestierte der Bankangestellte mit schwacher Stimme.
Max ging zurück und schaute in das Zimmer. Ed kniete vor dem dickbäuchigen Ofen und stieß den Schürhaken in die Glut. Charlie, der den Bankangestellten angebunden hatte, richtete sich auf und blickte Ed neugierig an. »Was soll denn das?«
»Er wird das Maul schon aufmachen, sobald ich seinen Augen mit einem rotglühenden Schürhaken nahe komme«, erklärte Ed grimmig.
»Moment mal«, sagte Charlie. »Wenn du glaubst, daß der Kerl uns anschwindelt, bring ich ihn um.«
Ed erhob sich und wandte sich wütend an Charlie. »Mit euch jungen Kerlen ist auch rein gar nichts mehr los. Keinen Mumm. Zu zimperlich. Wie soll er den Tresor öffnen, wenn er tot ist?«
»Er kann ihn ebensowenig öffnen, wenn er die Kombination nicht kennt.«
»Hau ab, wenn du Schiß hast«, sagte Ed brutal. »In dem Tresor dort liegen fünfzigtausend Dollar. Und die hol' ich mir, verlaß dich drauf.«
Max drehte sich um und wollte gerade wieder seinen Posten an der Tür beziehen, als er Ed im Hintergrund sagen hörte: »Du glaubst gar nicht, wie das wirkt. Vor zehn oder zwölf Jahren haben wir, Rusty Harris, Tom Dort und ich, uns mal einen alten Büffeljäger und seine Squaw vorgenommen . . .«
Max spürte, wie sich sein Magen hob und senkte, und tastete mit der Hand nach der Wand, um Halt zu suchen. Er schloß die Augen und sah die Szene in der Hütte deutlich vor sich – den leblos herabhängenden Körper seines Vaters, seine verstümmelte Mutter, den Widerschein des Feuers am nächtlichen Himmel.
Sein Kopf begann sich zu klären, er schüttelte den letzten Rest von Benommenheit ab. Ein eiskaltes Gefühl durchrieselte ihn und vertrieb die Übelkeit. Er ging auf das Hinterzimmer zu.
Ed kniete noch immer vor dem Ofen. Charlie stand auf der anderen Zimmerseite und sah bleich und angeekelt aus. »Der alte Geizhals hatte irgendwo auf seinem Anwesen Gold vergraben. Alle Leute in Dodge City wußten davon . . .« Ed hob den Kopf und erblickte Max, der das Zimmer durchquert hatte und neben ihn getreten war. »Was willst du denn hier? Hab' ich dir nicht gesagt, du sollst draußen aufpassen?«

Max schaute auf ihn hinunter. Seine Stimme klang hohl. »Habt ihr das Gold gefunden?«
Ed machte ein verdutztes Gesicht.
»Nichts habt ihr gefunden«, sagte Max, »weil kein Gold da war.«
Ed starrte ihn an. »Woher weißt denn du das?«
»Ich weiß es«, sagte Max langsam. »Ich bin nämlich Max Sand.«
Ed erkannte ihn plötzlich wieder, griff nach seiner Pistole und rollte sich zur Seite. Max trat ihm die Waffe aus der Hand, und Ed kroch auf allen vieren hinterher. Max riß den weißglühenden Schürhaken aus dem Feuer. Ed wandte sich um, nahm Max aufs Korn, und im selben Augenblick drang ihm das Eisen in die Augen.
Er brüllte, als das weiße Metall sich in sein Fleisch brannte. Der Schuß löste sich, und die Kugel schlug in die Decke, dann fiel ihm die Pistole aus der Hand.
Max verharrte einen Augenblick regungslos, den Blick auf den Daliegenden gerichtet. Der Gestank verbrannten Fleisches stieg ihm in die Nase. Zwölf Jahre, und jetzt war es vorbei.
Benommen wandte er sich um, als Charlie ihn am Arm ergriff. »Bloß fort fort von hier!« schrie er. »In ein paar Minuten haben wir den ganzen Ort auf dem Halse.«
»Ja, ja«, sagte Max langsam. Er ließ den Schürhaken fallen und ging auf die Tür zu. Mike stand mit den Pferden bereit, und sie saßen auf. Sie verließen das Städtchen in einem Kugelhagel. Die Verfolger waren ihnen auf den Fersen.

Drei Wochen später lagerten sie in einer kleinen Höhle im Vorgebirge. Max trat vom Eingang zurück und warf einen Blick auf seinen daliegenden Freund. »Na, Mike, wie steht's?«
Mikes Gesicht, das gewöhnlich glänzte, war verzerrt und fahl. »Beschissen, Junge, beschissen.«
Max beugte sich über ihn und wischte ihm das Gesicht ab. »Tut mir leid«, sagte er. »Aber wir haben kein Wasser mehr.«
Mike schüttelte den Kopf. »Egal, Junge. Diesmal hat's mich richtig erwischt. Mit dem Herumziehen ist's vorbei.«
Charlies Stimme kam aus dem Inneren der Höhle. »In einer Stunde wird's hell. Wir müssen weiter.«
»Mach, daß du weiterkommst, Charlie, ich bleibe hier bei Mike.«
Mike richtete sich in Sitzstellung auf und lehnte sich mit dem Rücken gegen die Höhlenwand. »Sei kein Idiot, Junge«, sagte er.
Max schüttelte den Kopf. »Ich bleibe bei dir.«
Mike lächelte, ergriff Max' Hand und drückte sie sanft. »Wir sind doch Freunde, Junge, oder nicht? Richtige Freunde?«

Max nickte.
»Und bist du je schlecht gefahren mit mir?« fragte Mike. »Mit mir geht's zu Ende, und du kannst nichts dran ändern, nichts.«
Max drehte eine Zigarette und steckte sie Mike in den Mund. »Halt's Maul und ruh dich aus.«
»Schnall doch mal meinen Gurt auf.«
Max beugte sich über seinen Freund und öffnete die Schnalle. Mike stöhnte, als der Gürtel heruntерglitt. »So ist's besser«, sagte er. »Jetzt sieh dir mal den Gurt von innen an.«
Max drehte ihn um. An der Innenfläche war ein Geldbeutel befestigt.
Mike lächelte. »Da drin stecken fünftausend Dollar. Ich hab' sie bis jetzt aufgehoben, für den Tag, da wir aus diesem Geschäft aussteigen würden.«
Max rollte noch eine Zigarette und steckte sie an. Schweigend beobachtete er seinen Freund. Mike hustete. »Für dieses Geschäft bist du dreißig Jahre zu spät geboren. In der heutigen Welt ist kein Platz mehr für Revolverschützen. Diese Zeiten sind endgültig vorbei.«
»Ich bleibe trotzdem«, erklärte Max.
Mike schaute ihn an. »Weck nicht das Gefühl in mir, als hätte ich mir damals im Gefängnis den falschen Partner ausgesucht«, sagte er. »Nicht jetzt, wo ich im Sterben liege.«
Max lächelte plötzlich. »Du bist ein ganz verfluchter Hund, Mike.«
Mike grinste. »Ich kann unsere Verfolger den ganzen Tag aufhalten. Inzwischen könnt ihr so viel Vorsprung gewinnen, daß sie euch nie mehr einholen.« Er wollte lachen, spie aber statt dessen plötzlich Blut. Er streckte Max eine Hand hin. »Hilf mir aufstehen, Junge.«
Max half ihm auf die Füße. Der Hüne stützte sich auf ihn, als sie auf den Eingang der Höhle zuschritten. Sie traten in die Dunkelheit hinaus. Eine leichte Brise wehte.
Für eine Weile standen sie da und genossen ihre körperliche Nähe, die kleinen Vertrautheiten, die Menschen miteinander teilen, dann ließ Max seinen Freund sanft zu Boden gleiten.
Mike schaute den Hohlweg hinunter. »Hier könnte ich sie für immer aufhalten«, sagte er. »Und denk dran, was ich gesagt habe, Junge. Mach dich ehrlich. Von jetzt ab wird nicht mehr gestohlen und nicht mehr geschossen. Versprichst du mir das, Junge?«
»In die Hand, Mike.«
»Falls du dein Wort brichst, komme ich und erscheine dir als Gespenst«, sagte der Hüne. Er wandte den Kopf ab und ließ seine Blicke durch die Gegend schweifen. »Los jetzt, Junge«, sagte er heiser. »Es fängt an zu dämmern.« Er griff nach der Büchse an seiner Seite.
Max drehte sich und ging auf sein Pferd zu. Er saß auf und verharrte eine

Weile regungslos. Der riesige Farbige wandte sich nicht mehr um. Max gab seinem Pferd die Sporen.
Erst eine Stunde später, als die Sonne bereits hell schien und Max sich auf der nächsten Kammhöhe befand, wunderte er sich über die Stille. Schon längst hätte er Gewehrfeuer hinter sich vernehmen müssen.
Er erfuhr nie, daß Mike im selben Augenblick gestorben war, da er ihn aus dem Blick verloren hatte.

Zuerst fühlte er sich entblößt ohne seinen Bart. Er fuhr sich mit der Hand über sein glattrasiertes Gesicht und trat in die Küche.
Charlie saß am Küchentisch und hob den Kopf. »Mein Gott!« rief er. »Ich hätte dich nie wiedererkannt.«
Martha, seine Frau, stand am Herd und drehte sich um. Plötzlich lächelte sie. »Du bist viel jünger, als ich dachte. Und siehst auch viel besser aus.«
Max spürte, wie er errötete. Unbeholfen nahm er Platz. »Ich glaube, es ist Zeit, daß ich weiterziehe.«
Charlie und seine Frau wechselten einen raschen Blick.
»Warum?« fragte Charlie. »Die Hälfte dieses Anwesens gehört dir. Du kannst das nicht einfach im Stich lassen.«
Max betrachtete ihn aufmerksam. Er drehte eine Zigarette und steckte sie an. »Wir sind jetzt drei Monate hier. Machen wir uns doch nichts vor. Für uns beide wirft dieser Platz nicht genug ab.«
Sie schwiegen. Max hatte recht. Obwohl er das Geld zum Ankauf der Ranch vorgeschossen hatte, blieb der Ertrag hinter den Erwartungen zurück.
»Und falls jemand dich wiedererkennen sollte?« fragte Martha. »Dein Steckbrief hängt in jedem Sheriff-Büro des Südwestens aus.«
Max lächelte und fuhr sich erneut mit der Hand über das Kinn. »Niemand wird mich wiedererkennen. Nicht ohne Bart.«
»Überleg dir lieber einen neuen Namen.«
»Ja, das werde ich wohl müssen. Alles muß sich ändern.«
Aber der Name war ihm bis zu jenem Tage nicht eingefallen, als er in der glühendheißen Nevada-Sonne stand und zu dem alten Cord und dem kleinen Jonas hinaufblickte. Dann kam er ihm. Als hätte er sein Lebtag keinen anderen gehabt.
Smith, Nevada Smith.
Es war ein guter Name, der nichts über ihn verriet.
Er schaute auf den kleinen Jungen hinunter, der ihn aus verängstigten Augen anstarrte, dann auf den Revolver in seiner anderen Hand. Er sah, wie das Kind ihn beobachtete. Er steckte die Waffe zurück ins Halfter und lächelte verhalten.
»Na, Junior«, sagte er. »Du hast gehört, was dein Vater gesagt hat.«
Er ging auf sein Pferd zu, führte es um die Wohnbaracke herum, und der

Junge trottete folgsam hinterdrein. Die Baracke war leer. Von hinten schlug die dünne Knabenstimme an sein Ohr. »Wirst du hier mit Wong Toy zusammen wohnen?«
Wieder lächelte er. »Wahrscheinlich.«
Er suchte sich eine Lagerstatt und breitete die Decken darauf aus. Rasch verstaute er seine Sachen.
Als er sich umdrehte, verfolgte der Knabe sein Tun noch immer aus großen Augen.
»Bleibst du wirklich hier?« fragte das Kind.
»Natürlich bleibe ich.«
»Wirklich?« wiederholte der Knabe hartnäckig. »Für immer?« Seine Stimme zitterte leicht. »Und gehst nie wieder fort wie die anderen? So wie Mammie?«
Irgend etwas im Blick des Kindes berührte ihn tief. Er kniete sich neben den Knaben. »Ich werde genauso lange hierbleiben, wie du willst.«
Plötzlich schlang der Knabe die Arme um Nevadas Hals und preßte sich an ihn. Sein Atem war weich und warm. »Ich freue mich so«, sagte er. »Jetzt kannst du mir das Reiten beibringen.«
Nevada richtete sich auf. Der Knabe klammerte sich noch immer an seine Beine. Er trat ins Freie und hob den Knaben in den Sattel seines Pferdes. Er wollte gerade hinter ihm aufsitzen, als der Revolver gegen seinen Schenkel schlug.
»Augenblick, ich bin gleich wieder da«, sagte er, ging in die Baracke zurück und schnallte den Revolver ab. Er hängte ihn an einen Nagel über seinem Bett und trat wieder in den hellen Sonnenschein hinaus.
Und schnallte den Revolver nie wieder um.

15

Rina sprang vom Trittbrett des Zuges und trat in die hellen, spielenden Schatten der Nachmittagssonne, die über dem Bahnsteig lagen. Ein uniformierter Chauffeur kam auf sie zu und legte seine Hand an die Mütze. »Miß Marlowe?«
Rina nickte.
»Mr. Smith läßt um Entschuldigung bitten, daß er nicht selber kommen konnte. Er wird durch eine Besprechung im Atelier festgehalten. Er läßt sagen, daß er sich zur Cocktailstunde einfinden wird.«
»Danke«, sagte Rina. Für einen Augenblick wandte sie das Gesicht ab, um ihre Enttäuschung zu verbergen. Drei Jahre waren eine lange Zeit.
Der Chauffeur bemächtigte sich ihres Gepäcks.
»Wenn Sie mir bitte zum Wagen folgen würden, Madam?«
Wieder nickte Rina. Sie folgte dem Uniformierten durch den Bahnhof zu einer

glänzenden Pierce-Arrow-Limousine. Der Chauffeur verstaute die Handkoffer und öffnete den Schlag für sie. Sie bemerkte die winzigen goldenen Initialen über dem Griff.

N
—
S

Sie lehnte sich zurück und griff nach einer Zigarette. Die Stimme des Chauffeurs kam durch die Sprechanlage und erschreckte sie. »Zigaretten befinden sich in dem Behälter zu Ihrer Rechten, Madam.«

Im Rückspiegel erhaschte sie einen flüchtigen Anblick seines lächelnden Gesichts, als er den starken Motor anließ. Die goldenen Initialen befanden sich überall und waren sogar in die Polsterung eingewebt.

Sie lehnte den Kopf zurück. Es kam alles ein bißchen überraschend für sie, obwohl sie darauf vorbereitet gewesen war und genügend in den Zeitungen über ihn gelesen hatte. Die Vierzig-Morgen-Ranch, die Dreißig-Zimmer-Villa, die er mitten in Beverley Hills gebaut hatte. Aber beim Lesen hatte sie diese Dinge nie als wirklich empfunden. Sie schloß die Augen, um sich ins Gedächtnis zurückzurufen, wie es Wirklichkeit für sie geworden war.

Es war etwa fünf Monate nach ihrer Rückkehr in die Oststaaten gewesen. Sie war für eine Woche nach New York gefahren, um Einkäufe zu machen, und ein befreundeter Bankier ihres Vaters hatte sie zur Uraufführung eines Films eingeladen, den eine Gesellschaft gedreht hatte, an der er beteiligt war.

»Wie heißt denn der Film?« hatte sie sich erkundigt.

»Der Sheriff von Peaceful Village«, hatte der Bankier geantwortet. »Es ist eine Norman-Produktion, und Bernie Norman behauptet, es sei der bedeutendste Wildwest-Film, der je gedreht wurde.«

»Wildwest-Filme langweilen mich«, hatte sie erwidert. »Davon hab' ich genug erlebt, als ich selber dort draußen war.«

»Norman sagt, er habe einen neuen Star in dem Mann entdeckt, der die Hauptrolle spielt. Nevada Smith. Er sagt, aus ihm wird noch einmal der größte . . .«

»Wie war der Name?« unterbrach sie ihn. Sie mußte sich verhört haben.

»Nevada Smith«, wiederholte der Bankier. »Ein seltsamer Name, aber diese Filmschauspieler legen sich ja die merkwürdigsten Namen zu.«

»Ich komme mit«, hatte sie erklärt.

Sie entsann sich, wie sie das Kino betreten hatten – an die vielen Menschen, die hellen Lichter draußen, die gutgekleideten Männer, die geschminkten Frauen. Und dann war diese Welt vor dem Zauber auf der Leinwand verblaßt und versunken.

Völlige Stille herrschte, als die Lichter im Kino angingen. Rina wandte sich zu dem Bankier, der sie verlegen anlächelte und sich räusperte. »Das ist das erstemal, daß mich ein Film derart ergriffen hat.«

Seltsamerweise spürte auch sie einen Klumpen im Halse. »Mich auch«, sagte sie heiser.
Er nahm ihren Arm. »Dort drüben steht Bernie Norman. Tun Sie mir den Gefallen und sagen Sie ihm ein paar freundliche Worte.«
Sie bahnten sich ihren Weg durch die Menge von begeisterten Gratulanten. Norman war ein untersetzter Mann mit dunkler Gesichtsfarbe. Seine Augen glänzten vor Freude. »Was halten Sie von diesem Nevada Smith?« fragte er. »Haben Sie schon einmal etwas Ähnliches gesehen? Soll ich jetzt immer noch Tom Mix für einen Film verpflichten?«
Der Bankier lächelte, und Rina schaute ihn an. Er lächelte nicht sehr oft. »Tom Mix? Wer ist denn das eigentlich?«
Norman schlug dem Bankier auf den Rücken. »Dieser Film spielt uns bestimmt zwei Millionen ein«, erklärte er hingerissen. »Und wir drehen gleich anschließend einen neuen Film mit Nevada Smith.«

Die Limousine bog durch ein eisernes Tor, über dem die bereits vertrauten Initialen leuchteten, in die Auffahrt am Fuß der Anhöhe und wand sich den schmalen Fahrdamm empor. Rina schaute aus dem Fenster und sah die riesige Villa vor sich, deren weißes Dach sich in der untergehenden Sonne blutrot färbte.
Ein seltsames Gefühl überkam sie. Was wollte sie eigentlich hier? Dies war nicht mehr der Nevada, den sie kannte. Plötzlich begann sie, ihre Handtasche nach dem Telegramm zu durchwühlen, das Nevada ihr geschickt hatte. Als sie es in der Hand hatte, las sie es noch einmal durch und beruhigte sich wieder.
Drei Jahre lang hatte sie nichts von ihm gehört. Drei Jahre, die sie praktisch auf der Flucht verbracht hatte. Die ersten sechs Monate hatte sie sich in Boston aufgehalten, dann setzte die Langeweile ein. Dann kam New York, dann London, Paris, Rom, Madrid, Konstantinopel, Berlin. Unbefriedigt schwirrte sie von Gesellschaft zu Gesellschaft, hatte Affären, lernte leidenschaftliche Männer, unersättliche Weiber kennen. Und je weiter sie flüchtete, um so mehr fürchtete sie sich, um so einsamer wurde sie. Im vergangenen Monat hatte sie ihm aus der Schweiz telegrafiert.

> Ich bin einsam und leide unter größeren Ängsten
> als je zuvor. Bist du noch mein Freund?

Schon am nächsten Morgen traf seine Antwort ein, zusammen mit einem Kreditbrief über fünftausend Dollar und Fahrkarten von Zürich bis nach Kalifornien.
Während sie das Telegramm noch einmal durchlas, zerknüllte sie es zwischen den Fingern, indes die Limousine die Anhöhe hinauffuhr. Das Telegramm

war typisch für den Nevada, den sie in Erinnerung hatte. Aber es glich nicht im entferntesten jenem Nevada, dem ihr Besuch galt.

Ich bin noch immer dein Freund.

Die Unterschrift lautete »Nevada«.

16

Nevada lehnte sich in seinem Stuhl zurück und ließ seine Blicke in dem geräumigen Büro umherschweifen. Im Zimmer herrschte eine gespannte Atmosphäre. Dan Pierce machte ein ausdrucksloses Gesicht und lächelte.
»Diesmal handelt es sich nicht um Geld, Bernie«, sagte er. »Wir haben nur das Empfinden, daß es die rechte Zeit dafür ist. Drehen wir einen Film über den amerikanischen Westen, wie er wirklich war, ohne den sentimentalen Quatsch, den wir seit Jahren herausgebracht haben.«
Norman starrte für eine Weile auf seinen Schreibtisch und spielte an dem blau eingebundenen Drehbuch herum. Er nahm ein würdevolles Gebaren an.
»Es liegt nicht am Drehbuch, glaub mir, Dan«, sagte er und wandte sich zur Bestätigung an Von Elster. »Wir halten es für großartig, nicht wahr?«
Der kahlköpfige Regisseur nickte. »Es ist eines der besten, die ich je gelesen habe.«
»Warum versucht ihr dann auszuweichen?«
Norman schüttelte den Kopf. »Es ist nicht die rechte Zeit dafür. Die Geschäftslage ist viel zu unsicher. Warners bringen in Kürze einen Tonfilm auf den Markt. Manche Leute glauben, daß damit das Ende des Stummfilms gekommen ist.«
Dan Pierce lachte. »Unfug! Film bleibt Film. Wenn man Schauspieler sprechen hören will, geht man ins Theater, nicht ins Kino.«
Norman wandte sich an Nevada, und seine Stimme bekam einen väterlichen Klang. »Schauen Sie, Nevada, haben wir Sie je falsch beraten? Vom ersten Tage an haben wir Sie korrekt behandelt. Wenn es eine Geldfrage ist, so ist das kein Problem. Nennen Sie uns nur die Summe.«
Nevada lächelte ihn an. »Es handelt sich nicht um Geld, Bernie. Das wissen Sie ganz genau. Zehntausend Dollar wöchentlich, das ist genug. Nein, es ist das Drehbuch. Die erste wahrhafte Geschichte, die ich hier draußen gelesen habe.«
Norman griff nach einer Zigarre. Nevada lehnte sich in seinem Stuhl zurück und vergegenwärtigte sich den Augenblick, da er zum erstenmal von dem Drehbuch gehört hatte. Es war im vergangenen Jahr gewesen, während der Dreharbeiten zu *Schießerei bei Sonnenuntergang*.

Einer der Schriftsteller, ein junger Mann mit Brille und bleicher Haut, war an ihn herangetreten. »Mr. Smith?« fragte er umständlich. »Darf ich Sie einen Augenblick stören?«
Nevada wandte sich von seinem Maskenbildner ab. »Selbstverständlich ...« Er zögerte.
»Mark Weiss«, stellte sich der Schriftsteller vor.
Nevada lächelte. »Selbstverständlich, Mark. Was kann ich für Sie tun?«
»Ich möchte gern, daß Sie dieses Manuskript lesen«, erklärte Mark rasch. »Ich habe zwei Jahre Forschungsarbeit darauf verwendet. Es handelt von einem der letzten Revolverschützen im Südwesten. Ich glaube, es ist anders als alles, was bisher gedreht wurde.«
»Ich will es mir gern ansehen.« Das war das Unangenehme, wenn man ein Star war. Alle Leute drückten einem etwas zu lesen in die Hand, und stets war es das Beste, was je geschrieben worden war. »Wie heißt es?«
»*Der Renegat.*« Er reichte ihm das gebundene Manuskript.
Es wog schwer in seiner Hand. Er schlug die letzte Seite auf und blickte den Schriftsteller unschlüssig an. Das Manuskript hatte die dreifache Länge eines normalen Drehbuches. »Ziemlich umfangreich, wie?«
Weiss nickte. »Ja, aber ich habe keine Möglichkeit gesehen, es zu kürzen. Alles, was drinsteht, beruht auf Tatsachen. Ich bin in den letzten beiden Jahren durch den gesamten Südwesten gereist und habe altes Zeitungsmaterial gesammelt.«
Nevada wandte sich wieder an den Maskenbildner, das Manuskript noch immer in der Hand. »Was ist aus ihm geworden?« fragte er über seine Schulter.
»Niemand weiß etwas Genaues. Eines Tages verschwand er, und seitdem hat kein Mensch etwas von ihm gehört. Er wurde verfolgt, und man nimmt an, daß er im Gebirge umgekommen ist.«
»Eine neue Geschichte ist immer gut«, sagte Nevada. »Das Publikum hat es satt, immer dieselben alten Helden vorgeführt zu bekommen. Wie nennen Sie diesen Kerl?«
Die Stimme des Schriftstellers schien in der Luft zu hängen. »Sand«, sagte er. »Max Sand.«
Das Manuskript entfiel Nevadas Hand. Er spürte, wie das Blut aus seinem Gesicht wich. »Was haben Sie gesagt?« fragte er hohl.
Weiss starrte ihn an. »Max Sand. Wir können den Namen natürlich ändern, aber so hieß er wirklich.«
Nevada schüttelte den Kopf und schaute auf das im Staube liegende Manuskript. Weiss bückte sich und hob es auf. »Fühlen Sie sich nicht wohl, Mr. Smith?« fragte er besorgt.
Nevada holte tief Luft und gewann seine Selbstbeherrschung zurück. Er nahm das Manuskript entgegen und zwang sich zu einem Lächeln.

Weiss atmete sichtbar erleichtert auf. »Vielen Dank, Mr. Smith«, sagte er. »Ich bin Ihnen wirklich sehr verbunden. Nochmals vielen Dank.«

Eine ganze Woche lang brachte Nevada es nicht über sich, einen Blick hineinzuwerfen. Ihm war, als würde er sich dadurch bloßstellen. Dann trat er eines Abends nach dem Essen in die Bibliothek, wo Von Elster auf ihn wartete, und fand den Regisseur in das Manuskript vertieft vor.

»Wie lange hocken Sie schon darauf?« fragte der Regisseur.

Nevada zuckte die Achseln. »Etwa eine Woche. Sie wissen ja, wie es ist. Ständig bekommt man Manuskripte in die Hand gedrückt. Taugt es etwas?«

Von Elster legte es langsam aus der Hand. »Und ob es etwas taugt! Es ist großartig. Wenn Sie sich dazu entschließen sollten, die Rolle zu übernehmen, möchte ich Regie führen.«

Spät in jener Nacht, bei eingeschalteter Nachttischlampe, wurde Nevada klar, was der Regisseur meinte. Weiss hatte seiner Gestalt eines Mannes, der einsam lebte und eine aus Schmerz und Leid geborene Philosophie entwickelte, Tiefe und Wirkung verliehen. Über seinen Verbrechen lag kein abenteuerlicher Zauber, nur das verzweifelte Ringen, sich am Leben zu erhalten.

Schon bei der ersten Lektüre wußte Nevada, daß dieser Film gedreht werden würde. Das Drehbuch war viel zu gut, als daß man darauf verzichten konnte. Und er, Nevada, mußte diesen Film zu seinem eigenen Schutz drehen. Wenn der Stoff in andere Hände geriet, war nicht abzusehen, was man noch alles über Max Sand ausfindig machen würde.

Am nächsten Morgen kaufte er Weiss den Stoff für tausend Dollar ab.

Plötzlich kehrte Nevada in die Gegenwart zurück. »Warten wir noch ein Jahr damit«, sagte Bernie gerade. »Dann wissen wir, wie die Dinge laufen.«

Dan Pierce warf Nevada einen Blick zu. Nevada kannte diesen Blick. Er bedeutete, daß Pierce glaubte, so weit gegangen zu sein, wie er konnte.

»Chaplin und Pickford hatten völlig recht, als sie United Artists gründeten«, sagte Nevada. »Es ist die einzige Gewähr dafür, daß ein Star die Filme drehen kann, an denen ihm etwas liegt.«

Norman machte ein verschmitztes Gesicht. »Seitdem haben sie kein einziges gutes Jahr mehr gehabt«, erklärte er.

»Mag sein«, sagte Nevada. »Das wird sich erst noch erweisen. Es ist noch eine ziemlich neue Gesellschaft.«

»O. K.«, sagte Norman. »Ich schlage Ihnen folgendes Abkommen vor. Wir stecken eine halbe Million in den Film, Sie garantieren die indirekten Kosten.«

»Das macht anderthalb Millionen mehr«, erwiderte Pierce. »Wo soll denn Nevada so viel Geld herbekommen?«

Norman lächelte. »Wo wir es auch herbekommen. Von der Bank. Er wird keine Schwierigkeiten haben. Dafür sorge ich schon. Der Film wird euch hundertprozentig gehören. Wir bekommen nur Verleihgebühren und unser Geld

zurück. Mehr können United Artists auch nicht bieten. Größeres Entgegenkommen können Sie kaum verlangen, Nevada. Einverstanden?«
Nevada hatte keine Illusionen. Wenn der Film keinen Erfolg hatte, so würde sein Name auf den Schuldscheinen der Bank stehen, und nicht Normans. Er würde alles verlieren, was er besaß und noch mehr. Er warf einen Blick auf das blaugebundene Drehbuch. Sein Entschluß stand fest. Jonas' Vater hatte ihm einmal erklärt, daß Gewinnen oder Verlieren keinen Spaß mache, wenn man nicht mit eigenem Geld arbeite, und daß mit kleinen Einsätzen überhaupt nichts zu erreichen sei. Der Film mußte einfach einschlagen. Er wußte es. Er war im tiefsten Inneren davon überzeugt.
Wieder schaute er Norman an. »O. K., Bernie«, sagte er. »Abgemacht.«
Als sie aus Normans Bungalow-Büro in das schwindende Sonnenlicht hinaustraten, schaute Nevada den Agenten an. Pierce machte ein mürrisches Gesicht.
»Kommen Sie lieber mit in mein Büro«, sagte er. »Wir haben noch eine Menge zu besprechen.«
»Das hat Zeit bis morgen«, sagte Nevada. »Ich habe auswärtigen Besuch zu Hause und werde erwartet.«
»Sie haben sich eben ganz schön was aufgehalst«, sagte der Agent.
Sie gingen auf ihre Wagen zu. »Ich finde, es wird höchste Zeit«, sagte Nevada. »Wenn man groß verdienen will, muß man etwas riskieren.«
»Dabei kann man auch tüchtig reinfallen«, warnte der Agent.
Nevada blieb neben seinem weißen Stutz Bearcat stehen. Er legte die Hand zärtlich auf die Tür, ähnlich wie er es bei Pferden machte.
»Wir verlieren bestimmt nicht.«
Der Agent blinzelte ihn an. »Ich hoffe, Sie wissen, was Sie tun. Normans rasche Zusage gefällt mir ganz und gar nicht. Irgendwo muß die Sache einen Haken haben.«
Nevada lächelte. »Sie sehen die Dinge zu sehr vom Agentenstandpunkt aus, Dan. Alle Agenten sind mißtrauisch. Bernie hat sich zwangsläufig einverstanden erklären müssen, sonst wäre er Gefahr gelaufen, mich zu verlieren.« Er öffnete den Schlag und stieg ein. »Morgen früh um zehn komme ich in Ihr Büro.«
»O. K.«, sagte der Agent, ging ein paar Schritte auf seinen Wagen zu, blieb dann stehen und kam noch einmal zurück. »Diese Tonfilmgeschichte macht mir Sorgen. Ein paar andere Gesellschaften haben auch schon angekündigt, daß sie mit der Herstellung von Tonfilmen beginnen wollen.«
»Sollen sie ruhig«, sagte Nevada. »Das ist ihre Sache.« Er drehte den Schlüssel, trat auf den Anlasser, und der starke Motor sprang an.
»Es ist etwas Neues«, rief er dem Agenten durch den Lärm zu. »Passen Sie auf, bis wir mit unserem Streifen herauskommen, redet kein Mensch mehr vom Tonfilm.«

Das Telefon auf dem Tischchen neben dem Bett klingelte leise. Rina trat heran und nahm den Hörer ab. Es war einer jener modernen französischen Apparate, der erste, den sie seit ihrer Rückkehr aus Europa zu Gesicht bekommen hatte. Die ihr bereits vertrauten Initialen waren in der Mitte der Nummernscheibe angebracht. »Hallo.«

Nevadas vertraute Stimme klang in ihr Ohr. »Wie geht's, Freundin? Bist du schon eingerichtet?«

»Nevada?« rief sie.

»Hast du noch andere Freunde?«

Sie lachte. »Ich habe bereits ausgepackt«, sagte sie. »Und bin einfach baff.«

»Worüber?«

»Über alles. Deine Villa. Fabelhaft. So etwas hab' ich noch nicht erlebt.«

Seine Stimme kam leise. »Nicht der Rede wert. Eine armselige kleine Bude, aber ich sage Heim dazu.«

»Oh, Nevada«, lachte sie. »Ich kann es noch immer nicht fassen. Warum hast du jemals ein so phantastisches Haus gebaut? Es paßt so gar nicht zu dir.«

»Es gehört mit zur Staffage, Rina«, sagte er. »Wie der große weiße Hut, die Luxushemden und die bunten Stiefel. Ohne diesen Pomp wird man nicht als wirklicher Star angesehen.«

»Mit N Strich S auf allem?« fragte sie.

»Mit N Strich S auf allem«, wiederholte er. »Aber laß dich dadurch nicht weiter in Verwirrung bringen. Es gibt Verrückteres in Hollywood.«

»Ich hab' dir so viel zu erzählen«, sagte sie. »Um welche Zeit wirst du zu Hause sein?«

»Zu Hause?« Er lachte. »Ich bin bereits zu Hause. Ich bin unten in der Bar und warte auf dich.«

»Ich komme sofort«, sagte sie und zauderte dann. »Aber Nevada, ich weiß wirklich nicht, wie ich in diesem riesigen Hause die Bar finden soll.«

»In derartigen Fällen stehen den Gästen indianische Führer zur Verfügung«, sagte er. »Ich schicke gleich einen hinauf.«

Sie legte auf und trat vor den Spiegel. Als sie ihre Lippen gerade nachgezogen hatte, klopfte es.

Sie durchquerte das Zimmer und öffnete.

Nevada stand lächelnd vor der Tür. »Ich bitte vielmals um Entschuldigung, gnädige Frau«, sagte er mit gespielter Förmlichkeit. »Aber ich habe eben die ganze Bude auf den Kopf gestellt, und ob Sie's glauben oder nicht, ich war der einzige Indianer im ganzen Hause.«

»Oh, Nevada!« sagte sie leise.

Dann lag sie plötzlich in seinen Armen, und ihre Tränen benetzten seine weiße weiche Hemdbrust.

Drittes Buch

Jonas – 1930

1

Unter der rechten Tragfläche tauchten die Lichter von Los Angeles auf. Ich warf einen Blick auf Buzz, der neben mir in der Kanzel saß. »Wir sind fast zu Hause.«
Sein stupsnäsiges Gesicht zufloß in einem Lächeln. Er schaute auf seine Uhr. »Ich glaube, wir haben einen neuen Rekord aufgestellt.«
»Zum Teufel mit dem Rekord«, sagte ich. »Mir liegt einzig und allein an dem Luftpost-Vertrag.«
Er nickte. »Jetzt bekommen wir ihn ganz bestimmt.« Er streckte die Hand aus und tätschelte die Schalttafel. »Das haben wir diesem Baby zu verdanken.«
Ich umflog die Stadt in einem weiten Bogen und steuerte Burbank an. Wenn wir den Vertrag für die Strecke Chikago–Los Angeles unter Dach und Fach bekämen, würde Inter-Continental in kürzester Zeit mit ihrem Flugnetz das ganze Land umspannen. Von Chikago ostwärts nach New York würde der nächste Schritt sein.
»Ich habe in den Zeitungen gelesen, daß Ford eine dreimotorige Maschine in Konstruktion hat, die zweiunddreißig Passagiere befördern kann«, sagte Buzz. »Wann wird sie betriebsfertig sein?«
»In etwa zwei oder drei Jahren«, antwortete er. »Das ist der nächste Schritt.«
»Ja«, sagte ich. »Aber auf Ford können wir nicht warten. Unter Umständen dauert es fünf Jahre, ehe man dort etwas Brauchbares herausbringt. Wir müssen in zwei Jahren soweit sein.«
Buzz starrte mich an. »In zwei Jahren? Wie willst du das machen? Es ist unmöglich.«
Ich schaute ihn von der Seite an. »Wie viele Postflugzeuge haben wir augenblicklich in Betrieb?«
»Etwa vierunddreißig«, sagte er.
»Und wenn wir den neuen Postvertrag kriegen, wie viele brauchen wir dann?«
»Doppelt, vielleicht dreimal soviel«, sagte er. Er blickte mich fragend an. »Worauf willst du eigentlich hinaus?«
»Die Hersteller dieser Maschinen verdienen mehr an unseren Verträgen mit der Post als wir«, sagte ich.
»Wenn du damit sagen willst, daß wir unsere eigenen Flugzeuge bauen sollten, bist du verrückt«, erklärte Buzz. »Wir würden zwei Jahre brauchen, um ein Werk in Gang zu bringen.«

»Nicht, wenn wir eines kaufen würden, das bereits in Betrieb ist«, antwortete ich.

Er überlegte einen Augenblick. »Lockheed, Martin, Curtiss-Wright – keine dieser Firmen würde verkaufen, weil sie alle stark beschäftigt sind. Der einzige, der vielleicht dazu zu bewegen wäre, ist Winthrop. Seit ihm der Heeresauftrag durch die Lappen gegangen ist, hat er seine Produktion drosseln müssen.«

Ich lächelte ihn an. »Du bist auf dem richtigen Wege, Buzz.«

Er starrte mich in der Halbdämmerung an. »Mach dir nichts vor, ich habe für den alten Winthrop gearbeitet. Er hat geschworen, daß er niemals ...«

Wir befanden uns jetzt über dem Flugplatz von Burbank. Ich ging in einer Kurve über die Südseite des Rollfeldes, wo sich die Winthrop-Werke befanden. Ich brachte die Maschine in Schräglage, so daß Buzz hinausschauen konnte. »Wirf mal einen Blick hinunter.«

Aus der Dunkelheit, von zwei Scheinwerfern angestrahlt, leuchteten uns die riesigen, auf das schwarzgeteerte Dach gemalten weißen Buchstaben entgegen.

Cord Flugzeugwerke AG

Die Reporter fielen über uns her, sobald wir Boden berührten. Ihre Blitzlichter blendeten mich, und ich blinzelte.

Ein Reporter kam auf uns zugerannt und schwenkte ein Stück Papier. »Sie haben soeben den Rekord Chikago–Los Angeles gebrochen«, sagte er. »Das ist der fünfte Rekord, den Sie auf diesem Flug gebrochen haben.«

»Täglich einen«, grinste ich. »Das läßt sich hören.«

»Heißt das, daß Sie den Vertrag mit der Post bekommen werden?« fragte ein Reporter.

Hinter ihnen, am Eingang zu der Flugzeughalle, sah ich McAllister stehen und wie wild winken.

»Ich habe jetzt weiter keine Erklärungen abzugeben«, sagte ich. »Das überlasse ich meinem Partner. Er wird Ihnen alles Wissenswerte sagen.«

Ich entfernte mich rasch, ließ Buzz in ihrer Mitte zurück und ging auf McAllister zu. Er machte ein gequältes Gesicht. »Ich dachte schon, ihr würdet nicht rechtzeitig eintreffen.«

»Ich habe gesagt, wir würden um neun hier sein.«

Er nahm mich beim Arm. »Ein Wagen steht bereit«, sagte er. »Wir können auf direktem Wege zur Bank fahren. Ich habe versprochen, Sie hinzubringen.«

»Augenblick«, sagte ich und machte meinen Arm frei. »Wem versprochen?«

»Den Herren von dem Konsortium, das den verlangten Preis für die Lizenz auf das Schnellspritzverfahren zahlen will. Selbst Du Pont hat sich angeschlossen.« Wieder packte er mich am Arm und schleifte mich zu seinem Wagen.

Ich riß mich von ihm los. »Moment mal«, sagte ich. »Ich habe seit fünf Tagen kein Auge zugemacht und bin völlig fertig. Ich werde morgen mit ihnen verhandeln.«

»Morgen?« schrie er. »Man erwartet Sie noch in dieser Stunde.«

»Mir völlig egal«, sagte ich. »Sollen sie warten.«

»Aber – es geht schließlich um zehn Millionen Dollar, die man Ihnen geben will!«

»Gar nichts geben sie mir«, sagte ich. »Sie hatten dieselbe Chance wie wir, das Patent aufzukaufen. Allesamt waren sie damals in Europa, aber sie waren zu geizig. Jetzt, wo sie's brauchen, können sie bis morgen warten.«

Ich stieg in den Wagen. »Beverley Hills Hotel.«

McAllister nahm neben mir Platz. Er war sehr erregt. »Morgen?« sagte er »Sie wollen nicht bis morgen warten.«

Der Chauffeur fuhr an. Ich warf einen Blick auf McAllister und grinste. Er tat mir ein wenig leid. Ich wußte, daß es nicht einfach gewesen war, das Abkommen zu treffen.

»Ich will Ihnen etwas sagen«, erklärte ich. »Lassen Sie mich sechs Stunden schlafen. Dann können wir uns treffen.«

»Das würde um drei Uhr morgens sein«, rief Mac.

Ich nickte. »Kommen Sie mit den Herren auf mein Hotelzimmer. Dann werde ich bereit sein, sie zu empfangen.«

Monika Winthrop wartete in der Zimmerflucht auf mich. Als ich eintrat, erhob sie sich von der Couch und drückte ihre Zigarette aus. Sie lief mir entgegen und küßte mich. »Puh! Was für ein Stoppelbart!« rief sie in gespielter Überraschung.

»Was machst du denn hier?« fragte ich. »Ich hatte gedacht, du würdest auf dem Flugplatz sein.«

»Ich wäre auch hingekommen, aber ich hatte Angst, Daddy würde aufkreuzen«, erklärte sie rasch.

Sie hatte recht. Amos Winthrop war selber ein viel zu großer Draufgänger, als daß er die Symptome nicht sofort erkannt hätte. Das Dumme war, daß er seine Zeit nicht richtig einzuteilen wußte. Er ließ sich durch Weiber in seiner Arbeit stören und vernachlässigte seine Weiber über seiner Arbeit. Aber Monika war seine einzige Tochter, und wie alle Wüstlinge hielt er sie für etwas Besonderes. Was sie auch war. Aber nicht ganz so, wie er dachte.

»Mach mir was zu trinken zurecht«, sagte ich und ging an ihr vorbei ins Schlafzimmer. »Ich nehme rasch ein Bad. Ich rieche so laut, daß ich mich hören kann.«

Sie nahm ein mit Bourbon und Eis gefülltes Glas und folgte mir ins Schlafzimmer. »Ich hatte das Getränk schon fertig«, sagte sie. »Und Badewasser ist auch bereits eingelassen.«

Ich nahm ihr das Glas ab. »Woher wußtest du von meiner Ankunft?«
Wieder lächelte sie. »Ich hab's im Radio gehört.«

Das Wasser war weiß und heiß, eine wohlige Erschöpfung befiel mich. Ich griff hinter mich und versuchte, mir den Rücken abzuseifen. Es wollte mir aber nicht gelingen.

»Laß mich das machen«, sagte sie.

Ich schaute zu ihr auf, als sie mir den Seifenlappen aus der Hand nahm und meinen Rücken abzureiben begann. Es tat mir außerordentlich wohl, und ich lehnte mich vor und schloß die Augen. »Weiter so«, sagte ich. »Das tut gut.«

»Du bist wie ein kleines Kind und brauchst jemand, der sich um dich kümmert.«

Ich öffnete die Augen und schaute sie wieder an. »Der Gedanke ist mir auch schon gekommen«, sagte ich. »Ich glaube, ich werde mir einen japanischen Hausdiener zulegen.«

»Das macht dir ein japanischer Hausdiener aber nicht«, sagte sie. Ich spürte ihre Hand auf meiner Schulter. »Lehn dich zurück. Ich möchte dich abspülen.«

Ich lehnte mich im Wasser zurück und hielt die Augen geschlossen. Sie fuhr mit dem Lappen über meine Brust und ließ ihre Hand dann tiefer hinabgleiten. Ich öffnete die Augen. Sie starrte auf mich nieder. Ich kannte diesen Ausdruck. Ich streckte die Hand aus, legte meinen Arm um ihren Hals und zog sie auf den Rand der Wanne nieder. In diesem Augenblick klingelte das Telefon. Erschreckt drehten wir uns um, und das Wasser spritzte auf und durchnäßte die Vorderseite ihres Kleides. Schweigend nahm sie den Apparat vom Ankleidetisch und reichte ihn mir. »Ja?« knurrte ich in die Sprechmuschel.

Es war McAllister. Er war unten im Foyer.

»Ich habe euch auf drei Uhr bestellt«, sagte ich kurz.

»Es ist drei Uhr«, erwiderte er. »Können wir hinaufkommen? Winthrop ist ebenfalls hier. Er sagt, er müßte Sie unbedingt sprechen.«

Ich warf einen Blick auf Monika. Das fehlte mir gerade noch. Daß ihr Vater sie hier in meinem Zimmer vorfand. »Nein«, sagte ich rasch. »Ich sitze in der Badewanne. Gehen Sie mit ihnen in die Bar und spendieren Sie ihnen was zu trinken.«

»Die Bars sind alle geschlossen.«

»O. K. Dann treffen wir uns unten im Foyer«, sagte ich.

»Das Foyer ist kaum der geeignete Ort zum Abschluß eines großen Geschäfts. Man ist dort nicht ungestört genug. Die Herren werden gar nicht erbaut davon sein. Ich verstehe nicht, warum wir nicht hinaufkommen können.«

»Weil ich ein Weib hier oben habe.«

»Und wenn schon«, antwortete er. »Keiner von den Herren ist prüde.« Er lachte.
»Das Mädchen ist Monika Winthrop.«
Am anderen Ende der Leitung blieb für einen Augenblick alles stumm. Dann hörte ich ihn beschwerlich aufseufzen. »Heiland«, sagte er. »Ihr Vater hatte recht. Sie können's einfach nicht lassen.«
»Erst wenn ich in Ihrem Alter sein werde.«
»Ich weiß nicht«, fing er wieder an zu jammern, »die Herren werden gar nicht erbaut sein von dem Vorschlag, uns im Foyer zu treffen.«
»Wenn sie ganz ungestört sein wollen«, sagte ich, »so wüßte ich schon einen Ort.«
»Wo?«
»Die Herrentoilette neben den Fahrstühlen. Ich bin in fünf Minuten unten. Dort sind wir ungestört.«
Ich legte auf, erhob mich und schaute Monika an. »Gib mir ein Handtuch«, sagte ich. »Ich muß hinuntergehen und mit deinem Vater sprechen.«

2

Ich trat in den Waschraum und strich mir mit der Hand über die Backe. Ich hatte immer noch den Fünf-Tage-Bart. Ich hatte keine Zeit gehabt, mich zu rasieren. Beim Anblick der Versammelten, die gerade ihre Bedürfnisse verrichteten und sich nicht einmal umsahen, mußte ich grinsen.
»Hiermit erkläre ich die Sitzung für eröffnet, meine Herren«, sagte ich.
Sie blickten mich über ihre Schultern an und machten bestürzte Gesichter. Einer von ihnen stieß einen unterdrückten Fluch aus. McAllister trat an mich heran. »Ich muß schon sagen, Jonas«, erklärte er ziemlich hochtrabend, »Sie wählen merkwürdige Orte zur Abhaltung einer wichtigen Sitzung.«
Ich lachte und wandte mich an die anderen. »Tut mir leid, daß ich Ihnen diese Unbequemlichkeit bereiten muß, meine Herren. Aber in meinem Zimmer oben steht eine Kiste, die den ganzen Raum einnimmt.«
Der einzige, der sofort begriff, was ich meinte, war Amos Winthrop. Ein verständnisvolles Grinsen huschte über sein Gesicht. Ich fragte mich, was er erst für ein Gesicht machen würde, wenn er wüßte, daß es sich um seine Tochter handelte.
Inzwischen hatte Mac sich gefaßt und erinnerte sich seiner Pflichten. Wir wurden einander vorgestellt und kamen zum Geschäftlichen.
Wir unterzeichneten die Verträge gleich an Ort und Stelle. Es war halb fünf, als wir ins Foyer hinaustraten. Ich ging auf den Fahrstuhl zu, als Amos Winthrop mir auf die Schulter klopfte.
Ich hatte keine Lust, ein Gespräch mit ihm anzufangen. »Hat es nicht Zeit bis zum Vormittag, Amos?« fragte ich. »Ich muß ein bißchen schlafen.«

Sein Gesicht zerfloß in einem verständnisvollen Lächeln. Er versetzte mir einen jovialen Schlag auf die Schulter. »Ich weiß schon, auf was für eine Art von Schlaf Sie aus sind, Junge, aber die Sache ist wichtig.«
»Nichts kann von derartiger Wichtigkeit sein.«
Die Fahrstuhltür ging auf, und ich trat hinein. Amos ebenfalls. Der Fahrstuhlführer wollte gerade die Tür schließen. »Augenblick«, sagte ich.
Die Tür ging wieder auf, und ich trat hinaus.
»Also, Amos«, fragte ich, »worum handelt's sich?«
Wir gingen zu einer Bank und setzten uns.
»Ich brauche dringend weitere zehntausend«, sagte er.
Ich starrte ihn an. Kein Wunder, daß er stets in Geldverlegenheit war. Er gab es schneller aus, als man es drucken konnte. »Was ist denn aus dem ganzen Geld geworden, das Sie für die Aktien erhalten haben?«
Etwas wie Verlegenheit huschte über sein Gesicht. »Alles weg«, sagte er. »Sie wissen ja, wieviel Schulden ich hatte.«
Ich wußte es sehr genau. Er hatte überall Schulden. Er zählte einige seiner Gläubiger und einige frühere Ehefrauen auf, und ich begriff, wo die fünfzigtausend geblieben waren. Es tat mir fast leid, daß ich ihn an dem Geschäft beteiligt hatte, aber ich hatte geglaubt, daß er für die Firma von Nutzen sein würde. Früher einmal war er einer der besten Flugzeugkonstrukteure im ganzen Land gewesen.
»Ihr Vertrag sieht derartige Vorschüsse aber nicht vor«, sagte ich.
»Ich weiß«, erwiderte er. »Aber dies ist wichtig. Es soll nicht wieder vorkommen, das verspreche ich. Es ist für Monika.«
»Monika?« Ich schaute ihn an. Das konnte gut werden. »Was ist denn mit ihr?«
Er schüttelte den Kopf. »Ich möchte sie zu ihrer Mutter nach England schicken. Sie wächst mir über den Kopf. Ich kann sie nicht mehr bändigen. Sie trifft sich heimlich mit irgendeinem Kerl, und ich hab' so eine Ahnung, daß sie bald mit ihm ins Bett kriechen wird, wenn sie's nicht schon getan hat.«
Ich starrte ihn für einen Augenblick an und fragte mich, ob dies nicht eine sanfte Art von Erpressung wäre. Es konnte sein, daß er längst Bescheid wußte und es mir in dieser Form mitteilen wollte. »Wissen Sie, um wen es sich handelt?«
Er schüttelte den Kopf. »Wenn ich's wüßte, würde ich den Kerl umbringen«, erklärte er bissig. »So ein nettes, unschuldiges Mädel wie sie.«
Ich bewahrte eine gleichmütige Miene. Liebe ist blind, aber Eltern sind noch blinder. Selbst ein Betrüger wie Amos war bei all seinem Wissen nicht klüger als Joe Dockes in Ponoma. »Haben Sie sie schon zur Rede gestellt?«
Wieder schüttelte er den Kopf. »Ich hab's versucht, aber ohne Erfolg. Sie wissen ja, wie diese jungen Dinger heutzutage sind. Sie lernen schon alles in der Schule, man kann ihnen nichts mehr beibringen.«

Früher hätte er durchgreifen sollen. Jetzt kam er zu spät. »Leute wie Sie werden halt nie gescheit.«
»Was hätte ich denn tun sollen? Ihre Zimmertür verschließen?«
Ich schüttelte den Kopf. »Sie hätten versuchen sollen, ihr ein Vater zu sein.«
»Sie tun ja gerade, als verstünden Sie wunder was von Kindererziehung!« herrschte er mich an. »Warten Sie nur erst, bis Sie selber welche haben!«
Ich hätte ihm sagen können, daß auch ich einen Vater gehabt hatte, der ausschließlich mit sich selbst beschäftigt war. Aber ich war müde. Ich erhob mich.
»Wie ist das mit dem Geld?« fragte er besorgt.
»Sie sollen es haben«, sagte ich. Ich fühlte mich plötzlich leicht angeekelt. Was sollte ich mit solchen Kerlen in meinem Gefolge? Sie waren wie Blutegel. Sie saugten sich an einem fest, und man wurde sie nie mehr los. »Sie sollen nicht nur zehn-, sondern fünfzehntausend haben.«
Er strahlte. »Tatsächlich, Jonas?«
Ich nickte. »Unter einer Bedingung.«
Zum erstenmal trat etwas wie Argwohn in seine Augen. »Was soll das heißen?«
»Ich verlange Ihren Rücktritt.«
»Ich soll aus den Winthrop-Werken ausscheiden?« Ungläubigkeit klang aus seiner Stimme.
»Nein, aus den Cord-Flugzeugwerken«, sagte ich mit aller Deutlichkeit.
Die Farbe wich aus seinem Gesicht. »Aber – aber ich habe doch die neue Firma aufgebaut. Ich weiß über alles Bescheid, was damit zusammenhängt. Ich habe gerade einen neuen Flugzeugtyp entworfen, den uns die Wehrmacht bestimmt abnimmt.«
»Nehmen Sie das Geld, Amos«, erwiderte ich ungerührt. »Der Fall ist erledigt.« Ich ging auf den Fahrstuhl zu. Ich trat in den Käfig, und der Führer knallte ihm die Tür ins Gesicht.
»Aufwärts, Mr. Cord?« fragte er.
Ich starrte ihn an. Was für eine dumme Frage! Wohin denn sonst?
»Ganz hinauf«, sagte ich müde.
Monika lag quer über dem Bett und hatte nichts weiter an als die Jacke meines Schlafanzuges. Sie war halb eingenickt. Sie öffnete die Augen und schaute mich an. »Alles in Ordnung?«
Ich nickte.
Sie beobachtete mich, als ich mein Hemd über einen Stuhl warf. »Was wollte Daddy denn?«
Ich streifte meine Hosen ab und fing die Schlafanzughosen auf, die sie mir zuwarf. »Er hat gerade seinen Rücktritt eingereicht«, sagte ich, indem ich meine Unterhosen fallen ließ und in den Schlafanzug fuhr.
Sie richtete sich im Bett auf und machte erstaunte Augen. »Tatsächlich?«
Ich nickte.

»Warum wohl?«
Ich schaute sie an. »Er sagte, es hätte etwas mit dir zu tun. Er glaubt, mehr Zeit für seine Tochter dadurch zu gewinnen.«
Sie starrte mich eine Weile an und brach dann in Gelächter aus. »Das ist die Höhe«, sagte sie. »Mein Lebtag hab' ich mich nach seiner Fürsorge gesehnt, und jetzt, da ich ihn nicht mehr brauche, will er plötzlich Daddy spielen.«
»Ihn nicht mehr brauchst?«
Sie nickte. »Nein, niemals mehr«, sagte sie langsam und legte ihren Kopf an meine Brust. Ihre Stimme sank zu einem vertrauensvollen kindlichen Geflüster herab. »Jetzt nicht mehr, wo ich dich habe. Du bist mir alles – Vater, Bruder, Geliebter.«
Langsam strich ich über ihr weiches braunes Haar. Plötzlich empfand ich ein tiefes Mitgefühl für sie. Ich wußte, wie einsam man mit neunzehn sein kann. Ihre Augen waren geschlossen und von blauen müden Ringen umgeben. Ich drückte meine Lippen leicht auf ihre Stirn. »Komm ins Bett, Kind«, sagte ich leise. »Es ist fast Morgen.«
Innerhalb weniger Augenblicke war sie eingeschlafen. Ihr Kopf ruhte an meiner Schulter, ihr Hals in der Krümmung meines Armes. Ich lag noch für eine ganze Weile wach und betrachtete ihr stilles Gesicht, während die Sonne aufging und Helligkeit sich im Zimmer verbreitete.
Zum Teufel mit Amos Winthrop! Zum Teufel mit Jonas Cord! Ich verfluchte alle Männer, die zu beschäftigt und selbstbezogen waren, um ihren Kindern Väter zu sein.
Müdigkeit überkam mich. Im Halbschlaf spürte ich, wie sie sich neben mir bewegte, und die Wärme ihres langen anmutigen Körpers durchdrang mich. Dann kam der Schlaf. Die dunkle, sternlose Nacht herrlichen Schlafes.
Am nächsten Abend ließen wir uns in Reno trauen.

3

Ich sah etwas Glitzerndes durch das Wasser huschen und warf die Fliege hinaus in die Strömung direkt über die Forelle. Instinktiv spürte ich, daß sie mir sicher war. Alles stimmte. Das Wasser, die huschenden Schatten von den Bäumen, die das Ufer umsäumten, der buntschillernde Fliegenschwanz am Ende meiner Schnur. Das Luder mußte jetzt jeden Augenblick beißen. Ich machte mich darauf gefaßt. Plötzlich hörte ich Monikas Stimme von der Uferböschung hinter mir.
»Jonas!«
Ihre Stimme durchdrang die Stille, und die Forelle tauchte auf den Grund des Gewässers. Die Fliege fing an zu schleifen, und noch ehe ich mich umdrehte, wußte ich, daß die Flitterwochen vorüber waren.
»Was ist denn?« knurrte ich.

Sie stand da in ihren Shorts, mit roten Knien und sich schälender Nase. »Ein Anruf für dich. Aus Los Angeles.«

»Von wem?«

»Ich weiß nicht. Von einer Frau. Sie hat ihren Namen nicht genannt.«

Ich watete auf das Ufer zu. »Sag ihr, sie möchte am Apparat bleiben, ich käme gleich.«

Sie nickte und lief zurück zu der Hütte. Ich rollte die Schnur auf. Ich fragte mich, wer mich hier anrufen mochte. Es wußte kaum jemand etwas von dieser Berghütte.

Als Junge war ich mit Nevada oft hier oben gewesen. Mein Vater hatte immer einmal mitkommen wollen, hatte es aber nie geschafft.

Ich kletterte aus dem Wasser und lief den Pfad entlang. Es war Spätnachmittag, schon waren des Abends Stimmen zu vernehmen. Durch die Bäume hörte ich das Gezirp der Grillen.

Ich legte die Rute längs der Hüttenwand und ging hinein. Monika saß auf einem Stuhl in der Nähe des Telefons und blätterte in einer Zeitschrift. Ich ergriff den Hörer. »Hallo.«

»Mr. Cord?«

»Ja.«

»Augenblick, bitte«, sagte das Fräulein vom Amt. »Los Angeles, Ihr Teilnehmer ist am Apparat.«

Ich vernahm ein Knacken in der Leitung, dann eine vertraute Stimme. »Jonas?«

»Rina?«

»Ja«, sagte sie. »Seit drei Tagen versuche ich dich zu erreichen. Niemand wollte mir verraten, wo du dich aufhältst, bis mir die Hütte einfiel.«

»Großartig«, sagte ich und warf einen Blick auf Monika. Sie schien in ihre Zeitschrift vertieft, aber ich wußte, daß sie zuhörte.

»Da es mir gerade einfällt«, sagte Rina mit jener tiefen, heiseren Stimme. »Meine herzlichsten Glückwünsche und alles Gute. Deine Frau ist ein sehr hübsches Mädchen.«

»Kennst du sie denn?«

»Nein«, erwiderte Rina rasch. »Ich hab' nur die Bilder in den Zeitungen gesehen.«

»Oh«, sagte ich. »Vielen Dank. Aber das ist doch wohl nicht der Grund deines Anrufs.«

»Nein«, sagte sie auf ihre übliche Art. »Ich brauche deine Hilfe.«

»Wenn es sich um weitere zehn handeln sollte, so kannst du sie jederzeit haben.«

»Ich brauche mehr als das. Viel mehr.«

»Wieviel denn?«

»Zwei Millionen Dollar.«

»Was?« Ich schrie es förmlich heraus. »Wozu brauchst du denn eine derartige Summe?«
»Nicht für mich«, sagte sie. »Es ist für Nevada. Er sitzt in einer Klemme und steht vor dem Ruin.«
»Ich dachte, ihm ginge es glänzend. In den Zeitungen steht, daß er eine halbe Million jährlich verdient.«
»Stimmt«, sagte Rina. »Aber . . .«
»Was aber?« Ich zog eine Zigarette heraus und kramte nach einem Streichholz. Ich wußte, daß Monika mich sah, aber sie steckte die Nase weiter in ihre Zeitschrift. »Schieß los«, sagte ich und machte einen Zug.
»Nevada hat alles auf einen Film gesetzt. Er arbeitete seit über einem Jahr daran, und jetzt ist alles schiefgegangen, und man will ihn nicht aufführen.«
»Warum?« fragte ich. »Ist er so schlecht?«
»Nein«, erwiderte sie rasch. »Im Gegenteil, er ist großartig. Aber nur Tonfilme gehen. Die Kinos spielen kaum noch etwas anderes.«
»Warum hat er dann nicht gleich einen Tonfilm gemacht?«
»Er hat den Film vor über einem Jahr angefangen. Damals hat niemand geahnt, daß Tonfilme derart einschlagen würden«, erwiderte sie. »Jetzt hat ihm die Bank die Anleihe gekündigt, und Norman weigert sich, noch mehr Geld vorzustrecken. Er behauptet, er säße auf seinen eigenen Filmen fest.«
»Verstehe«, sagte ich.
»Du mußt ihm unbedingt helfen, Jonas. Er hängt mit seinem ganzen Leben an diesem Film. Wenn nichts draus wird, überwindet er das nie.«
»Nevada war doch sonst nicht so erpicht auf Geld«, sagte ich.
»Es handelt sich nicht um das Geld«, sagte sie rasch. »Er hängt mit allen Fasern seines Wesens an diesem Film. Er glaubt daran. Es war für ihn eine einmalige Gelegenheit, den amerikanischen Westen so zu zeigen, wie er wirklich war.«
»Niemand interessiert sich mehr dafür, wie der Westen wirklich war.«
»Hast du je einen seiner Filme gesehen?«
»Nein.«
Etwas wie Ungläubigkeit klang aus ihrer Stimme. »Warst du nie gespannt darauf, wie er auf der Leinwand aussieht?«
»Weshalb?« fragte ich. »Ich weiß, wie er aussieht.«
Ihre Stimme wurde nüchtern. »Wirst du einspringen und helfen?«
»Das ist eine Menge Geld«, sagte ich. »Warum sollte ich?«
»Ich entsinne mich, daß er dir auch einmal geholfen hat.«
Ich wußte, was sie meinte. Nevadas Cord-Sprengstoff-Aktien. »Das hat ihn aber nicht zwei Millionen gekostet«, sagte ich.
»Wirklich nicht?« fragte sie. »Wie hoch stehen sie denn jetzt?«
Das brachte mich für eine Weile zum Schweigen. Wenn die Aktien auch jetzt noch nicht so viel wert waren, in fünf Jahren würden sie es bestimmt sein.

»Wenn er derart in der Klemme sitzt«, sagte ich, »warum hat er dann nicht selbst angerufen?«
»Er hat seinen Stolz«, sagte sie. »Das weißt du doch ganz genau.«
»Und wieso bist du so interessiert daran?«
»Weil er mein Freund ist«, sagte sie rasch. »Als ich Hilfe brauchte, hat er auch nicht erst gefragt.«
»Ich möchte mich nicht festlegen«, sagte ich. »Aber ich werde noch heute abend nach Los Angeles fliegen. Wo kann ich dich erreichen?«
»Ich wohne bei Nevada«, sagte sie. »Aber wir wollen uns lieber an einem anderen Ort treffen. Er braucht nicht zu wissen, daß ich dich angerufen habe.«
»O. K.«, sagte ich. »Ich werde gegen Mitternacht im Beverley Hills Hotel sein.«
Ich legte auf. »Wer war denn das?« fragte Monika.
»Die Witwe meines Vaters«, sagte ich und ging an ihr vorbei ins Schlafzimmer. »Pack deine Sachen. Ich bringe dich auf die Ranch zurück. Ich muß noch heute nacht geschäftlich nach Los Angeles.«
»Aber wir sind doch gerade erst fünf Tage hier«, sagte sie. »Du hast mir zwei volle Flitterwochen versprochen.«
»Hier liegen besondere Umstände vor.«
Sie folgte mir ins Schlafzimmer. Ich setzte mich aufs Bett und zog meine hohen Wasserstiefel aus.
»Was sollen denn die Leute denken, wenn wir schon nach fünf Tagen von unserer Hochzeitsreise zurückkehren?« sagte sie.
Ich starrte sie an. »Laß sie denken, was sie wollen.«
Sie fing an zu schluchzen. »Ich gehe auf keinen Fall mit zurück«, sagte sie und trat mit dem Fuß auf.
Ich erhob mich. »Dann bleib meinetwegen«, sagte ich wütend. »Ich gehe jetzt hinunter und hole den Wagen. Falls du nicht fertig bist, wenn ich zurückkomme, fahre ich ohne dich.«
Was war bloß mit den Weibern los? Da hatte man für fünf lausige Minuten vor einem Groschenprediger gestanden, und sobald man sich umdrehte, war alles wie umgekrempelt.
Vor der Ehe war alles großartig. Man war König.
Dann fielen die Zauberworte, und man mußte um alles betteln. Man mußte sämtliche Vorschriften genau befolgen. Sanft und zärtlich sein. Sich auf die Ellbogen stützen und ihr die Zigarette anstecken, ihren Mantel tragen und ihr die Tür aufmachen. Sich noch schön bedanken, wenn sie einen ranließ und einem das gewährte, was sie früher nicht oft genug anbieten konnte.
Ich fuhr mit dem Wagen vor und hupte. Monika kam heraus, eine Reisetasche in der Hand, und wartete darauf, daß ich ihr den Schlag aufmachen sollte. Nach einer Weile machte sie selber die Tür auf und stieg mit gekränk-

ter Miene ein. Und behielt diese Miene die geschlagenen zwei Stunden bei, die wir für die Fahrt zurück nach der Ranch benötigten.
Es war neun Uhr, als wir dort anlangten. Robair stand wie gewöhnlich vor der Tür. Sein Gesichtsausdruck veränderte sich nicht, als ich im Wagen sitzen blieb, nachdem er Monikas Tasche an sich genommen hatte. Er streifte mich mit einem kurzen Blick, als er sich umwandte und sich vor Monika verbeugte.
»Guten Abend, Mrs. Cord«, sagte er. »Ihr Zimmer ist fertig.« Robair schaute mich noch einmal an, drehte sich dann um und ging die Treppe hinauf.
Als Monika den Mund endlich auftat, war ihre Stimme leise und gespannt wie eine Bogensehne. »Wie lange wirst du wegbleiben?«
Ich zuckte die Achseln. »Bis das Geschäftliche erledigt ist.« Dann löste sich etwas in mir. Zum Teufel, schließlich waren wir erst fünf Tage verheiratet. »Ich komme so rasch wie möglich zurück.«
»Laß dir ruhig Zeit«, sagte sie und stelzte ins Haus, ohne einen Blick zurückzuwerfen.
Ich fluchte, schaltete die Kupplung ein und fuhr ins Werk. Die alte Waco war auf dem dahinterliegenden Feld abgestellt. Ich war noch immer wütend, als ich in die Kanzel kletterte, und mir wurde erst wohler, nachdem ich in Richtung Los Angeles flog.

4

Ich warf einen Blick auf das blaugebundene Drehbuch in meiner Hand und schaute dann Rina wieder an.
»Ich bin kein großer Leser«, sagte ich.
»Ich dachte mir schon, daß du mit dieser Ausrede kommen würdest«, sagte sie. »Deshalb habe ich mit dem Studio verabredet, daß man dir den Film dort vorführt. Man wartet bereits.«
»Wie lange bist du schon hier draußen?«
»Etwa anderthalb Jahre. Seit ich aus Europa zurück bin.«
»Und hast die ganze Zeit bei Nevada gewohnt?«
Sie nickte.
»Schläfst du mit ihm?«
Sie gebrauchte keine Ausflüchte. »Ja. Er übt eine wohltuende Wirkung auf mich aus.«
»Du auf ihn auch?« fragte ich.
Sie schaute mich noch immer an. »Ich hoffe es«, sagte sie ruhig. »Aber das ist ja auch gleichgültig. Dir ist es ohnehin egal.«
»Ich war nur neugierig«, sagte ich, stand auf und ließ das Manuskript auf den Stuhl fallen. »Ich habe mich nur gefragt, was dazu gehören mag, dich zu halten.«

»Nicht was du denkst.«
»Was dann?« gab ich zurück. »Geld?«
Sie schüttelte den Kopf. »Ein Mann. Ein richtiger Mann. Mit jungen Schnöseln hab' ich's nie gekonnt.«
Das traf mich. »Vielleicht schaffe ich's noch rechtzeitig«, sagte ich.
»Du hast gerade erst vor fünf Tagen geheiratet.«
Ich starrte sie eine Weile an. Ich spürte die alte Erregung in mir aufsteigen. »Gehen wir«, sagte ich gepreßt. »Ich möchte mir nicht die ganze Nacht um die Ohren schlagen.«
Ich saß in dem verdunkelten Vorführraum zwischen Rina und Von Elster, dem Regisseur.
Rina hatte nicht übertrieben. Der Film war großartig, aber nur aus einem einzigen Grunde. Nevada. Er hielt den ganzen Streifen mit einer angeborenen Kraft zusammen, die man selbst auf der Leinwand spürte.
Es war jene Kraft, die stets von ihm ausgegangen war, aber im Film war sie noch weit spürbarer, und niemand konnte sich ihr entziehen. In dem Film zog er als Sechzehnjähriger aus und verschwand zum Schluß als Fünfundzwanzigjähriger im Gebirge. Und nicht ein einziges Mal während der ganzen Vorstellung wurde ich mir seines wirklichen Alters bewußt.
Als die Lichter angingen, lehnte ich mich aufseufzend in meinem Sessel zurück. Ich griff nach einer Zigarette, innerlich noch immer aufgewühlt. Ich setzte die Zigarette in Brand und zog daran. Etwas zerrte an meinen Eingeweiden. Ich hatte das undeutliche Gefühl, daß trotz allem noch etwas fehlte. Dann wußte ich plötzlich, was es war.
Ich wandte den Kopf nach Von Elster.
»Abgesehen von der kurzen Szene mit der Madame in New Orleans und der Sträflingstochter in dem Kleinstädtchen kommen kaum Frauen in dem Film vor.«
Von Elster lächelte. »Es gibt Dinge, die in einen Wildwestfilm einfach nicht hineingehören. Weiber beispielsweise.«
»Warum?«
»Weil man in der Filmindustrie auf dem Standpunkt steht, daß das Abbild des anständigen, starken Mannes erhalten bleiben muß. Der Held darf jedes Verbrechen begehen, nur herumhuren darf er nicht.«
Ich lachte und erhob mich. »Entschuldigen Sie die Frage«, sagte ich. »Aber warum kann man die Stimmen nicht genauso einblenden wie die Musik? Warum das Ganze noch einmal neu drehen?«
»Ich wünschte, wir könnten das«, sagte Von Elster. »Aber Tonfilme haben eine andere Projektionsgeschwindigkeit als Stummfilme.«
Ich nickte. Was er sagte, ergab vom rein Mechanischen her einen Sinn. Wie alles andere hatte auch dieser Industriezweig seine Technologie, und allmählich begann ich mich dafür zu interessieren.

»Begleiten Sie mich zurück ins Hotel. Ich möchte diese Angelegenheit noch eingehender mit Ihnen besprechen.«
Rina schien plötzlich auf der Hut zu sein. Sie streifte Von Elster mit einem Seitenblick und wandte sich dann an mich. »Es ist fast vier Uhr«, sagte sie rasch. »Und ich glaube, wir können nicht gut weiterverhandeln, ohne Nevada hinzuzuziehen.«
»O. K.«, sagte ich. »Kommt morgen früh mit ihm ins Hotel. Sagen wir um acht.«
»Gut, um acht also.«
»Ich kann Sie in Ihrem Hotel absetzen, Mr. Cord«, sagte Von Elster zuvorkommend.
Ich warf einen Seitenblick auf Rina. Sie schüttelte den Kopf.
»Danke«, sagte ich. »Rina nimmt mich ein Stück mit.«
Rina sagte nichts, bis der Wagen vor dem Hotel anhielt. »Von Elster sucht nur seinen Vorteil«, sagte sie. »Er ist um seine Zukunft besorgt. Er hat noch nie einen Tonfilm gedreht und will diesen durchaus machen. Es ist ein großer Film, und wenn er einschlägt, ist er aus allen Schwierigkeiten heraus.«
»Heißt das, daß er auf unsicherem Boden steht?«
»Das tun in Hollywood alle. Von der Garbo und Gilbert abwärts. Keiner weiß, wie der Tonfilm seine Laufbahn beeinträchtigen wird.«
»Wie steht es mit Nevadas Stimme?«
»Sie ist ausgezeichnet«, sagte sie. »Wir haben neulich eine Probeaufnahme gemacht.«
»Wenigstens eine Sorge weniger.«
»Wirst du finanziell einspringen?« fragte sie.
»Was springt für mich dabei heraus?« gab ich zurück.
»Du könntest eine Menge Geld dabei verdienen«, sagte sie.
»Hab' ich nicht nötig« erklärte ich. »Ich werde auch so einen Haufen Geld verdienen.«
Sie schaute mich an, und ihre Stimme klang kalt. »Du hast dich nicht geändert, oder doch?«
Ich schüttelte den Kopf. »Wozu auch? Wer ändert sich schon? Hast du dich etwa geändert?« Ich griff nach ihrer Hand. Sie war eiskalt. »Was würdest du dafür geben, wenn Nevada geholfen wird?«
Sie hielt meinem Blick stand. »Alles, was ich besitze.«
Eine Art Traurigkeit überkam mich. Ich fragte mich, wie viele Leute das für mich tun würden. Im Augenblick fiel mir niemand ein. Ich ließ ihre Hand los und stieg aus.
Sie beugte sich zu mir. »Nun, Jonas, hast du's dir überlegt?«
»Dazu muß ich mich erst einmal besser informieren«, erwiderte ich.
»Oh«, sagte sie und lehnte sich enttäuscht zurück.

»Aber sei unbesorgt«, sagte ich. »Falls ich mich dazu entschließe, wirst du die erste sein, zu der ich komme, um meine Belohnung einzukassieren.«
Sie gab dem Chauffeur ein Zeichen. Er schaltete die Kupplung ein. »Da ich dich kenne«, sagte sie ruhig, »habe ich kaum etwas anderes erwartet.«
Die Limousine rollte davon. Ich drehte mich um und trat in das Hotel. Ich ging auf mein Zimmer und schlug das Manuskript auf. Ich brauchte etwa anderthalb Stunden, um es durchzulesen. Als ich endlich die Augen schloß, war es sechs Uhr.

5

Das Telefon klingelte ununterbrochen. Ich schüttelte den Kopf, um ihn klarzubekommen, und schaute auf meine Uhr. Es war gerade sieben durch. Ich nahm den Hörer ab. »Mr. Cord? Hier Von Elster. Die frühe Störung tut mir leid, aber ich bin mit Mr. Norman unten im Foyer. Es ist wichtig, daß wir uns noch vor Ihrem Zusammentreffen mit Nevada sehen.«
»Wer ist Norman?« fragte ich, noch immer nicht ganz bei mir.
»Bernard B. Norman von der Norman-Filmgesellschaft, die den Film im Verleih hat. Mr. Norman meint, er könnte Ihnen behilflich sein, zu einem guten Abschluß mit Nevada zu kommen.«
»Warum sollte ich mir dabei helfen lassen?« fragte ich. »Ich kenne Nevada seit meiner Kindheit.«
Seine Stimme wurde vertraulich. »Nichts gegen Nevada, Mr. Cord. Aber sein Agent, Dan Pierce, ist ein außerordentlich gerissener Bursche. Mr. Norman möchte Ihnen nur ein paar Winke geben, ehe Sie sich mit ihm einlassen.«
Ich griff nach einer Zigarette. Von Elster hatte keine Zeit vergeudet. In derselben Minute, da er mein Geld gerochen hatte, war er zu seinem Chef gelaufen. Ich wußte nicht, was sie wollten, aber ich war verdammt sicher, daß es nichts Gutes für Nevada bedeutete.
»Warten Sie unten, bis ich angezogen bin. Ich läute dann zurück.«
Ich legte den Hörer auf und steckte mir die Zigarette an. Mein Blick fiel auf das blau gebundene Drehbuch. Wieder nahm ich den Hörer ab und gab dem Telefonfräulein die Nummer von Tony Moronis Landhaus.
»Tut mir leid, wenn ich Sie aus dem Schlaf geklingelt haben sollte, Tony«, sagte ich. »Hier Jonas.«
Seine weiche Stimme kam in einem leisen Lachen über den Draht. »Schon gut, Jonas. Ich bin ein Frühaufsteher. Noch recht herzliche Glückwünsche zu Ihrer Vermählung.«
»Danke«, sagte ich rein automatisch, und dabei fiel mir ein, daß ich seit meinem Eintreffen in der Stadt noch kein einziges Mal an Monika gedacht hatte.

»Haben Sie Nevada Smiths neuen Film finanziert?«
»Den *Renegat*?«
»Ja.«
»Haben wir«, antwortete er.
»Was ist dazu zu sagen?«
»Es ist ein guter Film«, erklärte er. »Er hätte bessere Chancen, wenn es ein Tonfilm wäre, aber gut ist er.«
»Wenn Sie ihn für so gut halten, warum haben Sie dann Ihre Anleihe gekündigt?«
»Darf ich Ihnen vorher noch eine Frage stellen, Jonas?« sagte er. »Wie weit geht Ihr Interesse an der ganzen Angelegenheit?«
»Ich weiß noch nicht«, erklärte ich offen. »Nevada ist mein Freund. Ich möchte wissen, was gespielt wird. Warum haben Sie die Anleihe gekündigt?«
»Sie wissen, wie wir arbeiten«, erklärte er. »Wir haben Nevada die Anleihe auf Grund von Nebensicherheiten plus der Garantie durch die Norman-Filmgesellschaft gegeben. Jetzt braucht Bernie Norman Kredit, um einige seiner alten Filme neu zu drehen, und zieht seine Garantie zurück. So müssen wir die Anleihe zwangsläufig kündigen.«
Kein Wunder, daß Von Elster und Bernie Norman unten im Foyer auf mich warteten. Sie wollten Nevada ausnehmen, und niemand sollte ihnen dabei in die Quere kommen.
»Was hat Nevada zu erwarten?« fragte ich.
»Wenn er die Anleihe nicht zurückzahlen kann, verfallen seine Rechte an dem Film, und die Nebensicherheiten bleiben unser. Dann liquidieren wir, bis wir das Geld eingetrieben haben.«
»Und was wird in einem solchen Falle aus dem Film?« fragte ich. »Wird er verramscht?«
»Nicht doch.« Er lachte leise. »Dann bringt Norman ihn heraus und erhält die Gelegenheit, zu seinem Gelde zu kommen. Er hat etwa vierhunderttausend darin investiert. Nachdem er sein Geld hat, fällt der Überschuß an uns. Sobald unsere Anleihe beglichen ist, kriegt Smith, was übrigbleibt.«
Langsam bekam das Ganze einen Sinn. Ehe Nevada einen einzigen Pfennig in die Hände bekäme, würde er ein erledigter Mann sein. »Ist denn mit einem Überschuß überhaupt zu rechnen?«
»Kaum«, erwiderte Tony. »Unter den gegenwärtigen Abmachungen ist die Verleihgebühr sehr niedrig, und Nevada Smith erhält sein Geld zuerst. Sobald wir die Sache in die Hand nehmen, verdreifacht sich die Gebühr, und sein Anteil kommt zuletzt.«
»Wer erhält die Gebühren – die Bank?«
Wieder lachte er. »Selbstverständlich nicht. Bernie streicht sie ein. Er ist der Verleiher.«
Jetzt wußte ich Bescheid. Die Burschen unten hatten einen großen Coup vor:

Nevada übers Ohr hauen. Auf diese Weise würden sie sich für praktisch nichts den Hauptanteil unter den Nagel reißen. Ich fragte mich, was mit Nevadas Agenten los sein mochte, wenn er ihn in eine derartige Falle stolpern ließ.
»Noch eine Frage, Tony«, sagte ich, »und dann will ich Sie nicht weiter belästigen. Wieviel würde es kosten, um aus dem *Renegat* einen Tonfilm zu machen?«
Er schwieg eine Weile. »Lassen Sie mich mal überlegen«, sagte er. »Die Bühnenbilder stehen noch, die Kostüme sind noch vorhanden. Das macht etwa die Hälfte der Kosten aus. Vielleicht noch eine weitere Million – wenn Sie Glück haben, auch weniger.«
»Würde es sich lohnen?«
Er zauderte. »Ich äußere mich gewöhnlich nicht zu Filmen. Das Risiko ist zu groß.«
»Dieses eine Mal müssen Sie sich äußern«, sagte ich. »Ich brauche die Meinung eines Mannes, der keine eigennützigen Zwecke verfolgt.«
»Nach allen mir vorliegenden Berichten müßte sich das Wagnis lohnen.«
»Danke«, sagte ich. »Und jetzt tun Sie mir bitte einen Gefallen. Unternehmen Sie in Sachen der Anleihe nichts, bis ich Sie im Laufe des Tages angerufen habe. Vielleicht übernehme ich die Garantie an Normans Stelle.«
»Sie würden außerdem noch eine Million brauchen.«
»Ich weiß«, sagte ich. »Aber ich kann immer noch ganz gut schreiben und stets eine andere Schuldverschreibung unterzeichnen.«
Während wir uns verabschiedeten, lachte Moroni, angenehm berührt, wie es schien. Er war nicht im geringsten besorgt. Er wußte, daß ich das Geld mit Leichtigkeit aus dem Vorschuß decken konnte, den ich von dem Konsortium erhielt, das die Lizenz auf meine Plastikform erworben hatte. Bankleute waren stets bereit, einem so viel Geld zu leihen, wie man haben wollte, solange man die nötigen Sicherheiten stellte.
Als ich auflegte, warf ich einen Blick auf meine Uhr. Es war fast halb acht. Ich wollte den Hörer gerade wieder aufnehmen, änderte jedoch meinen Entschluß. Zum Teufel mit ihnen. Sollten sie ruhig warten. Ich wandte mich um und ging ins Badezimmer, um eine Dusche zu nehmen.
Während ich unter der Brause stand, klingelte das Telefon dreimal. Ich stand da und ließ das heiße Wasser in meine Haut eindringen und die Müdigkeit wegspülen. Ich kam aus dem Badezimmer, und wieder fing das Telefon an zu läuten.
Auch diesmal war es Von Elster. Seine Stimme klang leise und verschwörerisch. »Nevada, sein Agent und Rina befinden sich auf dem Weg zu Ihnen«, flüsterte er. »Uns haben sie nicht gesehen.«
»Gut«, sagte ich.
»Aber wie treffen wir uns?«
»Dazu ist es wohl jetzt zu spät«, sagte ich leichthin. »Ich werde zusehen

müssen, wie ich mit Nevadas Agenten allein fertig werde. Sagen Sie Ihrem Mr. Norman, daß ich sein Angebot zu schätzen wüßte. Wenn ich ihn brauchen sollte, rufe ich ihn an.«
Ich hörte ihn nach Luft schnappen, als ich auflegte. Ich lachte und fragte mich, mit was für einer Erklärung er vor seinen Chef hintreten würde. Ich zog meine Hosen an und griff gerade nach einem Hemd, als es an die Tür klopfte.
»Herein«, rief ich aus dem Schlafzimmer. Ich hörte, wie die Tür aufging, und machte den letzten Knopf an meinem Hemd zu. Ich sah mich nach meinen Schuhen um, aber sie standen auf der anderen Seite des Bettes. Es lohnte nicht, sich nach ihnen zu bücken, und so trat ich barfüßig hinaus.
Rina saß bereits auf der Couch. Nevada und ein anderer Mann standen in der Mitte des Zimmers. Ein Lächeln flog über Nevadas Gesicht. Er streckte mir die Hand entgegen. »Jonas«, sagte er herzlich.
Ungeschickt ergriff ich seine Hand. Er kam mir wie ein Fremder vor. »Nevada.«
In seinen Augenwinkeln zeichneten sich Sorgenfalten ab, die jedoch für einen Augenblick verschwanden, als er mir in die Augen schaute. »Du wirst deinem Vater von Tag zu Tag ähnlicher, Junge.«
»Du siehst auch nicht schlecht aus. Wo hast du denn diese Klamotten ausgegraben?«
Er machte ein dummes Gesicht. »Das gehört zum Metier«, sagte er. »Ich muß sie tragen. Die Jugend verlangt das.« Mit altvertrauter Bewegung kramte er in seiner Tasche nach Tabak und drehte eine Zigarette. »Ich habe viel in den Zeitungen über dich gelesen. Über deinen Flug von Paris nach Los Angeles und über deine Hochzeit. Ist deine Frau mit hier?«
Ich schüttelte den Kopf.
Er schaute mich forschend an. In diesem Augenblick war mir klar, daß er wußte, wie es um Monika und mich stand. Er las in mir wie in einem Buche. Vor ihm hatte ich noch nie etwas verheimlichen können. »Schade«, sagte er. »Ich hätte sie gern kennengelernt.«
Um einen Themawechsel herbeizuführen, richtete ich meine Blicke auf den anderen Mann. Nevada faßte sich sofort. »Oh, dies ist Dan Pierce, mein Agent.«
Wir gaben uns die Hände, und ich kam sofort zur Sache. »Gestern nacht habe ich deinen Film gesehen«, sagte ich. »Er hat mir gut gefallen. Schade, daß du ihn neu machen mußt.«
»Ich hatte mir eingebildet, Tonfilme würden sich nicht halten.«
»Das ist nur ein Teil der Geschichte, Nevada«, mischte sich Dan Pierce ein. Er wandte sich an mich. »Nevada wollte den Film stumm haben, aber als wir mit den Aufnahmen begonnen hatten, merkten wir, daß es verkehrt war. Wir haben versucht, einen Tonfilm daraus zu machen, aber es ging nicht.«
»Warum?«

»Norman war dagegen«, sagte Pierce. »Zu jener Zeit verfügte er nur über ein einziges Ton-Atelier und brauchte es für einen seiner eigenen Filme. Er bestand darauf, daß wir sofort anfangen sollten zu drehen – andernfalls würde er seine Garantie zurückziehen.«
Jetzt klärte sich das Bild. Das Ganze war von Anfang an eine Falle gewesen. Ich schaute Nevada an. Ich begriff ihn nicht. Er war doch sonst ein guter Pokerspieler.
Wieder durchschaute er mich. »Ich weiß, was du denkst, Junge«, sagte er rasch. »Aber ich wollte gerade diesen Film durchaus machen. Weil er weit über das hinausgeht, was die Kitschiers bisher auf diesem Gebiet produziert haben.«
»Was ist mit Norman?« fragte ich. »Wie kommt es, daß er kein Geld vorstrecken will, den Film neu zu drehen?«
»Die Gesellschaft kriegt keinen Kredit mehr«, sagte Nevada. »Deshalb hat die Bank auch die Anleihe aufgerufen.«
»Lauter Quatsch!« explodierte Pierce erneut. »Man hat uns einfach in die Zange genommen. Bernie Norman veranlaßt die Bank, unsere Anleihe zu kündigen, und die Bank übermacht ihm den Film. Er kriegt ihn für ein Butterbrot – ungefähr ein Drittel dessen, was ihn die Herstellung gekostet haben würde.«
»Wieviel würde man brauchen, um den Film neu zu drehen?« erkundigte ich mich.
Nevada schaute mich an. »Eine Million.«
»Plus die Anleihe, die die Bank aufgerufen hat«, warf Pierce dazwischen.
Ich wandte mich an ihn. »Würden Sie den Verleih dann immer noch Norman überlassen?«
Er nickte. »Natürlich. Er hat zehntausend Lichtspieltheater kontraktlich verpflichtet, und wenn es ein Tonfilm ist, dürfte kein einziges Theater den Vertrag annullieren.«
»Und wenn es ein Stummfilm ist?«
»Dann können wir von Glück sagen, wenn fünfzehnhundert ihn nehmen. Alle wollen Tonfilme.«
»Wozu würdest du mir raten?«
Nevada zauderte einen Augenblick. »Ich würde es an deiner Stelle nicht tun«, erklärte er freimütig. »Du verlierst unter Umständen alles.«
Ich bemerkte die Blicke, die Pierce ihm zuwarf. Es waren wütende Blicke, aber gleichzeitig drückten sie etwas wie Hochachtung aus. In Pierces Augen war ich nur ein weiterer Trottel. Aber zu seiner Ehre merkte er, daß ich Nevada mehr bedeutete.
Ich starrte ihn eine Weile an, wandte mich dann ab und sah Rina an, die auf der Couch saß. Ihr Gesicht war unbewegt. Nur in ihren Augen lag etwas Flehendes.

Ich wandte mich wieder an Nevada. »Gut, ich werde die Sache in die Hand nehmen«, erklärte ich. »Aber nur unter einer Bedingung. Ich kaufe dich aus und verfüge über den Film. Und wenn wir ihn neu machen, dann nach meinen Anweisungen. Das gilt für alle Beteiligten, auch für dich. Wenn ich das Spiel unter Umständen verliere, so will ich wenigstens die Karten geben.«
Nevada nickte. Er hatte meinen Vater dieselben Worte oft genug gebrauchen hören. Und er selber hatte mich gelehrt, nur um hohe Einsätze zu spielen.
»Aber verstehen Sie denn überhaupt was vom Film?« fragte Pierce.
»Nicht das geringste«, sagte ich. »Aber wie viele Leute kennen Sie, die bereits einen Tonfilm gemacht haben?«
Das hielt ihn zurück. Ich sah, wie ihm die Wahrheit meiner Worte langsam aufging. Hier war Neuland. Es gab keine alten Hasen und Routiniers mehr. Ich wandte mich wieder an Nevada. »Nun?«
»Ich weiß nicht recht«, sagte er langsam. »Ich bürde dir das ganze Risiko auf. Ich selber kann dabei gar nicht verlieren.«
»Irrtum«, erklärte Pierce rasch. »Wenn der Film danebengeht, ist es aus mit Ihrer Karriere.«
Nevada lächelte. »Ich bin vorher ganz gut ausgekommen«, sagte er. »Und inzwischen bin ich ein bißchen zu alt geworden, um mir über Dinge den Kopf zu zerbrechen, in die ich zufällig hineingeraten bin.«
»Na, wie ist's, Nevada?«
Er streckte mir die Hand hin, die Falten um seine Augen glätteten sich, und er war wieder jung. »Abgemacht, Junior.«
Ich ergriff seine Hand, trat dann ans Telefon und rief Moroni an.
»Treffen Sie Vorkehrungen, die Anleihe auf Cord Sprengstoffe zu überschreiben«, sagte ich.
»Viel Glück, Jonas«, sagte er auflachend. »Ich hatte gleich das Gefühl, daß Sie einsteigen würden.«
»Dann haben Sie mehr gewußt als ich.«
»Sonst wäre man auch kein guter Bankier«, sagte er.
Ich legte auf und wandte mich an die anderen.
»Als erstes setze ich jetzt diesen Von Elster an die Luft.«
Nevada machte ein entsetztes Gesicht. »Aber Von ist einer der besten Regisseure, die wir haben«, protestierte er. »Er hat in allen meinen Filmen Regie geführt. Er hat mich entdeckt.«
»Er ist ein dreckiges kleines Schweinchen«, sagte ich. »Im Augenblick, da er dich in der Klemme sah, ist er dir in den Rücken gefallen. Er war schon heute früh um sieben mit Bernie Norman hier. Sie wollten mir kostenlose Ratschläge erteilen. Ich habe sie aber nicht erst zu Worte kommen lassen.«
»Jetzt glauben Sie hoffentlich endlich, daß kein anderer als Norman hinter der ganzen Geschichte steckt«, sagte Pierce.

»Ob's dir paßt oder nicht, Nevada«, sagte ich. »Wir haben eine Abmachung getroffen. Der Film gehört mir, und was ich sage, gilt.«
Er nickte schweigend.
»Als nächstes soll Pierce es so einrichten, daß ich in den nächsten Tagen so viele Tonfilme wie möglich zu sehen bekomme. Und dann fliegen wir kommendes Wochenende alle zusammen nach New York. Dort gehen wir ein paar Tage hintereinander ins Theater. Vielleicht finden wir dort sogar einen Regisseur. Warten wir's ab.« Ich machte eine Pause, um mir eine Zigarette anzustecken, und sah, wie sich Nevadas Gesicht plötzlich aufhellte.
»Was lachst du denn?«
»Wie ich bereits gesagt habe, du wirst deinem Vater immer ähnlicher.«
Ich grinste ihn ebenfalls an. In dem Augenblick kam der Kellner mit dem Frühstück herein. Nevada und Pierce gingen ins Badezimmer, um sich zu waschen, und Rina und ich blieben allein zurück.
Ein sanfter Ausdruck lag auf ihrem Gesicht. »Wenn du dich nur etwas mehr gehenlassen würdest, Jonas«, sagte sie leise. »Ich glaube, aus dir könnte noch einmal ein Mensch werden.«
Ich schaute in ihre Augen. »Versuche nicht, mich zu betrügen«, sagte ich. »Wir wissen beide ganz genau, warum ich's getan habe. Du und ich, wir haben gestern unsere Abmachungen getroffen.«
Ihr Gesicht verlor alles Sanftmütige. »Sollen wir's jetzt gleich machen?« fragte sie.
Ich spürte, daß ich sie getroffen hatte. Ich lächelte. »Ich kann warten.«
»Ich auch« erwiderte sie. »Auf ewig, wenn's sein muß.«
Das Telefon läutete. »Sieh zu, wer es ist«, sagte ich.
Rina nahm den Hörer ab, ich hörte es in der Leitung knistern, dann reichte sie mir den Hörer. »Deine Frau.«
»Hallo, Monika.«
Ihre Stimme klang wütend. »Geschäftlich zu tun!« schrie sie. »Und wenn ich dich anrufe, kommt irgendeine billige Hure an den Apparat. Wahrscheinlich wirst du mir weismachen wollen, daß es sich um deine Stiefmutter handelt.«
»Stimmt.«
Es gab einen kurzen Knall, und die Verbindung war unterbrochen. Ich starrte für eine Weile auf den Apparat und mußte plötzlich lachen. Es verlief alles so programmäßig.
Und so völlig verkehrt.

6

Ich fuhr durch den Haupteingang zu den Norman-Filmateliers. Der Pförtner schaute heraus und winkte mir zu. »Guten Morgen, Mr. Cord«, rief er. »Alles Gute, Sir.«

Ich lächelte und fuhr zu dem Parkplatz. Dort war ein Platz für mich reserviert, mit meinem Namen drauf. Man scheute keinen Aufwand, wenn es galt, einem Trottel das Geld abzuknöpfen. Auch im Speisesaal, wo die Herren von der Direktion ihre Mahlzeiten einnahmen, hatte ich einen reservierten Tisch. Außerdem standen mir ein Bungalow mit einer Reihe von Büroräumen, zwei Sekretärinnen, eine wohlgefüllte Hausbar, ein elektrischer Kühlschrank, ein Privatklosett, ein Ankleidezimmer, ein Konferenzsaal und neben meinem eigenen noch zwei Sekretariate zur Verfügung.

Ich ging durch die Hintertür des Bungalows direkt in mein Büro. Ich hatte mich gerade an den Schreibtisch gesetzt, als eine von den Sekretärinnen hereinkam. Sie blieb vor dem Schreibtisch stehen und sah mit ihrem Schreibblock und ihrem Bleistift außerordentlich tüchtig aus. »Guten Morgen, Mr. Cord«, sagte sie freundlich. »Haben Sie etwas zu diktieren?«

Ich schüttelte den Kopf. Sie hätte mich eigentlich schon besser kennen müssen. In den vergangenen fünf Wochen hatte sich jeden Morgen dasselbe abgespielt. Ich schreibe nie irgend etwas nieder – keine Mitteilungen, keine Notizen, keine Instruktionen. Wenn ich etwas schriftlich haben will, lasse ich McAllister kommen. Wozu sind Anwälte sonst da?

Das Telefon auf meinem Schreibtisch summte. Sie nahm den Hörer ab. »Hier das Büro von Mr. Cord.« Sie hörte einen Augenblick zu und wandte sich dann an mich. »Man ist mit den Proben auf Bühne neun fertig und will jetzt die erste Szenenaufnahme machen. Man möchte wissen, ob Sie hinunterkommen wollen.«

Ich erhob mich. »Sagen Sie, ich befände mich bereits auf dem Wege.«

Bühne neun lag hinten am äußersten Rande des Geländes. Wir hatten das New-Orleans-Bühnenbild dort aufgebaut, weil wir glaubten, dort wäre es am ruhigsten. Ich lief die Backsteinpfade entlang und verfluchte die Entfernung. Plötzlich sah ich ein Botenrad an der Mauer eines Büro-Bungalows stehen. Einen Augenblick später radelte ich wie verrückt den Weg entlang. Ich hörte, wie der Bote laut hinter mir herrief.

Ich nahm die letzte Kurve und wäre vor dem Eingang zur Bühne neun um ein Haar mit einem Mann zusammengeprallt, der gerade die Tür öffnete. Er stand da und blickte mich entsetzt und überrascht an. »Mein Gott, Mr. Cord«, sagte er. »Das hätten Sie doch nicht nötig gehabt. Sie hätten doch nur anzurufen brauchen, und wir hätten einen Wagen geschickt.«

Ich lehnte das Fahrrad an die Mauer. »Ich hatte keine Zeit, Mr. Norman«, sagte ich. »Es hieß, daß gleich angefangen werden sollte. Es ist mein Geld und meine Zeit, die dort drin verplempert werden.«

Es war alles bereit für die erste Szene, diejenige, in der Max als junger Mensch die erste Unterredung mit der Madame des Etablissements hat. Damit fing der Film zwar nicht an, aber so wird gedreht. Zuerst kommen die Innen-,

dann erst die Außenaufnahmen. Wenn alles fertig ist, wird das Ganze zurechtgeschnitten.
Die Schauspielerin, die die Madame spielte, hieß Cynthia Randall, Normans größter weiblicher Star. Sie galt als das verführerischste Wesen, das der Film aufzuweisen hatte. Mich persönlich ließ sie völlig kalt. Weiber, die mir gefallen sollen, müssen Formen haben. Zwei Maskenbildner und eine Friseuse tänzelten um sie herum, als sie vor dem Ankleidetisch saß, der zum Bühnenbild gehörte.

Nevada stand in einer Ecke mit dem Rücken zu mir und unterhielt sich mit Rina. Als ich näher trat, wandte er sich um, und ein Frösteln befiel mich, als mir plötzlich bewußt wurde, daß er noch jünger aussah als bei unserem ersten Zusammentreffen während meiner Kindertage. Ich weiß nicht, wie er das bewerkstelligte; selbst seine Augen waren die eines jungen Mannes.
Er lächelte verhalten. »Nun, Junior. Los geht's.«
Ich nickte und konnte den Blick nicht von ihm abwenden. »Ja«, sagte ich. »Los geht's.«
Jemand schrie: »Alles auf die Plätze.«
»Damit dürfte ich gemeint sein«, sagte Nevada. Rinas Gesicht war dem Bühnenbild zugewendet. Etwas wie Verzückung spiegelte sich in ihren Augen. Ein Mann mit einem Kabel in der Hand zwängte sich vorbei. Ich wollte ihm Platz machen und rempelte dabei fast einen anderen an. Ich beschloß, aus dem Wege zu gehen, ehe ich Unheil anrichtete.
Schließlich blieb ich neben der Tonkabine stehen. Von dort konnte ich alles übersehen und alles hören. Jetzt begriff ich auch, warum Filme soviel Geld kosten. Wir drehten dieselbe Szene zum elften Mal, als ich den Mann in der Kabine bemerkte. Er beugte sich über die Kontrollvorrichtung, Kopfhörer über den Ohren, und drehte an der Skala. Sobald das einmal nicht der Fall war, bewegte er lautlos fluchend die Lippen und drehte dann wieder an dem Regler.
»Was nicht in Ordnung mit dem Gerät?« fragte ich.
Er schaute mich an. Sein Blick verriet mir, daß er nicht wußte, wer ich war.
»Mit dem Gerät ist alles in bester Ordnung«, sagte er.
»Irgend etwas scheint aber nicht zu stimmen.«
»Schau her, Kumpel«, sagte er. »Wir sind beide auf unsere Stellung angewiesen, oder nicht?«
Ich nickte.
»Wenn der Chef also sagt, man wäre dafür verantwortlich, daß jemand gut aussieht, so tut man, was er sagt – und stellt weiter keine Fragen. Hab' ich recht?«
»Völlig recht«, sagte ich.
»Nun, ich gebe mir die größte Mühe. Aber ich bin nicht der liebe Gott. Ich kann den Klang einer Stimme nicht ändern.«

Ich starrte ihn an, und etwas wie Bestürzung überkam mich. Ich hatte nur Rinas Wort dafür, daß Nevadas Stimme bei der Probe O. K. gewesen war.
»Meinen Sie Nevada Smith?«
Er schüttelte den Kopf. »Nee«, sagte er verächtlich. »Der ist O. K. Aber das Weib. Sie näselt derart, daß man glaubt, ihre Stimme käme aus den Augäpfeln.«
Der Toningenieur wandte sich wieder seinen Geräten zu. Ich streckte die Hand aus und nahm ihm die Kopfhörer ab. Wütend drehte er sich nach mir um. »Was soll denn das, verdammt noch mal!«
Aber inzwischen hatte ich sie mir bereits aufgestülpt, und er konnte nichts weiter machen. Nevada sprach. Seine Stimme war einwandfrei – und es war ein Genuß, ihn sprechen zu hören. Dann kam Cynthia Randall an die Reihe, und ich wußte nicht mehr, ob ich meinen Augen oder meinen Ohren trauen sollte.
Ihre Stimme hatte all die aufreizenden Eigenschaften einer Katze, die auf einem Zaun sitzt und klagt, aber ohne das Geschlechtliche, das bei einer Katze mitschwingt. Eine solche Stimme wie die der Randall konnte jeder Erotik ein Ende bereiten, selbst im vornehmsten Puff von New Orleans. Ich riß die Kopfhörer herunter und drückte sie dem staunenden Toningenieur in die Hände. Ich war im Begriff, auf die Bühne zu stürzen. Ein Mann wollte mich daran hindern. Ich stieß ihn einfach beiseite.
Eine Stimme schrie: »Abblenden«, und eine plötzliche Stille trat ein. Alles starrte mich verdutzt und erschreckt an.
Ich kochte innerlich. Ich wußte, daß mich jemand als Dummkopf hatte verkaufen wollen, und es behagte mir gar nicht. Ich glaube, das Mädchen spürte, daß sie die Ursache meines Zornes war. Sie schien auf ein Donnerwetter gefaßt, zwang sich jedoch zu einem Lächeln.
Bernie Norman eilte auf die Bühne. Als sie ihn sah, atmete sie erleichtert auf, und mir waren die Zusammenhänge klar. Als Bernie sich an mich wandte, ergriff sie seinen Arm. »Mr. Cord«, fragte er, »ist irgend etwas nicht in Ordnung?«
»Ja«, sagte ich ingrimmig. »Mit ihr stimmt etwas nicht. Runter von der Bühne mit ihr. Sie ist entlassen.«
»Das können Sie nicht, Mr. Cord. Sie steht unter Vertrag für diesen Film.«
»Mag schon sein«, gab ich zurück, »aber nicht mit mir. Es war nicht meine Feder, aus der sie den letzten Tropfen Tinte gequetscht hat.«
Bernie starrte mich an und wurde bleich. Er wußte, wovon ich sprach.
»Das ist völlig regelwidrig«, protestierte er. »Miß Randall ist ein bedeutender Star.«
»Von mir aus die Mutter Gottes«, unterbrach ich ihn. Ich warf einen Blick auf meine Armbanduhr, dann auf ihn. »Ich gebe Ihnen genau fünf Minuten, sie von der Bühne zu entfernen, oder ich stelle die Dreharbeiten an diesem

Film ein und hänge Ihnen den größten Prozeß an den Hals, den Sie je geführt haben.«

Ich setzte mich auf den Zeltstuhl, auf dem mein Name stand, und schaute mich in dem verlassenen Atelier um. Nur ein paar Leute lungerten herum und bewegten sich wie Gespenster auf einem Bankett. Ich warf einen Blick auf den Toningenieur, der noch immer die Kopfhörer aufhatte und sich über die Kontrollvorrichtung beugte. Erschöpft schloß ich die Augen. Es war nach zehn Uhr abends.
Ich vernahm näher kommende Schritte und machte die Augen auf. Es war Dan Pierce. Er hatte telefoniert und versucht, bei einer anderen Gesellschaft einen Star auszuleihen. »Nun?« fragte ich.
Er schüttelte den Kopf. »Nichts zu machen. MGM verweigert uns die Garbo. Man will dort selber einen Film mit ihr drehen.«
»Und Marion Davies?«
»Ich hab' gerade mit ihr gesprochen. Die Rolle gefällt ihr, aber sie traut sie sich nicht zu. Wir hätten vielleicht bei Cynthia Randall bleiben sollen. Dieses Herumsitzen kostet Sie dreißigtausend täglich.«
Ich brannte mir eine Zigarette an und starrte ihn an. »Lieber häng' ich das Ganze jetzt gleich an den Nagel, als daß ich mich mit dem Film lächerlich mache und blamiere und später alles einbüße.«
»Könnten wir eine Schauspielerin aus New York kommen lassen?«
»So viel Zeit haben wir nicht«, sagte ich. »Zehn Tage – dreihunderttausend.«
In diesem Augenblick trat Rina mit ein paar belegten Broten an uns heran. »Ich hab' mir gedacht, ihr müßtet Hunger haben«, sagte sie, »und ein paar Brote holen lassen.«
Ich nahm eines und biß herzhaft hinein. Sie wandte sich um und gab dem zweiten Mann eines. »Vielen Dank, Miß Marlowe.«
»Gern geschehen«, sagte sie und ging zu Nevada zurück, mit dem sie zusammengesessen hatte.
»Schade, daß Sie nicht jemand mit dem Klang ihrer Stimme finden können«, murmelte der Toningenieur mit vollem Munde. Ich schaute ihn an. »Wie meinen Sie das?«
»In ihrer Stimme liegt etwas, das einem an die Nieren geht«, sagte er. »Wenn ihre Stimme im Kino rauskäme, würde es das Publikum von den Sitzen reißen.«
Jetzt starrte ich ihn an. »Sie meinen Rina?«
Er nickte und schluckte. »Ja.« Ein verständnisvolles Grinsen huschte um seine Lippen. »Und wenn ich nicht völlig verrückt bin, müßte sie sich wie Zucker fotografieren lassen. Sie ist ganz Frau.«
Ich wandte mich an Dan. »Was halten Sie davon?«
»Durchaus möglich«, erklärte er zurückhaltend.

»Dann los«, sagte ich und erhob mich. »Dreißigtausend täglich ist eine Menge Geld.«
Rina faßte es als ungeheuren Witz auf, als ich sie bat, ein paar Textzeilen in das Mikrophon zu sprechen. Sie nahm mich noch immer nicht für voll, als ich den Drehstab zusammenrief, um Probeaufnahmen machen zu lassen. Ernst nahm sie mich erst, als wir gegen zwei Uhr morgens im Vorführraum saßen und uns eine Szene zwischen ihr und Nevada ansahen.
Noch nie hatte ich etwas wie sie auf der Leinwand erlebt. Was sie sonst auch ausstrahlen mochte – auf der Leinwand kam es doppelt zur Geltung. Sie machte einem einfach den Mund wäßrig.
Ich wandte mich an sie. »Geh jetzt nach Hause und leg dich hin. Pünktlich um sechs Uhr früh bist du in der Garderobe. Um neun fangen wir an zu drehen.«
Sie schüttelte den Kopf. »Schluß jetzt damit, Jonas. Wir haben den Spaß gerade weit genug getrieben.«
»Um neun stehst du aufnahmebereit auf der Bühne, verstanden?« sagte ich ingrimmig. »Du weißt wohl nicht mehr, daß du diejenige warst, die um Hilfe gerufen hat, nicht ich.«
Ich warf einen Blick auf Nevada. Er sah aus, als würde er aus dem Ganzen nicht klug. Und etwas an seiner Unschuldsmiene geriet mir in die falsche Kehle. »Und dir rate ich dafür zu sorgen, daß sie zur Stelle ist«, sagte ich wütend.
Ich drehte mich um und stürzte aus dem Vorführraum. Fassungslos starrte man mir nach.

7

Nur mit Mühe kriegte ich ein Auge auf und schaute auf meine Armbanduhr. Zwei Uhr! Ruckartig richtete ich mich auf. Vor Schmerz barst mir fast der Schädel. Ich stöhnte laut, und die Tür ging auf.
Es war Dan, bereits angekleidet; sahnefarbene weite Hosen und grelles Sporthemd. Er hielt mir ein Glas hin, dessen Inhalt wie Tomatensaft aussah. »Hier«, sagte er. »Runter damit, damit du wieder einen klaren Kopf bekommst.«
Ich setzte das Glas an die Lippen. Es schmeckte scheußlich, aber er hatte recht Einen Augenblick danach begann sich mein Kopf zu klären.
Dan und ich hatten uns bereits die Nacht vorher einen angetrunken. Ich war ihm über den Weg gelaufen, als er das Atelier verließ, und hatte ihn mit in die Stadt genommen. Doch unterwegs hatten wir angehalten, um etwas zu essen. Ich war ziemlich überdreht, und er meinte, ich müßte auf andere Gedanken kommen. In einem Lokal, das längst hätte geschlossen haben müssen, aber noch offen war, bestellten wir Steaks, tranken Bourbon und amüsierten

uns später mit einigen Mädchen, deren Telefonnummern in dem Büchlein standen, das Dan, wie jeder Agent, bei sich hatte. Sie hatten mich zwar auf andere Gedanken gebracht, aber jetzt fragte ich mich, ob ich je wieder zu mir kommen würde.

Sein japanischer Hausdiener hatte Rühreier und Würstchen fertig, als ich aus dem Badezimmer kam. Ich war total ausgehungert. Ich verzehrte sechs Eier und ungefähr ein Dutzend von den kleinen Knackern. Nachdem ich die vierte Tasse Kaffee getrunken hatte, lächelte Dan und fragte, ob ich mich jetzt wohler fühlte.

Ich grinste ihn an. »So gut wie noch nie.« Es stimmte sogar. Mir war außerordentlich wohl. Meine Eingeweide krampften sich nicht mehr zusammen, als ich an den bevorstehenden Tag dachte. »Hast du nicht gesagt, es wäre etwas Geschäftliches zu besprechen?«

Wir hatten uns schon in der Nacht vorher darüber unterhalten, ausführlicher als ich sonst mit einem Fremden zu sprechen pflegte. Aber Dan war anders. Er war ein Typ, dem ich vorher nicht begegnet war, und er faszinierte mich. Er war zäh, gerissen und wußte, was er wollte. Ich steckte bis über die Ohren in Schwierigkeiten und wußte es. Es würde zwar nicht lange dauern, aber in der Zwischenzeit konnte ich jemand wie Dan Pierce gut brauchen.

»Ich habe meine Agentur heute früh verkauft.«

»Weshalb?«

»Weil ich mich mit dir zusammentun will.«

»Ist das nicht ein bißchen voreilig?« fragte ich. »Ich mache nur diesen einen Film. Was willst du nachher anfangen?«

Dan lächelte. »Das sagst du so. Glaubst vielleicht sogar daran. Aber ich weiß es besser. Du hast ein natürliches Gefühl für die Dinge, um die es in diesem Geschäft geht. Und die damit verbundenen Schwierigkeiten reizen dich. Du hast gerade ein neues Glücksspiel entdeckt. Und bleibst bestimmt dabei.«

Ich schlürfte meinen Kaffee. Er war stark und schwarz, so wie ich ihn gern habe. »Und auf welche Weise glaubst du, mir behilflich sein zu können?«

»Weil ich in dieser Branche Bescheid weiß und all die Kniffe kenne, die du erst noch lernen mußt. Du bist ein vielbeschäftigter Mann, und Zeit ist das Wertvollste, was du besitzt. Ich würde für dich nicht halb soviel wert sein, wenn du dich nur auf den Film beschränktest. Aber das wirst du nie tun. Für dich ist Film nur ein anderes Würfelspiel.«

Ich starrte ihn an. »Nenn mir ein Beispiel.«

»Ich beispielsweise«, sagte er rasch, »hätte den Film nie angefangen, ohne mich vorher zu vergewissern, ob die Darsteller stimmlich dafür geeignet sind.«

»Soviel habe ich bereits dazugelernt. Ich möchte was Neues hören.«

Er griff nach dem Drehbuch hinter sich.

»Falls Rina auf der Leinwand tatsächlich so wirkt, wie nach der Probeaufnahme zu erwarten ist, können wir in dem Drehbuch ein paar Änderungen vornehmen und hunderttausend Dollar einsparen.«

»Wie?«

»Indem wir ihre Rolle vergrößern und den ganzen Film mehr auf die New-Orleans-Episode beschränken. Das erspart uns fünf Wochen Außenaufnahmen, und bis jetzt weiß noch niemand, wie gut diese Mikrophone im Freien funktionieren, wenn überhaupt.«

Ich nahm mir eine Zigarette. »Wenn wir das täten«, sagte ich langsam, »was würde dann aus Nevada? Seine Rolle müßte zwangsläufig einschrumpfen.«

Dan hielt meinem Blick stand. »Nevada ist mein Problem jetzt nicht mehr. Ich arbeite jetzt für dich und hoffe nur, daß deine Sentimentalität endlich aus dem Spiel bleibt, wenn es um den Film geht. Es ist ein Geschäft wie jedes andere. Die Hauptsache ist, Geld damit zu verdienen.«

Ich zog an der Kippe und schlürfte den Kaffee. Zum erstenmal seit Rinas Anruf fühlte ich mich wieder normal. Für eine Weile hatte sie mich richtig durcheinandergebracht. Ich hatte nicht mehr gewußt, was hinten ist und was vorn. Jetzt war mir wohler. »Was für eine Abmachung schwebt dir vor?«

»Kein Gehalt. Nur eine zehnprozentige Beteiligung und ein Spesenkonto.«

Ich lachte. »Ich dachte, du hättest deine Agentur verkauft?«

»Ich weiß nicht, wie ich anders zu meiner Entschädigung kommen könnte, ohne dich zusätzlich zu belasten.«

»Mach mir nichts vor«, sagte ich. »Du würdest doch nur vom Spesenkonto leben.«

»Sicher. Das würde ich auch tun, wenn ich Gehalt bezöge. Wie soll ich denn etwas für dich erreichen, wenn ich kein Geld ausgeben darf? In dieser Stadt ist Geld das einzige, wovor man Respekt hat.«

»Ich bin bereit, dich mit zehn Prozent am Profit zu beteiligen. Aber keine Aktien.«

Er schaute mich für eine Weile nachdenklich an. »Und wie steht's mit dem Spesenkonto?«

»Genehmigt.«

Er streckte mir die Hand hin. »Abgemacht.«

Es war nach drei Uhr, als wir Bühne neun betraten. Dort bereitete man gerade die nächste Aufnahme vor. Nevada stand am Rande der Kulissen; Rina war nirgends zu erblicken. Neben dem Toningenieur machte ich halt. »Wie klingt es?«

Er hob den Kopf und grinste. »Großartig«, sagte er und klopfte gegen die Kopfhörer.

Der Regisseur trat neben die Kamera, und Nevada begab sich auf seinen Platz. Ich drehte mich um und sah Rina von der Seite her hereinkommen. Ich starrte und traute meinen Augen nicht. Ihr langes weißblondes Haar war

aufgesteckt, und man hatte ihren Busen derart eingeschnürt, daß sie wie ein Knabe wirkte. Ihr Mund war wie ein winziger Amorbogen gemalt und ihre Augenbrauen dünn und unnatürlich nachgezogen.
Sie war keine Frau mehr – sie war eine Karikatur.
Dans Gesicht war undurchdringlich. Er schaute mich an, aber seine Augen verrieten nichts von seinen Gedanken. »Man hat sie nach allen Regeln der Kunst hergerichtet«, sagte er.
»Sie sieht aber nicht mehr wie eine Frau aus.«
»Publikumsgeschmack.«
»Mir ganz egal. Ich finde es scheußlich. Über Weiber, die so aussehen, stolpert man in dieser Stadt.«
Ein schwaches Lächeln erschien in Dans Augen. »Ändere es, wenn's dir nicht gefällt«, sagte er. »Du bist der Boß. Es ist dein Film.«
Ich starrte ihn einen Augenblick an. Am liebsten wäre ich auf die Bühne gestürzt und hätte alles kurz und klein geschlagen. Aber irgendein Instinkt hielt mich zurück. Noch ein solcher Auftritt meinerseits wie gestern, und das gesamte Ensemble würde vollkommen demoralisiert sein.
»Sag Carrol, daß ich ihn sprechen möchte«, sagte ich zu Dan.
Er nickte zustimmend. »So ist's richtig«, sagte er. »Du brauchst meinen Rat anscheinend noch weniger, als ich glaubte.« Er trat an den Regisseur heran.
Einen Augenblick später legte der Regisseur eine Zehn-Minuten-Pause ein. Er kam auf mich zu, und ich merkte, daß er nervös war.
»Wer hat diese Aufmachung und dieses Kostüm O. K. befunden?«
Der Regisseur schaute mich an und warf dann über seine Schulter hinweg einen Blick auf Rina.
»Ich bin sicher, daß sie von der Kostümierung gebilligt worden sind«, sagte er. »Nevada hat darauf bestanden, sie richtig herauszustaffieren.«
»Nevada?«
Er nickte. Ich warf Dan einen Blick zu. »Alle Beteiligten sind in zehn Minuten in meinem Büro«, sagte ich.
»Ich werde dafür sorgen, Jonas.«
Ich drehte mich um und verließ das Gebäude.

8

Ich sah mich im Büro um. Man schien sich doch überlegt zu haben, was man tat, als man es einrichtete. Es war gerade groß genug für uns alle.
Dan saß in einem Lehnstuhl links von meinem Schreibtisch, neben ihm Carrol, der neue Regisseur. Rina und Nevada saßen auf der Couch, und auf der anderen Seite des Zimmers saß der Kameramann. An der anderen Wand hatten der Maskenbildner und die Garderobiere Platz genommen, eine schlanke

Frau unbestimmten Alters mit einem jungen Gesicht und vorzeitig ergrautem Haar, die ein einfaches Kostüm anhatte. Schließlich saß mir zur Rechten noch meine Sekretärin mit dem unvermeidlichen gezückten Bleistift und dem Stenoblock.

Ich zündete mir eine Zigarette an. »Alle hier Anwesenden haben die Probeaufnahme gestern nacht gesehen«, sagte ich. »Sie war großartig. Wie kommt es, daß dieses Mädchen heute nachmittag nicht dabei war?«

Niemand antwortete. »Rina, steh doch bitte mal auf.« Schweigend erhob sie sich und schaute mich an. Ich ließ meine Blicke im Zimmer umherschweifen.

»Wie heißt diese Dame?«

Der Regisseur hüstelte und lachte nervös. »Aber Mr. Cord, das weiß doch jeder.«

»So? Wie denn?«

»Rina Marlowe.«

»Warum sieht sie dann nicht wie Rina Marlowe aus, sondern wie eine Vogelscheuche, zusammengestoppelt aus Clara Bow, Marion Davies und Cynthia Randall? Mit Rina Marlowe hat sie kaum noch Ähnlichkeit.«

»Ich fürchte, Sie verstehen nicht, Mr. Cord.«

Ich sah mich um. »Wie ist Ihr Name?«

Sie starrte mich herausfordernd an. »Ilene Gaillard«, sagte sie. »Ich mache die Kostümentwürfe.«

»Schön, Miß Gaillard. Vielleicht klären Sie mich auf.«

»Miß Marlowe muß in ihrer Kleidung der herrschenden Mode ein Stück voraus sein«, sagte sie ruhig. »Sehen Sie, Mr. Cord, obwohl wir dem historischen Zeitabschnitt, in welchem der Film spielt, gewisse Zugeständnisse machen, muß ihr Kostüm gleichzeitig das Modernste vom Modernen darstellen. Die meisten Frauen gehen überhaupt nur deswegen ins Kino. Filme bestimmen die Mode.«

Ich blinzelte sie an. »Mode oder nicht, Miß Gaillard, es ist Unsinn, daß ein Mädchen wie ein Knabe aussehen muß, um modern zu wirken. Kein Mann, der seinen Verstand beisammen hat, könnte sich für eine solche Figur erwärmen.«

»Mach Miß Gaillard bitte keine Vorwürfe, Jonas. Ich bin daran schuld.«

Ich wandte mich an Nevada. »Du?«

Früher oder später mußte es dazu kommen. Ich ließ meine Stimme eiskalt werden. »Es ist mein Geld, das hier verpulvert wird, und laut Abmachung bin ich der Boß. Kümmere dich also von jetzt an um deine Schauspielerei. Alles andere überlaß mir.«

Nevada preßte die Lippen aufeinander, und tief in seinen Augen konnte ich lesen, wie sehr er sich getroffen fühlte. Ich wandte mich ab, um es nicht mitansehen zu müssen. Rina beobachtete uns, tat jedoch gleichgültig.

»Rina.« Sie drehte sich nach mir um, und eine undurchdringliche Maske fiel

über ihr Gesicht. »Geh ins Badezimmer und wasch die Schminke ab. Richte dich so her wie immer.«
Rina ging schweigend hinaus, und ich trat wieder hinter meinen Schreibtisch und setzte mich. Niemand sagte ein Wort, bis sie zurückkam. Ihr Mund war jetzt wieder breit, ihre Lippen voll, und die Augenbrauen folgten der natürlichen Kurve ihrer Stirn. Ihr Haar fiel wie weißschimmerndes Gold bis über ihre Schultern. Aber noch immer stimmte etwas nicht. Unter ihrem Negligé wirkte ihr Körper noch immer steif.
»Geh noch einmal zurück und leg das Geschirr ab, das du trägst.«
Stumm tat sie, wie ich ihr geheißen. Und als sie wieder herauskam, bewegte sich alles an ihr. Niemand konnte daran zweifeln, daß er eine Frau vor sich hatte.
»So ist's schon besser«, sagte ich. »Wir drehen diese Szene jetzt noch einmal.«

9

Wir beendeten den Film in vier Wochen. Vierzehn Tage danach veranstalteten wir eine heimliche Voraufführung in einem Kino draußen im Tal.
Ich kam etwas zu spät, und unser Propagandachef ließ mich ein. »Es sind nur noch ein paar Plätze auf der linken Seite frei, Mr. Cord«, entschuldigte er sich.
Ich warf einen Blick ins Parkett. In der Mitte waren einige Reihen abgesperrt und für Studio-Gäste reserviert und bis auf den letzten Platz besetzt. Alle waren gekommen, Norman an der Spitze. Alle wollten sie meinen Reinfall miterleben.
Ich ging nach oben auf den Rang, und im selben Augenblick wurde es dunkel, und der Film begann. In der Dunkelheit tastete ich mich zu einem Sitz inmitten einer Gruppe von Jugendlichen und schaute auf die Leinwand. Mein Name erschien und nahm sich äußerst komisch aus dort oben.

Jonas Cord zeigt ...

Aber dieses Gefühl legte sich, als der Vorspann vorüber war und der Film begann. Nachdem zehn Minuten verstrichen waren, verspürte ich eine zunehmende Unruhe unter den Jugendlichen ringsumher. »Ach, Scheiße«, flüsterte einer von ihnen. »Ich hatte gedacht, das wäre mal was anderes, dabei ist es bloß wieder so ein elender Wildwester.«
Dann erschien Rina auf der Leinwand. Fünf Minuten später, als ich mich umsah, bemerkte ich, daß die Jugendlichen mit offenen Mündern dasaßen und verzückt auf die Leinwand starrten. Nur ihr Atmen war zu hören, sonst kein Laut.

Ich griff nach einer Zigarette und lächelte. Niemand brauchte mir zu sagen, daß der Film Kasse machen würde. Als ich zum Schluß ins Foyer hinunterkam, stand Nevada in einer Ecke, von Jugendlichen umringt, und gab Autogramme. Ich sah mich nach Rina um. Sie stand am anderen Ende des Foyers, eingekreist von Reportern. Bernie Norman stand neben ihr, gespreizt wie ein stolzer Vater.

Dan stand inmitten einer Gruppe von Männern. Als ich näher kam, hob er den Kopf. »Du hattest recht, Jonas«, rief er frohlockend. »Das Publikum ist hingerissen von ihr. Der Film spielt bestimmt zehn Millionen ein.«

Ich gab ihm einen Wink, und er folgte mir hinaus zu meinem Wagen. »Sobald das hier vorüber ist«, sagte ich, »bringst du Rina in mein Hotel.«

Er starrte mich an. »Nagt das immer noch an dir?«

»Halt mir keine Vorträge, sondern mach, was ich sage.«

»Und wenn sie sich weigert?«

»Sie kommt, verlaß dich drauf«, sagte ich ingrimmig. »Sag ihr nur, es sei Inkasso-Tag.«

Es war ein Uhr nachts, und ich hatte eine Flasche Bourbon zur Hälfte geleert, als es klopfte. Ich ging und öffnete.

Rina trat ins Zimmer, und ich schloß die Tür. Sie drehte sich nach mir um. »Nun?«

Ich deutete auf das Schlafzimmer. Sie schaute mich einen Augenblick an, zuckte dann die Achseln und schritt gleichgültig auf das Schlafzimmer zu.

»Ich habe Nevada gesagt, daß ich hier bin«, erklärte sie über ihre Schulter hinweg.

Ich packte sie und riß sie herum. »Wozu das? Bist du ganz und gar verrückt?«

Sie musterte mich kühl und abschätzend. »Nevada und ich wollen heiraten. Ich habe ihm gesagt, daß ich die erste sein wollte, die dir diese Mitteilung macht.«

Ich traute meinen Ohren nicht. »Nein!« schrie ich heiser. »Das kannst du nicht! Ich dulde es einfach nicht. Er ist ein alter Mann, total fertig. Du wirst der größte Star in der ganzen Filmindustrie sein, sobald dieser Streifen anläuft.«

»Ich weiß.«

»Warum dann, wenn du es weißt? Du brauchst ihn nicht. Du brauchst niemand.«

»Weil er mir geholfen hat, als ich ihn brauchte«, sagte sie ruhig. »Jetzt bin ich an der Reihe. Er braucht mich.«

»Braucht dich? Daß ich nicht lache! Weil er zu stolz war, für sich selber zu betteln!«

»Du weißt genau, daß das nicht wahr ist.«

»Einen Star aus dir zu machen, war meine Idee.«

»Ich hab' dich nicht darum gebeten«, sagte Rina wütend. »Ich hab' es nicht einmal gewollt. Glaub nur nicht, daß ich deine Absichten nicht durchschaut hätte! Du hast seine Rolle in seinem eigenen Film nur deshalb beschnitten, um mich in den Vordergrund zu bringen, als ein Monument deiner eigenen Eitelkeit.«

»Ich wüßte nicht, daß du irgend etwas unternommen hättest, mich daran zu hindern«, sagte ich. »Wir sind uns beide klar darüber, daß seine große Zeit vorbei ist. Jetzt ist eine neue Art von Cowboy dran. Der singende Cowboy. Statt herumzuknallen, spielen sie jetzt Gitarre.«

»Du weißt auch alles, wie?« Wutentbrannt schlug sie mir die Hand ins Gesicht. »Gerade deswegen braucht er mich mehr denn je.«

Ich geriet außer mir, packte sie an den Schultern und rüttelte sie heftig. »Und was ist mit mir? Was meinst du, warum ich mich auf das Ganze überhaupt erst eingelassen habe? Nevada zu Gefallen? Nein. Nur deinetwegen. Hast du dir je überlegt, daß ich dich vielleicht brauchte, als ich deinem Ruf Hals über Kopf hierher gefolgt bin?«

Wütend starrte sie mich an.

»Du wirst nie einen Menschen wirklich brauchen, Jonas, nur dich selber. Sonst hättest du deine Frau nicht allein gelassen. Wenn du nur ein bißchen Gefühl hättest, ein bißchen Mitleid, wärst du zu ihr gefahren oder hättest sie nachkommen lassen.«

»Laß meine Frau aus dem Spiel.«

Sie wandte sich heftig ab, um zurückzutreten, und dabei riß ihr Kleid vorn bis zur Taille hinunter entzwei. Ihre Brüste hoben und senkten sich, und ich spürte das Fieber in mir aufsteigen. »Rina!« Ich preßte meinen Mund auf ihre Lippen. »Rina, bitte.«

Ihr Mund bewegte sich einen Augenblick, als sie mich abzuschütteln versuchte, dann schmiegte sie sich eng an mich und schlang die Arme um meinen Hals. So standen wir, als die Tür hinter uns aufging. »Raus hier!« rief ich heiser, ohne mich umzudrehen.

»Diesmal nicht, Jonas.«

Ich schob Rina auf die Schlafzimmertür zu, wandte mich dann langsam um und sah mich meinem Schwiegervater und einem anderen Mann gegenüber. Auf der Schwelle hinter ihnen stand Monika. Ich starrte sie an. Sie hatte einen Bauch wie eine Tonne.

Ein hohles, triumphierendes Echo klang aus Amos Winthrops Stimme. »Als ich dich damals um zehntausend bat, um Monika wegzuschicken, war dir das zuviel«, sagte er und lächelte in sich hinein. »Was meinst du, was es dich jetzt kosten wird, sie loszuwerden?«

Als ich den Blick wieder auf Monika richtete, begann ich mich selber stillschweigend zu verfluchen. Kein Wunder daß Amos Winthrop lachen konnte. Ich hatte Monika vor unserer Hochzeit kaum einen Monat gekannt. Selbst

meinen unerfahrenen Augen war es klar, daß sie sich mindestens im fünften Monat befand. Das hieß, daß sie schon zwei Monate schwanger gewesen sein mußte, als sie mich heiratete.
Wieder verfluchte ich mich. Es gäbe keine größeren Narren als junge Narren, pflegte mein Vater zu sagen. Und wie gewöhnlich hatte er recht.

Viertes Buch

Die Geschichte der Rina Marlowe

1

Behutsam klappte Rina die Zeitschrift zu, bog die Ecke der Seite um, die sie zuletzt gelesen hatte, und ließ das Magazin auf das weiße Laken fallen, das über sie gebreitet war.

»Kann ich dir irgend etwas reichen, Kind?« Ilenes Stimme kam aus dem tiefen Sessel neben dem Bett.

Rina wandte den Kopf nach ihr. Ilenes Gesicht trug Spuren tiefer Besorgnis.

»Nein«, sagte Rina. »Wie spät ist es?«

Ilene schaute auf ihre Uhr. »Drei.«

»Oh«, sagte Rina. »Wann wollte der Arzt kommen?«

»Um vier«, erwiderte Ilene. »Kann ich dir wirklich nichts reichen?«

Rina schüttelte den Kopf. »Nein, danke, ich will nichts.« Wieder griff sie nach der Zeitschrift und blätterte darin, legte sie aber schon bald wieder aus der Hand. »Ich wünschte, man würde mich hier herauslassen, verdammt.«

Ilene hatte sich erhoben. Sie stand neben dem Bett und blickte auf Rina hinab. »Werde nicht ungeduldig«, sagte sie rasch. »Du wirst noch schnell genug herauskommen. Ich habe gehört, daß man es im Studio kaum noch erwarten kann, bis du entlassen wirst. Man will *Madame Pompadour* mit dir in der Hauptrolle drehen.«

Rina seufzte. »Doch nicht wieder diese alte Klamotte. Jedesmal, wenn sie nicht wissen, was sie als nächstes bringen sollen, kramen sie diesen Stoff hervor. Dann kündigen sie ihn groß an, und sobald sie die nötige Reklame bekommen haben, verschwindet er einfach wieder in der Schublade.«

»Diesmal nicht«, sagte Ilene ernsthaft. »Ich habe gestern in New York mit Bernie Norman gesprochen. Ein neuer Mann bearbeitet den Stoff, und Bernie meinte, das Drehbuch würde großartig. Es hätte jetzt soziale Bedeutung.«

Rina lächelte. »Soziale Bedeutung? Wer schreibt es denn – etwa Eugene O'Neill?«

Ilene starrte sie an. »Das hast du die ganze Zeit über gewußt?«

Rina schüttelte den Kopf. »Nein, keine Spur. Es war nur eine Vermutung. Steht Bernie wirklich mit O'Neill in Verbindung?«

Ilene nickte. »Du sollst einen Durchschlag bekommen, sobald O'Neill fertig ist.«

Rina war, ohne es zu wollen, tief beeindruckt. Vielleicht war es Bernie diesmal Ernst. O'Neill war ein Schriftsteller, kein gewöhnlicher Hollywood-Schmierer. Er konnte etwas aus der Geschichte machen. Dann fühlte sie sich

plötzlich wieder müde und matt. Soziale Bedeutung! Seit Roosevelts Amtsantritt war alles mit diesem Etikett versehen.
»Wie spät ist es?«
»Zehn nach drei«, erwiderte Ilene.
Rina lehnte sich in das Kissen zurück. »Warum gehst du nicht und trinkst eine Tasse Kaffee?«
Ilene lächelte. »Nicht nötig.«
»Du bist schon den ganzen Tag hier.«
»Ich bin gern hier.«
»Geh nur.« Rina schloß die Augen. »Ich werde noch ein Nickerchen machen, ehe der Arzt kommt.«
Ilene verharrte für einen Augenblick regungslos, bis sie die leichten, oberflächlichen Atemzüg der Ruhenden vernahm. Dann glättete sie die Decke und schaute Rina ins Gesicht. Die großen Augen waren geschlossen, die Wangen schmächtig und eingefallen. Unter der kalifornischen Sonnenbräune schimmerte eine bläuliche Blässe durch. Sie fuhr mit der Hand über Rinas weißblondes Haar, strich es ihr aus der Stirn, drückte einen flüchtigen Kuß auf den müden Mund und verließ das Zimmer.
Die Pflegerin im Vorraum hob den Kopf.
»Ich gehe eine Tasse Kaffee trinken«, sagte Ilene. »Sie schläft.«
Die Pflegerin lächelte, professionell und ermutigend. »Seien Sie unbesorgt, Miß Gaillard«, sagte sie. »Schlaf ist das beste für sie.«
Ilene nickte und trat auf den Gang. Sie spürte die Beklemmung in ihrer Brust, den Nebel, der seit Wochen vor ihren Augen lag. Sie trat aus dem Fahrstuhl und schritt auf die Kantine zu.
Sie war so tief in Gedanken, daß sie die Stimme des Arztes erst vernahm, als ihre Hand bereits auf der Klinke ruhte. »Miß Gaillard?« Für einen Augenblick fand sie keine Worte und vermochte nur stumm zu nicken. »Dürfte ich Sie einen Augenblick sprechen?«
»Gern.«
»Hat Miß Marlowe Angehörige hier draußen?«
»Nein«, erwiderte Ilene rasch. Dann ging ihr der tiefere Sinn der Bemerkung auf. Sie schaute ihn an. »Meinen Sie . . ?« Ihre Stimme wurde schleppend.
»Ich meine gar nichts«, sagte der Arzt. »In solchen Fällen wissen wir nur gern die Namen der nächsten Angehörigen – falls wirklich etwas passiert.«
»Rina hat meines Wissens keine Angehörigen.«
Der Arzt schaute sie forschend an. »Was ist mit ihrem Mann?«
»Mit wem?« Ilene schien nicht zu begreifen.
»Ist sie denn nicht mit Nevada Smith verheiratet?«
»Längst nicht mehr«, erwiderte Ilene. »Sie haben sich vor drei Jahren scheiden lassen. Danach hat sie den Regisseur Claude Dunbar geheiratet.«
»Hat diese Ehe auch mit einer Scheidung geendet?«

»Nein«, erwiderte Ilene kurz und preßte die Lippen aufeinander. »Er hat Selbstmord begangen, nachdem sie etwas über ein Jahr verheiratet waren.«
»Oh«, sagte der Arzt. »Sie müssen entschuldigen, aber ich bin seit einigen Jahren nicht mehr auf dem laufenden.«
»Haben die Blutproben bereits Resultate erbracht?«
Der Arzt nickte.
Sie versuchte ihre Erschütterung zu verbergen. »Ist es Leukämie?«
»Nein«, sagte er. Er sah, wie sie neue Hoffnung schöpfte, und fuhr rasch fort, um ihr die Enttäuschung zu ersparen. »Unsere Befürchtungen haben sich bewahrheitet. Es handelt sich um eine Gehirnentzündung. Mitunter nennt man es auch Schlafkrankheit.«
»Dann besteht also noch Hoffnung?«
»Kaum«, entgegnete der Arzt. »Und kein Mensch vermag zu sagen, was aus ihr wird, wenn sie es dennoch übersteht.«
»Meinen Sie, daß sie unter Umständen den Verstand verlieren kann?« Vor Entsetzen weiteten sich Ilenes Augen.
»Schwer zu sagen«, erklärte der Arzt. »Wir tun alles in unseren Kräften Stehende. Wir wissen so wenig über dieses Leiden. Wie es übertragen wird. In seiner verbreitetsten Form, in tropischen Gegenden, wird es durch Insektenstiche übertragen. Aber hier in den Vereinigten Staaten tritt es ohne ersichtliche Ursachen auf.«
»Wir sind gerade erst vor drei Monaten aus Afrika zurückgekommen«, sagte Ilene. »Wir haben dort einen Film gedreht.«
»Ich weiß«, sagte der Arzt. »Miß Marlowe hat es mir erzählt. Damals bin ich zum erstenmal stutzig geworden.«
»Aber niemand sonst ist krank geworden«, sagte Ilene. »Und wir alle waren drei Monate dort und haben unter denselben Bedingungen und am gleichen Ort gelebt.«
Der Arzt zuckte die Achseln. »Wie gesagt, wir sind uns über die Ursachen noch längst nicht klar.«
»Meinen Sie, daß wir ihr etwas sagen sollten?«
Seine Augen hinter der Brille waren ernst. »Was würde das für einen Zweck haben?« fragte er. »Lassen wir ihr ihre Träume.«

Rina vernahm Stimmengemurmel an der Tür. Sie war müde, abgespannt und erschöpft, und alles schien in einen verschwommenen Dunst gehüllt. Sie fragte sich, ob der Traum wohl wiederkommen würde. Undeutlich entsann sie sich seiner und vermochte ihn heraufzubeschwören.
Willig ließ sie sich von ihm gefangennehmen und versank immer tiefer darin. Unwillkürlich mußte sie lächeln und schmiegte ihr Gesicht an das Kissen. Jetzt war sie mitten in ihrem Traum. Dem Todestraum, der sie von Kindheit an begleitet hatte.

2

Es war kühl im Hof unter dem Schatten des gewaltigen alten Apfelbaumes. Rina saß im Gras und setzte die Puppen um ein schmales Brett, das als Tisch diente.

»Aber Susie«, sagte sie zu der dunkelhaarigen Puppe. »Iß doch bloß nicht so entsetzlich schnell!«

Die schwarzen Puppenaugen waren starr auf sie gerichtet.

»Oh, Susie!« sagte sie in gespielter Besorgnis. »Du hast dich ja über und über bekleckert! Jetzt muß ich dich schon wieder umziehen.«

Sie nahm die Puppe und zog sie rasch aus. Sie wusch die Sachen in einem imaginären Bottich und plättete sie dann. »Sei schön brav jetzt«, rief sie und tat, als wäre sie ärgerlich.

Sie wandte sich an die andere Puppe. »Schmeckt dir dein Frühstück, Mary?« Sie lächelte. »Iß alles schön auf, damit du groß und stark wirst.«

Hin und wieder warf sie einen Blick auf das große Haus. Sie war selig, daß man sie allein ließ. Das kam nicht oft vor. Gewöhnlich paßte einer von den Dienstboten auf und rief sie zurück. Dann zankte ihre Mutter sie manchmal aus und verbot ihr das Spielen im Hof. Sie hätte sich stets in der Nähe der Hintertür aufzuhalten.

Aber dort gefiel es ihr nicht. Es war heiß dort und staubig, ohne ein Grashälmchen. Außerdem waren die Stallungen mit ihrem Pferdegeruch nicht weit davon entfernt. Sie verstand nicht, warum ihre Mutter sich immer so hatte. Mr. und Mrs. Marlowe sagten nie etwas, wenn sie sie hier antrafen. Mr. Marlowe hatte sie sogar einmal hoch emporgehoben, und dabei hatte sein Schnurrbart sie gekitzelt, und sie hatte wider Willen laut auflachen müssen.

Doch als sie ins Haus gekommen war, war ihre Mutter wütend gewesen, hatte ihr den Hintern versohlt und sie den ganzen Nachmittag über in ihrem Zimmer eingesperrt. Eine schlimmere Strafe gab es nicht. Am liebsten hielt sie sich in der Küche auf, während ihre Mutter das Essen zubereitete. Dort roch es so gut. Alle sagten, ihre Mutter wäre die beste Köchin, die die Marlowes je gehabt hätten.

Sie vernahm Schritte und hob den Kopf. Ronald Marlowe warf sich neben sie auf den Boden. Sie setzte ihre Beschäftigung fort und fütterte Susie weiter. Dann erkundigte sie sich sachlich: »Möchtest du auch etwas zu essen haben, Laddie?«

Er schnaubte verächtlich und ließ sie die ganze Überlegenheit seiner acht Jahre fühlen. »Wo ist denn was zu essen? Ich sehe nichts.«

Sie wandte sich zu ihm. »Mach doch die Augen auf«, sagte sie. Sie drückte ihm einen Puppenteller in die Hand. »Iß. Es kann dir nur guttun.«

Widerwillig ging er auf das Spiel ein. Aber schon bald langweilte es ihn, und er stand auf.

»Ich habe Hunger«, erklärte er, »und gehe jetzt hinein und laß mir was Richtiges zu essen geben.«

»Du kriegst bestimmt nichts.«

»Warum nicht?«

»Weil meine Mammi noch krank ist und niemand etwas gekocht hat.«

»Ich werde schon irgend etwas auftreiben«, sagte er zuversichtlich.

Er entfernte sich, und sie wandte sich wieder ihren Puppen zu. Es dunkelte bereits, als Molly, das Hausmädchen, das die obere Etage unter sich hatte, kam und nach ihr Ausschau hielt. Ihr Gesicht war vom Weinen gerötet. »Komm, Kind«, sagte sie und nahm Rina auf den Arm. »Deine Mutter möchte dich noch einmal sehen.«

Peters, der Kutscher, war da und außer ihm noch Mary, die für die Zimmer im Erdgeschoß zuständig war, sowie Annie, die Küchenmagd. Sie umstanden das Bett ihrer Mutter und machten ihr Platz, als sie hereintrat. Da war auch noch ein schwarzgekleideter Mann mit einem Kreuz in der Hand.

Still blieb sie neben dem Bett stehen und schaute ihre Mutter mit ernster Miene an. Ihre Mutter sah sehr schön aus, ihr Gesicht war ganz weiß und ruhig. Rina trat näher an das Bett heran.

Ihre Mutter bewegte die Lippen, aber Rina verstand nicht, was sie sagte. Der schwarzgekleidete Mann hob sie auf. »Gib deiner Mutter einen Kuß, Kind«, sagte er.

Folgsam küßte Rina ihre Mutter auf die Wange, die ganz kühl war. Ihre Mutter lächelte und schloß die Augen, dann schlug sie sie plötzlich wieder auf und schaute blicklos nach oben. Rasch nahm der Mann Rina auf den anderen Arm. Er bückte sich und drückte ihrer Mutter die Augen zu.

Molly streckte die Arme aus, und der Mann übergab ihr Rina. Rina warf noch einen Blick auf ihre Mutter. Jetzt schlief sie. Sie sah genauso schön aus wie manchmal frühmorgens, wenn Rina aufgewacht war und sie über den Rand des Bettes betrachtet hatte.

Rina sah sich im Zimmer um. Die Mädchen weinten, und selbst Peters, der Kutscher, hatte Tränen in den Augen. Sie schaute Molly an. »Warum weinst du denn?« fragte sie. »Ist meine Mammi tot?«

Wieder füllten sich die Augen des Mädchens mit Tränen. Sie drückte Rina an sich.

»Still, Kind«, flüsterte sie. »Wir weinen, weil wir sie liebhaben.«

Mit Rina auf dem Arm ging sie auf die Tür zu. Als sie sich hinter ihnen geschlossen hatte, blickte Rina das Mädchen groß an. »Wird Mammi morgen rechtzeitig zum Frühstück auf sein?«

Molly schaute sie in plötzlichem Verständnis an. Dann sank sie im Flur oben an der Hintertreppe auf die Knie und wiegte das Kind hin und her. »Meine arme Kleine, meine arme kleine Waise«, rief sie weinend.

10/2615/16 Robbins, Die Unersättlichen

Rina blickte sie an, und nach einer Weile mußte auch sie plötzlich weinen. Aber sie wußte nicht warum.

Peters kam in die Küche, während die Dienstboten beim Abendessen saßen.

Es klopfte. Molly öffnete rasch die Tür. »Ach, Sie sind's, gnädige Frau«, rief sie im Flüsterton.

»Ich wollte nur mal sehen, ob das Kind wohlauf ist«, sagte Geraldine Marlowe.

Das Mädchen trat zurück. »Treten Sie doch bitte ein, gnädige Frau.«

Mrs. Marlowe warf einen Blick auf das Bett. Rina schlief fest und lag zwischen ihren beiden Puppen, Susie und Mary. Ihr weißblondes Haar hing in Ringellöckchen um ihren Kopf. »Wie geht es ihr?«

»Gut, gnädige Frau.« Das Mädchen nickte eifrig. »Das arme Wurm war so erschöpft, daß sie auf der Stelle eingeschlafen ist. Zum Glück versteht sie noch nicht, was vorgegangen ist. Dafür ist sie noch zu jung.«

Geraldine Marlowe entsann sich des Tages, da sie Rinas Mutter in ihren Dienst genommen hatte. Ihre Zeugnisse waren sehr gut, obwohl sie mehrere Jahre keine Stellung innegehabt hatte. »Ich habe ein Kind, gnädige Frau«, hatte sie in ihrem eigenartig korrekten Schulbuch-Englisch erklärt, »ein zweijähriges Mädchen.«

»Und was ist mit Ihrem Mann, Mrs. Osterlaag?«

»Er ist mit seinem Schiff untergegangen. Das Kind hat er nie gesehen.« Sie hatte für einen Augenblick auf den Fußboden gestarrt. »Wir haben das Kind erst im vorgeschrittenen Alter gehabt, gnädige Frau. Wir Finnen heiraten selten jung; wir warten, bis wir einen wirtschaftlichen Rückhalt haben. Ich habe, solange es ging, von meinen Ersparnissen gelebt. Aber jetzt muß ich wieder arbeiten gehen.«

Mrs. Marlowe hatte gezögert. Ein zweijähriges Kind konnte sehr leicht zur Plage werden.

»Rina würde kein Problem sein, gnädige Frau. Sie ist ein gutes Kind und sehr still. Sie kann mit mir im Zimmer schlafen, und Sie können mir das Kostgeld für sie vom Lohn abziehen.«

Mrs. Marlowe hatte sich stets ein Töchterchen gewünscht, aber nach Laddies Geburt hatte der Arzt ihr erklärt, daß sie keine Kinder mehr haben würde. Für Laddie würde es gut sein, wenn er eine Spielgefährtin bekäme. Er war schon viel zu verzogen und verwöhnt.

Sie hatte plötzlich gelächelt. »Von Ihrem Lohn wird Ihnen natürlich nichts abgezogen. Was nimmt denn so ein Kindchen schon zu sich.«

Das war vor fast drei Jahren gewesen. Und Rinas Mutter hatte recht behalten. Rina war überhaupt kein Problem gewesen.

»Was soll denn nun aus dem Kind werden, gnädige Frau?« flüsterte Molly.

Mrs. Marlowe wandte sich ihr zu. »Ich weiß nicht«, sagte sie und erwog den

Gedanken zum erstenmal. »Morgen wird sich Mr. Marlowe in der Stadt nach ihren Verwandten erkundigen.«

Das Dienstmädchen schüttelte den Kopf. »Damit wird er kaum irgendwelchen Erfolg haben«, erklärte sie mit Bestimmtheit. »Ich habe Rinas Mutter oft sagen hören, daß sie keinen Anhang hätte.« Ihre Augen füllten sich mit Tränen. »Ach, das arme, arme Würmchen. Jetzt kommt es bestimmt in ein Heim.«

Mrs. Marlowe spürte einen Klumpen im Hals. Sie ließ ihre Blicke über das friedlich schlafende Kind schweifen. Auch sie war den Tränen nahe.

»Hör auf zu weinen, Molly«, sagte sie scharf. »Ich bin überzeugt, daß sie nicht in ein Heim muß. Mr. Marlowe wird ihre Familie schon ausfindig machen.«

»Und wenn es ihm nicht gelingt?«

»Dann wird sich schon ein Weg finden«, sagte sie. Sie durchquerte das Zimmer und trat rasch auf den schmalen Flur hinaus.

3

Von der Schwelle aus konnte Harrison Marlowe seine Frau über ihre Stickerei gebeugt sitzen sehen. Lautlos durchquerte er das Zimmer, trat von hinten an sie heran und küßte sie auf die Wange.

»Hast du etwas über Berthas Familie in Erfahrung bringen können?« fragte sie.

Harrison Marlowe schüttelte den Kopf. »Nicht das geringste. Vielleicht existieren in Europa noch irgendwelche Angehörige, aber wir wissen nicht einmal, aus welchem Ort sie stammt.«

»Wie schrecklich. Was soll denn nun aus dem Kind werden?«

Harrison zuckte die Achseln. »Keine Ahnung. Ich werde wohl die Behörden benachrichtigen müssen. Sie wird wahrscheinlich ins Waisenhaus kommen.«

»Das können wir nicht zulassen.« Unwillkürlich stürzten die Worte von Geraldines Lippen.

Harrison starrte sie überrascht an. »Warum nicht?« fragte er. »Ich wüßte nicht, was wir sonst machen könnten.«

»Warum können wir sie nicht einfach bei uns behalten?«

»Das geht nicht so ohne weiteres«, sagte er. »Dazu müßten bestimmte juristische Formalitäten erfüllt werden. Ein Waisenkind ist kein Fundgegenstand, den man einfach behält.«

»Dann wende dich doch an die zuständigen Stellen«, sagte Geraldine. »Ich bin überzeugt, daß man sie lieber uns überlassen würde, als daß sie der Öffentlichkeit zur Last fällt.«

»Ich weiß nicht«, sagte Harrison. »Unter Umständen würde man von uns

10*

verlangen, daß wir sie adoptieren, um sicherzugehen, daß sie nicht eines Tages der Fürsorge zur Last fällt.«
»Das ist ja ein ganz großartiger Gedanke, Harry!« Geraldine lächelte, erhob sich und trat an ihn heran. »Zu dumm, daß ich nicht selber darauf gekommen bin.«
»Worauf?«
»Rina zu adoptieren«, sagte Geraldine. »Ich bin so stolz auf dich. Du weißt immer einen Rat.«
Er starrte sie sprachlos an.
Sie legte die Arme um seinen Hals. »Du hast dir doch immer ein Töchterchen gewünscht, weißt du nicht mehr? Und Laddie würde sich freuen, ein Schwesterchen zu bekommen.«

4

Geraldine Marlowe saß unter dem riesigen, im Sand aufgepflanzten Sonnensegel und bewegte ihren Fächer langsam hin und her.
»Ich kann mich kaum entsinnen, je einen so heißen Sommer erlebt zu haben«, sagte sie atemlos. »Es müssen über dreißig Grad im Schatten sein.«
Ihr Mann murmelte etwas aus dem Stuhl neben ihrem, den Kopf hinter der Bostoner Zeitung verborgen, die auf dem Kap mit einem Tag Verspätung eintraf.
Plötzlich tauchte Rina vor ihrer Mutter auf. »Seit dem Lunch ist schon eine Stunde vergangen, Mutter«, sagte sie. »Kann ich jetzt ins Wasser gehen?«
»Darf ich«, verbesserte Geraldine automatisch. Sie betrachtete Rina. Sie war herangewachsen in diesem Sommer. Kaum zu glauben, daß sie erst dreizehn war.
Sie war groß für ihr Alter, fast einssechzig, nur einige Zentimeter kleiner als Laddie, der drei Jahre älter war. Ihr Haar war von der Sonne völlig ausgebleicht, ihre Haut braungebrannt, so dunkel, daß ihre mandelförmigen Augen hell im Vergleich dazu wirkten. Ihre Beine waren lang und anmutig, ihre Hüften begannen sich gerade zu runden, und ihre Brust zeichnete sich voll und kräftig unter ihrem Badeanzug ab wie bei einer Sechzehnjährigen.
»Darf ich, Mutter?« fragte Rina.
»Du darfst.« Geraldine nickte. »Aber sei vorsichtig, Kind, schwimm nicht so weit hinaus und streng dich nicht so sehr an.«
Doch Rina war bereits verschwunden. Unwillkürlich mußte Geraldine Marlowe lächeln. Das sah ihr ähnlich; Rina war anders als alle Mädchen, die Geraldine kannte. Rina spielte nicht wie ein Mädchen. Sie konnte schwimmen und schneller laufen als die Jungen, mit denen Laddie spielte, und sie wußte das genau. Sie tat nicht, als fürchte sie sich vor dem Wasser, und scheute auch

die Sonne nicht. Es war ihr völlig gleichgültig, wenn ihre Haut nicht weich und weiß war.

Harrison Marlowe schaute von seiner Zeitung auf. »Ich muß morgen in die Stadt. Geschäftlich.«

»Gut.« Von fern her erklang das Gekreisch von Kindern. »Wir werden wegen Rina etwas unternehmen müssen«, sagte sie nachdenklich.

»Rina?« fragte er. »Was ist mit Rina?«

Sie wandte sich ihm zu. »Ist es dir nicht auch aufgefallen? Unser Töchterchen wächst heran.«

Er räusperte sich. »Hm, ja. Aber sie ist immer noch ein Kind.«

Geraldine Marlowe lächelte. Es stimmte schon, was von Vätern immer behauptet wurde. Sie sprechen mehr von ihren Söhnen, aber insgeheim schwärmen sie für ihre Töchter. »Im vergangenen Jahr ist sie eine Frau geworden.«

Er lief rot an und starrte auf seine Zeitung. Irgendwie hatte er es geahnt, aber dies war das erste Mal, daß sie offen darüber gesprochen hatten. Er blickte aufs Wasser hinaus und versuchte Rina in dem Gewimmel von planschenden und lärmenden Kindern auszumachen. »Meinst du nicht auch, daß wir sie zurückrufen sollten? Es ist gefährlich für sie so weit draußen im tiefen Wasser.«

Geraldine lächelte ihn an. Armer Harrison. Sie konnte in ihm lesen wie in einem Buch. Es war nicht das Wasser, das er fürchtete; es waren die Jungens. Sie schüttelte den Kopf. »Nein, sie ist völlig sicher dort draußen. Sie schwimmt wie ein Fisch.«

Verlegen lächelnd schaute er sie an. »Meinst du nicht auch, daß du einmal mit ihr sprechen und sie über einige Dinge aufklären solltest, so wie ich es mit Laddie vor zwei Jahren gemacht habe?«

Geraldines Lächeln bekam etwas Schalkhaftes. Es bereitete ihr inniges Vergnügen zu sehen, wie ihr sonst so selbstsicherer Mann sich abzappelte. »Sei nicht kindisch, Harry.« Sie lachte. »Ihr brauche ich jetzt nichts mehr zu erklären. Wenn so etwas eintritt, ist es nur natürlich, daß man das Nötigste sagt.«

Er atmete erleichtert auf.

Sie wurde erneut nachdenklich. »Ich glaube, Rina gehört zu den Glückskindern, die über ihre Pubertät ohne die üblichen peinlichen Begleiterscheinungen hinwegkommen. Sie ist nicht im geringsten schlaksig, und ihre Haut ist rein wie eine Glocke. Kein Ausschlag, nicht ein einziger Pickel. Gar nicht wie bei Laddie.«

Sie richtete den Blick wieder aufs Wasser. »Trotzdem müssen wir wegen Rina etwas unternehmen. Ich glaube, ich werde ihr ein paar Büstenhalter besorgen.«

Marlowe sagte nichts.

Sie wandte sich ihm wieder zu. »Ich glaube gar, ihre Büste ist bereits so

groß wie meine. Hoffentlich wird sie nicht zu groß. Aus ihr wird einmal ein sehr hübsches Mädchen.«
Er lächelte verhalten. »Warum auch nicht?«
Sie griff nach seiner Hand und erwiderte sein Lächeln. Sie wußten beide, was er meinte. Es kam ihnen nie in den Sinn, Rina anders als ihr eigenes Kind zu betrachten.
»Würde es dir etwas ausmachen, wenn ich heute abend mit dir in die Stadt führe?« sagte sie leise. »Es wäre nett, eine Nacht in einem Hotel zu verbringen.«
Er drückte ihre Hand. »Ich fände es ganz großartig.«
»Molly könnte sich um die Kinder kümmern«, sagte sie. »Und ich hätte Zeit, morgen vor der Rückkehr ein bißchen was einzukaufen.«
Er schaute sie an und schnitt eine Grimasse. »Völlig deiner Meinung«, sagte er. »Das Häuschen hier ist ziemlich eng. Ich werde im Hotel anrufen und veranlassen, daß man einen Mixer voll Martinis für uns bereithält.«
Sie ließ seine Hand los. »Du Wüstling!« rief sie lachend.

Rina schwamm mit mühelosen zielbewußten Stößen, den Blick auf das verankerte Floß draußen hinter der rollenden Brandung gerichtet. Laddie und sein Freund Tommy Randall waren wahrscheinlich dort. Fast zu ihren Füßen kam sie aus dem Wasser heraus. Die Jungen lagen ausgestreckt auf dem Rücken, die Gesichter der Sonne zugewendet, und richteten sich auf, als Rina die Leiter emporkletterte.
Auf Laddies Gesicht spiegelte sich etwas wie Verdruß über ihr Eindringen in ihr Heiligtum. »Warum bleibst du nicht dort hinten bei den Mädchen?«
»Ich habe genausoviel Recht, hier draußen zu sein, wie ihr«, entgegnete sie, ruckweise atmend, und rückte die Schulterträger ihres viel zu kleinen Badeanzuges zurecht.
»Was meckerst du denn?« sagte Tommy. »Laß sie doch bleiben.«
Rina warf ihm einen Seitenblick zu und sah, daß er wie gebannt auf ihre teils entblößten Brüste starrte. Und genau in dieser Sekunde ging die Umwandlung in eine Frau mit ihr vor.
Jetzt starrte auch Laddie sie mit seltsamen Blicken an, und in seinen Augen lag etwas, was sie vorher noch nie darin bemerkt hatte. Instinktiv ließ sie die Arme herabhängen. Wenn es keiner größeren Anstrengung bedurfte, die Jungen dazu zu veranlassen, sich mit ihrem Bleiben abzufinden, sollten sie nur ruhig hinschauen. Sie setzte sich ihnen gegenüber und spürte ihre Blicke noch immer auf sich.
Ein dumpfer Schmerz pochte in ihren Brüsten, und sie ließ ihre Blicke an sich herabgleiten. Ihre Brustwarzen zeichneten sich deutlich unter dem Trikot ihres Badeanzuges ab. Sie hob den Kopf und sah, daß die Jungen sie jetzt ganz unverhohlen anstarrten.

»Was gafft ihr mich denn so an?«
Die beiden Jungen wechselten einen Blick und schauten plötzlich weg, Tommy auf das Wasser hinaus und Laddie auf das Floß.
»Krieg ich keine Antwort?« wandte sie sich an Laddie.
Laddie errötete tief.
»Ich hab's gesehen. Ihr habt beide auf meine Brust gestarrt«, sagte sie vorwurfsvoll.
Wieder warfen sich die beiden Jungen Blicke zu. Laddie erhob sich. »Komm, Tommy«, sagte er. »Hier draußen sind jetzt zu viele Leute.«
Er sprang vom Floß, sein Freund Tommy folgte ihm einen Augenblick später. Rina beobachtete sie eine Weile und sah sie dem Ufer zuschwimmen. Dann streckte sie sich auf dem Floß aus und starrte in den hellen Himmel. Was waren Jungen doch für seltsame Wesen!

5

Nach der Hitze und dem Lärm beim Baseballspiel wirkte das Haus kühl und ruhig. Langsam lief Laddie durch die Küche. »Molly!« rief er.
Es erfolgte jedoch keine Antwort, und er entsann sich, daß es Donnerstag war, Mollys freier Tag. Er vernahm ein Geräusch oben und trat an den Treppenaufgang. »Mutter?«
Rinas Stimme antwortete ihm. »Sie sind nach Hyannis Port gefahren. Sie sind dort zum Essen eingeladen.«
»Oh«, sagte er. Er kehrte in die Küche zurück und öffnete den Kühlschrank. Er nahm eine Flasche Milch und ein Stück Schokoladenkuchen heraus und stellte beides auf den Tisch. Er trank die Milch aus der Flasche und aß den Kuchen aus der Hand. Erst als er fertig war, fiel ihm ein, daß er sich vorgenommen hatte, keine Süßigkeiten mehr anzurühren, in der Hoffnung, daß seine Pickel verschwinden würden.
Teilnahmslos saß er für eine Weile da. Er hörte, wie die Badezimmertür oben zugeworfen wurde und vernahm Schritte, die in Rinas Zimmer führten. Müßig überlegte er, weshalb sie um diese Nachmittagsstunde zu Hause sein mochte. Gewöhnlich war sie um diese Zeit mit ihren kichernden, albernen Freundinnen zusammen.
Plötzlich sah er sie in aller Deutlichkeit vor sich, wie sie auf dem Floß gesessen und ihren Blicken standgehalten hatte, während ihr nasses Haar bis auf ihre Schultern herabgefallen war.
Er nahm den leeren Teller und stellte ihn in den Ausguß, dann verließ er die Küche und ging die Treppe hinauf. Er wollte nur noch rasch duschen und dann hinunter an den Strand gehen.
Die Treppe mündete direkt vor Rinas Zimmer, und die Tür stand teilweise

offen. Er war schon fast oben, als ein heller Schein aus ihrem Zimmer fiel und ihn stutzig machte. Drinnen bewegte sich etwas, und er blieb klopfenden Herzens stehen. Langsam ließ er sich auf die Knie nieder, so daß er gerade über den Treppenabsatz hinweglugen konnte.

Rina hatte das Zimmer eben durchquert und stand vor dem Spiegel, mit dem Rücken zur Tür, und hatte nur einen Büstenhalter und Schlüpfer an. Während er zusah, griff sie hinter sich und hakte den Büstenhalter auf, vollführte dann eine Halbwendung und zog die Schlüpfer aus. Sie behielt sie in der Hand, durchquerte das Zimmer und kam einen Augenblick später mit einem Badeanzug zurück. Wieder blieb sie vor dem Spiegel stehen und trat in den Anzug. Langsam zog sie ihn über ihre Brust hoch und befestigte die Schulterträger.

Der Schweiß stand ihm auf der Stirn. Es war das erste Mal, daß er ein erwachsenes Mädchen völlig nackt gesehen hatte. Nie hätte er geglaubt, daß sie so schön seien und so erregend wirken können. Lautlos schlich er an ihrem Zimmer vorüber und betrat sein eigenes. Er schloß die Tür und ließ sich, an allen Gliedern zitternd, aufs Bett sinken. Eine ganze Weile saß er da und tat sein Äußerstes, um sich zu bezähmen.

Er hielt stumme Zwiesprache mit sich selber. Nein. Er durfte dem Verlangen auf keinen Fall nachgeben. Wenn er sich jetzt nicht beherrschte, würde er sich niemals beherrschen können.

Endlich fühlte er sich wieder wohler. Er fuhr sich über die Stirn und erhob sich.

Man mußte eben nur ein bißchen Willenskraft aufbringen, dann ging es schon. Er war stolz auf sich. Jetzt mußte er sich nur vor allem hüten, was ihn wieder in Versuchung führen könnte. Auch vor den französischen Abbildungen, die er in Lobstertown gekauft hatte.

Rasch zog er einen Kommodenschub auf, griff unter eine abgebrochene Leiste und holte die Bilder heraus. Er legte sie umgekehrt auf die Kommode. Keinen einzigen Blick mehr würde er darauf werfen. Er würde sie die Toilette hinunterspülen, wenn er ins Badezimmer ging, um zu duschen.

In aller Hast zog er sich aus und fuhr in seinen Bademantel. Er trat noch einmal an die Kommode und besah sich flüchtig im Spiegel. Auf seinem Gesicht lag der Abglanz eines edlen Entschlusses. Es war erstaunlich, wie schnell sich seine Entschlossenheit darin widerspiegelte. Er drehte sich um, verließ das Zimmer und dachte nicht mehr an die Bilder auf der Kommode.

Er trocknete sich vor dem Spiegel ab, als er auf dem Flur ihre Schritte vernahm, die sich seinem Zimmer näherten. Plötzlich fielen ihm die Bilder wieder ein. Er griff nach dem Bademantel an der Tür hinter sich.

Es war zu spät. Als er in sein Zimmer kam, stand sie neben der Kommode und hatte die Bilder in der Hand. Überrascht blickte sie ihn an. »Laddie, wo hast du denn diese Bilder her?« fragte sie neugierig und von einer eigenartigen Erregung gepackt.

»Gib sie her, aber sofort!« herrschte er sie an.
»Kommt nicht in Frage«, erwiderte sie und wandte ihm den Rücken zu
»Ich hab' sie mir noch nicht alle angesehen.«
Behende entzog sie sich seiner ausgestreckten Hand und trat auf die andere Seite des Bettes »Sobald ich sie mir angesehen habe, kriegst du sie wieder«. sagte sie ruhig.
»Nein!« schrie er heiser und warf sich über das Bett, um ihr die Bilder zu entreißen. Sie wich ihm aus, aber seine Hand erwischte sie an der Schulter. Die Bilder entfielen ihr, und sie stürzte neben ihn auf das Bett. Sie griff nach den Bildern. Um sie daran zu hindern, packte er sie am Träger ihres Badetrikots. Der Träger riß entzwei. Fassungslos starrte er auf die eine weiße Brust, die aus dem Badeanzug hervorquoll.
»Du hast meinen Träger zerrissen«, sagte sie ruhig und traf keinerlei Anstalten, sich zu bedecken, die Augen unverwandt auf ihn gerichtet.
Er gab keine Antwort.
Sie lächelte verhalten und fuhr sich mit der Handfläche sanft über die Brustwarze. »Bin ich nicht genauso hübsch wie die Mädchen auf diesen Bildern?«
Er war fasziniert, unfähig, ein Wort hervorzubringen, und folgte gebannt der Bewegung ihrer Hand. »Sag, bin ich nicht ebenso hübsch?« wiederholte sie. »Du kannst es mir ruhig verraten. Ich sag's bestimmt nicht weiter. Oder meinst du, ich hätte dich sonst zugucken lassen, wie ich mich ausgezogen habe?«
»Du wußtest, daß ich zuschaute?« fragte er überrascht.
Sie lachte. »Natürlich, Dummkopf. Ich konnte dich im Spiegel sehen. Fast wäre ich herausgeplatzt vor Lachen. Die Augen quollen dir förmlich aus dem Kopfe.«
Wieder stieg das unterdrückte Verlangen in ihm auf. »Ich finde das gar nicht zum Lachen.«
»Schau mich an«, sagte sie. »Ich hab' es gern, wenn du mich anschaust. Alle müßten mich anschauen können.«
»Das ist nicht recht von dir«, sagte er.
»Warum denn nicht?« forschte sie. »Was ist denn weiter dabei? Ich schaue dich gern an, warum solltest du mich nicht anschauen?«
»Aber du hast mir doch noch nie zugeschaut«, sagte er rasch.
Ein geheimnisvolles Lächeln umspielte ihre Lippen. »O doch.«
»Tatsächlich? Wann?«
»Als du neulich vom Strand kamst, nachmittags. Es war niemand im Haus, und ich hab' dich durchs Badezimmerfenster beobachtet und alles gesehen, was du gemacht hast.«
»Alles?« Das Wort entfuhr ihm und ging in ein Aufstöhnen der Bestürzung über.

»Alles«, erklärte sie selbstgefällig.
Seine Kehle war wie zugeschnürt, und er konnte kaum die Zunge bewegen. Er traf Anstalten, sich vom Bett zu erheben. »Mach lieber, daß du hier rauskommst«, sagte er heiser.
Sie hob den Kopf, noch immer lächelnd. »Möchtest du mich gern noch einmal ansehen?«
Er gab keine Antwort.
Sie hob die Hand und streifte sich den anderen Schulterträger ab. Sie schlängelte sich aus dem Badetrikot. Er starrte auf ihren nackten Körper, und die Beine fingen ihm an zu zittern. Er sah, wie ihre Blicke über ihn hinglitten. Sein Bademantel stand offen. Wieder schaute sie ihn an.
»Zieh deinen Bademantel aus und laß mich alles an dir sehen«, sagte sie.
Halb benommen ließ er den Bademantel zu Boden fallen. Aufstöhnend sank er neben dem Bett auf die Knie. »Mach, was du willst«, sagte sie mit rauher Stimme. »Aber rühr mich nicht an!«

Für Laddie war es ein qualvoller Sommer voll wilder Begierden und tiefer Gewissensbisse. Er konnte nicht schlafen und nicht essen; morgens hatte er Angst, sie anzusehen, und wenn er sie dann erblickte, war es ihm unerträglich, sie wieder aus dem Auge zu verlieren. Er empfand heftige Eifersucht, wenn er bemerkte, daß sie andere Jungen anlächelte oder mit ihnen sprach. Im Geiste sah er sie mit anderen Jungen dasselbe treiben, was sie beide zusammen getrieben hatten. Nur wenn sie zusammen waren, überkam ihn eine von Angst beeinträchtigte Zufriedenheit.
Und die ganze Zeit über lauerte tief in seinem Inneren die Furcht – die Furcht davor, daß man sie ertappen könnte, die Furcht vor dem Abscheu und dem Entsetzen, das sich auf den Gesichtern seiner Eltern spiegeln würde, wenn sie dahinterkämen.
Doch wenn sie ihn anschaute, ihn anlächelte, ihn berührte, wurde all das bedeutungslos, und er tat alles, um ihre Gunst zu erringen. Er erniedrigte sich, kroch vor ihr und peinigte sich. Und dann war die Furcht wieder da. Weil es kein Entrinnen vor der Tatsache gab, daß sie seine Schwester war. Es war unrecht.
Erleichtert atmete er auf, als dieser verrückte Sommer endlich zu Ende ging. Damit wäre es vorbei, glaubte er. Fern von ihr würde er wieder zu sich kommen und imstande sein, die Begierden zu unterdrücken, die ihre Gegenwart in ihm entfesselte. Wenn sie nächstes Jahr wieder an die See fahren würden, würde alles anders sein. Er würde ein anderer sein, sie würde eine andere sein.
Nichts mehr davon, würde er zu ihr sagen. Schluß damit. Es ist unrecht.
Das bildete er sich jedenfalls ein, als er gegen Ende dieses Sommers auf die Schule zurückkehrte.

»Ich bin schwanger«, sagte sie. »Ich kriege ein Kind.«
Eine dumpfe Benommenheit überkam Laddie. Irgendwie hatte er geahnt, daß es so enden würde. Seit jenem ersten Sommer vor zwei Jahren. Er hob den Kopf und kniff die Augen vor der Sonne zu. »Wie willst du das wissen?«
Sie sprach völlig ruhig, als unterhielten sie sich über das Wetter. »Ich bin überfällig«, sagte sie einfach. »Das ist mir noch nie passiert.«
Er starrte auf seine Hände. Braungebrannt hoben sie sich von dem weißen Sand ab. »Und was wirst du tun?«
»Ich weiß nicht«, entgegnete sie. Ihr weißblondes Haar glänzte in der Sonne, als sie sich abwandte und aufs Meer hinausschaute. »Wenn morgen nichts geschieht, werde ich es Mutter wohl sagen müssen.«
»Alles – was zwischen uns beiden war?«
»Nein«, sagte sie mit leiser Stimme. Sie las ihm die nächste Frage von den Lippen ab. »Ich werde ihr sagen, Tommy sei es gewesen oder Bill oder Joe«, erwiderte sie, ohne ihn anzublicken.
Wider Willen verspürte er eine eifersüchtige Regung. »Hast du – mit ihnen allen?« fragte er zaudernd.
Sie richtete ihre dunklen Augen auf ihn. »Natürlich nicht. Nur mit dir.«
»Wenn sie sie aber nun zur Rede stellt? Dann erfährt sie, daß du gelogen hast.«
»Sie wird es nie erfahren«, erklärte Rina mit Bestimmtheit. »Besonders wenn ich ihr sage, daß ich nicht weiß, wer es war.«
Er starrte sie an. In vielerlei Hinsicht war sie älter als er. »Was meinst du, was sie tun wird?«
Rina zuckte die Achseln. »Ich weiß nicht. Was kann sie schon tun?«
Sie lief zum Strand hinunter, um ein paar Freundinnen zu begrüßen. Er schaute ihr nach, wälzte sich dann auf die andere Seite und vergrub den Kopf in den Armen. Er stöhnte laut. Jetzt war es geschehen. Tief zuinnerst hatte er es immer gewußt. Er mußte an die Nacht vor wenigen Wochen denken.
Wie alljährlich waren sie auch in diesem Sommer an die See gefahren Aber diesmal sollte es anders werden. Das hatte er sich fest vorgenommen. Und es ihr auch gesagt.
»Nichts mehr davon«, sagte er. »Es ist Dummheit, Kinderspiel. Halte du dich an deine Freunde, und ich bleibe in meinem Freundeskreis. Wenn wir so weitermachen, bekommen wir nur Unannehmlichkeiten.«
Sie hatte ihm zugestimmt. Es ihm sogar versprochen. Und er mußte zugeben, daß sie ihr Versprechen gehalten hatte. Nur er hatte sein Gelübde gebrochen. Und das alles wegen dieser verdammten Flasche Orangensprudel.
Es war an einem regnerischen Nachmittag gewesen, und sie waren allein im Hause. Es war schwül und stickig, und die Kleider klebten ihm am Leibe. Sein

Hemd und seine Hosen waren durchschwitzt. Er ging in die Küche und öffnete den Kühlschrank, aber die Flasche Orangensprudel, die er hineingestellt hatte, war verschwunden.

Er ging nach oben, und erst als er bereits an ihrer offenen Tür vorbei war, wurde ihm bewußt, was er gesehen hatte. Er lief zurück und blieb im Türrahmen stehen. Sie lag nackt auf dem Bett, halb zurückgelehnt, die Flasche Sprudel in der Hand, auf die sie wie gebannt starrte.

Sein Kopf begann zu hämmern, er hatte einen neuen Schweißausbruch. »Was machst du denn mit meinem Orangensprudel?« fragte er. Er war sich der Unsinnigkeit der Frage deutlich bewußt.

Sie vollführte eine leichte Kopfbewegung und blickte ihn an. Ihre Augen waren halb geschlossen und verschleiert. »Ihn trinken«, erwiderte sie heiser und setzte die Flasche an den Mund. »Was dachtest du denn?«

Der Sprudel floß aus ihren Mundwinkeln und rann über ihre Wangen, über ihre Brüste, über ihren Bauch auf das weiße Laken. Sie lächelte ihn an und hielt ihm die Flasche hin. »Möchtest du was?«

Sich selbst ein Fremder, durchquerte er das Zimmer und setzte die Flasche an die Lippen. Sie war warm von ihrer Berührung. Er spürte die süße Flüssigkeit auf der Zunge. Er blickte auf sie hinab.

Sie lächelte ihn an. »Du bist erregt«, sagte sie leise. »Du wolltest doch nicht mehr. Aber jetzt möchtest du.« Er verschluckte sich und bekleckerte sein Hemd, als er merkte, daß er sich verraten hatte. Er wollte aus dem Zimmer eilen, aber sie hielt ihn fest. Unter der entflammenden Qual ihrer Berührung hätte er am liebsten laut aufgeschrien.

»Nur noch dies eine Mal«, flüsterte sie. »Und dann nie wieder.«

Er stand wie erstarrt, aus Furcht umzufallen, wenn er nur die geringste Bewegung machte. »Nein«, stieß er heiser hervor.

»Bitte«, flüsterte sie.

Er war wie gelähmt. Schluß jetzt damit, er hatte es satt, sich von ihr demütigen zu lassen und vor ihr zu kriechen. Diesmal würde er ihr beibringen, ihn künftig in Ruhe zu lassen.

Er packte sie an den Handgelenken und zwang sie, sich auszustrecken. Noch spiegelte sich in ihren Augen keinerlei Angst. Plötzlich preßte er seine Lippen auf ihren Mund. Ihre Lippen waren warm und feucht und schmeckten noch nach Orangensprudel. Dann vollführte er eine Kopfbewegung und ließ seine Lippen über ihren Körper wandern, über ihre Kehle, ihre Brüste.

Erst jetzt begann sie, Widerstand zu leisten. »Nicht!« flüsterte sie und versuchte sich ihm zu entziehen. »Nicht! Rühr mich nicht an!«

Doch in seiner Raserei hörte er sie nicht einmal. Mit einer Hand riß sie sich von ihm los und zerkratzte ihm die Brust. Bestürzt schaute er an sich hinunter auf die schmerzenden Spuren, die ihre Fingernägel zurückgelassen hatten. Eine schreckliche Wut packte ihn.

»Du geiles Biest!« schrie er und holte mit seiner freien Hand aus. Der Schlag klatschte in ihr Gesicht und warf sie auf das Bett zurück. Entsetzt starrte sie ihn an

Er riß den Gürtel aus seiner Hose und schnallte ihre ausgestreckten Arme mit den Handgelenken an den eisernen Bettpfosten. Er hob die halbleere Flasche auf, die aufs Bett gefallen war. »Noch immer durstig?« Sie schüttelte den Kopf.

Er hielt die Flasche schräg und fing an zu lachen, als der Sprudel über sie rann. »Trink!« sagte er. »Trink, soviel du kannst.«

Ein Tritt von ihr, und die Flasche flog ihm aus der Hand. Er packte sie an den Beinen und nagelte sie gegen das Bett, indem er sich darauf kniete. Er lachte wie toll. »Und jetzt, mein liebes Schwesterchen, hat die Spielerei ein Ende.«

Er beugte sich über sie und preßte seinen Mund auf ihre Lippen. Langsam gab sie nach.

Ein heftiger, schneidender Schmerz durchdrang sie. Sie schrie auf. Seine Hand legte sich über ihren Mund, und immer wieder zerriß sie der Schmerz.

Übrig blieben nur erstickte Schreie und der Abscheu vor seinem auf ihr lastenden Körper.

Laddie saß am Steuer seines kleinen Segelbootes, den Blick auf seine Mutter im Bug gerichtet. Ein Windstoß reffte das Segel, und automatisch glich er die Abtrift aus und ließ seine Blicke über den Himmel schweifen. Voraus zogen böige Wolken auf. Zeit, umzudrehen. Langsam begann er zu wenden.

»Willst du schon zurück?« rief seine Mutter.

»Ja, Mutter«, erwiderte er. Es war seltsam, sie mit an Bord zu haben. Aber sie hatte darauf bestanden. Fast war es, als hätte sie geahnt, daß ihn etwas bedrückte.

»Du bist schon den ganzen Morgen so still«, sagte sie.

Er wich ihrem Blick aus. »Ich muß mich auf das Boot konzentrieren, Mutter«, sagte er.

»Ich weiß nicht, was mit euch Kindern los ist«, sagte sie. »Ihr seid so launisch neuerdings.«

Er gab keine Antwort und behielt die Sturmwolken im Auge. Er dachte an Rina. Dann an sich selber. Dann an seine Eltern. Seine Augen brannten und schmerzten.

Die Stimme seiner Mutter klang bestürzt. »Aber Laddie, du weinst ja.«

Dann brach der Damm, und ein Schluchzen erschütterte ihn. Er spürte, wie seine Mutter seinen Kopf an ihre Brust zog, wie sie es so oft getan hatte, als er noch klein war. »Was ist denn, Laddie? Was fehlt dir denn?« fragte sie leise.

»Nichts«, erwiderte er und versuchte, die Tränen zurückzudrängen. »Nichts.«

Sanft streichelte sie seinen Kopf. »Etwas bedrückt dich«, sagte sie leise. »Ich fühl' es. Du kannst es mir ruhig sagen, Laddie, und dich mir anvertrauen. Ich habe Verständnis für alles und möchte dir doch nur gern helfen.«

»Du kannst mir nicht helfen«, rief er. »Niemand kann mir jetzt mehr helfen.«

»Laß mich's doch wenigstens versuchen.«

Er sagte nichts und blickte sie nur forschend an. Eine seltsame Befürchtung befiel sie. »Hat es – hat es etwas mit Rina zu tun?«

Es war, als gäben die Muskeln, die sein Gesicht zusammenhielten, alle gleichzeitig nach.

»Ja, ja«, schrie er. »Sie bekommt ein Kind! Von mir, Mutter«, fügte er gepreßt hinzu. »Ich hab' sie vergewaltigt, und jetzt bekommt sie ein Kind von mir.«

»Ein Kind von dir – nein!«

»Doch, Mutter«, sagte er, und plötzlich versteinerte sich sein Gesicht.

Die Tränen schossen ihr in die Augen, und sie schlug die Hände vor das Gesicht. So etwas konnte ihren Kindern einfach nicht widerfahren. Nicht ihren Kindern. Sie hatte ihnen alle Wünsche erfüllt, ihnen alles gegeben. Nach einer Weile gewann sie ihre Fassung zurück. »Drehen wir lieber um«, sagte sie ruhig.

»Wir sind schon auf dem Rückweg«, sagte er. Er schaute auf seine Hände, die auf der Ruderpinne ruhten. Die Worte stürzten jetzt unaufhaltsam von seinen Lippen. »Ich weiß nicht, was in mich gefahren ist, Mutter.« Er starrte sie aus gequälten Augen an, seine Stimme klang unnatürlich und gezwungen. »Aber mit dem Heranwachsen ist es nicht so einfach, wie man sich's vorstellt. Heranwachsen ist eine einzige Scheiße.«

Er erschrak über seine eigene Ausdrucksweise und hielt inne. »Entschuldige, Mutter.«

»Schon gut, Junge.«

Sie schwiegen für eine Weile, und die Wellen klatschten heftig gegen den Rumpf des Bootes. »Du darfst Rina nicht dafür verantwortlich machen, Mutter«, sagte er mit erhobener Stimme. »Sie ist noch ein kleines Mädchen. Es ist alles meine Schuld.«

Sie schaute ihren Sohn an. Und plötzlich schien sich der graue Schleier zu lüften, der vor ihren Augen lag. »Rina ist ein sehr schönes Mädchen, Laddie«, sagte sie. »Es dürfte allen Leuten schwerfallen, deine Schwester nicht zu lieben.«

Laddie hielt ihrem Blick stand. »Ich liebe sie, Mutter«, sagte er ruhig. »Und sie ist ja auch nicht meine Schwester.«

Geraldine sagte nichts.

»Ist es sehr unrecht, so etwas zu sagen, Mutter?« fragte er. »Ich liebe sie

nicht wie eine Schwester. Ich liebe sie –«, er suchte nach einem Wort, »– anders.«
Anders, dachte Geraldine. Das Wort war ebenso passend wie irgendein beliebiges.
»Ist es sehr unrecht, Mutter?« fragte Laddie erneut.
Sie schaute ihren Sohn an, und er tat ihr unendlich leid. »Nein, Laddie«, sagte sie leise. »Das gehört zu den Dingen, die man nicht ändern kann.«
Er schöpfte tief Luft und fühlte sich sehr viel wohler. Zum mindesten hatte sie Verständnis dafür, sie hatte ihn nicht in Bausch und Bogen verdammt. »Was werden wir machen, Mutter?« fragte er.
Sie blickte ihm in die Augen. »Vor allem müssen wir Rina spüren lassen, daß wir Verständnis haben. Das arme Kind muß ja fast von Sinnen sein.«
Er griff nach der Hand seiner Mutter und drückte sie an die Lippen. »Du bist so gut zu uns, Mutter«, flüsterte er und schaute sie dankbar an.
Das waren die letzten Worte, die je zwischen ihnen gesprochen wurden. Denn im selben Augenblick heulte von Steuerbord eine Bö heran, und das Boot kenterte.

In dumpfer Benommenheit sah Rina zu, wie die Hummerfischer die jämmerlich kleinen Körper an Land brachten und sie auf den Strand betteten. Sie warf einen Blick auf beide, Laddie und Mutter. Plötzlich wurde ihr schwindlig. Etwas in ihr krampfte sich zusammen, sie krümmte sich und sank neben den beiden reglosen Gestalten in die Knie. Weinend schloß sie die Augen, und etwas fürchterlich Schleimiges sickerte aus ihrem Schoß.

7

Voller Überdruß schaute Margaret Bradley auf die Arbeiten auf ihrem Schreibtisch. Sie waren mit den hieroglyphischen Zeichen der Mädchen bedeckt, die sie in den Naturwissenschaften unterrichtete. Mit einer Handbewegung schob sie die Blätter beiseite und erhob sich. Von innerer Unruhe erfüllt, trat sie an das Fenster und schaute hinaus. Sie langweilte sich und hatte das ewige Einerlei ihres Alltags gründlich satt.
In die Abenddämmerung hinausblickend, fragte sie sich, warum noch kein Brief von Sally eingetroffen sein mochte. Es war schon vierzehn Tage her, seit sie von ihr gehört hatte, und gewöhnlich schrieb Sally zweimal wöchentlich. Ob Sally jemand anderen gefunden hatte? Eine andere Freundin, mit der sie jene intimen geflüsterten Geheimnisse teilen konnte?
Es klopfte leise. Sie wandte sich um. »Ja?«
»Ein Eilboten-Brief für Sie, Miß Bradley.« Es war die zitterige Stimme des Hausmeisters Thomas.

Rasch öffnete sie die Tür und nahm den Brief entgegen. »Vielen Dank, Thomas«, sagte sie und machte die Tür zu.
Sie lehnte sich dagegen und betrachtete den Brief. Sie fühlte sich bereits wohler. Es war Sallys Handschrift. Sie trat an ihren Schreibtisch und riß den Umschlag auf.

Liebe Peggy,

gestern habe ich geheiratet ...

Das Klopfen an der Tür war so leise, daß sie es zuerst überhörte. Dann pochte es wieder, etwas lauter diesmal. »Wer ist da?« rief sie mit ihrer rauhen Stimme.
»Rina Marlowe, Miß Bradley. Dürfte ich Sie einen Augenblick sprechen?«
Langsam erhob sich die Lehrerin. »Augenblick«, rief sie.
Sie ging ins Badezimmer und betrachtete sich im Spiegel. Ihre Augen waren rotumrändert und geschwollen, ihr Lippenstift leicht verschmiert. Sie wirkte älter als sechsundzwanzig. Sie drehte den Hahn an und fuhr mit einem Waschlappen über ihr Gesicht. Sie starrte sich selber an. Seit zehn Jahren waren Sally und sie unzertrennlich gewesen. Jetzt war es vorbei.
Sie hängte den Seifenlappen über den Ständer und ging hinaus an die Tür. »Treten Sie ein«, sagte sie, indem sie öffnete.
Rina blickte der Lehrerin ins Gesicht. Miß Bradley sah aus, als hätte sie geweint. »Es tut mir leid, wenn ich Sie gestört habe«, sagte sie. »Falls es Ihnen recht ist, komme ich später noch einmal vorbei.«
Die Lehrerin schüttelte den Kopf. »Nein, schon gut.« Sie trat an den schmalen Schreibtisch und nahm dahinter Platz. »Was führt Sie her?«
Langsam machte Rina die Tür hinter sich zu. »Ich wollte mich nur erkundigen, ob ich der Tanzveranstaltung am Sonnabend fernbleiben dürfte?«
Margaret Bradley schaute sie an. Sie traute ihren Ohren nicht. Von der monatlichen Tanzveranstaltung ausgeschlossen zu werden, galt als die härteste Strafe. Die Mädchen taten lieber sonst etwas, als sich dieses Vorrecht zu verscherzen. Es war das einzige Mal, daß Jungen innerhalb der Schule geduldet wurden.
»Ich verstehe nicht«, sagte sie.
Rina blickte zu Boden. »Ich habe einfach keine Lust, das ist alles.«
Es lag nicht daran, daß die Jungen sie nicht gemocht hätten. Die Lehrerin wußte, daß eher das Gegenteil der Fall war. Die schlanke, blonde Sechzehnjährige, die da vor ihr stand, wurde bei jeder Tanzveranstaltung von den Jungen förmlich umlagert. Die Marlowes waren wohlbekannt in Boston. Ihr Vater war ein Bankier, ein Witwer.
»Das ist ein sehr seltsames Ansinnen«, sagte sie.
Rina blickte noch immer zu Boden. Sie gab keine Antwort.

Margaret Bradley zwang sich zu einem Lächeln. »Seien Sie nicht so störrisch«, sagte sie. »Sie können sich mir gegenüber ruhig aussprechen. Soviel älter bin ich nicht, daß ich kein Verständnis mehr aufbrächte.«
Rina hob den Kopf, und die Lehrerin war überrascht von der tiefen Furcht, die in den Augen des Mädchens lag. Gleich darauf schaute Rina wieder zu Boden.
Die Lehrerin erhob sich und kam hinter dem Schreibtisch hervor. Sie ergriff Rina bei der Hand und führte sie zu einem Stuhl. »Sie fürchten sich vor etwas«, sagte sie leise.
»Ich kann ihre Berührungen nicht ertragen«, flüsterte Rina.
»Ihre?« fragte Margaret Bradley verwundert. »Wessen?«
»Von Jungen. Alle wollen mich anfassen, und mich schaudert.« Plötzlich hob Rina den Kopf. »Es wäre nicht weiter schlimm, wenn sie nur tanzen oder sich unterhalten wollten, aber sie versuchen, einen immer allein irgendwohin zu bekommen.«
»Wer sind diese Jungen?« Die Stimme der Lehrerin wurde plötzlich barsch. »Wir werden ihnen verbieten, an der Veranstaltung teilzunehmen.«
Rina stand unvermittelt auf. »Am besten, ich gehe jetzt«, sagte sie. »Ich glaube nicht, daß es etwas nützen würde.«
Sie schritt auf die Tür zu. »Augenblick«, rief Margaret Bradley befehlerisch. Rina drehte sich um. »Haben einige von diesen Jungen sich Ihnen gegenüber noch mehr herausgenommen?«
Rina schüttelte den Kopf.
»Wie alt sind Sie?«
»Sechzehn«, erwiderte Rina.
»Dann haben Sie wahrscheinlich schon längst die Erfahrung gemacht, daß Jungen immer so sind.«
Rina nickte.
»In Ihrem Alter ist es mir genauso ergangen.«
»Wirklich?« fragte Rina. Etwas wie Erleichterung klang aus ihrer Stimme. »Ich dachte, ich wäre die einzige. Von den anderen Mädchen empfindet keine so wie ich.«
»Es sind dumme Gänse«, erklärte die Lehrerin verächtlich, beherrschte sich jedoch gleich wieder. Es hatte keinen Zweck, sich durch ihre Verbitterung zu verraten. »Ich will mir gerade eine Tasse Tee brühen«, sagte sie. »Hätten Sie Lust, mir Gesellschaft zu leisten?«
Rina zögerte. »Wenn es Ihnen keine Umstände macht.«
»Nicht die geringsten«, sagte Margaret Bradley. »Sezten Sie sich und machen Sie sich's bequem. Ich bin gleich wieder da.«
Sie trat in die schmale Kochnische. Zu ihrer eigenen Verwunderung summte sie vor sich hin, als sie den Teekessel auf die Flamme stellte.

»Ich glaube, ein Sommer in Europa vor ihrem Eintritt ins College würde von großem Nutzen für sie sein«, sagte Margaret Bradley.

Harrison Marlowe lehnte sich in seinem Stuhl zurück und blickte über den weißgedeckten Eßtisch hinweg erst auf die Lehrerin, dann auf Rina. Was er sah, erfüllte ihn mit Zutrauen. Eine schlichte, keineswegs reizlose junge Frau, Ende Zwanzig, wie er vermutete. Sie war einfach, aber gut gekleidet und wirkte fast männlich in ihrem Schneiderkostüm, das auf ihren Beruf hinzudeuten schien. Sie hatte nichts von dem dummen Getue so vieler junger Frauen an sich. Sie war sehr gesetzt und sachlich.

»Ihre Mutter und ich haben oft davon gesprochen, Rina nach Europa zu schicken«, setzte er das Thema fort.

»Das gibt einem Mädchen überhaupt erst den letzten Schliff«, versicherte ihm die Lehrerin.

Marlowe nickte bedächtig. Es lag eine große Verantwortung darin, eine Tochter zu erziehen. Richtig bewußt geworden war ihm das erst vor einigen Monaten, als er den Salon betreten und Rina dort vorgefunden hatte.

Sie trug ein dunkelblaues Kleid, das sie irgendwie älter machte. Ihr weißblondes Haar schimmerte durch das Halbdunkel.

»Hallo, Vater.«

»Rina!« rief er. »Was machst du denn hier?«

»Ich habe mir vorgestellt, wie fürchterlich einsam du hier in diesem großen, leeren Haus sein mußt«, sagte sie, »und so hab' ich mir ein paar Tage freigeben lassen.«

»Wird das dein Fortkommen in der Schule nicht beeinträchtigen?«

»Das hole ich spielend nach.«

»Aber ...«

»Freust du dich denn gar nicht, daß ich da bin, Vater?« unterbrach sie ihn.

»Natürlich freue ich mich«, sagte er rasch.

»Warum gibst du mir dann keinen Kuß?« Sie hielt ihm ihre Wange hin. Er drückte einen Kuß darauf. Als er sich aufrichten wollte, hielt sie ihn mit dem Arm fest. »Jetzt werde ich dich küssen.«

Sie küßte ihn auf den Mund, und ihre Lippen waren warm. Dann lachte sie plötzlich. »Dein Schnurrbart kitzelt.«

»Das hast du immer gesagt, schon als kleines Mädchen«, erklärte er zärtlich.

»Aber jetzt bin ich kein kleines Mädchen mehr, nicht wahr, Vater?«

Er schaute sie an – schön, schon fast eine Frau in ihrem dunkelblauen Kleid.

Sie wies auf das Büfett. »Möchtest du vor dem Essen noch was trinken?«

Die Flaschen standen griffbereit. Er trat an das Büfett. Sogar Eis war da.

»Was gibt's zu essen?«

»Ich habe Molly veranlaßt, dein Lieblingsgericht zu kochen. Brathuhn, gebackene Kartoffeln.«

»Gut«, sagte er und griff nach einer Flasche Whisky.

»Möchtest du nicht lieber einen Martini? Du hast so lange keinen mehr getrunken.«

Er zögerte einen Augenblick und griff dann nach der Ginflasche. Erst als er sich umdrehte, merkte er, daß er zwei Cocktails in der Hand hatte. Macht der Gewohnheit. Er wollte eines davon wieder absetzen.

»Darf ich, Vater? Ich bin über sechzehn. Es gibt viele Mädchen auf der Schule, deren Eltern ihnen vor dem Essen einen Cocktail erlauben.«

Er schaute sie an, goß dann die Hälfte des einen Glases in den Mixer zurück und reichte ihr den Rest. Er prostete ihr zu.

Sie lächelte und nippte an ihrem Glas. »Köstlich«, sagte sie in demselben Tonfall, den er von seiner Frau so oft gehört hatte.

Die Tränen traten ihm in die Augen. Rasch wandte er sich ab, um seine Rührung zu verbergen. Ihre Hand ergriff ihn am Ärmel, und er drehte sich um. Tiefes Mitgefühl sprach aus ihren Augen. Langsam zog sie ihn auf die Couch neben sich.

Und dann war er für einen Augenblick nicht mehr ihr Vater. Er war nichts als ein einsamer Mann, der sich an der Brust seiner Mutter, seiner Frau, seiner Tochter ausweint. Er spürte ihre kräftigen jungen Arme um seine Schulter, ihre Finger, die über sein Haar strichen. »Armer Vater, armer Vater!«

Der Augenblick verging so schnell, wie er gekommen war. Verlegen hob er den Kopf. »Ich habe mich schön lächerlich gemacht«, sagte er unbeholfen.

»Nicht doch, Vater«, sagte sie ruhig. »Zum erstenmal im Leben hab' ich mich nicht mehr als Kind gefühlt. Zum erstenmal bin ich mir richtig erwachsen vorgekommen und hab' gespürt, daß ein Mensch mich braucht.«

Er zwang sich zu einem müden Lächeln. »Laß dir Zeit mit dem Heranwachsen.«

Später an jenem Abend, nach dem Essen, trat sie an seinen Sessel und setzte sich auf die Lehne.

»Ich gehe nicht mehr auf die Schule zurück«, sagte sie. »Ich bleibe hier und führe dir den Haushalt.«

Er lächelte. »Du würdest dich bald zu Tode langweilen dabei«, sagte er. »Du würdest den Trubel in der Schule vermissen und die jungen Männer, mit denen du Umgang hast.«

»Junge Männer!« sagte sie verächtlich. »Ich kann sehr gut ohne sie auskommen. Sie sind nichts als eine Horde von schmierigen kleinen Tieren, die einen immer anschmachten. Ich kann sie nicht ausstehen.«

»Du kannst sie nicht ausstehen?« sagte er belustigt. »Wie müßte denn der Mann beschaffen sein, der Gnade vor deinen Augen fände?«

Sie blickte ihn ernst an. »Es müßte ein älterer Mann sein, glaube ich. Jemand wie du. Jemand, bei dem ich mich geborgen fühlen könnte und der mich

brauchte. Junge Männer wollen immer etwas von einem und spielen sich dauernd auf und machen sich wichtig.«
Er lachte. »Das ist ja gerade ein Zeichen dafür, daß sie jung sind.«
»Ich weiß«, antwortete sie, noch immer ernst. »Deswegen jagen sie mir Furcht ein. Sie wollen nur ihr Ziel erreichen, ich bin ihnen gleichgültig.« Sie beugte sich hinüber und drückte einen Kuß auf seinen Schädel. »Ich mag dein graumeliertes Haar.« Etwas wie Bedauern klang aus ihrer Stimme. »Schade, daß ich dich nicht heiraten kann. Ich liebe dich, Vater.«
»Nicht!« sagte er, so scharf, daß er selber vor der Heftigkeit seiner Reaktion erschrak.
»Was denn nicht, Vater?« fragte sie bestürzt.
Er erhob sich und blickte sie an. »Nein, du darfst nicht hierbleiben. Gleich morgen fährst du wieder auf die Schule zurück. Peters kann dich hinbringen.«
Sie starrte ihn an, und ihre Augen füllten sich mit Tränen. Plötzlich wurde sie wieder ein kleines Mädchen. »Liebst du mich denn nicht, Vater?« rief sie. »Willst du nicht, daß ich bei dir bleibe?«
Er schaute sie einen Augenblick an und empfand plötzlich Mitleid mit ihr.
»Natürlich liebe ich dich, Kind«, sagte er ruhig. »Aber begreifst du denn nicht, daß wir uns nicht einkapseln können, um uns vor der Welt ringsumher zu schützen?«
»Ich will doch aber nur bei dir sein, Vater.«
»Nein, Kind, nein«, sagte er geduldig. »Ich weiß, im Augenblick ist das dein sehnlichster Wunsch, aber wenn du älter sein wirst und vielleicht verheiratet bist und Kinder hast, wirst du es einsehen.«
Sie riß sich aus seinen Armen und stand ihm wütend gegenüber.
»Nein!« schrie sie. »Ich heirate überhaupt nicht. Ich will keine Kinder. Ich werde nie einem Jungen gestatten, mich mit seinen dreckigen Pfoten anzurühren.«
»Rina!« rief er betroffen.
Sie starrte ihn benommen an und brach dann wieder in Tränen aus. »Ach, Vater!« rief sie mit bebender, gekränkter Stimme. »Merkst du denn nicht, daß du derjenige bist, der nicht versteht!«
»Rina, Kind«, sagte er und streckte die Hand nach ihr aus. Aber sie war bereits hinausgeeilt. Er hörte sie die Treppe hinaufrennen, dann fiel die Tür ihres Zimmers krachend zu.

Langsam kehrte er in die Gegenwart zurück und schaute über den Tisch hinweg zuerst die Lehrerin, dann Rina an. Ihre Augen glänzten erwartungsvoll.
»Ich bin überzeugt, Miß Bradley, daß Rinas Mutter, wenn sie noch lebte«, sagte er auf seine förmliche Weise, »ebenso glücklich wäre wie ich, unsere Tochter Ihren fähigen Händen anzuvertrauen.«

Margaret Bradley starrte auf ihren Teller, um den Triumph, der in ihren Augen aufleuchtete, vor ihm zu verbergen. »Vielen Dank, Mr. Marlowe«, sagte sie ernst.

8

»Ich freue mich, daß wir zusammen nach Europa fahren«, sagte Rina zu Margaret Bradley. »Ich habe noch nie eine wirkliche Freundin gehabt. Die Mädchen im Internat kamen mir mit ihrem ewigen Geschwätz von Jungen immer so albern vor.«

»Die meisten sind nichts als dumme Gören«, sagte Margaret. »Deswegen warst du mir gleich so sympathisch, als du an jenem Abend auf mein Zimmer kamst. Ich wußte, daß du anders bist, reifer.«

»Seit Laddies Tod kann ich keine Jungen mehr ausstehen.«

»Laddie?«

»Mein Bruder«, erklärte Rina. »Er und mein Vater sind die beiden einzigen Männer, die ich je wirklich gern hatte.«

»Er muß sehr nett gewesen sein«, sagte Margaret.

»Ja, das war er.« Rina wandte den Kopf ab. »Ich glaube, ich war verliebt in ihn.«

»Das ist ganz natürlich«, sagte Margaret rasch. »Alle Mädchen lieben ihre Brüder.«

»Er war gar nicht mein richtiger Bruder, mußt du wissen. Ich bin adoptiert worden.«

»Woher weißt du, daß du ihn geliebt hast?« fragte Margaret, von leichter Eifersucht ergriffen.

»Ich weiß«, antwortete Rina. »Und ich glaube, auch er hat mich geliebt.«

»So?« sagte Margaret. »Hat er – hast du?«

Rina schaute weg. »Ich habe noch zu keinem Menschen darüber gesprochen.«

»Mir kannst du es ruhig sagen. Ich bin deine Freundin. Zwischen uns gibt es keine Geheimnisse.«

»Wirst du mir auch nicht böse sein?«

»Bestimmt nicht«, erklärte Margaret fast heftig. »Sag's mir.«

Rinas Stimme wurde durch das Kissen gedämpft. »Ich hab' mich nicht von ihm anfassen lassen, weil ich Angst davor hatte, was geschehen würde. Dann kam er eines Tages in mein Zimmer und band meine Hände mit seinem Gürtel am Bett fest. Es hat sehr weh getan.«

»Er kann dich nicht sehr geliebt haben, wenn er dir weh getan hat.«

»Doch!« sagte Rina. »Verstehst du denn nicht, Peggy? Ich wollte ja, daß er es tun sollte. Die ganze Zeit über hab' ich ihn dazu herausgefordert, und als er es endlich tat, wußte ich, daß ich ihn liebte. Aber er fuhr mit Mutter im Boot hinaus, und sie verunglückten.«

Sie begann zu schluchzen. »Ich war daran schuld, weil ich ihn dazu gebracht habe. Siehst du denn nicht, daß ich sterben sollte, und nicht Mutter? Sie hat meine Rolle in dem Traum übernommen. Jetzt träume ich nicht einmal mehr den Traum.«

»Du wirst deinen Traum wieder träumen«, sagte Margaret langsam und drückte Rinas Hand an ihren Busen.

»Nein, nie mehr.«

»Bestimmt«, erklärte Margaret fest. »Erzähl mir nur alles, und ich werde dir helfen.«

Rina schöpfte tief Luft. »Ich habe geträumt, ich wäre tot, und alle ständen weinend um mein Bett herum. Ich spürte, wie sehr sie mich liebten und wieviel ich ihnen bedeutete, weil sie mich ununterbrochen beschworen, doch ja nicht zu sterben. Aber ich konnte nichts daran ändern. Ich war tot.«

Ein kalter Schauer der Erregung durchzitterte Margaret. Langsam erhob sie sich. »Mach die Augen zu, Rina«, sagte sie ruhig, »und wir werden deinen Traum spielen. Wen soll ich darstellen?«

Rina schaute sie mißtrauisch an. »Laddie«, sagte sie.

»Gut«, antwortete Margaret. »Und nun mach die Augen zu.«

Margaret warf einen Blick auf das Mädchen. Plötzlich füllten sich ihre Augen mit Tränen. Eine schreckliche Befürchtung stieg in ihr auf. Rina war tot. Rina war tatsächlich tot. »Rina!« rief sie mit erstickter Stimme. »Bitte, geh nicht von mir, Rina. Bitte!«

Rina rührte sich nicht, und Margaret fiel neben dem Bett auf die Knie. »Bitte, Rina. Ich kann nicht leben ohne dich.« Sie lehnte sich über das Bett und bedeckte Rinas Gesicht mit Küssen.

Plötzlich schlug Rina die Augen auf, ein stolzes Lächeln auf dem Gesicht. »Du weinst ja wirklich«, sagte sie und legte die Hand auf Margarets Wange. Befriedigt machte sie die Augen wieder zu.

Behutsam streifte Margaret ihr das Nachthemd ab. »Wie schön du bist«, flüsterte sie. »Du bist die schönste Frau der Welt. Du bist viel zu schön, um zu sterben.«

»Ich fühle mich so geborgen bei dir, so wohl«, flüsterte Rina.

9

Rina schaute auf ihre Uhr. Es war halb drei. »Jetzt muß ich aber wirklich gehen«, sagte sie.

»In Eile nach einem solchen Lunch?« Jacques Deschamps breitete die Hände aus. »Das ist der reinste Frevel. Du mußt noch einen Likör trinken, ehe du gehst.«

Rina lächelte den schlanken, ergrauenden *avocat* an. »Aber – ich . . .«

»Du bist jetzt über ein Jahr in Paris«, unterbrach Jacques sie, »und hast noch immer nicht gelernt, daß man sich Zeit läßt nach dem Essen. Worum es sich auch handeln mag, es kann warten.«

Er hob sein Glas. »*A votre santé.*«

»*A la vôtre*«, gab sie zurück.

Er stellte sein Glas ab. »Und deine Freundin?« fragte er. »Wie geht es ihr?«

»Peggy geht es ausgezeichnet«, erwiderte Rina automatisch. Sie blickte ihn fest an. »Peggy ist sehr gut zu mir. Ich wüßte nicht, was ich ohne sie anfangen sollte.«

»Wieso?« fragte er rasch. »Du hast es doch noch gar nicht probiert. Du könntest vielerlei sein. Du bist jung und schön. Du könntest heiraten, Kinder haben, ja sogar ...«

»Deine Geliebte werden?« unterbrach sie ihn lächelnd.

Er nickte und lächelte ebenfalls. »Sogar meine Geliebte werden. Das wäre das Schlimmste noch längst nicht. Aber du kennst meine Bedingungen.«

Sie schaute ihn an. »Du bist ein sehr gütiger Mensch, Jacques«, sagte sie und entsann sich des Nachmittags, da er ihr seine Bedingungen zuerst gestellt hatte.

Sie und Peggy waren erst ein paar Monate in Paris gewesen und hatten gerade eine Wohnung gefunden, nachdem ihr Vater ihr erlaubt hatte, ein Jahr in Paris zu bleiben. Peggy hatte sie auf eine Gesellschaft mitgenommen, die irgendein Professor von der Universität gab, wo Peggy ihre Arbeit gerade aufgenommen hatte.

Rina kam sich sehr verlassen vor auf der Gesellschaft. Ihr mangelhaftes Französisch gestattete ihr nicht, sich zwanglos unter die Leute zu mischen, und sie hatte sich in eine Ecke zurückgezogen. Sie blätterte in einer Zeitschrift, als sie eine Stimme hörte. »Miß *Américaine?*«

Sie hob den Kopf. Ein schlanker, dunkler Mann mit angegrauten Schläfen stand vor ihr und lächelte verhalten.

»*Non parle fran ...*«

»Ich spreche Englisch«, erklärte er rasch.

Sie lächelte.

»Wieso sitzt ein so hübsches Mädchen wie Sie allein hier mit einer Zeitschrift?« fragte er. »Wer ist denn bloß so dumm, Sie mit hierher zu bringen und Sie dann ...« Er vollführte eine ausdrucksvolle Geste.

»Meine Freundin hat mich mitgebracht«, sagte Rina und deutete auf Peggy. »Sie hat gerade eine Stellung an der Universität bekommen.«

Peggy unterhielt sich angeregt mit einem der Professoren. Sie sah sehr attraktiv und schlank aus in ihrem Schneiderkostüm. »Oh«, sagte er mit einem seltsamen Gesichtsausdruck.

»Und wo ist Ihre Begleiterin?«

»Ich bin allein hier. Ich hatte so eine Ahnung, daß ich Sie hier kennenlernen würde.«
Sie schaute auf seine Hände und sah, daß er einen Trauring trug wie so viele Franzosen. »Sie erwarten doch wohl nicht von mir, daß ich das glaube?« sagte sie. »Was würde Ihre Frau dazu sagen?«
Er lächelte. »Meine Frau würde volles Verständnis haben. Sie konnte nicht mitkommen. Sie ist sehr, sehr schwanger.«
Er streckte die Arme aus und deutete ihren Leibesumfang an.
Wieder lachte sie, und im selben Augenblick erklang Peggys Stimme über ihre Schulter. »Amüsierst du dich gut, Liebling?«
Einige Wochen später, als sie eines Nachmittags allein in der Wohnung war, klingelte das Telefon.
Es war Jacques, und sie verabredete sich zum Lunch mit ihm. Und danach noch einige Male.
Dann saßen sie eines Nachmittags – an genau einem solchen Tage wie diesem – beim Likör. »Warum haben Sie solche Angst vor Männern?« fragte er sie plötzlich.
Sie spürte, wie ihr die Röte ins Gesicht stieg. »Wie kommen Sie darauf?«
»Ich spüre es«, sagte er. »Innerlich. Ich weiß.«
Sie schaute auf ihr Glas und sagte nichts.
»Ihre Freundin ist keine Erklärung dafür«, sagte er.
Sie blickte ihn an. »Peggy hat nichts damit zu tun. Sie ist eine gute Freundin, nichts weiter.«
Er lächelte vielsagend. »Vergessen Sie nicht, daß Sie sich in Frankreich befinden. Hier hat man Verständnis für solche Dinge. Aber ich begreife Sie nicht. Sie gehören nicht zu der üblichen Art, die so lebt.«
Sie spürte, wie ihr Gesicht brannte. »Das finde ich aber nicht sehr nett von Ihnen.«
Er lachte. »Es war auch nicht nett von mir«, gab er zu. »Aber ich sehe nicht gern mit an, wie Sie sich vergeuden.«
»Ihnen wäre es wahrscheinlich lieber, wenn ich mit irgendeinem plumpen Trottel schliefe, der keine Ahnung hat, wie mir zumute ist, und sich noch weniger daraus macht, wie?« sagte sie wütend.
Er schüttelte den Kopf. »Nein. Das würde mir ganz und gar nicht behagen. Ich möchte, daß Sie zu mir kämen.«
»Wieso glauben Sie, daß es mit Ihnen anders sein würde?«
Er schaute ihr in die Augen. »Weil ich ein Mann bin, kein Knabe. Jungen sind wie Stiere und denken nur an sich selber. Damit haben Sie recht. Aber deswegen dürfen Sie nicht glauben, daß ausschließlich Frauen etwas von Liebe verstehen. Es gibt auch Männer mit Zartgefühl.«
»So wie Sie?« fragte sie sarkastisch.

»So wie ich. Oder meinen Sie, ich träfe mich aus purem intellektuellem Interesse immer wieder mit Ihnen?«
Plötzlich lachte sie. »Zum mindesten sind Sie aufrichtig.«

Ein paar Monate später, an einem regnerischen Nachmittag, ging sie in seine Wohnung, und es verlief alles, wie er es vorausgesagt hatte. Er war zärtlich und sanft, und sie verspürte überhaupt keine Schmerzen. Und die ganze Zeit über fühlte sie die Kraft in sich, ihm die höchste Lust zu verschaffen, eine Kraft, die sich für sie nie in Schrecken verwandelte, weil sie sich und ihn immer unter Kontrolle halten konnte.
Er stand vor dem Spiegel, und sie sah zu, wie er sich das Hemd zuknöpfte.
»Jacques.«
Er drehte sich um. »Ja?«
»Es war genau, wie du vorausgesagt hast, Jacques.«
»Das freut mich.«
Sie ergriff seine kräftigen braunen Hände und betrachtete sie. Sein goldener Trauring blitzte ihr entgegen. Sie hob den Kopf und blickte ihn an. »Ich möchte gern deine Geliebte sein«, sagte sie leise.
»*Bon*«, sagte er. »Ich hatte gehofft, daß du das sagen würdest. Deswegen habe ich diese kleine Wohnung genommen. Du kannst heute abend einziehen.«
Sie war überrascht. »Hierherziehen?«
Er nickte. »Wenn es dir hier nicht gefällt, such' ich uns etwas anderes.«
»Aber das geht doch nicht. Wie steht's mit Peggy?«
»Wie soll's mit ihr stehen?« Er zuckte die Achseln. »Es ist *fini*.«
»Können wir nicht einfach so weitermachen? Ich treffe dich hier, wann immer du willst.«
»Soll das heißen, daß du dich weigerst, hierherzuziehen?«
Sie nickte. »Ich kann nicht. Was sollte Peggy machen? Ohne mich könnte sie die Wohnung nicht halten. Und wenn mein Vater dahinterkäme, würde er mich umbringen.«
»Aber daß du mit dieser *lesbienne* zusammenlebst, scheint ihn nicht zu stören«, sagte er bitter.
»Du kennst meinen Vater nicht. In Boston denkt man solche Dinge nicht.«
»Wofür hält er sie dann?«
»Was sie immer gewesen ist«, antwortete sie. »Meine Lehrerin, meine Begleiterin.«
Er lachte kurz. »Beigebracht hat sie dir allerdings einiges.«
»Ach, Jacques«, sagte sie gekränkt. »Verdirb jetzt nicht alles. Warum können wir nicht so weitermachen?«
Er schaute sie an. »Dann ziehst du also nicht hierher?«
»Ich kann nicht«, sagte sie. »Verstehst du denn das nicht?«

Das war vor vielen Monaten gewesen, und seltsamerweise waren sie Freunde geblieben.

10

Sie eilte an der höflich grüßenden Concierge vorbei die drei engen Treppen hinauf. Sie war länger geblieben, als es ihr vorgekommen war.
Sie schaute auf ihre Uhr. Es war noch Zeit für ein Bad, falls das Wasser heiß genug war. Sie trat an den Badeofen und fühlte ihn an. Er war lauwarm. Wenn sie die Wanne nur halbvoll laufen ließ, genügte es vielleicht.
Sie ging durch das Wohnzimmer ins Bad und knöpfte sich auf dem Wege dorthin bereits die Bluse auf. Die Tür ging, und sie wandte sich um.
»Du kommst zeitig heute«, sagte sie.
Peggy blickte sie kalt an und machte, ohne zu antworten, die Tür hinter sich zu. Rina zuckte die Achseln. Peggy hatte mitunter ihre Launen und war wechselhaften Stimmungen unterworfen. »Auf dem Tisch steht etwas Wein und Käse, wenn du vor dem Essen einen Happen zu dir nehmen willst«, sagte sie und wollte ins Badezimmer gehen.
Peggys Hand riß sie herum. »Hab' ich dir nicht verboten, dich jemals wieder mit diesem Deschamps zu treffen?«
Rina starrte sie an. Das also war es. Jemand mußte sie im Restaurant gesehen und es Peggy hinterbracht haben. Seltsam, daß Peggy auf keinen anderen Mann aus ihrem Bekanntenkreis eifersüchtig war, nur auf Jacques. Die jüngeren Männer störten sie nicht, aber Jacques mit seinem merkwürdigen, zuversichtlichen Lächeln und seinen graumelierten Schläfen brachte sie stets auf.
»Wir haben uns zufällig getroffen, und er hat mich zum Lunch eingeladen«, sagte sie. Nicht, daß sie sich vor Peggys eifersüchtigen Anwandlungen gefürchtet hätte, sie wollte nur einen Streit vermeiden. »Ich konnte es ihm nicht gut abschlagen, ohne unhöflich zu sein.«
»Wo warst du denn den ganzen Nachmittag?« herrschte Peggy sie an. »Du warst nicht in der Kunstschule und nicht zu Hause. Ich habe beide Nummern dauernd angerufen und bin fast wahnsinnig geworden vor Sorge.«
»Ich hatte keine Lust, zum Unterricht zu gehen«, sagte sie.
Peggy schaute sie aus zusammengekniffenen Augen an. »In seine Wohnung bist du nicht zufällig gegangen, oder doch?«
Rina starrte sie ebenfalls an. »Nein.«
Peggy schlug ihr mit der Hand ins Gesicht. »Du lügst!«
Rina preßte ihre Hand auf die Backe. Sie starrte Peggy an.
Ihre andere Gesichtshälfte brannte, als Peggy sie erneut ohrfeigte. Sie packte Rina an den Schultern und schüttelte sie. »Raus jetzt mit der Wahrheit!«
»Ich hab' dir die Wahrheit gesagt!« schrie Rina und schlug wie wild auf Peggy ein.

Verblüfft wich Peggy vor dem plötzlichen Angriff zurück und setzte eine gekränkte Miene auf. »Warum tust du mir das an, wo du doch weißt, wie sehr ich dich liebe!«

Rina starrte sie an. Zum erstenmal schlugen ihre Gefühle Peggy gegenüber um.

Fast augenblicklich warf Peggy sich auf die Knie und schlang die Arme um Rina. »Bitte, bitte, Liebling, schau mich nicht so an. Sei nicht böse mit mir. Es tut mir leid. Ich war verrückt vor Eifersucht.«

Noch brannten die Ohrfeigen auf Rinas Gesicht. Plötzlich fühlte sie sich total erschöpft. »Laß dich dazu nie wieder hinreißen«, sagte sie. »Nie wieder!«

11

Es war noch früh, als Amru Singh auf der Gesellschaft eintraf. Seiner Gewohnheit gemäß zog er sein Hemd aus, faltete es zusammen und legte es auf den Fußboden. Dann zog er die Schuhe aus – er trug keine Socken – und stellte sie neben das Hemd. Er holte tief Luft, drückte sich mit dem Rücken gegen die Wand und ließ sich daran hinabgleiten, bis er mit untergeschlagenen Beinen auf dem Hemd saß.

Er spürte, wie sich seine Muskeln spannten und zugleich gelockert waren; sein Atem ging langsamer, oberflächlicher. Er schaltete einen Teil seines Denkens ab, und nur seine Augen blieben offen und wachsam. Es konnte durchaus sein, daß seine Suche heute abend ein Ende fand.

Doch schon spürte er, daß der böse Geist der Göttin Kali freigelassen war und durch das Zimmer schwebte. Mit einem inwendigen Achselzucken schüttelte er seine Enttäuschung ab. Es waren so viele bedeutungslose Leute anwesend.

Plötzlich kam Amru Singh aus seiner Versenkung zu sich. Durch die dünne Holzverschalung hinter seinem Kopf vernahm er leise Stimmen.

»Bist du völlig irrsinnig geworden?«

»Vielleicht. Es ist höchste Zeit, daß ich erwachsen werde und aufhöre, dir in allem Glauben zu schenken.«

Ein klatschendes Geräusch drang durch die dünne Wand und gleich darauf eine wütende Stimme. »Du Hure. Eine billige Hure bist du, weiter nichts, und mußt dementsprechend behandelt werden.«

Eine kurze Stille trat ein. »Ich hab' dich gewarnt, du solltest das nie wieder tun!«

Er vernahm das Klatschen eines weiteren Schlages. »Hure! Sau! Das ist die einzige Sprache, die du verstehst.« Eine Pause entstand. Dann: »Rina!« Verborgene Furcht klang aus der Stimme. Amru Singh mußte an die Stimme eines Dompteurs denken, der in den Käfig tritt und feststellen muß, daß aus seinem Tigerkätzchen eine erwachsene Katze geworden ist. »Was soll denn das? Leg den Schuh weg!«

Dann vernahm er einen gellenden Aufschrei und hörte deutlich, daß jemand den langen steilen Treppenschacht hinabstürzte. Und zum erstenmal, soweit sich die Anwesenden erinnern konnten, brach Amru Singh auf, ehe der letzte Gast die Gesellschaft verlassen hatte.
Rina stand mit kreideweißem Gesicht am Geländer und starrte in den Treppenschacht hinunter, den hochhackigen Schuh noch immer in der Hand. Er nahm ihr den Schuh ab, bückte sich und streifte ihn ihr über den Fuß.
»Ich habe sie überhaupt nicht angerührt!«
»Ich weiß«, sagte Amru Singh.
Plötzlich verlor sie den Halt und lehnte sich gegen ihn, Er spürte das wilde, ängstliche Klopfen ihres Herzens. »Sie ist ausgerutscht und über das Geländer gefallen.«
»Sagen Sie zu niemand ein Wort«, befahl er flüsternd. »Lassen Sie mich reden.«
Die Tür hinter ihnen ging auf, und zwei aufbrechende Gäste traten auf den Flur. Amru Singh wandte sich an sie und drückte dabei Rinas Kopf so fest an seine Brust, daß sie kaum noch Luft bekam, geschweige denn sprechen konnte.
»Hier hat sich soeben ein Unfall ereignet«, erklärte er ruhig. »Rufen Sie einen Arzt.«
Er spürte, wie Rina an seiner Schulter in Tränen ausbrach. Er ließ seinen Blick auf dem schimmernden blonden Kopf ruhen. Etwas wie Befriedigung leuchtete aus seinen dunklen, tiefliegenden Augen.

12

Rina machte gerade einen Kopfstand und lehnte der Länge nach an der Wand, als Jacques die Wohnung betrat. Er verharrte einen Augenblick und betrachtete sie – ihren schlanken, in einem hautengen schwarzen Anzug steckenden Körper mit dem schimmernden Haar, das über den Fußboden fiel.
»Was machst du denn da?« erkundigte er sich höflich.
»Ich stehe kopf«, sagte sie und lächelte ihn von unten an.
»Das sehe ich«, sagte er. »Aber wozu?«
»Amru Singh meint, es täte dem Gehirn gut. Es wird durchblutet, und man sieht die Welt aus einer ganz anderen Perspektive. Und er hat recht. Du glaubst gar nicht, wie anders die Dinge aus dieser Stellung aussehen.«
Unter lautem Gelächter ließ sie sich auf den Fußboden rollen.
»Schön, daß du wieder lachen kannst«, sagte er. »Zuerst hast du kaum noch gelacht.«
»Ich war nicht glücklich zuerst.«
»Und bist du jetzt glücklich?« fragte er.
Mit noch immer lachenden Augen schaute sie ihn an. »Sehr glücklich.« Sie

war ein völlig anderer Mensch und hatte nichts mehr mit dem halb betäubten Mädchen zu tun, das er in jener einige Monate zurückliegenden Nacht erlebt hatte. Er entsann sich, daß das Telefon neben seinem Bett geläutet hatte.

»Monsieur Deschamps?« hatte eine tiefe Stimme sich erkundigt.

»*Oui?*« erwiderte er, noch halb im Schlaf.

»Entschuldigen Sie die Störung«, fuhr die Stimme auf französisch fort mit einem eigenartigen britischen und doch wieder nicht eigentlich britischen Akzent. »Mein Name ist Amru Singh. Ich bin hier mit einer Freundin von Ihnen zusammen, Mademoiselle Rina Marlowe. Sie braucht Ihr Hilfe.«

Er war jetzt hellwach. »Etwas Ernsthaftes?«

»Ziemlich ernst«, erwiderte Amru Singh. »Mademoiselle Bradley hat einen Unfall gehabt. Sie ist bei einem Sturz ums Leben gekommen, und die Polizei macht Schwierigkeiten.«

»Lassen Sie mich mit Mademoiselle Marlowe sprechen.«

»Sie ist leider nicht in der Verfassung, an den Apparat zu kommen. Sie hat einen schweren Schock erlitten.«

»Von wo aus sprechen Sie?«

»Aus dem Atelier des Bildhauers Pavan. Wissen Sie, wo das ist?«

»Ja«, entgegnete Jacques rasch. »Ich bin in einer halben Stunde dort. Lassen Sie sie inzwischen mit keinem Menschen reden.«

»Dafür habe ich bereits gesorgt«, sagte Amru Singh. »Sie wird mit niemand ein Wort wechseln, bis Sie hier eintreffen.«

Jacques begriff nicht ganz, was Amru Singh gemeint hatte, bis er Rinas aschfahles Gesicht und den leeren Ausdruck in ihren Augen sah.

Die Polizei hatte sie vorsichtshalber abgesondert und sie in einem kleinen Ankleidezimmer des Ateliers untergebracht.

»Ihre Freundin scheint einen ziemlichen Nervenschock erlitten zu haben, Monsieur«, sagte der Inspektor. »Können Sie mir sagen, was sich zugetragen hat? Ich bin gerade erst hier eingetroffen; ein gemeinsamer Freund hat mich benachrichtigt.« Der Inspektor vollführte eine allgemeine Geste. »Es ist eine reine Routineangelegenheit, Monsieur. Mademoiselle Bradley ist die Treppe hinuntergestürzt. Wir brauchen nur Mademoiselle Marlowes Aussage, die sich zu dem Zeitpunkt als einzige in Begleitung der Verunglückten befand.«

Jacques nickte. Hinter der Geschichte mußte noch etwas anderes stecken. Warum hatte Amru Singh ihn sonst kommen lassen? »Darf ich in das Ankleidezimmer gehen?«

Der Inspektor verbeugte sich. »Selbstverständlich, Monsieur.«

Jacques betrat den kleinen Raum. Rina saß auf einem Stühlchen, ihr Gesicht zur Hälfte hinter einem Mann verborgen, der einen Turban trug.

»Monsieur Deschamps?«

Jacques verneigte sich. »Zu Ihren Diensten, Monsieur Singh.« Er warf einen Blick auf Rina. Sie schien ihn nicht wahrzunehmen.

Als Amru Singh erneut das Wort ergriff, klang seine Stimme so leise, als rede er zu einem Kinde. »Ihr Freund, Monsieur Deschamps, ist hier, Mademoiselle.«
Rina hob den Kopf. Ihre Augen waren völlig ausdruckslos.
Jacques schaute Amru Singh fragend an. Die dunklen Augen des Mannes waren undurchdringlich.
»Ich war am Unfallort, Monsieur. Sie war furchtbar aufgeregt und schien unter der Zwangsvorstellung zu leiden, sie sei schuld am Unfall ihrer Freundin.«
»Hat sie etwas damit zu tun gehabt?« fragte Jacques.
»Wie ich der Polizei bereits erklärt habe«, sagte Amru Singh höflich, »besitze ich keinerlei Anhaltspunkte dafür.«
»Was hat sie der Polizei gegenüber ausgesagt?«
»Ich hielt es für richtiger, daß sie überhaupt nichts aussagt«, erwiderte Amru Singh.
»Sind Sie Arzt?«
»Ich bin Student, Monsieur.«
Jacques schaute ihn an. »Wie haben Sie sie dann davon abhalten können, eine Aussage zu machen?«
»Ich habe es ihr verboten.«
»Und sie hat sich Ihrer Anordnung gefügt?« fragte Jacques.
Amru Singh nickte. »Ihr blieb kaum etwas anderes übrig.«
»Darf ich mit ihr sprechen?«
»Wenn Sie wollen«, erwiderte Amru Singh. »Aber dann lieber irgendwo anders, nicht hier. Man könnte ihre Aussagen mißdeuten.«
»Die Polizei hat doch aber bereits nach einem Arzt geschickt«, sagte Jacques. »Wird er nicht . . .?«
Amru Singh lächelte. »Er wird nur bestätigen, daß sie einen Nervenschock hat.«
Genau das stellte der Arzt fest. Jacques wandte sich an den Inspektor. »Wenn Sie gestatten, Inspektor, möchte ich Miß Marlowe jetzt gern nach Hause begleiten. Ich werde morgen nachmittag, sobald ihr Arzt sie behandelt hat, mit ihr zur Polizei gehen, damit sie ihre Aussage machen kann.«
Der Inspektor verneigte sich.
Im Taxi lehnte sich Jacques nach vorn und nannte dem Fahrer Rinas Adresse.
»Ich hielte es für besser, wenn Miß Marlowe nicht in ihre eigene Wohnung gehen würde«, sagte Amru Singh rasch. »Dort erinnert sie zu vieles an ihre verstorbene Freundin.«
Jacques überlegte einen Augenblick und gab dem Fahrer dann seine Adresse.
Am folgenden Tage suchten sie den Polizei-Inspektor auf. Von dort gingen sie in ihre Wohnung und holten ihre Sachen. Zwei Abende danach, als er unerwartet nach Hause kam, erhob sich Amru Singh aus einem Stuhl.

»Amru Singh ist mein Freund«, sagte Rina zögernd.
Jacques schaute erst sie an, dann den Inder. Mit ausgestreckter Hand trat er rasch auf ihn zu. »Wenn er dein Freund ist«, sagte er, »ist er auch mein Freund.«
Die weißen Zähne des Inders blitzten in einem Lächeln auf, und sie drückten sich die Hände. Von diesem Augenblick an speisten die drei wöchentlich mindestens einmal miteinander.

Jacques schloß die Tür auf, ließ Rina den Vortritt und folgte ihr dann ins Schlafzimmer. Schon auf der Schwelle warf sie die Schuhe ab, setzte sich auf den Bettrand und rieb ihre Füße. »Ah, das tut wohl.«
Er kniete vor sie hin und massierte ihre Füße. Lächelnd schaute er sie an. »Du warst schön heut abend.«
Sie erhob sich vom Bett, zog ihr Kleid aus und ließ sich dann in Yogahaltung mit untergeschlagenen Beinen auf dem Fußboden nieder.
»Was soll denn das?« fragte er überrascht.
»Vorbereitungen zur Meditation«, antwortete sie. »Amru Singh behauptet, fünf Minuten Meditation vor dem Schlafengehen seien dazu angetan, den Geist zu beruhigen und den Körper zu entspannen.«
Er entfernte die Manschettenknöpfe aus seinem Hemd und legte sie auf den Ankleidetisch. Er beobachtete sie im Spiegel. »Weißt du, daß es mir nicht schwerfallen würde, auf Amru Singh eifersüchtig zu sein?«
»Das würde mich sehr unglücklich machen«, sagte sie ernst. »Denn dann müßte ich den Umgang mit ihm aufgeben.«
»Das würdest du für mich tun?«
»Natürlich«, sagte sie. »Ich liebe dich. Er ist nur mein Freund, mein Lehrer.«
»Er ist auch mein Freund«, erklärte er ernst. »Ich würde es sehr bedauern, wenn dieses Verhältnis durch eine scherzhafte Bemerkung von mir eine Trübung erführe.«
Sie lächelte. Er erwiderte ihr Lächeln und trat an den Ankleidetisch. Er begann sein Hemd auszuziehen. »Und was hast du heute von unserem Freund gelernt?«
»Es besteht Aussicht, daß ich das Todesverlangen, das viele meiner Handlungen von Kindheit an bestimmt hat, bald überwunden habe.«
»Gut«, sagte Jacques. »Und wie will er das bewerkstelligen?«
»Durch Yoga-Übungen für die Niederkunft. Ich muß lernen, meinen ganzen Körper zu beherrschen.«
»Ich begreife das nicht ganz. Die Übungen haben doch nur Sinn, wenn jemand ein Kind erwartet.«
»Ich weiß«, sagte sie. Etwas in ihrer Stimme veranlaßte ihn, sie im Spiegel anzuschauen.
»Wie sind wir überhaupt auf dieses Thema gekommen?« fragte er.

Ihre Blicke streiften ihn. »Der Grund bist du«, sagte sie. »Dr. Fornay sagt, du hättest mich *enceinte* gemacht.«
Plötzlich lag er auf dem Fußboden neben ihr, hielt sie in den Armen, küßte sie und redete davon, sich scheiden zu lassen, damit das Kind in der Familienvilla in Südfrankreich zur Welt kommen könnte.
Sie legte einen Finger auf seine Lippen. Es schien ihm, als wäre sie plötzlich die Ältere. »Sachte, sachte«, sagte sie. »Du benimmst dich gerade wie ein Amerikaner mit dummen provinziellen Vorstellungen. Wir wissen doch beide, daß eine Scheidung deine ganze Laufbahn gefährden würde, also kein Wort mehr darüber. Ich bringe das Kind zur Welt, und wir machen so weiter wie bisher.«
»Wenn dein Vater aber nun dahinterkommt?«
Sie lächelte. »Er braucht nichts davon zu erfahren. Wenn ich auf Besuch nach Hause fahre, sage ich einfach, daß ich eine nicht sehr glückliche Heirat gemacht habe, und man wird so klug sein wie zuvor.« Sie lachte und schob ihn auf das Badezimmer zu. »Geh jetzt und nimm dein Bad. Du hast für heute gerade genug Aufregung gehabt. Hast du mir die Bostoner Zeitungen mitgebracht?«
»Sie stecken in meiner Aktentasche.«
Er legte sich in die Wanne. Das Wasser war warm und beruhigte Nerven und Herz. Mit einem Gefühl außerordentlichen Wohlbehagens begann er, sich einzuseifen.
Seinen Mantel zubindend, trat er aus dem Badezimmer. Rina war nicht im Schlafzimmer, und er schaute im Wohnzimmer nach. Etwas an der ganzen Art, wie sie am Tisch saß und auf die Zeitung starrte, jagte einen eisigen Schauer durch seine Glieder. »Rina!«
Sie wandte sich ihm zu. Langsam hob sie den Kopf. Noch nie hatte er eine so tiefe Qual im Blick eines Menschen gesehen. Es war, als hätte sie alle Hoffnung auf Erlösung aufgegeben. »Ich kann das Kind nicht haben, Jacques«, flüsterte sie mit tonloser Stimme.
Seine Stimme kratzte in der Kehle. »Was?«
Tränen traten in ihre Augen. »Ich muß heimfahren«, flüsterte sie.
»Warum denn nur?« rief er, bereits von Trennungsschmerz gepeinigt.
Sie deutete auf die Zeitung, und er schaute über ihre Schulter auf das Blatt. Schlagzeilen liefen über die ganze Seite.

Harrison Marlowe unter Anklage
Bostoner Bankier in fünfter Generation
auf strafbare Weise in Bankrott von
Familienbank verwickelt

Darunter befand sich ein dreispaltiges Bild Harrison Marlowes.

Er legte die Hände auf ihre Schulter. »Du Ärmste, sagte er.
Er konnte ihr geflüstertes »Und ich habe mich so auf das Kind gefreut« kaum vernehmen.
Er war viel zu vernünftig, als daß er sie umzustimmen versucht hätte. Als Franzose hatte er für eines volles Verständnis – Kindespflichten. »Wir werden uns später ein anderes Kind anschaffen«, sagte er. »Sobald diese Angelegenheit erledigt ist, kommst du nach Frankreich zurück.«
Er fühlte, wie sie sich in seinen Armen bewegte. »Dr. Fornay hat mir erklärt, daß ich danach vielleicht nie wieder ein Kind haben werde.«

13

Von ihrer Seite des Sprechgitters sah Rina ihren Vater näher kommen. Seine Augen waren glanzlos, sein Haar war grau geworden, selbst sein Gesicht schien von demselben eintönigen Grau wie seine Gefangenenkluft.
»Hallo, Vater«, sagte sie leise, als er sich auf dem Stuhl ihr gegenüber niederließ.
Er rang sich ein Lächeln ab. »Hallo, Rina.«
»Alles in Ordnung, Vater?« fragte sie besorgt. »Ist man ...?«
»Man behandelt mich sehr zuvorkommend«, sagte er rasch. »Ich arbeite in der Bücherei und muß ein neues Leihsystem ausarbeiten. Man hat zu viele Bücher eingebüßt.«
Sie streifte ihn mit einem Blick und hielt das Ganze für einen Scherz von ihm.
»Ich habe an meinen Vetter Foster geschrieben«, sagte er. »Er und seine Frau Betty würden dich gern bei sich sehen. Dort in Kalifornien soll es sehr schön sein, und du könntest bei ihnen bleiben, bis ich nachkäme.«
»Aber dann könnte ich dich ja nicht mehr besuchen«, sagte sie rasch und griff durch das Gitter nach seinen Händen.
Er drückte ihre Finger. »Es ist besser, du fährst, besser für uns beide.«
»Aber, Vater ...« protestierte sie.
Der Aufsichtsbeamte kam auf sie zu, und ihr Vater erhob sich. »Ich habe Stan White bereits Anweisung erteilt«, sagte er. »Tu, was ich dir sage und fahre.«
Er wandte sich ab, und sie schaute ihm aus tränenverschleierten Augen nach.
Erst viele Monate später sah sie ihn wieder, als sie sich auf der Hochzeitsreise und wiederum auf dem Wege nach Europa befand. Sie brachte ihren Gatten mit ins Gefängnis.
»Vater«, sagte sie fast scheu. »Dies ist Jonas Cord.«
Harrison Marlowe sah einen Mann seines eigenen Alters vor sich, vielleicht sogar noch älter, einen Mann, der sich aufrecht trug und eine jugendliche Vitalität ausstrahlte, wie sie charakteristisch für Leute aus dem Westen zu sein schien.

»Hast du irgendeinen Wunsch, Vater?« fragte sie.
»Können wir etwas für Sie tun, Mr. Marlowe, irgend etwas?« fügte Jonas Cord hinzu.
»Nein, nein, vielen Dank.«
Cord schaute ihn an, und Harrison Marlowe blickte einen Moment in tiefliegende, durchdringende blaue Augen. »Mein Betrieb wird ständig größer, Mr. Marlowe«, sagte er. »Ich würde es sehr begrüßen, wenn Sie sich nach Ihrer Entlassung und eh Sie weitere Pläne machen, an mich wendeten. Ich brauche einen Mann mit Ihrer Erfahrung in finanziellen Dingen.«
»Sehr freundlich von Ihnen, Mr. Cord.«
Jonas Cord wandte sich an Rina. »Entschuldige mich«, sagte er. »Ich weiß, daß du gern mit deinem Vater allein sprechen möchtest. Ich warte draußen.«
Rina nickte, und die beiden Männer verabschiedeten sich. Für eine Weile blickten Vater und Tochter sich an. »Was hältst du von ihm, Vater?« sagte Rina schließlich.
»Er muß mindestens so alt sein wie ich.«
Rina lächelte. »Ich habe dir doch gesagt, daß ich einen reifen Mann heiraten würde, Vater. Ich habe junge Kerle nie ausstehen können.«
»Aber – aber . . .«, stammelte ihr Vater. »Du bist eine junge Frau. Dein ganzes Leben liegt noch vor dir. Warum hast du ihn geheiratet?«
Rina lächelte sanft. »Er ist sehr reich, Vater«, sagte sie leise. »Und sehr einsam.«
»Und deswegen hast du ihn geheiratet?« Dann begriff er plötzlich, warum ihm ihr Gatte ein Angebot gemacht hatte. »Damit er für mich sorgen könnte?«
»Nein, Vater«, erwiderte sie rasch. »Nicht deswegen hab' ich ihn geheiratet.«
»Warum denn sonst?« fragte er. »Warum?«
»Damit ich versorgt bin«, sagte sie schlicht.
»Aber Rina . . .«, wandte er ein.
Sie schnitt ihm das Wort ab. »Schließlich hast du selber gesagt, Vater, daß ich nicht imstande wäre, für mich selber zu sorgen. Deswegen hast du mich doch überhaupt nur weggeschickt.«
Er gab keine Antwort. Was sollte er darauf erwidern? Nach einigen peinlichen Augenblicken trennte man sich. Er streckte sich auf der schmalen Pritsche in seiner Zelle aus und starrte gegen die Decke. Ihn fröstelte. Er bebte und zog die dünne Decke über die Beine. Wo hatte er ihr gegenüber versagt? Wo lag sein Fehler? Er vergrub das Gesicht in dem harten Strohkissen, und heiße Tränen rannen ihm über die Backen. Er zitterte und fror bis ins Mark. Später an jenem Abend kam man und überführte ihn mit hohem Fieber in das Gefängnishospital. Drei Tage später, während Rina und Jonas Cord sich noch auf hoher See befanden, starb er an Lungenentzündung.

Der Schmerz begann in ihren Schläfen zu pochen und schnitt wie ein scharfes Messer in ihren Traum. Sie spürte, wie er ihr entglitt, und dann kam die fürchterliche Einsamkeit des Erwachens. Sie bewegte sich unruhig. Alles trat zurück und löste sich auf, nur sie selbst nicht. Für eine Weile hielt sie den Atem an und kämpfte gegen die Rückkehr in die Wirklichkeit. Aber es half nichts. Die letzten warmen Spuren des Traumes waren verweht. Sie war wach. Sie öffnete die Augen und schaute sich für einen Augenblick voller Befremden im Krankenzimmer um. Dann fiel ihr ein, wo sie sich befand. Auf der Kommode dem Fußende des Bettes gegenüber standen neue Blumen. Man mußte sie ihr gebracht haben, während sie schlief.

Langsam bewegte sie den Kopf. Ilene döste in dem großen Lehnstuhl in Fensternähe. Draußen war es Nacht. Sie mußte den ganzen Nachmittag geschlafen haben.

»Ich habe fürchterliche Kopfschmerzen«, flüsterte sie, kaum hörbar. »Dürfte ich etwas Aspirin haben, bitte?«

Ilene fuhr ruckartig hoch und schaute Rina fragend an.

Rina lächelte. »Ich habe den ganzen Nachmittag verschlafen.«

»Den ganzen Nachmittag?« Es war das erste Mal seit fast einer Woche, daß Rina das Bewußtsein wiedererlangte. »Den ganzen Nachmittag«, wiederholte Ilene. »Ja.«

»Ich war so müde«, sagte Rina. »Und ich kriege immer solche Kopfschmerzen, wenn ich tagsüber schlafe. Ich hätte gern etwas Aspirin.«

»Ich werde die Schwester rufen.«

»Laß nur, ich mach' das schon«, sagte Rina rasch. Sie wollte die Hand heben, um auf den Klingelknopf zu drücken. Aber sie konnte den Arm nicht bewegen.

Sie warf einen Blick darauf. Ihr Arm war an die Bettkante geschnallt. In eine Ader ihres Unterarms hatte man eine Kanüle eingeführt, durch einen langen Schlauch mit einer umgekehrt auf einem Ständer stehenden Flasche verbunden.

»Wozu das?«

»Der Arzt hielt es für richtiger, wegen der Nahrungsaufnahme deine Ruhe nicht zu unterbrechen«, erklärte Ilene rasch. Sie lehnte sich über das Bett und drückte auf den Summer.

Fast augenblicklich erschien die Schwester auf der Schwelle. Sie trat rasch an das Bett, blieb neben Ilene stehen und warf einen Blick auf Rina. »Sind wir wach?« fragte sie mit professioneller Heiterkeit.

Rina lächelte. »Wir sind wach«, sagte sie leise. »Sie sind eine neue, nicht wahr? Ich kann mich gar nicht an Sie erinnern.«

Die Schwester warf Ilene einen kurzen Blick zu. Sie hatte seit Rinas Einlieferung Dienst gemacht. »Ich bin die Nachtschwester«, antwortete sie ruhig. »Meine Schicht hat gerade begonnen.«

»Ich kriege immer Kopfschmerzen, wenn ich nachmittags schlafe«, sagte Rina. »Kann ich nicht eine Tablette haben?«

»Ich werde den Arzt rufen«, sagte die Schwester. Rina wandte den Kopf. »Du mußt sehr müde sein«, sagte sie zu Ilene. »Warum gehst du nicht nach Hause und ruhst dich ein bißchen aus? Du bist den ganzen Tag hier gewesen.«

»Ich bin gar nicht müde. Ich habe heut nachmittag die Augen für ein Weilchen zugemacht.«

In dem Augenblick betrat der Arzt das Zimmer. Er stand da und blinzelte hinter seinen funkelnden Brillengläsern. »Guten Abend, Miß Marlowe. Haben Sie gut geruht?«

Rina lächelte. »Zu lange, Herr Doktor. Ich habe Kopfschmerzen davon bekommen.« Ihre Stirn legte sich in Falten. »Ganz eigenartige Kopfschmerzen.«

Er trat an das Bett und fühlte ihren Puls. »Eigenartig?« fragte er, den Blick auf seine Uhr gerichtet. »Wie meinen Sie das?«

»Wenn ich mich an Namen erinnern will, scheint es am schlimmsten zu sein. Ich kenne Sie, und ich kenne meine Freundin hier« – sie deutete auf Ilene –, »aber wenn ich Ihren Namen aussprechen will, setzen die Kopfschmerzen ein, und ich kann mich nicht daran erinnern.«

Der Arzt lachte, als er ihr Handgelenk losließ. »Das ist weiter gar nicht ungewöhnlich. Es gibt bestimmte Arten von Migräne, bei denen Leute ihren eigenen Namen vergessen. So schlimm ist es doch bei Ihnen nicht, oder doch?«

»Nein, so schlimm ist es nicht«, antwortete Rina.

Der Arzt zog einen Augenspiegel aus seiner Tasche und beugte sich über sie. »Ich werde jetzt durch dieses Instrument in Ihre Augen sehen«, sagte er. »Vielleicht stellt sich dabei heraus, daß Ihr Kopfschmerz auf weiter nichts zurückzuführen ist als übermüdete Augen. Haben Sie keine Angst.«

»Ich habe keine Angst, Herr Doktor«, antwortete Rina. »In Paris hat mich ein Arzt schon einmal mit einem solchen Instrument untersucht. Er dachte, ich hätte einen Nervenschock erlitten. Dabei war ich nur hypnotisiert.«

Er griff mit seinem Daumen in ihren Augenwinkel und hob das Lid an. Er drückte einen an dem Instrument befindlichen Knopf, und ein helles Licht fiel durch eine winzige Öffnung. »Wie heißen Sie?« fragte er beiläufig.

»Katrina Osterlaag, erwiderte sie schnell. Dann lachte sie. »Sehen Sie, Doktor, ich habe Ihnen ja gesagt, ganz so schlimm wäre mein Kopfschmerz nicht Ich weiß noch immer, wie ich heiße.«

»Wie heißt Ihr Vater?« fragte er und brachte das Instrument an das andere Auge.

»Harrison Marlowe. Auch das weiß ich noch.«

»Und wie ist Ihr Name?« fragte er noch einmal, wobei das Licht halbkreisförmig in ihren oberen Augenwinkel fiel.

»Rina Marlowe«, antwortete sie. Sie lachte laut. »Mich können Sie nicht so leicht aufs Glatteis führen, Doktor.«
Er schaltete das Licht ab und richtete sich auf. »Nein, das dürfte schwerfallen«, sagte er und lächelte ihr zu.

Ilene schloß die Tür ihres Büros auf und trat an ihren Schreibtisch. Einige Kostümentwürfe für einen neuen Film warteten zur Begutachtung auf sie. Sie schaltete die Lampe an und trat vor die eingebaute Bar.
Sie nahm eine Flasche Scotch heraus, füllte ein Glas mit Eiswürfeln und goß Whisky darüber. Dann kehrte sie an ihren Schreibtisch zurück, setzte sich, nippte an dem Getränk und betrachtete die Entwürfe. Aber immer wieder trübten Tränen ihren Blick. Die Skizzen schienen zu verschwinden, und sie sah nur Rina vor sich, wie sie zum erstenmal hier gestanden hatte, von weißer schimmernder Seide umflossen.
Es war noch gar nicht lange her. Fünf Jahre. Und die weiße Seide war für ein Brautkleid bestimmt. Es war kurz vor Rinas Hochzeit mit Nevada Smith.

15

Die Hochzeit sollte in aller Stille stattfinden, aber statt dessen wurde ein Zirkus daraus, der größte Rummel, den Hollywood je erlebt hatte. Und das alles nur, weil es David Woolf schließlich gelungen war, mit der rothaarigen Komparsin ins Bett zu kriechen, die eine Nebenrolle in *Der Renegat* spielte.
Obwohl er nur eine unbedeutende Stellung in der Propaganda-Abteilung innehatte und nur fünfunddreißig Dollar wöchentlich verdiente, konnte sich David vor Mädchen kaum retten. Das ließ sich mit einem einzigen Wort erklären, Nepotismus. Bernie Norman war sein Onkel.
Nicht, daß ihm dies viel genützt hätte. Aber das wußten die Mädchen ja nicht. Wie hätten sie ahnen sollen, daß Norman den Anblick seines Schwestersohnes kaum ertragen konnte und ihn nur deshalb angestellt hatte, um seine Schwester zum Schweigen zu bringen?
Damit er jedoch vor jeder Belästigung durch ihn sicher wär, hatte er seinen Sekretärinnen Anweisung erteilt, ihn unter keinen Umständen in sein Büro zu lassen.
David fühlte sich zwar zurückgesetzt dadurch, aber augenblicklich dachte er weiter nicht daran. Er war dreiundzwanzig und hatte wichtige Überlegungen anzustellen.
Das Mädchen redete. Zuerst hörte David gar nicht zu. »Was hast du gesagt?« fragte er.
»Ich möchte an der Nevada-Smith-Hochzeit teilnehmen.«
»Die Hochzeit soll im kleinsten Kreis stattfinden«, sagte er.

Ihre Stimme wurde klarer, als sie zu ihm aufschaute. »Trotzdem wird eine Menge Prominenz da sein, die mich sonst nie zu Gesicht bekäme.«
»Ich will sehen, was sich machen läßt.«
Erst eine Weile später kam ihm der Einfall. Er stieß einen unartikulierten Laut aus, als ihm die weitreichenden Folgen plötzlich aufgingen.

Es war Bernie Normans Ehrgeiz, jeden Morgen der erste in der Direktion zu sein. Pünktlich um sieben rollte seine schwarze, von einem Chauffeur gesteuerte Limousine durch das massive Stahltor und hielt vor dem Bürogebäude. Er käme gern recht früh, betonte er immer, weil er dadurch Gelegenheit hätte, seine Post durchzusehen, die mindestens doppelt so umfangreich wäre wie die der anderen, ehe seine Sekretärinnen erschienen. Auf diese Weise hätte er den Rest des Tages für Besucher frei. Seine Tür stünde stets offen, behauptete er.
In Wirklichkeit kam er nur deshalb so zeitig, weil er ein geborener Schnüffler war. Obwohl niemand es je erwähnte, wußten alle Leute im Studio, was er von dem Augenblick an tat, da die Haustür sich hinter ihm schloß. Dann schlich er durch sämtliche Büros, durchstöberte alle offenen Schubladen und las jedes herumliegende Schriftstück und jeden Brief. Es kam so weit, daß leitende Angestellte, die Normans Aufmerksamkeit auf eine bestimmte Sache lenken wollten, arglos einen darauf bezüglichen Zettel auf ihren Schreibtischen liegen ließen, wenn sie nach Hause gingen.
Norman rechtfertigte sein Verhalten vor sich selber auf sehr einfache Weise. Er wolle nur auf dem laufenden bleiben; wie könne ein einziger Mann sonst die Übersicht über eine derart komplizierte Organisation behalten?
An jenem Morgen stand er erst gegen acht Uhr vor der Tür seines eigenen Büros, da er sich in den anderen Räumen etwas länger aufgehalten hatte als üblich. Er seufzte schwer und öffnete die Tür. Probleme, immer Probleme.
Er war im Begriff, an seinen Schreibtisch zu treten, als er plötzlich vor Schreck erstarrte. Sein Neffe David lag schlafend auf der Couch. Der Fußboden rings um ihn war mit allerlei Schriftstücken bedeckt. Bernie geriet in Wut. Er durchquerte das Zimmer und rüttelte David wach. »Was, zum Teufel, treibst du denn hier in meinem Büro, du nichtsnutziger Lump!« brüllte er.
Bestürzt richtete David sich auf. »Ich wollte nur ein paar Schriftstücke einsehen und muß darüber eingeschlafen sein.«
»Schriftstücke!« schrie Norman. »Was für Schriftstücke?« Er starrte seinen Neffen entsetzt an. »Den Produktions-Vertrag für den *Renegaten!*« sagte er anklagend. »Meine eigenen vertraulichen Akten!«
»Ich habe eine Erklärung dafür«, sagte David, der inzwischen völlig munter geworden war, rasch.
»Keinerlei Erklärungen!« sagte Norman dramatisch. Er deutete auf die Tür. »Raus! Wenn du in fünf Minuten das Haus nicht verlassen hast, rufe ich die

Wache und lass' dich hinauswerfen. Du bist durch. Entlassen. Fertig. Schleicher und Spione werden hier nicht geduldet. Noch dazu der Sohn meiner eigenen Schwester. Geh!«

»Reg dich doch nicht künstlich auf, Onkel Bernie«, sagte David und erhob sich.

»Mich nicht aufregen, sagt der Mensch zu mir!« tobte Norman. »Die halbe Nacht hält mich seine Mama mit Telefonanrufen wach.« Unbewußt imitierte er die näselnde weinerliche Stimme seiner Schwester. »›Mein Duvidele ist noch immer nicht zu Hause, die ganze Nacht ist er nicht nach Hause gekommen. Vielleicht ist ihm was zugestoßen?‹ Was zugestoßen, hah! Ich hätte ihr sagen sollen, daß ihr kleiner Duvidele die ganze Nacht mit der rothaarigen Schickse aus dem Studio herumgehurt hat, ha! Raus jetzt!«

David starrte seinen Onkel an. »Wie bist du denn dahintergekommen?«

»Wie ich dahintergekommen bin?« tobte sein Onkel. »Ich weiß alles, was hier vorgeht. Denkst du etwa, einen solchen Betrieb hätt' ich aufbauen können, wenn ich ganze Nächte in möblierten Zimmern herumgehurt hätte? Nein! Gearbeitet hab' ich, sag' ich dir, geschuftet wie ein Hund. Tag und Nacht.«

Er trat an den Stuhl hinter dem Schreibtisch und ließ sich darauf niedersinken. Mit übertriebener Gebärde preßte er eine Hand auf sein Herz. »Schon gleich am frühen Morgen so einen Ärger, und noch dazu mit meinem eigenen Fleisch und Blut, das fehlt mir grade!« Er schloß seinen Schreibtisch auf und entnahm ihm ein Fläschchen mit Pillen. Rasch schluckte er zwei davon und lehnte sich mit geschlossenen Augen im Stuhl zurück.

David schaute seinen Onkel an. »Fühlst du dich nicht wohl, Onkel Bernie?«

Langsam schlug Norman die Augen auf. »Bist du noch immer hier?« fragte er mit der Stimme eines Mannes, der sich nur mit größter Mühe beherrscht. »Geh!« Seine Blicke fielen auf die Papiere am Fußboden. »Heb die Papiere vorher auf«, fügte er rasch hinzu. »Dann verschwinde.«

»Du weißt nicht einmal, warum ich heute früh hierhergekommen bin«, sagte David versuchsweise. »Etwas sehr Wichtiges ist zu bedenken.«

Sein Onkel öffnete die Augen und schaute ihn an. »Wenn es wichtig ist, so komm und laß dich anmelden bei mir wie alle andern. Du weißt, meine Tür steht immer offen.«

»Offen?« lachte David sarkastisch. »Wenn Christus persönlich in dieses Studio käme, würden ihn diese drei Harpyien nicht bis zu dir vorlassen.«

»Laß die Religion aus dem Spiele.« Warnend hob Norman die Hand. »Du kennst meine Ansichten. Für mich sind alle Leute gleich. Wer mich sprechen will, hat sich zu wenden an mein Mädchen Nummer drei. Die spricht dann mit meinem Mädchen Nummer zwei, und mein Mädchen Nummer zwei spricht mit meinem Mädchen Nummer eins. Wenn mein Mädchen Nummer eins die Sache für wichtig hält, trägt sie mir die Angelegenheit vor, und ehe sich der Betreffende versieht, ist er in meinem Büro!« Er schnippte mit den Fingern. »Genauso! Aber keiner soll kommen und herumschleichen hier nachts und in meinen Akten schnüffeln. Und jetzt geh!«

»O. K.«, sagte David und schritt auf die Tür zu. Er hätte sich gleich sagen sollen, daß es sinnlos war, für den alten Bastard etwas tun zu wollen. »Ich gehe«, sagte er bitter. »Aber sobald die Tür hinter mir zufällt, stehst du als der Angeschmierte da, weil du mit mir eine Million Dollar hinauswirfst.«

»Augenblick!« rief sein Onkel hinter ihm her. »Ich lasse jedem Gerechtigkeit widerfahren. Wenn du mir etwas Wichtiges mitzuteilen hast, so sag es. Ich bin ganz Ohr.«

David machte die Tür zu. »Nevada Smith und Rina Marlowe heiraten nächsten Monat, noch ehe der Film anläuft.«

»Meinst du, das wüßte ich nicht?« sagte sein Onkel und stierte ihn an. »Wen interessiert das schon? Nicht einmal eingeladen zur Hochzeit haben sie mich. Außerdem ist Nevada total erledigt.«

»Vielleicht. Aber das Mädchen nicht. Hast du den Film gesehen?«

»Natürlich hab' ich den Film gesehen«, fiel Norman ihm ins Wort. »Wir führen ihn heut abend vor geladenen Gästen auf.«

»Und meinst du nicht auch, daß man sich danach um das Mädchen reißen wird?«

Sein Onkel hob den Kopf, und etwas wie Respekt spiegelte sich in seinen Augen. »So?«

»Aus den Papieren hab' ich ersehen, daß niemand sie unter Vertrag hat«, sagte David. »Laß sie noch heute unterschreiben. Dann ...«

Sein Onkel nickte bereits.

»Dann erklärst du ihnen, daß du ihnen die Hochzeit ausstatten willst. Als Geschenk des Studios. Wir machen die größte Sache daraus, die Hollywood je erlebt hat. Das trägt uns weitere fünf Millionen ein.«

»Was würde uns das nützen?« fragte Norman. »Der Film gehört uns nicht, wir sind nicht am Profit beteiligt.«

»Aber eine Verleihgebühr bekommen wir doch, oder nicht?« fragte David, dessen Zuversicht stieg, als er den gespannten Ausdruck auf dem Gesicht seines Onkels sah. »Fünfundzwanzig Prozent von fünf Millionen machen eineinviertel Millionen Dollar aus. Genug, um die Hälfte der jährlichen Kosten für unseren gesamten Verleihapparat zu decken. Und das Schönste daran ist, daß wir all unsere Ausgaben für die Hochzeit zu Lasten der Propaganda-Abteilung schreiben und sie aus dem Film herausholen können. Auf diese Weise kostet uns die Sache keinen Pfennig. Cord muß alles aus seinem Profitanteil bestreiten.«

Norman erhob sich. Tränen standen in seinen Augen. »Ich hab's ja immer gewußt! Es liegt im Blute!« rief er theatralisch. »Von jetzt an arbeitest du für mich, als mein Assistent! Ich werde den Mädchen Anweisungen geben, dir das

Zimmer nebenan einzurichten. Mehr könnte ich für meinen eigenen Sohn nicht tun, wenn ich einen hätte!«

»Noch etwas wäre zu überlegen.«

»So?« Norman setzte sich wieder. »Was denn?«

»Ich glaube, wir sollten Cord verpflichten, jährlich einen Film für uns zu machen.«

Norman schüttelte den Kopf. »Auf gar keinen Fall. Auch ohne ihn haben wir gerade schon genug Meschuggene um uns.«

»Er hat ein Gefühl für Filme. Man merkt es an seinem *Renegaten.*«

»Ein Zufallstreffer, weiter nichts.«

»Irrtum«, sagte David mit Nachdruck. »Ich war während der Dreharbeiten die ganze Zeit im Atelier. In dem ganzen Film gibt es nicht eine einzige Szene, mit der er nichts zu tun hatte. Ohne ihn wäre die Marlowe nie so groß herausgekommen. Er hat den schärfsten Blick für Weiber, den ich je erlebt habe.«

»Er ist ein Goi«, sagte Norman herabsetzend. »Was verstehen die schon von Weibern?«

»Davon verstanden die Gojim schon etwas, ehe Adam und Eva aus dem Paradies vertrieben wurden.«

»Nein«, sagte Norman.

»Warum nicht?«

»Einen solchen Kerl mag ich nicht um mich haben«, sagte Norman. »Der begnügt sich bestimmt nicht damit, nur einen Film zu machen. In allen Dingen wird er bald ein Wort mitreden wollen. Mit Leuten seines Schlages kann man nicht zusammenarbeiten.«

Er stand auf, kam hinter seinem Schreibtisch hervor auf seinen Neffen zu. »Nein«, sagte er. »Mit dem mach' ich keine Geschäfte. Aber dein andrer Vorschlag gefällt mir. Noch heute vormittag gehen wir und sehen zu, daß wir das Mädchen unter Vertrag bekommen. Dann sagen wir ihnen wegen der Hochzeit Bescheid. Nevada wird nicht sehr erbaut davon sein, sich aber fügen. Schließlich steckt sein eigenes Geld in dem Film, und er wird jedes Risiko vermeiden wollen.«

David sorgte dafür, daß Cord, der sich zur Zeit in Europa befand, eine besondere Kopie der Hochzeits-Wochenschau zugeschickt erhielt. Als Jonas den kleinen Vorführraum in London betrat, wo er sich den Film zeigen ließ, erloschen sofort die Lichter, und ein Fanfarenstoß hallte durch den Raum. Auf der Leinwand kamen Buchstaben aus einer sich drehenden Kamera gepurzelt, bis nichts anderes mehr zu sehen war.

Norman-Wochenschau
Die erste dabei.
Die beste
von allen.

Die dramatisch dunkle Stimme des Sprechers erklang, und man sah eine Kirche, um die es von Menschen wimmelte.

Ganz Hollywood, die ganze Welt ist neugierig auf die märchenhafte Hochzeit, die heute in Hollywood zwischen Nevada Smith und Rina Marlowe stattfindet, den beiden Stars des in Kürze durch Bernard B. Norman zur Uraufführung gelangenden Films *Der Renegat.*

Nevada wurde gezeigt: in dunkler Gala-Cowboytracht näherte er sich der Kirche auf dem Rücken eines strahlenden Schimmels.

Hier der Bräutigam, der weltberühmte Cowboy Nevada Smith, bei seinem Eintreffen vor der Kirche auf seinem nicht minder berühmten Pferd Whitey.

Nevada schritt die Stufen empor und betrat die Kirche, und die Polizei vermochte die Schaulustigen nur mit Mühe zurückzuhalten. Dann fuhr eine schwarze Limousine vor. Bernie Norman stieg aus und vollführte eine Wendung, um Rina behilflich zu sein. Sie blieb einen Augenblick stehen, lächelte die Menge an, hakte Norman dann unter und schritt mit ihm in die Kirche hinein, während die Kamera zur Großaufnahme näher heranrollte.

Und hier die Braut, die schöne Rina Marlowe, Hauptdarstellerin in dem Film *Der Renegat,* am Arm des bekannten Hollywood-Produzenten Bernard B. Norman, der die Braut zum Altar führen wird. Miß Marlowes Hochzeitskleid ist aus elfenbeinfarbener Alençon-Spitze, eigens entworfen für sie von Miß Ilene Gaillard, der berühmten Couturière, die auch die hinreißenden Kostüme entworfen hat, die Miß Marlowe in dem Bernard-B.-Norman-Film *Der Renegat* trägt.

Dann wurde eine Außenaufnahme von Nevadas Beverley-Hills-Villa eingeblendet, wo ein riesiges Zelt aufgeschlagen war, um das sich Tausende von Menschen drängten.

Hier auf den Rasenflächen vor der palastartigen Villa von Nevada Smith steht das Zelt, das die Angestellten und Arbeiter der Bernard-B.-Norman-Filmgesellschaft dem berühmten Brautpaar gestiftet haben. Es faßt tausend Gäste und ist das größte seiner Art, das je errichtet wurde. Und jetzt wollen wir einige von den berühmten Gästen begrüßen.

Die Kamera rollte über die Rasenflächen, und der Sprecher stellte eine Reihe berühmter Schauspieler vor, die ihre offenbar sorgfältig einstudierte Tätigkeit unterbrachen und sich lächelnd verneigten. Die Kamera vollführte eine Schwenkung und zeigte die Stufen, die zum Haupteingang hinaufführten, und gleich darauf erschienen Nevada und Rina auf der Schwelle. Einen Augenblick später stand Norman zwischen ihnen. Rina hielt einen großen Strauß aus Rosen und Orchideen in den Armen.

Hier sehen wir das glückliche Brautpaar noch einmal zusammen mit ihrem Freund, dem berühmten Produzenten Bernard B. Norman. Die Braut ist im Begriff, ihren Strauß in die begierig wartende Menschenmenge zu werfen.

Es folgte eine Aufnahme von Rina, die ihren Strauß unter eine Gruppe von hübschen jungen Mädchen warf, von denen jedes einzelne ihn zu erhaschen versuchte. Schließlich gelangten die Blumen in den Besitz eines rothaarigen, schwarzäugigen Mädchens, das in Großaufnahme auf der Leinwand erschien.

Der Strauß wurde von Anne Barry aufgefangen, einer Freundin der Braut. Miß Barry, eine außerordentlich hübsche Rotblonde, spielt ebenfalls eine bedeutende Rolle in dem Film *Der Renegat* und ist auf Grund ihrer hervorragenden Leistung soeben von der Norman-Filmgesellschaft vertraglich verpflichtet worden.

Dann kam eine letzte Großaufnahme. Rina, Norman und Nevada lächelten. Norman stand zwischen beiden, den einen Arm väterlich um Nevadas Schultern gelegt, den anderen im Rücken der Braut, so daß er den Blicken entzogen war. Alle lachten fröhlich, und die Szene verblaßte.
Als die Lichter im Vorführraum angingen, erhob sich Jonas und verließ das Zimmer mit starrem Gesicht. Etwas schnürte ihm die Eingeweide zusammen. Wenn Rina es durchaus so haben wollte, sollte sie ruhig. Von ihm aus geschenkt.
Was Jonas jedoch nicht sah und was auch von den anderen Zuschauern niemand wahrnehmen konnte, war Normans linke, hinter Rinas Rücken verborgene Hand, mit der er seelenruhig die Rundungen ihrer Hinterbacken tätschelte.

16

Es war bereits nach acht Uhr gewesen, als Ilene hörte, wie die Vorzimmertür zu ihrem Büro aufging. Sie legte die kleine Palette beiseite und wischte sich die Farbflecke auf ihren Händen an ihrem locker sitzenden grauen Kittel ab. Gerade als sie sich umwandte, trat Rina zur Tür herein.
»Es tut mir leid, wenn ich dich aufgehalten habe«, entschuldigte sich Rina. »Wir haben wieder mal Überstunden gemacht.«

Ilene lächelte. »Schon gut. Ich hatte ohnehin noch zu tun.« Sie blickte Rina an. »Du siehst müde aus. Setz dich doch und ruh dich ein Weilchen aus. Ich wußte, daß du erst später kommen würdest, und habe Kaffee und belegte Brote bestellt.«

Rina lächelte anerkennend. »Danke«, sagte sie, hockte sich auf die große Couch und streifte ihre Schuhe mit einer ruckartigen Fußbewegung ab. »Ich bin müde.«

Ilene schob den Teewagen an die Couch. Sie öffnete einen kleinen Kühlschrank, nahm ein Tablett mit Sandwiches heraus und stellte es vor Rina hin. Dann machte sie eine Thermosflasche auf und goß Rina eine Tasse ein.

Rina setzte die dampfende Tasse an die Lippen. »Das tut gut«, sagte sie über den Tassenrand hinweg. Sie nippte noch einmal und lehnte ihren Kopf gegen den Rücken der Couch. »Ich bin so ausgepumpt, daß ich nicht einmal Hunger habe.«

»Das kann ich mir denken«, antwortete Ilene. »In dem ganzen Jahr seit Beendigung des *Renegat* hast du nicht eine einzige freie Woche gehabt. Drei Filme hintereinander, und nächste Woche fängst du schon wieder einen neuen an. Ein Wunder, daß du noch nicht völlig zusammengeklappt bist.«

Schweigend füllte Ilene ihre Tasse und goß sich dann selber eine ein, Rina aß hastig und war alsbald fertig. Sie nahm eine Zigarette aus der kleinen Büchse auf dem Tischchen und steckte sie an.

Sie lehnte sich zurück und blies den Rauch gegen die Zimmerdecke. Ein Anhauch von Farbe kehrte in ihre Wangen zurück. »Jetzt fühle ich mich wohler. Sobald ich ausgeraucht habe, können wir die Kostüme anprobieren.«

»Das eilt nicht«, sagte Ilene. »Ich habe Zeit.«

Rina erhob sich. »Meinetwegen können wir gleich anfangen«, sagte sie und drückte ihre Zigarette in einem Aschenbecher aus. »Mir ist gerade eingefallen, daß ich mich morgen früh um sechs für ein Filmmagazin beim Frühstück aufnehmen lassen muß.«

Ilene trat an den Schrank und schob die Tür zurück. Darin hingen sechs Paar Trikots, wie man sie im Zirkus trägt, jedes von einer anderen Farbe. Rina nahm eines heraus und wandte sich, das knapp zugeschnittene Trikot vor sich haltend, an Ilene. »Die Dinger werden von Mal zu Mal kleiner.«

Ilene lächelte. »Bernie höchstpersönlich hat sie so bestellt. Schließlich heißt der Film ja *Das Mädchen auf dem fliegenden Trapez.*«

Sie nahm das Trikot und Rina zog sich aus. Rina drehte ihr den Rücken zu, streifte ihr Kleid ab und zwängte sich in das enganliegende Kostüm. »Puh!« keuchte sie. »Ich hätte diese Sandwiches doch nicht essen sollen!«

Ilene begutachtete das Kostüm. »Steig einen Augenblick auf das Podest«, sagte sie. »Ich muß ein paar geringfügige Änderungen vornehmen.«

Rasch kreidete sie die Änderungen an. »O. K.«, sagte sie. »Probieren wir das nächste an.«

Rina trat von dem Podest herunter und kehrte Ilene den Rücken zu. Mit geschickten Fingern hakte Ilene den Verschluß auf. Das Trikot öffnete sich, und ihre Finger streiften Rinas nackten Rücken und prickelten unter der Berührung mit dem festen, warmen Fleisch. Ilene spürte, wie ihr das Blut zu Kopf stieg. Rasch trat sie zurück, als hätte sie ein heißes Eisen angefaßt. Schon viel zu oft war sie in Versuchung gewesen, ihre in langen Jahren erworbene Position durch etwas Derartiges zu gefährden.
Rina ließ das Oberteil ihres Kostüms bis auf die Taille fallen und bemühte sich, die prall sitzenden Höschen über ihre Hüften zu streifen. Sie schaute Ilene an. »Ich fürchte, du mußt mir wieder behilflich sein.«
Ilene bewahrte eine maskenhafte Miene. »Steig noch einmal auf das Podest«, sagte sie gepreßt.
Rina stieg auf das Podest und wandte sich ihr zu. Ilene zerrte an dem Kleidungsstück. Ihre Finger brannten, sobald sie Rina irgendwo berührte. Schließlich gab das Trikot nach, und Ilene spürte, wie Rina erbebte.
»Ist dir kalt?« fragte Ilene zurücktretend. Rina starrte sie für einen Augenblick an und wandte dann die Augen ab. »Nein«, erwiderte sie leise und trat aus dem Trikot. Sie hob es auf und reichte es Ilene.
Ilene griff nach dem Kostüm, berührte Rinas Hand und war plötzlich außerstande, sie loszulassen. Sie blickte Rina unverwandt an, und ihr Herzschlag schien auszusetzen.
Wieder erbebte Rina. »Nein«, flüsterte sie, den Blick noch immer abgewandt. »Bitte, nicht.«
Ilene kam sich vor wie in einem Traum. Nichts schien wirklich. »Schau mich an«, sagte sie.
Langsam wandte Rina den Kopf. Ihre Blicke trafen sich, und Ilene fühlte deutlich, wie sie zitterte.
Sie trat zurück, und Rina kam herunter in ihr Arme.
Plötzlich füllten sich Ilenes Augen mit heißen Tränen. »Warum?« rief sie erregt. »Weshalb mußtest du ihn heiraten?«

Wie gewöhnlich wurde Nevada früh um halb fünf wach, fuhr in ein Paar ausgefranste Hosen und ging hinunter in die Stallungen. Und wie gewöhnlich machte er beim Hinausgehen die Verbindungstür zwischen ihren Zimmern zu, damit Rina wissen sollte, daß er bereits aufgestanden war.
Er ritt den Pfad hinunter zu der kleinen Reitbahn, die er hinter der Villa am Fuß des Hügels angelegt hatte. Beim Vorbeireiten konnte er die grauen Turmspitzen auf dem Dach erkennen. Mechanisch ließ er das Pferd sämtliche Gangarten durchmachen.
Der Artikel, den er in *Variety* gelesen hatte, fiel ihm ein. Seine Lippen kräuselten sich ironisch. Sein Film war der größte Kassenerfolg des Jahres, und dennoch hatte ihm während der ganzen Zeit niemand eine neue Rolle angebo-

ten. Die Tage der großen Wildwestfilme waren vorüber. Sie waren zu teuer. Wieder warf er einen Blick auf die Villa. Das war die größte Dummheit von allen – eine Viertelmillion-Dollar-Falle. Die Aufrechterhaltung des Haushalts erforderte mehr als zwanzig Dienstboten und fraß das Geld wie ein Rudel Präriewölfe auf. Rasch überschlug er sein Einkommen.
Die Rinder-Ranch in Texas hatte gerade angefangen, sich zu rentieren, als die Wirtschaftskrise einsetzte, und jetzt konnte er froh sein, wenn er ohne Verluste arbeitete. Seine Tantiemen am Verkauf von Nevada-Smith-Spielzeugen und Cowboy-Anzügen waren zusammengeschrumpft, da die Kinder jetzt für andere Helden schwärmten. Übrig blieben nur sein Anteil an der Wildwest-Schau und die Scheidungs-Ranch in Nevada. Das brachte zusammen immer noch ungefähr zweitausend monatlich ein. Allein die Inganghaltung der Villa belief sich jedoch auf sechstausend.
Rina hatte sich zwar an den Ausgaben beteiligen wollen, aber er hatte aus dem Gefühl abgelehnt, es sei Mannessache, die Rechnungen zu bezahlen. Doch jetzt war ihm klar, daß es selbst mit den getilgten Anleihen für den *Renegaten* so nicht weiterging, ohne das Kapital noch stärker anzugreifen. Das Vernünftigste wäre, das Haus zu verkaufen.
Er würde selbstverständlich Geld einbüßen dabei. Thalberg von den Metro-Leuten hatte ihm hundertfünfzigtausend dafür geboten. Auf diese Weise könnte er zum mindesten die Maklergebühren einsparen.
Er faßte einen Entschluß. Es hatte keinen Zweck, noch länger herumzusitzen und auf das Klingeln des Telefons zu warten. Er würde wieder mit der Schau auf Tournee gehen und das Haus aufgeben. Schon fühlte er sich wohler. Er beschloß, Rina noch am selben Abend, sobald sie aus dem Studio heimkehrte, Bescheid zu sagen.
Das Telefon an dem Pfosten am hinteren Zaun begann laut zu läuten. Im Schritt führte er das Pferd drauf zu. »Ja?«
»Mr. Smith?«
Es war die Stimme des Dieners. »Am Apparat.«
»Mrs. Smith würde gern im Sonnenzimmer mit Ihnen frühstücken.«
Er zauderte. Seltsam, wie schnell die Dienstboten merkten, wer in der Familie zu bestimmen hatte. James gebrauchte jetzt ihm gegenüber dieselbe distanzierte, förmliche Redeweise wie früher Rina gegenüber.
Er hörte, wie der Diener sich räusperte. »Darf ich Mrs. Smith ausrichten, daß Sie kommen werden, Sir?« fragte er. »Ich glaube, sie erwartet einige Bildreporter vom *Screen Stars* Magazin.«
Das also war es. Leicht verstimmt entsann er sich, daß Rina seit Monaten weiter keinen Wert darauf gelegt hatte, mit ihm zu frühstücken. Und jetzt tat sie es auch nur aus Propagandagründen. Fast augenblicklich bedauerte er seine Reaktion. Schließlich war es nicht ihre Schuld. Sie hatte seit Monaten Tag und Nacht gearbeitet.

»Sagen Sie ihr, daß ich hinaufkomme, sobald ich das Pferd in den Stall gebracht habe.«

»Nur noch eine einzige Aufnahme von Ihnen, wie Sie Nevada Kaffee eingießen«, sagte der Bildreporter, »und wir sind fertig.«
Nevada ergriff seine Tasse und hielt sie Rina über den Tisch hinweg hin. Sie hob die silberne Kaffeekanne, um ihm einzuschenken. Beide, Rina und Nevada, lächelten automatisch und professionell.
Schablone, das Ganze. Eine Aufnahme von Rina, wie sie Speck und Eier briet, während er über ihre Schulter schaute; das angebrannte Stückchen Toast; wie sie sich gegenseitig einen Happen in den Mund schoben. Alles so, wie sich die Leser illustrierter Zeitschriften das traute Familienleben von Filmstars vorstellten.
Nachdem die Bildreporter ihre Gerätschaften eingepackt hatten und gegangen waren, herrschte für eine Weile peinliches Schweigen, das schließlich von Nevada gebrochen wurde. »Gott sei Dank, daß das vorüber ist«, sagte er.
»Ja«, sagte Rina und warf dann einen Blick auf die Wanduhr.
»Zeit für mich. Ich muß um halb acht im Studio sein.«
Sie wollte sich gerade erheben, aber das Telefon neben ihr fing an zu läuten. Sie setzte sich wieder und nahm den Hörer ab. »Hallo.«
Nevada hörte eine undeutliche Stimme herausschallen. Rina warf ihm einen eigenartigen Blick zu und sprach dann wieder in den Apparat.
»Guten Morgen, Louella«, flötete sie. »Nein, Sie haben mich nicht geweckt. Nevada und ich waren gerade beim Frühstück ... Ja, ganz recht – *Das Mädchen auf dem fliegenden Trapez*. Eine wundervolle Rolle ... Nein, Norman war dagegen, sich Gable von Metro auszuleihen. Er meint, es gäbe nur einen einzigen Schauspieler, der dieser Rolle gerecht werden könnte ... Nevada natürlich. Die Rolle ist ihm wie auf den Leib geschrieben. Augenblick mal. Ich gebe Ihnen Nevada, er kann es Ihnen selber sagen.«
Sie legte die Hand über die Sprechmuschel. »Es ist die Parsons«, flüsterte sie rasch. »Bernie hat sich gestern entschlossen, dir die Rolle des Kunstreiters anzubieten. Louella will sich vergewissern, ob etwas Wahres daran ist.«
»Was ist los?« fragte Nevada trocken. »Hat MGM Gable nicht freigegeben?«
»Sei nicht albern! Geh an den Apparat!«
»Hallo, Louella.«
Die bekannte süßlich-klebrige Stimme schlug an sein Ohr. »Gratuliere, Nevada! Ich finde es herrlich, daß Sie wieder einmal neben Ihrer schönen Frau vor der Kamera stehen werden.«
»Moment mal, Louella.« Er lachte. »Nicht so hastig. Ich habe mit diesem Film nichts zu tun.«
»Nichts?« Die alte Klatschtante hatte wieder eine Erstmeldung. »Warum?«

»Ich habe bereits zugesagt, mit meiner Wildwest-Schau auf Tournee zu gehen«, sagte er. »Dadurch bin ich für mindestens sechs Monate gebunden. Inzwischen wird sich Rina nach einem neuen Haus für uns umsehen. Ich glaube, wir würden uns beide wohler fühlen, wenn wir uns verkleinern.«
Ihre Stimme klang jetzt völlig sachlich. »Sie wollen Hilltop verkaufen?«
»Ja.«
»An Thalberg? Ich habe gehört, daß er interessiert sei.«
»Ich weiß noch nicht«, sagte er. »Mehrere Leute haben Interesse dafür bekundet.«
»Sie benachrichtigen mich doch sofort, sobald Sie sich entscheiden, nicht wahr?«
»Selbstverständlich.«
»Ihr beiden habt euch doch hoffentlich nicht entzweit?« fragte sie hinterhältig.
»Louella!« Er lachte. »Wo denken Sie denn hin?«
»Das freut mich. Ihr seid beide so nette Leute«, sagte sie. Sie zögerte einen Augenblick. »Halten Sie mich auf dem laufenden.«
»Wird gemacht, Louella.«
»Euch beiden alles Gute.«
Nevada legte auf und schaute über den Tisch. Er hatte sein Vorhaben nicht auf diese Weise zur Sprache bringen wollen, aber jetzt war nichts mehr daran zu ändern.
Rina war bleich vor Zorn. »Eh du es in die ganze Welt hinausposaunst, hättest du mir ein Wort sagen können«!
»Hatte ich Gelegenheit dazu?« entgegnete er, wider Willen wütend. »Seit Monaten reden wir zum erstenmal miteinander. Außerdem hättest du mir auch etwas von dem Film sagen können.«
»Bernie hat dich gestern den ganzen Tag telefonisch zu erreichen versucht, aber du bist nicht ein einziges Mal an den Apparat gegangen.«
»Ach, hör doch auf!« sagte er. »Ich war den ganzen Tag zu Hause, und er hat nicht ein einziges Mal angerufen. Außerdem bin ich auf seine Almosen nicht angewiesen – und auch auf deine nicht, damit du's weißt.«
»Wenn du deine Nase hin und wieder aus diesem verdammten Pferdestall herausnähmst, würdest du vielleicht merken, was vor sich geht.«
»Ich weiß ganz gut, was vor sich geht«, sagte er wütend. »Fang bloß nicht an, dich wie eine Filmdiva aufzuspielen.«
»Es ist ja doch alles zwecklos«, sagte sie voller Bitterkeit. »Wozu hast du mich bloß erst geheiratet?«
»Oder du mich?« fragte er mit gleicher Bitterkeit.
Sie starrten sich an, und plötzlich wurden sie sich beide der Wahrheit bewußt. Sie hatten geheiratet, weil sie beide wußten, daß sie sich verloren hatten und

das Vergangene verzweifelt festhalten wollten. Mit dieser Erkenntnis verrauchte der Zorn so schnell, wie er gekommen war. »Tut mir leid«, sagte er. Sie schaute auf die Kaffeekanne. »Mir auch. Ich hab' dir von vornherein gesagt, daß ich eine Spielverderberin bin und dir nichts Gutes bringen würde.«

»Unsinn«, sagte er. »Es war nicht deine Schuld. Es wäre auf alle Fälle so gekommen. Es liegt an den veränderten Zeiten.«

»Ich rede nicht von den Zeiten«, antwortete Rina. »Ich spreche von dir und von mir. Du hättest jemand heiraten sollen, der imstande gewesen wäre, dir eine Familie zu schenken. Ich habe dir absolut nichts gegeben.«

»Du kannst nicht die ganze Schuld auf dich nehmen. Wir haben unser Bestes versucht, aber keiner von uns beiden besaß das, was der andere brauchte. Wir haben uns einfach geirrt, das ist alles.«

»Vor Beendigung des Films kann ich keine Scheidung einreichen«, sagte sie leise. »Es sei denn, du hast es eilig und reichst sie von dir aus ein!«

»Nein, ich kann warten«, sagte er ruhig. Sie warf einen Blick auf die Wanduhr. »Mein Gott, ich komme zu spät!« rief sie. »Ich muß mich beeilen.«

An der Tür blieb sie stehen und drehte sich um. »Bist du noch mein Freund?«

Er nickte bedächtig und erwiderte ihr Lächeln, aber seine Stimme klang ernst. »Ich werde immer dein Freund bleiben.«

Für einen Augenblick stand sie da und er sah, wie ihr die Tränen in die Augen schossen, dann wandte sie sich um und eilte aus dem Zimmer. Er trat an das Fenster, hob die Gardine an und schaute hinunter. Er sah sie aus dem Hause kommen, sah, wie der Chauffeur die Wagentür zumachte. Der Wagen rollte die Anhöhe hinunter auf dem Wege zum Atelier. Er ließ die Gardine fallen.

Rina kehrte nicht mehr in die Villa zurück. Sie verbrachte die Nacht in Ilenes Wohnung. Am nächsten Tage zog sie in ein Hotel und reichte drei Monate später in Reno die Scheidung ein. Aus Gründen der Unverträglichkeit.

Und damit war es, bis auf die juristischen Formalitäten, zu Ende.

17

David hörte, wie die Tür im Büro seines Onkels mit heftigem Krach zufiel. Rasch erhob er sich und öffnete die Verbindungstür. Onkel Bernie saß mit hochrotem, wütendem Gesicht auf seinem Stuhl und schnappte nach Luft. Er versuchte, einige Pillen aus dem umgekehrten Fläschchen in seine Hand zu schütteln.

Rasch füllte David ein Glas Wasser aus der Karaffe auf dem Schreibtisch und reichte es Norman. »Was ist denn los?«

Norman schluckte zwei Pillen und stellte das Glas ab. Er schaute David an

»Warum bist du nicht in die Konfektion gegangen zu meinem Bruder, deinem Onkel Louie?«
David wußte, daß keine Antwort von ihm erwartet wurde, und so verhielt er sich schweigend, bis Norman fortfuhr. »Fünfzig, hundert Anzüge machen sie dort täglich. Alles ist ruhig, alles ist still. Abends geht er nach Hause. Er ißt. Er schläft. Keine Sorgen. Keine Geschwüre. Keinen Ärger. So müßte man leben können, ohne Aufregung. Nicht wie ein Hund. Nicht wie ich.«
»Was ist denn los?« erkundigte sich David noch einmal.
»Als ob wir noch nicht genug Schwierigkeiten hätten«, jammerte Norman, »jetzt beklagen sich unsere Aktionäre auch, daß wir zuviel Geld zusetzten. Ich fahre nach New York, um ihnen die Sache zu erklären. Die Gewerkschaft droht, die Kinos zu bestreiken. Ich setze mich hin und arbeite ein Abkommen aus, damit man die Kinos wenigstens nicht schließt. Dann erfahre ich aus Europa, daß Hitler unser gesamtes deutsches Eigentum beschlagnahmt hat, Büros, Kinos, alles! Über zwei Millionen Dollar haben die Antisemiten geklaut. Dann beschweren sich die Banken und die Versicherungsgesellschaft, daß der Film kein Niveau hätte, und so gehe ich und kaufe den größten, hochkünstlerischen Broadwayschlager, *Sunspots* heißt er. Er ist so anspruchsvoll, daß nicht einmal ich daraus schlau werde.
Jetzt sitze ich fest mit diesem Ding. Ich rede mit allen Regisseuren in Hollywood darüber. Aber ich bin nicht dumm und merke gleich, daß sie genausowenig damit anzufangen wissen wie ich, und so hole ich mir den Regisseur, unter dem es auf der Bühne gelaufen ist. Claude Dunbar, auch so ein Arschloch, aber fünfzigtausend kriegt er.
Jetzt hab' ich schon hundertfünfzigtausend reingesteckt und noch immer keinen zugkräftigen Namen für die Hauptrolle. Was mach ich also? Ich rufe Louie an und sag': ›Leih mir die Garbo.‹ Glatt ins Gesicht lacht er mir und sagt: ›So viel Geld hast du gar nicht. Außerdem machen wir selber einen Film mit ihr. *Anna Christie* von Eugene O'Neill dreht sie.‹ – ›Wiedersehn‹, sag' ich und ruf' Jack Warner an. ›Wie steht's mit Bette Davis?‹ – ›Augenblick mal‹, sagt er. Ich sitz' zehn Minuten am Telefon. Und was macht dieser Pisser inzwischen? Er ruft seinen Bruder Harry in New York an, und ich sitze hier in New York mit einem Ferngespräch, das immer teurer wird, und er spricht mit seinem Bruder Harry, der nur zwei Blocks von mir entfernt ist. Am liebsten hätt' ich gesagt zu ihm, leg auf, ich kann deinen Bruder für fünf Cent anrufen.
Schließlich kommt er fünfundneunzig Dollar später wieder an den Apparat. ›Du hast Glück‹, sagt er. ›Sie ist bis September frei. Du kannst sie für hundertfünfzigtausend haben.‹ – ›Hundertfünfzigtausend‹, sag' ich, ›bei dir piept's wohl? Das höchste, was sie für einen Film kriegt, sind dreißig, fünfunddreißig, vielleicht nicht einmal das.‹
›Wieviel willst du zahlen?‹ fragt er. ›Fünfzig‹, sag' ich. ›Nichts zu machen‹,

sagt er. ›O. K., dann also fünfundsiebzig‹, sag' ich. ›Hundertfünfundzwanzig‹, sagt er. ›Einigen wir uns auf runde hundert‹, sag' ich. ›Abgemacht‹, sagt er, und ich lege auf. Hundertfünfunddreißig Dollar hat mich das Gespräch gekostet, dabei hab' ich die meiste Zeit gewartet und überhaupt nur zwei Minuten gesprochen.

Und so gehe ich zurück nach Wall Street und erkläre den Versicherungshengsten und den Bankiers, jetzt hätten wir Prestige. Dieser Film wird so hochkünstlerisch, daß wir von Glück sagen können, wenn ihn sich jemand ansieht. Die Herren äußern sich tief befriedigt und gratulieren mir, und ich setz' mich auf die Eisenbahn und fahre zurück nach Hollywood.«

Plötzlich ging Bernie die Luft aus, und er nahm das Glas Wasser und leerte es auf einen Zug. »Könnte man nicht aus der Haut fahren dabei?«

David nickte.

»Und was passiert, als ich heute früh ins Büro komme? Wer sitzt bereits da und wartet auf mich? Rina Marlowe, diese Nutte. Rina, mein Liebling, sag' ich zu ihr. Du siehst einfach blendend aus. Aber nicht einmal guten Morgen wünscht sie mir, sondern hält mir bloß den *Reporter* unter die Nase und sagt, stimmt das?

Ich werfe einen Blick darauf und sehe die Geschichte über die Davis in *Sunspots.* Was regst du dich denn auf, Liebling, sag' ich. Das ist keine Rolle für dich. Für dich hab' ich etwas viel Besseres, das die Leute einfach umwerfen wird. *Scheherazade.* Kostüme, wie du sie dein Leben nicht gesehen hast. Und weißt du, was sie zu mir sagt?« Bekümmert schüttelte er den Kopf.

»Was denn?« fragte David.

»Nach allem, was ich für sie getan habe, kommt sie mir auf diese Art!« sagte sein Onkel mit gekränkter Stimme. »›Nimm deine Pfoten von meinem Busen‹, sagt sie und fährt fort: ›Wenn ich die Rolle nicht kriege, kannst du dir deine *Scheherazade* meinetwegen in deinen fetten Hintern stecken.‹ Und raus ist sie. Was sagst du dazu?« fragte Norman beleidigt. »Und dabei wollte ich sie nur ein bißchen beruhigen. Mit fast sämtlichen Kerlen in Hollywood hurt sie herum, und mir sagt sie so etwas.«

David nickte. Auch ihm waren Gerüchte über sie zu Ohren gekommen. In dem Jahr seit ihrer Trennung von Nevada schien sie plötzlich außer Rand und Band geraten. Es hieß, daß die Gelage in ihrem Haus in Beverly Hills stets zu Orgien ausarteten. Man munkelte auch über ein Verhältnis zwischen ihr und Ilene Gaillard, der Modezeichnerin. Aber solange die Skandalblätter den Fall nicht aufgriffen, sah man darüber hinweg. Was sie tat, war ihre eigene Angelegenheit. »Was wirst du jetzt machen?«

»Was kann ich schon machen?« fragte Bernie. »Ihr die Rolle geben. Wenn sie uns davonliefe, würden wir das Doppelte von dem verlieren, was wir jetzt einbüßen.«

Er griff nach einer Zigarre. »Heut nachmittag werd' ich sie anrufen und ihr

Bescheid sagen.« Mitten im Anzünden der Zigarre hielt er inne. »Nein, ich hab' eine bessere Idee. Fahr du heut nachmittag zu ihr hinaus und sag ihr Bescheid.«

»O. K.«, sagte David und traf Anstalten, in sein Zimmer zurückzukehren.

»Moment noch«, rief sein Onkel ihm nach. David drehte sich um.

»Weißt du, wem ich am letzten Abend im Waldorf in New York über den Weg gelaufen bin?« fragte Bernie. »Deinem Freund.«

»Meinem Freund?«

»Ja, du weißt schon, wen ich meine. Den Verrückten. Den Flieger. Jonas Cord.«

»Oh«, sagte David. Ihm gefiel die Art, wie sein Onkel es ausdrückte. Es erinnerte ihn an eine Unterredung, die sie vor Jahren über Cord gehabt hatten. Er und Cord hatten nie ein Wort miteinander gewechselt. Er bezweifelte sogar, daß Cord etwas von seiner Existenz wußte.

»Wie sah er denn aus?«

»Wie immer«, sagte Bernie. »Wie ein Strolch. Schuhe mit Kreppsohlen und keine Krawatte. Ich weiß nicht, wie man ihm das durchgehen läßt. Jeden anderen würde man hinauswerfen. Ihn nicht. Wieder ein Beweis dafür, was Goi-Geld vermag.«

»Hast du mit ihm gesprochen?« erkundigte sich David neugierig.

»Klar«, erwiderte Norman. »In der Zeitung hab' ich gelesen, daß er einen neuen Film macht. Wer weiß, sag' ich mir, der Schnorrer hat vielleicht wieder den richtigen Riecher und kann uns auf die Beine helfen. Mit seinem Geld könnten wir eine Menge Rechnungen bezahlen.

Es ist zwei Uhr früh, und er hat zwei Weiber im Arm. Ich tret' an ihn heran und sag': ›Hallo, Jonas.‹ Er guckt mich an, als hätt' er mich noch nie gesehen. ›Kennen Sie mich nicht mehr?‹ frag' ich. ›Bernie Norman aus Hollywood.‹ ›Ach ja, richtig‹, sagt er.

Aber er hat einen solchen Stoppelbart, daß ich ihm nicht vom Gesicht ablesen kann, ob er die Wahrheit sagt oder nicht. ›Diese beiden hübschen Käfer sind Schauspielerinnen‹ sagt er zu mir, ›aber ihre Namen verrate ich Ihnen nicht, sonst schnappen Sie sie mir noch weg. Wenn mir ein Mädchen gefällt‹, sagt er, ›verpflichte ich sie jetzt vertraglich an Cord Sprengstoffe. Die Marlowe haben Sie mir damals weggeschnappt, aber das passiert mir nicht noch einmal.‹ Mit diesen Worten haut er mir derart auf den Arm, daß ich für zwei Stunden kaum die Hand heben kann.

Mir ist zwar nicht danach zumute, aber ich zwinge mich zu einem Lächeln. ›In unsrem Geschäft muß man auf dem Kien sein‹, sag' ich, ›sonst gerät man ins Hintertreffen. Aber das ist längst abgetan. Jetzt möchte ich über diesen neuen Film mit Ihnen sprechen, den Sie drehen, wie ich höre. Wir haben damals großartige Arbeit für Sie geleistet, und ich glaube, wir sollten uns wieder zusammensetzen.‹

›Warum nicht gleich?‹ fragte er. ›Meinethalben gleich‹, sag' ich. Er wendet sich an die Mädels. ›Wartet hier‹, sagt er zu ihnen. Er wendet sich wieder an mich und nimmt meinen Arm. ›Kommen Sie‹, sagt er. ›Kommen Sie mit in mein Büro.‹

Ich schaue ihn überrascht an. ›Sie haben hier im Waldorf ein Büro?‹ frag' ich ihn. ›Ich hab' in sämtlichen Hotels der Vereinigten Staaten ein Büro‹, erklärt er mir. Wir steigen in den Fahrstuhl, und er sagt: ›Zwischengeschoß, bitte.‹ Wir steigen aus und laufen den Gang entlang zu einer Tür. Ich werfe einen Blick auf das Schild. ›Für Herren‹, steht drauf. Er grinst. ›Mein Büro‹, sagt er und macht die Tür auf. Wir treten ein, und drin ist alles weiß und leer. Ein Tisch und ein Stuhl für den Wärter stehen da. Er setzt sich auf den Stuhl, und plötzlich merke ich, daß er völlig nüchtern ist, er lächelt nicht einmal mehr.

›Ich hab' mich noch nicht entschieden, wo ich den Film herausbringen werde‹, sagt er. ›Es hängt alles davon ab, wer mir das beste Angebot macht.‹ – ›Köpfchen‹, sage ich, ›aber ich kann mich wirklich noch nicht dazu äußern, erst muß ich wissen, worum es in dem Film geht.‹ – ›Ich werd's Ihnen verraten‹, sagt er. ›Er handelt von den Fliegern im Weltkrieg. Ich habe etwa fünfzig alte Flugzeuge aufgekauft – Spads, Fokkers, Nieuports, De Havillands –, und ich werde meine helle Freude daran haben, so lange in ihnen herumzugondeln, bis sie in Stücke fallen.‹

›Ach, ein Kriegsfilm‹, sage ich. ›Das ist weniger gut. Seit *Im Westen nichts Neues* gehen Kriegsfilme nicht mehr. Niemand will mehr etwas davon sehen. Aber da ich Sie kenne und da wir gut zusammengearbeitet haben, mache ich unter Umständen mit. Wie sind denn Ihre Bedingungen?‹ Er schaut mich an. ›Laufende Unkosten, zehn Prozent‹, sagt er. ›Verleih, fünfzehn Prozent, abzüglich sämtlicher Ausgaben von der Bruttoeinnahme vor Berechnung der Verleihgebühr.‹ – ›Unmöglich‹, sag' ich. ›Meine laufenden Unkosten betragen mindestens fünfundzwanzig Prozent.‹

›Stimmt nicht‹, sagt er, ›aber lassen wir das. Ich möchte Ihnen eine ganz einfache Rechnung aufstellen. Laut Ihres Jahresberichts betrugen Ihre laufenden Unkosten in den vergangenen Jahren im Durchschnitt einundzwanzig Prozent. Während dieser Zeit hat Ihnen *Der Renegat* fünfundzwanzig Prozent Ihrer Bruttoeinnahmen eingebracht. Ziehen Sie das von Ihren Bruttoeinnahmen ab, und Sie werden sehen, daß Ihre laufenden Unkosten fast sechsunddreißig Prozent ausmachen. Dasselbe trifft auf das Studio zu‹, sagt er. ›Der Prozentsatz richtet sich nach dem Gehalt, und wenn ich für Gehalt sorge, sollte man mich nicht mit gewöhnlichen Prozentsätzen belasten. Ich möchte ein bißchen Rahm abschöpfen, wie ihr Filmhengste das nennt.‹

›Kann ich mir unter keinen Umständen leisten‹, sag' ich. ›Wie die Dinge in der Filmindustrie augenblicklich liegen‹, sagt er, ›bleibt Ihnen gar nichts weiter übrig.‹ – ›Meine Aufsichtsräte würden das nie billigen‹, sag ich. Lä-

chelnd steht er auf. ›O ja, sie werden sich damit einverstanden erklären‹, sagt er, ›in ein paar Jahren bestimmt. Warum pissen Sie sich nicht aus, da Sie schon einmal hier sind‹, sagt er. Ich bin so baff, daß ich an das Becken trete. Als ich mich umdrehe, ist er verschwunden. Am nächsten Morgen vor der Abfahrt forsche ich nach seinem Verbleib, aber niemand kann mir sagen, wo er steckt. Sein Büro weiß nicht einmal, daß er in New York ist. Er ist wie von der Bildfläche verschwunden.« Bernie starrte auf seinen Schreibtisch. »Total meschugge, sag' ich dir.«
David lächelte. »Ich hab' dir ja gesagt, daß er schnell lernen würde. Seine Rechnung stimmt nämlich, weißt du.«
Sein Onkel schaute ihn an. »Glaubst du, das wüßte ich nicht?« fragte er. »Aber ist er denn so arm, daß ich mir das Brot vom Munde absparen muß für ihn?«

»Wenn Sie mir bitte folgen würden, Sir«, sagte der Diener höflich. »Miß Marlowe ist im Söller.«
David nickte und folgte dem Diener schweigend die Treppe hinauf auf die Rückseite des Hauses. Vor einer Tür blieb der Diener stehen und klopfte.
»Mr. Woolf ist hier, gnädige Frau.«
»Sagen Sie ihm, er möchte hereinkommen«, rief Rina durch die geschlossene Tür.
Der Diener hielt ihm die Tür auf. David mußte blinzeln, als ihm die helle kalifornische Sonne plötzlich ins Gesicht fiel. Decke und Wände des Raumes bestanden aus Glas.
Auf der anderen Seite des Zimmers stand eine spanische Wand. Rinas Stimme kam dahinter hervor. »Bedienen Sie sich und nehmen Sie sich etwas zu trinken. Ich komme gleich.«
Er schaute sich um und entdeckte die Bar in einer Ecke. Die üblichen mit Segeltuch bespannten Stühle standen im ganzen Zimmer verstreut, und ein weißer Teppich bedeckte den größten Teil des Fußbodens.
Ilene Gaillard kam hinter dem Schirm hervor. Sie trug eine weiße Hemdbluse mit aufgekrempelten Ärmeln und schwarze, nach Männerart zugeschnittene Hosen, die sich um ihre Hüften schmiegten. Ihr weiß gesträhntes Haar war glatt zurückgekämmt.
»Hallo, David. Was darf ich Ihnen anbieten?«
»Danke, Ilene.«
»Mach mir noch einen Martini zurecht«, rief Rina hinter dem Schirm.
Ilene gab keine Antwort. »Was möchten Sie trinken?«
»Scotch und Wasser«, sagte er. »Nur wenig Eis.«
»O. K.«, sagte sie und machte sich an der Bar zu schaffen. Sie reichte ihm das Getränk. »Da, wie finden Sie das?«
Er nahm einen Schluck. »Großartig.«

»Ist mein Martini fertig?« fragte Rina hinter ihm.
Er drehte sich um. Sie trat gerade hinter dem Schirm hervor und band den weißen Bademantel zu. Er erblickte ihre gebräunten Schenkel und schloß daraus, daß sie außer dem Mantel nichts weiter anhatte. »Hallo, Rina.«
»Hallo, David«, antwortete sie. Sie schaute Ilene an. »Wo ist mein Martini?«
»David ist offenbar geschäftlich hier«, sagte Ilene. »Warte doch mit dem Trinken, bis ihr miteinander gesprochen habt.«
»Sei nicht so überheblich und mach mir was zu trinken«, fiel Rina ihr ins Wort. Sie wandte sich an David. »Als kleines Mädchen hat mir mein Vater Martinis gegeben. Ich kann sie wie Wasser trinken. Ilene scheint das nicht zu verstehen.«
»Hier«, sagte Ilene kurz. Rina nahm ihr das Glas ab. »Prosit, David.«
»Zum Wohl«, erwiderte David.
Sie leerte ihr Glas bis zur Hälfte und bot ihm dann einen Stuhl an.
»Setzen Sie sich«, sagte sie und nahm ebenfalls Platz.
»Ein wunderbares Haus haben Sie«, sagte er höflich.
»Ganz hübsch«, sagte sie. »Ilene und ich haben viel Spaß daran gehabt, es einzurichten.« Sie streckte die Hand aus und tätschelte Ilenes Wange. »Ilene hat einen ausgezeichneten Sinn für Farben. Legen Sie Ihrem Onkel doch einmal nahe, sie als künstlerische Beraterin zu engagieren. Ich bin überzeugt, daß er sehr zufrieden mit ihr wäre.«
»Rina«, sagte Ilene, der man die Freude anmerkte, »ich glaube nicht, daß David hergekommen ist, um über mich zu sprechen.«
»Ich werde mit Onkel Bernie darüber reden«, sagte er höflich. »Auch ich bin überzeugt, daß sie etwas leisten würde.«
»Da haben Sie's«, sagte Rina. »Ilene ist einfach zu bescheiden, dabei ist sie einer der begabtesten Menschen, denen ich je begegnet bin.«
Sie hielt Ilene ihr leeres Glas hin. »Gieß noch einmal ein.«
David erhaschte einen flüchtigen Anblick ihrer üppigen, vollen Brüste. Wenn sie so weiter trank, würde Massage allein bald nicht mehr genügen, ihr Gewicht niedrig zu halten.
Rina unterbrach seinen Gedankengang. »Hat sich der alte Bastard nun endlich dazu entschlossen, mir die Rolle in *Sunspots* zu geben?«
David schaute sie an. »Sie müssen den Standpunkt meines Onkels begreifen, Rina«, erklärte er rasch. »Sie sind der wertvollste Posten auf der Aktivseite der Gesellschaft. Sie dürfen es ihm nicht verübeln, wenn er Sie nicht in einem Film auftreten lassen will, der höchstwahrscheinlich eine Pleite wird.«
Rina nahm Ilene das Glas ab. »In einfachen Worten«, sagte sie streitsüchtig, »läuft es darauf hinaus, daß er mich für eine schlechte Schauspielerin hält. In seinen Augen tauge ich nur dazu, so nackt wie möglich vor der Kamera herumzuhüpfen.«

»Er hält Sie für eine großartige Schauspielerin, Rina. Aber wichtiger ist, daß Sie ein Star sind – unter einer Million Schauspielerinnen ein Star. Er möchte Sie nur beschützen, das ist alles.«
»Ich brauche niemand, um mich zu beschützen«, fiel sie ihm wütend ins Wort. »Kriege ich die Rolle oder nicht?«
»Sie kriegen sie.«
»Gut«, sagte sie und nippte an ihrem Glas. Sie stand auf, und er merkte, daß sie angeschwipst war. »Sagen Sie Ihrem Onkel, daß ich beim nächsten Besuch in seinem Büro ohne Büstenhalter erscheinen werde.«
»Ich bin überzeugt, daß ihn das sehr freuen würde.« David grinste sie an. Er stellte sein Glas ab und erhob sich.
»Ich glaube, er will nur mit mir ins Bett gehen«, sagte sie, leicht schwankend. Er lachte. »Wer möchte das nicht?« fragte er. »Ich kann Ihnen mindestens sechzig Millionen Männer nennen, die sich das gewünscht haben.«
»Sie nicht«, sagte sie und schaute ihm plötzlich tief in die Augen.
»Wer sagt das?«
»Ich sage das«, erklärte sie ernst. »Sie haben mich nie dazu aufgefordert.«
»Vielleicht bringe ich den Mut dazu noch einmal auf.«
»Warum nicht gleich jetzt?« fragte sie und zerrte an der Kordel ihres Bademantels, der auseinanderfiel und ihren nackten Körper preisgab
Er starrte sie an, derart überrascht, daß er kein Wort sagen konnte.
»Geh hinunter, Ilene«, sagte Rina, ohne den Blick von ihm abzuwenden, »und sieh zu, daß das Essen pünktlich auf den Tisch kommt.«
Für den Bruchteil einer Sekunde sah David Ilenes Augen, als sie an ihm vorbei aus dem Zimmer eilte. Und wenn er hundert Jahre lebte, nie würde er die Tiefe des Schmerzes und der Pein vergessen, die sich darin spiegelten.

18

Bis zu dem Zeitpunkt, da er Rina Marlowe kennenlernte, gab es für Claude Dunbar nur drei Dinge, an denen er wirklich hing – seine Mutter, ihn selbst und das Theater – in genau dieser Reihenfolge. Sein *Hamlet* im Frack war die erfolgreichste Shakespeare-Aufführung, die je in einem New Yorker Theater über die Bretter ging. Aber erst durch seine Regie in *Sunspots*, einem an sich mittelmäßigen Stück, gelangte er auf den Höhepunkt seiner Karriere.
Sunspots war ein Drei-Personen-Stück und handelte von zwei Goldgräbern, die ganz für sich am Rande einer Wüste hausen, und einem jungen Mädchen, das an Amnesie leidet und sich in ihr Lager verirrt. Es kommt zu einer Auseinandersetzung zwischen den Männern, von denen der jüngere das Mädchen vor der Geilheit des älteren beschützen möchte, nur um zum Schluß selber von dem Mädchen verführt zu werden.
Es bestand fast nur aus Rede und Gegenrede und war ziemlich handlungsarm,

und trotz einer ganzjährigen Laufzeit am Broadway war Dunbar so überrascht gewesen, als Norman ihn anrief und ihm erklärte, er habe das Stück erworben und hätte ihn gern als Regisseur für den Film, daß er sofort eingewilligt hatte. Erst als er schon längst in Kalifornien war, erfuhr er, wer die Hauptrolle übernehmen sollte.

»Rina Marlowe!« hatte er zu Norman gesagt. »Ich denke, die Davis sollte die Rolle spielen.«

Der Produzent hatte ihn honigsüß angeschaut. »Warner hat mich hereingelegt«, sagte er und senkte die Stimme zu einem vertraulichen Flüstern. »Und so habe ich gleich an Rina gedacht.«

»Aber gibt es nicht noch eine andere, Mr. Norman?« hatte er gefragt und leicht gestammelt wie stets, wenn er aufgeregt war. »Warum nicht das Mädchen, das die Rolle auf der Bühne gespielt hat?«

»Kein zugkräftiger Name«, erklärte Norman rasch. »Gerade bei diesem Stück hängt alles davon ab, daß es ein Kassenerfolg wird. Rina hat noch keinen Film gedreht, der nicht Geld eingespielt hätte.«

»Mag schon sein«, gab Dunbar zu. »Aber kann sie denn spielen?«

»Es gibt in ganz Hollywood keine bessere Schauspielerin. Sie sind doch Regisseur. Nehmen Sie das Drehbuch und fahren Sie heut nachmittag zu ihr hinaus. Sie werden schon sehen.«

»Mr. Norman . . .«

Aber Norman hatte bereits seinen Arm ergriffen und geleitete ihn zur Tür. »Seien Sie nicht ungerecht, Mr. Dunbar. Geben Sie dem Mädchen eine Chance, arbeiten Sie ein bißchen mit ihr. Sollten Sie dann immer noch der Meinung sein, daß sie sich nicht eignet, werden wir weiter sehen.«

So außerordentlich geschickt hatte ihn der Produzent abgewimmelt, daß es Dunbar erst bewußt wurde, als er vor der Tür stand und die drei Sekretärinnen ihn anstarrten.

Er spürte, wie er rot wurde, und um seine Verlegenheit zu verbergen, trat er an den Schreibtisch in Türnähe heran und redete das dahinter sitzende Mädchen an. »Können Sie mir sagen, wo Miß Marlowe wohnt?« fragte er. »Und wie ich dorthin komme?«

Die Sekretärin lächelte. »Ich kann noch viel mehr, Mr. Dunbar«, sagte sie und griff nach dem Telefon. »Ich werde einen Wagen bestellen, der Sie hinfährt.«

Ehe er Rina an jenem Nachmittag aufsuchte, ging Claude in ein Kino, wo gerade ihr letzter Film lief. Fasziniert und gleichzeitig entsetzt verfolgte er die Vorgänge auf der Leinwand. Es bestand kein Zweifel darüber, daß das Mädchen schön war. Er spürte deutlich, daß sie eine Form von Sinnlichkeit verkörperte, die auf ein bestimmtes Publikum unweigerlich wirken mußte. Aber sie war ganz und gar nicht der Mädchentyp, der in dem Stück verlangt wurde. Das Mädchen in dem Stück war schwermütig, nach innen schauend, verängstigt. Wenn sie sich zu erinnern versuchte, sah sie genauso aus, wie ihr zumute war – unheimlich, gepeinigt und von der Wüstenhitze ausgebrannt. Nicht ihr Aussehen, sondern allein die Tatsache, daß sie ein Weib war, erweckte Begierde in den Männern. Und erst auf dem Höhepunkt des Stückes wurde deutlich, daß ihre Ängste in ihrer eigenen Geilheit wurzelten.

Auf der Leinwand wirkte Rina erregend und dreist, sich ihrer Geschlechtlichkeit bewußt, die sie dauernd hervorkehrte, aber ihr Spiel hatte keine Nuancen. Und dennoch fühlte er sich angesprochen und von ihrer Vitalität gepackt. Wenn sie auf der Leinwand erschien, vermochte er den Blick nicht von ihr abzuwenden, ganz gleich, wer noch mit auf der Szene war.

Er verließ das Kino und kehrte in sein Hotel zurück, wo der Wagen ihn abholen sollte. Wie gewöhnlich, wenn er verstört war, rief er seine Mutter an.

»Weißt du, wem man die Hauptrolle in dem Film anvertrauen will, Mutter?«

»Wem denn?« fragte seine Mutter mit ihrer üblichen Ruhe.

»Rina Marlowe.«

Die Stimme seiner Mutter klang entsetzt. »Nein.«

»Doch«, sagte er. »Mr. Norman behauptet, Bette Davis sei nicht zu haben gewesen.«

»Leg die Regie nieder und komm sofort nach Hause«, redete seine Mutter ihm zu. »Sag Mr. Norman, daß du einen Ruf zu verlieren hättest, daß er dir die Davis versprochen hat und daß du nicht daran denkst, dich mit diesem blonden Geschöpf abzufinden.«

»Aber ich habe Mr. Norman bereits versprochen, Miß Marlowe aufzusuchen. Wenn ich nach dieser Begegnung noch immer darauf bestünde, würde er versuchen, jemand anders zu bekommen.«

»Schön«, sagte sie. »Doch vergiß nicht, daß deine künstlerische Integrität mehr zählt als alles. Komm sofort nach Hause, wenn sie dich nicht völlig überzeugt.«

»Gut, Mutter«, sagte er. »Alles Gute.«

»Alles Gute und paß schön auf«, erwiderte seine Mutter und beschloß damit ihre beiderseitige Abschiedszeremonie.

Rina betrat das Zimmer, wo er wartete. Sie trug einen schwarzen, enganliegenden Hausanzug, der ihre Gestalt von den Füßen bis an den Hals umschmiegte. Ihr Haar war glatt zurückgekämmt und am Hinterkopf zu einem Knoten zusammengebunden. Sie war ungeschminkt.

»Mr. Dunbar«, sagte sie und kam, ohne zu lächeln, mit ausgestreckter Hand auf ihn zu.

»Miß Marlowe«, antwortete er und ergriff ihre Hand. Er war überrascht von der Kraft in ihren Fingern.

»Ich freue mich, daß Sie gekommen sind«, sagte sie. »Ich habe schon viel von Ihnen gehört.«

Er fühlte sich angenehm berührt und lächelte. »Auch ich habe schon viel von Ihnen gehört.«
Sie hob den Kopf und lächelte zum erstenmal. »Darauf möchte ich jede Wette eingehen«, sagte sie ohne Bosheit. »Deswegen suchen Sie mich schon gleich an Ihrem ersten Tag in Hollywood auf. Sie fragen sich wahrscheinlich, warum ausgerechnet ich die Rolle in *Sunspots* spielen möchte?«
Ihre Offenheit frappierte ihn. »Warum eigentlich, Miß Marlowe? Ich kann mir nicht denken, daß Sie sich selbst den Ast absägen wollen, auf dem Sie sitzen.«
Sie ließ sich auf einen Stuhl nieder. »Zum Teufel mit dem Ast«, sagte sie leichthin. »Ich gelte als Schauspielerin. Und jetzt möchte ich wissen, ob daran etwas Wahres ist. Sie sind der einzige Regisseur, der mir das sagen kann.«
Er starrte sie eine Weile an. »Haben Sie das Drehbuch gelesen?«
Sie nickte.
»Entsinnen Sie sich der ersten Worte, die das Mädchen spricht?«
»Ja.«
»Dann lesen Sie mir doch diese Zeilen einmal vor«, sagte er und reichte ihr das Drehbuch.
Sie nahm es entgegen, schlug es aber nicht auf. »Ich heiße Mary. Ja, wenn ich nicht irre, heiße ich Mary.«
»Sie sprechen die Worte zwar, Miß Marlowe«, sagte er stirnrunzelnd, »aber Sie denken nicht darüber nach. Sie spüren nichts von der Mühe, die es dem Mädchen macht, sich an ihren Namen zu erinnern.«
Nach einer kurzen Pause fuhr er fort.
»Stellen Sie sich einmal vor, Sie hätten Ihren Namen vergessen und wüßten nur, daß es ein bekannter Name sein muß, ein Name, bei dem man Sie das ganze Leben hindurch gerufen hat und der Ihnen dennoch nicht einfällt, obwohl es ein Name ist, der in Kirchen oft erwähnt wird und den Sie beim Beten oft ausgesprochen haben. Aber jetzt schwebt er Ihnen auf der Zunge, gleich muß er Ihnen einfallen. ›Ich heiße Mary. Ja, wenn ich nicht irre, heiße ich Mary.‹«
Rina schaute ihn schweigend an. Dann erhob sie sich und trat an den Kamin. Sie legte die Hände auf den Sims und kehrte Dunbar den Rücken zu. Sie zerrte an dem Knoten in ihrem Haar, und als sie sich umwandte, fiel es offen bis über ihre Schultern. Plötzlich nahm ihr Gesicht einen schwermütigen und gespannten Ausdruck an. »Ich heiße Mary«, flüsterte sie heiser. »Ja, wenn ich nicht irre, heiße ich Mary.«
Eine Gänsehaut überlief ihn, als er sie anschaute. Es war dasselbe, was er immer empfand, wenn eine schauspielerische Leistung ihn erschütterte.

19

Nella Dunbar, dreiundsechzig Jahre alt und zäh und robust wie immer, durchquerte das Zimmer und schaute von oben auf ihren Sohn. »Dieses ekelhafte Geschöpf«, sagte sie ruhig.

Sie setzte sich neben ihn und bettete seinen Kopf an ihre Schulter. Zerstreut streichelte sie seine Stirn. »Ich war gespannt, wie lange du brauchen würdest, um ihr wahres Wesen zu erkennen«, sagte sie. »Ich war von Anfang an gegen diese Heirat.«

Claude gab keine Antwort. Es war auch gar nicht nötig. In den Armen seiner Mutter fühlte er sich wie stets geborgen. Schon als Knabe, wenn seine Mitschüler ihn hänselten, war er nach Hause gelaufen und hatte Zuflucht bei ihr gesucht. Seine Mutter kannte ihn. Ihr brauchte er nichts zu sagen, wenn ihn etwas bedrückte. Instinktiv war sie ihm nach seiner Heirat mit Rina nach Kalifornien gefolgt.

Er war nie sehr kräftig gewesen, immer anfällig und schwächlich, und wenn er sich einer Arbeit intensiv gewidmet hatte, war er hinterher völlig erschöpft und leer. In solchen Zeiten sorgte seine Mutter dafür, daß er sich zu Bett legte – mitunter mehrere Wochen hintereinander. Sie bereitete ihm das Essen, brachte ihm die Zeitungen und las ihm aus Büchern vor, die sie beide liebten.

Oft empfand er diese Augenblicke als die glücklichsten seines Lebens. Zwischen den zarten Pastellfarben des Zimmers, das seine Mutter ihm eingerichtet hatte, fühlte er sich wohl und behaglich. Alles, was er sich wünschte, befand sich in Reichweite. Nichts von dem Schmutz, der kleinlichen Niedertracht der Welt vermochte die Wände dieses Zimmers zu durchdringen. Sie waren für immer daraus verbannt.

Sein Vater war für ihn nie mehr als ein unbestimmter, nebelhafter Schatten gewesen. Er entsann sich seiner kaum, da er bereits in Claudes fünftem Lebensjahr gestorben war. Sein Tod hatte den ruhigen Ablauf ihres Lebens kaum beeinträchtigt, da ihnen ein gewisser Wohlstand verblieben war. Sie waren nicht reich, litten aber keinerlei Mangel.

»Geh und hol die paar Sachen, die du noch dort hast«, sagte seine Mutter. »Du kannst hier übernachten. Morgen früh leiten wir die Scheidung ein.«

Er hob den Kopf von der Schulter seiner Mutter und schaute sie an. »Aber Mutter, ich wüßte nicht einmal was ich einem Anwalt sagen sollte.«

»Das laß nur meine Sorge sein«, erklärte seine Mutter zuversichtlich.

Er fühlte sich wie von einer schweren Last befreit. Wieder einmal hatte seine Mutter die Zauberworte ausgesprochen. Doch als er auf der Straße vor dem Haus stand und Rinas Wagen in der Auffahrt bemerkte, hatte er Angst, hineinzugehen. Es würde doch nur eine Szene geben, und der fühlte er sich nicht gewachsen. Er hatte keine Kraft mehr.

Er warf einen Blick auf seine Armbanduhr. Es war fast elf. Sie würde das

Haus bald verlassen, da sie im Studio zum Lunch verabredet war. Er lief den Berg hinunter zu dem Lokal unmittelbar um die Ecke am Sunset Boulevard. Er würde einen Schluck trinken und warten, bis er ihren Wagen den Berg hinunterkommen sah.
Das Lokal lag im Dunkeln, als er eintrat, die Stühle noch auf den Tischen. Die Bar war jedoch in Betrieb, und vor der Theke hockte bereits ein Gast. Claude kletterte auf einen Hocker in Fensternähe, von wo er die Straße überschauen konnte.
Ihn fröstelte leicht. Auf dem Wege bergabwärts hatte es angefangen zu nieseln, und alles deutete auf einen jener abscheulichen kühlen Nachmittage hin, wie sie für das sonnige Kalifornien charakteristisch sind. Wieder fröstelte ihn. Hoffentlich hatte er sich keine Erkältung zugezogen. »Whisky und warmes Wasser«, sagte er zu dem Mixer, in Erinnerung an das Getränk, das ihm seine Mutter bei den ersten Anzeichen einer Erkältung stets verabreichte.
Der Mixer schaute ihn verwundert an. »Warmes Wasser?«
Claude nickte. »Ja, bitte.« Er hob den Kopf und bemerkte, daß der einsame Gast ihn ebenfalls anstarrte – ein junger Mensch, der eine gelbe Joppe anhatte. »Und eine Scheibe Zitrone, falls Sie eine haben«, rief er dem Mixer nach.
Claude ergriff den dampfenden kleinen Becher. Er nippte daran und spürte, wie die Wärme ihn durchdrang. Er drehte sich um und schaute zum Fenster hinaus. Jetzt regnete es richtig. Wieder griff er nach dem Becher und stellte zu seiner Überraschung fest, daß er leer war. Er beschloß, noch einmal dasselbe zu bestellen. Er hatte Zeit. Er wußte genau, was Rina im Augenblick tat. Er winkte dem Mixer.
Momentan saß sie vor ihrem Toilettentisch und schminkte sich, bis es genau ihren Ansprüchen entsprach. Dann würde sie sich mit ihrem Haar beschäftigen und es so lange kämmen, bis es nachlässig herabhing, jede Strähne dort, wie sie sie haben wollte.
Sie machte ein Prinzip daraus, nirgends pünktlich zu sein. Fast immer kam sie eine Stunde zu spät, häufig noch viel später. Das Warten auf sie hatte ihn mitunter fast verrückt gemacht, aber niemand sonst schien Anstoß daran zu nehmen. Man fand es selbstverständlich.
Claude warf einen Blick auf den Becher, der schon wieder leer war. Er bestellte einen neuen. Jetzt war ihm bereits viel wohler. Rina würde überrascht sein, wenn sie nach Hause kam und feststellen mußte, daß seine Sachen nicht mehr da waren. Nie wieder würde sie Gelegenheit haben, ihn einen halben Mann zu nennen. Wenn der Anwalt ihr die Scheidungsklage überreichte, würde sie schon merken, was für ein Kerl er, Claude, war. Dann würde sie wissen, daß sie ihn nicht mehr herumkommandieren konnte.
Nie wieder würde sie ihn so ansehen wie in ihrer Hochzeitsnacht – mitleidig und gleichzeitig verächtlich und, was das Schlimmste von allem war, mit dem

Wissen in ihren Augen, daß sie ihn durchschaute und die tiefsten Geheimnisse seiner Seele kannte, Geheimnisse, die er sogar vor sich selber verschwieg.

Er war in das verdunkelte Schlafzimmer getreten, ein Tablett mit einer eisgekühlten Flasche Sekt und zwei Gläsern in der Hand. »Ich komme und bringe meiner Geliebten Wein.«

Sie begannen mit dem Vorspiel. Sanft und zärtlich, wie er es sich vorgestellt hatte, denn er war noch nie mit einer Frau zusammengewesen. Etwas außerordentlich Beruhigendes ging von den weiblichen Rundungen ihres Körpers aus, der, ohne etwas von ihm zu fordern, ruhig und passiv auf dem Bett lag. Er hatte sogar angefangen, ein Gedicht auf ihre Schönheit zu machen, als er plötzlich ihre tastende Hand auf seinem Fleisch spürte.

Für den Bruchteil einer Sekunde erstarrte er unter der Fremdheit ihrer Finger, dann löste sich seine Verkrampfung, denn ihre Berührung war so leicht und zart, daß er sie kaum spürte. Er fühlte, wie sie erbebte, ein Zittern lief durch ihren Leib, und plötzlich schien eine Glutwelle aus ihr herauszuschlagen. Jetzt war sie keine zärtlich und demütig Bittende mehr, jetzt nahm sie keine Rücksicht mehr auf seine Gefühle, sondern gebärdete sich wie eine Rasende.

Plötzlich ergriff ihn eine wilde Furcht vor ihrem Verlangen, das so lange geschlummert und nur auf diesen Augenblick gewartet hatte, um aufzulodern und seine Manneskraft von ihm zu fordern. Einem panischen Entsetzen nahe riß er sich los und stand schlotternd neben dem Bett.

Er hörte, wie ihr Atem ruhiger wurde. Die Laken raschelten, und als er hinschaute, hatte sie sich auf die Seite gewälzt und starrte ihn an, das Laken nachlässig über ihre Hüften gebreitet. Ihre Blicke schienen sich wie Flammen in ihn hineinzubohren. »So einer bist du also! Dann haben die Leute also doch recht.« Er spürte, wie ihm die heiße Röte ins Gesicht stieg. Er war sich des Geredes hinter seinem Rücken nicht unbewußt gewesen, aber was verstanden diese Leute schon von seinem völligen Aufgehen in der Arbeit. »Nein«, sagte er rasch.

»Was für ein Mann bist du denn dann?« Er warf sich neben dem Bett auf die Knie und schaute sie an. »Bitte«, rief er. »Bitte, du mußt Verständnis haben. Ich habe dich geheiratet, weil ich dich liebe, aber ich bin nicht wie andere Männer. Meine Mutter sagt, ich wäre nervöser und reizbarer.«

Sie gab keine Antwort, und er nahm die schreckliche Mischung von Mitleid, Verachtung und Wissen in ihren Augen wahr. »Schau mich nicht so an«, flehte er. »Das nächstemal geht es bestimmt besser. Ich werde dann nicht mehr so nervös sein. Ich liebe dich. Ich liebe dich.«

Sanft berührte sie seine Stirn und strich dann mit leichter Hand über seine Schläfen. Allmählich versiegten seine Tränen, und er ergriff ihre Hände und küßte sie dankbar. »Es wird bestimmt besser, Liebstes«, versprach er.

Aber es wurde nicht besser. Es lag etwas in ihrer so ganz und gar weiblichen

Körperlichkeit, ihrer fürchterlichen Geschlechtlichkeit, das ihn einfach impotent machte.
»Was sagten Sie?« Die Worte brachten ihn in die Gegenwart zurück. Er hob den Kopf. Der andere Gast, der junge Mann in der hellen Joppe, sprach zu ihm. »Ich dachte, Sie hätten etwas zu mir gesagt. Entschuldigen Sie.«
Claude kam sich albern vor. Ohne Zweifel hatte er, in Gedanken verloren, vor sich hin gesprochen. Es war ihm peinlich. »Ja«, log er. »Ich habe vom Wetter gesprochen. Wie scheußlich es plötzlich geworden ist.«
Der junge Mann warf einen Blick zum Fenster hinaus. »Ja«, sagte er höflich. »Tatsächlich.«
Claude schaute ihn an. Er schien ein ganz netter Kerl zu sein. Von angenehmem Äußeren, wenn auch auf eine etwas grobe Art. Wahrscheinlich ein stellungsloser Schauspieler, der auf ein Bier hereingekommen war und darauf wartete, daß der Regen aufhörte. Er nahm seinen Becher in die Hand. Wieder war er leer. »Darf ich Sie zu einem Glas einladen?« sagte er.
Der junge Mann nickte. »Ich hätte gern noch ein Bier. Vielen Dank.«
»Ein Bier für den jungen Herrn hier«, rief Claude dem Mixer zu. Er klopfte gegen seinen Becher. »Und für mich noch einmal dasselbe.«
Erst als er drei Gläser später Rinas Wagen stadtwärts fahren sah, kam ihm die Idee. Schließlich waren es eine ganze Menge Dinge, die er mitnehmen wollte, und er konnte sie längst nicht alle allein tragen.
Nachdem er das zweitemal geklingelt hatte, fiel ihm ein, daß es Donnerstag war und daß sämtliche Dienstboten Ausgang hatten. Er zog seinen Schlüssel heraus. Sie gingen die Treppe hinauf in sein Zimmer. Er öffnete den Schrank und nahm einen Koffer heraus. »Leeren Sie diese Schubfächer«, sagte er zu dem jungen Mann. »Ich hole noch einen anderen Koffer.«
Er verließ das Zimmer, und als er nach kurzer Zeit zurückkehrte, hatte sein Gefährte ein Bild von Rina in der Hand, das auf der Kommode gestanden hatte. »Wer ist das?«
»Meine Frau«, antwortete Claude kurz. Dann kicherte er. »Sie wird schön überrascht sein, wenn sie beim Nachhausekommen merkt, daß ich ausgezogen bin.«
»Sind Sie Rina Marlowes Mann?«
Claude nickte. »Aber nicht mehr lange. Gott sei Dank.«
Der junge Mann schaute ihn betroffen an. »Warum wollen Sie einer solchen Puppe weglaufen?« fragte er. »Die ist doch Zucker.«
Claude riß ihm das Bild aus der Hand und schmetterte es gegen die Wand. Das Glas zerschellte und spritzte in winzigen Scherben über den Teppich. Er wandte sich um und ging ins Badezimmer. Er legte sein Jackett ab und lokkerte seinen Binder. Er drehte den Hahn an, um sich die Hände zu waschen. Die Kleider klebten ihm am Leibe. Ein kribbelndes Gefühl überlief ihn. Er beschloß, eine Dusche zu nehmen. Unter den heißen, nadelfeinen Strahlen der

Brause löste sich seine Verkrampfung. Das heiße Wasser schien die innere Wärme des Whiskys an die Oberfläche seiner Haut zu bringen. Genießerisch seifte er sich mit der zart parfümierten Seife ein, die seine Mutter eigens für ihn aus London hatte kommen lassen.
Er trat unter der Dusche hervor und rieb sich kräftig ab. Mit Behagen betrachtete er seine rosige, prickelnde Haut. Sauberkeit war ihm ein Bedürfnis. Er sah sich nach seinem Bademantel um, der jedoch nicht an dem üblichen Haken hing. »Würden Sie mir bitte den blauen Bademantel aus dem Schrank reichen?« rief er automatisch, ohne zu überlegen.
Er nahm eine Flasche Kölnisch Wasser aus dem Fach, sprenkelte es sich ausgiebig in die Hand und fing an, sich abzureiben. Irgendein Instinkt bewog ihn, einen Blick in den Spiegel zu werfen. Der junge Mann stand in der offenen Tür und beobachtete ihn. Den Bademantel hatte er über dem Arm. Er hatte seine Joppe ausgezogen, unter der er ein angeschmutztes weißes Hemd trug.
Claude sah das dichte schwarze Haar, das auf den Armen, den Schultern und der Brust des jungen Mannes sproßte. Er fühlte sich abgestoßen. »Legen Sie ihn auf den Stuhl«, sagte er und nahm ein Handtuch um.
Statt dessen grinste der junge Mann ihn unverschämt an, trat in das Badezimmer und warf die Tür mit einem Fußtritt hinter sich zu.
Wütend drehte Claude sich um. »Machen Sie, daß Sie hier rauskommen!«
Der junge Mann rührte sich nicht. Sein Lächeln wurde noch schlüpfriger. »Laß doch den Quatsch, Alter«, sagte er. »Erzähl mir bloß nicht, daß du mich mit hier raufgeschleppt hast, damit ich dir beim Packen helfen soll.«
»Raus, oder ich rufe um Hilfe«, sagte Claude, der eine seltsame erregende Furcht empfand.
Der junge Kerl lachte. »Wer soll das schon hören?« fragte er. »Ich bin dir gleich hinter die Schliche gekommen, als du mir gesagt hast, die Dienstboten hätten Ausgang.«
»Sie Ekel!« Claude schrie laut. Ein wuchtiger Schlag traf ihn am Kopf und streckte ihn der Länge nach zu Boden. Er raffte sich auf und blieb auf Händen und Knien hocken.
»Gehen Sie, bitte«, flüsterte er. Die Stimme versagte ihm.
Der junge Mann hob drohend die Hand. Instinktiv zuckte Claude zurück, war jedoch nicht schnell genug. Die offene Handfläche klatsche auf seine Backe, und sein Kopf prallte gegen das Toilettenbecken. Mit entsetzten Blicken starrte er den jungen Mann an.
»In Wirklichkeit willst du doch gar nicht, daß ich gehen soll, nicht wahr?« sagte der junge Kerl und zerrte an dem schwarzen Ledergürtel, den er um die Hüften trug. »Du gehörst doch zu der Sorte, die vorher ein bißchen aufgemöbelt wird.«
»Nein!«

»Nicht?« Der junge Kerl lachte spöttisch. »Tu doch nicht so. Ich seh's doch.« Für den Bruchteil einer Sekunde wußte Claude nicht, was er meinte, dann schaute er an sich hinunter. Ein verrückter Gedanke durchfuhr ihn. Wenn Rina ihn jetzt nur sehen könnte, so würde sie merken, daß er ein Mann war. Der Gürtel sauste auf seinen Rücken herunter und schnitt in sein Fleisch. »Genug!« wimmerte er. »Bitte, nicht mehr schlagen!«

Erschöpft raffte er sich auf und warf einen Blick in das Schlafzimmer. Der junge Kerl war mitsamt dem Geld verschwunden, das Claude bei sich gehabt hatte. Langsam trat er in die Duschkabine und drehte das heiße Wasser an. Seine Kräfte kehrten zurück, als das Wasser in seine Poren eindrang. Mit Schrecken entsann er sich der schimpflichen Behandlung, die er durch diesen jungen Lümmel erduldet hatte. Plötzlich empfand er etwas wie Befriedigung. Wenn er nur stärker gewesen wäre, so hätte er es ihm schon gezeigt. Mit zunehmender Erregung stellte er sich vor, wie er ihm den Gürtel entrissen und ihn bis aufs Blut damit verdroschen haben würde. Er spürte eine plötzliche anschwellende Kraft in seinen Lenden.
Und genau in diesem Augenblick dämmerte ihm die Wahrheit. »Nein!« schrie er laut, von Entsetzen gepackt. Was die Leute über ihn gemunkelt hatten, war also wahr. Nur er selber war blind gewesen, bis sein eigener Körper ihn verraten hatte.
Eine sinnverwirrende Wut packte ihn. Ohne das Wasser abzudrehen, trat er aus der Kabine. Er öffnete das Arzneischränkchen und nahm das altmodische Rasiermesser heraus, das er von Jugend an benützt hatte – jenes Rasiermesser, das für ihn ein stolzes Symbol seiner Männlichkeit gewesen war.
In einer Art Raserei zerfleischte er sich damit. Wenn er schon kein Mann war, so konnte er sich zum mindesten in ein Weib verwandeln. Er brachte sich eine tiefe Schnittwunde nach der anderen bei, bis er zuletzt, mit einem Fluch gegen seine Mutter auf den Lippen, entkräftet zusammenbrach.

20

David Woolf stand auf der Schwelle zum Badezimmer und kämpfte gegen eine aufsteigende Übelkeit an. Alles war blutbespritzt, die weißblauen Fliesen auf dem Fußboden und an den Wänden, die Badewanne, das Waschbecken und die Toilette.
Es war schwer zu glauben, daß die Tür zu seinem Büro erst vor einer halben Stunde plötzlich aufgerissen worden und sein Onkel erschienen war, hochrot im Gesicht, wie immer, wenn ihn etwas erregte. »Fahr sofort zu Rina Marlowe hinaus«, sagte Bernie Norman. »Einer von den Jungen aus der Propaganda-Abteilung hat soeben einen Wink vom Beverly-Hills-Polizeirevier erhalten, daß Dunbar Selbstmord verübt hat.«

David befand sich bereits auf dem Wege zur Tür. »Sieh zu, daß sie nicht mit hineingezogen wird in die Sache«, rief der Alte hinter ihm her. »Hier liegt noch ein unaufgeführter Film mit ihr, der uns zwei Millionen Dollar gekostet hat.«

David fuhr in Begleitung von Harry Richards, der die Studio-Wache unter sich hatte und mit sämtlichen Polizeibeamten auf gutem Fuße stand. Er nahm den kürzesten Weg über die Nebenstraßen durch Coldwater Cañon. In zwanzig Minuten war er an Ort und Stelle.

Er ging die Treppe hinauf und begab sich in den kleinen Salon, der in Rinas Schlafzimmer führte. Ilene saß völlig erschöpft auf einem Stuhl. Als er eintrat, hob sie den Kopf.

»Wie geht es ihr?« fragte er.

»Aus wie ein Licht«, erwiderte sie mit müder Stimme. »Der Arzt hat ihr eine Spritze gegeben, die auch ein Pferd umgeworfen hätte.«

»Sie könnten einen Schnaps vertragen.« Er trat an das Likörschränkchen und öffnete es. »Ich übrigens auch«, fügte er hinzu. »Wie wär's mit Scotch?«

Sie gab keine Antwort, und er füllte zwei Gläser aus einer kleinen Flasche Haig & Haig. Er reichte ihr eines und nahm ihr gegenüber Platz. Nachdem sie getrunken hatte, kehrte etwas Farbe in ihr Gesicht zurück. »Es war furchtbar«, sagte sie.

Er gab keine Antwort.

Wieder nippte sie an ihrem Glas. »Rina war zum Lunch verabredet, und wir kamen gegen vier aus dem Studio nach Hause. Gegen halb fünf gingen wir zum Umkleiden nach oben, und Rina sagte, ihr wäre, als liefe das Wasser in Claudes Badezimmer. Da die Dienstboten Ausgang hatten, bat sie mich, nachzusehen. Als ich nicht sofort zurückkam, muß sie gespürt haben, daß etwas nicht stimmte. Noch während ich mit der Polizei telefonierte, kam sie ins Schlafzimmer. Ich wollte ihr den Anblick ersparen, aber als ich mich umdrehte, stand sie bereits an der Badezimmertür.«

Ilene stellte ihr Glas ab und kramte blindlings nach einer Zigarette. David zündete eine an und reichte sie ihr. Sie nahm sie zwischen ihre Lippen, und der Rauch umkräuselte ihr Gesicht. »Sie stand da und starrte hinunter auf ihn, starrte auf die grauenhaft zugerichtete, in einer Blutlache liegende Gestalt, und sagte nur immer wieder: ›Ich hab' ihn umgebracht! Ich hab' ihn umgebracht! Ihn umgebracht wie all die andern, die mich je geliebt haben!‹ Dann fing sie an zu schreien.« Ilene hielt sich die Ohren zu.

David schaute auf sein Glas. Es war leer. Schweigend stand er auf und füllte es neu. Er nahm wieder Platz und schaute nachdenklich in die bernsteingelbe Flüssigkeit. »Wissen Sie«, sagte er, »ich kann einfach nicht begreifen, warum sie ihn überhaupt erst geheiratet hat.«

»Das ist es ja gerade«, sagte sie zornig. »Keiner von euch hat sich je die geringste Mühe gegeben, sie zu verstehen. Für euch alle war sie weiter nichts als ein zugkräftiger Name, der Geld einbrachte. Was sie wirklich war, interessierte keinen von euch. Ich werde Ihnen sagen, warum sie ihn geheiratet hat. Weil er ihr leid tat, weil sie einen Mann aus ihm machen wollte. Nur deswegen hat sie ihn geheiratet. Und deswegen liegt sie jetzt dort in ihrem Schlafzimmer und weint sogar im Schlaf. Weint, weil sie versagt hat.«

Das Telefon klingelte. Dann noch einmal. David schaute sie an. »Ich werde drangehen«, sagte er.

»Hallo.«

»Wer dort?«

»David Woolf«, sagte er automatisch.

»Hier Jonas Cord«, antwortete die Stimme.

»Mr. Cord«, sagte David. »Ich gehöre zur Norman ...«

»Ich weiß«, unterbrach ihn Cord. »Ich entsinne mich Ihrer. Sie sind der junge Mann, der für Bernie immer die Kastanien aus dem Feuer holen muß. Ich habe gerade im Radio von dem Unfall gehört. Was macht Rina?«

»Im Augenblick schläft sie. Der Arzt hat ihr eine Spritze gegeben.«

Ein längeres Schweigen trat ein, und David vermutete schon, daß die Verbindung unterbrochen wäre. Dann kam Cords Stimme wieder über den Draht.

»Alles unter Kontrolle?«

»Ich glaube ja«, sagte David.

»Gut. Sorgen Sie dafür, daß es so bleibt. Falls Sie irgend etwas brauchen, wenden Sie sich an mich.«

»Werde ich tun.«

»Das vergesse ich Ihnen nicht«, sagte Cord. Es knackte kurz, und die Leitung war tot. »Das war Jonas Cord«, sagte er.

Ilene schaute nicht auf.

Er wandte sich um und starrte auf das Telefon. Es ergab keinen Sinn. Nach allem, was er gehört hatte, war Cord nicht der Mann, der seine Zeit damit verbrachte, aus reiner Menschenfreundlichkeit irgendwo anzurufen. Eher das Gegenteil.

Unbewußt warf er einen Blick auf die geschlossene Tür zu Rinas Schlafzimmer. Hinter der ganzen Geschichte mußte noch irgend etwas anderes stecken.

Vier Monate vergingen, ehe er Rina wiedersah. Er saß auf der Couch im Büro seines Onkels, als sie ins Zimmer geschwebt kam.

»Rina, mein Schatz«, sagte Bernie Norman, stand von seinem Schreibtisch auf und umarmte sie überschwenglich.

Der Produzent trat einen Schritt zurück und nahm sie in Augenschein, indem er sie umschritt, als wäre sie eine junge Preiskuh auf einer Viehausstellung.

»Schlanker und schöner denn je.«

Rina wandte den Kopf. »Hallo, David«, sagte sie ruhig.

»Hallo, Rina.« Er erhob sich. »Wie geht's?«

»Gut«, antwortete sie. »Wem ginge es nicht gut nach drei Wochen Erholung auf dem Lande?«
Er lachte. »Und Ihr nächster Film wird auch wieder eine Erholung sein«, unterbrach Norman sie.
Rina wandte sich ihm wieder zu. Ein kaum wahrnehmbares Lächeln huschte über ihr Gesicht. »Ruhig weiter so, Sie alter Bastard«, sagte sie. »Beschwatzen Sie mich nur.«
Norman lachte erleichtert. »Für einen Augenblick hab' ich mich gefragt, ob es noch mein altes Mädchen wäre, das plötzlich vor mir stand, so nett war sie.«
Auch Rina lachte. »Wie sieht denn die Erholung aus?« fragte sie.
»Afrika!« sagte Norman triumphierend. »Die beste Dschungelgeschichte seit *Trader Horn.*«
»Ich wußte es ja«, sagte Rina und wandte sich an David. »Ich wußte ja, daß er mich noch einmal dazu bringen würde, einen weiblichen Tarzan zu spielen.«
Nachdem sie gegangen war, blickte David seinen Onkel an. »Rina scheint ruhiger geworden, irgendwie disziplinierter.«
Norman lächelte verschmitzt. »Na, und?« sagte er. »Vielleicht legt sie die Kinderschuhe endlich mal ab.« Er stand von seinem Schreibtisch auf und trat an David heran. »Sechs Monate haben wir nur noch bis zur Aktionärsversammlung nächsten März.«
»Weißt du immer noch nicht, wer uns auszukaufen versucht?«
»Nein.« Norman schüttelte den Kopf. »Ich habe überall nachgeforscht. Bei den Maklern, den Versicherungen, den Banken. Keiner weiß etwas. Aber die Aktien fallen von Tag zu Tag.« Er kaute an seiner kalten Zigarre. »Ich hab' jede Aktie aufgekauft, deren ich habhaft werden konnte, aber so viel Geld, um der Sache Einhalt zu gebieten, hab' ich einfach nicht. Das ganze Geld, das ich mir zusammengeschnorrt und gepumpt habe, ist weg.«
»Vielleicht steigen die Kurse wieder, wenn wir Rinas neuen Film ankündigen. Es ist ja überall bekannt, daß sie volle Kassen macht.«
»Hoffentlich«, sagte Norman. »Überall verlieren wir Geld. Selbst mit den Kinos.« Er ging wieder zu seinem Stuhl und ließ sich schwerfällig darauf nieder. »Das war der größte Fehler, den ich gemacht habe. Ich hätte sie nie kaufen sollen. Wegen dieser Kinos mußte ich die Aktien auflegen und all das Geld von den Banken pumpen. Von Filmen verstehe ich was, von Immobilien nicht. Ich hätte vor zehn Jahren nie auf diese Wallstreet-Hyänen hören dürfen. Jetzt hab' ich meine Firma verschleudert und kein Geld mehr. Und ich weiß nicht einmal, wem sie gehört.«
David stand auf. »Nun, es hat keinen Zweck, daß wir uns jetzt schon den Kopf darüber zerbrechen. Es sind noch sechs Monate bis zur Generalversammlung. Inzwischen kann viel geschehen.«
»Ja«, sagte Norman düster. »Es kann schlimmer werden.«
David machte die Tür zu seinem Büro hinter sich zu. Er setzte sich an seinen

Schreibtisch und stellte eine Liste von allen Feinden zusammen, die sich sein Onkel im Laufe seines Lebens gemacht hatte. Es war eine lange Liste, aber darunter befand sich niemand mit so viel Kapital, um eine solche Transaktion durchzuführen. Außerdem waren die meisten selber im Filmgeschäft und hatten seinem Onkel genau dasselbe zugefügt, was er ihnen zugefügt hatte. Es war wie eine Art Spiel zwischen Mitgliedern desselben Klubs. Sie schrien zwar Zeter und Mordio, aber keiner nahm es je ernst genug, um einen derartigen Groll zu hegen.
Plötzlich kam ihm ein Gedanke – Rina. Er warf einen Blick auf die Tür und griff automatisch nach dem Telefon, zuckte jedoch gleich darauf zurück. Es hatte keinen Zweck, daß er sich lächerlich machte.
Aber er hatte so eine Ahnung. Wie recht er damit gehabt hatte, sollte er jedoch erst erfahren, als er Ilene sechs Monate später dazu bewog, Rina unter einem angenommenen Namen ins Krankenhaus einzuliefern. Sie war nach Beendigung der Dreharbeiten an *The Jungle Queen* gerade erst aus Afrika zurückgekommen und plötzlich sehr krank geworden Er hatte verhindern wollen, daß die Presse vor dem Anlaufen des Films etwas davon erführe.

21

»Jonas Cord«, sagte Norman voller Bitterkeit. »Dieser Jonas Cord war es also. Warum hast du mir nichts davon gesagt?«
David wandte sich von dem Hotelfenster ab, das auf den Central Park hinausging. »Ich hab' es auch nicht gewußt, sondern es nur vermutet.«
»Gewußt oder nicht«, sagte der Produzent und kaute an seiner kalten Zigarre, »du hättest es mir trotzdem sagen sollen.«
»Was hätte das genützt?« fragte David. »Ich hatte keine Beweise, und selbst wenn ich Beweise gehabt hätte, hättest du nicht das Geld gehabt, ihm wirksam entgegenzutreten.«
Norman nahm die Zigarre aus dem Munde und betrachtete sie verdrießlich Mit einer wütenden Gebärde warf er sie auf den Teppich »Was habe ich ihm denn nur getan, daß er mich ruinieren will?« fragte er zornig.
David gab keine Antwort.
»Nichts. Nichts habe ich ihm getan. Nur Geld für ihn verdient. Mehr Geld, damit er mir den Hals abschneiden kann!« Bernie nahm eine neue Zigarre aus seiner Tasche und fuchtelte damit vor Davids Gesicht herum. »Laß dir das eine Lehre sein. Tu nie jemand einen Gefallen, verdien nie Geld für jemand, nur für dich selber. Sonst hast du plötzlich ein Messer aus deinem eigenen Silber im Rücken.«
David warf einen Blick auf das wütende, rot angelaufene Gesicht seines Onkels und mußte an die Szene denken, die sich während der Generalversammlung abgespielt hatte.

Zu Beginn war Norman zuversichtlicher gewesen als zu irgendeinem Zeitpunkt in den vergangenen Monaten. Der Prozentsatz der eingegangenen Vollmachten war ungefähr so hoch gewesen wie alle Jahre. Nur etwa fünfundzwanzig Prozent der Aktionäre machten sich die Mühe, ihre Formulare einzuschicken. Sie interessierten sich nur dafür, wann man wieder mit der Ausschüttung von Dividenden beginnen würde. Aber jene Vollmachten zusammen mit den acht Prozent Aktien, die Norman auf seinen eigenen Namen besaß, machten immerhin dreiunddreißig Prozent stimmberechtiger Anteile aus.

Die Versammlung war nicht besser und nicht schlechter besucht als gewöhnlich. Ein, zwei in Ruhestand lebende Geschäftsleute und einige Frauen, die von der Straße bloß deswegen hereingekommen waren, weil sie zehn Aktien besaßen und sich plötzlich wichtig vorkamen; jene Aufsichtsratsmitglieder, die zufällig in der Stadt waren sowie die leitenden Angestellten aus dem New Yorker Büro der Firma.

Erst als die Formalitäten vorüber waren und Norman um Vorschläge für die Wahl zum Aufsichtsrat bat, spürte er, daß etwas nicht stimmte. Während er sprach, traten Dan Pierce und ein anderer Mann, dessen Gesicht ihm bekannt vorkam, an dessen Namen er sich jedoch nicht erinnern konnte, ins Zimmer. Gemeinsam nahmen sie in der vordersten Reihe Platz.

Ein Vizepräsident las die Liste mit den von Norman gebilligten Kandidaten für den Aufsichtsrat vor; ein anderer unterstützte den Antrag pflichtschuldigst, und danach plädierte ein dritter pflichtschuldigst.

In diesem Augenblick stand Pierce auf.

»Herr Präsident«, sagte er. »Ich möchte noch einige Kandidaten für den Aufsichtsrat der Gesellschaft nominieren.«

»Dazu haben Sie kein Recht«, rief Norman vom Podium.

»Gemäß den Satzungen der Gesellschaft«, erwiderte Dan Pierce, »ist jeder eingetragene Aktionär dazu berechtigt, so viele Kandidaten für den Aufsichtsrat zu nominieren, wie es Aufsichtsratsmitglieder gibt.«

Norman wandte sich an seinen Vizepräsidenten und Rechtsberater. »Stimmt das?«

Der Anwalt nickte nervös.

»Sie sind entlassen, Sie Idiot« zischte Norman im Flüsterton.

Er wandte sich wieder an Pierce. »Das ist ungesetzlich!« schrie er. »Ein Trick, um Verwirrung innerhalb der Gesellschaft zu stiften.«

Der neben Pierce sitzende Mann erhob sich.

»Mr. Pierce hat ein gesetzliches Vorschlagsrecht, das ich ihm persönlich bestätigen kann.«

Jetzt fiel Norman auch der Name ein – McAllister – Jonas Cords Anwalt. Augenblicklich mäßigte er sich. »Ich nehme an, Sie können beweisen, daß Sie Aktionär sind?« fragte er verbindlich.

McAllister lächelte. »Selbstverständlich.«
»Zeigen Sie mir Ihren Beweis. Ich habe ein Recht, das zu verlangen.«
»Natürlich«, sagte McAllister. Er trat an das Podium und reichte Norman eine Aktienurkunde.
Norman warf einen Blick darauf. Es war eine Urkunde über zehn Anteile, ausgestellt auf den Namen von Dan Pierce. »Sind das alle Aktien, die Sie besitzen?« fragte er scheinheilig.
Wieder lächelte McAllister. »Mehr Beweismaterial brauche ich nicht«, sagte er und wich dem Versuch des Produzenten aus, herauszufinden, wie viele Anteile er vertrat. »Darf ich jetzt von meinem Vorschlagsrecht Gebrauch machen?«
Norman nickte schweigend, und Pierce stand auf und nannte sechs Namen für den aus neun Mitgliedern bestehenden Aufsichtsrat. Gerade genug, um die uneingeschränkte Kontrolle zu sichern. Außer seinem eigenen und McAllisters kannte Norman keinen einzigen anderen Namen.
Als es an die Auszählung der Stimmen ging, legte McAllister der Versammlung Vollmachten vor, aus denen ersichtlich war, daß er einundvierzig Prozent des Kapitals vertrat – sechsundzwanzig Prozent auf den Namen von Jonas Cord und fünfzehn Prozent im Besitz verschiedener Maklerfirmen. Alle seine sechs Kandidaten wurden gewählt.
Norman wandte sich nach seinen Aufsichtsratskandidaten um. Schweigend musterte er sie eine Weile und zog sich dann von ihnen zurück, so daß nur er selber, David und der Vizepräsident, der gleichzeitig Schatzmeister war, in dem neuen Aufsichtsrat verblieben. Nachdem die Versammlung vorüber war, berief er für den Nachmittag eine Aufsichtsratssitzung zur Wahl des Vorstandes in die Geschäftsräume der Gesellschaft ein.
Norman, dessen gewöhnlich rotes Gesicht bleich und weiß war, wollte sich gerade schweigend entfernen, als Pierce ihn an der Tür anhielt. »Bernie«, sagte Pierce, »ich hätte Sie gern vor der Sitzung noch kurz gesprochen.«
Norman starrte ihn an. »Mit Verrätern der eigenen Glaubensgenossen will ich nichts zu tun haben«, erklärte er kalt. »Gehen Sie und reden Sie mit Hitler!« Damit stampfte er hinaus.
Dan Pierce wandte sich an David. »David, bringen Sie ihn zur Vernunft«, sagte er. »Cord hat mich ermächtigt, drei Millionen für die Anteile des Alten zu bieten. Das ist doppelt soviel, wie sie wert sind. Falls er nicht verkauft, will Cord die Gesellschaft in Konkursverwaltung nehmen, und dann kann der Alte seine Anteile als Tapete benützen.«
»Ich will sehen, was ich erreichen kann«, sagte David und eilte hinter seinem Onkel her.
Jetzt brüllte Norman wieder, lief im Zimmer auf und ab und drohte mit einer Kampfabstimmung. Er würde diesem verrückten Cord schon beweisen,

daß Bernie Norman kein Narr war, daß er sich nicht von unten emporgearbeitet hatte, ohne etwas im Kopf zu haben.

»Moment mal«, sagte David scharf. Er hatte nachgerade genug von seinem Onkel einstecken müssen. Es war an der Zeit, daß jemand dem Alten einmal tüchtig Bescheid sagte. »Du redest von Kampfabstimmung«, schrie er. »Womit willst du denn kämpfen? Mit Spucke statt Geld? Und selbst wenn du es auf einen Kampf ankommen ließest, denkst du denn, jemand würde mitmachen? In den vergangenen vier Jahren hat die Gesellschaft nichts als Einbußen erlitten. Der größte Erfolg, den wir damals hatten, war der *Renegat* – Cords Film, nicht unserer. Und der größte Erfolg auf dem Markt von heute ist *Devils in the Sky* – ebenfalls Cords Film. Du hast ihn nicht einmal in Verleih nehmen wollen, weil dabei nicht genug herausschaute für dich! Glaubst du, daß jemand, der seine Sinne beisammen hat, dir den Vorzug vor Cord geben würde?«

Der Produzent starrte ihn an. »Unerhört«, rief er aus. »Daß ich mir so etwas von meinem eigenen Fleisch und Blut sagen lassen muß!«

»Hör doch bloß damit auf, Onkel Bernie«, sagte David. »Die Sippe hat damit nichts zu tun. Ich halte mich nur an Tatsachen.«

»Tatsachen?« schrie Norman. »An Tatsachen willst du dich halten? Nun gut, so halte dich daran. Wer ist denn gegangen und hat *Sunspots* gekauft, einen Film, der fast alle Preise gewonnen hat? Wer? Niemand anders als ich.«

»Wir haben eine Million Dollar daran verloren.«

»Ist das meine Schuld?« erwiderte sein Onkel voller Bitterkeit. »Habe ich das nicht von Anfang an gesagt? Aber nein, man wollte etwas Hochkünstlerisches, und nun haben wir den Salat.«

»Das ist längst erledigt, Onkel Bernie«, sagte David. »Mit heute hat das nichts zu tun. Niemand schert sich mehr darum.«

»Aber ich«, entgegnete Norman. »Es ist mein Blut, das man vergießen will. Mich wollen sie dem Golem opfern. Aber noch bin ich nicht tot. Wenn ich ihnen etwas von dem Film erzähle, den ich mit Rina Marlowe vorhabe, krieg' ich all die Stimmen, die ich brauche.«

David schaute seinen Onkel eine Weile an und trat dann ans Telefon. »Ferngespräch, bitte«, sagte er. »Verbinden Sie mich mit dem Colton-Sanatorium, Santa Monica, Kalifornien, Zimmer drei-null-neun.«

Er warf einen Seitenblick auf seinen Onkel, der zum Fenster hinausschaute. »Ilene? Hier David. Wie geht es ihr?«

»Gar nicht gut«, sagte Ilene so leise, daß er es kaum hören konnte.

»Was sagt der Arzt?«

David hörte sie schluchzen. »Nehmen Sie sich zusammen«, sagte er. »Bloß jetzt nicht die Nerven verlieren.«

»Er sagt, sie läge im Sterben. Es wäre ein Wunder, daß sie so lange ausgehalten hat. Er wüßte nicht, was sie noch am Leben erhält.«

Es gab einen Knacks, und die Verbindung war unterbrochen. David wandte sich an seinen Onkel.
»Rina dreht keinen Film mehr, weder für dich noch sonst jemand«, sagte er. »Sie stirbt.«
Der Produzent starrte ihn an und erbleichte. Er sank auf seinen Stuhl. »Mein Gott! Was soll denn nun aus der Gesellschaft werden? Sie war unsere letzte Rettung. Ohne sie werden die Aktien ins Bodenlose fallen, und wir können zumachen.« Er fuhr sich mit dem Taschentuch über das Gesicht. »Jetzt wird sich nicht einmal mehr Cord mit uns abgeben.«
David starrte seinen Onkel an. »Was soll das heißen?«
»Schmock!« sagte Norman gereizt. »Siehst du die Zusammenhänge nicht? Muß ich dir das erst noch aufzeichnen?«
»Was für Zusammenhänge?« fragte David verwirrt.
»Daß Cord überhaupt nichts an der Gesellschaft liegt«, sagte der Alte. »Daß er einzig und allein das Mädchen haben will.«
»Das Mädchen?«
»Klar«, sagte Norman. »Rina Marlowe. Entsinnst du dich an die Begegnung, die ich in der Toilette des Waldorf mit ihm hatte? Was er damals zu mir gesagt hat? Daß er mir die Namen der beiden Weiber nicht nennen wollte, weil ich ihm die Marlowe weggeschnappt hätte?«
Plötzlich ging David ein Licht auf. Warum hatte er nicht früher daran gedacht? Es ergab einen direkten Zusammenhang mit Cords Anruf in der Nacht, als Dunbar sich umgebracht hatte. Er schaute seinen Onkel mit neuem Respekt an. »Was werden wir jetzt tun?«
»Tun?« sagte der Alte. »Tun? Wir werden hübsch den Mund halten und hinuntergehen und an der Sitzung teilnehmen. Wenn mir auch das Herz blutet, aber da er schon drei Millionen für meine Aktien geboten hat, wird er auch bis auf fünf gehen.«

Diesmal verflüchtigte sich der Traum nicht, als Rina die Augen aufschlug. Er schien sogar wirklicher zu sein als je zuvor. Für einen Augenblick lag sie ganz still und richtete den Blick auf das durchsichtige Plastikzelt, das sich über ihrem Kopf und ihrer Brust wölbte. Langsam wandte sie den Kopf.
Ilene saß auf dem Stuhl und betrachtete sie. Gern hätte sie Ilene gesagt, daß sie sich keine Sorgen machen sollte, daß es nichts zu fürchten gäbe. Im Traum hatte sie das alles schon durchgemacht. »Ilene«, flüsterte sie.
Ilene schrak zusammen und stand auf. Rina lächelte sie an. »Ich bin es wirklich, Ilene«, flüsterte sie. »Ich bin völlig bei mir.«
»Rina!« Sie spürte, wie Ilene unter dem Laken nach ihrer Hand griff. »Rina!«
»Nicht weinen, Ilene«, flüsterte sie. Sie wandte den Kopf nach dem Kalender an der Wand, aber er war zu weit entfernt. »Was für ein Tag ist heute?«
»Freitag.«

»Der dreizehnte?« Rina versuchte zu lächeln. Sie sah, wie Ilene ebenfalls lächelte, trotz der Tränen, die über ihre Wangen rollten.
»Ruf Jonas an«, sagte Rina leise. »Ich möchte ihn sehen.«
Sie schloß die Augen für einen Augenblick und öffnete sie, als Ilene wieder an das Bett trat. Ilene schüttelte den Kopf. »Sein Büro sagt, er wäre in New York, man wüßte aber nicht, wo er zu erreichen wäre.«
»Setz dich mit ihm in Verbindung, wo er auch sein mag.« Rina lächelte. »Mich kannst du nicht mehr anführen«, sagte sie. »Ich habe diese Szene zu oft gespielt. Ruf ihn an. Vor seinem Kommen sterbe ich bestimmt nicht.« Ein schwaches ironisches Lächeln huschte über ihr Gesicht. »Hier draußen wird zum Wochenende nicht gestorben. Die Wochenend-Spalten sind bereits im Druck.«

Fünftes Buch

Jonas – 1935

1

Der General drückte einen Sessel im Amt für Beschaffung und Auftragsvergebung in Washington. In die Nähe eines Flugzeuges war er nur ein einziges Mal gekommen, als er an der Kriegsgerichtsverhandlung gegen Billy Mitchell teilgenommen hatte. Aber er war der ausschlaggebende Mann. Ich hatte ihn von dem Augenblick an beobachtet, als er die Halle betrat, mit Morissey an seiner Seite, der im Begriff war, mit seinem Gerede ein Unwetter heraufzubeschwören. Zwei Adjutanten folgten ihm auf dem Fuße – ein Oberst und ein Hauptmann. Keiner von beiden trug die Embleme der Luftwaffe auf seinem Waffenrock.

Er blieb im Halleneingang stehen und starrte auf die CA-4. Ich sah, wie er mißbilligend die Stirn runzelte. »Häßlicher Kasten«, sagte er. »Sieht aus wie eine Kröte.«

Morissey hatte eine Kopie der Pläne und Zeichnungen in der Hand und erläuterte sie dem General. »Die Cord Aircraft Four ist ein völlig neuartiger Zwei-Mann-Jagdbomber mit einem Aktionsradius von über zweitausend Meilen. Die Durchschnittsgeschwindigkeit beträgt zwei-vierzig bei einer Maximalgeschwindigkeit von drei-sechzig. Sie kann mit zehn Maschinengewehren und zwei Bordkanonen bestückt werden und faßt Bomben im Gesamtgewicht von tausend Pfund unter ihren Tragflächen und in einem Spezialtrichter im Rumpf.«

»Sehr interessant«, hörte ich den General sagen. »Jetzt habe ich nur noch eine Frage.«

»Und das wäre, Herr General?« fragte Morissey.

Der General lachte in sich hinein und warf einen Blick auf seine Adjutanten, die sich ein schwaches Lächeln gestatteten. Ich konnte deutlich sehen, daß der alte Trottel im Begriff war, einen seiner Lieblingswitze zu machen. »Wir vom Heer müssen uns jährlich ungefähr dreihundert dieser sogenannten revolutionären Maschinen ansehen. Wird sie denn auch fliegen?«

Ich konnte nicht länger ruhig bleiben. Die Million, die es mich gekostet hatte, die CA-4 so weit zu entwickeln, gab mir das Recht, eine Lippe zu riskieren. »Sie übertrifft alles, was Sie in Ihrem Heer haben, Herr General«, sagte ich. »Und alle anderen Kampfflugzeuge der Welt, einschließlich des neuen Jägers, den Willi Messerschmitt jetzt baut.«

Der General wandte sich nach mir um und machte ein verdutztes Gesicht. Er musterte mich von oben bis unten und ließ seine Blicke über meinen weißen, ölbespritzten Schutzanzug schweifen.

Morissey schaltete sich ein. »General Gaddis, Jonas Cord.«
Ehe der General etwas sagen konnte, erklang vom Eingang hinter meinem Rücken eine Stimme. »Woher wissen Sie, was Willi Messerschmitt im Augenblick baut?«
Ich hob den Kopf, als der Sprecher in Sicht kam. Der General hatte offenbar noch einen dritten Adjutanten mitgebracht. Die leuchtenden Silberflügel auf seinem Waffenrock entsprachen den silbernen Eichenblättern auf seinen Schultern. Er mochte vierzig sein, schlank, mit einem Fliegerbärtchen. Er trug nur zwei Ordensbänder auf seinem Waffenrock – die französische *Croix de guerre* und die Flieger-Verdienstmedaille.
»Er hat es mir erzählt«, sagte ich kurz.
Auf dem Gesicht des Oberstleutnants lag ein seltsamer Ausdruck. »Was macht denn Willi?«
Ehe ich etwas erwidern konnte, fuhr der General dazwischen. »Wir sind hierhergekommen, um ein Flugzeug zu begutachten«, schnarrte er, »nicht um uns über gemeinsame Bekannte zu unterhalten.«
Jetzt war ich an der Reihe, verdutzt zu sein. Ich warf einen kurzen Blick auf den Oberstleutnant, aber über sein Gesicht war ein Vorhang gefallen. Es war jedoch nicht schwer zu bemerken, daß die beiden sich nicht besonders schätzten.
»Jawohl, Herr General«, sagte er rasch. Er wandte sich um und betrachtete die Maschine.
»Wie finden Sie ihr Aussehen, Forrester?«
Forrester räusperte sich. »Interessant, Herr General«, sagte er. Er wandte sich an mich. »Gegenläufige Luftschrauben?«
Ich nickte. Er mußte gute Augen haben, um das bei der schwachen Beleuchtung zu erkennen.
»Ungewöhnliche Idee«, sagte er, »die Tragflächen dort anzusetzen, wo sie sich befinden, und sie dann zurückzuklappen. Das sollte ihr etwa viermal soviel Auftrieb geben wie gewöhnlich.«
»Stimmt«, sagte ich. Gott sei Dank, wenigstens ein Mann, der sich auskannte.
»Ich habe Sie gefragt, was Sie von ihrem Aussehen halten, Forrester«, wiederholte der General gereizt.
Wieder fiel ein Schatten über Forresters Gesicht. Er wandte sich um. »Außergewöhnlich, Herr General. Andersartig.«
Der General nickte. »Dachte ich mir. Häßlich. Wie eine Kröte.«
Jetzt reichte es mir. »Beurteilen der Herr General Flugzeuge genauso wie Damen auf einer Schönheitskonkurrenz?«
»Selbstverständlich nicht!« sagte der General in gereiztem Ton. »Aber es gibt gewisse herkömmliche Ausführungen, die als Standard gelten. Der neue Cur-

tiss-Jäger beispielsweise, den wir uns neulich angesehen haben. Der sieht wenigstens wie ein Flugzeug aus und nicht wie eine geflügelte Bombe.«

»Das Baby dort drüben«, entgegnete ich, »trägt doppelt soviel Rüstung plus tausend Pfund Bomben siebenhundertfünfzig Meilen weiter, fünfzehnhundert Meter höher und achtzig Stundenmeilen schneller als der Curtiss-Jäger, von dem Sie reden.«

»Curtiss baut gute Flugzeuge«, sagte der General steif.

Ich starrte ihn an. Es hatte keinen Zweck, mit ihm zu streiten. Es war, als rede man gegen eine Mauer. »Das leugne ich gar nicht, Herr General«, sagte ich. »Curtiss baut seit Jahren gute Flugzeuge. Ich behaupte nur, daß dieses besser ist als alle anderen.«

General Gaddis wandte sich an Morissey. »Wir sind bereit, uns Ihr Flugzeug vorführen zu lassen«, sagte er steif. »Das heißt, falls Ihr Pilot fertig ist mit Argumentieren.«

Morissey warf mir einen nervösen Blick zu. Anscheinend hatte der General nicht einmal meinen Namen mitbekommen. Ich nickte ihm zu.

»Rollt sie heraus!« rief ich den wartenden Mechanikern zu.

Morissey, General Gaddis und seine Adjutanten gingen hinaus. Als ich ihnen folgte, sah ich, daß Morissey und die anderen eine Gruppe um den General bildeten, aber Forrester stand etwas abseits und unterhielt sich mit einer jungen Frau. Ich warf ihr einen kurzen Blick zu. Sie war Klasse – wilde Augen und sinnlicher Mund.

Ich lief hinter der Maschine her auf die Startbahn. Als ich Schritte hinter mir vernahm, drehte ich mich um. Es war Morissey. »Sie hätten dem General nicht so patzig kommen dürfen.«

Ich grinste ihn an. »Hat dem alten Bastard wahrscheinlich nur gutgetan. Mit all den Jasagern, die er um sich hat, könnte er Filmproduzent sein.«

»Trotzdem, es wird so schon schwierig genug sein, ihn zum Ankauf zu bewegen. Ich hab' herausbekommen, daß Curtiss seine Maschinen für hundertfünfzigtausend anbietet, und Sie wissen genau, daß wir nicht unter zweihundertfünfzig gehen können.«

»Na und?« sagte ich. »Es ist der Unterschied zwischen Hühnerdreck und Hühnerbrühe. Man kann einen Cadillac nicht zum selben Preis kaufen wie einen Ford.«

Er starrte mich einen Augenblick an und zuckte dann die Achseln. »Schließlich ist es Ihr Geld, Jonas.«

Er kehrte zu dem General zurück. Er mochte ein großartiger Flugzeugkonstrukteur sein, aber er war zu besorgt, als daß er zum Kaufmann getaugt hätte. Ich wandte mich an den Mechaniker. »Fertig?«

»Jederzeit, Mr. Cord.«

»O. K.«, sagte ich und traf Anstalten, in die Kanzel zu klettern. Jemand zupfte an meinem Bein. Ich schaute hinunter.

»Was dagegen, wenn ich mitkäme?« Es war der Oberstleutnant.
»Nicht das geringste«, sagte ich. »Steigen Sie ein.«
»Danke. Wie war doch gleich Ihr Name? Ich hab' ihn vorhin nicht verstanden.«
»Jonas Cord«, sagte ich.
»Roger Forrester«, antwortete er und streckte mir die Hand hin.
Ich hätte gleich in dem Augenblick, da ich seinen Namen hörte, wissen müssen, um wen es sich handelte, aber erst jetzt kam ich darauf. Roger Forrester – einer der besten Kampfflieger der Lafayette-Staffel. Zweiundzwanzig deutsche Maschinen abgeschossen. Er war einer meiner Helden gewesen, als ich ein Junge war.
»Ich habe von Ihnen gehört«, sagte ich. Sein Lächeln verwandelte sich in ein Grinsen. »Auch ich hab' schon eine ganze Menge von Ihnen gehört.«
Wir lachten beide, und ich fühlte mich wohler. Ich zog an seiner Hand, und er schwang sich auf die Tragfläche neben mich. Er warf einen Blick in die Kanzel und schaute mich dann an.
»Keinen Fallschirm?«
»Kann die Dinger nicht leiden«, sagte ich. »Machen mich nervös. Psychologisch. Deuten auf mangelndes Selbstvertrauen.«
Er lachte.
»Sie können sich aber ruhig einen geben lassen, wenn Sie wollen.«
Wieder lachte er. »Zum Teufel damit.«
Als wir uns etwa dreißig Meilen draußen über dem Ozean befanden, vollführte ich sämtliche bekannten Tricks mit der Maschine und dann noch einige, die nur mit der CA-4 möglich waren, und er zuckte nicht einmal mit der Wimper dabei.
Um ihm einen letzten Beweis von der Leistungsfähigkeit der Maschine zu geben, legte ich die ganze Strecke im Senkrechtflug zurück, bis sie in fünftausend Meter Höhe am Himmel hing wie eine auf einer Nadelspitze tanzende Fliege. Dann stellte ich den Knüppel auf Totpunkt und ließ sie abtrudeln, so daß der Geschwindigkeitsmesser bis nahe an fünfhundert emporschnellte. Als wir auf fünfhundert Meter hinunter waren, ließ ich den Knüppel mit beiden Händen los und klopfte ihm auf die Schulter.
Er wandte den Kopf so schnell herum, daß er ihm fast von den Schultern flog.
»Übernehmen Sie, Oberst!« rief ich.
Ehe er sich umdrehte, waren wir bis auf vierhundert Meter herunter; bis auf zweihundertfünfzig, ehe er die Maschine abgefangen, bis auf zweihundert, ehe er sie in einem geraden Sturzflug hatte; und bis auf hundertfünfundzwanzig, ehe er sie hochreißen konnte.
Ich spürte, wie sie unter mir erbebte und erzitterte, und ein schrilles Aufheulen kam von ihren Tragflächen. Die Schwerkraft drückte mich in meinen Sitz zurück, schnürte mir die Kehle zu und trieb mir die Tränen in die Augen.

Plötzlich ließ der Druck nach. Wir befanden uns kaum neun Meter über dem Wasserspiegel, als wir Höhe gewannen.
Forrester wandte sich kurz nach mir um. »So viel Angst hab' ich nicht mehr ausgestanden, seit ich neunzehnhundertfünfzehn die ersten Alleinflüge durchgeführt habe«, schrie er mir zu und grinste. »Woher wußten Sie, daß die Tragflächen einen solchen Sturzflug aushalten würden?«
»Kein Mensch wußte das«, entgegnete ich. »Aber einmal mußte es ja schließlich ausprobiert werden.«
Er lachte. Ich sah, wie er die Hand ausstreckte und auf das Armaturenbrett klopfte. »Was für eine Maschine! Sie haben nicht übertrieben, sie leistet wirklich etwas.«
»Mir brauchen Sie das nicht zu sagen. Machen Sie das lieber dem alten Tölpel dort unten klar.«
Ein Schatten fiel über sein Gesicht. »Ich will's versuchen. Aber ich weiß nicht, ob ich viel erreichen werde. Übernehmen Sie jetzt wieder«, sagte er und hob die Hände. »Die Landung überlaß ich Ihnen.«
Ich konnte Morissey und die Militärs, die unseren Anflug durch Krimstecher beobachteten, auf dem Feld stehen sehen. Ich legte die Maschine in eine weite Kurve und klopfte Forrester auf die Schulter. Er wandte sich nach mir um.
»Zehn Dollar, daß ich dem General schon gleich beim ersten Gang die Mütze vom Kopf reißen kann.«
Er zögerte einen Augenblick und grinste dann. »Angenommen.«
Ich stieß aus etwa dreihundert Meter Höhe auf das Feld hinunter und ging etwa fünf Meter über der Landebahn in Geradeausflug. Ich konnte ihre bestürzten Mienen erkennen, als wir auf sie zubrausten, dann zog ich den Knüppel zurück. Direkt über ihren Köpfen bäumte die Maschine sich fast senkrecht auf, und sie gerieten in den vollen Propellersog.
Ich wandte mich um und sah gerade noch, wie der Hauptmann hinter der Mütze des Generals herlief. Wieder klopfte ich Forrester auf die Schulter. Er drehte sich um und schaute zurück. Er lachte so heftig, daß ihm die Tränen in die Augen traten.
Sie setzte so leicht auf wie eine in ihren Schlag zurückkehrende Taube. Ich schob die Plastikhaube zurück, und wir kletterten hinunter. Als wir auf die Gruppe zugingen, streifte ich Forrester mit einem Seitenblick. Er lachte jetzt nicht mehr und machte ein todernstes Gesicht.
Der General hatte seine Mütze wieder auf. »Nun, Forrester«, sagte er steif. »Was meinen Sie?«
Forrester schaute seinen Vorgesetzten an. »Diese Maschine, Herr General, ist ohne Zweifel das beste Jagdflugzeug, das es gegenwärtig gibt«, sagte er mit monotoner ausdrucksloser Stimme. »Ich würde dem Herrn General vorschlagen, zur Erhärtung meiner Ansicht durch eine Testgruppe eine sofortige Überprüfung vornehmen zu lassen.«

»Hm«, sagte der General kalt. »Das würden Sie also, nicht?«
»Jawohl, Herr General«, sagte Forrester ruhig.
»Es gibt noch andere Faktoren, die berücksichtigt werden müssen, Forrester. Haben Sie eine Ahnung, was diese Maschinen kosten mögen?«
»Nein, Herr General«, antwortete Forrester. »Meine Aufgabe besteht nur darin, die Leistungsfähigkeit des Flugzeuges zu beurteilen.«
»Ich trage viel größere Verantwortung«, sagte der General. »Vergessen Sie nicht, daß wir mit einem festen Budget arbeiten.«
»Jawohl, Herr General.«
»Und noch eines«, sagte General Gaddis gereizt. »Wenn ich sofort auf jede Idee eingehen würde, die ihr Luftwaffenleute entwickelt, bliebe nicht genug Geld übrig, um das Heer auch nur einen Monat in Gang zu halten.«
Forrester lief rot an. »Jawohl, Herr General.«
Ich warf ihm einen Seitenblick zu und fragte mich, warum er dastand und das Geschwätz stillschweigend hinnahm. Es ergab keinen Sinn. Nicht mit dem Ruf, den er hatte. Er konnte seinen Dienst einfach quittieren und bei irgendeiner Fluggesellschaft das Zwanzigfache verdienen.
Der General wandte sich an Morissey. »Also, Mr. Morissey«, sagte er in fast jovialem Ton, »an wen können wir uns wegen des Preises wenden?«
»Sie können mit Mr. Cord sprechen, Herr General.«
»Fein«, sagte der General mit dröhnender Stimme. »Suchen wir ihn in seinem Büro auf.«
»Das ist gar nicht nötig, Herr General«, sagte ich. »Wir können uns gleich hier an Ort und Stelle darüber unterhalten.«
Der General starrte mich an und setzte dann ein Lächeln auf, das er für wohlwollend hielt. »Nichts für ungut, junger Mann. Ich habe die Namen nicht gleich miteinander in Verbindung gebracht.«
»Schon gut, Herr General.«
»Ihr Vater und ich sind alte Freunde«, sagte er. »Im letzten Krieg hab' ich eine Menge Sprengstoff bei ihm gekauft, und falls Sie nichts dagegen haben, möchte ich diese Angelegenheit gern mit ihm persönlich besprechen. Um alter Zeiten willen, verstehen Sie. Das könnte ein Bombengeschäft werden, und ich bin überzeugt, daß Ihr Vater die Verhandlungen gern selbst führen würde.«
Ich spürte, wie mir das Blut aus dem Gesicht wich. Ich hatte alle Mühe, meine Fassung zu bewahren. Wie lange mußte man eigentlich im Schatten eines anderen Menschen stehen? Meine Stimme klang monoton und hatte sogar für meine Ohren etwas Gezwungenes. »Ich bin überzeugt, daß er das gern tun würde, Herr General. Aber ich fürchte, Sie werden mit mir verhandeln müssen. Mit ihm können Sie nämlich nicht mehr sprechen.«
»Warum nicht?« Die Stimme war plötzlich kalt.
»Mein Vater ist seit zehn Jahren tot«, sagte ich, kehrte ihm den Rücken zu und lief zum Flugzeugschuppen.

Ich ging hindurch bis in das kleine Hinterzimmer, das Morissey als Büro diente. Ich machte die Tür hinter mir zu, trat an seinen Schreibtisch und nahm eine Flasche Bourbon heraus, die stets dort für mich aufbewahrt wurde. Ich goß einen tüchtigen Schluck in einen Pappbecher und kippte den Whisky hinunter. Er brannte wie Feuer. Ich betrachtete meine Hände. Sie zitterten.
Es gibt Leute, die einfach nicht tot bleiben. Ganz gleich, was man mit ihnen macht. Man kann sie beerdigen, sie ins Meer werfen oder sie einäschern. Die Erinnerung an sie sucht einen heim und höhlt einen aus, als wären sie noch am Leben.
»Laß los, Alter, laß los!« sagte ich wütend und hieb mit der Faust auf den leeren Schreibtisch. Ich spürte den Schmerz bis in meine Schulter.
»Mr. Cord!« Überrascht hob ich den Kopf. Morissey stand auf der Schwelle, den Mund halb offen.
»Was stehen Sie denn dort herum?« sagte ich gereizt. »Treten Sie ein.« Zögernd betrat er das Büro, und kurz darauf erschien Forrester im Türrahmen hinter ihm. Schweigend kamen sie herein.
»Nehmt Platz und trinkt einen Schluck«, sagte ich und schob ihnen die Flasche Bourbon hin.
»Ich bin so frei«, sagte Forrester und nahm die Flasche sowie einen Pappbecher. Er goß sich einen ordentlichen Schluck ein. »Auf daß Ihre Kinder lange Hälse kriegen.«
»Lieber die des Generals«, sagte ich. »Wo ist denn der alte Knabe übrigens?«
»Auf dem Wege zurück in die Stadt. Er hat einen Verabredung mit Toilettenpapier-Fabrikanten.«
Ich lachte. »Wenigstens einmal etwas, was er an sich selber ausprobieren kann.«
Forrester lachte, nur Morissey saß mürrisch da. Ich schob ihm die Flasche hin. »Bedienen Sie sich.«
Er schüttelte den Kopf. »Was werden wir jetzt machen?« fragte er.
Ich starrte ihn für einen Augenblick an, nahm dann die Flasche und goß mir noch einen ein. »Ich habe gerade erwogen, den Vereinigten Staaten den Krieg zu erklären. Auf diese Weise könnten wir ihnen beweisen, wie gut unsere Maschine ist.«
Morissey verzog noch immer keine Miene. »Die CA-4 ist das beste Flugzeug, das ich je konstruiert habe.«
»Na und?« fragte ich. »Hat es Ihr Geld gekostet oder meines?«
Morissey gab keine Antwort. Er war einer von den Kerlen, denen Geld gleichgültig ist. Er lebte nur seiner Arbeit.
Ich trank meinen Becher aus und steckte mir eine Zigarette an. Innerlich ver-

fluchte ich mich. Nie und nimmer hätte ich mich durch eine zufällige Bemerkung über meinen Vater derart hinreißen lassen dürfen. Ich konnte es mir zwar leisten, aber niemand wirft gern eine Million Dollar zum Fenster hinaus.

»Vielleicht kann ich etwas tun«, sagte Forrester.

Morissey schöpfte neue Hoffnung. »Meinen Sie?«

Forrester zuckte die Achseln. »Ich weiß nicht«, sagte er bedächtig. »Ich habe gesagt, vielleicht.«

Ich starrte ihn an. »Was soll das heißen?«

»Es ist die beste Maschine, die ich kenne«, sagte er. »Und es würde mich ärgern, wenn wir sie bloß deshalb nicht bekämen, weil der Alte blöd ist.«

»Danke«, sagte ich. »Wir wären Ihnen für jede Bemühung außerordentlich dankbar.«

Forrester lächelte. »Sie schulden mir nichts. Ich gehöre zu den altmodischen Leuten, die uns nicht gern unvorbereitet in ein neues kriegerisches Abenteuer schlittern sähen.«

Ich nickte. »Was nicht lange auf sich warten lassen wird. Sobald Hitler sich stark genug fühlt.«

»Was meinen Sie, wann das sein wird?«

»In drei, vielleicht vier Jahren«, sagte ich. »Sobald sie genügend Flugzeuge und ausgebildete Piloten haben.«

»Wo will er die hernehmen? Bis jetzt hat er sie nicht.«

»Schon heute werden dort monatlich zehntausend Piloten ausgebildet, und bis zum Herbst geht Messerschmitt mit seiner ME-109 in Serienproduktion.«

»Im Generalstab glaubt man, daß Hitler vergeblich gegen die Maginot-Linie anrennen wird.«

»Er wird sie ignorieren«, sagte ich. »Er wird darüber hinwegfliegen.«

Forrester nickte. »Um so mehr Grund für mich, alles zu unternehmen, damit man Ihre Maschine ausprobiert.« Er schaute mich fragend an. »Sie reden, als wüßten Sie Bescheid.«

»Ich weiß Bescheid«, antwortete ich. »Ich war drüben.«

»Ach ja, richtig«, sagte er. »Jetzt erinnere ich mich. In den Zeitungen stand etwas darüber. Gab es nicht irgendeinen Stunk deswegen?«

Ich lachte. »Ganz recht. Gewisse Leute beschuldigten mich, mit den Nazis zu sympathisieren.«

»Wegen der Million Dollar, die Sie der Reichsbank überwiesen haben?«

Ich warf ihm einen kurzen Blick zu. Forrester war gar nicht so einfältig, wie er sich gern gab.

»Vermutlich«, antwortete ich. »Sehen Sie, ich habe das Geld gerade einen Tag vor dem Erlaß von Roosevelts einschränkenden Bestimmungen transferiert.«

»Sie wußten aber, daß dieser Erlaß bevorstand, nicht wahr? Sie hätten sich das Geld sparen können, wenn Sie nur einen Tag gewartet hätten.«

»Ich konnte es mir nicht leisten zu warten«, sagte ich. »Das Geld mußte unter allen Umständen nach Deutschland gelangen.«
»Warum? Warum haben Sie Geld dorthin überwiesen, wo Sie doch wußten, daß es unser mächtigster Gegner ist?«
»Es war Lösegeld für einen Juden«, sagte ich.
»Einige meiner besten Freunde sind Juden«, antwortete Forrester. »Aber eine Million Dollar würde ich, glaube ich, für keinen von ihnen lockermachen.«
Ich starrte ihn einen Augenblick an und füllte dann seinen Pappbecher noch einmal.
»Dieser war es wert.«

Sein Name war Otto Strassmer, und er hatte als Gütekontrolleur in einer der vielen bayrischen Porzellanmanufakturen begonnen. Von der Keramik hatte er sich der Herstellung von Plastikstoffen zugewendet und das Schnellspritzverfahren erfunden, das ich ihm abgekauft und einer Interessengemeinschaft amerikanischer Fabrikanten in Lizenz gegeben hatte. Ursprünglich hatten wir ein Abkommen auf Tantiemen-Basis geschlossen, aber nachdem es für einige Jahre in Kraft gewesen war, wünschte Strassmer eine Änderung. Das war 1933, kurz nach Hitlers Machtübernahme.
Er war in mein Hotelzimmer in Berlin gekommen, wo ich mich anläßlich einer meiner jährlichen Europareisen aufhielt. Er wäre gewillt, hatte er mir erklärt, gegen Zahlung von einer Million Dollar, die in den Vereinigten Staaten für ihn deponiert werden sollte, auf sämtliche zukünftigen Tantiemen zu verzichten. Das konnte mir natürlich nur recht sein. Sein Tantiemenanteil würde während der Lizenzperiode weit mehr ausmachen. Ich verstand seine Gründe nicht, und so fragte ich ihn.
Er erhob sich von seinem Stuhl und trat an das Fenster. »Sie fragen mich warum, Herr Cord?« sagte er in seinem fremdländisch klingenden Englisch. Er deutete mit der Hand zum Fenster hinaus. »Deswegen.«
Ich trat an das Fenster und schaute hinunter. Auf der Straße vor dem Adlon peinigte eine Gruppe von jugendlichen Braunhemden einen älteren Herrn, der einen Gehrock anhatte. Während wir hinunterschauten, stießen sie ihn zweimal in die Gosse. Wir konnten ihn am Rande des Bürgersteigs liegen sehen, mit blutender Nase, den Kopf im Rinnstein. Die Jungen betrachteten ihn eine Weile und entfernten sich dann, nachdem sie ihm ein paar verächtliche Fußtritte versetzt hatten.
Ich wandte mich fragend an Strassmer.
»Das war ein Jude, Herr Cord«, sagte er ruhig.
»Na und? Warum hat er nicht die Polizei geholt?«
Strassmer deutete auf die andere Straßenseite. An der gegenüberliegenden Ecke standen zwei Schupos. »Die haben alles mitangesehen.«
»Warum haben sie nicht eingegriffen?«

»Weil sie entsprechende Anweisungen haben«, antwortete er. »Hitler behauptet, die Juden besäßen kein Recht in Deutschland.«
»Was hat das mit Ihnen zu tun?«
»Ich bin Jude«, sagte er schlicht.
Ich schwieg für einen Augenblick. Ich nahm eine Zigarette heraus und steckte sie an. »Was soll ich mit dem Geld machen?«
»Behalten Sie es, bis Sie von mir hören.« Er lächelte. »Meine Frau und meine Tochter sind bereits in Amerika. Ich wäre Ihnen sehr dankbar, wenn Sie ihnen mitteilen würden, daß es mir gut geht.«
»Warum wandern Sie nicht auch aus?«
»Zur gegebenen Zeit vielleicht. Aber ich bin Deutscher«, sagte er. »Und ich hoffe immer noch, daß dieser Wahnsinn eines Tages vorübergeht.«
Doch die Hoffnungen des Herrn Strassmer sollten sich nicht erfüllen. Das merkte ich, als ich ein Jahr später im Amtszimmer des Reichsmarschalls saß. »Das Weltjudentum ist zum Untergang verdammt, genau wie die Juden in Deutschland«, erklärte er mit seiner höflichen Stimme. »Wir von der neuen Ordnung wissen das und heißen unsere Freunde und Bundesgenossen aus Übersee, die sich unserem Kreuzzug anschließen, willkommen.«
Ich schwieg und wartete, bis er fortfahren würde.
»Wir Flieger verstehen uns«, sagte er.
Ich nickte. »Jawohl, Exzellenz.«
»Gut«, sagte er lächelnd. »Dann brauchen wir keine Zeit zu vergeuden.« Er warf einige Schriftstücke auf den Tisch. »Unter den neuen Gesetzen hat das Reich das Eigentum eines gewissen Otto Strassmer beschlagnahmt. Wie wir hören, stehen ihm gewisse Gelder zu, und Sie erhalten hiermit den Befehl, diese Gelder an das Reich zu überweisen.«
Das Wort »Befehl« gefiel mir ganz und gar nicht. »Ich habe versucht, mit Herrn Strassmer in Verbindung zu treten«, sagte ich.
Wieder lächelte Göring. »Strassmer hat einen totalen Zusammenbruch erlitten und befindet sich augenblicklich in einem Krankenhaus.«
»Verstehe«, sagte ich und stand auf.
»Das Dritte Reich wird seine Freunde nicht vergessen«, sagte der Reichsmarschall. Er drückte einen Knopf auf seinem Schreibtisch.
Ein junger deutscher Leutnant erschien. »Heil Hitler!« sagte er und hob den Arm zum deutschen Gruß.
»Heil Hitler«, erwiderte Göring nachlässig. Er wandte sich an mich. »Leutnant Müller wird Sie in die Messerschmitt-Werke begleiten. Ich freue mich darauf, Sie zum Essen wiederzusehen, Herr Cord.«
Die Messerschmitt-Werke öffneten mir die Augen. Was Flugzeugbau anging, so gab es in den Vereinigten Staaten nichts Ähnliches. Das einzig Vergleichbare waren die Anlagen zur Serienproduktion von Automobilen in Detroit. Und als ich einige Skizzen der ME-109 sah, die in Messerschmitts Arbeitszim-

mer hingen, brauchte ich nicht zweimal hinzuschauen. Damit war bis auf das Geschrei bereits alles entschieden, wenn wir uns nicht bald von unseren kollektiven Ärschen erhoben.

Während des Essens am Abend zog mich der Reichsmarschall in eine Ecke.

»Was halten Sie von unserem Werk?«

»Ich bin tief beeindruckt«, sagte ich.

Er nickte beifällig. »Es ist nach dem Vorbild Ihres eigenen Werkes in Kalifornien angelegt«, sagte er. »Viel größer natürlich.«

»Natürlich«, pflichtete ich ihm bei und fragte mich, wie sie dort hineingelangt sein mochten. Doch dann vergegenwärtigte ich mir, daß es kein Geheimnis war. Bis jetzt hatten wir noch keine Regierungsaufträge gehabt und nur für private Fluggesellschaften gearbeitet.

Er lachte vergnügt und wollte sich abwenden. Doch gleich darauf trat er erneut an mich heran. »Übrigens«, flüsterte er, »der Führer war sehr erfreut über Ihr Entgegenkommen. Für wann darf ich ihm den Empfang des Geldes in Aussicht stellen?«

Ich starrte ihn an. »Für den Tag, da Herr Strassmer mein Büro in New York betritt.«

Er machte ein verdutztes Gesicht. »Das wird dem Führer nicht sehr angenehm sein«, sagte er. »Ich habe ihm erklärt, Sie wären unser Freund.«

»Ich bin auch Herrn Strassmers Freund.«

Er starrte mich eine Weile an. »Jetzt weiß ich nicht, was ich dem Führer sagen soll. Er wird sehr enttäuscht sein, wenn er erfährt, daß wir das Geld nicht bekommen werden.«

»Wozu ihm überhaupt erst eine Enttäuschung bereiten?« sagte ich. »Ein Jude mehr oder weniger kann doch für Deutschland nichts bedeuten.«

Er nickte bedächtig. »Vielleicht ist es das beste so.«

Genau einen Monat später betrat der kleine deutsche Techniker mein New Yorker Büro. »Was werden Sie jetzt anfangen?« fragte ich.

»Zuerst fahre ich zu meiner Familie nach Colorado und ruhe mich eine Weile aus«, sagte er. »Dann muß ich mich nach einer Stellung umtun. Ich bin jetzt kein reicher Mann mehr.«

Ich lächelte ihn an. »Kommen Sie und arbeiten Sie für mich. Ich betrachte die Million Dollar als Vorschuß auf Ihre Tantiemen.«

Als er das Büro verließ, gab ich Morissey Anweisung, an der CA-4 weiterzuarbeiten. Wenn mich nicht alles trog, blieb uns nicht viel Zeit. Aber die US-Heeresleitung davon zu überzeugen, stand auf einem anderen Blatt.

Ich schaute Forrester über den Schreibtisch hinweg an.

»Ich werde in die Stadt zurückfahren und mit Washington telefonieren. Ich habe dort noch einige Freunde«, sagte er. »Ich werde auch versuchen, mit dem General zu sprechen. Vielleicht kann ich ihn wenigstens zum Zuhören bewegen.«

»Gut«, sagte ich. Ich schaute auf meine Uhr. Es war fast halb eins. Die Aktionärsversammlung mußte inzwischen zu Ende gegangen sein. McAllister und Pierce waren vermutlich schon zurück im Hotel und hatten Normans Aktienpaket in der Tasche.

»Ich habe um eins eine Verabredung im Waldorf«, sagte ich. »Kann ich Sie dort absetzen?«

»Großartig«, sagte Forrester dankbar. »Ich bin zum Essen mit jemand verabredet und möchte nicht gern zu spät kommen.«

Zusammen betraten wir das Waldorf. Im Vestibül trennten wir uns. Während ich auf einen Fahrstuhl wartete, sah ich ihn auf eine Frau zugehen, die sich bei seinem Näherkommen erhob. Es war dieselbe, mit der ich ihn draußen auf dem Flugplatz gesehen hatte, und ich fragte mich, warum sie nicht dort auf ihn gewartet hatte.

Müßig beobachtete ich, wie Rico, der Maître d'hôtel, sie um die Ecke an einen versteckten Tisch führte. Ich wartete, bis er zurückkam.

»Ah, Monsieur Cord.« Er lächelte. »Speisen Sie allein?«

»Ich möchte jetzt nichts essen, Rico«, sagte ich und drückte einen Schein in seine stets offene Hand. »Nur eine Frage. Die Dame mit Oberst Forrester – wer ist sie?«

Rico lächelte verständnisvoll. Er küßte seine Fingerspitzen. »Ah, sehr *charmante*«, sagte er. »Es ist Madame Gaddis, die Frau des Generals.«

Ich entdeckte den General, als er das Vestibül durchquerte und der Herrentoilette neben den Fahrstühlen zusteuerte. Sein Blick war finster und sein Gesicht gerötet. Er sah aus wie ein Mann, der mehr Erleichterung brauchte, als er dort, wo er hinging, finden konnte.

Ich wartete, bis die Tür hinter ihm zufiel, ehe ich den Lift betrat. Zum erstenmal, seit ich mit der CA-4 auf Roosevelt Field gelandet war, fühlte ich mich wohler. Alle Einzelheiten fügten sich jetzt zusammen.

Ich machte mir keine Sorgen mehr. Das einzige noch offene Problem war, wie viele Flugzeuge das Heer uns abnehmen würde.

3

»Verbinden Sie mich mit General Gaddis«, sagte ich zu der Telefonistin. »Wenn ich nicht irre, ist er hier eingetragen.«

Während ich wartete, steckte ich mir eine Zigarette an. Dann knackte es im Hörer. »Hier General Gaddis.«

»Herr General, hier Jonas Cord«, sagte ich. »Ich bin in meinem Apartment. Einunddreißig-fünfzehn. Ich hätte Sie gern gesprochen.«

Die Stimme des Generals war eisig. »Wir haben nichts zu erörtern. Sie sind ein unverantwortlich rüder junger Mann . . .«
»Ich will mich nicht über meine Manieren mit Ihnen unterhalten, Herr General«, unterbrach ich ihn. »Es handelt sich um Ihre Frau.«
»Meine Frau? Was hat meine Frau mit unserer Angelegenheit zu tun?«
»Eine ganze Menge, glaube ich, Herr General. Wir wissen beide, mit wem sie sich heute um ein Uhr hier im Hotel getroffen hat. Ich glaube nicht, daß man im Verteidigungsministerium sehr erbaut davon wäre, wenn man erführe, daß ein persönlicher Groll der Grund für die Ablehnung der CA-4 ist.«
Für eine Weile herrschte Schweigen.
»Darf ich fragen, was Sie trinken, Herr General?« sagte ich endlich.
»Scotch«, erwiderte er automatisch.
»Gut, ich werde eine Flasche für Sie bereithalten. Sagen wir, in etwa fünfzehn Minuten?«
Ich legte auf, ehe er antworten konnte, und wählte die Zimmerbedienung. Während ich auf Antwort wartete, klopfte es gegen die Außentür. »Herein«, rief ich.
Vom Bett aus sah ich Mac und Dan Pierce hereinkommen. Als sie ins Schlafzimmer traten, trug Macs Gesicht den üblichen bekümmerten Ausdruck, doch Dan lächelte breit. Er stand vor der Erfüllung all seiner Wünsche.
Endlich meldete sich die Zimmerbedienung. Im Hintergrund konnte ich das Geklapper von Geschirr hören und verspürte plötzlich mächtigen Hunger. Seit dem Frühstück hatte ich nichts mehr gegessen. Ich bestellte drei Steak-Sandwiches, eine Flasche Milch, eine Kanne schwarzen Kaffee, eine Flasche Scotch, zwei Flaschen Bourbon und eine doppelte Portion Pommes frites.
Ich legte den Hörer auf und schaute die beiden an. »Nun, wie ist die Sache verlaufen?«
»Bernie hat gequietscht wie ein gestochenes Schwein.« Pierce grinste. »Aber wir hatten ihn am Arsch, und er wußte es.«
»Was ist mit seinen Aktien?«
»Ich weiß nicht, Jonas«, sagte Mac. »Er hat sich geweigert, mit Dan zu sprechen.«
»Aber dafür hab' ich mit David Woolf gesprochen«, sagte Dan rasch. »Ich hab' ihm erklärt, er müsse den Alten zum Verkauf bewegen, sonst würden wir ein Konkursverfahren gegen die Firma eröffnen.«
»Hast du Rina schon erreicht?«
Er schüttelte den Kopf. »Ich hab's überall versucht. Ohne Erfolg. Bei ihr zu Hause meldet sich niemand. Im Studio weiß man nichts über ihren Aufenthaltsort. Ich habe mich sogar mit Louella in Verbindung gesetzt, aber sie weiß auch nichts.«
»Versuch es weiter«, sagte ich. »Wir müssen sie finden. Ich will, daß sie dieses Drehbuch liest.«

»Ich auch«, sagte Dan. »Nur ihretwegen kommen wir nicht weiter.«
Dies würde der gewaltigste Film werden, der je gedreht wurde, im De-Mille-Stil. Wir wollten ein neues Aufnahmeverfahren anwenden – Technicolor, und das Projekt würde über sechs Millionen Dollar verschlingen. Es war die Geschichte der Maria Magdalena, und wir wollten sie unter dem Titel *Die Sünderin* herausbringen.
»Seid ihr nicht ein bißchen voreilig?« fragte McAllister. »Wenn sie die Rolle nun nicht übernehmen will?«
»Sie übernimmt sie bestimmt«, sagte ich. »Was, zum Teufel, glauben Sie denn, weshalb ich die Norman-Filmgesellschaft in meinen Besitz bekommen will? Der Vertrag mit ihr ist der einzige Aktivposten, den sie haben.«
»Laut Vertrag kann sie jeden Stoff billigen oder ablehnen.«
»Sie wird ihn schon billigen«, sagte ich. »Ich hab' das verdammte Ding extra für sie schreiben lassen.«
Als das Essen kam, schwang ich mich auf den Bettrand und ließ den Kellner den Tisch heranrücken. Ich hatte gar nicht gewußt, wie hungrig ich war. Ehe der Kellner zur Tür hinaus war, hatte ich bereits eines der Steak-Sandwiches verzehrt und die Flasche Milch halb ausgetrunken.
Ich war schon beim zweiten Sandwich, als der General auftauchte. Dan brachte ihn ins Schlafzimmer, ich machte die Herren miteinander bekannt und bat Mac und Pierce dann, uns allein zu lassen.
»Nehmen Sie Platz, Herr General«, sagte ich, als die Tür sich schloß. »Und bedienen Sie sich. Die Flasche Scotch steht auf dem Tisch.«
»Nein, danke«, sagte der General gepreßt, noch immer stehend.
Ich zuckte die Achseln und griff nach dem dritten Sandwich. Ich kam direkt zur Sache. »Was ist es Ihnen wert, wenn ich Forrester dazu bewege, den Heeresdienst zu quittieren?«
»Wie kommen Sie auf den Gedanken, daß mir etwas daran liege?«
Ich schluckte einen Bissen hinunter. »Machen wir uns doch nichts vor, General. Ich bin kein Kind mehr und habe Augen im Kopf. Mir liegt einzig und allein daran, daß die CA-4 gründlich auf ihre Eignung geprüft wird. Das übrige ist Ihre Sache. Sonst sind keinerlei Nebenabsichten damit verknüpft.«
»Wie kommen Sie darauf, daß ich Ihre Maschine jetzt nicht gründlich auf ihre Verwendbarkeit prüfen lassen würde?«
Ich lächelte ihn an. »Damit Forrester noch höher im Ansehen Ihrer Frau steigt?«
Ich sah, wie er zusammensackte. Für einen Augenblick tat er mir fast leid. Der Generalsstern auf seiner Schulter bedeutete gar nichts. Er war nur noch ein alter Mann, der ein junges Weib zu halten versuchte. Ich war in Versuchung, ihm zu sagen, sich die Sache nicht derart zu Herzen zu nehmen. Wenn es Forrester nicht war, so würde es irgendein anderer sein.
»Ich würde jetzt gern einen Schluck trinken.«

»Bedienen Sie sich«, sagte ich.
Er öffnete die Flasche und goß sich einen kräftigen Schluck ein. Er trank und setzte sich auf den Stuhl mir gegenüber. »Meine Frau ist nicht schlecht, Mr. Cord«, sagte er halb entschuldigend. »Sie ist nur jung – und leicht zu beeindrucken.«
Mich täuschte er nicht. Ich fragte mich, ob er sich selber etwas vormachen wollte. »Ich verstehe, Herr General«, sagte ich.
»Sie wissen, wie es mit jungen Mädchen ist«, fuhr er fort. »Sie lassen sich vom äußeren Glanz einer Uniform blenden. Ein Mann wie Forrester – nun, das ist nicht schwer zu begreifen. Die Silberflügel auf seinem Waffenrock, die Flieger-Verdienstmedaille, die *Croix de guerre.*«
Ich nickte schweigend und goß mir eine Tasse schwarzen Kaffee ein.
»Für einen solchen Soldaten hat sie mich anscheinend auch gehalten, als wir heirateten«, sagte er nachdenklich »Aber es dauerte nicht lange, bis sie merkte, daß ich nichts weiter war als ein etwas besserer Einkäufer.«
Er füllte sein Glas aufs neue und schaute mich an. »Heutzutage ist das Heer ein komplexer Apparat, Mr. Cord. Auf jeden Mann in der vordersten Linie kommen fünf oder sechs Mann im rückwärtigen Gebiet, um ihn mit dem nötigen Nachschub zu versorgen. Ich bin immer stolz darauf gewesen, weil ich mich darum bemüht habe, daß dieser Mann das Beste bekommen sollte.«
»Davon bin ich überzeugt, Herr General«, sagte ich und stellte meine Kaffeetasse ab.
Er erhob sich und schaute auf mich herunter. Vielleicht war es nur meine Einbildung, doch als er sprach, schien er größer zu werden und sich zu straffen. »Deswegen bin ich hergekommen, um mit Ihnen zu sprechen, Mr. Cord«, sagte er mit stiller Würde. »Nicht weil Sie es für nötig gefunden haben, meine Frau in eine nicht dazugehörige Sache hineinzuziehen, sondern um Ihnen mitzuteilen, daß morgen eine Testgruppe auf Roosevelt Field sein wird, um Ihre Maschine zu erproben. Darum habe ich gleich heute früh bei meiner Rückkehr in die Stadt nachgesucht. Ich habe Ihren Herrn Morissey angerufen, aber vermutlich hat er Sie nicht erreichen können.«
Ich schaute ihn überrascht an. Ein Gefühl der Scham stieg in mir auf. Ich hätte so viel Überlegung haben sollen, mich selber erst mit Morissey in Verbindung zu setzen, ehe ich die große Lippe riskierte.
Der Anflug eines Lächelns huschte über das Gesicht des Generals. »Sie sehen also, Mr. Cord«, sagte er, »daß Sie meinetwegen keinerlei Abkommen mit Forrester zu treffen brauchen. Wenn Ihre Maschine sich als brauchbar erweist, wird das Heer sie kaufen.«
Die Tür schloß sich hinter ihm, und ich griff nach einer Zigarette. Ich lehnte mich gegen das Kopfbrett des Bettes und machte ein paar tiefe Lungenzüge.
Das Telefonfräulein im Chatham fand Forrester in der Bar. »Jonas Cord«, sagte ich. »Ich bin im Waldorf zu erreichen. Ich möchte Sie sprechen.«

»Auch ich möchte mit Ihnen reden«, sagte er. »Morgen erprobt man Ihre Maschine.«

»Ich weiß. Darüber will ich mich ja gerade mit Ihnen unterhalten.«

In weniger als zehn Minuten war er bei mir. Sein Gesicht war gerötet, und er machte den Eindruck, als hätte er den ganzen Nachmittag ins Glas geschaut.

»Dem Alten scheint endlich ein Licht aufgegangen zu sein«, sagte er.

»Glauben Sie das wirklich?« fragte ich, als er sich etwas zu trinken eingoß.

»Sie können sagen, was Sie wollen, aber Gaddis ist ein tüchtiger Soldat. Er erfüllt seine Aufgabe.«

»Gießen Sie mir auch noch einen ein«, sagte ich. Er nahm ein zweites Glas und hielt es mir hin. Ich nahm es ihm ab. »Ich finde, es ist höchste Zeit, daß Sie aufhören, Soldat zu spielen.«

Er starrte mich an. »Was haben Sie im Sinn?«

»Cord Aircraft dürfte jetzt bald in rege Geschäftsverbindung mit der Heeresleitung treten«, sagte ich, »und ich brauche jemand, der den ganzen Rummel kennt – die Männer und was sie von einem Flugzeug erwarten. Jemand, der Verbindungen für uns anknüpft. Sie wissen schon, was ich meine.«

»Ich weiß, was Sie meinen«, sagte er. »In anderen Worten, es wird mir nahegelegt, meinen Umgang mit Virginia Gaddis abzubrechen, weil das kein gutes Licht auf die Firma werfen würde.«

»Ungefähr so«, sagte ich ruhig.

Er kippte seinen Schnaps hinunter. »Ich weiß nicht, ob ich mich wirklich dazu eignen würde. Ich bin seit frühester Jugend bei der Luftwaffe gewesen.«

»Es käme auf einen Versuch an«, sagte ich. »Außerdem könnten Sie der Luftwaffe draußen von größerem Nutzen sein als drinnen. Niemand wird Sie daran hindern, einige Ihrer Ideen auszuprobieren.«

Er schaute mich an. »Da wir gerade von Ideen sprechen«, sagte er, »wessen Idee war das – Ihre oder Gaddis'?«

»Meine«, sagte ich. »Ich hatte mich schon heute früh nach unserer kurzen Unterhaltung in Morisseys Büro dazu entschlossen. Und es hatte nichts damit zu tun, ob man mir die CA-4 schließlich abnehmen würde oder nicht.«

Plötzlich grinste er. »Auch ich war schon heute früh entschlossen, die Stellung anzunehmen, falls sie mir angeboten wird.«

»Wo würden Sie gern anfangen?« fragte ich.

»Ganz oben«, erklärte er prompt. »Bei der Heeresleitung hat man nur vor Leuten in höchster Stellung Respekt.«

»Gut«, sagte ich. Es klang vernünftig. »Sie sind der neue Präsident von Cord Aircraft. Wieviel verlangen Sie?«

»Ich habe mir die Stellung wählen dürfen«, sagte er. »Das Gehalt können Sie bestimmen.«

»Fünfundzwanzigtausend jährlich und Spesen.«

Er stieß einen Pfiff aus. »So hoch brauchen Sie nicht gleich zu gehen. Das ist das Vierfache von dem, was ich jetzt verdiene.«
»Denken Sie daran, wenn Sie um Gehaltserhöhung nachkommen«, sagte ich. Wir lachten beide und tranken darauf.

4

Beim Betreten des Sitzungszimmers lächelte ich. Norman saß an einem Ende des langen Tisches, David Woolf zu seiner Rechten und ein Mann, dem ich im Studio begegnet war – Ernest Hawley, der Schatzmeister – zu seiner Linken. Weiter unten am Tisch erkannte ich unsere vier Kandidaten, die beiden Makler, einen Bankier und einen Bücherrevisor.
Dan und Mac nahmen an verschiedenen Seiten des Tisches Platz und überließen mir den Platz am Ende. Ich wollte mich gerade setzen, als Bernie aufstand.
»Augenblick, Mr. Cord«, sagte er. »Diese Sitzung ist ausschließlich für Aufsichtsratsmitglieder.« Er funkelte mich an. »Ehe ich mit Ihnen am selben Tisch sitze, gehe ich lieber.«
Ich zog eine Packung Zigaretten aus der Tasche und steckte mir eine an. »Dann gehen Sie«, sagte ich ruhig. »Wenn diese Sitzung vorüber ist, werden Sie hier ohnehin nichts mehr zu melden haben.«
»Aber meine Herren«, sagte McAllister rasch. »Was ist denn das für eine Art und Weise! Wir haben viele ernste Probleme, die Zukunft dieser Gesellschaft betreffend, zu erwägen. In einer Atmosphäre gegenseitigen Mißtrauens werden wir keines davon lösen.«
»Mißtrauen!« schrie Bernie. »Soll ich ihm etwa trauen? Nachdem er mir die Firma hinterrücks gestohlen hat?«
»Die Aktien wurden offen gehandelt, und ich habe sie gekauft.«
»Zu welchem Preis?« brüllte er. »Erst erzeugt er eine Baisse, dann kauft er die Aktien auf. Unter Wert kriegt er sie. Es ist ihm völlig egal, welches Licht dabei auf die Firma fällt. Dann kommt er zu mir und erwartet, daß ich ihm meine Aktien zu demselben niedrigen Preis überlassen soll, den er anderen gezahlt hat.«
Der Handel war im Gange. Um zu seinem Ziel zu gelangen, hielt der Alte den Angriff für die beste Methode. Schon war keine Rede mehr davon, daß ich eigentlich nicht hergehörte. »Ich habe den doppelten Preis geboten, den ich auf dem offenen Markt bezahlt habe.«
»Sie haben den Markt gemacht.«
»Ich habe die Firma nicht geleitet«, entgegnete ich. »Sie waren derjenige – und in den vergangenen sechs Jahren haben Sie nur mit Verlust gearbeitet.
Er kam um den Tisch herum. »Und Sie könnten es besser machen?«

»Wenn ich das nicht glaubte, würde ich nicht über sieben Millionen Dollar hinterlegen.«

Für eine Weile starrte er mich wütend an und kehrte dann auf seinen Platz zurück. Er ergriff einen Bleistift und klopfte damit auf den Tisch. »Die ordentliche Aufsichtsratssitzung der Norman-Filmgesellschaft wird hiermit zur Ordnung gerufen«, sagte er in ruhigem Tonfall. Er richtete den Blick auf seinen Neffen. »Du kannst als Schriftführer fungieren, bis wir einen neuen ernennen.«

Der Alte fuhr fort. »Eine beschlußfähige Anzahl von Mitgliedern ist anwesend, sowie Mr. Jonas Cord als Gast. David, Mr. Cord ist hier auf Grund einer Einladung gewisser Aufsichtsratsmitglieder, aber gegen den Willen des Präsidenten.

Wir werden jetzt zum ersten Punkt der Tagesordnung übergehen und die Aufsichtsratsmitglieder der Gesellschaft für das kommende Jahr wählen.«

Ich nickte McAllister zu. »Herr Präsident«, sagte er, »dürfte ich vorschlagen, die Wahl so lange zu verschieben, bis Sie und Mr. Cord sich über den Verkauf der Aktien einig sind?«

»Was bringt Sie darauf, daß ich Interesse daran hätte, meine Aktien zu verkaufen?« fragte Bernie. »Mein Vertrauen in die Zukunft der Gesellschaft ist unerschüttert. Ich habe Vorkehrungen getroffen, die das erfolgreiche Weiterarbeiten der Gesellschaft gewährleisten, und wenn ihr Burschen glaubt, ihr könntet mich davon abhalten, werde ich euch eine Kampfabstimmung liefern, daß euch die Augen übergehen.«

Selbst McAllister mußte darüber lächeln. Womit wollte er kämpfen? Wir verfügten bereits über einundvierzig Prozent der Aktien. »Wenn der Herr Präsident um die Zukunft der Gesellschaft so aufrichtig besorgt wäre wie wir«, erklärte McAllister höflich, »dann müßte er auch den Schaden erkennen, der durch eine Kampfabstimmung angerichtet würde, die er niemals gewinnen kann.«

Bernie machte ein verschmitztes Gesicht. »Ich bin kein solcher Narr, wie ihr glaubt«, sagte er. »Ich bin nicht müßig gewesen in der Zwischenzeit. Ich habe die Zusicherung von genügend Aktionären, um mir die Kontrolle zu verschaffen, wenn ich kämpfe. Sollte ich bloß deswegen so lange gelebt haben, um meine eigene Gesellschaft – die Firma, die ich im Schweiße meines Angesichts aufgebaut habe – Cord zu überlassen, damit er seinen Freunden, den Nazis, noch mehr Geld schenken kann?«

Dramatisch schlug er mit der Faust auf den Tisch. »Nein, nicht einmal, wenn er mir sieben Millionen Dollar nur für meine Aktien gäbe!«

Ich erhob mich, die Lippen zusammengepreßt. Ich war wütend. »Ich möchte Mr. Norman fragen, was er mit den sieben Millionen Dollar machen würde, falls ich sie ihm gäbe. Würde er sie dem jüdischen Hilfswerk überweisen?«

»Es geht Mr. Cord gar nichts an, was ich mit meinem Geld mache«, schrie er mir über den Tisch zu. »Ich bin kein reicher Mann wie er. Ich besitze nur ein paar Anteile meiner eigenen Gesellschaft.«

Ich lächelte. »Mr. Norman, soll ich dem Aufsichtsrat eine Liste Ihrer flüssigen Werte vorlesen, die sowohl auf Ihren wie auf den Namen Ihrer Frau laufen?«

Bernie schien verwirrt. »Liste?« fragte er. »Was für eine Liste?«

Ich warf McAllister einen Blick zu. Er reichte mir ein Schriftstück aus seiner Aktenmappe. Ich begann zu lesen. »Depositen im Namen von May Norman: Security National Bank, Boston – eine Million vierhunderttausend; Bank of Manhattan Company, New York – zwei Millionen einhunderttausend; Pioneer National Trust Company, Los Angeles – siebenhunderttausend; Lehman Brothers, New York – drei Millionen einhundertfünfzigtausend; plus kleinerer Konten im ganzen Land, die noch einmal sechs- oder siebenhunderttausend ausmachen. Dazu kommt noch, daß Mrs. Norman tausend Morgen erstklassiger Grundstücke in Westwood in der Nähe von Beverly Hills besitzt, den Morgen, niedrig geschätzt, zu zweitausend Dollar.«

Bernie starrte mich an. »Wo haben Sie diese Liste her?«

»Egal, wo ich sie herhabe.«

Der Alte wandte sich an seinen Neffen. »Siehst du, David«, sagte er, »da siehst du, was eine tüchtige Ehefrau von ihrem Wirtschaftsgeld erübrigen kann.«

Wäre er nicht solch ein Gauner gewesen, hätte ich gelacht. Aber ein Blick auf seinen Neffen verriet mir, daß der Junge von diesen Werten nichts gewußt hatte. Etwas sagte mir, daß ihm noch weitere Überraschungen bevorstanden.

Der Alte wandte sich wiederum an mich. »Meine Frau hat also ein paar Dollar beiseite gelegt. Gibt Ihnen das ein Recht, mich zu berauben?«

»Es erscheint mir höchst seltsam, daß Ihre Frau imstande gewesen sein sollte, jährlich etwa eine Million Dollar auf ihre verschiedenen Konten einzuzahlen, während Ihre Firma in den vergangenen sechs Jahren etwa elf Millionen Dollar eingebüßt hat.«

Bernie war rot im Gesicht. »Meine Frau versteht es eben, ihr Geld gut anzulegen«, sagte er. »Ich stehe nicht die ganze Zeit da und schaue ihr über die Schulter.«

»Das sollten Sie aber vielleicht doch«, sagte ich. »Sie würden nämlich herausfinden, daß sie Abkommen mit fast allen Lieferanten der Norman-Filmgesellschaft getroffen hat. Mir können Sie nicht erzählen, Sie wüßten nicht, daß sie eine Provision von fünf bis fünfzehn Prozent von den Bruttoeinkäufen dieser Gesellschaft nimmt.«

Er sank auf seinen Stuhl. »Und was ist daran auszusetzen? Es ist vollkommen normales Geschäftsgebaren. Sie kauft für uns ein, warum sollte sie also keine Provision nehmen?«

Nachgerade hatte ich genug von seinem dummen Gerede. »Schön, Mr. Norman«, sagte ich. »Kommen wir zur Sache. Ich habe Ihnen einen überdurchschnittlichen Preis für Ihre Aktien geboten. Wollen Sie verkaufen oder nicht?«

»Nicht für dreieinhalb Millionen Dollar, auf keinen Fall. Fünf, und ich würde vielleicht zuhören.«

»Sie sind in keiner Lage, die es Ihnen erlaubt zu feilschen«, sagte ich. »Wenn Sie mein Angebot nicht annehmen, eröffnen wir ein Konkursverfahren gegen die Gesellschaft. Dann werden wir ja sehen, ob ein Bundessachverständiger etwas Strafbares in den sogenannten legalen Transaktionen Ihrer Frau findet. Sie scheinen vergessen zu haben, daß das, was Sie mit der Firma machen, eine Bundesangelegenheit ist, da Sie auf dem offenen Markt Aktien verkauft haben. Jetzt gehört die Gesellschaft nämlich nicht mehr Ihnen allein, und das ist ein kleiner Unterschied. Unter Umständen landen Sie sogar im Gefängnis.«

»Das würden Sie nie und nimmer wagen.«

»Nicht?« sagte ich. Ich streckte die Hand aus. McAllister gab mir die Paragraph-722-Schriftstücke. Ich warf sie Bernie vor die Nase. »Wenn Sie nicht verkaufen, sind diese Papiere morgen früh auf dem Gericht.«

Er warf einen Blick auf die Schriftstücke und schaute mich dann an. Kalter Haß sprühte aus seinen Augen. »Warum tun Sie mir das an?« rief er. »Weil Sie ein solcher Judenhasser sind und ich Ihnen doch nur geholfen habe?«

Das war mir zuviel. Ich ging um den Tisch herum, zog ihn aus seinem Stuhl und drückte ihn mit dem Rücken gegen die Wand. »Hören Sie zu, Sie dreckiger kleiner Jud«, brüllte ich. »Mir langt es jetzt. Jedesmal, wenn Sie mir Hilfe anboten, haben Sie mich beklaut. Und jetzt wurmt es Sie, daß ich das nicht noch einmal zulasse.«

»Nazi!« fauchte er.

Langsam ließ ich ihn los und wandte mich an McAllister. »Reichen Sie die Papiere ein«, sagte ich. »Und erstatten Sie Strafanzeige wegen Veruntreuung gegen Norman und seine Frau.«

Ich ging auf die Tür zu.

»Augenblick!« Es war Bernies Stimme. Ein eigenartiges Lächeln lag auf seinem Gesicht. »Bloß weil ich mich ein bißchen aufgeregt habe, brauchen Sie nicht gleich wie ein Irrer davonzustürmen.«

Ich starrte ihn an.

»Kommen Sie zurück«, sagte er und nahm wieder am Tisch Platz. »Wir können die ganze Angelegenheit in ein paar Minuten regeln. Wie Gentlemen.«

Ich stand in Fensternähe und sah zu, wie Bernie die Überweisungen der Aktien unterschrieb. In der Art, wie er dasaß und mit kratzender Feder einen Strich unter sein Lebenswerk zog, lag etwas Widerspruchsvolles. Auch wenn einem ein Mensch unsympathisch ist, kann er einem leid tun. Und so war mir in gewisser Hinsicht zumute.

Er war ein egoistischer, verächtlicher alter Mann. Er hatte weder Gefühl für

Anstand, Ehre noch Moral, er würde irgend jemand auf dem Altar seiner Macht opfern, aber als die Feder über die Urkunden glitt, hatte ich das Empfinden, als ströme mit der Tinte auch sein Herzblut aus der goldenen Spitze.
Ich wandte mich vom Fenster ab und kehrte an den Tisch zurück. Ich überflog die Urkunden. Sie waren korrekt unterzeichnet. Bernard B. Norman.
Bernie hob den Kopf und schaute mich an. Er versuchte ein Lächeln. Es wollte ihm aber nicht recht gelingen. »Vor Jahren, als Bernie Normanovitz sein erstes Groschen-Kino auf der East Side eröffnete, hätte wohl niemand geglaubt, daß er eines Tages seine Firma für dreieinhalb Millionen Dollar verkaufen würde.«
Plötzlich war er mir wieder gleichgültig und tat mir nicht mehr leid. Er hatte ein Unternehmen um mehr als fünfzehn Millionen Dollar betrogen, und seine einzige Entschuldigung war, daß er dieses Unternehmen gegründet hatte.
»Ich nehme an, das wollen Sie auch haben«, sagte er, griff in seine Brusttasche und zog ein zusammengefaltetes Blatt Papier heraus. Ich nahm es ihm ab und schlug es auseinander. Es war seine Rücktrittserklärung als Präsident und Aufsichtsratsvorsitzender. Ich schaute ihn überrascht an.
»Kann ich noch irgend etwas für Sie tun?«
»Nein«, sagte ich.
»Sie irren sich, Mr. Cord«, sagte er leise. Er trat an das Telefon, das auf dem Tisch in der Ecke stand. »Fräulein, hier ist Mr. Norman. Sie können Mr. Cord jetzt verbinden.«
Er hielt mir den Hörer hin. »Für Sie«, sagte er ausdruckslos. Ich hörte die Stimme des Mädchens vom Fernsprechamt. »Mr. Cord ist am Apparat, Los Angeles.«
Während der Anschluß hergestellt wurde, knackte es ein paarmal in der Leitung. Bernie warf mir einen hinterhältigen Blick zu und schickte sich an, hinauszugehen. An der Tür drehte er sich um. »Kommst du mit, David?«
Woolf wollte sich erheben.
Ich legte die Hand über die Sprechmuschel. »Sie bleiben hier«, sagte ich.
David schaute Bernie an, schüttelte dann leicht den Kopf und setzte sich wieder. Der Alte zuckte die Achseln. »Was kann man von seinem eigenen Fleisch und Blut mehr verlangen?« sagte er. Die Tür schloß sich hinter ihm.
Eine Frauenstimme schlug an mein Ohr. Irgendwie kam sie mir bekannt vor. »Jonas Cord?«
»Am Apparat. Wer spricht dort?«
»Ilene Gaillard. Ich habe den ganzen Nachmittag versucht, Sie zu erreichen. Rina – Rina . . .« Ihre Stimme versagte.
Eine schlimme Vorahnung preßte mein Herz zusammen. »Ja, Miß Gaillard?« fragte ich. »Was ist mit Rina?«
»Sie liegt im Sterben, Mr. Cord«, schluchzte sie. »Und sie verlangt nach Ihnen.«

»Im Sterben?« wiederholte ich. Ich konnte es nicht fassen. Rina im Sterben? Rina war unzerstörbar.
»Ja, Mr. Cord. Enzephalitis. Beeilen Sie sich, bitte. Die Ärzte wissen nicht, wie lange sie noch durchhalten kann. Sie befindet sich im Colton-Sanatorium in Santa Monica. Darf ich ihr sagen, daß Sie kommen werden?«
»Richten Sie ihr aus, ich sei bereits unterwegs«, sagte ich und legte auf.
Ich wandte mich um und schaute David Woolf an, der mich mit einem seltsamen Gesichtsausdruck beobachtete. »Sie wußten Bescheid.«
Er nickte und erhob sich. »Ich wußte es.«
»Warum haben Sie mir nichts gesagt?«
»Wie konnte ich?« sagte er. »Mein Onkel hatte Angst, Sie würden ihm seine Aktien nicht abkaufen, wenn Sie es erführen.«
Eine seltsame Stille verbreitete sich im Zimmer, als ich das Telefon wieder aufnahm. Ich gab der Vermittlung Morisseys Nummer auf dem Militärflugplatz.
»Soll ich jetzt gehen?« fragte Woolf.
Ich schüttelte den Kopf. Man hatte mich gründlich hereingelegt, mir ein wertloses Unternehmen angedreht, mich wie ein Lämmchen geschoren, aber ich hatte kein Recht, mich zu beklagen. Ich hatte die Spielregeln gekannt.
Aber selbst das fiel jetzt nicht mehr ins Gewicht. Nichts zählte mehr. Jetzt ging es nur noch um Rina. Ich fluchte ungeduldig und wartete darauf, daß Morissey sich endlich meldete.
Meine einzige Chance, noch rechtzeitig zu Rina zu gelangen, bestand darin, mit der CA-4 nach Kalifornien zu fliegen.

5

Um zwei Uhr landete ich in Burbank. Ich war fast fünfzehn Stunden in der Luft gewesen. Ich rollte zu den Cord-Aircraft-Hangars, stellte die Motoren ab und traf Anstalten, hinunterzuklettern. Die Motoren dröhnten mir noch immer in den Ohren.
Ich berührte den Erdboden, und eine Menschenmenge umdrängte mich. Ich erkannte einige Reporter wieder. »Tut mir leid, Leute«, sagte ich, indem ich mir einen Weg nach den Flugzeughallen bahnte, »ich bin noch motorentaub. Ich kann nichts hören.«
Auch Buzz war zur Stelle, ein breites Grinsen auf dem Gesicht. Er ergriff meine Hand und schüttelte sie kräftig. Seine Lippen bewegten sich, aber mir entging der erste Teil dessen, was er sagte, dann funktionierte mein Gehör plötzlich wieder.
». . . einen neuen Rekord Ost-West von Küste zu Küste aufgestellt.«
Im Augenblick war mir das völlig gleichgültig. »Ist ein Wagen da?«

»Draußen am Tor«, sagte Buzz.
Einer der Reporter schlängelte sich heran. »Mr. Cord«, rief er mir zu, »stimmt es, daß Sie diesen Flug nur unternommen haben, um Rina Marlowe vor ihrem Ableben noch einmal zu sehen?«
Ich gab keine Antwort.
»Stimmt es, daß Sie die Norman-Filmgesellschaft nur deswegen aufgekauft haben, um sie unter Vertrag zu bekommen?«
Ich stieg in die Limousine, aber man überschüttete mich noch immer mit Fragen. Der Wagen setzte sich in Bewegung. Ein motorisierter Verkehrspolizist übernahm die Spitze und schaltete seine Sirene ein. Man wich uns aus, und wir gewannen Geschwindigkeit.
»Das mit Rina tut mir schrecklich leid, Jonas«, sagte Buzz. »Ich wußte nicht, daß sie mit deinem Vater verheiratet war.«
Ich schaute ihn an. »Wo hast du das erfahren?«
»Es steht in den Zeitungen«, sagte er. »Das Norman-Studio hat es in seinen Pressemitteilungen gebracht, zusammen mit der Geschichte, daß du hergeflogen kämst, um sie zu sehen.«
Ich preßte die Lippen fest aufeinander. Das war die Filmindustrie, wie sie leibte und lebte. Man schreckte vor nichts zurück.

Das Colton-Sanatorium gleicht mehr einem Hotel als einem Krankenhaus. Es liegt weit hinten in den Pacific Palisades mit einem Blick auf das Meer. Um hinzugelangen, muß man von der Küsten-Autobahn abbiegen und eine schmale, gewundene Straße einschlagen. Vor dem eisernen Tor steht ein Wächter, an dem man nur vorbeikommt, wenn man sich entsprechend ausweisen kann.
Dr. Colton ist kein kalifornischer Kurpfuscher. Er ist einfach ein kluger Mann, der die Notwendigkeit einer wirklichen Privatklinik erkannt hat. Filmschauspieler lassen sich dort behandeln, ob es sich nun um eine Entbindung oder eine Entziehungskur, um plastische Chirurgie oder einen Nervenzusammenbruch handelt. Und wer sich einmal hinter dem eisernen Tor befindet, kann völlig beruhigt sein, da es noch keinem Reporter gelungen ist, sich Eintritt zu verschaffen.
Der Torhüter erwartete uns und machte das Tor auf, sobald er den motorisierten Polizisten kommen sah. Reporter bombardierten uns mit Fragen, und Bildberichter versuchten Aufnahmen zu machen. Einer von ihnen schwang sich sogar auf das Trittbrett und fuhr mit uns durch das Tor. Dann erschien ein zweiter Wächter und beförderte ihn unsanft hinaus.
Der Wagen hielt, und ein Portier erschien. »Wenn Sie mir gütigst folgen wollten, Mr. Cord«, sagte er respektvoll.
Während die Fahrstuhltür sich hinter uns schloß, zog ich eine Zigarette aus der Tasche. Drinnen roch es wie in jedem anderen Krankenhaus. Nach Alko-

hol, Desinfektionsmitteln, Formaldehyd, Krankheit und Tod. Ich steckte ein Streichholz an und hielt es an meine Zigarette, wobei ich hoffte, es werde der Schwester entgehen, daß meine Finger zitterten.
Der Fahrstuhl hielt, und die Tür ging auf. Wir traten auf einen peinlich sauber gehaltenen Krankenhaus-Korridor hinaus. Ich zog tief an der Zigarette und folgte der Schwester. Vor einer Tür blieb sie stehen. »Ich fürchte, Sie müssen Ihre Zigarette jetzt ausmachen, Mr. Cord.«
Mein Blick fiel auf ein orangefarbenes Schildchen:

Rauchen verboten!
Drinnen Sauerstoff in Gebrauch!

Ich nahm noch einen Zug und legte den Stummel in einen Behälter neben der Tür. Ich stand da und hatte plötzlich Angst, hineinzugehen. Die Schwester öffnete mir die Tür. »Sie dürfen jetzt eintreten, Mr. Cord.«
Ich stand im Türrahmen. Zuerst konnte ich sie nicht sehen. Ilene Gaillard, ein Arzt und eine andere Schwester standen um das Bett und kehrten mir den Rücken zu. Dann drehten sie sich plötzlich wie auf ein Zeichen gleichzeitig um. Ich ging auf das Bett zu. Die Schwester trat beiseite, und Ilene und der Arzt machten mir Platz. Dann sah ich sie.
Ein durchsichtiges Plastikzelt wölbte sich über ihrem Kopf und ihren Schultern, und sie schien zu schlafen. Bis auf das Gesicht war alles an ihr in schwere weiße Binden gehüllt, die auch ihr glänzendes weißblondes Haar verbargen. Ihre Augen waren geschlossen, und ich konnte sehen, daß ihre Lider bläulich gefärbt waren. Die Haut über ihren hohen Backenknochen war gespannt, ihre Wangen eingefallen, so daß man das Gefühl hatte, das darunter befindliche Fleisch wäre verschwunden. Ihr breiter, sonst so lebensvoller und warmer Mund schien blutleer und stand leicht offen über ihren ebenmäßigen weißen Zähnen.
Für einen Augenblick stand ich stumm da. Ich konnte sie nicht atmen sehen. Ich schaute den Arzt an. Er schüttelte den Kopf. »Sie lebt, Mr. Cord«, flüsterte er, »gerade noch so.«
»Darf ich zu ihr sprechen?«
»Sie können es versuchen, Mr. Cord. Aber seien Sie nicht enttäuscht, wenn sie keine Antwort gibt. Seit zehn Stunden liegt sie so. Und sollte sie antworten, Mr. Cord, so ist nicht gesagt, daß sie Sie erkennt.«
Ich wandte mich ihr wieder zu. »Rina«, sagte ich ruhig. »Ich bin's, Jonas.«
Sie verharrte still und regungslos. Ich steckte meine Hand unter das Plastikzelt und fand ihre. Ich drückte sie. Sie fühlte sich kühl und weich an. Plötzlich erstarrte ich innerlich. Ihre Hand war kalt. Sie war bereits tot. Sie war tot.
Ich sank neben dem Bett auf die Knie. Ich schob die Plastikhülle beiseite und lehnte mich über sie. »Bitte, Rina«, flehte ich inbrünstig. »Ich bin's, Jonas. Bitte, stirb nicht.«

Ich spürte den leichten Druck in ihrer Hand. Mit tränenüberströmtem Gesicht schaute ich sie an. Ihr Händedruck wurde etwas kräftiger. Dann schlug sie langsam die Augen auf und blickte mir ins Gesicht.
Zuerst waren ihre Augen verschwommen und weit weg. Dann wurden sie klarer, und der Anhauch eines Lächelns erschien auf ihren Lippen. »Jonas«, flüsterte sie. »Ich wußte ja, daß du kommen würdest.«
»Du brauchtest schon immer bloß zu pfeifen.«
Sie spitzte die Lippen, aber kein Laut kam hervor.
»Ich habe nie pfeifen können«, wisperte sie.
Hinter mir erklang die Stimme des Arztes. »Sie müssen jetzt wieder ruhen, Miß Marlowe.«
Rina wandte den Blick von mir ab und schaute ihn an. »Nein«, flüsterte sie. »Bitte, ich habe nicht mehr viel Zeit. Lassen Sie mich mit Jonas sprechen.«
Ich wechselte einen Blick mit dem Arzt. »Gut«, sagte er. »Aber nur für einen Augenblick.«
Ich hörte die Tür hinter mir zuschnappen und richtete den Blick wieder auf Rina. Sie hob die Hand und streichelte meine Backe.
Ich ergriff ihre Finger und drückte sie an meine Lippen.
»Ich mußte dich noch einmal sehen, Jonas.«
»Warum hast du so lange gewartet, Rina?«
»Deswegen mußte ich dich ja gerade sehen«, flüsterte sie. »Um dir alles zu erklären.«
»Was sollen jetzt noch Erklärungen?«
»Begreif doch, bitte, Jonas. Ich habe dich vom ersten Augenblick an geliebt. Aber ich hatte Angst. Ich habe allen Menschen, die mich geliebt haben, nichts als Unglück gebracht. Meine Mutter und mein Bruder mußten sterben, weil sie mich liebten. Mein Vater ist an gebrochenem Herzen im Gefängnis gestorben.«
»Das war nicht deine Schuld.«
»Ich habe Margaret die Treppe hinuntergestoßen und sie getötet. Ich habe mein Kind noch vor der Geburt getötet. Ich habe Nevada um seine Karriere gebracht und Claude zum Selbstmord getrieben.«
»Solche Dinge passieren eben. Dafür kannst du nicht.«
»Doch!« flüsterte sie heiser. »Bedenk nur, was ich dir angetan habe, deiner Ehe. Ich hätte in jener Nacht nie und nimmer in dein Hotel kommen dürfen.«
»Daran war ich schuld. Ich habe dich dazu gezwungen.«
»Niemand hat mich gezwungen«, wisperte sie. »Ich bin aus freien Stücken gekommen. Als sie dann erschien, wußte ich, wie falsch es war.«
»Warum?« fragte ich voll Bitterkeit. »Bloß weil sie einen Bauch wie eine Tonne hatte? Es war nicht einmal mein Kind.«
»Was macht das schon? Was bedeutet es schon, wenn sie wirklich mit jemand

anders geschlafen hat, bevor sie dich kennenlernte? Du mußt es doch gewußt haben, als du sie geheiratet hast. Wenn es damals nichts ausmachte, warum hätte es etwas ausmachen sollen, bloß weil sie ein Kind von einem anderen bekam?«
»Es hat sehr viel ausgemacht«, sagte ich hartnäckig. »Ihr ging es nur um mein Geld. Als die Ehe für nichtig erklärt wurde, hat sie eine halbe Million Dollar bekommen.«
»Das ist nicht wahr«, flüsterte sie. »Sie hat dich geliebt. Ich hab' es ihr an den Augen abgelesen, wie verletzt sie war. Und wenn ihr das Geld wirklich so viel bedeutete, warum hat sie dann alles ihrem Vater gegeben?«
»Das wußte ich nicht.«
»Du weißt vieles nicht«, flüsterte Rina. »Aber ich habe keine Zeit, dir alles zu erzählen. Nur dies. Ich habe deine Ehe zerstört. Ich bin schuld, daß das arme Kind ohne deinen Namen aufwachsen muß. Und ich möchte das irgendwie wiedergutmachen.«
Sie schloß die Augen für einen Augenblick. »Viel wird nicht übrigbleiben von meiner Erbmasse. Ich habe mit Geld nie recht umgehen können, aber ich habe alles ihr vermacht und dich zum Testamentsvollstrecker ernannt. Versprich mir, dafür zu sorgen, daß es in ihre Hände kommt.«
Ich schaute sie an. »Ich verspreche es dir.«
Sie lächelte verhalten. »Hab Dank, Jonas. Ich konnte stets auf dich zählen.«
»Versuch jetzt ein bißchen zu ruhen.«
»Wozu?« flüsterte sie. »Damit ich noch ein paar Tage länger in der verrückten, irrsinnigen Welt zubringen kann, die in meinem Kopf herumwirbelt? Nein, Jonas. Es tut zu weh. Ich möchte sterben. Aber nicht hier unter diesem Plastikzelt. Nimm mich hinaus auf die Terrasse. Ich möchte den Himmel noch einmal sehen.«
Ich starrte sie an. »Der Arzt ...«
»Bitte, Jonas.«
Ich blickte sie an, und sie lächelte. Ich erwiderte ihr Lächeln und schob das Sauerstoffzelt beiseite. Ich hob sie auf; sie war federleicht.
»Es tut wohl, wieder in deinen Armen zu sein, Jonas«, flüsterte sie.
Ich küßte sie auf die Stirn und trat hinaus in den Sonnenschein.
»Ich hatte schon fast vergessen, wie grün ein Baum sein kann«, flüsterte sie. »Daheim in Boston steht die grünste Eiche, die du je gesehen hast. Laß mich dorthin bringen, Jonas.«
»Bestimmt.«
»Und sorg dafür, daß man keinen Zirkus daraus macht«, flüsterte sie. »Beim Film ist alles möglich.«
»Ich weiß«, sagte ich.
»Dort ist Platz für mich, Jonas«, flüsterte sie. »Neben meinem Vater.«
Ihre Hand fiel von meiner Brust, und ihr Körpergewicht war plötzlich anders.

Ich schaute auf sie herunter. Ihr Gesicht war an meiner Schulter verborgen. Ich wandte den Kopf und betrachtete den Baum, der sie an ihre Heimat erinnert hatte. Aber vor Tränen konnte ich ihn nicht erkennen.
Als ich mich umdrehte, standen Ilene und der Arzt im Zimmer. Stumm trug ich Rina zurück zum Bett und legte sie behutsam darauf nieder. Ich richtete mich auf und blickte sie an.
Ich versuchte zu sprechen, brachte jedoch keinen Laut hervor. Und als ich endlich Worte fand, war meine Stimme heiser vor Kummer. »Sie wollte im Freien sterben«, sagte ich.

6

Ich stieg aus, bezahlte den Taxifahrer und schlenderte auf dem Bürgersteig vor den Häusern entlang. Kinder spielten auf dem Rasen und verfolgten mich mit neugierigen Blicken. Die meisten Türen standen offen, so daß ich die Hausnummern nicht erkennen konnte.
»Wen suchen Sie denn, Mister?« rief einer von den Jungen.
»Winthrop«, sagte ich. »Monika Winthrop.«
»Die mit einem kleinen Mädchen?« fragte der Junge. »Von etwa fünf Jahren?«
»Ich glaube ja«, sagte ich.
»Vier Häuser weiter.«
Ich bedankte mich und setzte meinen Weg fort. Vor dem Eingang zu dem vierten Haus schaute ich auf das Namensschild unter der Klingel. Winthrop. Niemand öffnete. Ich klingelte noch einmal.
»Sie ist noch nicht von der Arbeit zurück«, rief mir ein Mann aus dem Nachbarhaus zu. »Sie geht erst in den Kindergarten, um das Mädchen abzuholen.«
Ich schaute auf meine Uhr. Es war dreiviertel sieben. Die Sonne war im Begriff unterzugehen, und die Hitze des Tages ließ etwas nach. Ich setzte mich auf die Stufen und steckte mir eine Zigarette an. Ich hatte einen schlechten Geschmack im Munde und leichte Kopfschmerzen.
Die Zigarette war fast zu Ende, als Monika um die Ecke bog und den Pfad heraufkam. Ein kleines Mädchen hüpfte vor ihr her.
Als das Kind stehenblieb und mich anschaute, erhob ich mich. Das kleine Mädchen rümpfte das Näschen und kniff die dunklen Augen zusammen. »Mammi«, rief sie mit hoher Stimme, »auf unseren Stufen steht ein Mann.«
Ich schaute Monika an. Für eine Weile standen wir einfach da und starrten uns an. Sie sah noch genauso aus wie früher und doch irgendwie anders. Vielleicht lag es an ihrer Frisur. Oder dem einfachen Kostüm. Aber vor allem

an ihren Augen. Sie drückten eine ruhige Selbstsicherheit aus, die früher nicht dagewesen war. Sie streckte die Hand aus und zog das Kind an sich. »Schon gut, Jo-Ann«, sagte sie und nahm die Kleine auf den Arm. »Es ist ein Freund von Mammi.«
Das Kind lächelte. »Hallo, Mann.«
»Hallo«, sagte ich. Ich blickte Monika an. »Hallo, Monika.«
»Hallo, Jonas«, sagte sie steif. »Wie geht's dir?«
»O. K. Ich möchte dich sprechen.«
»Weswegen?« fragte sie. »Ich dachte, es wäre alles geregelt.«
»Nicht unseretwegen«, sagte ich rasch. »Wegen des Kindes.«
Sie drückte das Kind mit einer plötzlichen Bewegung eng an sich. Etwas wie Furcht leuchtete aus ihren Augen. »Was ist mit Jo-Ann?«
»Nichts, was irgendwelchen Anlaß zur Besorgnis geben könnte.«
»Am besten gehen wir hinein.«
Ich trat beiseite, sie öffnete die Tür, und ich folgte ihr in das kleine Wohnzimmer. Sie setzte das Kind ab. »Geh in dein Zimmer und spiel mit deinen Puppen, Jo-Ann.«
Die Kleine lachte glücklich und rannte davon. Monika wandte sich an mich. »Du siehst müde aus«, sagte sie. »Hast du lange gewartet?«
Ich schüttelte den Kopf. »Nicht sehr lange.«
»Nimm Platz«, sagte sie ruhig. »Ich werde Kaffee machen.«
»Ich will dich nicht lange aufhalten.«
»Schon gut«, sagte sie rasch. »Meinetwegen kannst du bleiben. Wir haben nicht oft Besuch.«
Sie ging in die Küche, und ich setzte mich. Ich sah mich im Zimmer um. Irgendwie konnte ich mich nicht mit dem Gedanken abfinden, daß sie hier wohnte. Ich konnte mir den Laden vorstellen, aus dem die Einrichtung stammte. Nicht, daß es nicht gut gewesen wäre. Es war nur alles ein wenig zu sauber, praktisch und billig. Monika war früher an andere Dinge gewöhnt gewesen.
Sie trat wieder ins Zimmer, eine Tasse mit dampfendem schwarzem Kaffee in der Hand, den sie vor mich auf den Tisch stellte. »Zwei Stück Zucker, richtig?«
»Richtig.«
Rasch warf sie zwei Stück Zucker in den Kaffee und rührte ihn um. Ich kostete ihn und fühlte mich wohler. »Ausgezeichneter Kaffee«, sagte ich.
»Es ist G. Washington.«
»Was heißt das?«
»Der Freund der berufstätigen Frau«, sagte sie. »Kaffeepulver. Gar nicht so schlecht, wenn man sich einmal daran gewöhnt hat.«
»Was wird man sich bloß noch alles ausdenken?«
»Soll ich dir etwas Aspirin geben?« fragte sie. »Du siehst aus, als hättest du Kopfschmerzen.«

»Woran merkst du das?«
Sie lächelte. »Wir waren schließlich einmal für eine Weile verheiratet, falls du dich noch daran erinnern kannst. Du legst die Stirn in Falten, wenn du Kopfschmerzen hast.«
»Dann bitte zwei«, sagte ich. »Vielen Dank.«
Nachdem ich sie genommen hatte, setzte sie sich mir gegenüber und betrachtete mich unverwandt. »Wundert es dich, mich hier in dieser Umgebung zu sehen?«
»Ein wenig«, sagte ich. »Ich habe erst ganz vor kurzem erfahren, daß du nichts von dem Geld behalten hast, das ich dir gab. Warum?«
»Ich wollte es nicht«, sagte sie schlicht. »Und mein Vater brauchte es, angeblich für sein Geschäft.«
»Was wolltest du denn?«
Sie zögerte einen Augenblick mit der Antwort. »Was ich jetzt habe. Jo-Ann. Ruhe. Ich habe nur so viel Geld behalten, wie ich brauchte, um hierherzufahren und das Kind zu kriegen. Als die Kleine dann alt genug war, hab' ich mir eine Stellung gesucht.« Sie lächelte. »Ich weiß, daß dich das nicht sehr beeindrucken wird, aber ich bin jetzt immerhin Chefsekretärin und verdiene siebzig Dollar wöchentlich.«
Ich blieb eine Weile stumm und trank meinen Kaffee aus. »Was macht Amos?« erkundigte ich mich.
Sie zuckte die Achseln. »Keine Ahnung. Ich habe seit vier Jahren nichts mehr von ihm gehört. Woher hast du meinen Aufenthaltsort erfahren?«
»Von Rina.«
Eine Weile sagte sie nichts. Dann holte sie tief Luft. »Es tut mir leid, Jonas.« In ihren Augen lag echtes Mitgefühl. »Ob du's glaubst oder nicht, es tut mir aufrichtig leid. Ich habe in der Zeitung darüber gelesen. Fürchterlich. So viel zu haben und auf diese Weise sterben zu müssen.«
»Rina hat keine überlebenden Anverwandten«, sagte ich. »Deswegen bin ich hier.«
Sie machte ein verdutztes Gesicht. »Ich verstehe nicht.«
»Sie hat ihr gesamtes Vermögen deiner Tochter hinterlassen«, sagte ich rasch. »Ich weiß nicht genau wieviel, dreißig- oder vierzigtausend nach Abzug der Steuern und der Schulden. Sie hat mich zum Testamentsvollstrecker ernannt und mir das Versprechen abgenommen, dafür zu sorgen, daß das Kind in den Besitz des Geldes gelangt.«
Sie war plötzlich blaß und hatte Tränen in den Augen. »Warum hat sie das getan? Sie schuldete mir nichts.«
»Weil sie geglaubt hat, sie wäre an unserem Zerwürfnis schuld.«
»Daran waren wir selber schuld«, erklärte sie leidenschaftlich. Plötzlich hielt sie inne und blickte mich an. »Es ist unsinnig, sich jetzt noch darüber aufzuregen. Es ist vorbei und erledigt.«

Ich schaute sie einen Augenblick an und erhob mich dann. »Du hast recht, Monika«, sagte ich. »Es ist vorbei und erledigt.« Ich ging auf die Tür zu. »Setz dich mit McAllister in Verbindung, er wird sämtliche Papiere für dich bereithalten.«
Sie schaute mir ins Gesicht. »Warum bleibst du nicht zum Essen?« fragte sie höflich. »Du siehst abgespannt aus.« – »Nein, vielen Dank«, sagte ich ebenso höflich. »Ich muß gehen. Ich habe noch ein paar geschäftliche Verabredungen.«
Ihr Gesicht nahm einen verzerrten, fast bitteren Ausdruck an. »Oh, das hätte ich fast vergessen«, sagte sie. »Dein Geschäft.«
»Richtig«, sagte ich.
»Ich muß dir wahrscheinlich dankbar sein, daß du dir die Zeit genommen hast, herzukommen.«
Ehe ich antworten konnte, drehte sie sich um und rief das Kind. »Jo-Ann, komm her und sag auf Wiedersehn zu dem netten Mann.«
Die Kleine kam mit einer Puppe im Arm ins Zimmer. Sie lächelte mich an. »Das ist mein Püppchen.«
»Ein reizendes Püppchen.«
»Sag auf Wiedersehn, Jo-Ann.«
Jo-Ann reichte mir die Hand. »Auf Wiedersehn, Mann«, sagte sie ernst. »Komm bald wieder.«
Ich nahm ihre Hand. »Bestimmt, Jo-Ann«, sagte ich. »Auf Wiedersehn.«
Jo-Ann lächelte, entzog mir ihre Hand und rannte hinaus.
Ich richtete mich auf. »Auf Wiedersehn, Monika«, sagte ich. »Ruf mich an, wenn irgend etwas ist.«
»Ich komme schon zurecht, Jonas«, sagte sie und gab mir die Hand. Sie lächelte. »Danke dir, Jonas. Und Jo-Ann würde dir auch danken, wenn sie schon begreifen könnte, dessen bin ich gewiß.«
Auch ich lächelte. »Sie ist ein lieber kleiner Kerl.«
»Wiedersehn, Jonas.«
Ich ging, und sie blieb auf der Schwelle stehen und schaute mir nach.
»Jonas!« rief sie, als ich ein Stück gegangen war.
Ich drehte mich um. »Ja, Monika?«
»Nichts, Jonas«, sagte sie. »Arbeite nicht so schwer.«
Ich lachte. »Ich werde mir alle Mühe geben.«
Rasch machte sie die Tür zu, und ich setzte meinen Weg fort. Forest Hills, Queens, ein scheußliches Viertel. Erst an der sechsten Ecke fand ich ein Taxi.

»Was werden wir nun in bezug auf die Gesellschaft unternehmen?« fragte Woolf.
Ich schaute ihn über den Tisch hinweg an, griff nach der Bourbonflasche und

schenkte mir noch einmal ein. Ich trat an das Fenster und ließ meine Blicke über New York schweifen.
»Was soll aus der *Sünderin* werden?« fragte Dan. »Wir müssen uns darüber schlüssig werden. Ich habe mich bereits mit Metro wegen Jean Harlow in Verbindung gesetzt.«
Ich wandte mich um und fuhr ihn an. »Jean Harlow kommt überhaupt nicht in Frage«, erklärte ich gereizt. »Das war Rinas Film.«
»Mein Gott, Jonas«, rief Dan. »Wir können diesen Stoff doch nicht einfach fallenlassen. Denk doch an die Kosten!«
»Mir ganz gleich, was es kostet«, knurrte ich. »Ich will nichts mehr davon hören.«
Im Zimmer herrschte Schweigen, und ich trat wieder ans Fenster. Zu meiner Linken funkelten in der Ferne die Broadway-Lichter; zu meiner Rechten konnte ich den East River sehen. Auf der anderen Seite dieses Flusses lag Forest Hills. Ich schnitt eine Grimasse und kippte meinen Schnaps hinunter. In einem hatte Monika recht gehabt. Ich arbeitete zu schwer.
Ich hatte zu viele Leute auf dem Halse, zu viele Unternehmen. Cord Sprengstoffe; Cord Plastics; Cord-Flugzeugwerke; Inter-Continental-Airlines. Und jetzt gehörte mir sogar noch eine Filmgesellschaft.
»Nun, Jonas«, sagte McAllister ruhig. »Was werden Sie tun?«
Ich kehrte an den Tisch zurück und füllte mein Glas. Mein Entschluß war gefaßt. Ich wußte genau, was ich von jetzt an machen würde. Nur das, was ich wollte.
Sollten sie ruhig für ihr Geld arbeiten und mir beweisen, was sie leisten konnten.
Ich starrte Dan Pierce an. »Du redest immer davon, daß du bessere Filme machen könntest als irgend jemand in der Branche«, sagte ich. »O. K. Du übernimmst die Produktionsleitung.«
Ehe er antworten konnte, wandte ich mich an Woolf. »Sie machen sich Sorgen darüber, was aus der Gesellschaft werden soll. Jetzt können Sie sich einmal wirklich Sorgen machen. Sie übernehmen alles andere – Verkauf, Kinos, Verwaltung.«
»Schön und gut, Jonas«, sagte McAllister. »Sie haben uns nur noch nicht gesagt, wer die Leitung übernehmen soll.«
»Sie sind Aufsichtsratsvorsitzender, Mac«, sagte ich. »Dan wird Generaldirektor. David – geschäftsführender Direktor.« Ich trank einen Schluck. »Noch irgendwelche Fragen?«
Sie schauten sich gegenseitig an, dann wandte Mac sich wieder an mich. »Während Sie unterwegs waren, hat David eine Untersuchung anstellen lassen. Die Gesellschaft braucht einen sich automatisch erneuernden Kredit von etwa drei Millionen Dollar, um dieses Jahr zu überstehen, wenn wir den gegenwärtigen Produktionsstand aufrechterhalten wollen.«

»Sie bekommen eine Million Dollar«, sagte ich. »Damit müssen Sie auskommen.«
»Aber Jonas«, protestierte Dan. »Wie soll ich denn Filme nach meinem Geschmack drehen, wenn du uns kein Geld bewilligst?«
»Wenn du das nicht kannst«, fuhr ich ihn an, »dann scher dich zum Teufel, und ich werde mir jemand suchen, der dazu fähig ist.«
Ich sah, wie Dan erbleichte. Er preßte die Lippen zusammen und gab keine Antwort. Ich schaute die anderen an. »Das gilt für euch alle. Von jetzt an lehne ich es ab, die Amme für euch zu spielen. Wer nicht spurt, kann verschwinden. Von jetzt an will ich mit nichts mehr behelligt werden. Wenn ich etwas von euch will, werde ich mich mit euch in Verbindung setzen. Wenn ihr etwas zu berichten habt, so schickt mir einen schriftlichen Bericht. Das ist alles, meine Herren. Gute Nacht.«
Als die Tür hinter ihnen zufiel, krampften sich mir die Eingeweide vor Wut zusammen. Ich schaute aus dem Fenster. Forest Hills. Ob es dort überhaupt eine Schule gab, in die man ein Mädchen wie Jo-Ann schicken konnte?
Ich trank meinen Schnaps aus. Aber auch das half nicht viel.
Heute abend hatte ich etwas gelernt.
Die Menschen bezahlten jeden Preis für das, was sie wirklich wollten. Monika blieb in Queens wohnen, damit sie ihr Töchterchen behalten konnte. Dan schluckte meine Beleidigungen, damit er Filme drehen konnte. Woolf würde alles tun, um zu beweisen, daß er fähig war, die Gesellschaft besser zu leiten als sein Onkel Bernie. Und Mac bezahlte weiter den Preis für die gesicherte Existenz, die ich ihm verschafft hatte.
Wenn man der Sache auf den Grund ging, hatte alles seinen Preis. Die einen ließen sich mit Geld, die anderen mit Macht, Ruhm, Sex bezahlen. Mit irgend etwas. Man mußte nur wissen, was sie wollten.

Sechstes Buch

Die Geschichte des David Woolf

1

David ging in das Hotelzimmer, warf sich voll angekleidet auf das Bett und starrte gegen die dunkle Decke. Obwohl es gerade erst eins durch war, schien die Nacht tausend Jahre alt zu sein. Er war müde und war wiederum nicht müde; er war in gehobener Stimmung und dennoch irgendwie deprimiert; er hätte jubeln mögen und spürte gleichzeitig, wie sich ein schwaches, bitteres Gefühl erlittener Niederlage in ihm regte.

Dies war die erste günstige Gelegenheit zur Verwirklichung seiner geheimsten Wünsche, Hoffnungen und Träume. Woher dann diese erstaunliche Verwirrung der Gefühle? Nie zuvor hatte er etwas Ähnliches erlebt. Immer hatte er genau gewußt, was er wollte. Es war immer sehr einfach gewesen. Alles war geradlinig verlaufen.

Es muß an Cord liegen, dachte er. Es gab keinen anderen Grund dafür. Er fragte sich, ob Cord auch auf andere so wirken mochte. Er empfand noch immer den Schreck, der ihn ergriffen hatte, als er das Zimmer betrat und Cord zum erstenmal seit der Nacht, da er nach Kalifornien geflogen war, wiedersah.

Fünfzehn Tage waren vergangen, zwei Wochen, in denen es zu einer Panik gekommen war und die Gesellschaft sich vor seinen Augen aufgelöst hatte. Das Geflüster der Angestellten in dem New Yorker Büro lag ihm noch immer in den Ohren, die verstohlenen, entsetzten, besorgten Blicke, die man ihm zuwarf, wenn man ihm auf dem Korridor begegnete. Und er hatte nichts dagegen tun, ihnen nichts sagen können. Es war, als schwebe das Unternehmen gelähmt über einem Abgrund und warte auf die Transfusion, die neue Lebenskraft durch seine Adern jagen würde.

Und jetzt saß Cord endlich da, eine halbleere Flasche Bourbon vor sich, eine gepeinigte, ausgehöhlte Hülle des Mannes, den sie erst vor einigen Wochen gesehen hatten. Er war magerer, Erschöpfung hatte ihre harten Linien tief in sein Gesicht gegraben. Aber sobald man in seine Augen schaute, merkte man, daß er sich nicht nur rein äußerlich verändert hatte. Der ganze Mensch war wie umgewandelt.

Zuerst konnte David nicht genau sagen, woran es lag. Dann lüftete sich der Schleier für einen Augenblick, und plötzlich begriff er und spürte die einzigartige innere Vereinsamung des Mannes. Er glich einem Besucher aus einer anderen Welt. Die übrigen waren ihm fremd geworden, fast wie Kinder, deren einfachen Wünschen er längst entwachsen war. Er würde sie so lange dulden, wie er sie brauchte, aber sobald sein Zweck erreicht war, würde er sich wieder in jene Welt zurückziehen, in der er allein existierte.

Nachdem sie sich von Cord getrennt hatten, waren sie zu dritt schweigsam mit dem Fahrstuhl hinabgefahren. Erst als sie das Vestibül betraten und sich unter die Leute mischten, die aus einer Spätvorstellung im Dachgarten kamen, ergriff McAllister das Wort. »Ich bin dafür, daß wir uns eine ruhige Ecke suchen und uns noch ein bißchen unterhalten.«

»Die Bar unten. Falls sie noch offen hat«, schlug Pierce vor.

Sie war noch offen, und als der Kellner ihre Getränke brachte, hob McAllister sein Glas. Sie prosteten sich zu und tranken.

McAllister schaute sie der Reihe nach an, ehe er sprach. »Also, von jetzt an liegt alles in unserer Hand. Ich wünschte, ich könnte präzisere Vorschläge machen«, sagte er auf seine etwas gestelzte, förmliche Art. »Aber ich bin Anwalt und verstehe so gut wie nichts vom Film. Ich könnte höchstens den Reorganisationsplan erläutern, den Jonas noch vor Abschluß der Verhandlungen gebilligt hat.«

Erst in diesem Augenblick bekam David einen Begriff davon, wie weitblickend Jonas gewesen war, indem er die alten Aktien im Austausch gegen neue Shares zurückzog, Vorzugsaktien ausgab, um gewissen ausstehenden Schulden der Gesellschaft zu begegnen sowie Obligationen mit Zurückbehaltungsrecht auf die Immobilien der Gesellschaft, einschließlich des Studios und der Kinos, als Gegenwert für das Betriebskapital in Höhe von einer Million, das er zur Verfügung stellte.

Der nächste Punkt, über den McAllister sich ausließ, war die Gehaltsfrage. David und Dan Pierce sollten Verträge über sieben Jahre bekommen bei einem Anfangsgehalt von fünfundsechzigtausend Dollar mit einer jährlichen Zulage von dreizehntausend Dollar bis zum Ablauf der Abmachung. Zusätzlich sollte jeder seine Auslagen ersetzt bekommen und, falls das Unternehmen Profite abwarf, Gratifikationen im Betrage von zweieinhalb Prozent, die sie sich entweder in bar oder in Effekten auszahlen lassen konnten.

»Das wäre es ungefähr«, sagte McAllister. »Irgendwelche Fragen?«

»Klingt verlockend«, sagte Dan Pierce. »Aber was für eine Garantie haben wir dafür, daß Jonas uns weiter beschäftigen wird, wenn die Million Dollar verbraucht ist? Gar keine. Er dagegen ist durch seine Aktien und Obligationen völlig gedeckt.«

»Sie haben recht«, stimmte ihm McAllister zu. »Sie haben keinerlei Garantie, aber auch er hat keine Garantie, was seine Effekten wert sein werden, falls das Unternehmen unter Ihrer Leitung nicht floriert. Meines Erachtens ist es die Aufgabe von euch beiden, das zuwege zu bringen.«

»Wenn die Kalkulation stimmt, die David angestellt hat«, fuhr Dan fort, »werden wir schon in Zahlungsschwierigkeiten sein, noch ehe wir unseren

ersten Film zur Hälfte fertig haben. Ich weiß nicht, was in diesen Jonas gefahren sein mag. Man kann keine Million-Dollar-Filme ohne Geld drehen.«
»Wer sagt denn, daß wir Millionen-Dollar-Filme drehen müssen?« fragte David ruhig.
Plötzlich lag ihm das ganze Schema klar vor Augen. Jetzt begriff er, was Jonas getan hatte. Zuerst war er enttäuscht gewesen, daß man ihm nicht die Leitung des Studios übertragen hatte. Er hätte gern den Direktortitel auf seiner Tür gesehen. Aber darüber war Cord einfach hinweggegangen. In Wirklichkeit war das Studio nur eine Fabrik, in der das Produkt des Unternehmens hergestellt wurde. Er hatte die Verwaltung, den Verkauf und die Kinos unter sich, und von dorther kam das Geld. Geld bestimmte die Studiopolitik, und er kontrollierte das Geld.
»Für eine Million können wir zehn Filme drehen. Und von dem ersten bereits Einkünfte beziehen, ehe der fünfte ins Atelier geht.«
»Ohne mich«, erklärte Dan rasch. »Ich habe mich in dieser Branche nicht hochgearbeitet, bloß um Blitzfilme herunterzudrehen. Das sollen andere machen.«
»Bei Columbia, Warner und RKO ist man nicht zu vornehm dazu«, sagte David mit einer neuen Härte in der Stimme.
»Von mir aus sollen sie ruhig«, sagte Dan gereizt. »Ich habe einen Ruf zu wahren.«
»Kommen Sie mir nicht mit diesem Quatsch«, erklärte David heftig. »Das einzige, was zählt, ist Erfolg. Wie man ihn erringt, interessiert niemand, solange die Kasse stimmt. In der ganzen Filmindustrie weiß man, daß Sie Cord dazu verleitet haben, die Gesellschaft aufzukaufen, damit Sie ein Produzent werden könnten. Von Ihrem Ruf dürfte nicht viel übrigbleiben, wenn Sie jetzt plötzlich aussteigen.«
»Wer redet denn von aussteigen?«
David lehnte sich erleichtert in seinen Stuhl zurück. Ein neues Machtgefühl überkam ihn. Jetzt verstand er, warum sein Onkel Bernie so widerwillig aufgegeben hatte.

Die Verbindungstür zwischen seinem und seines Onkels Zimmer ging auf, und Licht zerteilte die Dunkelheit. »Bist du da drin, David?«
Er richtete sich im Bett auf und schwang die Füße auf den Fußboden. Er streckte die Hand aus und drehte die Lampe neben dem Bett an. »Ja, Onkel Bernie.«
Norman trat ins Zimmer. »Nu?« sagte er. »Hast du ihn gesehen?«
David nickte und griff nach einer Zigarette. »Ja, ich hab' ihn gesehen.« Er steckte die Zigarette an. »Er sieht furchtbar aus. Rinas Tod muß ein schwerer Schlag für ihn gewesen sein.«
Der Alte lachte. »Ihn bedauern kann ich nicht«, sagte er bitter. »Nicht nach

allem, was er mir angetan hat.« Er nahm eine Zigarre aus seiner Tasche und steckte sie sich kalt in den Mund. »Hat er dir nicht eine Stellung angeboten?«
David nickte.
»Was für eine?«
»Geschäftsführender Direktor.«
Sein Onkel zog die Augenbrauen hoch. »So?« fragte er interessiert. »Und wer ist Generaldirektor?«
»Dan Pierce. Er übernimmt die Filmproduktion. Ich bin für alles andere zuständig – Verwaltung, Verkauf, Kinos.«
Die Zigarre im Mund des Alten hüpfte förmlich. Sein Gesicht zerfloß in einem breiten Lächeln. »Mein Junge, ich bin stolz auf dich.« Er klopfte David auf die Schulter. »Ich habe immer gesagt, aus dir wird noch einmal etwas.«
David schaute seinen Onkel überrascht an. Diese Reaktion hatte er nicht erwartet. Vorwürfe schon eher.
»Wirklich?«
»Natürlich bin ich stolz auf dich«, erklärte Bernie überschwenglich. »Vom Sohn meiner Schwester hab' ich nichts anderes erwartet.«
David starrte ihn an. »Ich dachte ...«
»Dachte?« sagte der Alte, noch immer lächelnd. »Was macht es schon aus, was du gedacht hast. Laß die Vergangenheit ruhen. Jetzt können wir erst richtig gemeinsame Sache machen. Ich werde dir Wege zum Geldverdienen zeigen, von denen du dir nichts hast träumen lassen.«
»Geldverdienen?«
»Klar«, sagte Bernie und schlug einen leisen, vertraulichen Ton an. »Ein goischer Kopf bleibt ein goischer Kopf. Wer will wissen, was vor sich geht, jetzt, wo die Geschäftsführung in deinen Händen liegt? Morgen werde ich sämtlichen Lieferanten Bescheid zukommen lassen, daß die alten Abmachungen weiter gelten. Nur daß du jetzt fünfundzwanzig Prozent vom Verdienst bekommst.«
»Fünfundzwanzig Prozent?«
»Was ist?« fragte Bernie. »Sind fünfundzwanzig Prozent nicht genug?«
David gab keine Antwort.
»Damit du siehst, daß dein Onkel Bernie kein Unmensch ist, von mir aus fünfzig Prozent.«
David drückte seine Zigarette im Aschenbecher aus. Er erhob sich und trat stumm ans Fenster. Er schaute hinunter in den Park auf der gegenüberliegenden Straßenseite.
»Was ist denn los?« sagte sein Onkel hinter ihm. »Ist fifty-fifty etwa kein faires Abkommen? Du bist mir verpflichtet. Ohne mich hättest du diese Stellung nie bekommen.«
David hatte plötzlich einen bitteren Geschmack im Mund. Er drehte sich um und schaute den Alten an. »Ich dir verpflichtet?« sagte er ärgerlich. »Etwa

dafür, daß du mich all die Jahre schamlos ausgenutzt hast? Jedesmal, wenn ich dich um eine Zulage gebeten habe, hast du mir die Verluste der Gesellschaft vorgerechnet. Und während der ganzen Zeit hast du eine Million jährlich abgesahnt und in deine eigene Tasche gesteckt.«

»Das war was anderes«, sagte der Alte. »Das verstehst du nicht.«

David lachte. »Ich verstehe schon, Onkel Bernie. Ich weiß, daß du fünfzehn Millionen Dollar beiseite gebracht hast. Selbst wenn du tausend Jahre alt werden solltest, könntest du all das Geld, das du hast, nicht ausgeben. Und noch immer willst du mehr haben.«

»Warum auch nicht?« verteidigte sich Bernie. »Ich habe dafür geschuftet. Soll ich etwa auf alles verzichten, bloß weil irgendein Schlemihl mich aus meinem Geschäft gedrängt hat?«

»Ja.«

»Du ergreifst die Partei dieses – dieses Nazis gegen dein eigenes Fleisch und Blut?« schrie ihn der Alte wütend an.

David starrte ihm ins Gesicht. »Ich brauche nicht Partei zu ergreifen, Onkel Bernie«, sagte er ruhig. »Du hast selbst zugegeben, daß dir die Gesellschaft nicht mehr gehört.«

»Aber du führst die Geschäfte der Gesellschaft.«

»Richtig.« David nickte. »Ich führ' die Geschäfte der Gesellschaft. Nicht du.«

»Dann willst du also alles für dich selber behalten?« rief der Alte vorwurfsvoll.

Ohne ein Wort wandte David ihm den Rücken zu. Für eine Weile herrschte Schweigen, dann erklang die Stimme seines Onkels. »Du bist noch schlimmer als er«, sagte Bernie bitter. »Er hat wenigstens nicht sein eigenes Fleisch und Blut bestohlen.«

»Laß mich jetzt allein, Onkel Bernie«, sagte David, ohne sich umzudrehen. »Ich möchte ein paar Stunden schlafen.«

Er hörte, wie der Alte das Zimmer durchquerte und die Tür wütend hinter sich zuschlug. Er lehnte den Kopf erschöpft gegen den Fensterrahmen. Deshalb also war der Alte nicht gleich nach der Sitzung nach Kalifornien zurückgefahren. Er spürte einen Klumpen im Hals. Er wußte nicht warum, aber am liebsten hätte er geheult.

Von der Straße schallte ein schwaches Geklingel bis zu ihm hinauf. Das Geklingel wurde lauter, als unten ein Krankenwagen in voller Fahrt um die Ecke bog. Er wandte sich ab und trat zurück ins Zimmer. Langsam wurde das Geklingel schwächer und verhallte. Irgendwie war es sein ganzes Leben hindurch so gewesen.

Als er damals auf dem harten Kutschbock des Trödelwagens saß, war es ihm immer vorgekommen, als wäre dies der einzige Laut, den er je gehört hatte. Das Geschepper einer Glocke.

2

Die Kuhglocken, die hinter ihm quer über das Verdeck des Wagens gespannt waren, schepperten träge, indes sich der müde Gaul langsam einen Weg durch Rivington Street mit ihren vielen zu beiden Seiten aufgereihten Handkarren bahnte. Die drückende Sommerhitze prallte auf seinen Schädel. Er hielt die Zügel locker. Man überließ das Pferd am besten sich selber. Es suchte sich seinen eigenen Weg durch die überfüllte Straße und setzte sich automatisch in Bewegung, sobald sich eine Lücke auftat.

»He, Davy!«

Er blickte hinunter auf den Bürgersteig. Ein hochaufgeschossener Junge stand da und lächelte ihn an. »Ich such dich schon den ganzen Tag.«

»Wir waren in Brooklyn«, antwortete David. »Mein Vater muß jeden Augenblick kommen.«

»Dann will ich dir nur schnell sagen, daß Shocky dich mit zehn Dollar beteiligen will, wenn du heute abend mit dem Fuhrwerk kommst. Wir haben eine Ladung zu verfrachten.«

»Aber heut ist doch Freitag.«

»Eben. Da sind die Straßen leer. Niemand wird sich um uns kümmern. Und die Polizisten werden uns nicht belästigen, wenn sie die Trödler-Lizenz an dem Wagen sehen.«

»Ich will's versuchen«, sagte David. »Um welche Zeit, Spitznase?«

»Um neun hinter Shockys Garage. Dort kommt dein Alter. Bis später.«

»Mit wem hast du denn eben gesprochen?« erkundigte sich sein Vater.

»Mit einem von den Kumpels, Papa.«

»Isidor Schwartz?«

»Ja, es war Spitznase.«

»Laß dich mit dem nicht ein, David«, sagte sein Vater mit Nachdruck. »Den brauchen wir nicht. Ein Herumtreiber. Ein Tunichtgut. Wie all die anderen, die um Shockys Garage herumlungern. Die stehlen alles, was nicht niet- und nagelfest ist.«

David nickte.

»Bring das Pferd in den Stall. Ich geh in *Schul*. Sag Mama, um sieben soll sie das Essen fertig haben.«

3

Als David mit dem Gespann in das Gäßchen einbog, das zur Rückseite von Shockys Garage führte, kam Spitznase ihm entgegengeeilt. »Bist du das, David?«

»Wer soll's denn sonst sein«, erwiderte David sarkastisch.

»Gosch, wir wußten nicht, ob du kommen würdest oder nicht. Es ist fast zehn.«
»Ich mußte warten, bis mein Alter eingeschlafen war«, sagte David und hielt neben der Garage an.
Kurz darauf trat Shocky heraus. Sein kahler Schädel glänzte in der schwachen Beleuchtung. Er war mittelgroß, breit über der Brust und hatte lange, fast bis an die Knie herabreichende Arme. »Verdammt viel Zeit hast du dir gelassen«, brummte er.
»Bin ich hier oder nicht?«
Shocky gab keine Antwort. Er wandte sich an Spitznase. »Fang an zu laden«, sagte er. »Er kann dir helfen.«
David kletterte vom Wagen herunter und folgte Shocky ins Innere der Garage. Die lange Reihe von Blechkannen schimmerte stumpf im Licht der einzigen, von der Decke herabhängenden Glühbirne. David blieb stehen und pfiff durch die Zähne. »Das müssen mindestens vierzig Kannen sein.«
»Er kann sogar zählen«, sagte Shocky.
»Viel zu schwer für die alte Bessie.«
Shocky blickte ihn an. »Das letzte Mal waren es genausoviel.«
»Nein«, sagte David. »Nur dreißig Kannen. Und selbst damals hatte ich mitunter Angst, daß Bessie schlappmachen würde. Und wenn sie nun wirklich zusammenbräche? Dann säße ich mit einem toten Gaul und zweihundert Gallonen Sprit da. Es wäre schon schlimm genug, wenn mein Alter dahinterkäme.«
»Nur dies eine Mal«, sagte Shocky. »Ich hab' es Gennuario versprochen.«
»Warum nimmst du nicht einen deiner Lkws?«
»Ausgeschlossen«, antwortete Shocky. »Darauf haben die Bullen ein besonderes Auge. Einen Trödlerwagen lassen sie ungehindert durch.«
»Das äußerste, was ich aufladen kann, sind fünfundzwanzig Kannen.«
Shocky starrte ihn an. »Ich geb' dir zwanzig Dollar diesmal«, sagte er, »wenn du mir aus der Klemme hilfst.«
David schwieg. Mitunter verdiente sein Vater keine zwanzig Dollar wöchentlich. Und dafür mußte er mit dem Wagen, außer sonnabends, wo er *Schul* besuchte, bei jedem Wetter unterwegs sein.
»Fünfundzwanzig«, sagte Shocky.
»O. K. Es kann nicht mehr als schiefgehen.«
»Dann fangt an, aufzuladen.« Shocky mit seinen langen Armen nahm gleich zwei Kannen auf einmal.
David saß allein auf dem Kutschbock, als das Pferd langsam stadtwärts zockelte. An einer Ecke hielt er an, um einen Lkw vorbeizulassen. Gemächlich kam ein Polizist auf ihn zu geschlendert. »Wo fährst du denn so spät noch hin, Davy?«
David warf einen verstohlenen Blick nach hinten. Die Kannen mit dem Fusel

lagen unter einer mit Lumpen bedeckten Zeltplane. »Ich habe gehört, daß man drüben in der Papierfabrik einen annehmbaren Preis für Lumpen bezahlt, und wollte das Zeug hinbringen, das sich angesammelt hat.«

»Wo ist dein Vater?«

»Es ist Freitag nacht.«

»Oh«, sagte der Beamte und musterte David von oben bis unten. »Weiß er, daß du unterwegs bist?«

David schüttelte den Kopf.

Der Polizist lachte. »Ihr Bengels seid alle gleich.«

»Ich will lieber zusehen, daß ich weiterkomme, ehe der Alte mich vermißt«, sagte David. Er schnalzte, und Bessie setzte sich in Bewegung. Der Polizist rief ihm etwas nach, und David hielt noch einmal an und blickte zurück.

»Sag deinem Vater, er soll mal auf ein paar Sachen für einen Neunjährigen achten«, rief er. »Mein Michael ist aus den letzten schon wieder herausgewachsen.«

»Ich werd's ausrichten, Mr. Doyle«, sagte David und ruckte leicht an den Zügeln. Shocky und Spitznase waren bereits da, als David an der Laderampe vorfuhr. Gennuario stand auf der Rampe und sah ihnen beim Abladen zu.

Mit gezogenen Pistolen tauchten die Kriminalbeamten plötzlich aus der Dunkelheit auf. »O. K. Halt!«

David, der gerade eine Kanne Fusel im Arm hatte, erstarrte. Für einen Augenblick war er in Versuchung, die Kanne fallen zu lassen und das Weite zu suchen. Aber damit hätte er Pferd und Wagen im Stich lassen müssen. Wie sollte er seinem Vater das erklären?

»Setz die Kanne ab, Junge«, sagte einer von den Beamten.

Langsam setzte David die Kanne ab und drehte sich um. »O. K., an die Mauer.«

»Das hättest du nicht erst probieren sollen, Joe«, sagte ein Detektiv zu Gennuario, als dieser hinzutrat.

Gennuario lächelte. David schaute ihn an. Er schien durch den Zwischenfall nicht im geringsten verstört. »Kommen Sie herein, Leutnant«, sagte er leichthin. »Ich bin überzeugt, die Sache läßt sich geradebiegen.«

Der Leutnant folgte Gennuario in das Gebäude, und es schien David, als blieben sie eine Ewigkeit weg. Doch nach zehn Minuten kamen sie wieder heraus. Beide lächelten.

»Hört zu, Männer«, sagte der Leutnant. »Es scheint, daß wir uns geirrt haben. Mr. Gennuario hat alles hinlänglich erklärt. Gehen wir.« So schnell wie sie aufgetaucht waren, verschwanden die Beamten. Offenen Mundes starrte David ihnen nach.

Die große Uhr im Schaufenster von Goldfarbs Delikatessenladen zeigte ein Uhr, als David um die Ecke seiner Straße kam. Ein Streifenwagen parkte vor

der Tür. Eine Gruppe von Neugierigen lungerte herum und versuchte, etwas von den Vorgängen im Haus zu erspähen.
Eine plötzliche Furcht befiel David. Etwas mußte schiefgegangen sein. Die Polizei war gekommen, um ihn festzunehmen. Für einen Augenblick war er in Versuchung, in entgegengesetzter Richtung davonzulaufen. Aber wie unter einem Zwang näherte er sich dem Haus.
»Was ist denn passiert?« fragte er einen etwas abseits stehenden Mann.
»Weiß nicht«, antwortete der Mann und blickte ihn neugierig an. »Einer von den Polizisten sagte, jemand läge im Sterben da drin.«
Wie ein Besessener bahnte sich David plötzlich einen Weg durch die Gaffer ins Haus. Als er die Treppe hinaufkeuchte, vernahm er den Aufschrei.
Seine Mutter stand auf der Schwelle und wand sich in den Armen von zwei Polizisten. »Chaim! Chaim!«
Davids Herz krampfte sich zusammen. »Mama«, rief er. »Was ist geschehen?« Seine Mutter schaute ihn an, ohne ihn wahrzunehmen. »Einen Arzt rufe ich, und die Polizei kommt«, sagte sie und richtete den Blick auf die Aborte am Ende des Flurs.
David drehte sich um und blickte in dieselbe Richtung. Die eine Aborttür stand offen. Sein Vater saß auf dem Sitz, schief gegen die Wand gelehnt, mit offenen Augen und offenem Mund, aus dessen Winkeln der Speichel in seinen grauen Bart troff.
»Chaim!« schrie seine Mutter anklägerisch. »Blähungen hättest du, hast du gesagt. Kein Wort darüber, daß es mit dir zu Ende ginge!«

4

»Meine Schuld ist es also, daß sein Vater stirbt, ehe er mit der Schule fertig ist?« sagte Onkel Bernie wütend. »Soll er sich eine Stellung suchen und nachts arbeiten, wenn er so erpicht drauf ist.«
David hockte auf dem Stuhlrand und schaute seine Mutter an. Er sagte nichts.
»Ich will keine Almosen, Bernie«, sagte sie. »David möchte eine Stellung haben. Nur darum bitte ich dich.«
Norman wandte sich um und betrachtete seinen Neffen voller Argwohn. »Am liebsten einen Direktorposten in meiner Gesellschaft, was?«
David stand wütend auf. »Ich gehe aus, Ma«, sagte er. »Alles was man über ihn gesagt hat, stimmt.«
»Über mich gesagt hat?« schrie sein Onkel. »Was hat man über mich gesagt?«
David schaute ihn an. »Als ich in *Schul* war, um für Papa zu beten, hat man mir von dir erzählt und gesagt, du wärst nur deshalb nicht zum Begräbnis gekommen, weil du Angst hättest, jemand könnte dich um ein paar Cents anbetteln.«

»Aus Kalifornien hätte ich kommen sollen in einem Tage?« schrie Norman. »Hab' ich Flügel?«

David ging auf die Tür zu. »Augenblick, David«, sagte seine Mutter ruhig. Sie wandte sich an ihren Bruder. »Als du vor dem Krieg fünfhundert Dollar für dein Geschäft gebraucht hast, wer hat sie dir gegeben?«

Sie wartete einen Augenblick und beantwortete ihre Frage dann selber. »Dein armer Schnorrer von einem Schwager, Chaim, der Trödler. Er hat dir das Geld gegeben, und du hast einen Zettel ausgeschrieben. Den Zettel besitze ich noch, aber haben wir je das Geld gesehen?«

»Zettel?« fragte Bernie. »Was für einen Zettel?«

»Ich hab' ihn noch«, sagte sie. »In der Schachtel, in die Chaim ihn gelegt hat an dem Abend, als er dir das Geld gab.«

»Zeig ihn mir doch mal.« Bernies Blicke folgten ihr, als sie aus dem Zimmer ging. Jetzt fiel es ihm wieder ein. Damals beim Aufkauf der alten Diamond-Filmgesellschaft hatte er seinem Schwager fünf Prozent des Aktienkapitals der Norman-Filmgesellschaft versprochen. Daran hatte er überhaupt nicht mehr gedacht. Aber ein kluger Anwalt konnte allerhand daraus machen.

Seine Schwester trat wieder ins Zimmer und reichte ihm ein Schriftstück. Das Papier war bereits vergilbt, aber das Datum darauf war noch deutlich zu erkennen. 7. September 1912. Das war vierzehn Jahre her.

Er schaute seine Schwester an. »Verwandte anzustellen, ist gegen meine Grundsätze«, sagte er. »Es sieht nicht gut aus.«

»Wer soll denn schon etwas davon erfahren, daß es dein Neffe ist?« sagte Esther. »Außerdem, wer wird mehr für dich tun als dein eigen Fleisch und Blut?«

Er starrte sie eine Weile an und stand dann auf. »Gut. Ich will es tun, zwar gegen meine bessere Einsicht, aber vielleicht hast du recht, Blut ist dicker als Wasser. Auf der Dreiundvierzigsten Straße in der Nähe des Flusses haben wir ein Lager. Dort wird man ihm Arbeit geben.«

»Vielen Dank, Onkel Bernie«, sagte David erfreut.

»Aber eines merk dir, kein Sterbenswörtchen darüber, daß du mein Neffe bist. Wenn mir etwas davon zu Ohren kommt, fliegst du sofort raus.«

Norman schritt auf die Tür zu. Doch ehe er hinausging, drehte er sich noch einmal um, das Schriftstück in der Hand. Er faltete es zusammen und steckte es ein. »Das nehme ich mit«, sagte er zu seiner Schwester. »Sobald ich ins Büro komme, laß ich dir einen Scheck über fünfhundert Dollar mit Zinsen für vierzehn Jahre überweisen. Zu drei Prozent.«

Seine Schwester schaute beunruhigt drein. »Erlauben dir das deine Mittel auch wirklich, Bernie?« fragte sie. »Es hat keine Eile damit, wir kommen schon durch, wenn David arbeitet.«

»Nebbich«, erklärte Norman großspurig. »Soll niemand sagen, Bernie Norman hielte sein Wort nicht.«

Es war eine einstige Fabrik unten in Nähe des Hudson River, ein schmutziges graues Gebäude, in dem jetzt mehrere Firmen untergebracht waren. Auf der Rückseite befanden sich zwei große Lastaufzüge und vorn neben dem Haupteingang drei kleine Fahrstühle, kaum ausreichend zur Beförderung der vielen Arbeiter, die früh um acht hineinströmten und abends um sechs Feierabend hatten.

David war früh zur Stelle. Im fünften Stock verließ er den Fahrstuhl und lief langsam den breiten Gang zwischen Stahlgestellen und hölzernen Regalen entlang. Am Ende, in der Nähe des hinteren Fensters, standen einige aneinandergeschobene Schreibtische.

»Hallo«, rief David. »Ist hier jemand?« Unheimlich hallte seine Stimme durch den leeren Raum. Auf einem der Schreibtische stand eine Uhr. Sie zeigte auf halb acht.

Er hörte den Personenaufzug heraufkommen und gleich darauf das Geräusch von Schritten auf dem Gang. Er drehte sich um und wartete.

Ein langer hagerer Mann mit rötlichgelbem Haar und sorgenvoller Miene bog um die Ecke in Nähe der Packtische. Er blieb stehen und musterte David stumm.

»Ich bin David Woolf und soll mich hier beim Lagerhalter melden.«

»Das bin ich«, sagte der Mann. Er wandte sich ab und trat an einen der Schreibtische. »Mein Name ist Wagner. Jack Wagner.«

David streckte die Hand aus. »Sehr angenehm, Mr. Wagner.«

Der Mann betrachtete die ausgestreckte Hand. Sein Händedruck war lasch und weich. »Sie sind Normans Neffe«, sagte er vorwurfsvoll. Plötzlich merkte David, daß der Mann nervös war, noch viel nervöser als er selber. Er fragte sich, was der Grund dafür sein mochte. Bloß weil er, David, in einem verwandtschaftlichen Verhältnis zu Onkel Bernie stand?

»Niemand soll etwas davon erfahren außer mir«, sagte Wagner. »Setzen Sie sich.« Er deutete auf einen Stuhl neben dem Schreibtisch, nahm ein Blatt Papier heraus und schob es David hin.

»Füllen Sie diese Bewerbung aus. Die Rubrik, wo Angaben über irgendwelche bei der Gesellschaft beschäftigten Verwandten verlangt werden, können Sie einfach freilassen.«

»Jawohl.«

Wagner stand auf und entfernte sich. David füllte das Formular aus. Er hörte, wie die Türen des Fahrstuhls hinter seinem Rücken auf und zu fielen. Mehrere Männer kamen an ihm vorbei. Sie warfen ihm verstohlene Blicke zu und machten sich dann an den Packtischen zu schaffen. David schrieb weiter.

Um acht klingelte es, und eine summende Betriebsamkeit durchdrang das Gebäude. Der Tag hatte begonnen.

Als Wagner zurückkehrte, reichte David ihm die Bewerbung. Wagner warf

einen flüchtigen Blick darauf. »Gut«, erklärte er nichtssagend und entfernte sich wieder.
David sah, wie er mit dem Mann an dem ersten Packtisch sprach. Sie kehrten ihm ihre Rücken zu, und David war überzeugt, daß sie über ihn redeten. Er wurde nervös und steckte sich eine Zigarette an. Wagner schaute zu ihm herüber, und sein Gesicht nahm einen noch bekümmerteren Ausdruck an.
»Hier drin darf nicht geraucht werden«, rief er. »Können Sie die Schilder nicht lesen?«
»Oh. Ich bitte um Entschuldigung«, antwortete David und sah sich nach einem Aschenbecher um, konnte jedoch keinen entdecken. Plötzlich wurde ihm bewußt, daß die Arbeit ruhte und daß man ihn von allen Seiten anstarrte. Er spürte, wie ihm der Schweiß ausbrach.
»Draußen auf dem Lokus können Sie rauchen«, rief Wagner und deutete nach hinten. David schritt den Gang entlang, bis er die Toilette fand. Plötzlich verspürte er ein Bedürfnis und trat an ein Becken.
Die Tür hinter ihm ging auf, ein Mann kam herein, stellte sich neben ihn und sagte etwas auf Jiddisch.
David starrte ihn an. Der Mann grinste und entblößte zwei Reihen Goldzähne.
»Du bist doch Chaim Woolfs Junge, nicht wahr?«
David nickte.
»Ich bin der Sheriff Yitzchak Margolis. Vom Prushnitzer-Verein, dem auch dein Vater angehört hat.«
Kein Wunder, daß es sich so schnell herumgesprochen hatte. »Arbeiten Sie hier?« erkundigte sich David neugierig.
»Natürlich. Denkst du, ich komme nur hierher, um zu pissen?« Er senkte seine Stimme zu einem vertraulichen Flüstern. »Sehr klug von deinem Onkel, dich hier einzuschleusen.«
»Klug?«
Der kahlköpfige Sheriff nickte. »Jetzt werden sich die Burschen endlich einmal umsehen. Bisher haben sie machen können, was sie wollten. Man braucht sich nur die Zettel anzusehen.«
»Zettel?« fragte David.
»Ja, die Verladezettel. Ich packe am Tage dreimal soviel wie diese Kerle in einer Woche. Ich habe nichts zu befürchten. Aber diese Bummelanten müssen jetzt um ihre Stellung zittern.«
Jetzt erst begann David zu begreifen. Die Männer hatten Angst vor ihm und bangten um ihre Stellungen.
»Aber das ist doch Unsinn«, rief er. »Ich will niemand von seinem Platz verdrängen.«
»Nicht?« fragte Margolis, als wäre ihm das Ganze unverständlich.
»Nein, ich bin hier, weil ich selber Arbeit brauche.«

Etwas wie Enttäuschung huschte über das Gesicht des Sheriffs. Dann hellte es sich plötzlich auf. »Klug«, sagte er. »Kluger Junge. Natürlich willst du niemand die Arbeit wegnehmen. Ich werd's ihnen sagen.«
Er ging hinaus. An der Tür blieb er stehen und drehte sich nach David um. »Du erinnerst mich an deinen Onkel«, sagte er. »Der alte Knacker läßt auch seine rechte Hand nicht wissen, was seine linke tut.«
Die Tür schloß sich hinter ihm. David schnippte die Zigarette in das Becken. Auf dem Gang draußen begegnete er Wagner.
»Können Sie eine Wagenwinde bedienen?«
»Wie man sie zum Heben von Ballen benützt?«
Der Lagerhalter nickte.
»Klar«, sagte David.
Für einen Augenblick wich der bekümmerte Ausdruck aus Wagners Augen. »Gut«, sagte er. »Unten auf der Rampe liegt eine Ladung von fünfhunderttausend Handzetteln. Bringen Sie sie herauf.«

5

Im Erdgeschoß kam der Aufzug mit einem Mißton zum Stehen, und die schweren Türen öffneten sich auf eine betriebsame Laderampe. Mehrere Lkws hielten davor, und Männer eilten beim Be- und Entladen geschäftig hin und her. Längs der hinteren Rampenwand waren Kartons und Materialien aufgestapelt.
David wandte sich an den Fahrstuhlführer. »Wo ist das Zeug, das ich raufbringen soll?«
Der Mann zuckte die Achseln. »Frag den Lademeister.«
»Wer ist Lademeister?«
Der Fahrstuhlführer deutete auf einen vierschrötigen Mann in einem Unterhemd. Üppiges schwarzes Haar quoll unter dem Hemd hervor. Auch seine Unterarme waren damit bedeckt. Seine Züge waren grob, und seine Haut hatte die rötliche Färbung eines schweren Trinkers. David trat an ihn heran.
»Was ist?« fragte er.
»Mr. Wagner schickt mich. Ich soll die Handzettel raufbringen.«
Der Lademeister warf ihm einen bösartigen Blick zu. »Wagner, eh? Wo ist Sam?«
David starrte ihn an. »Sam?«
»Sam von der Annahmestelle, du Arschloch.«
»Woher soll ich das wissen, verflucht noch mal«, sagte David, der langsam in Wut geriet.
Der Lademeister schaute über seinen Kopf hinweg nach dem Fahrstuhlführer. »Hat man Sam etwa rausgefeuert, um diesem Kerl hier Arbeit zu geben?«
»Ach wo. Ich hab' ihn oben am Packtisch gesehen.«

Der Lademeister wandte sich wieder an David. »Dort drüben.« Er streckte die Hand aus. »An der Wand.«
Die Zettel waren auf Holzgestellen in Bündeln zu je tausend gestapelt. Es waren vier Gestelle mit hundertfünfundzwanzig Bündeln auf jedem. David rollte die Winde hinüber und schob die beiden Gabeln unter eines der Gestelle. Er legte sich mit seinem ganzen Gewicht in die Hebel, aber seine hundertzehn Pfund reichten nicht aus, um das Gestell emporzuheben.
David drehte sich um. Der Lademeister grinste.
»Können Sie nicht mal kurz mit anfassen?«
Der Mann lachte. »Ich hab' meine eigene Arbeit«, erklärte er höhnisch. »Sag nur dem alten Norman, für Männerarbeit wärst du noch zu klein.«
Plötzlich wurde sich David der Stille bewußt, die auf der Rampe eingetreten war. Der Fahrstuhlführer grinste frech, die Lkw-Fahrer lächelten spöttisch. Er spürte, wie er vor Wut rot anlief. Die ganze Bande steckte unter einer Decke. Sie warteten nur darauf, daß der Neffe des Chefs sich blamieren sollte. Geistesabwesend zog er eine Zigarette aus der Tasche und wollte sie anstecken.
»Hier auf der Rampe ist Rauchen verboten«, sagte der Lademeister, »unten auf der Straße, wenn du rauchen willst.«
David schaute ihn einen Augenblick an und ging dann schweigend über die Rampe auf die Straße hinunter. Schallendes Gelächter folgte ihm. Die Stimme des Lademeisters drang bis zu ihm. »Der Judenbengel weiß jetzt hoffentlich, wo er hingehört.«
Er lief ein Stück um das Gebäude herum und steckte seine Zigarette an. Er fragte sich, ob sie allesamt an dem Komplott beteiligt sein mochten. Selbst der Lagerhalter oben, Wagner, war nicht besonders erbaut gewesen, ihn zu sehen. Er mußte ihm nur deshalb die Arbeit angewiesen haben, weil er wußte, daß er, David, nicht über die Kräfte verfügte, eine Wagenwinde zu bedienen.
Er schaute über die Straße. Dicht gegenüber lag eine Garage, und ihm kam plötzlich ein Gedanke.
Nachdem er dem Mechaniker fünfzig Cent gegeben hatte, kam er zurück und schob einen großen hydraulischen Wagenheber vor sich her. Auf der Rampe trat erneut Stillschweigen ein, als er den Heber unter dem Holzgestell befestigte. Rasch betätigte er den Mechanismus, und das Gestell erhob sich in die Luft.
In knapp vier Minuten hatte David die vier Gestelle in den Aufzug verladen. »O. K.«, sagte er zu dem Führer. »Rauf damit.« Er lächelte, als die Türen vor dem verdutzten Lademeister zufielen.
Es war fast halb elf, ehe David die Gestelle ausgeräumt und die Behälter gefüllt hatte. Er schob das letzte Paket an seinen Platz und richtete sich auf. Das weiße Hemd, das seine Mutter ihm aufgezwungen hatte, war schmutzig und schweißdurchtränkt. Er fuhr sich mit dem Ärmel über die Stirn und trat an den Schreibtisch des Lagerhalters. »Was soll ich jetzt machen?«

»Waren es fünfhundert Bündel?« fragte der Lagerhalter.
David nickte.
Der Lagerhalter schob ihm ein Blatt Papier hin. »Quittieren Sie die Empfangsbescheinigung.«
Während David einen Bleistift zur Hand nahm, überflog er den Schein. Es war eine Rechnung über 500 Dollar. Teures Papier, dachte er, als er seine Initialen darunter setzte.
Das Telefon auf dem Schreibtisch klingelte, und der Lagerhalter nahm den Hörer ab. »Hier Speicher.« David konnte eine Stimme am anderen Ende hören, die Worte jedoch nicht verstehen. Wagner nickte. »Ja, Mr. Bond. Sind soeben eingetroffen.«
Wagner warf David einen Blick zu. »Holen Sie mal schnell einen von diesen Handzetteln«, sagte er und hielt dabei die Hand über die Sprechmuschel.
David nickte und lief den Gang entlang. Er zog einen Zettel aus einem der Bündel und brachte ihn dem Lagerhalter. Wagner riß ihm den Zettel aus der Hand und betrachtete ihn. »Nein, Mr. Bond. Nur einfarbig.«
Die Stimme am anderen Ende bekam einen schrillen Klang. Wagner machte ein gequältes Gesicht und legte kurz darauf umständlich auf. »Das war Mr. Bond von der Einkaufsabteilung.«
David nickte, sagte jedoch nichts.
Wagner räusperte sich. »Diese Handzettel, die wir gerade bekommen haben. Sie sollten zweifarbig sein.«
David betrachtete den schwarz-weißen Zettel. Er begriff nicht ganz, weshalb man sich deswegen aufregte. Schließlich waren sie nur zum Wegwerfen da. Was machte es da schon aus, ob sie ein- oder zweifarbig waren?
»Mr. Bond wünscht, daß wir sie als Altpapier betrachten.«
David schaute ihn verwundert an. »Altpapier?« Wagner nickte und stand auf. »Packen Sie das Zeug wieder zusammen, und dann hinunter damit«, sagte er. »Wir brauchen den Platz. Die neuen kommen noch heut nachmittag.«
David zuckte die Achseln. Es mußte schon ein seltsames Geschäft sein, das man hier betrieb, wenn man etwas verramschen konnte, noch ehe es bezahlt war. Aber was ging es ihn an? »Ich werde mich gleich an die Arbeit machen.«
Es war halb eins, als er das erste Gestell mit Handzetteln auf die Laderampe schob. »He, wo willst du denn hin damit?« schrie der Lademeister.
»Es ist Altpapier.«
Der Lademeister trat näher und warf einen Blick in den Aufzug. »Altpapier, eh?« fragte er. »Alles?«
David nickte. »Wo soll es hin?«
»Nirgends«, sagte der Lademeister. »Mach, daß du raufkommst und sag Wagner, er soll einen Fünfer ausspucken, wenn er verlangt, daß ich das Zeug abtransportieren lasse.«

Wieder spürte David, wie die Wut langsam in ihm hochstieg.
Wagner saß an seinem Schreibtisch, als David oben ankam. »Der Lademeister verlangt einen Fünfer für den Abtransport der Zettel.«
»Ach ja, richtig«, sagte Wagner. »Das hatte ich ganz vergessen.«
Er nahm eine Blechschachtel aus einem Schreibtisch und öffnete sie. Er hielt ihm einen Fünf-Dollar-Schein hin.
David starrte auf die Banknote. »Müssen Sie ihm wirklich Geld dafür geben?« fragte er ungläubig.
Wagner nickte.
»Aber das ist doch gutes Papier«, sagte David. »Mein Vater würde es sofort abholen. Für den ganzen Schwung würde man bei irgendeinem Altwarenhändler fünfzig Dollar bekommen.«
»Dazu haben wir keine Zeit. Hier, geben Sie ihm den Fünfer, und Schwamm drüber.«
David starrte ihn an. Nichts in diesem Geschäft ergab einen Sinn für ihn. Man warf Papier im Wert von fünfhundert Dollar einfach zum Fenster hinaus, ehe es bezahlt war, und weigerte sich dann, wenigstens einen Fünfziger dafür herauszuschlagen. Lieber bezahlte man noch fünf Dollar, bloß um es loszuwerden.
Sein Onkel Bernie konnte so schlau nicht sein, wie man behauptete, wenn er sein Geschäft auf diese Weise führte. Er mußte einfach Glück haben. Wenn des Onkels Erfolg nicht auf Glück zurückzuführen war, hätte sein Vater längst Millionär sein müssen. Er schöpfte tief Luft. »Kriege ich eine Stunde Tischzeit, Mr. Wagner?«
Der Lagerhalter nickte. »Natürlich. Wir machen alle eine Stunde Mittag.«
»Kann ich jetzt gleich Mittag machen?«
»Sobald mit den Zetteln alles klar ist.«
»Falls Sie nichts dagegen haben«, sagte David, »würde ich sie gern während meiner Tischzeit abtransportieren.«
»Von mir aus gern. Aber das ist nicht nötig, Sie haben Anrecht auf eine Stunde Mittagspause.«
David blickte auf das Telefon. »Dürfte ich rasch mal telefonieren?«
Wagner nickte, und David rief Spitznase in Shockys Garage an. »Wie schnell kannst du mit einem Lkw hier sein?« fragte er und erklärte kurz, worum es sich handelte.
»In zwanzig Minuten, Davy«, sagte Spitznase. Für einen Augenblick herrschte Schweigen, dann meldete sich Spitznase wieder. »Shocky will es billig machen und dir nur einen Zehner für den Lkw abnehmen.«
»Sag ihm, die Sache wäre geritzt. Und bring einen Schlagring mit, es könnte sein, daß wir Ärger kriegen.«
»Kapiert, Davy«, sagte Spitznase
»O. K. Ich erwarte dich draußen.«

David hatte einen bitteren Geschmack im Munde. Das Ganze war dumm. Und er war nicht klüger als die anderen; er war blindlings in die Falle gegangen, die man ihm gestellt hatte. Jetzt gab es kein Zurück mehr, selbst wenn er hätte kneifen wollen. Er konnte es sich nicht leisten, den bevorstehenden Kampf zu verlieren. Es würde seinem Onkel auf alle Fälle zu Ohren kommen. Und damit würde er seine Stellung los sein.

Unten wartete Spitznase bereits auf ihn.

»Wo ist der Lkw?« fragte David.

»Auf der anderen Straßenseite. Ein paar Schlagringe hab' ich mitgebracht. Welchen willst du – mit Spitzen oder glatt?«

»Mit Spitzen.«

Spitznase zog die Hand aus der Tasche, und David nahm die schwere Schlagwaffe an sich und betrachtete sie. Die runden spitzen Stacheln funkelten bösartig. Er steckte den Ring ein.

»Wie erledigen wir den Kerl?« fragte Spitznase. »Auf chinesische Art?«

Es war ein verbreiteter Trick im Chinesenviertel. Ein Mann von vorn, ein anderer von hinten. Das Opfer stürzte sich auf den von vorn angreifenden Mann und wurde von hinten niedergeschlagen. In neun von zehn Fällen gelang die Überrumpelung. David schüttelte den Kopf. »Nein«, sagte er. »Den muß ich mir allein vornehmen, wenn es etwas nützen soll.«

»Der Kerl macht dich fertig«, sagte Spitznase. »Er wiegt fünfzig Pfund mehr als du.«

»Wenn es mir an den Kragen geht, greifst du ein und boxt mich raus.«

»Wenn es erst soweit ist«, sagte Spitznase trocken, »kannst du dich gleich beerdigen lassen.«

David schaute ihn an und grinste dann. »In dem Falle kannst du die Rechnung an meinen Onkel Bernie schicken. Das Ganze war seine Idee. Gehen wir.«

6

Es war heiß, und David spürte, wie der Schweiß seine Kleider durchdrang. Auf der Rampe war es ziemlich laut zu- und hergegangen – Leute, die miteinander schwatzten und so taten, als verzehrten sie ihre Brote oder ihr mitgebrachtes Essen. Jetzt ließen sie die Maske fallen und vergaßen ihr Essen und ihre Unterhaltung.

Die Welle des Schweigens überrollte ihn, und er spürte ihre neugierig starrenden, fast gleichgültigen Blicke. Er sah sich um und erkannte einige Packer von oben, die ihre Augen abwandten, als er an ihnen vorüberging.

Plötzlich überkam ihn ein Gefühl der Übelkeit. Was sollte der Wahnsinn? Er war kein Held. Was für einen Zweck sollte es haben? Was war denn an dieser lausigen Stellung schon dran, daß er sich deswegen in Gefahr begeben sollte? Dann erblickte er den Lademeister und vergaß alles.

»Hol den Wagen«, sagte er aus dem Mundwinkel. Spitznase verließ die Rampe und überquerte die Straße, wo der Lkw stand. David drehte sich um und schob den Wagenheber an das nächste Gestell. Er bewegte den Hebel, und das Gestell wurde emporgehoben. Er kam an den Rand der Rampe, gerade als Spitznase rückwärts vorfuhr.
Spitznase sprang vom Führersitz. »Soll ich dir helfen, Davy?«
»Laß nur, es geht schon«, sagte David. Er schob den beladenen Heber auf das offene Verdeck des Lasters und zog an der Auslösung. Das Holzgestell senkte sich auf den Boden des Lkws. Als er zurückging, um das nächste zu holen, streifte er den Lademeister mit einem kurzen Blick. Der Mann hatte sich nicht gerührt.
Eine schwache Hoffnung regte sich in ihm. Vielleicht hatte er sich getäuscht, vielleicht hatten alle sich geirrt. Er rollte das letzte Gestell auf den Wagen und löste es aus. Worüber sollte es jetzt noch eine Auseinandersetzung geben? Als er den Wagenheber umdrehte, um ihn auf die Rampe zu rollen, ging ein leises Aufseufzen durch die Menge. Er hob den Kopf. Der Lademeister stand da und versperrte ihm den Weg. Gleichmütig schob David den Wagenheber auf ihn zu. Als er sich dem Lademeister näherte, setzte dieser seinen Fuß auf den Heber und starrte David stumm an. David betrachtete den Fuß. Der dickbesohlte, breite Arbeitsstiefel ruhte fest auf dem Vorderteil des Hebers.
David schaute den Mann an und versuchte den Heber auf die Rampe zu schieben. Der Fuß des Lademeisters bewegte sich blitzschnell. Der Griff des Wagenhebers wurde David aus der Hand gerissen, der Heber selber geriet ins Gleiten und rutschte mit dem Vorderteil über den Wagenrand. Seine Räder kreisten in der schmalen Lücke zwischen Rampe und Lkw. Wieder ging ein Aufseufzen durch die Menge.
Die Stimme des Lademeisters hatte einen monotonen Klang. »Entweder du rückst einen Fünfer heraus, Judenlümmel, oder du bleibst, wo du bist«, sagte er.
David steckte seine Hand in die Tasche. Das Metall fühlte sich eiskalt an, als er sich den Schlagring überstreifte. »Ich habe etwas für Sie«, sagte er und ging auf den Mann zu, die Hand noch immer in der Tasche.
»Lange genug hat's gedauert, Judenjunge«, sagte der Lademeister, wandte den Blick von David ab und ließ ihn über die Menge schweifen. In diesem Augenblick schlug David zu. Schmerz durchzuckte seinen Arm, als der Schlagring sich in das Gesicht des Mannes bohrte. Ein dumpfer Laut kam aus der Kehle des Lademeisters, als die Eisenspitzen seine Backe wie eine überreife Melone aufrissen.
Er drehte sich, holte aus und versetzte David einen Schlag gegen den Kopf. Von der Wucht des Schlages wurde David gegen die Seitenwand des Lasters geschleudert. Er spürte, wie seine Stirn anzuschwellen begann. Es mußte zu einer raschen Entscheidung kommen, sonst würde der Mann ihn umbringen.

Er schüttelte den Kopf, um ihn zu klären, und sah den Lademeister erneut angreifen. Er stemmte seine Beine gegen die Wagenseite und schlug, die zusätzliche Hebelkraft ausnützend, nach dem Gesicht des Mannes.
Der Schlag erreichte jedoch nie sein Ziel. Der Lademeister fing ihn mit erhobenem Arm ab, wurde aber an den Rand der Rampe zurückgeworfen. Wieder schlug David zu. Sein Gegner wich aus, stolperte und stürzte von der Rampe herunter.
David lehnte sich über den großen hydraulischen Wagenheber und blickte auf ihn hinunter. Er war im Begriff, sich aufzuraffen, wandte David sein blutüberströmtes Gesicht zu und bleckte die Zähne. »Dafür reiß ich dich in Stücke, du Judenschwein.«
David starrte auf ihn nieder. Der Mann war bereits auf einem Knie. »Sie haben es ja nicht anders gewollt, Mister«, sagte David und streckte die Hand nach dem Griff des Wagenhebers aus.
Der Lademeister schrie kurz auf, als der schwere Heber auf ihn herabstürzte. Dann lag er still, mit dem Gesicht nach unten, und der Wagenheber hockte wie ein vorzeitliches Ungeheuer auf seinem Rücken.
Schwer atmend richtete David sich langsam auf. Er sah sich um und bemerkte, daß sich die Zeugen des Vorfalles bereits zerstreuten, die Gesichter bleich und verängstigt. Spitznase kletterte auf den Wagen. Von oben schaute er auf den Lademeister hinunter. »Ob er tot ist?«
David zuckte die Achseln. Er ließ den Schlagring in die Tasche seines Freundes gleiten. »Sieh zu, daß du den Wagen hier rausbekommst.« Spitznase nickte und kletterte auf den Fahrersitz, während David auf die Rampe trat. Der Lkw fuhr gerade auf die Straße, als Wagner mit einem Polizisten erschien. Der Polizist schaute David an. »Was ist los hier?«
»Wir haben einen Unfall gehabt«, antwortete David.
Der Polizist warf einen Blick auf den daliegenden Lademeister. »Alarmiert einen Krankenwagen«, sagte er rasch. »Jemand muß mir helfen, dieses Ding von ihm herunterzuheben.«
David drehte sich um und fuhr in dem Lastaufzug nach oben. Während er sich im Waschraum befand, vernahm er das Klingeln des Krankenwagens.
Wagner saß an seinem Schreibtisch, als David vorbeiging. »Sie haben noch Glück gehabt«, sagte er. »Der Arzt meint, Tony wäre mit einer Gehirnerschütterung und ein paar gebrochenen Rippen davongekommen. Seine Backe muß allerdings genäht werden.«
»Er kann von Glück sagen. Es war ein Unfall.«
Der Lagerhalter wich seinem Blick aus. »Die Garage drüben verlangt zehn Dollar für die Reparatur des Wagenhebers.«
»Das bringe ich morgen in Ordnung.«
»Nicht nötig«, erklärte Wagner rasch. »Ist bereits erledigt.«
»Danke.«

Der Lagerhalter hob den Kopf und blickte David offen an.
»Ich wünschte, wir könnten den heutigen Morgen ungeschehen machen«, sagte er. »Und noch einmal ganz von vorn anfangen.«
David starrte ihn einen Augenblick an. Dann lächelte er und streckte seine Hand aus. »Mein Name ist David Woolf«, sagte er. »Ich soll mich hier beim Lagerhalter wegen Arbeit melden.«
Der Lagerhalter betrachtete Davids Hand und erhob sich.
»Ich bin Jack Wagner, der Lagerhalter«, sagte er, und sein Händedruck war kräftig. »Darf ich Sie mit den Kollegen bekannt machen?«
Als David sich den Packtischen zuwandte, lächelten ihn sämtliche Männer an. Plötzlich waren sie keine Fremden mehr. Sie waren Freunde.

7

Bernard Norman betrat sein New Yorker Büro. Es war zehn Uhr morgens, und seine Augen glänzten hell; er hatte den Weg von seinem Hotel raschen Schrittes zurückgelegt, und seine Backen waren von der Winterluft gerötet.
»Guten Morgen, Mr. Norman«, sagte seine Sekretärin. »Hatten Sie eine gute Reise?«
Er lächelte sie an, ging in sein Privatbüro, öffnete das Fenster und atmete die kalte, frische Luft ein. Ah, das war *geschmach*. Nicht das ewige Einerlei wie in Kalifornien.
Er setzte sich und begann die auf seinem Schreibtisch liegenden Berichte durchzusehen. Befriedigt nickte er vor sich hin. Die Kurse waren gestiegen. Er wandte sich den Berichten über seine New Yorker Kinos zu. Das Norman-Theater, sein Premierenhaus am Broadway, zog mehr Besucher an, seit neben dem Film noch eine Bühnenschau gezeigt wurde. Er durchblätterte noch einige andere Berichte, hielt dann inne und studierte den Bericht über das Park-Theater. Eine Durchschnitts-Bruttoeinnahme von viertausendzweihundert wöchentlich während der vergangenen zwei Monate. Hier mußte ein Irrtum vorliegen. Das Kino hatte nie mehr als dreitausend eingebracht. Es war nichts als ein drittklassiges Haus auf der verkehrten Seite der Vierzehnten Straße.
Norman sah sich den Bericht genau an, und sein Blick blieb auf einem Posten haften, der die Kennzeichnung Angestellten-Prämien trug. Eine Summe von durchschnittlich dreihundert wöchentlich. Er griff nach dem Telefon. Jemand mußte wahnsinnig sein. Niemals hatte er derartige Prämien gebilligt. Der ganze Bericht konnte nicht stimmen.
»Ja, Mr. Norman?« erklang die Stimme seiner Sekretärin.
»Schicken Sie Ernie herein«, sagte Norman. »Aber ein bißchen dalli.« Er legte auf. Ernie Hawley war sein Schatzmeister. Er mußte ihm Aufklärung darüber geben können.

Hawley trat ein, die Augen von dicken Brillengläsern beschattet. »Wie geht's Ihnen, Bernie?« fragte er. »Eine angenehme Reise gehabt?«
Norman tippte mit dem Finger auf den Jahresbericht, der vor ihm auf dem Schreibtisch lag. »Was ist mit der Aufstellung über das Park-Kino los?« sagte er. »Könnt ihr Kerle denn überhaupt nichts richtig machen?«
Hawley machte ein verdutztes Gesicht. »Darf ich mal sehen?«
Norman reichte ihm den Bericht und lehnte sich, heftig an seiner Zigarre paffend, in seinen Stuhl zurück. Hawley hob den Kopf. »Ich kann keine Unstimmigkeit entdecken.«
»Nicht?« sagte Norman sarkastisch. »Meinen Sie, ich wüßte nicht, daß das Park seit seiner Errichtung nie mehr als dreitausend wöchentlich eingebracht hat? Ich bin doch nicht völlig verblödet.«
»Die genannte Summe stimmt, Bernie. Sie wird von unseren Rechnungsrevisoren jede Woche geprüft.«
Bernie warf ihm einen finsteren Blick zu. »Und was ist mit den Angestellten-Prämien? Zweitausendvierhundert Dollar in den beiden letzten Monaten? Halten Sie mich für verrückt? Etwas Derartiges habe ich nie gutgeheißen.«
»Aber ja, Bernie«, erwiderte Hawley. »Dabei handelt es sich um die fünfundzwanzigprozentige Geschäftsführerprämie, die wir ausgeworfen haben, um uns über die schlechten Nachweihnachtswochen zu helfen.«
»Aber wir haben für jedes Kino eine bestimmte Summe ausgesetzt und ausgerechnet, daß es uns so gut wie nichts kosten würde«, erklärte Norman gereizt. »Welchen Betrag haben wir für das Park angenommen?«
»Dreitausend.«
Bernie warf einen Blick auf den Bericht. »Alles Schwindel«, sagte er. »Taubmann muß uns nach Strich und Faden beklaut haben. Wie käme er sonst auf viertausendzweihundert?«
»Taubmann leitet das Kino jetzt nicht. Er ist gleich nach Weihnachten erkrankt. Blinddarm.«
»Der Bericht trägt aber seine Unterschrift.«
»Das ist nur ein Gummistempel, wie ihn alle Geschäftsführer haben.«
»Und wer hat das Kino unter sich?« fragte Norman. »Wer ist der Schlauberger, der uns wöchentlich dreihundert aus der Nase zieht?«
Hawley machte ein bekümmertes Gesicht. »Wir waren in großer Verlegenheit, Bernie. Taubmans Krankheit kam sehr ungelegen, wir hatten sonst niemand.«
»Schleichen Sie nicht wie die Katze um den heißen Brei herum und sagen Sie mir's schon«, herrschte Bernie ihn an.
»Ihr Neffe, David Woolf«, erklärte der Schatzmeister widerstrebend.
Norman griff sich mit einer dramatischen Gebärde an den Kopf. »Oi! Das hätte ich mir denken können.«
»Es blieb uns nichts weiter übrig.« Hawley kramte nervös nach einer Zigarette. »Aber der Junge hat gute Arbeit geleistet, Bernie. Er hat Abkommen

mit sämtlichen Geschäftsleuten aus der Nachbarschaft getroffen, Geschenke verteilt, und er überschwemmt die Gegend zweimal wöchentlich mit Handzetteln. Er ist sogar dazu übergegangen, montags und dienstags, den schlechtesten Abenden, Familienvorstellungen zu veranstalten. Der Eintrittspreis für eine ganze Familie beträgt fünfundsiebzig Cent. Der Umsatz von Süßigkeiten und Puffmais ist gegen früher um das Vierfache gestiegen.«
»Und was kosten uns diese Extravaganzen?«
Wieder setzte der Schatzmeister eine bekümmerte Miene auf. »Die Betriebskosten haben sich etwas erhöht, aber wir waren der Ansicht, es lohne sich.«
»So?« sagte Norman. »Um wieviel genau?«
Hawley ergriff den Bericht und räusperte sich. »So ungefähr zwischen acht und achtfünfzig wöchentlich.«
»So ungefähr zwischen acht und achtfünfzig wöchentlich«, wiederholte Norman sarkastisch. Er erhob sich und durchbohrte den Schatzmeister mit finsteren Blicken. »Eine Horde von Schmocks hab' ich um mich«, schrie er plötzlich. »Für uns fällt bei der ganzen Geschichte kein Cent ab. Nur er hat etwas davon. Dreihundert wöchentlich extra steckt er in seine Tasche.«
»Das würde ich nicht sagen«, erklärte Hawley. »Alles in allem genommen, trägt es uns wöchentlich hundertfünfzig mehr ein.«
Norman drehte sich um. »Neunhundert die Woche von unserem Geld verpulvert er, um für sich dreihundert herauszuschlagen. Wir sollen ihm wohl noch dankbar sein, daß er uns gestattet, die hundertfünfzig zu behalten?« Seine Stimme ging in ein schrilles Gekreisch über. »Oder vielleicht ist es nur, weil er noch keinen Weg gefunden hat, uns auch darum zu betrügen. Vor anderthalb Jahren komme ich nach New York, und was finde ich vor? Er arbeitet etwa ein Jahr auf dem Speicher, und schon verdient er mehr daran als wir.«
»Aber Sie müssen doch zugeben, Bernie, daß sich die Dinge im Speicher nie reibungsloser abgewickelt haben«, sagte Hawley. »Er hat eine Menge Verbesserungen eingeführt und uns ein Vermögen damit erspart.«
»Ha!« rief Norman. »Glauben Sie etwa, er hätte nur an uns dabei gedacht? Seien Sie kein Narr. Siebzehn Dollar betrug sein Wochenlohn, und jetzt fährt er in einem Buick zur Arbeit.«
Bernie zündete ein Streichholz an, hielt es an seine Zigarre und zog so lange, bis sie brannte. Dann stieß er eine Rauchwolke aus und warf das Streichholz in den Aschenbecher. »Also mach ich ihn zum zweiten Geschäftsführer in unsrem Broadway-Kino, dem Norman. Jetzt wird endlich Ruhe sein, denk ich. Was kann er mir in einem so großen Hause schon für Ungelegenheiten machen? Ungelegenheiten, hah!« Er lachte bitter. »Sechs Monate später, als ich wieder zurückkomm', muß ich feststellen, daß er verwandelt hat das Kino in ein Hurenhaus und eine Buchmacherbude. Alles, was beim Varieté einen Namen hat, will plötzlich im Norman auftreten. Und warum auch nicht? Wo

gibt es sonst so viele hübsche Platzanweiserinnen, die von Vormittag bis Mitternacht zu haben sind? Wo gibt es sonst noch einen zweiten Geschäftsführer, der Wetten sämtlicher Rennbahnen im Lande entgegennimmt?«
»Aber Gallagher und Shean, Weber und Fields und alles, was sonst noch Namen hat, ist bei uns aufgetreten und tritt noch auf. Dadurch sind wir überhaupt erst groß geworden«, sagte Hawley.
»Ein Glück, daß ich ihn dort rausgenommen und ihn ins Hopkins in Brooklyn gesteckt habe, ehe die Sittenpolizei eingriff«, sagte Norman. »Jetzt kannst du unbesorgt sein, denk' ich. Dort kann er für den Rest seines Lebens den zweiten Geschäftsführer spielen. Was kann er mir in Brooklyn schon schaden, denk' ich. Ich fahre ganz beruhigt zurück nach Kalifornien. Ich kann ihn mir aus dem Sinn schlagen.«
Plötzlich stand er wieder auf. »Und sechs Monate danach komm' ich zurück, und was muß ich feststellen? Die ganze Firma macht er zum Gespött. Er nimmt mehr Geld mit nach Hause als ein Vizepräsident.«
Hawley schaute ihn an. »Das wäre vielleicht das Gescheiteste.«
»Was?«
»Ihn zum Vizepräsidenten zu ernennen«, sagte Hawley.
»Aber er ist doch noch ein halbes Kind«, sagte Norman.
»Vergangenen Monat ist er einundzwanzig geworden. Er ist ein Typ, den ich gern auf unserer Seite sähe.«
»Nein«, sagte Norman und ließ sich auf seinen Stuhl sinken. Er schaute den Schatzmeister nachdenklich an. »Wieviel kriegt er jetzt?«
»Fünfunddreißig wöchentlich«, erklärte Hawley rasch.
Norman nickte. »Veranlassen Sie seine Versetzung nach Kalifornien. Er kann in der Werbeabteilung arbeiten«, sagte er. »Dort kann er weiter kein Unheil anrichten. Ich werde schon auf ihn aufpassen.«
Er verspürte einen seltsamen Stolz. Dieser Neffe von ihm war ein heller Bursche, obwohl er verrückte Ideen hatte.
Unter seiner, Bernies, persönlicher Anleitung konnte er es noch weit bringen.

8

Harry Richards, der Vorsteher des Studio-Wachschutzes, befand sich in der Pförtnerloge, als Nevada mit seinem Wagen in das Haupttor des Studios einbog. Mit ausgestreckter Hand trat er hinaus. »Mr. Smith! Freut mich außerordentlich, Sie wiederzusehen.«
Nevada erwiderte sein Lächeln, angenehm berührt von der Herzlichkeit des Mannes. Er schüttelte seine Hand. »Freut mich, Sie wiederzusehen, Harry.«
»Es ist lange her«, sagte Richards.
»Ja.« Nevada lächelte. »Sieben Jahre.«

18/2615/16 Robbins, Die Unersättlichen

Kurz nachdem *Der Renegat* im Jahre 1930 herausgekommen war, hatte er das Studio zum letztenmal betreten. »Ich bin mit Dan Pierce verabredet.«
»Er erwartet Sie«, sagte Richards. »In Normans altem Büro. Hoffentlich klappt alles, Mr. Smith. Es wäre wie in alten Zeiten, wenn Sie wieder zurückkämen.«
Nevada lächelte und steuerte das Verwaltungsgebäude an. Eines zum mindesten hatte sich hier nicht geändert. Es gab keine Geheimnisse. Alle wußten, was vor sich ging. Offenbar wußten sie sogar mehr als er. Er wußte nur, was in Dans Telegramm gestanden hatte.
Er war aus dem Gelände gekommen und hätte es im Flur vorgefunden. Er nahm es an sich und riß es auf.

> Habe wichtige Filmpläne mit Ihnen zu besprechen.
> Wäre dankbar, wenn Sie sich sofort mit mir in Verbindung setzten.
>
> Dan Pierce

Während er las, trat Martha auf den Flur. Sie hatte eine Schürze um und kam gerade aus der Küche. »Wir können bald essen«, sagte sie.
Er reichte ihr das Telegramm. »Dan Pierce will mit mir wegen eines Filmes verhandeln.«
»Sie müssen in Schwierigkeiten sein«, sagte sie ruhig. »Weshalb würde man sich sonst nach all den Jahren an dich wenden?«
Er zuckte die Achseln und tat gleichgültig. »Muß nicht unbedingt sein«, sagte er. »Jonas ist nicht Bernie Norman. Es kann sich allerhand geändert haben, seit er das Studio übernommen hat.«
»Hoffentlich«, sagte sie. Ihre Stimme bekam einen etwas festeren Klang. »Ich möchte nur nicht, daß man dich wieder ausnützt.« Sie drehte sich um und kehrte in die Küche zurück.
Für eine Weile starrte er ihr nach. Das war's, was ihm an ihr gefiel. Sie war solide und verläßlich. Sie war für ihn da und für niemanden sonst, nicht einmal für sich selber. Irgendwie hatte er gewußt, daß es so sein würde, als sie vor zwei Jahren geheiratet hatten. Charlie Dobbs' Witwe war die Sorte Frau, die er schon längst hätte heiraten sollen.
Er folgte ihr in die Küche. »Ich muß nach Los Angeles, um mit der Bank wegen der tausend Morgen zu verhandeln, die ich von Murchison kaufen will«, sagte er. »Es würde nichts schaden, wenn ich Dan aufsuchte und mir anhörte, was er will.«
»Nein, schaden würde es nichts«, sagte sie und stellte die Kaffeekanne auf den Tisch.
Er setzte sich rittlings auf einen Stuhl und füllte seine Tasse. »Ich mach' dir einen Vorschlag«, erklärte er plötzlich. »Wir fahren beide, steigen im Ambassador ab und amüsieren uns mal richtig.«

Sie wandte sich um und schaute ihn an. Tief in seinen Augen spiegelte sich die alte Abenteuerlust. Und in diesem Augenblick wußte sie, daß er zurückgehen würde, falls ihm etwas geboten werden sollte. Nicht, daß sie das Geld gebraucht hätten. Nevada war jetzt ein sehr wohlhabender Mann. Alles rentierte sich – die Wildwest-Schau, die noch immer unter seinem Namen lief, die Scheidungs-Ranch in Reno, die ihm und ihrem verstorbenen Mann gemeinsam gehört hatte, sowie die Rinder-Ranch hier in Texas, wo sie wohnten. Nein, es handelte sich nicht um das Geld. Er hatte ein Angebot auf Zahlung von einer Million Dollar als Vorschuß auf künftige Tantiemen für das Bohrrecht auf einem Teil seines Geländes abgelehnt. Auf dem angrenzenden Land war man auf Öl gestoßen. Aber er wollte das Gelände so behalten, wie es war, und es nicht durch Bohrtürme verunstalten lassen. Was er vermißte, waren die lärmenden Kinder, die ihn einst erkannt hatten und hinter ihm herriefen, wenn er sich auf der Straße zeigte. Aber die hatten jetzt andere Helden. Dennoch fehlten sie ihm. Und vor allem fehlte ihm Jonas. Jonas war der Sohn, den er nie gehabt hatte. Alles andere war nur ein Ersatz dafür – selbst sie.
»Nun, was meinst du?« fragte er und schaute sie an.
Ein Gefühl der Zärtlichkeit stieg in ihr auf. So war es immer gewesen. Schon vor vielen Jahren, als sie sehr jung waren und er aus Texas auf die Ranch in Reno gekommen war, wo sie und Charlie sich niedergelassen hatten. Immer verfolgt und auf der Flucht vor dem Gesetz, hatte in seinen Augen stets etwas Gehetztes und Erschöpftes gelegen. Und schon damals hatte sie etwas von der Güte gespürt, die ein Grundbestandteil seines Wesens war.
Sie lächelte. »Ich fände das richtig nett«, sagte sie fast scheu.

»Es ist ein Rattenrennen«, sagte Dan. »Wir drehen keine Filme mehr. Wir sind eine Fabrik. Wir müssen jeden Monat einen bestimmten Prozentsatz Zelluloid herausquetschen.«
Nevada lehnte sich in seinen Stuhl zurück und lächelte. »Scheint Ihnen aber gut zu bekommen, Dan. Sie sehen nicht gerade schlecht dabei aus.«
»Die Verantwortung bringt mich noch um. Aber es ist eine Stellung.«
Nevada schaute ihn an. Pierce hatte zugenommen. »Aber immer noch besser, als für seinen Lebensunterhalt arbeiten zu müssen, nicht wahr?«
Dan hob die Hände. »Ich wußte ja, daß von Ihnen kein Mitleid zu erwarten sein würde, Nevada.« Beide lachten, und Dan starrte auf seinen Schreibtisch. Als er den Kopf wieder hob, war seine Miene ernst. »Sie fragen sich wahrscheinlich, warum ich Ihnen telegrafiert habe.«
Nevada nickte. »Deswegen bin ich ja hier.«
»Ich bin Ihnen sehr dankbar dafür«, sagte Pierce. »Als die Sache spruchreif wurde, habe ich sofort an Sie gedacht.«
»Danke«, erwiderte Nevada trocken. »Wo liegt der Haken?«

Dan machte große runde Augen und spielte den Gekränkten. »Aber Nevada«, protestierte er. »Spricht man in diesem Ton mit einem alten Freund? Ich war einst Ihr Agent. Wer hat Ihnen die erste Filmrolle verschafft?«
Nevada lächelte. »Und wer hat mich mit meiner Schau aufsitzen lassen, als er merkte, daß mit der Buffalo-Bill-Schau mehr Geld zu verdienen war?«
Pierce winkte ab. »Das ist lange her, Nevada. Ich bin überrascht, daß Sie das überhaupt noch erwähnen.«
»Nur um den Sachverhalt zu klären, Dan«, sagte Nevada. »Und jetzt mal heraus mit der Sprache. Was haben Sie im Sinn?«
»Wissen Sie, wie Filme heutzutage verkauft werden?« fragte Pierce und fuhr fort, ohne Nevadas Antwort abzuwarten. »Wir verkaufen ein ganzes Jahr im voraus. Soundsoviele A-Filme, soundsoviele B-Filme, soundsoviele Abenteuerfilme, soundsoviele Krimis und Western. Etwa zehn Prozent des Programms gehen bei Verkaufsabschluß ins Atelier, der Rest später. Das meinte ich, als ich vorhin von einem Rattenrennen sprach. Wir können von Glück sagen, wenn es uns gelingt, einen kleinen Vorsprung vor unseren Verpflichtungen zu wahren.«
»Warum behaltet ihr nicht ein paar Streifen in Reserve für den Verleih?« fragte Nevada. »Damit wäre das Problem doch gelöst.«
Dan lächelte. »Stimmt schon, aber dazu fehlen uns die Mittel. Wir müssen immer warten, bis der jeweilig laufende Film etwas einspielt, ehe wir den nächsten drehen können. Es ist ein Circulus vitiosus.«
»Sie haben mir noch immer nicht erklärt, was Sie von mir wollen.«
»Darauf komme ich gleich. Ich darf doch offen mit Ihnen sprechen?«
Nevada nickte.
»Jonas hält uns verdammt knapp«, sagte Dan. »Ich beschwere mich nicht darüber, vielleicht hat Jonas recht. Zum mindesten haben wir im vergangenen Jahr ohne Verlust gearbeitet, das erstemal seit fünf Jahren. Dieses Jahr nun glaubt man in der Verkaufsabteilung, daß man vierzehn Western absetzen kann.«
»Läßt sich hören«, sagte Nevada.
»Wir haben nur nicht das Geld, um sie zu drehen. Aber die Bank ist bereit, uns einen Kredit einzuräumen, wenn Sie die Hauptrolle darin übernehmen.«
»Wissen Sie das genau?«
Pierce nickte. »Ich habe selber mit Moroni gesprochen. Er hält es für eine großartige Idee.«
»Wieviel will man vorstrecken?« fragte Nevada.
»Vierzigtausend pro Streifen.«
Nevada lachte. »Für die gesamten Herstellungskosten?«
Dan nickte.
Nevada erhob sich. »Ohne mich, mein Lieber.«
»Augenblick noch, Nevada«, sagte Dan. »Lassen Sie mich ausreden. Sie glau-

ben doch nicht etwa, daß ich Sie hergeholt hätte, wenn ich nicht überzeugt wäre, daß für Sie etwas dabei herausspringt.«

Schweigend ließ sich Nevada wieder auf seinen Stuhl sinken.

»Ich weiß, daß Sie von schnell heruntergedrehten Filmen gar nichts halten«, sagte Dan. »Aber glauben Sie mir, diesmal liegt die Sache anders. Wir haben immer noch die Bühnenbilder, die wir für den *Renegaten* verwendet haben. Wenn wir sie ein bißchen herrichten, sind sie so gut wie neu. Ich würde die besten Leute aus meinem Produktionsstab einsetzen. Sie können sich den Regisseur und den Kameramann selber wählen. Das gilt auch für Drehbuchautor und Produzent. Für Sie ist mir das Beste gerade gut genug.«

»Sehr schön«, sagte Nevada. »Aber wofür soll ich arbeiten? Spucke und Tabak?«

»Ich glaube, auch diese Frage läßt sich regeln. Ich habe die Sache unseren Fachleuten vorgelegt, und man hat Mittel und Wege gefunden, wie Sie dabei etwas Geld erübrigen können, anstatt alles für die verdammten Steuern zu brauchen, die Roosevelt uns auferlegt.«

Nevada starrte ihn an. »Da bin ich aber gespannt.«

»Wir zahlen Ihnen zehntausend pro Streifen«, sagte Dan. »Das macht fünftausend wöchentlich, weil wir jeden Film innerhalb von vierzehn Tagen abdrehen. Sie verzichten auf die Auszahlung bis zum Eingang der ersten Profite, und nach sieben Jahren überlassen wir Ihnen den Film ganz. Er geht völlig in Ihr Eigentum über mit Kopien und allem. Dann kaufen wir ihn Ihnen wieder ab, falls Sie es wünschen. Auf diese Art können Sie Kapital draus schlagen.«

Nevadas Miene blieb undurchdringlich. »Sie reden genau wie Bernie Norman«, sagte er. »Es muß an dem Büro liegen.«

Pierce lächelte. »Nur mit dem Unterschied, daß Norman darauf aus war, Sie über's Ohr zu hauen. Ich nicht. Ich möchte nur diese Fabrik in Gang halten.«

»Und was für Stoffe würden wir als Vorlage benützen?«

»Das wollte ich mir erst überlegen, nachdem ich mit Ihnen gesprochen hatte«, sagte Dan rasch. »Sie wissen, daß ich schon immer die größte Hochachtung vor Ihrem dramatischen Sinn hatte.«

Nevada lächelte. Aus Pierces Antwort ersah er, daß dieser so weit überhaupt noch nicht gedacht hatte. »Wichtig wäre, die Serie um eine Gestalt zu gruppieren, die glaubwürdig ist.«

»Genau meine Meinung«, rief Dan. »Wie wär's, wenn Sie sich selber spielten? Jedesmal in einer anderen abenteuerlichen Situation. Sie wissen schon – mit all dem alten Tamtam – Kunststückchen und Schießereien.«

Nevada schüttelte den Kopf. »Kommt nicht in Frage. Das zieht nicht mehr. Schon gar nicht mit meinem weißen Haar.«

Pierce blickte ihn an. »Das ließe sich ja schwarz färben.«

Nevada lächelte. »Nein, vielen Dank«, sagte er. »Inzwischen hab' ich mich so langsam dran gewöhnt.«
»Wir werden schon einen Weg finden«, sagte Dan. »Selbst wenn wir etwas von Zane Grey oder Clarence Mulford ausgraben müssen. Sie brauchen nur Ihre Zustimmung zu geben, und los geht's.«
Nevada stand auf. »Geben Sie mir noch ein Weilchen Bedenkzeit«, sagte er. »Ich möchte erst mit Martha darüber sprechen.«
»Ich habe gehört, daß Sie wieder geheiratet haben«, sagte Dan. »Noch nachträglich herzliche Glückwünsche.«
Nevada war bereits auf dem Wege zur Tür, blieb jedoch noch einmal stehen und schaute sich um. »Was macht Jonas?«
Zum erstenmal seit ihrer Begegnung schien Pierce zu zögern. »Ich nehme an, es geht ihm gut.«
»Sie nehmen an?« fragte Nevada. »Wieso? Sehen Sie ihn denn nicht?«
»Das letztemal hab' ich ihn vor zwei Jahren in New York gesehen«, antwortete Pierce. »Als wir die Gesellschaft übernahmen.«
»Und seitdem nicht wieder?« fragte Nevada ungläubig. »Kommt er denn nie ins Studio?«
Dan starrte auf die Schreibtischplatte. Er schien fast verlegen. »Es bekommt ihn kaum noch jemand zu Gesicht. Hin und wieder ruft er an. Manchmal erscheint er auch hier. Aber meistens spät abends, wenn kein Mensch mehr da ist. Nur die Anordnungen, die er hinterläßt, verraten uns, daß er hier war.«
»Wenn nun aber eine wichtige Entscheidung zu treffen ist?«
»Dann rufen wir McAllister an, der Jonas Bescheid sagt, daß wir mit ihm sprechen möchten. Mitunter telefoniert er, aber meistens gibt er nur Mac Anweisungen, wie er die Sache gehandhabt sehen will.«
Plötzlich hatte Nevada das Gefühl, daß Jonas ihn brauche. Er richtete den Blick auf Dan. »Endgültig entscheiden kann ich mich erst, wenn ich mit Jonas gesprochen habe.«
»Aber ich habe Ihnen doch gerade erklärt, daß niemand ihn zu sehen bekommt.«
»Wollen Sie die Filme drehen oder nicht?« fragte Nevada.
Pierce starrte ihn an. »Vielleicht ist er gerade im Ausland. Unter Umständen hören wir erst in einem Monat wieder etwas von ihm.«
Nevada öffnete die Tür. »Ich kann warten«, sagte er.

9

»Bleibst du zum Essen, Duvidele?«
»Ich kann nicht, Mama«, sagte David. »Ich bin nur vorbeigekommen, um zu sehen, wie es dir geht.«

»Einen Sohn hab' ich zwar«, sagte Mrs. Woolf. »Nur bekomm' ich ihn kaum zu sehen. Selbst wenn er in einem Hotel wohnt. Alle Vierteljahre einmal kommt er. Und darüber muß ich mich wohl noch freuen.«
»Laß doch das, Mama. Du weißt doch, daß ich viel zu tun habe.«
»Eine Woche bist du schon hier, und erst zum zweitenmal kommst du zu mir. Und nie bleibst du zum Essen.«
»Das wird sich schon bald einmal einrichten lassen, Mama. Bestimmt.«
Sie warf ihm einen durchdringenden Blick zu. »Donnerstag abend?« sagte sie plötzlich.
Er schaute sie überrascht an. »Donnerstag abend? Warum gerade Donnerstag abend?«
Ein geheimnisvolles Lächeln huschte über ihr Gesicht. »Ich möchte, daß du eine Bekanntschaft machst«, sagte sie. »Eine sehr nette.«
»Doch nicht etwa wieder ein Mädchen?« ächzte er.
»Und was hast du dagegen, ein nettes Mädchen kennenzulernen?« fragte seine Mutter, ganz gekränkte Unschuld. »Sie ist ein sehr nettes Mädchen, David, glaub mir, Geld hat die Familie auch. Sogar eine Studentin.«
»Ich will aber kein Mädchen kennenlernen, Mama. Ich hab' keine Zeit.«
»Zeit hast du nicht?« forschte seine Mutter. »Schon dreißig Jahre. Heiraten solltest du. Ein nettes Mädchen. Aus einer netten Familie. Und dich nicht dein ganzes Leben mit diesen Schicksen in Nachtklubs herumtreiben.«
»Das ist rein geschäftlich, Mama. Ich muß mit ihnen ausgehen.«
»Alles was er tut, ist rein geschäftlich, will er mir weismachen«, sagte sie streitlustig. »Und wenn er etwas nicht tun will, ist es auch rein geschäftlich. Also: Kommst du zu dem Essen oder nicht?«
Er starrte seine Mutter einen Augenblick an und zuckte dann resigniert die Achseln. »Gut, Mama. Ich komme. Aber vergiß bitte nicht, daß ich zeitig wieder aufbrechen muß. Eine Menge Arbeit wartet auf mich.«
Sie lächelte befriedigt. »Gut«, sagte sie. »Komm nicht zu spät. Punkt sieben.«
Als er ins Hotel zurückkehrte, fand er eine Mitteilung vor, sofort Dan Pierce anzurufen. »Was gibt's denn, Dan?« erkundigte er sich, als er ihn am Apparat hatte.
»Wissen Sie, wo Jonas sich aufhält?«
David lachte. »Der Name kommt mir bekannt vor.«
»Lassen Sie die Scherze«, sagte Dan. »Die Sache ist ernst. Nevada will diese Western nur machen, wenn er mit Jonas darüber sprechen kann.«
»Er ist also dazu bereit?« fragte David. Er hätte nie geglaubt, daß Nevada sich dazu hergeben würde. Er brauchte das Geld nicht, und jedermann kannte seine Einstellung zu Blitzfilmen.
»Er ist bereit«, sagte Dan. »Aber erst will er mit Jonas sprechen.«
»Das möchte ich auch gern«, sagte David. »Die Regierung droht wieder mit Anti-Trust-Gesetzen.«

»Ich weiß«, sagte Dan. »Ich habe die Gewerkschaften auf dem Halse. Ich weiß nicht, wie lange ich sie hinhalten kann. Mit Armut können wir uns nicht herausreden; sie haben den letzten Jahresbericht gesehen. Sie wissen, daß wir jetzt ohne Defizit arbeiten und im nächsten Jahr wahrscheinlich mit Gewinn.«
»Am besten, wir setzen uns mit Mac in Verbindung und tragen dick auf. Zwei Jahre ohne eine einzige Sitzung scheint mir lange genug.«
Aber McAllister wußte auch nicht, wo Jonas sich aufhielt.

»Ein Mr. Irving Schwartz ist am Apparat«, sagte seine Sekretärin durch die Sprechanlage.
David runzelte die Stirn. »Was will er denn? Ich kenne keinen Irving Schwartz.«
»Er behauptet, mit Ihnen bekannt zu sein, Mr. Woolf. Ich sollte Sie nur an Spitznase erinnern.«
»Spitznase!« rief David und lachte. »Warum haben Sie das nicht gleich gesagt? Verbinden Sie.«
Es knackte in der Leitung, als das Mädchen das Gespräch umlegte. »Spitznase!« sagte David. »Wie geht's dir denn, zum Teufel?«
Spitznase lachte verhalten. »O. K. Und dir, Davy?«
»Gut. Ich habe allerdings wie ein Hund schuften müssen.«
»Ich weiß«, sagte Spitznase. »Ich habe eine Menge Gutes von dir gehört. Man freut sich, wenn man erfährt, daß einer von den alten Freunden Erfolg hat.«
»So schlimm ist es nun auch wieder nicht. Ich bin immer noch bloß ein popliger Angestellter.«
Es klang fast wie die Einleitung zu einem Pumpversuch. Rasch rechnete er nach, was alte Freunde wert sein mochten. Fünfzig oder hundert?
»Aber in einer wichtigen Position.«
»Mir genügt's«, sagte David, darauf bedacht, das Thema zu wechseln. »Und du? Was machst du denn hier in Kalifornien?«
»Ich kann nicht klagen. Ich lebe jetzt hier. Ich habe ein Haus oben im Coldwater Canyon.«
Fast hätte David einen Pfiff ausgestoßen. Sein alter Freund hatte bestimmt keinen Grund zu klagen. Häuser dort oben waren nur von fünfundsiebzigtausend aufwärts zu haben. Ein Pumpversuch konnte es also nicht gut sein.
»Großartig«, sagte er. »Aber es ist ein verfluchtes Ende von Rivington Street entfernt.«
»Und ob. Ich möchte dich sehen, Davy, Junge.«
»Ich dich auch«, sagte David. »Ich bin nur so gottverdammt angebunden hier oben.«
Spitznases Stimme war noch immer ruhig, aber eindringlich. »Ich weiß,

Davy«, sagte er. »Wenn ich es nicht für wichtig hielte, würde ich dich nicht belästigen.«
David dachte einen Augenblick nach. Da feststand, daß es sich nicht um einen Pumpversuch handelte, mußte es etwas anderes sein. Aber was? »Ich will dir was sagen«, erklärte er. »Warum kommst du nicht hinaus ins Studio? Wir könnten hier zusammen essen.«
»Lieber nicht, Davy. Wir müssen uns irgendwo treffen, wo wir ungesehen sind.«
»Wie wär's bei mir zu Hause?«
»Auch nicht gut«, erwiderte Spitznase. »Ich traue den Dienstboten nicht. Auch nicht in irgendeinem Restaurant. Man könnte uns belauschen.«
»Können wir die Sache nicht telefonisch abmachen?«
Spitznase lachte. »Auch am Telefon bin ich lieber vorsichtig.«
»Augenblick«, sagte David, der sich plötzlich erinnerte. »Ich bin heut' abend bei meiner Mutter zum Essen. Komm doch auch. Sie wohnt in den Park Apartments in Westwood.«
»Klingt verlockend. Macht sie immer noch diese Knödel, die in fetter Hühnerbrühe schwimmen?«
David lachte. »Klar. Die Matze-Klößchen rutschen nur so hinunter. Du glaubst, du wärst nie von zu Hause weggewesen.«
»O. K.«, sagte Spitznase. »Um welche Zeit?«
»Um sieben.«
»Gut. Ich komme.«
David legte auf, noch immer neugierig darauf, was Spitznase wollen mochte. Seine Neugierde wurde indes nicht lange auf die Folter gespannt, denn Dan trat schwitzend und erregt in sein Büro. »Haben Sie nicht gerade mit einem gewissen Schwartz telefoniert?«
»Ja«, sagte David überrascht.
»Treffen Sie sich mit ihm?«
»Heut' abend.«
»Gott sei Dank«, sagte Dan und ließ sich auf einen Stuhl vor dem Schreibtisch nieder. Er zog ein Taschentuch heraus und wischte sich das Gesicht ab. David schaute ihn verwundert an. »Was ist denn so wichtig an meinem Treffen mit jemand, mit dem ich aufgewachsen bin?«
Dan starrte ihn an. »Wissen Sie denn nicht, wer er ist?«
»Klar«, sagte David. »Er wohnte im Nachbarhaus in derselben Straße wie wir. Wir sind zusammen zur Schule gegangen.«
Dan lachte kurz. »Ihr Freund von der East Side hat inzwischen Karriere gemacht. Man hat ihn vor sechs Monaten hierher beordert, als Bioff und Brown Scherereien hatten. Offiziell vertritt er die Gewerkschaft, aber gleichzeitig ist er Spitzenfunktionär für das Syndikat an der Westküste.«
David starrte ihn sprachlos an.

»Ich hoffe, Sie erreichen ihn«, fügte Dan hinzu. »Ich habe mein möglichstes versucht, aber es ist mir nicht gelungen. Wenn auch Sie es nicht schaffen, sind wir innerhalb einer Woche erledigt. Uns droht der größte, gottverdammteste Streik, den Sie je erlebt haben. Alles soll stillgelegt werden. Das Studio, die Kinos, der ganze Betrieb.«

10

David warf einen Blick auf den Eßzimmertisch, als er seiner Mutter in die Küche folgte. Es waren fünf Gedecke aufgelegt. »Du hast mir nichts davon gesagt, daß so viele Leute zum Essen kämen.«
Seine Mutter, die am Herd beschäftigt war, drehte sich nicht um. »Soll ein nettes junges Mädchen zum Essen mit einem jungen Mann etwa ohne ihre Eltern kommen?«
David unterdrückte ein Aufstöhnen. Seine schlimmsten Befürchtungen wurden noch übertroffen.
»Übrigens, Mama«, sagte er. »Ich habe einen alten Freund eingeladen.«
Seine Mutter schaute ihn durchdringend an. »Für heute abend?«
»Ich mußte ihn auffordern, Mama«, sagte er. »Geschäftlich.«
Es klingelte. Er schaute auf seine Uhr. Es war sieben. »Ich gehe schon aufmachen, Mama«, sagte er rasch. Wahrscheinlich war es Spitznase.
Er öffnete die Tür und sah sich einem kleinen, sorgenvoll dreinschauenden, grauhaarigen Mann Anfang sechzig gegenüber. Eine etwa gleichaltrige Frau und ein junges Mädchen standen neben ihm. Der sorgenvolle Ausdruck verschwand, als der Mann lächelte. Er streckte die Hand aus. »Sie müssen David Woolf sein«, sagte er. »Ich bin Otto Strassmer.« David schüttelte seine Hand. »Sehr angenehm, Mr. Strassmer.«
»Meine Frau Frieda und meine Tochter Rosa«, sagte Mr. Strassmer.
David lächelte sie an. Mrs. Strassmer wirkte nervös und sagte etwas auf deutsch, worauf das Mädchen ihn begrüßte.
Etwas in ihrer Stimme bewog David, sie anzuschauen. Sie war nicht groß, vielleicht einssechzig, und soweit er sehen konnte, war sie schlank. Ihr dunkles kurzgeschnittenes Haar umrahmte eine breite Stirn über tiefliegenden grauen Augen, die fast völlig hinter langen Wimpern verborgen waren. In der Kurve ihres Mundes und dem ausgeprägten Kinn lag etwas Trotziges. Das Mädchen schien sich genausowenig aus diesem Zusammentreffen zu machen wie er.
»Wer ist es denn, David?« rief seine Mutter aus der Küche.
»Verzeihung«, sagte er rasch. »Wollen Sie nicht eintreten?« Er trat beiseite, um sie durchzulassen. »Es sind die Strassmers, Mama.«
»Führ sie ins Wohnzimmer«, rief seine Mutter. »Schnaps steht auf dem Tisch.«

David machte die Tür hinter ihnen zu. »Darf ich Ihnen den Mantel abnehmen?« sagte er zu dem Mädchen.
Ihre Mutter sagte etwas auf deutsch. Rosa schaute ihn an. »Mutter sagt, Sie und Papa sollen ruhig hineingehen und einen Schluck trinken. Wir wollen nachsehen, ob wir in der Küche helfen können.«
David schaute sie an. Wieder diese Stimme. Im Gegensatz zu ihrem Vater eine fast akzentfreie Aussprache. Die Frauen wandten sich ab und gingen auf die Küche zu. Er blickte Mr. Strassmer an. Der kleine Mann lächelte und folgte ihm ins Wohnzimmer.
»Sie sind also David«, sagte er. »Ich habe schon viel von Ihnen gehört.«
David lächelte und nickte. So würde der ganze Abend verlaufen. Am Ende würde ihm das Gesicht vor lauter Höflichkeitslächeln weh tun.
»Ja«, fuhr Mr. Strassmer fort. »Ich habe viel von Ihnen gehört. Schon lange wollte ich Sie einmal kennenlernen. Wir arbeiten nämlich für denselben Mann, wissen Sie.«
»Denselben Mann?«
»Ja«, sagte Strassmer nickend. »Jonas Cord. Sie arbeiten in seiner Filmgesellschaft, ich in seinem Unternehmen zur Herstellung von Plastikstoffen. Wir haben Ihre Mutter vergangenes Jahr in der *Schul* kennengelernt.« Mr. Strassmer lächelte. »Wir kamen ins Gespräch, und es stellte sich heraus, daß meine Frau entfernt mit Ihrem Vater verwandt ist. Beide Familien stammen ursprünglich aus Schlesien. Eine kleine Welt, nicht wahr?«
»Eine kleine Welt«, stimmte David zu.
Hinter ihm erklang die Stimme seiner Mutter. »So, nun könnten wir essen. Wo bleibt dein Freund?«
»Er muß jeden Augenblick kommen, Mama.«
»Hast du ihm auch gesagt, um sieben?« fragte seine Mutter argwöhnisch.
David nickte.
»Warum ist er dann nicht hier? Weiß er nicht, daß man pünktlich ist zum Essen, weil es sonst ungenießbar wird?«
Sie hatte kaum ausgesprochen, da klingelte es, und David atmete erleichtert auf. »Da ist er schon, Mama«, sagte er und ging öffnen.
Der große, gutaussehende junge Mann im Türrahmen hatte kaum noch Ähnlichkeit mit dem mageren, schmächtigen, dunkeläugigen Jungen, den er in Erinnerung hatte. Der krumme, schnabelförmige Zinken, dem er seinen Spitznamen verdankte, war verschwunden, und an seine Stelle war eine ansehnliche Adlernase getreten, die in auffallendem Gegensatz zu seinem breiten Mund und seinen eingefallenen Backen stand. Als er Davids bestürzte Miene sah, lächelte er. »Ich hab' mich ein bißchen herrichten lassen. Mit einer East-Side-Nase konnte ich nicht gut in Beverly Hills herumlaufen.« Er reichte ihm die Hand. »Freut mich, dich wiederzusehen, Davy.« David nahm seine Hand. »Komm herein«, sagte er. »Mama ist am Platzen. Das Essen wartet.«

Sie gingen ins Wohnzimmer. Mr. Strassmer erhob sich, und seine Mutter musterte Spitznase voller Argwohn. David schaute sich rasch um. Rosa war nicht im Zimmer. »Mama«, sagte er. »Kennst du Irving Schwartz nicht mehr?«
»Hallo, Mrs. Woolf.«
»Yitzchak Schwartz«, sagte sie. »Natürlich erinnere ich mich. Was haben Sie denn mit Ihrer Nase gemacht?«
»Aber Mama«, wandte David ein.
Spitznase lächelte. »Schon gut, David. Ich hab' mich operieren lassen, Mrs. Woolf.«
»So? Ein Wunder, daß Sie durch eine so kleine Nase überhaupt atmen können. Haben Sie eine Stellung, Yitzchak?« herrschte sie ihn streitlustig an. »Oder lungern Sie mit den anderen Kerlen noch immer um Shockys Garage herum?«
»Mama«, sagte David rasch, »Irving wohnt jetzt hier in Kalifornien.«
»Irving nennt er sich jetzt.« Die Stimme seiner Mutter schraubte sich wütend in die Höhe. »Es genügt nicht, daß er seine Nase herrichten läßt. Er muß auch noch seinen Namen ändern. Was paßt Ihnen denn nicht an dem Namen, den Ihre Eltern Ihnen gegeben haben – Isidor – hah?«
Spitznase lachte. Er blickte David an. »Ich verstehe schon, was Sie meinen«, sagte er. »Nichts hat sich geändert. Es ist alles beim alten geblieben«, sagte er. »Irving läßt sich nur leichter buchstabieren.«
»Hätten Sie die Schule zu Ende besucht wie mein Sohn David«, entgegnete sie, »so würde Ihnen das Buchstabieren nicht schwerfallen.«
»Lassen wir das, Mrs. Woolf. David hat mir *knaidlach* versprochen. Ich habe mich schon den ganzen Tag drauf gefreut.«
Mrs. Woolf schaute ihn argwöhnisch an. »Wenn Sie sich anständig benehmen«, sagte sie, schon etwas besänftigt, »können Sie jeden Freitag *knaidlach* haben.«
»Ich werde mir Mühe geben, Mrs. Woolf.«
»Gut«, sagte sie. »Jetzt muß ich mich um die Suppe kümmern und nachsehen, ob sie heiß ist.«
Gerade als David im Begriff war, Spitznase den Strassmers vorzustellen, trat Rosa herein. Sie blieb auf der Schwelle stehen und machte ein überraschtes Gesicht. Dann lächelte sie und kam ins Zimmer. »Sie hier, Mr. Schwartz«, sagte sie. »Das freut mich aber.«
Irving hob den Kopf und streckte die Hand aus. »Hallo, Doc«, sagte er. »Ich wußte gar nicht, daß Sie meinen Freund David kennen.«
Sie nahm seine Hand. »Wir haben uns erst heut' kennengelernt.«
Irving schaute David an. »Doc Strassmer hat meine Nase in Ordnung gebracht. Sie kann wirklich etwas, David. Weißt du, daß sie auch Linda Davis behandelt hat?«
David musterte Rosa mit neugierigen Blicken. Kein Mensch hatte ihm etwas

davon gesagt, daß sie Ärztin war. Und die Operation an Linda Davis hatte Aufsehen erregt. Die Schauspielerin hatte bei einem Automobilunfall schwere Schnittwunden im Gesicht davongetragen, doch als sie ein Jahr später wieder vor die Kamera trat, war nicht die geringste Narbe mehr zu sehen gewesen.
Plötzlich wurde er sich bewußt, daß Mr. und Mrs. Strassmer ihn nervös anstarrten. Er lächelte Rosa an. »Da kann ich mir ja gleich einmal einen Rat bei Ihnen holen, Frau Doktor. Ich habe ein fürchterlich leeres Gefühl im Magen. Was macht man Ihrer Meinung nach dagegen?«
Sie blickte ihn dankbar an. Alle Nervosität war aus ihren Augen gewichen, und sie funkelten mutwillig. »Wenn es so steht, wären ein paar *knaidlach* vielleicht die beste Medizin.«
»*Knaidlach?* Wer spricht von meinem *knaidlach?*« sagte seine Mutter von der Tür her und trat wichtigtuerisch ins Zimmer. »Bitte Platz zu nehmen«, sagte sie. »Die Suppe steht auf dem Tisch und wird schon kalt.«

11

Als man mit dem Essen fertig war, schaute Rosa auf ihre Uhr. »Ihr müßt mich ein Weilchen entschuldigen«, sagte sie. »Ich muß noch mal kurz ins Krankenhaus, nach einem Patienten schauen.«
David blickte sie an. »Wenn es Ihnen recht ist, fahre ich Sie hin.«
Sie lächelte. »Nicht nötig. Ich habe meinen eigenen Wagen.«
»Macht nichts«, sagte David höflich. »Darf ich Ihnen wenigstens Gesellschaft leisten?«
Irving erhob sich. »Auch ich muß gehen«, sagte er und wandte sich an Mrs. Woolf. »Herzlichen Dank für das köstliche Mahl. Ich habe direkt Heimweh gekriegt.«
Davids Mutter lächelte. »Wenn Sie schön brav sind, Yitzchak«, sagte sie, »können Sie gern wiederkommen.«
Rosa lächelte Davids Mutter an. »Wir werden nicht lange weg sein.«
»Geht nur«, sagte Mrs. Woolf. »Ihr braucht euch nicht zu beeilen.« Strahlend schaute sie Rosas Eltern an. »Wir Alten habe uns eine Menge zu erzählen.«
»Tut mir leid, Irving«, sagte David, als sie aus dem Haus traten. »Wir haben noch gar nicht richtig miteinander sprechen können. Vielleicht morgen?«
»Von mir aus gleich jetzt«, sagte Irving ruhig. »Ich bin überzeugt, daß wir Rosa trauen können. Nicht wahr, Doc?«
»Ich kann im Wagen warten«, sagte Rosa rasch.
David hielt sie zurück. »Nein, schon gut.« Er wandte sich wieder an Irving. »Ich muß dir irgendwie blöd vorgekommen sein, als du mich gestern angeru-

fen hast. Aber alles Innerbetriebliche geht hauptsächlich durch die Hände von Dan Pierce.«
»Laß nur, Davy«, sagte Irving. »So ungefähr hab' ich's mir vorgestellt.«
»Dan hat mir gesagt, wir stünden vor einem Streik. Du weißt wahrscheinlich, daß wir uns keinen leisten können. Es wäre unser Bankrott.«
»Ich weiß«, erwiderte Irving. »Und ich möchte gern helfen. Das kann ich aber nur, wenn wir zu irgendeiner Abmachung kommen.«
»Wieso? Niemand übt irgendwelchen Druck auf euch aus. Eure Mitglieder beginnen sich gerade von den Auswirkungen der Wirtschaftskrise zu erholen.«
»Stimmt.« Irving nickte. »Sie wollen nicht streiken, aber die Kommies bohren und verbreiten überall, daß die Filmgesellschaften hohe Profite einstecken. Und viele Leute hören darauf. Man erzählt ihnen etwas von hohen Gagen und Gehältern, die Stars und Direktoren beziehen, und das leuchtet ihnen ein. Warum sollten sie davon nicht etwas abhaben? Und die Kommies schüren weiter.«
»Sie waren Schweine«, sagte Irving verächtlich. »Eine Seite war nicht genug für sie, sie haben von beiden Geld genommen. Deswegen haben wir sie fallengelassen.«
»Fallengelassen«, sagte David skeptisch. »Ich dachte, man hätte sie erwischt.«
Irving starrte ihn an. »Was meinst du, wo die Regierung die Unterlagen herbekommen hat, um gegen sie vorzugehen? Die Dokumente haben nicht auf der Straße herumgelegen.«
»Mir scheint, ihr wollt uns nur dazu benützen, ein Feuer zu löschen, das eure eigenen Leute angelegt haben«, sagte David. »Die Kommies dienen euch nur als Vorwand.«
Irving lächelte. »Mag schon sein. Aber die Kommunisten sind äußerst aktiv in den Verbänden. Und die Filmindustrie hat soeben neue Verträge mit den Verbänden der Regisseure und Drehbuchautoren abgeschlossen und ihnen die höchste Zulage bewilligt, die sie je erhalten haben. Die Kommies tun so, als wäre das ihr Verdienst. Und jetzt versuchen sie, in den Gewerkschaften Fuß zu fassen. Du weißt, wie man dort reagiert. Man wird sich sagen, was die Kommies für die Schutzverbände tun konnten, können sie auch für uns erreichen. Außerdem stehen Gewerkschaftswahlen vor der Tür. Die Kommies machen riesige Propaganda, und wenn wir nicht bald mit irgend etwas aufwarten, geraten wir völlig ins Hintertreffen. Und wenn das geschieht, wirst du bald merken, daß es sehr viel schwerer ist, mit ihnen zu verhandeln als mit uns.«
David schaute ihn an. »Das Ganze läuft also darauf hinaus, daß wir uns entscheiden müssen, mit wem wir verhandeln wollen – mit euch oder den Kommunisten. Wie stehen denn eure Mitglieder dazu? Haben die überhaupt nichts zu sagen?«
Irvings Stimme war sachlich. »Die meisten sind Kaffern«, sagte er verächt-

lich. »Ihnen geht es nur um die Lohntüte und wer ihnen das meiste verspricht.«
Er nahm eine Zigarettenpackung aus der Tasche. »Im Augenblick liebäugeln sie mit den Kommunisten.«
David schwieg, während sich sein Freund eine Zigarette ansteckte. Das goldene Feuerzeug flammte kurz auf und verschwand dann wieder in Irvings Tasche. Sein Jackett klaffte ein wenig auseinander, und David bemerkte den schwarzen Kolben eines Revolvers in einem Schulterhalfter.
Goldene Feuerzeuge und Revolver. Und zwei junge Kerle von der New Yorker East Side, die in einer warmen Frühlingsnacht unter kalifornischen Sternen standen und sich über Geld und Macht und Kommunismus unterhielten. Er fragte sich, was Irving davon haben mochte, hütete sich jedoch, danach zu fragen. Es gab Dinge, die ihn nichts angingen.
»Was rätst du mir?« fragte er.
Irving schnippte die Zigarette in den Rinnstein. »Die Kommies fordern eine Erhöhung des Stundenlohnes um fünfundzwanzig Cent sowie eine Fünfunddreißig-Stunden-Woche. Wir begnügen uns mit fünf Cent mehr die Stunde, ab sofort, im nächsten Jahr dann wieder einen Sechser Zulage und eine siebenunddreißigeinhalbstündige Arbeitswoche.« Er schaute David in die Augen. »Dan Pierce behauptet, er hätte keine Befugnis, irgend etwas zu unternehmen, und könne Cord nicht erreichen. Ich warte schon drei Monate. Länger kann ich nicht warten. Falls ihr weiter auf eueren vier Buchstaben kleben bleibt, ist der Streik unvermeidlich. Ihr verliert dabei, und wir verlieren. Nur daß ihr mehr verliert. Eure ganze Gesellschaft ist damit erledigt. Der Streik wird weiter um sich greifen. Die einzigen wirklichen Gewinner sind die Kommunisten.«
David zögerte. Er war ebensowenig befugt, eine solche Abmachung zu treffen, wie Dan. Aber es blieb keine Zeit mehr, auf Jonas zu warten. Ob es Jonas behagte oder nicht, er würde mit Irving ins Einvernehmen kommen müssen.
Er holte tief Luft. »Abgemacht.«
Irving grinste und entblößte seine weißen Zähne. Er versetzte David einen leichten Stoß. »Gut«, sagte er. »Ich wußte ja, daß du vernünftig sein würdest. Unsere Leute treffen sich morgen früh mit Pierce. Sollen sie die Sache bekanntgeben.«
Er wandte sich an Rosa. »Tut mir leid, Doc, daß ich gestört habe«, sagte er. »Hat mich gefreut, Sie wiederzusehen.«
»Schon gut, Mr. Schwartz.«
Irving trat an den Straßenrand und stieg in seinen Wagen. Er ließ den Motor an und warf einen Blick zurück. »He, ihr beiden, wißt ihr was?«
»Was denn?« fragte David.
Irving grinste. »Wie deine Mutter sagen würde: Ihr gebt ein hübsches Pärchen ab.«

Als der Wagen um die Ecke verschwand, blickte David das Mädchen an. Es kam ihm vor, als wäre sie rot geworden. Er nahm ihren Arm. »Mein Wagen steht drüben auf der anderen Straßenseite.«
Auf der Fahrt zum Krankenhaus redete sie kaum ein Wort. »Bedrückt Sie etwas, Doc?« fragte er.
»Jetzt berühren Sie die wunde Stelle«, sagte sie. »Alle nennen mich Doc. Sagen Sie doch Rosa zu mir, das ist mir lieber.«
Er lächelte. »Was ist denn, Rosa?«
Sie blickte auf die Schalttafel des Wagens. »Wir sind bis nach Amerika gekommen, um diesen Leute zu entgehen.«
»Welchen Leuten?« fragte David.
»Denselben wie in Deutschland«, sagte sie kurz. »Den Nazis. Den Gangstern. Sie gleichen sich aufs Haar. Sie sagen dieselben Dinge. Laßt uns an die Macht, oder die Kommunisten kommen über euch. Und mit uns ist besseres Auskommen, wir lassen mit uns reden.« Sie hob den Kopf. »Plötzlich merkt man dann, daß sie einen völlig ausgeplündert und einem alles gestohlen haben. Das war der Trick, den sie gebrauchten, um in Deutschland an die Macht zu kommen. Um das Land vor den Kommunisten zu retten.«
»Wollen Sie andeuten, daß mein Freund Irving Schwartz ein Nazi ist?«
Sie starrte ihn an. »Nein, Ihr Freund ist kein Nazi«, erklärte sie ernst. »Aber er wird von demselben wahnsinnigen Machtstreben beherrscht. Ihr Freund ist ein sehr gefährlicher Mensch. Er trägt eine Waffe, wußten Sie das?«
David nickte. »Ich hab's gesehen.«
»Ich möchte nur wissen, was er getan hätte, wenn Sie abgelehnt hätten.«
»Nichts. Spitznase würde mir nie und nimmer etwas zufügen.«
Wieder blitzten ihre grauen Augen ihn an. »Nein, nicht mit einem Revolver. Ihnen gegenüber hat er andere Waffen. Ökonomische Waffen, mit denen er Sie geschäftlich ruinieren könnte. Aber ein Mensch trägt keine Waffe, wenn er nicht beabsichtigt, sie früher oder später zu gebrauchen.«
David hielt vor dem Krankenhaus.
Ein Portier kam die Stufen herunter und öffnete den Wagenschlag. »Guten Abend, Fräulein Doktor.«
»Guten Abend, Porter«, sagte sie. Sie richtete sich auf und blickte David an. »Hätten Sie Lust, mit hineinzukommen und sich anzusehen, wo ich arbeite?«
»Ich möchte Ihnen nicht im Weg sein. Ich kann hier draußen warten.«
Sie lächelte und drückte plötzlich seine Hand. »Bitte, kommen Sie. Ich würde mich freuen. Dann wüßte ich wenigstens, daß Sie mir nicht böse sind, weil ich vorhin – wie sagt man – meinen Senf dazugegeben habe.«
Er lachte, und sie stieg aus, ihn noch immer an der Hand haltend, und nahm ihn mit ins Krankenhaus.

Er stand in der Tür und sah zu, wie sie behutsam den Verband vom Gesicht des Kindes nahm. Sie streckte ihre Hand aus, und eine Schwester nahm einen Wattebausch aus einer Flasche und reichte ihn ihr. »Das tut vielleicht ein bißchen weh, Mary«, sagte sie. »Aber du mußt mir versprechen, dich nicht zu bewegen und kein Wort zu sagen.«

Das Mädchen nickte.

»Gut«, sagte Rosa. »Und jetzt schön stillhalten.«

Sie murmelte leise und beruhigend, indes ihre Hand mit dem Wattebausch über die Lippen des Mädchens fuhr. David sah, wie sich die Augen des Kindes plötzlich mit Tränen füllten. Es schien, als wollte es den Kopf bewegen, aber es verharrte regungslos.

»Brav so«, sagte Rosa leise, als die Schwester ihr den Wattebausch abnahm. Mit geübten Griffen legte die Schwester den Verband erneut über den Mund des Kindes. »Morgen früh nehmen wir ihn ab, und dann kannst du heimgehen.«

Draußen auf dem Korridor wandte sich Rosa an ihn. »Jetzt können wir wieder zu Ihrer Mutter zurückkehren.«

Als sie das Vestibül auf dem Wege zum Haupteingang durchquerten, empfand er eine ganz neue Achtung für sie. Der Portier griff an seine Mütze. »Ich werde den Wagen holen, Sir.« Als er eilig die Treppe hinunterging und auf den Parkplatz zuschritt, fuhr eine große Limousine vor und hielt unmittelbar vor ihnen.

David zog eine Packung Zigaretten aus der Tasche. »Zigarette, Rosa?«

Er hörte, wie die Tür der Limousine aufging. Rosa nahm die Zigarette, auch er steckte sich eine in den Mund und gab ihr Feuer.

»Sie wollten mich sprechen, David?«

David fuhr herum und ließ fast das Feuerzeug fallen. Er nahm den weißen Schimmer einer Hemdbrust wahr, dann erschien ein Kopf samt Schultern in dem offenen Schlag der Limousine. Es war Jonas Cord. David starrte ihn stumm an.

Jonas lachte leise in sich hinein. »Schon gut, David«, sagte er. »Sie können Rosa ruhig mitbringen.«

12

Rosa ließ sich auf den Sitz in der Ecke der Limousine sinken. Sie streifte David, der neben ihr saß, mit einem Blick und schaute dann Cord an. Es war dunkel im Wagen, nur gelegentlich huschte der Schimmer einer Straßenlaterne über Jonas' Gesicht, der ihnen gegenüber auf dem Notsitz saß, die langen Beine weit von sich gestreckt.

»Wie geht es Ihrem Vater, Rosa?«

»Gut, Mr. Cord. Er spricht oft von Ihnen.«
Sie spürte sein Lächeln mehr, als daß sie es sah. »Grüßen Sie ihn herzlich von mir, wenn Sie ihn sehen.«
»Ich werd's ausrichten, Mr. Cord.«
Beim Einbiegen auf die Küsten-Autobahn nahm die Geschwindigkeit des großen Wagens zu. Rosa schaute aus dem Fenster. Sie fuhren nordwärts in Richtung Santa Barbara und entfernten sich von Los Angeles.
»McAllister sagte, Sie wollten mich sprechen, David.«
Sie spürte, wie David sich auf dem Sitz neben ihr bewegte. Er beugte sich vor.
»Wir sind aus eigener Machtvollkommenheit so weit gegangen, wie wir konnten, Jonas. Für alle weiteren Schritte brauche ich Ihre Zustimmung.«
Jonas' Stimme war frei von Erregung. »Warum noch weitergehen?« fragte er. »Ich bin mit dem Stand der Dinge durchaus zufrieden. Ihr arbeitet ohne Verlust, und von jetzt an müßte eigentlich alles klargehen.«
»Nicht mehr lange. Die Gewerkschaft fordert höhere Löhne und droht mit Streik. Damit sind die Profite hin.«
»Mögen sie streiken«, sagte Jonas noch immer gleichgültig. »Ihr braucht keinerlei Zugeständnisse zu machen.«
»Ich habe bereits welche gemacht«, erwiderte David. Die plötzliche Stille war fast greifbar. Rosa schaute von dem einen zum anderen, obwohl sie ihre Gesichter nicht erkennen konnte.
»So?« sagte Jonas ruhig, aber etwas Eisiges klang aus seiner Stimme. »Ich dachte, für Verhandlungen mit der Gewerkschaft wäre Mac zuständig.«
Davids Stimme blieb fest. Eine vorsichtige Note schwang darin, aber es war die Vorsicht eines Menschen, der sich auf unbekanntem Gelände vorwärts tastet. Es war keine Furcht. »Bis heute abend war er dafür zuständig«, sagte er. »Bis das Wohlergehen der ganzen Gesellschaft auf dem Spiele stand. Dann habe ich mich eingeschaltet.«
»Warum konnte Dan die Sache nicht in Ordnung bringen?«
»Weil Sie seine Anfragen nie beantwortet haben«, sagte David ruhig. »Ohne Ihre Einwilligung glaubte er keine Abmachung treffen zu können.«
»Und Sie waren anderer Auffassung?«
»Ja.«
Jonas' Stimme wurde noch eisiger. »Was bringt Sie darauf, daß Sie meine Einwilligung nicht genauso brauchen wie er?«
»Die Annahme, daß Sie mir schon vor zwei Jahren einen Wink gegeben hätten, wenn es Ihr Wunsch gewesen wäre, daß ich die Gesellschaft herunterwirtschaften soll.«
Jonas ignorierte die Antwort. »Worüber wollten Sie noch mit mir sprechen?«
»Die Regierung will die Anti-Trust-Gesetze wieder in Kraft setzen«, sagte David. »Wir sollen die Kinos von den Studios trennen. Ich habe Ihnen sämt-

liche sachdienlichen Angaben vor einiger Zeit geschickt. Wir müssen darauf antworten.«

Jonas schien uninteressiert. »Ich habe Mac bereits angewiesen, was er in dieser Hinsicht unternehmen soll. Wir können die ganze Angelegenheit bis nach dem Kriege hinauszögern. Danach erzielen wir bestimmt gute Preise für die Kinos.«

»Und wenn es keinen Krieg gibt?«

»Es wird zum Krieg kommen«, erklärte Jonas entschieden. »Irgendwann innerhalb der nächsten Jahre wird Hitler nicht mehr ein noch aus wissen. Er wird nach Gebietserweiterungen streben müssen, oder die ganze Scheinprosperität, die er Deutschland gebracht hat, bricht in sich zusammen.«

Sie hörte David leise lachen. »Dann sitzen wir im selben Boot«, sagte er. Sie schaute ihn entsetzt an, während er fortfuhr zu sprechen. »Wir haben auch nichts weiter getan, als daß wir ein falsches Wirtschaftssystem aufgebaut haben. Wir haben rationalisiert, aber keine wirklich neuen Profitquellen erschlossen.«

»Und deswegen haben Sie mit Bonner gesprochen?«

Sie spürte, wie David überrascht zusammenzuckte. Zum erstenmal an diesem Abend klang seine Stimme nicht mehr ganz so selbstsicher. »Ja«, antwortete er.

»Ich nehme an, Sie hielten sich für befugt, derartige Diskussionen ohne vorherige Rücksprache mit mir einzuleiten?«

»Vor etwa einem Jahr habe ich Ihnen geschrieben und um Genehmigung gebeten, mich mit Zanuck in Verbindung setzen zu dürfen. Ich habe nie eine Antwort erhalten, und Zanuck ist zu Fox gegangen.«

»Wenn ich gewollt hätte, daß Sie mit ihm reden, hätten Sie Bescheid bekommen«, sagte Jonas scharf. »Wieso glauben Sie, daß Dan nicht dasselbe leisten kann wie Bonner?«

David zögerte. Er drückte die Zigarette in dem Aschenbecher an der Armlehne aus. »Aus zwei Gründen«, sagte er vorsichtig. »Ich will nicht auf Dan herumreiten. Er hat bewiesen, daß er ein fähiger Verwaltungsmensch und Studiodirektor ist. Er hat ein Programm entwickelt, das den Betrieb in Gang hält, aber ihm fehlt das schöpferische Element von Männern wie Bonner und Zanuck. Die Fähigkeit, eine Idee aufzugreifen und einen großen Film daraus zu machen.«

Durch die Dunkelheit starrte er Jonas an. Sie kamen an einer Straßenlaterne vorbei, die Jonas für einen Augenblick in ihr Licht tauchte. Er hatte die Augen geschlossen und machte ein unbewegtes Gesicht.

»Schöpferische Phantasie macht den Unterschied aus zwischen einem wirklichen Produzenten und einem Studiodirektor, der Dan eigentlich ist. Ihm fehlt es an Überzeugung, daß er bessere Filme drehen kann als irgend jemand, und an der Fähigkeit, auch andere davon zu überzeugen. Nach meinem Gefühl haben Sie in den beiden Filmen, die Sie gedreht haben, mehr davon an den

Tag gelegt, als Dan in den etwa fünfzig Streifen, die er in den vergangenen zwei Jahren herausgebracht hat.«
»Und der zweite Grund?« fragte Jonas, die in Davids Worten enthaltene Schmeichelei ignorierend. Rosa mußte unwillkürlich lächeln, als sie merkte, daß er die Bemerkung als Tatsache hingenommen hatte.
»Der zweite Punkt ist Geld«, erwiderte David. »Angenommen, Dan könnte diese Eigenschaft entwickeln, so wäre Geld nötig, damit er beweisen könnte, daß er sie hat. Fünf Millionen Dollar, um zwei oder drei Filme zu drehen. Geld, das Sie nicht investieren wollen. Bonner bringt eigenes Kapital mit. Er würde vier Filme jährlich drehen, und unsere eigene Kapitalsanlage wäre minimal, nur die laufenden Unkosten für jeden. Wenn wir den Verleih übernähmen und am Profit beteiligt würden, könnte uns nichts passieren, ganz gleich, was geschieht. Und wenn er das übrige Programm auch noch überwachte, so könnte das nur von Nutzen für uns sein.«
»Haben Sie sich schon mal überlegt, was das für Dan bedeuten würde?« fragte Jonas.
David holte tief Luft. »Dan fällt unter Ihre Verantwortlichkeit, nicht meine. Ich bin nur der Gesellschaft gegenüber verantwortlich.« Er zögerte einen Augenblick. »Dan könnte immer noch eine Menge tun.«
»Nicht, wenn Sie Ihren Willen bekommen«, erklärte Jonas kurz. »In einem Unternehmen können nicht zwei Leute das letzte Wort haben.«
David schwieg.
Jonas' Worte zerschnitten die Dunkelheit wie ein scharfes Messer. »Gut, treffen Sie Ihre Abmachungen mit Bonner«, sagte er. »Aber sehen Sie selber zu, wie Sie Dan loswerden.«
Er wandte sich auf dem Notsitz um. »Sie können uns jetzt zu Mr. Woolfs Wagen zurückbringen, Robair.«
»Sehr wohl, Mr. Cord.«
Jonas drehte sich ihnen wieder zu. »Ich habe vorher mit Nevada gesprochen«, sagte er. »Er will diese Serie für uns machen.«
»Gut. Wir werden gleich feststellen, wo die Story-Rechte liegen.«
»Nicht nötig«, sagte Jonas. »Das ist bereits geregelt. Ich habe ihm vorgeschlagen, daß wir die Figur des Max Sand aus dem *Renegaten* aufgreifen und damit fortfahren.«
»Wie können wir das? Am Schluß des Films hat er sich ins Gebirge zurückgezogen, um dort zu sterben.«
Jonas lächelte. »Wir gehen einfach davon aus, daß er nicht gestorben ist. Wir nehmen an, er hat weitergelebt, sich einen anderen Namen zugelegt und ist fromm geworden. Und daß er den Rest seines Lebens damit zubringt, anderen Leuten zu helfen, die keinen Menschen mehr haben, an den sie sich in ihrer Not wenden können. Er gebraucht seinen Revolver nur, wenn es gar kein anderes Mittel mehr gibt. Nevada fand das sehr gut.«

David starrte Jonas an. Warum hätte Nevada das nicht gut finden sollen? Es sprach die Phantasie ganz unmittelbar an. In der ganzen Filmindustrie gab es keinen einzigen Western-Star, der nicht sofort die Gelegenheit ergriffen hätte, in einer solchen Serie aufzutreten. Das war es, was er mit schöpferischer Phantasie gemeint hatte. Jonas besaß sie wirklich.
Der Wagen hielt vor dem Krankenhaus. Jonas lehnte sich vor und öffnete die Tür. »Steigt hier aus«, sagte er ruhig.
Das Zusammentreffen war vorüber.

Sie standen vor seinem Wagen und sahen die große schwarze Limousine über die Auffahrt davonrollen. David machte die Tür auf, und Rosa schaute ihn an. »Ein ereignisreicher Abend, wie?« sagte sie leise.
Er nickte.
»Sie brauchen mich nicht zurückzufahren. Ich kann ein Taxi von hier bekommen. Ich habe volles Verständnis.«
Er blickte sie ernst an und lächelte dann. »Wie wär's, wenn wir irgendwo einen Schluck tränken?«
Sie zögerte einen Augenblick. »Ich habe ein Häuschen in Malibu«, sagte sie. »Nicht weit von hier. Wenn Sie wollen, können wir dorthin fahren.«
In fünfzehn Minuten waren sie da. »Stoßen Sie sich nicht daran, wie es bei mir aussieht«, sagte sie, den Schlüssel ins Schloß steckend. »Ich habe keine Zeit gehabt, aufzuräumen.«
Sie knipste das Licht an, und er folgte ihr in ein großes, spärlich möbliertes Wohnzimmer. Eine Couch, einige Stühle, zwei Tischchen mit Lampen darauf. An einem Ende befand sich ein Kamin, am anderen eine Glaswand, durch die man auf das Meer hinaussah
David blickte hinaus, und sie trat näher und blieb neben ihm stehen. »Es ist warm, fast warm genug zum Baden«, sagte er.
»Ich glaube nicht, daß der Große Ozean was dagegen hätte, wenn zwei ganz gewöhnliche Sterbliche ein Bad nähmen.«
»Wollen wir?«
Sie lachte. »Natürlich. Eine Badehose finden Sie in dem Schrank auf dem Flur.«

David kam aus dem Wasser und warf sich auf die Decke. Er rollte sich auf die Seite und sah, wie sie den Strand herauf auf ihn zugerannt kam.
Sie ließ sich neben ihm nieder, griff nach einem Handtuch und legte es sich um die Schultern. »Ich hätte nie gedacht, daß das Wasser noch so kalt ist.«
Er lachte. »Wunderbar.« Er griff nach einer Zigarette. »In meiner Kindheit haben wir unterhalb der Docks im East River gebadet. Aber so schön war es nie.« Er steckte die Zigarette an und reichte sie ihr.
»Fühlen Sie sich jetzt wohl?« fragte sie.

Er nickte. »Genau das, was der Arzt verschrieben hat.« Er lachte. »Innerlich ganz gelöst.«
›Gut‹, sagte sie. Sie zog an der Zigarette und gab sie ihm zurück.
»Weißt du, Rosa«, sagte er fast schüchtern. »Als meine Mutter mich zum Essen einlud, damit ich dich kennenlernen sollte, wollte ich erst nicht kommen.«
»Ich weiß«, sagte sie. »Mir ging es genauso. Ich hielt dich für einen unausstehlichen Schwätzer.«
Sie kam in seine Arme, und ihr Mund schmeckte nach Meeressalz.

13

David betrachtete das blaue, in Leder gebundene Kontobuch. Sechs Millionen Reingewinn in diesem Jahr. Fast zwei Millionen im vergangenen. Diese Zahlen bewiesen, wenn nichts anderes, so doch, wie richtig die Abmachung gewesen war, die er mit Bonner vor Jahren getroffen.
Bonner hatte zwar dasselbe für sich herausgewirtschaftet. Aber er hatte Anspruch darauf. Seine eigenen großen Filme, diejenigen, die er selber produziert und finanziert hatte, hatten soviel eingebracht. Wenn David nur imstande gewesen wäre, Jonas zur Finanzierung zu bewegen, statt sie Bonner überlassen zu müssen, dann hätten sie dieses Jahr zehn Millionen Dollar Reingewinn gehabt.
Nur eines bedrückte David. Während des vergangenen Jahres hatte Cord nach und nach einen Teil seiner Effekten liquidiert, als die Kurse stiegen. Er hatte seine ursprüngliche Kapitalsanlage bereits heraus, und die dreiundzwanzig Prozent der Aktien, die er noch besaß, waren unbelastet. Normalerweise bedeutete das in einer Gesellschaft dieser Größe, daß er die Kontrolle ausüben konnte. Aber irgend jemand kaufte. Es war eine Wiederholung dessen, was Onkel Bernie widerfahren war. Nur daß Jonas diesmal auf der falschen Seite stand.
Eines Tages hatte ein Makler namens Sheffield bei David vorgesprochen. Gerüchtweise verlautete, er stünde an der Spitze eines mächtigen Syndikats, das beachtliche Anteile der Gesellschaft besaß. David hatte ihn fragend angestarrt, als er Platz nahm.
»Seit einem Jahr versuchen wir, mit Mr. Cord in Verbindung zu treten, um unsere gegenseitigen Probleme zu erörtern«, sagte Sheffield. »Aber niemand scheint zu wissen, wo er sich aufhält oder wie er zu erreichen ist. Unsere sämtlichen Briefe sind unbeantwortet geblieben.«
»Mr. Cord ist ein vielbeschäftigter Mann.«
»Ich weiß«, erklärte Sheffield rasch. »Ich habe schon früher mit ihm zu tun gehabt. Ich halte ihn für ziemlich unberechenbar.« Er zog ein goldenes Ziga-

rettenetui aus der Tasche und öffnete es. Behutsam nahm er eine Zigarette heraus und steckte sie sich zwischen die Lippen. Er setzte die Zigarette in Brand und schob das Etui ebenso behutsam zurück in seine Tasche. Er blies den Rauch in Richtung auf David. »Unsere Geduld ist erschöpft«, sagte er. »Wir haben beträchtliche Kapitalien in dieser Gesellschaft stecken, eine Anlage, die weder eine dilettantische Führung der Geschäfte noch eine offensichtliche Vernachlässigung von Gewinnchancen gestattet.«

»Leute, die Geld bei uns angelegt haben, können sich kaum beklagen, scheint mir«, sagte David. »Nicht nach den Profiten, die das Unternehmen dieses Jahr abgeworfen hat.«

»Ich finde Ihre Loyalität durchaus löblich, Mr. Woolf«, sagte Sheffield und lächelte. »Aber machen wir uns doch nichts vor. Meine Klienten wären bereit, das Geld für gewisse Filme vorzustrecken, die unseren Profit unter Umständen verdoppelt hätten. Mr. Cord war dagegen. Wir sind bereit, einen gerechten Aktien- und Gewinn-Aufteilungsplan für gewisse Leute in Schlüsselpositionen auszuarbeiten. Mr. Cord ist dagegen. Wir haben jetzt genausoviel Aktien, wenn nicht mehr als er. Wir sind der Meinung, daß wir ein Wort mitzureden haben.«

»Ich bin gern bereit, Mr. Cord Ihre Vorschläge zu übermitteln.«

»Das ist nicht nötig«, sagte Sheffield. »Wir sind nach seinem bisherigen Verhalten überzeugt, daß er kein Interesse mehr hat.«

»Warum sind Sie dann überhaupt zu mir gekommen?« fragte David. Jetzt waren die Vorverhandlungen vorüber; jetzt kam man auf den Kern der Dinge.

Sheffield lehnte sich vor. »Wir glauben, daß der Erfolg der Gesellschaft ganz und gar Ihrem Verhalten zuzuschreiben ist. Wir haben die größte Hochachtung vor Ihren Fähigkeiten und sähen Sie gern an der Spitze des Unternehmens.« Er drückte seine Zigarette im Aschenbecher aus. »Selbstverständlich mit allen Vollmachten und angemessener Entschädigung.«

David starrte ihn an. Die Welt auf einem silbernen Tablett. »Sehr schmeichelhaft«, sagte er vorsichtig. »Aber wenn ich nun darum bäte, die Dinge so zu belassen, wie sie sind? Wenn ich Mr. Cord dazu überredete, einige Ihrer Vorschläge anzunehmen? Würden Sie damit einverstanden sein?«

Sheffield schüttelte den Kopf. »Bei allem Respekt vor Ihrer Aufrichtigkeit – nein. Sehen Sie, wir sind fest überzeugt, daß Cord den Fortschritt der Gesellschaft hemmt.«

»Dann würden Sie es also auf eine Kampfabstimmung ankommen lassen, wenn ich nicht mit Ihnen mitmachte?«

»Das dürfte sich erübrigen«, sagte Sheffield. »Ich habe bereits erwähnt, daß wir über einen großen Teil der ausstehenden Aktien verfügen. Gewisse Makler haben uns überdies noch zusätzliche fünf Prozent versprochen.« Er nahm ein Schriftstück aus der Tasche und reichte es David. »Hiermit verpflichtet sich

Mr. Bonner, uns am fünfzehnten Dezember sämtliche in seinem Besitz befindlichen Aktien zu verkaufen. Mit Mr. Bonners zehn Prozent verfügen wir über insgesamt achtunddreißig Prozent. Mit oder ohne die fünf Prozent, die Sie besitzen, haben wir mehr als genug Aktien, um die Kontrolle der Gesellschaft zu übernehmen. Selbst bei einer Kampfabstimmung käme Mr. Cord nicht über dreißig Prozent hinaus.«
David nahm das Schriftstück und warf einen Blick darauf. Es war tatsächlich eine feste Zusage. Und sie trug Bonners Unterschrift. Stumm schob er Sheffield das Dokument wieder zu. Plötzlich mußte er an den alten Norman-Speicher denken, wo er angefangen hatte. Der König muß sterben. Aber jetzt handelte es sich nicht mehr um einen bloßen Lademeister, sondern um Jonas. Bis zu diesem Augenblick hatte er sich den Gedanken daran einfach nicht gestattet. Jonas war ihm stets unverwundbar vorgekommen. Aber das alles hatte sich geändert. Jonas war im Abrutschen. Und was Sheffield sagte, lief im Grunde darauf hinaus, daß man ihn, David, zum König krönen würde, wenn er mitmachte. David schöpfte tief Luft. Warum sollte er es nicht sein? Seit jenem ersten Tag auf dem Speicher war er von diesem Gefühl durchdrungen gewesen.

14

Irving folgte David ins Wohnzimmer, als Rosa anfing, den Tisch abzuräumen. »Sie hat noch nie so blendend ausgesehen«, sagte er und machte es sich in einem Sessel am Fenster bequem.
David nickt geistesabwesend. »Ja.«
Irving schaute ihn an. »Was ist denn, Davy?«
»Das übliche«, entgegnete David ausweichend.
»Mir sind andere Dinge zu Ohren gekommen.«
Etwas in seiner Stimme ließ David aufhorchen. »Was für andere Dinge?«
»Es heißt, daß man deinen Chef in die Zange genommen hat«, sagte Irving leise.
»Was noch?«
»Die neuen Herren wollen dir die Leitung übertragen, wenn du mit an ihrem Strang ziehst«, sagte Irving. »Es heißt auch, daß Bonner bereits an sie verkauft hat.«
David schwieg. Er konnte nicht glauben, daß Jonas ahnungslos war. Aber möglich war es.
»Du sagst nichts, Davy«, erklärte Irving ruhig. »Du hast mich doch nicht umsonst mit hierhergebracht.«
»Wie bist du hinter die ganze Geschichte gekommen?«
Irving zuckte die Achseln. »Wir besitzen Aktien«, sagte er beiläufig. »Man

hat mich angerufen und mir mitgeteilt, daß einige Makler Kontakt aufgenommen haben. Man wollte meinen Rat haben.«
»Wie viele Aktien?«
»Etwa achtzig – neunzigtausend Anteile. Bei der Art und Weise, wie du die Dinge leitest, hielten wir es für ein gutes Geschäft.«
»Hast du ...« David korrigierte sich. »Hat man sich schon entschlossen, welchen Weg man einschlagen will?« Dieses Aktienpaket konnte ausschlaggebend sein. Es waren über drei Prozent der zweieinhalb Millionen ausstehender Anteile.
»Nein, wir sind ziemlich konservativ«, sagte Irving. »Wir stellen uns gern auf die Seite, wo das Geld ist. Und das Angebot, das man uns gemacht hat klang ganz verlockend. Komplette Finanzierung, Verdopplung der Profite, vielleicht sogar Aufteilung der Aktien in einigen Jahren.«
David nickte. Nachdenklich griff er nach einer Zigarette. Unangezündet baumelte sie zwischen seinen Lippen. Warum hatte Jonas ihm nicht geantwortet? Dreimal hatte er versucht, ihn ausfindig zu machen, und jedesmal ohne Erfolg. Er mußte doch jetzt bestimmt erfahren haben, was gespielt wurde. Von der letzten Adresse, wo er nachgeforscht hatte, war der Bescheid gekommen, Jonas befände sich im Ausland. Wenn das stimmte, so würde er bei seiner Rückkehr vor einem *fait accompli* stehen.
»Was wirst du tun, Davy?« fragte Irving leise.
»Ich weiß nicht«, sagte er. »Ich weiß nicht, was ich tun soll.«
»Du kannst nicht mehr lange tatenlos herumsitzen, Junge«, sagte Irving. »Mit einem Verlierer kann man nicht leben.«
»Ich weiß«, sagte David. Endlich zündete er ein Streichholz an und hielt es an seine Zigarette. »Aber die Sache ist so. Ich weiß, daß Cord sich nicht weiter um uns kümmert, uns höchstens manchmal zügelt. Aber ich weiß auch, daß er Filme drehen kann. Er hat das Gefühl dafür. Deswegen ist er ja überhaupt nur eingestiegen. Nicht aus rein geschäftlichen Erwägungen wie Sheffield und die übrigen.«
»Aber die Bankiers und Makler halten sämtliche Trümpfe in Händen«, sagte Irving. »Nur Narren rennen mit dem Kopf gegen die Wand.«
»Ja«, sagte David fast grimmig und drückte seine Zigarette aus.
Irving schwieg eine Weile und lächelte dann. »Ich will dir was sagen, Davy. Ich werde all unsere Stimmen sammeln und sie dir zur Verfügung stellen. Du kannst sie nach deinem Ermessen verwenden.«
David starrte ihn an. »Das würdest du tun?«
Irving lachte. »Mir bleibt kaum eine andre Wahl. Hast du nicht damals auch die Spritfuhre von Shockys Garage für uns gemacht?«
»Hier kommt der Kaffee«, verkündete Rosa, die mit einem Tablett hereintrat. »Heiland!« rief Irving. »Sieh nur diesen Schokoladenkuchen!«
Rosa lachte. »Selbstgebacken«, sagte sie stolz.

Irving lehnte sich auf der Couch zurück. »Oh, Doktorin«, sagte er, schaute Rosa an und verdrehte die Augen.

»Noch ein Stück?«

»Ich hab' schon drei gehabt. Noch eines, und Sie müssen das Fettpolster von meinem Bauch entfernen, damit ich wieder in Form komme.«

»Dann lieber noch eine Tasse Kaffee«, sagte sie. Sie begann die Kuchenteller einzusammeln.

»Was ich dich noch fragen wollte, Davy«, sagte Irving. »Hast du je etwas von Jennie Denton gehört?«

»Jennie Denton?« David schüttelte den Kopf. »Nein.«

»Was ist mit ihr?« fragte Rosa. »Ich habe einmal eine Jennie Denton gekannt.«

»Tatsächlich? Wo?«

»Im Krankenhaus. Vor vier Jahren hatten wir dort eine Schwester, die so hieß.«

»Etwa einssiebenundsechzig, dunkle Augen, langes hellbraunes Haar, gute Figur und mit einem interessanten Gang?«

Rosa lachte. »Sexy, meinen Sie?«

Irving nickte. »Genau das meine ich.«

»Klingt, als wär's dasselbe Mädchen«, sagte Rosa.

»Was ist mit ihr?« fragte David.

»Nun, diese Jennie ist wahrscheinlich die teuerste Nutte in Los Angeles. Sie besitzt ihre eigene Sechs-Zimmer-Villa in den Bergen und läßt sich nur nach Voranmeldung sprechen. Ein Hotelzimmer betritt sie nicht. Sie hat höchst exklusive Kundschaft, und wenn man eine Verabredung mit ihr treffen will, muß man mitunter zwei, drei Wochen warten. Sie arbeitet nur an fünf Tagen in der Woche.«

»Wenn Sie sie meinem Mann empfehlen wollen«, unterbrach Rosa ihn lächelnd, »so hören Sie lieber auf damit.«

Irving lächelte. »Nun, es scheint, daß Maurice Bonner Anfang der Woche bei ihr war. Und die Folge davon ist, daß Jennie am nächsten Tage im Studio zu einer Probeaufnahme erscheint. Er macht Farbaufnahmen von ihr, einige Szenen aus einem alten, schon ewig herumliegenden Drehbuch. Während er dabei ist, entschließt er sich, die Sache so gut wie möglich zu machen. Er kleidet sie in weiße Seide. Es soll die Taufszene darstellen, und als sie aus dem Wasser in dem großen Bassin auf Bühne zwölf kommt, kann man alles sehen, was sie hat. Innerhalb von zwei Tagen sind diese Probeaufnahmen in ganz Hollywood bekannt. Man verspricht sich einen der größten Filme davon. Bonner hat bereits mehr Interessenten dafür, als Selznick für *Vom Winde verweht* hatte.«

David erinnerte sich nur an ein einziges Drehbuch, in dem eine Taufszene vorkam.

»Entsinnst du dich noch an den Titel?« fragte er. »War es *Die Sünderin?*«
»Konnte sein.«
»Wenn das zutrifft, dann war es das Drehbuch, das Cord eigens für Rina Marlowe kurz vor ihrem Tode hat schreiben lassen.«
»Mir ganz egal, für wen es geschrieben wurde.« Irving lächelte. »Du mußt dir diese Probeaufnahmen unbedingt ansehen. Sie sind umwerfend. Ich hab' sie mir zweimal angesehen. Und alle anderen Leute im Vorführraum auch.«
»Morgen«, sagte David.
»Ich möchte sie auch sehen.« David blickte Rosa an. Es war das erstemal, daß sie Interesse an einem Film zeigte. »Sei um zehn im Studio«, sagte er. »Dann sehen wir sie uns gemeinsam an.«
»Wenn ich nicht eine wichtige Besprechung hätte«, sagte Irving, »würde ich auch noch einmal hinkommen.«

David zog den Gürtel seines Pyjamas straff, setzte sich auf den Stuhl in Fensternähe und blickte hinaus aufs Meer.
Er konnte das Wasser in das Waschbecken des Badezimmers rinnen hören sowie Rosas Stimme, die leise vor sich hinsummte, während sie sich das Gesicht abspülte. Er seufzte. Wie gut, daß wenigstens sie voll in ihrer Arbeit aufgehen konnte. Eine Ärztin brauchte keinen Nervenkrieg zu überstehen, um zu praktizieren.
Die Tür hinter ihm ging auf, und er drehte sich um. Von der Schwelle her schaute sie ihn nachdenklich an.
»Du wolltest mir doch noch etwas sagen.« Er lächelte sie an.
»Nein, David«, erwiderte sie. Ihre Augen glänzten. »Eine Ehefrau hat zuzuhören, wenn ihr Herr und Gebieter spricht.«
»Nach Herr und Gebieter ist mir gerade nicht zumute.«
»Ist etwas nicht in Ordnung, David?«
»Ich weiß nicht«, sagte er und erzählte ihr alles, angefangen bei seiner Begegnung mit Sheffield an jenem Abend. Sie trat an ihn heran und zog seinen Kopf an ihre Brust. »Armer David«, flüsterte sie teilnahmsvoll. »So viele Probleme.«
Er blickte zu ihr auf. »Ich muß bald irgendeine Entscheidung treffen«, sagte er. »Was rätst du mir?«
Sie schaute ihn aus leuchtenden grauen Augen an. Sie fühlte sich stark und zu allem fähig, als wurzele sie tief in der Erde. »Wozu du dich auch entscheiden magst, David«, sagte sie, »ich bin überzeugt, daß es das Rechte für uns sein wird.«
»Für uns?«
Sie lächelte verhalten. Zu allem, was es hieß, eine Frau zu sein, gehörte auch diese neu gefundene Kraft.
»Wir bekommen ein Kind«, sagte sie.

15

Nach der Dunkelheit im Vorführraum tat das grelle Sonnenlicht ihren Augen weh. Schweigend legten sie den Weg zu Davids Büro zurück.
»Woran denkst du, David?« fragte sie ruhig. »Bedauerst du nach diesen Probeaufnahmen, daß du verheiratet bist?«
Er schaute sie an und lachte. Er öffnete die Tür zu seinem Cottage, und sie gingen an seiner Sekretärin vorbei in sein Privatbüro. David trat hinter den Schreibtisch und setzte sich. Er blickte noch immer nachdenklich drein. Sie nahm eine Zigarette heraus und steckte sie an.
»Was hältst du von diesen Probeaufnahmen?«
Sie lächelte. »Jetzt begreife ich, warum sie alle Männer verrückt macht«, antwortete sie. »Die Art, wie das Tuch an ihr klebte, als sie aus dem Wasser kam, war das Suggestivste, was ich je gesehen habe.«
»Laß diese Szene mal außer Betracht. Wie fandest du sie sonst?«
»Großartig. Mir ist fast das Herz stehengeblieben bei der Szene, wo man nur die Füße des dahinschreitenden Heilands sieht, der das Kreuz hinter sich herschleift. Unvergeßlich, wie sie im Staube kriecht und seine Füße zu küssen versucht.« Sie schwieg einen Augenblick. »Waren das richtige Tränen oder künstliche?«
David starrte sie an. »Richtige«, sagte er. »Bei Probeaufnahmen verwendet man keine künstlichen.«
Er fühlte sich von einer tiefen Erregung erfaßt. Auf ihre Weise hatte Rosa ihm die Antwort gegeben. Seit er Rina Marlowe zuerst auf der Leinwand gesehen hatte, war ihm so nicht mehr zumute gewesen.
Er riß einen Merkzettel von dem Block auf seinem Schreibtisch und kritzelte etwas darauf. Rosa schaute ihm einen Augenblick zu, kam dann um den Schreibtisch herum und lugte über seine Schulter. Er war bereits fertig und griff nach dem Telefon.

Jonas –
ich finde, es ist höchste Zeit, daß wir uns wieder
dem Filmgeschäft widmen. Lassen Sie von sich hören.
David

»Verbinden Sie mich mit McAllister in Reno«, sagte David in die Sprechmuschel. Er hob den Kopf und lächelte Rosa an. Sie erwiderte sein Lächeln und setzte sich wieder auf ihren Stuhl.
»Hallo, Mac«, sagte David mit forscher, kräftiger Stimme. »Ich habe zwei Fragen an Sie.«
Ein Gefühl des Stolzes durchströmte sie. Sie war froh, daß sie ins Studio gekommen war. Sie lernte ihren Mann von einer ganz neuen Seite kennen.

»Erstens«, sagte David in den Apparat, »kann ich eine Schauspielerin für Cord Sprengstoffe unter Vertrag nehmen? Ich habe besondere Gründe, sie vertraglich nicht an uns zu binden. Wichtige Gründe.« David wurde etwas umgänglicher. »Gut. Nächste Frage. Ich habe ein paar Filmaufnahmen, die sich Jonas sofort ansehen muß. Können Sie sie ihm zustellen?« Er wartete einen Augenblick. »Mehr kann ich nicht verlangen. Der Film ist in zwei Stunden in Ihrem Büro in Los Angeles. Vielen Dank, Mac. Wiedersehn.«

Jennie saß an ihrem Schreibtisch im Wohnzimmer und schrieb Schecks für die monatlichen Rechnungen aus, als es an der Tür klingelte. Sie hörte die Mexikanerin hinausschlurfen, um nachzusehen. Sie zog die Stirn kraus und starrte auf den Schreibtisch.

Es war töricht von ihr gewesen, sich zu diesen Probeaufnahmen verleiten zu lassen. Sie hätte sich von Anfang an sagen müssen, daß dieser Bonner nur damit angeben wollte. Jetzt lachte man in ganz Hollywood über sie. Schon mindestens drei, vier ihrer Kunden hatten angerufen und sie sarkastisch zu den Aufnahmen beglückwünscht. Alle hatten sie gesehen.

Sie hatte gewußt, daß sie keine Schauspielerin war. Weshalb zum Teufel hatte sie sich bloß darauf eingelassen? Wie irgendeine theaterbesessene dumme Göre. Sie hatte sich für zu klug gehalten. Geglaubt, daß sie nie in eine solche Falle stolpern würde. Und dann war es ihr nicht besser ergangen als all den andern.

Im Augenblick, da sie vor der Kamera stand, hätte sie wissen müssen, daß das nichts für sie war. Aber sie hatte das Drehbuch gelesen. Maria Magdalena. Zuerst hatte sie sich fast totgelacht. Kein Wunder, daß Bonner an sie gedacht hatte. Die Rolle entsprach ihrem Gewerbe.

Dann hatte etwas an der Geschichte sie ergriffen und erschüttert. Sie hatte sich völlig in die Rolle versetzt und zeitweise sogar geweint, während die Kameras surrten. Und das war ihr seit ihren Kindertagen nicht mehr passiert. Kein Wunder, daß man lachte. Auch sie hätte gelacht, wenn es jemand anders gewesen wäre. Die Hure, die über eine andere weint. Nie hätte sie darauf hören dürfen. Und die Woche war vergangen, ohne daß Bonner sich mit einem einzigen Wort gemeldet hätte.

Hinter ihr erklangen die schlurfenden Schritte der Mexikanerin. Sie blickte sich um. Die glänzenden Äuglein der Dienerin waren undurchdringlich. »*Señor Woolf está aqui.*«

Woolf. Der Name war ihr unbekannt. Vielleicht jemand von der Polizei. Man hatte ihr mitgeteilt, daß ein neuer Mann vorbeikommen würde, um das Schweigegeld einzukassieren.

»*De las peliculas*«, fügte die Dienerin rasch hinzu.

»Oh.« Sie nickte. »*Tráigale aqui.*« Als die Dienerin sich entfernte, wandte sie sich wieder dem Schreibtisch zu. Mit ein paar Handgriffen bündelte sie die

Rechnungen und steckte sie in eine Schublade. Sie drehte sich auf ihrem Stuhl um, gerade als die Mexikanerin einen jungen Mann hereinführte.
Sie musterte ihn kühl und erhob sich. »Kommen Sie in Bonners Auftrag?«
»Nein«, sagte er. »Bonner hat keine Ahnung, daß ich hier bin.«
»Oh.« Sie wußte, weshalb er gekommen war. »Haben Sie die Aufnahmen gesehen?«
Er nickte.
Ihre Stimme wurde noch eisiger. »Dann können Sie gleich wieder verschwinden«, sagte sie. »Ich empfange niemand ohne Voranmeldung.«
Ein schwaches Lächeln umspielte seine Lippen. Sie wurde noch wütender. »Und sagen Sie Bonner, daß er aufhören soll, diese Aufnahmen herumzuzeigen, oder er wird es bereuen.«
Er lachte und wurde dann ernst. »Das habe ich bereits getan, Miß Denton.«
»So?« Ihr Ärger verflog. »Damit könnte man mir und meinem Gewerbe beträchtlichen Schaden zufügen.«
»Ich glaube, Sie haben längst aufgehört, dieses Gewerbe zu betreiben«, erklärte er ruhig.
Sie schaute ihn aus weitgeöffneten Augen an. »Was soll das heißen?«
»Ich fürchte, Sie verstehen nicht«, sagte er, zog ein Kärtchen heraus und reichte es ihr. Sie warf einen Blick darauf. In der Mitte stand nur der Name: David Woolf. Und unten in einer Ecke: Geschäftsführender Vizepräsident. Darunter der Name der Filmgesellschaft, mit der Bonner in Verbindung stand. Jetzt entsann sie sich, wer er war. Sie hatte in den Zeitungen über ihn gelesen. Der kluge junge Mann. Cords Wunderknabe. Sie schaute ihn an.
Wieder spielte ein schwaches Lächeln um seine Lippen. »Würden Sie gern die Maria Magdalena spielen?«
Plötzlich war sie nervös. »Ich weiß nicht«, sagte sie zögernd. »Ich habe das alles für einen dummen Scherz von Bonner gehalten.«
»Vielleicht war es einer«, sagte David rasch. »Ich weiß nicht, was er sich dabei gedacht hat. Aber ich scherze nicht. Ich glaube, Sie haben das Zeug zu einer großen Schauspielerin in sich.« Er schwieg einen Augenblick. »Und meine Frau glaubt das auch.«
Sie blickte ihn fragend an.
»Rosa Strassmer. Sie hat Sie vor vier Jahren im Krankenhaus kennengelernt.«
Ihre Augen leuchteten auf. »Meinen Sie Dr. Strassmer? Die Ärztin, die die Gesichtsoperation an Linda Davis durchgeführt hat?«
Wieder nickte er lächelnd.
»Ich war an jenem Tage Operationsschwester«, sagte sie. »Sie war ganz großartig.«
»Danke. Aber wie ist's, würden Sie gern die Maria Magdalena spielen?«
Plötzlich empfand sie ein unwiderstehliches Verlangen danach. »Ja.«

»Auf diese Antwort hatte ich gehofft«, sagte er und zog ein gefaltetes Schriftstück aus seiner Tasche. »Was für eine Gage hat Bonner Ihnen versprochen?«
»Zweitausend wöchentlich.«
Er hatte den Füllhalter bereits in der Hand und machte eine Eintragung in das Schriftstück. »Augenblick, Mr. Woolf«, sagte sie rasch. »Ich weiß, daß Bonner nur angegeben hat. Soviel brauchen Sie nicht zu zahlen.«
»Von ihm mag es Angabe gewesen sein, von mir nicht. Er hat gesagt zweitausend, und dabei bleibt es.« Als er fertig war mit Schreiben, reichte er ihr den Vertrag. »Lesen Sie ihn aufmerksam durch.«
Sie warf einen Blick darauf. Das einzige, was auf der Vorderseite stand, war ihr Name und die Höhe der Gage. »Muß ich?«
David nickte. »Unbedingt«, sagte er. »Verträge sind leicht unterschrieben, aber nicht so leicht zu lösen.«
Jennie sank zurück auf den Stuhl und las den Vertrag durch. »Wie ich sehe, lautet er auf Cord Sprengstoffe.«
»Das ist bei uns so üblich. Cord ist Eigentümer der Gesellschaft.«
»Oh.« Sie las zu Ende und griff nach einer Feder. Rasch setzte sie ihren Namen darunter und gab ihm den Vertrag zurück. »Wie geht es jetzt weiter?« fragte sie lächelnd.
Er steckte den Vertrag ein. »Jetzt ändern wir erst einmal Ihren Namen.«
»Was ist denn daran auszusetzen?«
»Er ist zu vielen Leuten bekannt«, sagte er. »Später könnte das peinlich werden.«
Jennie überlegte einen Augenblick und lachte dann. »Mir wäre das völlig schnuppe«, sagte sie. »Oder bestehen Sie darauf?«
David schüttelte den Kopf. »Das müssen Sie entscheiden.«
Er schaute sich im Zimmer um. »Gehört Ihnen dieses Haus, oder wohnen Sie zur Miete?«
»Miete.«
»Gut«, sagte er. »Kündigen Sie und verreisen Sie für eine Weile. Palm Springs oder irgendwohin. Aber außer mir darf niemand wissen, wo Sie sich aufhalten.«
»O. K.«, sagte sie. »Und dann?«
»Dann warten Sie ab«, sagte er. »Warten Sie, bis wir Sie entdecken.«

16

»Tut mir leid, David«, sagte Pierce und erhob sich. Er lächelte, aber seine Augen waren kalt. »Ich kann Ihnen nicht aushelfen.«
»Warum nicht?«

»Weil ich die Aktien vor einem Jahr verkauft habe.«
»An Sheffield?«
Pierce nickte.
»Warum haben Sie sich nicht mit Jonas in Verbindung gesetzt?«
»Weil ich nicht wollte«, erklärte Pierce gereizt. »Er hat mich lange genug ausgenützt. In den schlechten Jahren war ich gut genug für ihn. Um die Dreckarbeit zu leisten und den Betrieb in Gang zu halten. Aber im Augenblick, da sich die Lage so weit gebessert hatte, daß wir große Filme hätten drehen können, schleust er Bonner ein.«
»Sie haben ihn auch ganz gehörig ausgenützt. Er hat Millionen hinausgeworfen, weil Sie ein Studio zum Herumspielen haben wollten. Durch ihn sind Sie ein reicher Mann geworden. Und als Bonner kam, hatten Sie längst eingesehen, daß Sie ein Agent sind, aber kein Produzent.«
»Nur weil er mir nie eine Chance gegeben hat.« Dan grinste freudlos. »Jetzt steckt er zur Abwechslung mal im Schwitzkasten. Ich bin gespannt, wie ihm das gefällt.« Wütend ging er auf die Tür zu, aber als er sich wieder an David wandte, schien sein Zorn bereits verraucht. »Halten Sie die Verbindung aufrecht, David. Wenn Sie mit den richtigen Sachen aufwarten, könnte ich unter Umständen Tracy und Gable von Metro für einen Ihrer Filme loseisen.«
David nickte, und der Agent ging hinaus. Er schaute auf seinen Schreibtisch. Das Übliche, dachte er voller Bitterkeit. Pierce würde nichts dabei finden, eine solche Abmachung zu treffen und der Gesellschaft einen Millionen-Dollar-Profit zu verschaffen. Das war sein Geschäft. Es hatte nichts mit Jonas Cord persönlich zu tun. Aber daß er seine Aktien abgestoßen hatte, war etwas anderes.
Er griff nach dem Telefon auf seinem Schreibtisch. »Ja, Mr. Woolf?«
»Rufen Sie Bonners Büro an und stellen Sie fest, ob ich mich mit ihm treffen kann.«
»In Ihrem Büro oder seinem?« fragte seine Sekretärin.
Er lächelte vor sich hin. Nach den üblichen Gepflogenheiten hätte Bonner zu ihm kommen müssen. Aber es war erstaunlich, wie feinfühlig man im Studio plötzlich war. Alle hatten gemerkt, daß etwas in der Luft lag, und selbst seine Sekretärin schien sich nicht ganz sicher zu sein, ob seine Position bereits erschüttert war oder nicht. Dies war ihre Art, den Fall zu sondieren.
»In meinem Büro selbstverständlich«, sagte er kurz und legte auf.

Etwa eine dreiviertel Stunde später trat Bonner in sein Büro. Das war gar nicht so übel, wenn man die Stellungen in Betracht zog, die sie beide bekleideten. Er kam nicht so spät, daß es unverschämt wirkte, aber auch nicht zu schnell, um den Eindruck von Unterwürfigkeit zu vermeiden. Er trat an Davids Schreibtisch und nahm Platz.

»Tut mir leid, daß ich Sie belästigen mußte, Maurice«, sagte David höflich.
»Macht nichts, David«, erwiderte Bonner ebenso höflich. »Ich habe gerade noch die Produktions-Besprechung zu Ende führen können.«
»Gut. Dann haben Sie also etwas Zeit?«
Bonner schaute auf seine Uhr. »Ich müßte jetzt eigentlich zu einer Konferenz mit einigen Drehbuchautoren.«
David lächelte. »Schriftsteller sind Warten gewöhnt.«
Bonner schaute David neugierig an.
»Ich habe die Probeaufnahmen gesehen.«
»Was ich übrigens noch fragen wollte, warum haben Sie sämtliche Kopien eingezogen?« sagte Bonner.
»Ich wußte«, sagte David. »*Die Sünderin* gehört uns nicht, sondern ist Cords Privateigentum. Und Sie wissen ja, wie er ist. Ich wollte mir keine Läuse in den Pelz setzen.«
Bonner starrte ihn schweigend an. Es hatte keinen Zweck, wie die Katze um den heißen Brei herumzugehen. David kam zur Sache. »Sheffield hat mir das Schriftstück gezeigt, auf dem Sie sich verpflichten, ihm Ihre Aktien zu verkaufen.«
Bonner nickte. »Hab' ich mir gedacht.«
»Warum?« fragte David. »Warum haben Sie nicht mit Cord gesprochen, wenn Sie verkaufen wollten?«
Bonner schwieg eine Weile. »Wozu? Ich kenne den Mann überhaupt nicht. In den drei Jahren, die ich für ihn arbeite, hatte er nicht einmal soviel einfache Höflichkeit, mich ein einzigesmal aufzusuchen. Ich habe keinerlei Grund, ihm nachzulaufen. Außerdem läuft mein Vertrag nächsten Monat ab, und niemand ist wegen einer Erneuerung an mich herangetreten. Nicht mal von McAllister habe ich etwas gehört.«
David steckte sich eine Zigarette an. »Warum sind Sie nicht zu mir gekommen?« fragte er leise. »Schließlich habe ich Sie hierhergebracht.«
Bonner wich seinem Blick aus. »Stimmt schon, David. Das hätte ich tun sollen. Aber jedermann weiß, daß Sie ohne Cords O. K. nichts machen können. Ehe Sie ihn erreicht haben würden, wäre mein Vertrag abgelaufen, und ich hätte dagestanden wie ein Esel, zum Gespött aller.«
David machte einen tiefen Lungenzug. Sie waren sich alle so ähnlich – so gerissen, so unbarmherzig, so vielseitig begabt und dennoch so kindisch in ihrem dummen Stolz.
Bonner faßte sein Schweigen als Resignation auf. »Sheffield hat versprochen, für uns zu sorgen«, erklärte er rasch. »Er will uns beide haben, David. Das wissen Sie doch. Sobald er übernimmt, will er neue Abmachungen mit uns treffen. Die Filme finanzieren, uns am Gewinn beteiligen und ein Prämiengeschäft mit uns machen.«
»Haben Sie das schriftlich?«

Bonner schüttelte den Kopf. »Selbstverständlich nicht«, sagte er. »Er kann mich nicht vertraglich verpflichten, ehe er übernommen hat. Aber sein Wort genügt. Er ist ein großer Mann. Kein Schaumschläger wie Cord.«
»Hat Cord je sein Wort Ihnen gegenüber gebrochen?«
Bonner schüttelte den Kopf. »Dazu hatte er gar keine Gelegenheit. Ich hatte einen Vertrag, und jetzt, wo dieser Vertrag beinah abgelaufen ist, werd' ich mich hüten, ihm noch eine zu geben.«
»Sie sind wie mein Onkel«, seufzte David. »Auch er hat auf Männer wie Sheffield gehört und dabei sein Unternehmen verloren. Und jetzt machen Sie dasselbe. Er kann Ihnen keinen Vertrag geben, weil er die Gesellschaft nicht kontrolliert, dennoch geben Sie ihm eine schriftliche Erklärung, die ihm das ermöglicht.« David stand wütend auf. »Was werden Sie denn machen, Sie verdammter Narr, wenn er Ihnen nach seiner Übernahme erklärt, daß er sein Versprechen nun doch nicht halten könne?«
»Aber er braucht uns doch, um weiterarbeiten zu können. Wer soll denn Filme für ihn drehen, wenn nicht ich?«
»Das hat mein Onkel Bernie auch geglaubt«, sagte David sarkastisch. »Aber es ging auch ohne ihn. Und es wird auch ohne uns gehen. Sheffield findet immer jemand, den Studiobetrieb aufrechtzuerhalten. Schary von MGM wartet nur auf eine solche Gelegenheit. Matty Fox von Universal würde mit Kußhand zugreifen. Er hätte es hier viel leichter als dort.« Unvermittelt setzte David sich wieder. »Glauben Sie immer noch, daß er die Gesellschaft nicht ohne uns weiterführen kann?«
Bonner erbleichte und starrte ihn an. »Was soll ich denn machen, Davy? Ich habe unterschrieben. Sheffield kann mir einen Prozeß anhängen, wenn ich abspringe.«
Langsam drückte David seine Zigarette aus. »Wenn ich mich recht erinnere«, sagte er, »haben Sie vereinbart, ihm sämtliche am fünfzehnten Dezember in Ihrem Besitz befindlichen Aktien zu verkaufen.«
»Stimmt.«
»Wenn Sie nun an jenem Tage nur einen einzigen Anteil in Ihrem Besitz hätten?« fragte David leise. »Und ihm diesen Anteil verkauften, so hätten Sie Wort gehalten.«
»Das wäre schon nächste Woche. Wer sollte die Aktien vorher aufkaufen?«
»Jonas Cord.«
»Wenn Sie ihn nun aber nicht rechtzeitig erreichen können? Dann bin ich vier Millionen Dollar los. Falls ich die Aktien auf dem offenen Markt verkaufen lasse, werden die Kurse ins Bodenlose fallen.«
»Ich werde dafür sorgen, daß Sie zu Ihrem Geld kommen.« David lehnte sich über den Schreibtisch. »Und noch eines, Maurice«, sagte er leise. »Sie können sich gleich jetzt Ihren eigenen Vertrag aufsetzen.«

»Vier Millionen Piepen!« schrie Irving. »Wo zum Teufel soll ich denn soviel Geld hernehmen?«
David starrte seinen Freund an. »Komm schon, Spitznase. Dies ist *tuchlas*.«
»Und wenn Cord diese Aktien nun nicht haben will?« fragte Irving ruhiger. »Was mache ich dann damit? Sie als Toilettenpapier benützen?« Er kaute an seiner Zigarre. »Du willst mein Freund sein. Wenn bei diesem Geschäft etwas schiefgeht, bin ich niemands Freund mehr. Dann kann ich mich ebensogut beerdigen lassen.«
»So schlimm steht es doch wohl nicht?«
»Erzähl mir nicht, wie schlimm es steht«, sagte Irving wütend. »Aus Stellungen wie meiner fliegt man nicht einfach hinaus. Man verschwindet sang- und klanglos für immer.«
David schaute ihn einen Augenblick an. »Entschuldige, Irving. Ich habe kein Recht, von dir zu verlangen, ein solches Risiko einzugehen.« Er wandte sich um und ging auf die Tür zu. Die Stimme seines Freundes hielt ihn zurück. »He, Augenblick mal. Wo willst du denn hin?«
David starrte ihn an.
»Hab' ich behauptet, daß ich es nicht für dich tun würde?« sagte Irving.

Tante Mays üppiger Busen wogte vor Entrüstung. »Wie ein Vater war dein Onkel Bernie zu dir«, sagte sie mit ihrer schrillen, krächzenden Stimme. »Warst du wie ein Sohn zu ihm? Hast du gewürdigt, was er für dich getan hat? Nein. Nicht ein einziges Mal hast du zu seinen Lebzeiten auch nur danke schön gesagt.«
Sie zog ein Taschentuch aus ihrem Kleid und betupfte sich damit die Augen, wobei der zwölfkarätige Diamant an ihrem Ring nur so funkelte. »Nur Gottes Gnade ist es zu verdanken, daß deine arme Tante den Rest ihres Lebens nicht im Armenhaus verbringen muß.«
Unbehaglich lehnte sich David in den steifen Stuhl zurück. Er spürte die Nachtkühle in dem großen leeren Zimmer des riesigen Hauses. Ihn fröstelte. Aber er wußte nicht, ob es die Kälte war oder nur die Atmosphäre, die das Haus ausströmte. »Soll ich Feuer machen, Tante?« fragte er.
»Frierst du, Duvidele?«
Er zuckte die Achseln. »Ich dachte, dir wäre kalt.«
»Kalt?« wiederholte sie. »Daran ist deine arme alte Tante gewöhnt. Ich kann dieses Haus sowieso nur halten, indem ich jeden Pfennig zusammenkratze.«
Er schaute auf seine Uhr. »Es ist schon spät, Tante. Ich muß jetzt gehen. Bekomme ich die Vollmachten oder nicht?«
Die Alte starrte ihn an. »Warum sollte ich dir die Vollmachten geben? Nur damit du diesem *momser*, diesem Taugenichts hilfst, der deinen Onkel um sein Unternehmen gebracht hat?«

»Niemand hat ihn darum gebracht. Onkel Bernie hätte es auch so eingebüßt. Er hatte noch Glück, daß Cord ihn so billig hat davonkommen lassen.«

»Glück hatte er?« Sie kreischte wieder. »Von all den Anteilen, die er besaß, sind mir nur fünfundzwanzigtausend geblieben! Was ist aus den übrigen geworden? Sag mir das! Was ist daraus geworden, hah?«

»Onkel Bernie hat dreieinhalb Millionen dafür bekommen.«

»Na und?« herrschte sie ihn an. »Sie waren dreimal soviel wert.«

»Nichts waren sie wert«, sagte er, die Geduld verlierend. »Onkel Bernie hat die Gesellschaft nach Strich und Faden betrogen, das weißt du ganz genau. Die Aktien waren noch nicht einmal das Papier wert, auf dem sie gedruckt waren.«

»Jetzt nennt er seinen Onkel auch noch einen Dieb!« Sie erhob sich zu voller Größe. »Raus!« schrie sie. »Raus aus meinem Haus!«

Er starrte sie einen Augenblick an und ging dann auf die Tür zu. Plötzlich erinnerte er sich und blieb stehen. Früher hatte ihn sein Onkel einmal mit fast denselben Worten aus dem Haus gejagt. Aber er hatte erreicht, was er wollte. Und seine Tante war noch viel habgieriger, als Bernie je gewesen war. Er drehte sich um.

»Stimmt, es sind nur fünfundzwanzigtausend Anteile«, sagte er. »Nur lausige ein Prozent der Aktien. Aber jetzt sind sie etwas wert. Zum mindesten hast du jetzt ein Familienmitglied, das auf deinen Vorteil bedacht ist. Doch wenn du Sheffield deine Vollmacht erteilst, ist alles aus. Er gehört zu den Kerlen, die Onkel Bernie nach Wall Street geschleift haben. Wenn auch du dich dazu verleiten läßt, bin ich nicht mehr da, um dein Interesse wahrzunehmen. Deine Aktien sind dann wiederum einen Dreck wert.«

Sie starrte ihn kurz an. »Stimmt das auch?«

Er sah die Rechenmaschine förmlich vor sich, die in ihrem Kopf abspulte. »Aufs Wort.«

Sie schöpfte tief Luft. »Komm«, sagte sie. »Ich unterschreibe die Vollmacht.« Sie drehte sich um und watschelte auf einen Schrank zu.

»Dein Onkel hat immer gesagt, ich solle auf dich hören, wenn ich Rat brauche. ›Dieser David‹, hat er gesagt, ›hat Köpfchen.‹«

Er sah, wie sie einige Schriftstücke aus dem Schrank nahm. Sie trat an den Schreibtisch, nahm eine Feder und unterzeichnete sie. Er nahm sie an sich und steckte sie ein. »Vielen Dank, Tante May.«

Sie lächelte. Er war völlig überrascht, als sie die Hand ausstreckte und ihn fast schüchtern auf den Arm klopfte. »Dein Onkel und ich, wir waren nie mit Kindern gesegnet«, sagte sie mit zitternder Stimme. »Er hat dich immer als seinen eigenen Sohn betrachtet.« Sie blinzelte. »Du glaubst gar nicht, wie stolz er noch nach seinem Rücktritt auf dich war, wenn dein Name im Handelsteil der Zeitungen erwähnt wurde.«

Seine Kehle schnürte sich vor Mitleid mit der alten einsamen Frau zusammen. »Ich weiß, Tante May.«
Sie versuchte zu lächeln. »Und was für eine hübsche Frau du hast«, sagte sie. »Kommt doch mal zum Tee.« Plötzlich konnte er nicht anders und umarmte sie und küßte sie auf die Backe. »Wir kommen, Tante May«, sagte er. »Und zwar bald.«

Als er ins Studio zurückkehrte, wartete Rosa in seinem Büro auf ihn. »Miß Wilson hat angerufen und mir gesagt, daß du erst später kommen würdest, und so hab' ich mich auf den Weg gemacht und mir gedacht, es wäre nett, wenn wir irgendwohin essen gingen.«
»Gut«, sagte er und gab ihr einen Kuß auf die Wange.
Schwerfällig nahm er hinter seinem Schreibtisch Platz. »Tante May hat mir die Vollmacht erteilt.«
»Heißt das, daß du neunzehnprozentiges Stimmrecht hast?«
Er schaute sie an. »Was nicht viel nützen wird, wenn Jonas mich nicht unterstützt. Irving hat mir erklärt, er müsse die Aktien an Sheffield verkaufen, wenn Jonas sie ihm nicht abnimmt.«
Sie stand auf. »Komm jetzt, gehen wir essen.«
Gerade als David sich erheben wollte, kam seine Sekretärin herein. »Kabel aus London, Mr. Woolf.«
Er nahm den Umschlag und öffnete ihn.

Produktionsbeginn Sünderin für 1. März festlegen.
Cord

Im selben Augenblick, als er Rosa das Telegramm reichen wollte, ging die Tür auf, und wieder kam seine Sekretärin herein. »Noch ein Telegramm, Mr. Woolf.«
Hastig riß er es auf, überflog es und fühlte sich plötzlich von einer Last befreit.

McAllister angewiesen erforderliche Mittel zur Verfügung
zu stellen. Sheffields Pläne durchkreuzen. Gebt's ihm
tüchtig.

Auch dieses Telegramm trug die Unterschrift CORD. Er gab beide an Rosa weiter. Sie las sie und schaute ihn aus glänzenden Augen an. »Wir haben's geschafft!« rief sie erregt. Er wollte sie gerade in die Arme schließen, als die Tür zum drittenmal aufging.
»Was ist denn nun schon wieder, Miß Wilson?« sagte er leicht gereizt.
»Entschuldigen Sie die Störung«, sagte sie, »aber soeben ist noch ein Telegramm eingetroffen.«

»Stehen Sie nicht herum. Geben Sie es schon her.« Er blickte Rosa an. »Dieses ist an uns beide adressiert«, sagte er und reichte es ihr. »Mach du es auf.«
Sie betrachtete den Umschlag und richtete den Blick dann wieder auf David.
Ein Lächeln huschte über ihr Gesicht.
Er schaute auf das Formular in ihrer Hand.

Mazel Tov! Hoffentlich werden es Zwillinge!

Diesmal lautete die Unterschrift JONAS.

Siebentes Buch

Jonas – 1940

1

»Blödsinnig, so was!« murmelte Forrester, als er die CAB-200 hinter der Spitfire-Formation in die Luft hob.
»Was ist blödsinnig?« fragte ich und warf aus dem Kopilotensitz einen Blick nach unten, wo London vom Dunst des frühen Morgens verschluckt wurde und hinter uns zurückblieb. Noch immer schwelten einige Brände vom letzten Nachtangriff. »Unsere Maschine hat man zwar nicht gekauft, aber dafür wird man uns alle B-17 abnehmen, die wir nur liefern können. Zum Teufel, wir wissen beide, daß sie standardisieren müssen.«
»Davon rede ich nicht«, brummte Roger.
Morissey, der hinter uns saß, meldete, daß die vier Motoren im Gleichtakt liefen.
»Sie können jetzt den Treibstoff drosseln«, rief er.
Roger drosselte die Zufuhr. »Davon rede ich«, sagte er und deutete auf Morissey, der als Flugtechniker fungierte. »Blödsinnig so was – wir alle in derselben Maschine. Wenn wir nun abstürzten? Wer sollte die Gesellschaft dann weiterführen?«
Ich grinste ihn an. »Sie machen sich zu viele Gedanken.«
Er erwiderte mein Lächeln humorlos. »Dafür werde ich bezahlt. Der Generaldirektor der Gesellschaft muß sich Gedanken machen. Besonders bei unserem Wachstumstempo. Im vergangenen Jahr hatten wir einen Umsatz von fünfunddreißig Millionen; dieses Jahr werden es mit den Armeeaufträgen über hundert Millionen sein. Wir werden uns um Leute kümmern müssen, die unsere Nachfolge antreten können, falls uns etwas passiert.«
Was er sagte, hatte Hand und Fuß. Der Krieg zwang uns Erweiterungen auf, von denen keiner von uns je geträumt hatte. Und dabei befand sich Amerika noch nicht einmal im Kriegszustand.
»Wir werden uns nach einem Betriebsleiter für das kanadische Werk umtun müssen.«
Ich nickte stumm. Unser Plan war folgender: Wir beabsichtigten, die einzelnen Teile in unseren Werken in den Staaten herzustellen und sie von dort nach Kanada zur Montage zu verfrachten. Die Königlich Kanadische Luftwaffe würde die fertigen Flugzeuge, die das Werk verließen, dann nach England fliegen. Wenn es klappte, konnten wir etwa drei Wochen Produktionszeit für jedes Flugzeug abstreichen.
Das Vorhaben hatte auch einige fiskalische Vorteile. Die britische und die kanadische Regierung waren bereit, den Bau des Werkes zu finanzieren, und

wir würden an zwei Enden sparen. Die Fabrik würde weniger kosten, weil wir keine Zinsen zu zahlen brauchten und unsere Steuern in Kanada entrichten konnten, wo der absetzbare Betrag um das Vierfache höher war als in Onkel Sams Bereichen.
»O. K., einverstanden. Aber außer Morissey verfügt keiner von den Jungens, die für uns arbeiten, über die Erfahrung, die eine solche Stellung erfordert. Und ihn können wir nicht entbehren. Denken Sie an jemand Bestimmtes?«
»Klar«, sagte er und warf mir einen abschätzenden Blick zu.
Ich starrte ihn an. »Raus mit der Sprache.«
»Amos Winthrop.«
»Nein!«
»Er ist der einzige Mann im Lande, der diese Aufgabe bewältigen kann«, sagte er. »Und er dürfte nicht mehr lange verfügbar sein. Wie die Dinge jetzt laufen, schnappt ihn sich bestimmt bald jemand.«
»Sollen sie. Er ist ein Weichling und ein Schürzenjäger. Außerdem hat er es noch nie lange in einer Stellung ausgehalten.«
»Er versteht etwas von Flugzeugproduktion«, erklärte Forrester eigensinnig. Wieder streifte er mich mit einem Blick. »Ich weiß, was sich zwischen euch beiden abgespielt hat, aber das hat hiermit nichts zu tun.«
Ich löste meinen Sicherheitsgurt und stand auf. »Wenn's Ihnen recht ist, geh' ich nach hinten und hau' mich eine Weile aufs Ohr.«
Roger nickte. Ich öffnete die Abteiltür. »Denken Sie daran, was ich gesagt habe«, rief er mir nach.
»Wenn Sie von Amos Winthrop reden, so können Sie sich die Sache aus dem Sinn schlagen.«
Ich streckte mich aus. Das Dröhnen der vier großen Motoren lag mir im Ohr. Ich schloß die Augen. Drei Wochen in England, und davon hatte ich nicht eine einzige Nacht richtig durchgeschlafen. Bomben und Mädchen. Die Bomben. Die Mädchen. Ich schlief.

Mit schrillem Geheul schlug die Bombe ganz in der Nähe ein. Für einen Moment erstarb jegliche Unterhaltung am Tisch.
»Ich mache mir Sorge um meine Tochter, Mr. Cord«, sagte die schlanke, grauhaarige Frau zu meiner Rechten.
Ich schaute sie an und warf dann Morissey einen Blick zu, der mir gegenüber saß. Sein Gesicht war weiß und angespannt. Ich wandte mich wieder an die Frau. Die Bombe war praktisch im Nachbarhaus eingeschlagen, und sie machte sich Sorgen um ihre Tochter, die sich sicher in Amerika befand. Vielleicht nicht zu Unrecht. Sie war Monikas Mutter.
»Ich habe Monika nicht mehr gesehen, seit sie neun Jahre alt war.« Mrs. Holme setzte das Gespräch nervös fort. »Das ist fast zwanzig Jahre her. Ich denke oft an sie.«

Du hast nicht oft genug an sie gedacht, dachte ich. Ich hatte immer geglaubt, Mütter wären anders. Aber sie waren genau wie die Väter. In erster Linie dachten sie an sich selbst. Das zum mindesten hatte ich mit Monika gemeinsam. Unsere Eltern hatten sich nicht um uns gekümmert. Meine Mutter war gestorben, und ihre war mit einem anderen Mann durchgebrannt.
Sie schaute mich aus ihren Veilchenaugen unter langen schwarzen Wimpern an, und ich sah die Schönheit, die sie ihrer Tochter vermacht hatte. »Meinen Sie, daß Sie sie nach Ihrer Rückkehr in die Staaten sehen werden, Mr. Cord?«
»Das bezweifle ich, Mrs. Holme«, sagte ich.
Sie schwieg einen Augenblick und schaute mich dann wieder durchdringend an. »Ich scheine Ihnen nicht sehr sympathisch zu sein, Mr. Cord, oder irre ich mich?«
»Darüber habe ich mir wirklich noch keinerlei Gedanken gemacht, Mrs. Holme«, sagte ich. »Es tut mir leid, wenn ich diesen Eindruck erwecke.«
Sie lächelte. »Es hat nichts mit dem zu tun, was Sie geäußert haben. Ich habe es nur gespürt, als ich Ihnen erklärte, wer ich wäre.« Sie spielte nervös mit ihrem Löffel. »Ich nehme an, Amos hat Ihnen alles von mir erzählt – daß ich mit einem anderen davongelaufen bin und ihn mit dem Kind allein gelassen habe?«
»So intim war ich mit Winthrop nie. Über Sie ist zwischen uns kein einziges Wort gefallen.«
»Sie müssen mir glauben, Mr. Cord«, flüsterte sie plötzlich nachdrücklich. »Ich habe meine Tochter nicht im Stich gelassen. Ich möchte, daß sie das erfährt, damit sie es begreift.«
Nie änderte sich etwas. Es lag den Eltern noch immer mehr daran, verstanden zu werden, als Verständnis aufzubringen.
»Amos Winthrop war ein Schürzenjäger und ein Betrüger«, sagte sie ruhig und ohne Bitterkeit. »Die zehn Jahre unserer Ehe waren die Hölle. Während unserer Hochzeitsreise ertappte ich ihn mit anderen Weibern. Und als ich mich schließlich in einen anständigen, ehrlichen Mann verliebte, zwang er mich, meine Tochter aufzugeben, indem er drohte, diesen Mann bloßzustellen und seine militärische Laufbahn im Dienste Seiner Majestät zu ruinieren.«
Ich schaute sie an. Das klang einleuchtend. Etwas Derartiges war Amos durchaus zuzutrauen. Das wußte ich. »Haben Sie je an Monika geschrieben und ihr das berichtet?«
»Wie soll man seiner eigenen Tochter so etwas schreiben?«
Ich gab keine Antwort.
»Vor etwa zehn Jahren hörte ich von Amos, daß er sie mir nach England schicken wollte. Ich hatte die Absicht, ihr alles zu erzählen, sobald wir uns besser kennengelernt hätten, und hoffte auf ihr Verständnis.« Sie nickte leicht. »Dann erfuhr ich aus den Zeitungen von ihrer Hochzeit, und sie kam nie.«
Der Diener erschien und räumte die leeren Teller ab. Ein anderer stellte

Mokkatassen vor uns hin. Erst als er sich zurückgezogen hatte, stellte ich meine Frage. »Was soll ich denn nun eigentlich tun, Mrs. Holme, was verlangen Sie von mir?«
Nachdenklich betrachtete sie mich einen Augenblick. Ihre Augen waren feucht, doch ihre Stimme war stetig. »Sollten Sie mit ihr sprechen, Mr. Cord«, sagte sie, »so sagen Sie ihr bitte, daß ich mich nach ihr erkundigt hätte, daß ich viel an sie denke und mich freuen würde, etwas von ihr zu hören.«
Ich nickte bedächtig. »Das werde ich tun, Mrs. Holme.«
Der Diener begann Kaffee einzugießen, und in dem dicht verhängten Zimmer klangen die dumpfen Bombenexplosionen wie gedämpfter Gewitterdonner im Vorkriegs-London.

2

Robair stand in der offenen Tür, als ich aus dem Fahrstuhl trat. Obwohl es vier Uhr früh war, sah er so frisch und ausgeschlafen aus, als wäre er gerade munter geworden. Sein dunkles Gesicht über dem weißen Hemd und der makellosen Dienerjacke zerfloß in einem Begrüßungslächeln.
»Guten Morgen, Mr. Cord. Hatten Sie einen guten Flug?«
»Fein, danke, Robair.«
Er machte die Tür hinter sich zu. »Mr. McAllister ist im Wohnzimmer. Er wartet schon seit gestern abend um acht.«
»Ich werde mit ihm sprechen«, sagte ich und schickte mich an, die Diele zu durchqueren.
»Ich werde für ein paar Steaksandwiches und Kaffee sorgen, Mr. Cord.«
Ich blieb stehen und wandte mich nach dem riesigen Neger um. Er schien überhaupt nicht zu altern. Sein Haar war noch immer schwarz und voll, seine Gestalt wirkte hünenhaft und stark. »He, Robair, wissen Sie was? Sie haben mir gefehlt.«
Wieder lächelte er. Es lag nichts Unterwürfiges oder Falsches in seinem Lächeln. Es war das Lächeln eines Freundes. »Auch ich habe Sie sehr vermißt, Mr. Cord.«
Ich drehte mich um und ging in das Wohnzimmer.

McAllister lag schlafend auf der Couch. Ich berührte ihn an der Schulter. Er öffnete die Augen und schaute mich an. »Hallo, Jonas«, sagte er, richtete sich auf und rieb sich die Augen. Er nahm eine Zigarette und steckte sie an. Nach ein paar Zügen war er völlig wach. »Ich habe auf Sie gewartet, weil Sheffield auf eine Sitzung drängt«, sagte er.
Ich ließ mich auf einen Stuhl ihm gegenüber nieder. »Hat David die Aktien aufgekauft?«
»Ja.«

»Weiß Sheffield schon davon?«
»Ich glaube nicht«, sagte er. »Nach seinem Reden scheint er sich einzubilden, uns im Sack zu haben.« Er drückte die Zigarette im Aschenbecher aus. »Sheffield möchte Sie vor der Sitzung gern sprechen, um eventuell Ihr Aktienpaket zu übernehmen.«
Ich lachte. »Sehr freundlich von ihm, nicht?« Ich streifte meine Schuhe mit einem Ruck ab. »Sagen Sie ihm, er soll sich zum Teufel scheren.«
»Augenblick, Jonas«, sagte Mac rasch. »Ich hielte es für richtiger, wenn Sie sich trotzdem mit ihm träfen. Er kann uns eine Menge Ungelegenheiten machen. Schließlich hat er achtunddreißig Prozent der Stimmen hinter sich.«
»Und wenn schon«, sagte ich gereizt. »Wenn er es drauf ankommen lassen will, reiße ich ihm jedes Haar einzeln aus.«
»Treffen Sie sich trotzdem mit ihm«, forderte mich Mac noch einmal dringend auf. »Im Augenblick kommen zu viele Dinge auf Sie zu, als daß Sie sich jetzt in einem Kampf einlassen sollten.«
Wie gewöhnlich hatte er recht. Ich konnte nicht an sechs Orten gleichzeitig sein. Und außerdem wollte ich die Dreharbeiten an der *Sünderin* nicht durch eine Klage der Aktionärsminorität aufhalten lassen.
»O. K. Rufen Sie ihn an und lassen Sie ihn sofort herkommen.«
»Jetzt gleich?« fragte Mac. »Mein Gott! Es ist vier Uhr früh.«
»Und? Er ist derjenige, der auf einem Zusammentreffen besteht.«
Mac trat an das Telefon.
»Und sobald Sie mit ihm gesprochen haben«, sagte ich, »rufen Sie Moroni an der Küste an und erkundigen Sie sich, ob die Bank mir das Geld zum Aufkauf von Sheffields Aktien gibt, wenn ich ihnen eine erste Hypothek auf die Kinos einräume.«
Es hatte keinen Zweck, mein eigenes Kapital stärker anzugreifen, als nötig war.

3

Sheffield führte die Kaffeetasse an den Mund. Sein Haar war etwas grauer und etwas mehr gelichtet, aber die randlosen Brillengläser funkelten noch immer raubgierig über seiner langen dünnen Nase. Dennoch hatte er seine Niederlage würdiger hingenommen, als es mir an seiner Stelle geglückt wäre.
»Was habe ich eigentlich falsch gemacht, Jonas?« fragte er so beiläufig, wie ein Arzt mit einem Patienten spricht. »Ich war gewiß bereit, genug zu bezahlen.«
Ich räkelte mich auf meinem Stuhl. »Sie hatten die richtige Idee. Nur haben Sie die falsche Währung benützt.«
»Das verstehe ich nicht.«
»Filmleute sind anders. Auch sie sind versessen auf Geld. Aber etwas anderes ist ihnen noch wichtiger.«

»Macht?«

Ich schüttelte den Kopf. »Nur zum Teil. Vor allem aber wollen sie Filme drehen. Nicht nur irgend etwas, sondern Filme, die ihnen Anerkennung eintragen. Sie möchten sich als Künstler betrachten. Schön abgepolstert durch Geld, selbstverständlich, aber eben doch Künstler.«

»Dann hätte man Ihnen bloß deswegen mehr Glauben geschenkt als mir, weil Sie bereits Filme gedreht haben?«

»So ungefähr.« Ich lächelte. »Wenn ich einen Film mache, spüren sie, daß ich dasselbe Risiko wie sie auf mich nehme. Ich riskiere nicht nur Geld, sondern alles, was ich bin. Meinen Ruf, meine Fähigkeit, meine schöpferische Phantasie.«

»Schöpferische Phantasie?«

»Ein Ausdruck, den ich von David Woolf habe. Er gebrauchte ihn zur Einschätzung gewisser Produzenten. Diejenigen, die welche haben, machen große Filme. Die anderen stellen bloß Filme her. Kurz, man gab mir den Vorzug, weil ich in ihren Augen zu ihnen gehörte.«

»Verstehe«, sagte Sheffield nachdenklich. »Ich werde denselben Fehler nicht noch einmal begehen.«

»Davon bin ich überzeugt.«

Um die Mittagsstunde war alles arrangiert. Die Anwälte würden nächste Woche in New York eintreffen, um den Vertrag zu unterzeichnen. Nur eines daran paßte mir nicht: Ich würde so lange in New York bleiben müssen. Ich griff nach dem Telefon.

»Wen wollen Sie anrufen?« fragte Mac.

»David Woolf. Er ist Generaldirektor der Gesellschaft. Ich möchte ihn hierhaben, um die Papiere zu unterzeichnen.«

»Bemühen Sie sich nicht erst«, sagte Mac müde. »Er ist in New York. Ich habe ihn mitgebracht.«

»Oh«, sagte ich. Ich trat an das Fenster und schaute hinunter. New York um die Mittagszeit. Ich spürte die Spannung in dem Verkehr, der auf Park Avenue abrollte. Ich war bereits wieder unruhig.

Ich wandte mich an McAllister. »Sorgen Sie dafür, daß er herkommt. In zwei Monaten fange ich mit den Dreharbeiten zu einem großen Film an. Ich möchte mich so rasch als möglich informieren, was in dieser Hinsicht unternommen wird.«

»David hat Bonner mitgebracht, um alle Einzelheiten mit Ihnen zu besprechen.«

Ich starrte ihn an. Man hatte an alles gedacht. Ich ließ mich auf einen Stuhl fallen. Es klingelte, und Robair ging, um die Haustür zu öffnen. Forrester und Morissey kamen herein. Ich musterte sie scharf, während sie das Zimmer durchquerten.

»Sie sollten doch heute früh nach Kalifornien fliegen, Morissey«, sagte ich

kalt. »Wie, zum Teufel, sollen wir denn sonst mit der Flugzeugproduktion vorankommen?«
»Ich weiß nicht, ob wir überhaupt anfangen können, Jonas«, sagte er rasch.
»Was, zum Teufel, soll das heißen?« schrie ich. »Sie haben behauptet, es ließe sich machen. Sie waren dabei, als wir den Kontrakt unterzeichnet haben.«
»Mäßigen Sie sich, Jonas«, sagte Forrester ruhig. »Wir stehen vor einem neuen Problem.«
»Vor was für einem Problem?«
»Die US-Heeresleitung hat soeben fünf CA-200 bestellt. Die erste soll schon im Juni geliefert werden, und wir sitzen in einer Klemme. Wir können diese B-17 nicht im gleichen Produktionsprozeß herstellen. Sie müssen entscheiden, was zuerst kommen soll.«
Ich starrte ihn an. »Treffen Sie gefälligst die Entscheidung. Sie sind Präsident der Gesellschaft.«
»Ihnen gehört das verfluchte Unternehmen«, schrie er zurück. »Welchen Lieferungsvertrag wollen Sie erfüllen?«
»Beide. Wir sind nicht im Geschäft, um Aufträge, die Geld bringen, abzuweisen.«
»Dann müssen wir das kanadische Werk sofort in Betrieb nehmen. Mit der Vorfabrikation für die B-17 könnten wir hier fertigwerden, wenn die Maschinen dort zusammenmontiert würden.«
»Dann los«, sagte ich.
»O. K. Sorgen Sie dafür, daß ich Amos Winthrop als Betriebsleiter bekomme.«
»Ich habe Ihnen schon einmal erklärt: Winthrop kommt nicht in Betracht.«
»Ohne Winthrop kein kanadisches Werk. Ich denke gar nicht daran, mit Stümpern zu arbeiten und eine Reihe von Leuten bloß deswegen in den Tod zu schicken, weil Sie zu dickköpfig sind, um Vernunft anzunehmen.«
»Noch immer der kleine Fliegerheld?« höhnte ich. »Was kümmert es Sie, wer die Maschinen zusammenmontiert? Sie brauchen sie nicht zu fliegen.«
Er durchquerte das Zimmer, blieb vor meinem Stuhl stehen und schaute mich an. »Während Sie in London herumgehurt haben, war ich draußen auf den Rollfeldern und habe gesehen, wie die armen Hunde erschöpft von ihren Einsätzen zurückkehrten, um zu verhüten, daß die deutschen Bomben auf Ihren verfilzten Rücken fielen. Damals habe ich mir geschworen, daß ich mich, wenn wir diesen Lieferungsvertrag je bekommen sollten, persönlich darum kümmern würde, daß jede Maschine, die wir liefern, in einem Zustand drüben anlangt, wie ich ihn mir wünschen würde.«
»Hört, hört!« sagte ich sarkastisch.
»Wann haben Sie sich eigentlich dazu entschlossen, Ihren Namen für eine minderwertige Maschine herzugeben? Als das Geld in Mengen hereinkam?«
Ich starrte ihn einen Augenblick an. Er hatte recht. Mein Vater hatte dasselbe

einst auf andere Art ausgedrückt. Wir waren durch das Werk in Nevada gegangen, und Jake Platt, der Betriebsleiter, hatte uns gemeldet, daß Ausschuß gemacht worden sei. Er schlug vor, das minderwertige Pulver unter eine größere Lieferung zu mischen, damit der Verlust ausgeglichen werde.
Mein Vater hatte getobt. »Und mein Ruf? Wo würde der bleiben?« brüllte er. »Auf jeder einzelnen Büchse dieses Pulvers steht mein Name. Vernichten Sie sie!«
»Gut, Roger«, sagte ich bedächtig. »Sie bekommen Winthrop.«
Er schaute mir für einen Augenblick in die Augen. Als er sprach, war seine Stimme ruhiger. »Um seinen Verbleib müssen Sie sich kümmern. Ich schicke Morissey nach Kanada, um das neue Werk in Gang zu bringen. Ich selber fliege nach Kalifornien und kurble die Produktion an.«
»Wo hält er sich auf?«
»Weiß ich nicht«, antwortete er. »Als ich das letztemal von ihm hörte, war er in New York, aber jetzt weiß niemand etwas von ihm. Er scheint von der Bildfläche verschwunden zu sein.«

4

Als die Queensboro-Brücke hinter uns lag, drückte ich mich in eine Ecke der großen Limousine. Schon bereute ich, hierhergekommen zu sein. Ich schaute aus dem Fenster, während Robair den großen Wagen fachmännisch durch den Verkehr bugsierte. Warum mußte Monika auch ausgerechnet hier wohnen!
Der Wagen hielt langsam an, und ich erkannte die Häusergruppe wieder. Nichts hatte sich geändert, nur daß der Rasen jetzt winterbraun war, während er das letztemal in hellem Sommergrün gestanden hatte.
»Warten Sie hier«, sagte ich zu Robair. Ich ging die drei Stufen hinauf und drückte auf den Klingelknopf. Ein kühler Wind pfiff zwischen den Häusern hindurch, und ich hüllte mich in meinen leichten Überzieher. Das Paket unter meinem Arm verursachte mir Unbehagen.
Die Tür ging auf, und ein kleines Mädchen stand da und blickte mich an. Ihre Augen waren dunkelblau und ernst. »Jo-Ann?« fragte ich versuchsweise.
Sie nickte stumm.
Ich starrte sie einen Augenblick an. Erst an Kindern merkt man, wie die Zeit vergeht und die Jahre verfliegen. Als ich sie das letztemal gesehen hatte, war sie kaum aus dem Säuglingsalter heraus gewesen. »Ich bin Jonas Cord«, sagte ich. »Ist deine Mutter zu Hause?«
»Kommen Sie doch rein«, sagte sie mit klarer Kinderstimme. Ich folgte ihr ins Wohnzimmer. Sie drehte sich nach mir um. »Nehmen Sie Platz. Mammi zieht sich gerade an. Sie hat gesagt, es würde nicht lange dauern.«
Ich setzte mich, und sie nahm auf einem Stuhl mir gegenüber Platz. Sie starrte

mich aus weitgeöffneten ernsten Augen an, sagte jedoch nichts. Ich begann mich unbehaglich zu fühlen unter ihren forschenden Blicken und steckte eine Zigarette an. Ihre Augen verfolgten meine Hand, als ich nach einem Aschenbecher suchte, um das Streichholz hineinzuwerfen. »Dort drüben steht einer«, sagte sie und deutete auf einen Tisch zu meiner Rechten.

»Danke.«

»Bitte sehr«, sagte sie höflich. Dann schwieg sie wieder, die Blicke unverwandt auf mein Gesicht gerichtet. Ich zog an der Zigarette und fing nach kurzem Schweigen eine Unterhaltung mit ihr an. »Erinnerst du dich noch an mich, Jo-Ann?«

Sie senkte den Blick und war plötzlich schüchtern. Ihre Hände strichen den Saum ihres Kleides oberhalb der Knie mit einer typisch weiblichen Bewegung glatt. »Ja.«

Ich lächelte. »Als ich dich das letztemal sah, warst du erst so groß«, sagte ich und hielt meine Hand in Kniehöhe.

»Ich weiß«, flüsterte sie, ohne mich anzuschauen. »Sie standen auf den Stufen und warteten auf uns.«

Ich nahm das Päckchen unter meinem Arm hervor. »Ich hab' dir was mitgebracht«, sagte ich. »Eine Puppe.«

Sie nahm mir das Päckchen ab und setzte sich auf den Fußboden, um es zu öffnen. Jetzt lächelten ihre Augen. Sie packte die Puppe aus und schaute mich an. »Sehr hübsch.«

»Hoffentlich gefällt sie dir.«

»Sehr«, sagte sie und wurde wieder ernst. »Vielen Dank.«

Kurz darauf trat Monika ins Zimmer. Jo-Ann sprang auf und rannte auf sie zu. »Schau nur, Mammi, was Mr. Cord mir mitgebracht hat!«

»Das war sehr aufmerksam von dir, Jonas«, sagte Monika.

Umständlich erhob ich mich. Wir standen uns gegenüber. Sie strahlte eine fast königliche Selbstbeherrschung aus. Ihr dunkles Haar fiel fast bis auf ihre nackten Schultern über einem blauen Cocktailkleid.

Dann klingelte es. Es war die Frau, die auf Jo-Ann aufpassen sollte, und Jo-Ann war so beschäftigt damit, ihr die neue Puppe vorzuführen, daß sie kaum Zeit hatte, uns auf Wiedersehn zu sagen, als wir gingen.

Robair stand am Wagen, als wir herauskamen. »Robair!« Monika streckte die Hand aus. »Freut mich, Sie wiederzusehen«!

»Ganz meinerseits, Miß Monika«, sagte er und beugte sich über ihre Hand.

Während der Wagen nach Manhattan zurückrollte, betrachtete ich die schäbige Umgebung. »Warum bleibst du hier draußen wohnen?« fragte ich.

Sie griff nach einer Zigarette und wartete, bis ich ihr Feuer ab. »Bei schönem Wetter kann Jo-Ann draußen spielen, und ich brauche keine Angst zu haben, daß ihr etwas passiert. Und außerdem ist es billiger als in der Stadt.«

»Wie ich höre, hast du dein Auskommen. Wenn du schon in einem Vorort leben willst, warum ziehst du dann nicht nach Westchester? Dort ist es viel netter.«

»Zu teuer für mich«, sagte sie. »Soviel verdiene ich nicht. Ich bin nur Bürovorsteherin bei der Zeitschrift, noch keine Redakteurin.«

»Du siehst aber so aus.«

Sie lächelte. »Ich weiß nicht, ob das ein Kompliment sein soll. Aber bei *Style* versuchen wir so auszusehen, wie unsere Leser es von uns erwarten.«

Ich starrte sie einen Augenblick an. *Style* war eines der erfolgreichsten unter den neuen Modejournalen und Frauenzeitschriften. »Wie kommt es, daß du noch keine Redakteurin bist?«

Sie lachte. »Ich bin nur noch einen Schritt davon entfernt. Mr. Hardin ist ein altmodischer Geschäftsmann. Er glaubt, daß jeder Redakteur erst eine Art Praktikum durchmachen sollte, damit er auch etwas von den kaufmännischen Problemen versteht, die die Herausgabe einer Zeitschrift mit sich bringt. Er hat bereits angedeutet, daß ich für die nächste freie Redakteurstelle vorgemerkt bin.«

Ich kannte den alten Hardin. Er war ein Zeitschriftenverleger alten Stils. Er bezahlte mit Versprechungen, nicht mit Geld. »Wie lange hat er dir die Stelle schon versprochen?«

»Seit drei Jahren«, sagte sie. »Aber jetzt wird es wohl bald soweit sein. Er plant ein neues Filmmagazin, etwas in der Art des alten *Photoplay*. Wir wären schon im Druck damit, bloß sind da noch immer Geldschwierigkeiten.«

»Und was würdest du dort machen?«

»Das Feature«, sagte sie. »Du weißt schon, über Filmstars schreiben und ähnliches.«

Ich streifte sie mit einem Blick. »Müßtest du dazu nicht in Hollywood sein?«

Sie nickte. »Wahrscheinlich. Aber Hardin hat das Geld noch nicht, und so werd' ich mich wohl noch eine Weile gedulden müssen.«

Monika setzte ihre Kaffeetasse ab und lächelte mich an. »Das war ein schönes Essen, Jonas, und du warst ein entzückender Gastgeber. Und nun sag mir warum.«

»Muß es einen Grund dafür geben?«

Sie schüttelte den Kopf. »Nicht unbedingt«, sagte sie. »Aber ich kenne dich. Wenn du bezaubernd bist, willst du etwas.«

Ich wartete, bis der Kellner ihr Feuer gegeben hatte. »Ich bin gerade erst aus England zurückgekommen«, sagte ich ruhig. »Dort bin ich deiner Mutter begegnet.«

Eine Art Schleier fiel über ihre Augen. »Wirklich?«

Ich nickte. »Sie schien mir sehr nett.«

»Kann ich mir vorstellen, nach allem, was ich von ihr in Erinnerung habe«, sagte Monika, und eine leichte Bitterkeit klang aus ihrer Stimme.

»Du mußt ein sehr gutes Gedächtnis haben. Warst du nicht ungefähr in Jo-Anns Alter?«
Die Veilchenaugen waren hart. »Es gibt Dinge, die man nicht vergißt«, sagte sie. »Dazu gehören Mütter, die einem erklären, wie sehr sie einen liebten, und die dann eines Tages auf Nimmerwiederkehr verschwinden.«
»Vielleicht konnte sie nicht anders. Vielleicht hatte sie einen guten Grund.«
»Was für Gründe?« fragte sie verächtlich. »Ich könnte Jo-Ann niemals so im Stich lassen.«
»Vielleicht könnte dir deine Mutter eine Erklärung geben, wenn du an sie schriebst.«
»Was könnte sie mir schon sagen?« erklärte sie eisig. »Daß sie sich in einen anderen Mann verliebt hat und mit ihm durchgebrannt ist? Das kann ich verstehen. Was ich nicht begreifen kann, ist, warum sie mich nicht mitgenommen hat. Ihr lag einfach nichts an mir, das ist der einzige Grund, den ich sehen kann.«
»Du kennst deine Mutter vielleicht nicht, aber du kennst deinen Vater. Du weißt, wie er hassen kann, wenn er sich einbildet, jemand hätte ihn hintergegangen.«
Sie schaute mich fest an. »Jemand wie du?«
Ich nickte. »Jemand wie ich«, sagte ich. »In jener Nacht, als ihr beide in das Hotel in Los Angeles kamt – hat er da an dich gedacht, oder ging es ihm nur darum, mit mir abzurechnen?«
Sie schwieg eine Weile, dann wurden ihre Augen weicher. »War es mit meiner Mutter auch so?«
Wieder nickte ich. »So ungefähr«, sagte ich ruhig.
Sie starrte stumm auf das Tischtuch. Als sie den Kopf hob, waren ihre Augen wieder klar. »Ich bin dir dankbar, daß du mir das gesagt hast, Jonas. Irgendwie fühle ich mich jetzt wohler.«
»Freut mich.« Der Kellner kam vorbei und füllte unsere Kaffeetassen noch einmal. »Übrigens«, sagte ich, »hast du in letzter Zeit etwas von deinem Vater gehört?«
Sie schüttelte den Kopf und lächelte verzerrt. »Vor ungefähr zwei Jahren kam er einmal zum Essen und borgte sich tausend Dollar. Seitdem hab' ich nichts mehr von ihm gesehen.«
»Hast du eine Ahnung, wo er sich aufhalten könnte?«
»Warum?«
»Ich hätte eine Stellung für ihn oben in Kanada, aber niemand scheint zu wissen, wo er ist.«
Ihre Augen nahmen einen seltsamen Ausdruck an. »Willst du damit sagen, daß du ihm eine Stellung anbieten würdest – nach allem, was er dir angetan hat?«
»Mir bleibt kaum eine andere Wahl«, sagte ich widerstrebend. »Ich bin

nicht besonders erpicht darauf, aber schließlich leben wir in Kriegszeiten, und ich brauche einen Mann wie ihn.«
»Vor etwa einem Jahr bekam ich einen Brief von ihm. Darin deutete er an, daß er eventuell als Flughafendirektor nach Teterboro Airport gehen würde.«
»Danke«, sagte ich. »Ich werde mich erkundigen.«
Plötzlich drückte sie mir die Hand. Ich schaute sie überrascht an. Sie lächelte. »Weißt du, Jonas, ich habe das seltsame Gefühl, daß du einen besseren Freund abgibst als einen Ehemann.«

5

McAllister wartete im Hotel auf mich, als ich am nächsten Nachmittag zurückkehrte. »Haben Sie ihn gefunden?« fragte er.
Ich schüttelte den Kopf. »Er hat sich nur so lange dort aufgehalten, bis sich die Gelegenheit ergab, irgendeinem armen Teufel einen ungedeckten Scheck über fünfhundert Eier anzudrehen, und sich dann aus dem Staub gemacht.«
»Da ist er ziemlich tief gesunken. Irgendeine Ahnung, wo er sich hingewandt haben könnte?«
»Nein«, sagte ich. Ich warf meinen Mantel über einen Stuhl und setzte mich. »Vielleicht hat man ihn in irgendeinem obskuren Nest, von dem wir noch nie gehört haben, geschnappt und eingelocht. Ungedeckter Scheck – Heiland!«
»Was soll ich jetzt tun?« fragte Mac.
»Nichts«, sagte ich. »Aber ich habe Roger versprochen, alles zu unternehmen, um ihn aufzufinden. Am besten, wir übergeben die Angelegenheit einer Agentur. Nur damit Roger sieht, daß ich nichts unversucht lasse. Haben Sie Hardin angerufen?«
Mac warf mir einen abschätzenden Blick zu. »Ja. Er muß jede Minute hier sein. Weswegen wollen Sie ihn sprechen?«
»Unter Umständen gehen wir ins Verlagsgeschäft.«
»Wozu?« fragte Mac. »Sie lesen nicht einmal Zeitungen.«
Ich lachte. »Wie ich gehört habe, will er ein Filmmagazin herausbringen. Ich drehe einen Film. Der nötige Platz in einem Magazin wird einem am ehesten eingeräumt, wenn es einem gehört. Falls ich ihm mit dem Filmmagazin aushelfen kann, so stellt er uns wahrscheinlich auch seine anderen Publikationen zur Verfügung. Das wären im ganzen zwölf Millionen Exemplare monatlich.«
Mac sagte nichts. Es klingelte, und Robair öffnete. Es war S. J. Hardin, auf die Minute pünktlich. Er trat mit ausgestreckter Hand ins Zimmer. »Jonas, mein Junge«, schnaufte er mit seiner dauernd heiseren Stimme. »Ich freue mich, Sie zu sehen.«
Wir schüttelten uns die Hände. »Kennen Sie meinen Anwalt, Mr. McAllister?« fragte ich.

S. J. strahlte ihn an. »Es ist mir ein Vergnügen, Sir«, sagte er und schüttelte ihm begeistert die Hand. Dann wandte er sich wieder an mich. »Ihre Mitteilung hat mich überrascht. Worum handelt's sich denn?«
Ich schaute ihn an. »Wie ich höre, wollen Sie ein Filmmagazin herausbringen.«
»Ich habe diesen Gedanken erwogen«, gab er zu.
»Wie ich außerdem höre, sind Sie ein wenig knapp bei Kasse und kommen deswegen nicht recht voran damit.«
Er vollführte eine ausdrucksvolle Geste. »Sie wissen ja, wie es im Verlagswesen ist, Junge«, sagte er. »Wir sind immer knapp bei Kasse.«
Ich lächelte. Wenn man ihn so reden hörte, gewann man den Eindruck, er besäße nicht einmal einen Topf, um hineinzupissen. Aber S. J. hatte sein Schäfchen im trocknen, mochte er noch so sehr jammern. Im Vergleich zu seinen Ausplünderungsmethoden war der alte Bernie Norman ein Pfadfinder gewesen.
»Ich bin im Begriff, nach achtjähriger Pause wieder einen Film zu drehen.«
»Meine herzlichsten Glückwünsche, Jonas«, sagte er mit dröhnender Stimme. »Das ist die angenehmste Neuigkeit, die ich seit Jahren gehört habe. Der Film braucht Leute wie Sie. Ich werde meinem Makler sagen, er soll Norman-Aktien aufkaufen. Erinnern Sie mich daran.«
»Verlassen Sie sich darauf, S. J.«
»Meine sämtlichen anderen Zeitschriften werden selbstverständlich an erster Stelle darüber berichten, dessen können Sie gewiß sein«, fuhr er fort. »Wir wissen guten Lesestoff zu schätzen.«
»Gerade darüber wollte ich mit Ihnen sprechen, S. J. Ich finde es eine Schande, daß Sie kein Filmmagazin herausbringen.«
In seinen Augen funkelte es. »Mir geht es genauso, Jonas.«
»Wieviel würde man brauchen, um ein solches Magazin in die Kioske zu bringen?« fragte ich.
»Oh, zwei-, vielleicht dreihunderttausend. Die Kosten für ein Jahr müssen gedeckt sein. So lange dauert es, bis ein Magazin Anklang findet.«
»Dabei hängt der Erfolg doch sehr von dem Redakteur ab, nicht wahr? Der richtige Redakteur, und die Sache ist gemacht.«
»Haargenau so ist es«, sagte er herzlich. »Und ich habe eine ganze Reihe tüchtiger Leute. Wie ich sehe, verstehen Sie etwas vom Verlagsgeschäft, Jonas. Neue Gesichtspunkte interessieren mich immer. Und die Leser auch.«
»Wer wird denn die Feature-Redaktion übernehmen?«
»Aber Jonas«, sagte er und spielte den Unschuldsengel. »Ich dachte, das wüßten Sie. Die junge Dame selbstverständlich, mit der Sie gestern abend gespeist haben.«
Ich mußte laut lachen. Ich konnte mir nicht helfen. Der alte Gauner war gerissener, als ich gedacht hatte. Seine Spione saßen sogar im »21«.

Nachdem er gegangen war, wandte ich mich an McAllister. »Zur Unterzeichnung der Dokumente ist meine Anwesenheit doch nicht unbedingt nötig, wie?«
Er schaute mich durchdringend an. »Kaum. Warum?«
»Ich will nach Kalifornien«, sagte ich. »Mich um den Film kümmern.«
»David und Bonner sind hier in New York. Sie warten auf einen Anruf von Ihnen.«
»Verbinden Sie mich mit David.« Einen Augenblick später reichte er mir den Hörer. »Hallo, David. Was macht Rosa?«
»Es geht ihr gut, Jonas. Sie ist sehr glücklich.«
»Freut mich«, sagte ich. »Ich wollte Ihnen nur sagen, daß Sie diese Aktiengeschichte großartig hingekriegt haben. Und noch etwas. Ich komme mir hier in New York im Augenblick höchst überflüssig vor und möchte nach Kalifornien, um alles für *Die Sünderin* vorzubereiten!«
»Aber Jonas, ich habe doch Bonner extra mit nach New York gebracht.«
»Schad't nichts«, sagte ich. »Schicken Sie ihn wieder zurück ins Studio und sagen Sie ihm, daß ich ihn dort sprechen möchte. Das ist der einzige Ort, einen Film in Angriff zu nehmen.«
»O. K., Jonas«, sagte er, und leichte Enttäuschung klang aus seiner Stimme. »Fliegen Sie?«
»Ja. Ich glaube, ich schaffe den ICA-Flug um zwei. Auf diese Art kann ich morgen früh in Kalifornien sein.«
»Würden Sie so nett sein und Rosa anrufen? Sie würde sich bestimmt freuen.«
»Gern, David«, sagte ich. »Übrigens, wo kann ich diese Jennie Denton erreichen? Eigentlich müßte ich das Mädchen, das die Hauptrolle in der *Sünderin* spielen soll, doch mal kennenlernen.«
»Sie ist in Palm Springs im Tropical-Flower-Hotel unter dem Namen Judy Belden eingetragen.«
»Vielen Dank, David«, sagte ich. »Wiedersehn.«
»Gute Reise, Jonas.«

Es war am nächsten Tage 11.30 vormittags, kalifornische Zeit, als ich meinen Wagen in der Auffahrt des Tropical-Flower-Hotels in Palm Springs abstellte. Ich erkundigte mich in der Anmeldung und suchte Cottage Nr. 5 auf. Auf mein Klopfen erfolgte keine Antwort. Da die Tür unverschlossen war, trat ich ein. »Miß Denton?« rief ich.
Keine Antwort. Dann hörte ich die Dusche im Badezimmer. Ich durchquerte den Raum und machte die Badezimmertür auf. Die Umrisse ihres Körpers zeichneten sich hinter dem undurchsichtigen Duschvorhang ab. Sie sang mit leiser rauher Stimme vor sich hin.
Ich drückte die Tür hinter mir ins Schloß und setzte mich auf den Lokus. Ich

steckte mir eine Zigarette an und beobachtete sie durch den Vorhang. Ich brauchte nicht lange zu warten.
Sie drehte das Wasser ab, und ich hörte, wie sie den Zigarettenrauch schnüffelnd einatmete. Gefaßt und ruhig kam ihre Stimme hinter dem Vorhang hervor. »Wenn das einer von den Pagen ist, der dort draußen herumlungert, so rate ich ihm zu verschwinden, ehe ich herauskomme«, sagte sie. »Sonst melde ich ihn dem Geschäftsführer.«
Ich gab keine Antwort.
Sie steckte den Kopf durch den Vorhang und tastete nach einem Handtuch. Ich drückte ihr eines in die Hand. Durch den Vorhang sah ich, wie sie es um sich schlang, dann wurde der Vorhang zurückgeschlagen, und sie starrte mich an. Ihre Augen waren dunkelgrau und furchtlos. »Die Pagen in diesem Hotel sind ein unverschämtes Pack«, sagte sie.
»Haben Sie schon mal versucht, von innen zuzuschließen?«
»Wozu? Die Bande hat Nachschlüssel.«
Ich erhob mich. »Jennie Denton?«
»Registriert bin ich als Judy Belden.« Sie schaute mich fragend an. »Polizei?«
Ich schüttelte den Kopf. »Nein. Ich bin Jonas Cord.«
Sie musterte mich, und ein Lächeln huschte über ihr Gesicht. »Na so was! Ich warte schon lange darauf, Ihre Bekanntschaft zu machen.«
Auch ich lächelte sie an. »Weswegen?«
Sie trat dicht an mich heran und legte die Arme um meinen Hals. Sie zog mein Gesicht herunter, und das Handtuch, das sie umhatte, glitt zu Boden, als sie sich auf die Zehenspitzen stellte und mich küßte. Dann legte sie den Kopf zurück und blickte mich aus mutwillig funkelnden Augen an.
»Chef«, flüsterte sie, »wäre es nicht endlich Zeit, meinen Vertrag zu unterzeichnen?«

6

Es war dasselbe Bungalow-Büro, das ich vor zehn Jahren innegehabt hatte, als wir den *Renegat* drehten. Nichts hatte sich geändert, nur die Sekretärinnen waren andere. »Guten Morgen, Mr. Cord«, zwitscherten sie gleichzeitig, als ich eintrat.
Ich sagte guten Morgen und ging hindurch in mein Zimmer. Bonner war bereits da und lief nervös auf und ab. Dan Pierce saß auf der langen Couch unter dem Fenster. Ich schaute ihn einen Augenblick an und nahm dann, ohne ein Wort zu sagen, hinter meinem Schreibtisch Platz.
»Ich habe Pierce hergebeten, damit er mir helfen soll, Sie zu überzeugen«, sagte Bonner. »Man kann einen derartig kostspieligen Film nicht ohne einen zugkräftigen Namen machen.«

»Dan könnte mich nicht einmal dazu überreden, auf den Lokus zu gehen, selbst wenn ich Durchfall hätte.«
»Augenblick mal, Jonas«, sagte Dan rasch. »Ich weiß, was du denkst. Aber glaub mir, ich will nur dein Bestes.«
Ich wandte mich ihm zu. »Wie damals, als du deine Aktien an Sheffield verkauft hast, ohne vorher mit mir zu sprechen?«
»Die Aktien gehörten mir«, erklärte er hitzig. »Deswegen brauchte ich mit niemand zu sprechen. Außerdem warst du für niemand erreichbar. Alle wußten, daß dir die Gesellschaft völlig gleichgültig war und daß du selber einen Teil deiner Aktien loszuwerden versuchtest.«
Ich griff nach einer Zigarette. Nach einem Augenblick nickte ich. »Du hast recht, Dan«, sagte ich. »Die Aktien gehörten dir; du warst mir nichts schuldig. Du hast deine Arbeit gemacht, und ich habe dich dafür bezahlt – in vollem Umfang, für die fünf Jahre, die dein Vertrag noch lief.« Ich lehnte mich im Stuhl zurück und zog an meiner Zigarette. »Ich habe nur einen Fehler gemacht. Als ich dich kennenlernte, warst du ein guter Theateragent. Dabei hätte ich es belassen sollen.«
»Ich versuche dich nur davon abzuhalten, noch einen Fehler zu begehen, Jonas. Das Drehbuch für *Die Sünderin* ist auf einen großen Star zugeschnitten – Rina Marlowe. Einen besseren Namen gab es damals nicht. Du kannst nicht einfach ein unerfahrenes, namenloses Mädchen nehmen und sie ohne Unterstützung durch Stars in einem Film auftreten lassen. Man wird dich einfach auslachen.«
Ich schaute ihn forschend an. »Was sollte ich denn deiner Meinung nach machen?«
Ich sah, wie er neue Zuversicht schöpfte. »Verschaff dir ein paar große Namen«, sagte er. »Laß das Mädchen spielen, wenn dir soviel daran liegt, aber zusammen mit Bogart, Tracy, Colman, Gable, Flynn. Irgendeiner von ihnen, und sie ist gemacht.«
»Und du meinst, du könntest mir einen von ihnen zuschanzen?«
Der Sarkasmus entging ihm. »Ich glaube, ich könnte etwas dazu tun«, sagte er vorsichtig.
»Schau mal einer an! Das ist aber sehr nett von dir.« Ich stand auf. »Mach, daß du rauskommst, Dan. Raus, bevor ich dich hinauswerfe.«
Er starrte mich an und erbleichte. »So kannst du nicht mit mir reden«, drohte er. »Ich bin keiner von deinen käuflichen Dreigroschenjungen.«
»Ich habe dich gekauft und verkauft«, sagte ich eisig. »Du bist noch derselbe Lump, der du warst, als du Nevada übers Ohr gehauen hast. Du würdest deine eigene Mutter verhökern, wenn für dich etwas dabei herausspränge. Aber mich nicht mehr. Dir kaufe ich nichts mehr ab.«
Ich drückte den Summer auf meinem Schreibtisch, und eine der Sekretärinnen kam herein. »Ja, Mr. Cord?« fragte sie.

»Mr. Pierce möchte gehen ...«
Dans Gesicht war rot vor Wut. »Das wirst du noch bereuen, Jonas.«
Krachend fiel die Tür hinter ihm zu, und ich wandte mich an Bonner. »Entschuldigen Sie, Jonas«, stammelte er. »Ich – ich hatte keine Ahnung ...«
»Schon gut«, sagte ich leichthin. »Sie hatten keine Ahnung.«
»Bei der Gestalt, die der Film jetzt langsam annimmt, verschlingt er über drei Millionen Dollar. Mir wäre wohler, wenn wir einige Stars darin hätten.«
Ich schüttelte den Kopf. »Ich habe nichts gegen Stars. Nur diesmal nicht. Wir verfilmen einen biblischen Stoff. Und wenn jemand Johannes oder Petrus auf der Leinwand sehen will, so sollen sie auch Petrus oder Johannes zu sehen bekommen, und nicht Gable, Tracy oder Bogart. Außerdem kommt es auf das Mädchen an.«
»Aber kein Mensch hat je etwas von ihr gehört.«
»Und?« fragte ich. »Wozu haben wir denn eine Propaganda-Abteilung? Noch vor Anlaufen des Films wird es weder einen Mann, eine Frau noch ein Kind in der ganzen Welt geben, denen ihr Name nicht geläufig ist. Sie haben sie schließlich für bedeutend genug gehalten, um Probeaufnahmen von ihr zu machen, oder nicht? Was haben Sie denn vorher von ihr gewußt? Nichts, als daß Sie ihr zufällig auf einer Abendgesellschaft begegnet sind.«
Bonner machte ein verlegenes Gesicht. »Das war etwas anderes. Fast ein Scherz. Ich hätte nie geglaubt, daß man es ernst nehmen würde.«
»David hat den Test gesehen und ihn ernst genommen. Ich auch.«
»Ein Test ist noch längst kein Film. Unter Umständen hält sie nicht durch und versagt ...«
Ich schnitt ihm das Wort ab. »Sie hält bestimmt durch«, sagte ich. »Das wissen Sie ganz genau. Schon als Sie sie zu dem Test aufgefordert haben, waren Sie davon überzeugt.«
Er richtete sein häßliches Pferdegesicht auf mich. Nervös kratzte er sich. »Hat sie – hat sie Ihnen etwas über die näheren Umstände unseres Kennenlernens erzählt?« fragte er zögernd.
Ich nickte. »Sie hat mir berichtet, daß Sie sie den ganzen Abend nicht aus den Augen gelassen und sie dann zu dem Test aufgefordert hätten.« Ich lachte. »Ihr Kerle macht mir Laune. Ihr entdeckt eine Lana Turner hinter einem Sodawasserausschank. Ihr entdeckt Jennie auf einer Abendgesellschaft. Wie macht ihr das eigentlich?«
Er blickte mich an, als wisse er nicht recht, was er sagen solle. In dem Augenblick klingelte das Telefon auf meinem Schreibtisch. Ich nahm den Hörer ab. Es war eine der Sekretärinnen. »Miß Denton ist beim Friseur fertig. Soll sie herunterkommen?«
»Ja.« Ich legte auf und wandte mich wieder an Bonner. »Ich habe Jennie hinauf in unseren Frisiersalon geschickt. Ich hatte eine Idee, die ich ausprobieren wollte.«

Die Tür ging auf, und Jennie kam herein. Langsam, fast zögernd trat sie in die Mitte des Zimmers und blieb vor meinem Schreibtisch stehen. Ganz sachte drehte sie sich. Ihr langes Haar war nicht mehr hellbraun, sondern funkelte und sprühte wie Sekt. Es fiel bis auf ihre Schultern und hüllte ihr sonnengebräuntes Gesicht in einen strahlenden, durchsichtigen Glanz.
Bonners Stimme war ein unheimliches Flüstern. »Mein Gott!«
Ich schaute ihn an. Ein seltsamer Ausdruck lag auf seinem Gesicht. Seine Lippen bewegten sich stumm, er wandte den Blick nicht von ihr ab. »Es ist, als – als stünde sie da.«
»Richtig«, sagte ich. Als ich Jennie wieder anschaute, spürte ich einen Druck im Herzen. Rina.
»Ich möchte, daß Ilene Gaillard sie ankleidet«, sagte ich leise zu Bonner.
»Ich weiß nicht«, entgegnete er. »Sie hat sich zur Ruhe gesetzt und wohnt irgendwo in den Oststaaten. Boston, glaube ich.«
»Schicken Sie ihr ein Bild von Jennie. Dann kommt sie bestimmt.«
Bonner trat an den Schreibtisch neben Jennie. »Übrigens habe ich von Austin Gilbert gehört. Das Drehbuch gefällt ihm. Heut nachmittag will er sich die Probeaufnahmen ansehen. Falls das Mädchen ihm zusagt, will er den Film machen.«
»Gut«, sagte ich. So war das mit den großen Regisseuren. Die zweihunderttausend, die man ihnen bezahlte, bedeuteten gar nichts, sie konnten dieselbe Summe für irgendeinen Film bekommen. Wichtig allein war das Drehbuch. Und die Schauspieler.
Bonner ging auf die Tür zu und blieb dort einen Augenblick stehen, den Blick auf Jennie gerichtet. »Bis dahin«, sagte er schließlich.
»Auf Wiedersehn, Mr. Bonner«, sagte Jennie höflich.
Ich nickte, als er zur Tür hinausging.
»Darf ich mich jetzt setzen?« fragte Jennie.
»Bitte sehr.«
Sie nahm Platz und schaute mir schweigend zu, als ich die Schriftstücke auf meinem Schreibtisch durchging. Der Kostenvoranschlag. Schätzungen für das Bühnenbild. Bonner hatte recht – das würde ins Geld laufen.
»Muß ich denn unbedingt so aussehen wie sie?« fragte Jennie leise.
Ich hob den Kopf. »Was?«
»Ob ich unbedingt wie sie aussehen muß?«
»Warum fragen Sie?«
Sie schüttelte den Kopf. »Ich weiß nicht. Es kommt mir nur komisch vor, das ist alles. Als wäre ich ein Gespenst.«
Ich gab keine Antwort.
»Ist das alles, was Sie in dem Test gesehen haben – Rina Marlowe?«
»Sie war unübertrefflich.«
»Ich weiß«, sagte sie langsam. »Aber ich bin nicht sie, könnte es nie sein.«

Ich starrte sie an. »Für zweitausend Dollar wöchentlich«, sagte ich, »werden Sie alles sein, was ich verlange.«
Sie schwieg. Schaute mich nur an. Ihre Augen waren verschleiert und verrieten nichts von ihren Gedanken. »Prägen Sie sich das ein«, sagte ich ruhig. »Jährlich kommen tausend solcher Mädchen wie Sie nach Hollywood. Ich könnte mir irgendeine aussuchen. Wenn es Ihnen nicht paßt, können Sie wieder dorthin zurückkehren, wo Sie hergekommen sind, und das treiben, was Sie getrieben haben, ehe Bonner Sie kennenlernte.«
Die Warnung schien ihr nahezugehen. Sollte sie ruhig ein bißchen Angst vor mir bekommen. Sie war ohnehin etwas zu frech. »Hat Bonner Ihnen von mir erzählt?«
»Kein Wort. War auch nicht nötig. Alles Wissenswerte haben Sie mir selbst erzählt. Mädchen wie Sie sind immer auf der Suche nach einem Produzenten, den sie beeindrucken können. Nun, Sie hatten Glück – Sie haben einen gefunden. Verderben Sie sich Ihre Chancen nicht.«
Langsam atmete sie aus. Die Vorsicht war aus ihren Augen gewichen. Plötzlich lächelte sie. »O. K., Massa, wie Sie befehlen.«
Ich trat hinter dem Schreibtisch hervor und nahm sie in die Arme. Ihr Mund war weich und warm, und als ich hinunterschaute, hatte sie die Augen geschlossen. Und dann klingelte das verfluchte Telefon. Ich nahm den Hörer ab. Es war McAllister mit einem Ferngespräch aus New York.
»Diese Agentur hat Winthrop für Sie ermittelt«, sagte er.
»Gut. Setzen Sie sich mit ihm in Verbindung. Er soll auf schnellstem Wege herkommen.«
»Es heißt, er weigere sich.«
»Rufen Sie Monika an. Sie soll mit ihm sprechen. Auf sie hört er bestimmt.«
»Hab' ich gleich getan«, sagte Mac rasch. »Aber sie ist bereits nach Kalifornien aufgebrochen. Sie müssen schon selber etwas unternehmen.«
»Ich hab' zu viel zu tun, um deswegen nach New York zu kommen.«
»Brauchen Sie auch nicht. Amos ist in Chikago. Die dortige Zweigstelle der Agentur wird Ihnen sagen, wo Sie ihn finden können.«
»Chikago? Wahrscheinlich bleibt mir nichts anderes übrig, als hinter ihm herzujagen.« Ich legte auf und blickte Jennie an.
»Das Wochenende steht bevor«, sagte sie leise. »Ich habe nichts vor. Chikago ist eine herrliche Stadt.«
»Kommst du mit?« fragte ich.
Sie nickte. »Wir fliegen doch, nicht?«
»Die ganze Strecke«, sagte ich.

7

Der Mann von der Ermittlungsagentur traf ein, während wir beim Abendessen saßen. Er hieß Sam Vitale.
»War es sehr schwierig, ihn aufzustöbern?« fragte ich.
»Nicht besonders. Wir brauchten nur die Kreditinstitute unter die Lupe zu nehmen. Er hat eine Spur von ungedeckten Schecks hinter sich zurückgelassen. Es war nur eine Zeitfrage. Als wir wußten, daß er sich in Chikago aufhielt, haben wir uns an die Altersversicherung gewandt. Mitunter ändern sie ihre Namen, aber mit ihrer Altersversicherung sind sie gewöhnlich vorsichtig. Er lebt unter dem Namen Amos Jordan.«
»Wo arbeitet er?« erkundigte ich mich neugierig.
»Als Mechaniker in einer Garage. Zum Saufen reicht sein Verdienst. Er guckt ziemlich tief in die Flasche.«
»Und wo wohnt er?«
»Möbliert. Aber dort kommt er nur zum Schlafen hin. Seine Freizeit verbringt er größtenteils in einem Bumslokal, das sich La Paree nennt. Sie wissen schon, wie es dort her- und zugeht. Ständig eine Tänzerin auf der Bühne, während die anderen Mädchen die Gäste zum Trinken animieren.«
Amos hatte sich nicht geändert. Er war noch immer hinter den Mädchen her.
Ich schob meine Kaffeetasse beiseite. »O. K., schnappen wir ihn uns.«
»Ich bin bereit«, sagte Jennie.

La Paree war eines von etwa zwanzig ähnlichen Lokalen auf einer Straße, wie man sie in jedem Vergnügungsviertel findet.
Das Gesicht des Portiers war ein einziges breites Grinsen, als die große Limousine vorfuhr. Mit einer tiefen Verbeugung öffnete er die Tür. »Herzlich willkommen. La Paree zieht Gäste aus aller Welt an.«
Das merkte man. In aller Eile expedierte der Portier uns in den Klub, wo plötzlich ein kleiner Mann in einem dunklen Anzug vor uns auftauchte. Wir folgten dem Mann in ein dunkles, schmales, verräuchertes Zimmer zu einem Tischchen direkt vor der Bühne.
Über unseren Köpfen war gerade eine Entkleidungsszene im Gange. Die Trommeln pochten in langsamem Rhythmus, während das Mädchen sich ungeniert bis fast auf die Haut auszog.
Ein Trommelwirbel setzte ein, und die Tänzerin trat unter mäßigem Beifall ab.
»Dort drüben sitzt er, am Ende der Bar«, sagte Vitale.
Ich wandte mich um. Die Beleuchtung war nicht sehr gut. Ich konnte nur eine über die Theke gelehnte Gestalt ausmachen, die ein Glas umklammerte.
»Bringen wir die Sache hinter uns. Ich gehe jetzt und hole ihn her.«
»Meinen Sie, daß Sie Hilfe brauchen?«

»Nein. Bleiben Sie hier bei Miß Denton.«
Amos hob nicht einmal den Kopf, als ich auf den leeren Hocker neben ihm kletterte. »Eine Flasche Budweiser«, sagte ich zu dem Mann hinter der Theke. Die Flasche stand vor mir, und mein Dollar war verschwunden, noch ehe ich richtig Platz genommen hatte.
Ich wandte mich um und betrachtete Amos, der die Vorgänge auf der Bühne beobachtete, und war entsetzt. Er war alt. Unglaublich alt und grau. Sein Haar hatte sich gelichtet, und seine Haut war schlaff wie die eines uralten Mannes.
Er hob das Glas an die Lippen. Ich sah, wie seine Hand zitterte, und nahm die grauroten Flecken auf seinem Handrücken wahr. Ich überlegte. So alt konnte er noch nicht sein. Höchstens Mitte Fünfzig. Dann sah ich seine Augen und hatte die Erklärung.
Er war gescheitert und bestand nur noch aus Vergangenheit. Er hatte keine Träume mehr, weil er der Wirklichkeit ausgewichen war, und jetzt hatte die Fäulnis der Zeit eingesetzt. Sein Weg führte zwangsläufig immer weiter nach unten.
»Hallo, Amos«, sagte ich ruhig.
Er stellte sein Glas ab und wandte langsam den Kopf. Aus blutunterlaufenen, tränenden Augen schaute er mich an. »Mach, daß du wegkommst«, flüsterte er mit heiserer Säuferstimme. »Die Kleine, die da tanzt, ist mein Mädchen.«
Ich warf einen Blick auf die Bühne. Sie war eine Rotblondine, die bessere Tage gesehen hatte. Die beiden paßten zusammen. Sie hatten beide ihren guten Kampf schlecht ausgekämpft – und verloren.
Ich wartete, bis die Musik das lärmende Finale hinausschmetterte. »Ich habe dir einen Vorschlag zu machen, Amos.«
Er wandte sich mir zu. »Ich habe schon deinem Mittelsmann erklärt, daß ich kein Interesse habe.«
In dem Augenblick wäre ich am liebsten aufgestanden und hätte mich aus dem Staube gemacht. Hinaus in die frische, kalte Nacht und fort von dem Geruch nach schalem Bier, nach Krankheit und Verfall. Aber ich blieb sitzen. Es war nicht nur das Versprechen, das ich Forrester gegeben hatte. Schließlich war er auch einst Monikas Vater gewesen.
»Ich habe Monika von der Stellung erzählt. Sie war sehr froh darüber.«
Er wandte sich um und blickte mich wieder an. »Monika war immer eine dumme Göre«, sagte er heiser und lachte. »Sie wollte sich nicht einmal von dir scheiden lassen, weißt du das eigentlich? Sie war ganz verrückt und wütend, aber hinterher wollte sie sich nicht scheiden lassen und behauptete, sie liebe dich.«
Ich gab keine Antwort, und er lachte wieder. »Ich hab' ihr erklärt, du wärst geradeso wie ich und könntest keinem Weib widerstehen.«
»Das war einmal«, sagte ich. »Diese Zeiten sind vorbei.«

Er hieb das Glas mit zitternder Hand auf die Theke. »Nichts ist vorüber!« schrie er. »Oder meinst du, ich hätte vergessen, wie du mich aus meinem eigenen Unternehmen hinausgedrängt hast? Denkst du, ich könnte vergessen, wie du mich unterboten und mir jeden neuen Anfang vermasselt hast?« Er lachte verschlagen. »Ich bin kein Narr. Denkst du, ich wüßte nicht, daß du mich überallhin hast verfolgen lassen?«

Ich starrte ihn an. Er war krank. Viel kränker, als ich geahnt hatte.

»Und jetzt kommst du mit diesem verlogenen Vorschlag, was?« Er lächelte verzerrt. »Denkst, ich durchschaute dich nicht? Denkst, ich wüßte nicht, daß du mich nur aus dem Weg räumen willst, weil du unten durch wärst, wenn man je meine Pläne zu Gesicht bekäme?«

Er rutschte von seinem Hocker und kam mit geballten Fäusten auf mich zu. »Unten durch, Jonas!« schrie er. »Unten durch! Hörst du?«

Ich drehte mich auf dem Hocker und packte ihn an den Händen. Seine Gelenke waren schmächtig, nur morsche Knochen. Ich hielt seine Arme fest, und plötzlich sackte er zusammen, und sein Kopf fiel gegen meine Brust.

Ich schaute ihn an und sah, daß seine Augen aus Wut über seine Hilflosigkeit mit Tränen gefüllt waren. »Ich bin so müde, Jonas«, flüsterte er. »Hetz mich nicht mehr. Es tut mir leid. Ich bin so müde, ich kann nicht mehr . . .«

Dann entglitt er mir und landete auf dem Fußboden. Die Rotblondine, die von hinten an mich herangetreten war, schrie auf, und plötzlich setzte die Musik aus. Ein Gedränge entstand, ich wurde gegen die Bar gedrückt und starrte in das Gesicht eines großen Mannes in einem schwarzen Anzug. »Was geht hier vor?«

»Laß ihn in Ruhe, Joe.« Vitales Stimme erklang von hinten, und der Rausschmeißer wandte den Kopf. »Du hier, Sam?« Sein Zugriff lockerte sich.

Ich schaute hinunter auf Amos. Jennie kniete bereits neben ihm, knöpfte seinen Kragen auf und streifte seinen Schlips ab. Ich beugte mich über sie. »Bewußtlos?«

Jennie schaute mich an. »Mehr als bloß bewußtlos«, sagte sie. »Er glüht förmlich, als hätte er Fieber. Wir müssen ihn heimbringen.«

»O. K.«, sagte ich. Ich zog ein Bündel Banknoten heraus und warf einen Hundert-Dollar-Schein auf die Theke. Ich hob den Kopf. Die Rotblondine starrte mich aus tränenverschmiertem Gesicht an. Ich drückte ihr ebenfalls einen Hunderter in die Hand. »Geh und trockne deine Tränen.«

Dann bückte ich mich, hob Amos auf und ging auf die Tür zu. Ich war überrascht, wie leicht er war. Vitale holte unsere Garderobe und folgte mir hinaus.

»Er wohnt ganz in der Nähe«, sagte er, als ich Amos in den Wagen bettete.

Es war eine schmutziggraue Hotelpension, zwei Katzen saßen auf den offenen Mülleimern vor der Tür und starrten uns aus ihren unheilvollen gelben Nachtaugen an. Durch das Wagenfenster warf ich einen Blick auf das Haus. Es war kein Ort für einen Kranken.

Der Chauffeur stieg aus und wollte die Tür öffnen. Ich zog sie zu. »Fahren Sie zurück zum Drake«, sagte ich.
Ich wandte mich nach Amos um, der ausgestreckt auf dem Rücksitz lag. Er war mir nicht sympathischer, bloß weil er krank war. Aber ich wurde das Gefühl nicht los, daß es mein eigener Vater hätte sein können, der dort lag, wenn die Dinge etwas anders gelaufen wären.

8

Der Arzt kam heraus und schüttelte den Kopf. Jennie folgte ihm unmittelbar. »Er wird wieder ganz normal sein, wenn er früh aufwacht. Jemand muß ihm einen Schuß *amylenum hydratrum* eingeflößt haben.«
»Was?«
»Ein Betäubungsmittel«, sagte Jennie.
Ich lächelte. Meine Ahnung hatte sich bestätigt. Vitale hatte nichts dem Zufall überlassen. Ich war hinter Amos her, und er hatte dafür gesorgt, daß er mir nicht entwischte.
»Er ist ziemlich herunter«, fügte der Arzt hinzu. »Zuviel Whisky und zuwenig Essen. Er hat leichtes Fieber, aber bei einiger Pflege wird er sich bald wieder erholen.«
»Vielen Dank, Herr Doktor«, sagte ich und erhob mich.
»Nichts zu danken, Mr. Cord. Ich werde morgen früh noch einmal vorbeikommen. Geben Sie ihm eine von diesen Pillen stündlich, Miß Denton.«
»Gut, Herr Doktor.«
Der Arzt nickte und ging.
Ich blickte Jennie an. »Moment mal. Kommt gar nicht in Frage, daß du dir wegen diesem Suffkopf die ganze Nacht um die Ohren schlägst.«
»Das macht mir nichts«, sagte sie. »Es wäre nicht das erstemal, daß ich bei einem Patienten gewacht habe.«
»Einem Patienten?«
»Natürlich.« Sie schaute mich fragend an. »Hab' ich dir nie erzählt, daß ich Krankenschwester gelernt habe?«
Ich schüttelte den Kopf.
»Im St. Mary's College für Pflegerinnen in San Franzisko«, sagte sie. »Neunzehnhundertfünfunddreißig. Ich habe ein Jahr als Schwester gearbeitet und dann aufgehört.«
»Warum?«
»Ich hatte es satt«, sagte sie, und ein Schleier fiel über ihre Augen.
Ich drang nicht weiter in sie. Es war ihre eigene Angelegenheit. »Möchtest du einen Schluck trinken?« fragte ich und trat an die Bar.
Sie schüttelte den Kopf. »Nein, danke. Hör zu, es hat keinen Zweck, daß wir beide die ganze Nacht aufbleiben. Leg dich hin und ruh dich aus.«

Ich blickte sie fragend an.
»Ich schlafe morgen früh eine Stunde.« Sie kam und küßte mich auf die Backe. »Gute Nacht, Jonas. Und Dank. Du bist sehr nett. Ich habe gehört, was er über dich gesagt hat. Und trotzdem hast du ihn hierhergebracht.«
»Was blieb mir weiter übrig? Ich konnte ihn doch nicht dort liegen lassen.«
»Nein, natürlich nicht«, sagte sie und machte große Augen. »Geh zu Bett jetzt.«
Ich drehte mich um und ging ins Schlafzimmer.

Jennie saß im Wohnzimmer vor einer Kanne Kaffee und etwas Toast. »Guten Morgen. Möchtest du eine Tasse Kaffee?«
Ich nickte und warf dann einen Blick in Amos' Zimmer. Er lag auf dem Rücken und schlief wie ein Säugling. Ich schloß die Tür und nahm auf der Couch neben ihr Platz. »Du mußt sehr müde sein«, sagte ich und griff nach der Kaffeetasse.
»Ein bißchen. Aber nach einer Weile spürt man es nicht mehr. Man macht einfach weiter.« Sie schaute mich an. »Er hat viel von dir gesprochen.«
»So? Hoffentlich nichts Gutes.«
»Er wirft sich vor, deine Ehe zerstört zu haben.«
»Daran waren wir alle ein bißchen schuld«, sagte ich. »Er nicht allein.«
»Hauptsächlich Rina Marlowe?«
»Sie schon gar nicht«, sagte ich rasch. Ich langte nach einer Zigarette. »Hauptsächlich lag es daran, daß Monika und ich zu jung waren. Wir hätten nie heiraten sollen.«
Sie nahm ihre Kaffeetasse in die Hand und gähnte.
»Am besten, du legst dich jetzt ein Weilchen hin«, sagte ich.
»Ich wollte eigentlich warten, bis der Arzt hier war.«
»Leg dich hin. Ich weck' dich, sobald er kommt.«
Sie ging ins Schlafzimmer und machte die Tür hinter sich zu. Ich nahm mir noch eine Tasse Kaffee und griff nach dem Telefon. Plötzlich hatte ich Hunger. Ich bestellte eine doppelte Portion Eier und Schinken und noch eine Kanne Kaffee.
Während ich frühstückte, kam Amos heraus. Er hatte sich in eine Decke gehüllt, trat schlurfend an den Tisch und blickte mich an. »Wo sind meine Sachen?«
Bei Tageslicht sah er nicht ganz so schlecht aus wie die Nacht zuvor. »Ich hab sie weggeworfen«, sagte ich. »Setz dich und nimm einen Happen zu dir.«
Er blieb stehen und sagte nichts. Nach einer Weile sah er sich im Zimmer um. »Wo ist das Mädchen?«
»Sie schläft«, sagte ich. »Sie hat die ganze Nacht aufgesessen und sich um dich gekümmert.«

Er überlegte. »Bin ich ohnmächtig geworden?« Es war mehr eine Feststellung als eine Frage. Ich gab keine Antwort.
»Hab' ich mir gedacht«, sagte er. Dann stöhnte er. Er legte die Hand an seine Stirn und verlor fast die Decke dabei. »Jemand hat mir was eingegeben«, sagte er vorwurfsvoll.
»Iß etwas. Was Vitaminreiches.«
»Ich brauche was zu trinken«, sagte er.
»Bittschön. Dort drüben ist die Bar.«
Er schlurfte hinüber und goß sich etwas ein. Dann kippte er das Glas hinunter. »Ah«, sagte er. Er nahm noch einen auf die Schnelle. Etwas Farbe kehrte in sein graues Gesicht zurück.
Er trat schlurfend wieder an den Tisch, die Whiskyflasche in der Hand, und ließ sich schwerfällig auf einen Stuhl mir gegenüber fallen. »Wie hast du mich gefunden?«
»Ganz einfach. Wir brauchten nur der Spur deiner ungedeckten Schecks zu folgen.«
»Oh«, sagte er. Er goß sich noch ein Glas ein, ließ es jedoch unangerührt stehen. Plötzlich füllten sich seine Augen mit Tränen. »Es wäre nicht halb so schlimm, wenn es sich nicht um dich handelte.«
Ich aß schweigend weiter.
»Du hast keine Ahnung, was Altwerden bedeutet. Man verliert den Kontakt.«
»Du hast ihn nicht verloren«, sagte ich. »Du hast ihn weggeworfen.«
Er nahm das Glas in die Hand.
»Wenn dich mein Angebot nicht interessiert«, sagte ich, »trink dieses Glas ruhig aus.«
Stumm starrte er mich an. Dann betrachtete er das kleine, mit bernsteingelber Flüssigkeit gefüllte Glas in seiner Hand. Seine Hand zitterte leicht, und er verschüttete etwas Whisky. »Wie kommt es, daß du plötzlich ein solcher Musterknabe bist?«
»Bin ich gar nicht«, sagte ich. Ich griff nach meiner Kaffeetasse und lächelte ihn an. »Ich habe mich überhaupt nicht geändert. Ich halte dich noch immer für den größten Hurenbock des Jahrhunderts. Wenn es nach mir ginge, würde ich dich nicht einmal mit Handschuhen anfassen. Aber Forrester will dich als Betriebsleiter für unser kanadisches Werk haben. Der Esel kennt dich nicht so gut wie ich. Er hält wunder was von dir.«
»Roger Forrester, eh?« fragte er. Langsam setzte er das Whiskyglas ab. »Er hat die Liberty Fünf getestet, die ich gleich nach dem Krieg konstruiert habe. Er meinte, es wäre die beste Maschine, die er je geflogen hätte.«
Ich starrte ihn schweigend an. Das war länger als zwanzig Jahre her, und seitdem war die Entwicklung rapide vorangeschritten. Doch Amos dachte

immer noch an die Liberty Fünf. Es war die Maschine, durch die er ins Geschäft gekommen war.
Plötzlich verriet sein Gesichtsausdruck etwas von dem Amos Winthrop, den ich früher gekannt hatte. »Was springt für mich dabei heraus?« fragte er.
Ich zuckte die Achseln. »Das mußt du mit Roger ausmachen«, sagte ich.
»Gut.« Würdevoll erhob er sich. »Wenn ich mit dir verhandeln müßte, könntest du bieten, was du wolltest, ich hätte kein Interesse.«
An der Tür zu seinem Zimmer blieb er stehen, drehte sich um und starrte mich an. »Und meine Sachen?«
»Unten ist ein Herrenmodegeschäft. Ruf an und laß dir heraufschicken, was du brauchst.«
Die Tür schloß sich hinter ihm, und ich langte nach einer Zigarette. Ich hörte ihn telefonieren. Ich lehnte mich im Stuhl zurück und ließ den Rauch müßig durch die Nase entweichen.
Als man die Sachen brachte, ließ ich sie in seinem Schlafzimmer abgeben. Dann ertönte der Summer noch einmal, und ich ging fluchend an die Tür. Ich kam mir wie ein verdammter Diener vor. Ich öffnete. »Hallo, Mr. Cord.«
Es war eine Kinderstimme. Überrascht senkte ich den Blick. Jo-Ann stand neben Monika, in der einen Hand die Puppe, die ich ihr geschenkt hatte; mit der anderen hielt sie sich an Monikas Mantel fest.
»McAllister hat telegrafiert, daß du wahrscheinlich hier sein würdest. Das Telegramm hat mich im Zug erreicht«, erklärte sie. »Hast du Amos gefunden?«
Ich starrte sie schweigend an. Mac mußte seine sechs Sinne nicht mehr ganz beisammen haben. Er mußte gewußt haben, daß in Chikago drei Stunden Aufenthalt war und daß Monika hier auftauchen würde. Wenn ich sie aber nun nicht sehen wollte?
»Hast du Amos gefunden?« wiederholte Monika.
»Ja, ich hab' ihn gefunden.«
»Guck doch mal!« rief Jo-Ann plötzlich, den Blick auf den Frühstückstisch gerichtet. »Ich hab' Hunger.« Sie rannte an mir vorbei, kletterte auf einen Stuhl und nahm sich eine Scheibe Toast.
Monika warf mir einen Blick zu. »Entschuldige, Jonas«, sagte sie. »Du weißt ja, wie Kinder sind.«
»Du hast doch aber gesagt, wir würden mit Mr. Cord frühstücken, Mammi.«
Monika errötete. »Jo-Ann!«
»Schon gut«, sagte ich. »Willst du nicht näher treten?«
Sie kam ins Zimmer, und ich schloß die Tür. »Ich werde ein Frühstück für euch kommen lassen«, sagte ich und trat ans Telefon.
Monika lächelte. »Für mich nur Kaffee«, sagte sie und legte ihren Mantel ab.
»Ist der Arzt schon hier, Jonas?«
Monika starrte.

Ich starrte.
Jennie stand im offenen Türrahmen. Ihr langes blondes Haar fiel über den dunklen Nerzmantel, den sie wie einen Morgenrock um sich gehüllt hatte. Ihr nackter Hals und ihre nackten Beine verrieten, daß sie darunter nichts anhatte.
Das Lächeln war von Monikas Gesicht gewichen. Ihre Augen waren eisig, als sie sich an mich wandte. »Verzeihung, Jonas«, sagte sie steif. »Ich hätte vorher anrufen sollen.«
Sie durchquerte das Zimmer und nahm das Kind bei der Hand. »Komm, Jo-Ann.«
Sie waren schon fast an der Tür, ehe ich meine Stimme wiederfand. »Moment, Monika«, sagte ich rauh.
Amos' Stimme schnitt mir das Wort ab. »Gerade im richtigen Augenblick, Kind«, sagte er ruhig. »Wir können zusammen gehen.«
Ich wandte mich nach ihm um. Der kranke, verwahrloste alte Mann, den wir letzte Nacht in der Bar aufgelesen hatten, existierte nicht mehr. Vor mir stand der Amos von einst, elegant in einen grauen, gestreiften, zweireihigen Anzug gekleidet, einen langschößigen Überzieher lässig über dem Arm, jeder Zoll an ihm der Herr Direktor, der verantwortliche Mann.
Ein kaum merkliches boshaftes Lächeln spielte um seine Lippen, als er das Zimmer durchquerte und sich, die Hand auf der Türklinke, noch einmal umdrehte. »Meine Kinder und ich möchten uns nicht gern aufdrängen...« Er machte eine Pause und verbeugte sich leicht zu Jennie hin. Wütend ging ich auf die Tür zu. Ich öffnete sie und hörte die Fahrstuhltüren auf- und zugehen, dann herrschte Schweigen auf dem Korridor.
»Tut mir furchtbar leid, Jonas«, sagte Jennie. »Ich wollte dir nichts verpatzen.«
Ich blickte sie an. Aus ihren Augen sprach tiefes Mitgefühl. »Du kannst nichts dafür«, sagte ich. »Es ist alles schon seit langem verpatzt.«

Achtes Buch

Die Geschichte der Jennie Denton

1

Jennie schloß die Tür ihrer Umkleidekabine und streckte sich aus. Müde machte sie die Augen zu. Aus den drei für den Film vorgesehenen Monaten waren fünf geworden. Fünf Monate hatte sie Tag und Nacht vor der Kamera gestanden, war sie täglich früh um fünf aufgestanden und erst um Mitternacht oder später wie ein Stein ins Bett gesunken. Bis der Film durch dauernde Veränderungen und Wiederholungen einzelner Szenen alle Bedeutung für sie verloren hatte und nur noch ein wüstes Durcheinander gewesen war.

Als sie die Augen aufschlug, saß Ilene Gaillard ihr gegenüber. Sie hatte sie nicht einmal hereinkommen hören. »Hallo«, sagte Jennie und richtete sich auf. »Hab' ich lange geschlafen?«

Ilene lächelte. »Etwa eine Stunde. Sie hatten es nötig.«

»Ich komme mir direkt albern vor«, sagte Jennie. »Es passiert mir nicht oft, daß ich gleich weg bin, wenn ich mich hinlege. Aber ich war wie ausgenommen.«

»Sie haben unter einer fürchterlichen Anspannung gestanden. Aber jetzt können Sie ganz unbesorgt sein. Sobald dieser Film herauskommt, sind Sie ein großer Star – einer der größten.«

»Hoffentlich«, sagte Jennie bescheiden. Ilene stand auf und schaute Jennie an. »Ich glaube, etwas Heißes zu trinken würde Ihnen guttun.«

Jetzt war sie froh, daß Jonas nach ihr geschickt hatte. Zuerst war sie von der Aufforderung nicht sehr begeistert gewesen. Sie hatte wenig Neigung verspürt, nach Hollywood zurückzukehren: zu dem Klatsch, der Wichtigtuerei und den kleinlichen Eifersüchteleien. Doch vor allem hatte sie den Erinnerungen ausweichen wollen.

Doch als sie die Fotografie näher angesehen hatte, hatte etwas an dem Mädchen sie bewogen, ihre Vorbehalte aufzugeben. Sie konnte verstehen, was Jonas in ihr gesehen hatte. Sie hatte etwas von Rina, aber gleichzeitig eine ganz eigene, persönliche Note.

Erst nachdem sie das Bild eine ganze Weile aufmerksam betrachtet hatte, war sie dahintergekommen, was es war. Es war die seltsame asketische Durchsichtigkeit, die trotz des rein sinnlichen Ausdrucks daraus sprach. Die Augen auf dem Bild verrieten ein tiefes Wissen und schauten einen dennoch mit kindlicher Unschuld an. Es war das Gesicht eines Mädchens, dessen Seele unberührt geblieben war, ganz gleich, was sie erlebt haben mochte. Lauter Lärm drang durch die dünnen Wände. Jennie lächelte. »Draußen scheint man tüchtig zu feiern.«

»Cord hat ein kaltes Büfett aufstellen lassen. Allein zwei Mann für den Ausschank.« Ilene trank ihre Schokolade aus und stellte die Tasse ab. Sie erhob sich und betrachtete das Mädchen. »Ich bin im Grunde nur gekommen, um auf Wiedersehn zu sagen.«
Jennie blickte sie fragend an. »Sie wollen weg?«
Ilene nickte. »Ich fahre noch heute abend.«
»Oh«, sagte Jennie. Sie setzte die Tasse ab und stand auf. Sie streckte Ilene die Hand hin. »Haben Sie herzlichen Dank für alles. Ich habe viel von Ihnen gelernt.« Förmlich schüttelten sie sich die Hände. »Ich hoffe, wir können wieder einmal zusammenarbeiten«, sagte Jennie.
Ilene ging auf die Tür zu, drehte sich jedoch noch einmal um. »Ich würde mich freuen«, sagte sie. »Schreiben Sie, falls Sie mich brauchen. Ich würde gern kommen.«
Einen Augenblick später ging die Tür wiederum auf, und Bonners Stimme ertönte hinter ihr. »Nun, Sie haben's geschafft.«
Sie gab keine Antwort und schaute ihn nur an.
»Ich habe mir so meine Gedanken über Sie gemacht«, sagte er, den Blick unverwandt auf sie gerichtet. »Sie werden ein großer Star werden.«
Sie sagte nichts.
»Nach der *Sünderin* wird es schwer sein, eine andere Rolle für Sie zu finden.«
»Daran habe ich noch gar nicht gedacht«, sagte sie.
»Natürlich nicht. Sie nicht und Jonas auch nicht.« Bonner lachte. »Wozu auch? Das ist nicht Ihre Aufgabe, sondern meine. Jonas tut nur, was ihm Spaß macht. Wenn er einen Film drehen will, so dreht er einen. Aber unter Umständen vergehen acht Jahre, ehe er wieder Lust dazu hat.«
»So?« sagte sie und schaute ihn offen an.
Er zuckte die Achseln. »Es ist meine Sache, dafür zu sorgen, daß Sie Ihre Beschäftigung behalten. Eine allzu lange Pause zwischen den Filmen, und das Publikum hat Sie vergessen.« Er griff in sein Jackett nach einer Packung Zigaretten und steckte sich eine an. »Arbeitet diese Mexikanerin noch für Sie?«
»Ja.«
»Wohnen Sie noch in demselben Haus?«
»Natürlich.«
»Ich würde gern mal eines Abends nächste Woche vorbeikommen«, sagte er, »und einige neue Stoffe mit Ihnen durchsprechen.«
Sie schwieg.
»Jonas fährt weg«, sagte er. »Nach Kanada auf Geschäftsreise.« Er lächelte. »Es ist eigentlich ganz gut, finde ich, daß er noch nichts von den Geschichten über Sie gehört hat, meinen Sie nicht auch?«
Sie atmete langsam aus. »Ja.«
»Mir würde Mittwoch abend am besten passen.«

»Rufen Sie lieber vorher an«, sagte sie gepreßt.
»Natürlich. Das hatte ich ganz vergessen. Nichts hat sich geändert, nicht wahr?«
Sie schaute ihn an. »Nein«, sagte sie dumpf. Dann ging sie an ihm vorbei auf die Tür zu. Eine große Müdigkeit überkam sie. Nichts hatte sich geändert. Für sie nahmen die Dinge immer denselben Ausgang. Außer der Währung änderte sich nie etwas.

2

Sie erwachte und sah weiße Wäsche auf der Leine vor dem Fenster flattern. Aus der Küche des Nachbarhauses wehte die warme Sommerluft den Duft von Corned beef und Kohl zu ihr ins Zimmer, der ihr verriet, daß es Sonntag war. Sonntags war es immer so gewesen, nur als kleines Mädchen hatte es mehr Spaß gemacht.
Wenn sie sonntags mit ihrer Mutter aus der Kirche gekommen war, war ihr Vater meistens wach gewesen. Sein Schnurrbart war säuberlich gestutzt und gewichst, und sein glattes Gesicht roch nach Bayrum. Lächelnd nahm er sie in Empfang, warf sie hoch in die Luft, fing sie wieder auf, preßte sie an sich und brummte: »Wie geht's denn meinem kleinen Jennie-Bär heut morgen? Ist sie ein süßes Kind, erfüllt von Gottes Heiligkeit?«
Er lachte, sie lachte, und manchmal lachte sogar ihre Mutter und sagte: »Aber Thomas Denton, spricht ein Vater so zu seiner Tochter? Du pflanzt ihr damit nur etwas von deinem eigenen Ungehorsam Gottes Geboten gegenüber ein.«
Ihre Eltern waren beide jung, lustig und glücklich und genossen Gottes eigenen Sonnenschein, der über der Bucht von San Franzisko lag. Und nach dem reichlichen Mittagessen zog ihr Vater seinen blauen Anzug an, nahm sie bei der Hand und begab sich mit ihr auf Abenteuersuche.
Das erste Abenteuer erlebten sie auf der Kabelbahn, die an ihrer Tür vorbeifuhr. Ihr Vater hatte sie auf dem Arm und sprang mit ihr auf die in Fahrt befindliche Bahn, wobei er seinen blauweißen Schaffnerausweis hin und her schwenkte, der ihn zur Freifahrt auf den Bahnen der Gesellschaft berechtigte, und bahnte sich einen Weg nach vorn neben den Fahrer. Dort hielt er ihr Gesicht in den kräftigen Wind, bis es ihr den Atem verschlug und sie glaubte, sie müßte vor Wonne umkommen.
»Dies ist meine Tochter, mein Jennie-Bär«, rief er allen zu, die es hören wollten, und zeigte sie stolz herum.
Und die Fahrgäste, die bisher in ihre eigenen Gedanken vertieft gewesen waren, lächelten ihr zu und hatten irgendwie teil an der Freude, die aus ihrem runden, strahlenden Gesichtchen leuchtete.
Dann gingen sie in den Park, mitunter auch zur Werft, wo sie heiße Garnelen

oder Krabben aßen, die in Knoblauch schwammen, und ihr Vater trank Bier aus großen überschäumenden Gläsern, das illegal, aber in aller Öffentlichkeit ausgeschenkt wurde. Doch selbstverständlich nur, um den Knoblauchgeruch hinunterzuspülen. Manchmal besuchten sie auch den Zoo, und er kaufte ihr eine Tüte mit Erdnüssen, damit sie die Elefanten oder Affen in ihren Käfigen füttern konnte. Und abends kehrten sie heim, und sie war müde und schlief manchmal auf seinem Arm ein. Und der nächste Tag war Montag, und sie konnte den kommenden Sonntag kaum erwarten.

Nein, nichts verging so schnell wie die Sonntage der Kindheit. Und dann ging sie zur Schule und fürchtete sich zuerst vor den Schwestern, die streng und abschreckend wirkten in ihrer schwarzen Ordenskleidung. Ernst ragte ihr rundes Gesichtchen aus der weißen Matrosenbluse mit der marineblauen Besatzschnur. Aber sie lehrten einem den Katechismus, und man ging zur Firmung und verlor seine Furcht nach und nach, indem man sie als Lehrerinnen und Führerinnen zu einem tieferen christlichen Leben anerkannte, und die glücklichen Kindheitssonntage verblaßten immer mehr, bis man sich ihrer kaum noch entsann.

Jennie lag ruhig auf ihrem sechzehn Jahre alten Bett und nahm die Geräusche des Sonntagmorgens mit zunehmender Deutlichkeit auf. Für einen Augenblick herrschte nur Schweigen, dann hörte sie die schrille Stimme ihrer Mutter. »Mr. Denton, zum letztenmal, es ist Zeit aufzustehen und zur Messe zu gehen.«

Die Stimme ihres Vaters klang rauh, die Worte blieben unverständlich. Im Geiste sah sie ihn unrasiert und mit aufgedunsenem Biergesicht in seiner langen wollenen Unterwäsche auf dem weichen breiten Bett liegen, das Gesicht in das große Kissen gewühlt. Wieder hörte sie ihre Mutter. »Ich hab' Vater Hadley versprochen, daß du diesen Sonntag bestimmt kommen würdest. Wenn du schon nicht an dein eigenes Seelenheil denkst, so nimm wenigstens Rücksicht auf Frau und Tochter.«

Sie hörte keine Antwort, dann fiel die Tür krachend zu, als ihre Mutter sich in die Küche zurückzog. Jennie fuhr mit bloßen Füßen aus dem Bett und suchte nach ihren Pantoffeln. Sie fand sie und stand auf, und das lange weiße baumwollene Nachthemd schlotterte um ihre Knöchel, als sie das Zimmer durchquerte.

Auf ihrem Wege ins Badezimmer mußte sie an der Küche vorbei, und ihre Mutter wandte sich am Herd um. »Du kannst den neuen blauen Hut aufsetzen, den ich dir zum Kirchgang gemacht habe, Jennie.«

»Ja, Mutter«, sagte sie.

Sie putzte sich sorgfältig die Zähne und dachte daran, was Schwester Philomena der Klasse beim Gesundheitsunterricht gesagt hatte. Kreisförmige Bewegungen mit der Bürste über Zähne und Zahnfleisch würden alle Speiseüberreste beseitigen, die sonst Fäulnis verursachen könnten. Sie untersuchte ihre Zähne im Spiegel. Sie hatte hübsche Zähne. Sauber und weiß und ebenmäßig.

Sie hatte etwas für Sauberkeit übrig. Nicht wie so viele Mädchen der Mercy-Oberschule, die aus demselben ärmlichen Viertel kamen und nur einmal wöchentlich badeten, sonnabends. Sie nahm jeden Abend ein Bad – selbst wenn sie das Wasser in der Küche des alten Mietshauses heißmachen mußte, in dem sie wohnten.

Aus klaren grauen Augen betrachtete sie ihr Gesicht und stellte sich vor, wie sie in dem weißen Häubchen und der Tracht einer Krankenschwester aussehen würde. Sie mußte sich jetzt bald entschließen. Nächsten Monat fanden die Abschlußprüfungen statt, und nicht jede Schülerin durfte damit rechnen, ein Stipendium zur Schwesternausbildung im St. Mary's College zu erhalten.

Das Stipendium für St. Mary's wurde alljährlich an die eine Schülerin verliehen, die nach Ansicht eines Komitees unter Vorsitz des Erzbischofs das meiste Anrecht darauf hatte. Dieses Jahr sollte sie es erhalten, vorausgesetzt, daß sie sich dazu entschloß, den Schwesternberuf zu ergreifen. Heute morgen nach dem Kirchgang sollte sie zu Mutter M. Ernest ins Schwesternhaus kommen und ihr endgültig Bescheid sagen.

Ihr Vater hatte wütend geflucht, als er von dem Stipendium erfuhr.

Er wandte sich an Jennie und blickte sie an. »Jennie-Bär«, sagte er leise, »ich habe nichts dagegen, daß du Krankenschwester wirst, wenn du Lust dazu hast. Ich möchte nur nicht, daß du dich zu etwas überreden läßt, wozu du keine innere Neigung spürst. Was wir, deine Mutter und ich, wollen, zählt nicht mit. Selbst was die Kirche will, ist nicht ausschlaggebend. Nur was du willst, zählt.« Er seufzte. »Verstehst du das, Kind?«

Jennie nickte. »Ich verstehe, Papa.«

»Du wirst dich nicht eher zufriedengeben, bis du eine Hure aus deiner Tochter gemacht hast«, schrie ihn ihre Mutter plötzlich an.

Blitzschnell drehte er sich um. »Lieber sähe ich sie als eine Hure aus freien Stücken«, sagte er gereizt, »denn als unfreiwillige Heilige.«

Er schaute Jennie an, und seine Stimme wurde wieder leise. »Möchtest du gern Krankenschwester werden, Jennie-Bär?«

Sie blickte ihn aus ihren klaren grauen Augen an. »Ich glaube ja, Papa.«

»Wenn es dein Wille ist, Jennie-Bär«, sagte er ruhig, »so habe ich nichts dagegen.«

Ihre Mutter schaute ihn triumphierend an. »Wann wirst du endlich einsehen, daß du gegen den Herrgott nichts ausrichten kannst, Thomas Denton?«

Er wollte antworten, preßte jedoch dann die Lippen fest zusammen und verließ die Wohnung.

Schwester Cyril klopfte gegen die schwere eichene Tür des Arbeitszimmers. »Herein«, rief eine kräftige, klare Stimme. Sie öffnete die Tür und gab Jennie ein Zeichen.

Zögernd betrag Jennie das Zimmer, von Schwester Cyril gefolgt. »Dies ist Jennie Denton, Ehrwürdige Mutter.«

Die Frau in mittleren Jahren in der schwarzen Tracht der Schwesterschaft hob den Kopf. Neben ihr stand eine halbvolle Tasse Tee. Sie betrachtete das Mädchen aus seltsam hellen, fragenden Augen. Nach einem Weilchen lächelte sie, wobei ihre weißen ebenmäßigen Zähne zum Vorschein kamen. »Also du bist Jennie Denton«, sagte sie und streckte ihr die Hand hin.

Jennie knickste rasch und küßte den Ring auf dem Finger der Ehrwürdigen Mutter. »Jawohl, Ehrwürdige Mutter.« Sie richtete sich auf und verharrte in steifer Haltung vor dem Schreibtisch.

Wieder lächelte Mutter M. Ernest, und etwas wie Belustigung sprühte aus ihren Augen. »Du brauchst keine Angst zu haben, Kind«, sagte sie.

Jennie lächelte verlegen.

Die Ehrwürdige Mutter hob fragend die Augenbraue. »Möchtest du vielleicht eine Tasse Tee?« fragte sie. »Nach einer Tasse Tee fühle ich mich immer wohler.«

»Das wäre sehr nett«, sagte Jennie steif.

Die Ehrwürdige Mutter hob den Kopf und nickte Schwester Cyril zu. »Ich gehe und hole welchen«, sagte die Nonne rasch.

»Für mich auch noch eine Tasse, bitte.« Mutter M. Ernest wandte sich wieder an Jennie. »Es geht nichts über eine Tasse guten Tee.« Sie lächelte. »Und den gibt es hier. Nicht so schwach wie in den Krankenhäusern. Richtigen Tee, im Topf aufgebrüht, wie es sich gehört. Willst du dich nicht setzen, Kind?«

Das letzte kam so schnell, daß Jennie nicht recht gehört zu haben glaubte. »Was, Ehrwürdige Mutter?« stammelte sie.

»Willst du dich nicht setzen, Kind? Du brauchst meinetwegen nicht nervös zu sein. Ich meine es gut mit dir.«

»Jawohl, Ehrwürdige Mutter«, sagte Jennie und setzte sich, noch nervöser als zuvor.

Die Ehrwürdige Mutter musterte sie für einige Augenblicke. »Du hast dich also dazu entschlossen, Krankenschwester zu werden, wie?«

»Ja, Ehrwürdige Mutter.«

Die merkwürdig hellen Augen der Ehrwürdigen Mutter waren plötzlich fest auf sie gerichtet. »Warum?« fragte sie plötzlich.

»Warum?« Jennie war von der Frage überrascht. Sie senkte den Blick.

»Warum?« Endlich faßte sie sich und schaute der Ehrwürdigen Mutter ins Auge. »Ich habe noch nicht weiter darüber nachgedacht.«

»Wie alt bist du, Kind?« erkundigte sich die Ehrwürdige Mutter.

»Nächste Woche werde ich siebzehn.«

»Und du hast schon von Kindesbeinen an den Wunsch gehabt, Krankenschwester zu werden und den Leidenden zu helfen, nicht wahr?«

Jennie schüttelte den Kopf. »Nein«, erklärte sie aufrichtig. »Der Gedanke ist mir erst ganz vor kurzem gekommen.«
»Krankenpflege ist schwere Arbeit. In St. Mary's wirst du kaum Zeit für dich haben. Du wirst den ganzen Tag arbeiten und lernen müssen; du mußt auch in der Schule übernachten. Einmal monatlich hast du einen freien Tag, um deine Familie zu besuchen.« Die Ehrwürdige Mutter drehte leicht an dem Henkel ihrer Tasse, so daß er von ihr weg zeigte. »Dein Freund würde das gewiß nicht sehr schätzen.«
»Aber ich habe doch gar keinen Freund«, sagte Jennie.
»Du hast doch aber mit Michael Halloran die Promenadenkonzerte besucht«, sagte die Ehrwürdige Mutter. »Und du spielst jeden Sonnabend Tennis mit ihm. Ist er denn nicht dein Schatz?«
Jennie lachte. »Nein, Ehrwürdige Mutter. Er ist nicht mein Schatz, nicht auf diese Art.« Wieder lachte sie und mußte dabei an den schlaksigen, hochgewachsenen Jungen denken, dessen romantische Gedanken sich einzig um seine Rückhand bewegten. »Er ist nur der beste Tennisspieler weit und breit, das ist alles.« Dann fügte sie hinzu: »Aber eines Tages schlag' ich ihn noch.«
»Hast du nicht voriges Jahr die Tennismannschaft der Mädchen angeführt?«
Jennie nickte.
»In St. Mary's wirst du keine Zeit zum Tennisspielen haben«, sagte die Ehrwürdige Mutter.
Jennie gab keine Antwort.
»Gibt es noch etwas, was du lieber wärst als Krankenschwester?«
Jennie überlegte einen Augenblick. Dann schaute sie die Ehrwürdige Mutter an. »Ich möchte Helen Wills die US.-Tennismeisterschaft abnehmen.«
Die Ehrwürdige Mutter lachte. Sie lachte immer noch, als Schwester Cyril mit dem Tee hereintrat. Über den Schreibtisch hinweg schaute sie das Mädchen an. »Du machst dich bestimmt«, sagte sie. »Und ich habe das Gefühl, daß du auch eine gute Krankenschwester abgeben wirst.«

3

»Willst du den ganzen Tag dahocken und in der Zeitung nachsehen, bis du eine Stellung nach deinem Geschmack findest?« fragte Ellen Denton sarkastisch. Mit grimmigem Gesicht packte sie Jennies Lunch in ein Stück Pergamentpapier. Tom sagte nichts, sondern starrte wieder auf das Zeitungsblatt, als Jennie ins Zimmer trag. »Morgen, Mom«, sagte sie fröhlich. »Morgen, Daddy.«
»Guten Morgen, Jennie-Bär«, sagte er und lächelte sie an. »Wie geht's denn meiner kleinen Uferschnecke heut' morgen?«
»Gut, Daddy.« Es war ein stehender Scherz zwischen ihnen. Er hatte sie so getauft, als sie vergangenen Monat eine Stellung als Schreibmaschinenfräulein

bei der Versicherungsgesellschaft gefunden hatte. Es war fünf Wochen nach seiner Entlassung und zwei Wochen nach ihrem Abgang von der Mercy-Oberschule.

»Du bist unsere kleine Uferschnecke«, hatte er gesagt. »Aber ich werde schon bald wieder irgend etwas finden. Dann kannst du mit deinem Studium anfangen, wie du es vorgehabt hast.«

»Du hast zuviel Lippenstift aufgetragen, Jennie«, sagte ihre Mutter. »Wisch lieber etwas ab.«

Tom schaute seine Tochter an. Soviel Lippenstift hatte sie gar nicht aufgetragen. Viel weniger als die meisten Mädchen, die er früher jeden Morgen auf der Kabelbahn gesehen hatte.

»Aber Mutter«, protestierte Jennie. »Ich arbeite jetzt in einem Büro und geh' nicht mehr zur Schule. Ich muß anständig aussehen.«

»Anständig schon, aber nicht angemalt.«

»Laß doch das Mädchen in Ruhe, Ellen«, sagte Tom langsam.

Ellen sah ihn wütend an. »Bring du nur erst wieder Kostgeld heim, dann kannst du mitreden.«

Tom blickte sie mit starrer Miene an. Er spürte, wie ihm das Blut aus dem Gesicht wich. Jennie lächelte ihn mitfühlend an, und das machte es noch schlimmer. Er hätte nie erwartet, daß Jennie ihn bemitleiden werde. Er preßte die Lippen fest aufeinander, um einen Schwall wütender Worte zu unterdrücken.

»Je, ich komme zu spät«, sagte Jennie und sprang auf. Sie nahm die Papiertüte vom Tisch und eilte auf die Tür zu. »Tjüs, Mom«, rief sie über ihre Schulter. »Wiedersehn, Daddy. Viel Glück Leute.«

Tom hörte, wie sie die Treppe hinuntereilte. Wieder starrte er auf die Zeitung. »Kann ich noch eine Tasse Kaffee haben?«

»Nein. Eine genügt für dich. Was denkst du dir denn, wieviel Kaffee wir uns von den elf Dollar leisten können, die das Kind wöchentlich heimbringt?«

Er legte die Zeitung sorgfältig zusammen, stand auf und ging ins Badezimmer. Er drehte den Hahn an und ließ das Wasser laufen, indes er seinen Rasierpinsel und das Rasiermesser herunternahm. Er hielt die Hand unter den Hahn. Das Wasser war noch kalt. »Ellen, ich hab' kein warmes Wasser zum Rasieren.«

»Dann rasier dich kalt«, rief sie. »Es sei denn, du hast ein Fünfundzwanzig-Cent-Stück für die Gasuhr. Ich spare das Gas, das wir noch haben, damit das Kind baden kann.«

Er legte den Pinsel hin und ging zurück in die Küche.

Ellen wandte ihm den Rücken zu. Er legte seine Hände auf ihre Schulter und drehte sie um. »Ellen, Ellen«, sagte er leise. »Was ist bloß mit uns los?«

Sie starrte ihm für eine Weile ins Gesicht und schüttelte dann seine Hände ab. »Rühr mich nicht an, Thomas Denton. Rühr mich nicht an.«

Seine Stimme klang resigniert. »Warum, Ellen, warum? Was geschehen ist, ist nicht meine Schuld. Es war Gottes Wille.«
»Gottes Wille?« Sie lachte schrill. »Ausgerechnet du mußt von Gottes Willen reden! Dabei warst du seit Menschengedenken nicht mehr in der Kirche. Wenn du mehr an deinen Erlöser gedacht hättest statt an dein Bier, wäre Er vielleicht gnädiger mit dir verfahren.«
Er holte tief Luft und atmete langsam aus. Dann drehte er sich um, kehrte ins Badezimmer zurück und rasierte sich kalt. Sie war nicht immer so gewesen – so scharfzüngig und so spitz. Und so fanatisch in allem, was Kirche und Priester anging. Einst war sie Ellen Fitzgerald gewesen, lustig und flink, und er mußte an das Irische Ballhaus auf Day Street denken, wo er sie kennengelernt hatte.
An jenem Abend war sie mit ihrem dunkelbraunen Haar, ihren blauen Augen und winzigen Füßchen das hübscheste Mädchen auf dem Tanzboden gewesen. Das war 1912, und ein Jahr später hatten sie geheiratet. Wieder ein Jahr darauf war Jennie zur Welt gekommen.
Schon damals war er Straßenbahnführer gewesen, und als er aus dem Krieg zurückkehrte, hatte man ihn als Schaffner übernommen. Ein Jahr später wurde ihnen ein Sohn geboren.
Der arme kleine Tommy. Schon mit zwei Jahren hatten sie ihn auf dem Kalvarien-Friedhof zur letzten Ruhe betten müssen. Jennie war damals acht Jahre alt und begriff noch kaum, was ihrem Brüderchen widerfahren war, und Ellen fand Trost in der Stille der Kirche und führte ihre Tochter jeden Tag dorthin. Anfangs achtete er kaum darauf. Ihre übertriebene Kirchgängerei war nur natürlich und würde bald von selbst wieder einschlafen.
Aber darin irrte er.

4

Johnny Burke langweilte sich. Er zog noch einmal an der Kippe und schnippte den Stummel dann in den Rinnstein. Der Junge mit den Pickeln im Gesicht neben ihm sagte: »Wollen wir nicht gehen und nachschauen, ob Tessie beschäftigt ist?«
»Tessie ist immer beschäftigt. Außerdem soll sie einen Kerl angesteckt haben. Ich hab' keine Lust, mich dieser Gefahr auszusetzen.« Johnny steckte sich noch eine Zigarette an und ließ seine Blicke nervös die Straße entlang schweifen. »Ich möchte mal ein Weib haben, an der noch keiner rumgefummelt hat.«
»Wie willst du denn das anstellen, Johnny?«
»Es gibt Mittel und Wege, Andy«, erklärte Johnny geheimnisvoll.
Andy blickte ihn interessiert an. »Du redest, als wüßtest du Bescheid.«
Johnny nickte. Er klopfte auf seine Tasche. »Ich hab' hier etwas, das jedes Mädchen willig macht.«

»Tatsächlich, Johnny?« fragte Andy rasch. »Was denn?«
Johnny senkte die Stimme. »Mosca-Kanthariden.«
»Was ist denn das?«
»Spanische Fliegen, du Blödian«, sagte Johnny. »Ich hab' sie dem Drogisten geklaut, als er mich gebeten hat, auf den Laden aufzupassen, während er nach oben ging.«
»Donnerwetter!« sagte Andy beeindruckt. »Wirkt das bei allen Mädchen?«
Johnny nickte. »Klar. Man muß es ihr nur heimlich ins Getränk schütten. Nur ein klein bißchen, und die Sache ist gemacht.«
Der Drogist steckte den Kopf zur Tür hinaus. »Paß doch mal einen Augenblick auf den Laden auf, Johnny, ja? Ich gehe nur rasch mal nach oben.«
»O. K., Doc.«
Nachdem er im Hauseingang verschwunden war, betraten sie die Drogerie. Johnny trat hinter den Ladentisch und lehnte sich nachlässig gegen die Registrierkasse.
»Wie wär's mit einer Coca, Johnny?«
»Schnorren kommt nicht in Frage, während ich auf den Laden aufpasse«, sagte Johnny. Müßig zog er einige Schubfächer unter dem Ladentisch auf und schloß sie wieder. »He, Andy«, rief er. »Willst du mal sehen, wo Doc all die Gummiartikel aufbewahrt?«
»Klar«, sagte Andy und trat ebenfalls hinter den Ladentisch.
»Dürfte ich eine Coca haben, bitte?«
Die Mädchenstimme kam vom Sodawasserausschank. Schuldbewußt hoben beide Jungen die Köpfe. Rasch schob Johnny das Schubfach zu. »Klar, Jennie.«
»Wo ist Doc?«
»Mal kurz hinaufgegangen.«
»Sie hat uns beobachtet«, flüsterte Andy. »Sie weiß, was wir uns angesehen haben.«
Johnny betrachtete Jennie, während er hinter den Ausschank trat. Vielleicht war sie im Bilde. Ein seltsames Lächeln lag auf ihrem Gesicht. Er drückte den Kolben der Coca-Sirup-Pumpe herunter, und die dunkle Flüssigkeit sprudelte in ihr Glas. Andy trat von hinten an ihn heran. »Ob es auch bei ihr wirkt?« flüsterte er. Johnny wußte, was er meinte. Plötzlich hob er den Kopf. Mit einemmal schien es ihm, als habe er Jennie noch nie richtig gesehen. Sie war eine von den Zaghaften, und gewöhnlich schenkte er ihnen wenig Beachtung. Sie hatte ihr Getränk stehengelassen und war vor den Zeitschriftenstand getreten. Ihm behagte die Art, wie ihr leichtes Sommerkleid sich um ihre Figur schmiegte. Kein Wunder, daß Mike Halloran sie an der Leine hielt. Plötzlich steckte er die Hand in die Tasche, zog ein Stückchen Papier heraus und leerte das Pülverchen in ihr Glas.
Jennie nahm eine Zeitschrift aus dem Regal und kehrte an den Ausschank zurück. Johnny warf einen Blick auf ihr Glas. Etwas von dem Pulver schwamm

noch immer obendrauf. Er nahm das Glas, füllte noch etwas Sirup nach, hielt es unter den Sodahahn und rührte es kräftig um. Er stellte das Getränk vor sie hin und schaute dann auf die Uhr. »Ist es nicht reichlich spät für dich, noch unterwegs zu sein?«

»Es ist Sonnabend«, antwortete Jennie. »Es war so stickig in der Wohnung. Ich wollte noch ein bißen frische Luft schnappen.« Sie legte eine Münze auf die Theke und zog einen Strohhalm aus dem Glasbehälter.

Gespannt beobachtete Johnny, wie sie ihr Getränk schlürfte. »Schmeckt's?«

»Ein bißchen zu süß vielleicht.«

»Warte, ich füll' noch etwas Sodawasser nach«, sagte Johnny rasch. »Besser so?«

Sie nippte daran. »Gut jetzt, danke.«

Er nahm die Münze, ging zur Kasse und drückte die Taste. »Ich hab' gesehen, was du gemacht hast«, flüsterte Andy.

»Halt's Maul.«

Langsam blätterte Jennie in der Zeitschrift und nippte ab und zu an ihrem Getränk. Ihr Glas war halb leer, als der Drogist in den Laden zurückkehrte.

»Alles in Ordnung, Johnny?«

»O. K., Doc.«

»Danke, Johnny. Möchtest du eine Coca?«

»Nein, vielen Dank. Bis morgen, Doc.«

»Warum hast du das gemacht?« fragte Andy, als sie auf die Straße traten. »Jetzt wissen wir nicht mal, ob es gewirkt hat.«

»Das werden wir bald merken«, sagte Johnny. Er spähte in den Laden.

Jennie hatte ausgetrunken und kletterte von ihrem Hocker. Sie legte die Zeitschrift in das Regal und kam auf die Tür zu. Mit ein paar Schritten war Johnny neben ihr.

»Gehst du nach Hause, Jennie?«

Sie blieb stehen und lächelte ihn an. »Ich wollte eigentlich noch ein Stück durch den Park laufen. Vielleicht weht dort ein kühles Lüftchen von der Bucht herein.«

»Hättest du was dagegen, wenn wir uns anschließen?« fragte Johnny. »Wir haben auch nichts weiter vor.«

Verwundert fragte sie sich, was Johnny plötzlich veranlassen mochte, sie zu einem Spaziergang aufzufordern. Er hatte doch sonst nie irgendwelches Interesse für sie bekundet.

Es war fast zehn, als Tom Denton aus der Kneipe gegenüber dem Straßenbahndepot kam. Er war betrunken. Auf weinerliche, unglückliche Art betrunken. Er starrte über die Straße hinweg auf den Wagenschuppen. Dort drin stand seine alte Zwei-zwölf. Seine alte Bahn. Aber es war jetzt nicht mehr seine Bahn. Ein anderer versah jetzt den Dienst darin.

Tränen liefen über seine Backen. Er war ein Versager. Keine Bahn, keine Arbeit, nicht einmal mehr eine Ehefrau, zu der er heimkehren konnte. Wahrscheinlich hockte sie gerade jetzt in einer Ecke der Kirche und betete.

Er saß im Dunkeln am Küchentisch, als Ellen eine halbe Stunde später nach Hause kam. Müde hob er den Kopf, als sie Licht machte. »Bist du so früh schon da?« sagte sie. »Was ist denn los? Ist ihnen der Whisky ausgegangen?«

Er gab keine Antwort.

Sie verließ die Küche und trat auf den schmalen Flur. Er hörte, wie sie in Jennies Zimmer schaute und die Tür wieder zumachte. Einen Augenblick später kam sie zurück in die Küche. »Wo ist Jennie?«

»Weiß nicht. Wahrscheinlich mit Mike irgendwo.«

»Mike ist noch in Berkeley. Jennie war hier, als ich in die Kirche gegangen bin. Sie wollte sich früh hinlegen.«

»Es ist warm«, sagte er. »Vermutlich ist sie gegangen, um noch ein bißchen Luft zu schöpfen.«

»Ich seh' es nicht gern, wenn sie so allein herumzieht.«

»Fang nicht schon wieder mit ihr an, Ellen«, sagte er. »Sie ist jetzt ein erwachsenes Mädchen.«

Sie nahm einen Kessel vom Brett und füllte ihn mit Wasser. Sie stellte ihn auf den Herd und steckte das Gas darunter an. »Möchtest du eine Tasse Tee?«

Überrascht blickte er sie an. Seit langem hatte sie ihn nicht mehr aufgefordert, eine Tasse Tee mit ihr gemeinsam zu trinken. Er nickte dankbar.

Sie nahm die Tassen aus dem Schrank und stellte sie auf den Tisch. Dann nahm sie ihm gegenüber Platz und wartete, daß das Wasser ins Sieden geriete. Besorgnis spiegelte sich auf ihrem Gesicht.

»Mach dir keine Gedanken«, sagte er. Plötzlich tat sie ihm leid. »Jennie muß jede Minute hier sein.«

Sie hob den Kopf, und in einem seltenen hellsichtigen Augenblick erkannte sie, was sie ihm und sich selber antat. Sie spürte, wie ihr die Tränen in die Augen traten und legte ihre Hand auf seine. »Entschuldige, Tom. Ich weiß nicht, was mit mir los ist. Aber ich bilde mir dauernd die dümmsten Sachen ein.«

»Ich weiß, Ellen«, sagte er leise. »Ich weiß.«

In dem Augenblick klopfte der Polizist an die Tür und teilte ihnen mit, daß man Jennie im Park aufgefunden hatte, überfallen und vergewaltigt. Und der Ausdruck auf Ellens Gesicht verriet Tom, daß sie für immer verloren waren.

5

Zu dritt traten sie aus der Kirche in das helle Sonnenlicht. Fast augenblicklich spürten sie die neugierigen, auf sie gerichteten Blicke. Tom fühlte, wie seine Tochter plötzlich zusammenschrak und bemerkte die Schamröte, die ihr

ins Gesicht stieg, das noch von den Schlägen geschwollen war, die sie vor fast zwei Wochen empfangen hatte. Sie hielt die Augen gesenkt, als sie die Stufen hinunter schritten.
»Kopf hoch, Jennie-Bär«, flüsterte er. »Ihre Söhne sollten sich schämen, nicht du.«
Jennie hob den Kopf und lächelte ihn dankbar an. »Und du auch, Ellen Denton«, fügte er hinzu, »starr nicht so zu Boden.«
Auf eine Art empfand Ellen einen gewissen Triumph. Ihr Mann war endlich wieder einmal mit in die Kirche gekommen. Sie mußte daran denken, was sich frühmorgens abgespielt hatte. Sie war schon fertig angekleidet und aufbruchbereit gewesen, als sie die Tür zu Jennies Zimmer öffnete. Ihre Tochter saß auf einem Stuhl und blickte zum Fenster hinaus. »Du bist ja noch nicht einmal angezogen, Jennie«, sagte sie entsetzt. »Dabei ist es höchste Zeit, zur Messe zu gehen.«
»Ich komme nicht mit, Mama«, sagte Jennie tonlos.
»Aber du bist noch nicht ein einziges Mal in der Kirche gewesen, seit du aus dem Krankenhaus heraus bist. Du hast das Haus kaum verlassen.«
»O ja, ich war unten, Mama.« Sie wandte sich ihrer Mutter zu, und die dunklen Ringe unter ihren Augen wirkten in der Helligkeit noch dunkler. »Und alle haben mich angestarrt und hinter mir her geflüstert. Es ist nicht zum Aushalten. Ich komme nicht mit in die Kirche, bloß um mich wie ein Monstrum anstarren zu lassen.«
»Das ist Gotteslästerung«, sagte Ellen hitzig. »Wie willst du denn Vergebung für deine Sünden erlangen, wenn du nicht in die Kirche gehst?«
»Was für Sünden sollen denn dem Kind vergeben werden?« Die Stimme ihres Mannes erklang hinter ihr.
Gereizt drehte sie sich um. »Es genügt, daß wir einen Abtrünnigen im Hause haben«, sagte sie. »Wir brauchen nicht noch einen.« Sie wandte sich an Jennie. »Zieh dich an. Du kommst mit, und wenn ich dich hinzerren muß.«
»Ich gehe nicht, Mama«, sagte Jennie. »Ich kann nicht.«
Ellen trat drohend auf Jennie zu. Sie hob die Hand. Plötzlich schloß sich ein stählerner Griff um ihr Handgelenk. Sie drehte sich um und blickte in das Gesicht ihres Mannes. Seine gewöhnlich sanftblickenden blauen Augen waren eisig und hart. »Laß das Kind in Ruhe! Bist du völlig verrückt geworden?«
Sie starrte ihn einen Augenblick an, dann verflog ihr Zorn, und vor innerer Haltlosigkeit kamen ihr die Tränen. »Vater Hadley hat mich gebeten, sie mitzubringen. Er will für ihre Seelenruhe beten.«
Er spürte ihr Nachgeben und ließ ihr Handgelenk los. Ihr Arm fiel schlaff herunter. Er wandte sich an seine Tochter. »Ist das der Grund, warum du nicht in die Kirche gehen willst, Jennie-Bär?« fragte er sanft. »Weil man dich anstarrt?«
Sie nickte stumm.

»Würdest du gehen, wenn ich mitkäme?« fragte er plötzlich.
Jennie schaute ihm in die Augen, die sie liebevoll anblickten. Nach einer Weile nickte sie. »Ja, Daddy.«
»Also gut. Zieh dich an. Ich rasiere mich nur rasch.« Er drehte sich um und ging schnell hinaus. Ellen starrte ihm fassungslos nach, vor Überraschung kaum fähig zu begreifen, was vor sich gegangen war.
Es hatte ein überraschtes Gemurmel gegeben, als sie den Gang hinunter zu ihren Plätzen schritten. Tom sah, wie man die Köpfe verdrehte, und ein Schauder vor der Grausamkeit, die allen Menschen innewohnte, packte ihn. Fest umschloß er die Hand seiner Tochter und lächelte, als er vor dem Altar niederkniete und sich bekreuzigte, ehe er seinen Platz einnahm.
Aber so schlimm es auch vorher gewesen sein mochte, beim Verlassen der Kirche war es noch weit schlimmer. Die Neugierigen hatten Zeit gehabt, sich in der hellen Morgensonne auf den Stufen zu versammeln. Es war wie Spießrutenlaufen zwischen einer Horde von Idioten.
»Das hätten wir hinter uns«, sagte er leise, als sie um die Ecke bogen.
Sie überquerten die Straße und schritten auf die Drogerie an der nächsten Ecke zu. Eine Gruppe von sonntäglich gekleideten Jungen lungerte vor dem Schaufenster herum. Die Jungen verstummten, als sie näher kamen, und starrten sie mit ihren wissenden Straßenecken-Augen an. Tom schaute sie fest an, und sie senkten die Blicke. Die Dentons gingen vorbei und bogen um die Ecke zu ihrem Haus.
Hinter seinem Rücken vernahm Tom plötzlich ein eifriges Getuschel und Geflüster. Dann kicherte einer von den Jungen und ein anderer lachte, und es klang so dreckig, daß es ihm das Herz zerriß. Abrupt ließ er Jennies Arm los und ging zurück um die Ecke herum. Die Burschen gingen wie auf ein geheimes Zeichen einzeln oder zu zweit nach verschiedenen Richtungen auseinander.
Einen Augenblick darauf stand er allein an der Ecke. Er verharrte ein Weilchen, um das Zittern zu unterdrücken, das ihn befallen hatte, dann wandte er sich ebenfalls um und ging um die Ecke, wo Frau und Tochter auf ihn warteten. »Das hätten wir hinter uns«, sagte er zum zweitenmal an diesem Morgen. Er nahm Jennies Arm, und sie setzten ihren Weg fort. Aber diesmal wußte er, kaum daß er es ausgesprochen hatte, daß sie es nicht hinter sich hatten – daß es nie vorüber sein würde, solange ein Funke Erinnerung in ihm lebte.
Das kühle Septemberlüftchen enthielt den ersten Anhauch des Herbstes. Jennie blickte aus dem Fenster der Kabelbahn ihrer Haltestelle entgegen. Dort stand ihr Vater unter der Straßenlaterne und wartete wie allabendlich auf sie. Die Bahn hielt an, und sie stieg aus.
»Hallo, Daddy.«
»'n Abend, Jennie-Bär.«

Sie fiel in Gleichschritt mit ihm, und sie traten den Heimweg an.
»Du brauchst mich nicht jeden Abend abzuholen, Daddy«, sagte sie plötzlich. »Ich hab' keine Angst, allein nach Hause zu kommen.«
»Das weiß ich. Das war mir schon vom ersten Tage an klar. Aber ich tu es gern. Sonst hab' ich ja den ganzen Tag über nichts vor.«
Jennie antwortete nichts darauf, und sie liefen eine Weile stumm nebeneinander her. »Wäre es dir lieber, wenn ich nicht mehr käme?«
»Wenn es dir Freude macht, hol mich ruhig weiter ab, Daddy.«
Man war vor dem Haus angelangt, und Jennie traf Anstalten, hinaufzugehen. Ihr Vater legte seine Hand auf ihren Arm. »Augenblick noch, Jennie-Bär. Setzen wir uns hier auf die Stufen. Ich möchte kurz mit dir sprechen.«
Sie schaute ihn an. Sein Gesicht war ernst. »Was ist denn, Daddy?«
»Ich hab' Mutter nichts gesagt. Ich war heute bei Vater Hadley.«
»Ja?«
»Er kommt nicht aufs Gericht, um über deinen Leumund auszusagen. Er behauptet, es wäre gegen die kirchlichen Vorschriften. Dasselbe trifft auf die Schwestern von der Schule zu.«
»Oh«, sagte sie. Ihr Magen zog sich zusammen. Der Anwalt hatte recht gehabt. Vor einem Monat hatte er sie aufgesucht, ein Männchen mit den Augen eines Wiesels.
Er hatte in der Küche Platz genommen und sie über den Tisch hinweg angeschaut. »Ich komme im Auftrag von Mr. Burke und Mr. Tanner«, sagte er. »Sie wissen ja wohl, wie sehr sie diesen, hm –«, dabei hatte er Jennie mit einem flüchtigen Blick gestreift und gleich wieder weggeschaut – »diesen Vorfall bedauern, und sie sind bereit, einiges wiedergutzumachen.«
Ihrem Vater war das Blut ins Gesicht gestiegen, und er war wütend geworden. »Erstens, Mr. O'Connor«, hatte er rasch erklärt, »war dieser Vorfall, auf den Sie anspielen, kein Vorfall. Diese beiden Lümmel haben Jennie verge ...«
Der Anwalt hob die Hand und unterbrach ihn. »Wir wissen, was sie getan haben«, sagte er. »Aber was würde es nützen, wenn sie vor Gericht kämen, Mr. Denton? Es würde nur noch größere Aufmerksamkeit auf Ihre Tochter lenken und ihr das schmerzliche Erlebnis noch einmal voll ins Bewußtsein rufen. Und was, wenn die Jungen nicht schuldig befunden werden sollten?«
Ihr Vater lachte. »Nicht schuldig? Ich war auf dem Revier, als man sie vorgeführt hat. Ich hab' gehört, wie sie geheult und wehleidig erklärt haben, ihre Tat täte ihnen leid.«
»Was sie damals ausgesagt haben, Mr. Denton«, hatte der Anwalt erklärt, »ist belanglos. Nur ihre Aussage vor Gericht zählt. Und dort werden sie aussagen, daß Ihre Tochter sie ermutigt und sie aufgefordert hat, mit ihr in den Park zu gehen.«
»Das sollen sie erst einmal beweisen«, sagt Tom grimmig.

»Viel schwieriger dürfte es für Sie sein, den Gegenbeweis anzutreten«, sagte der Anwalt. »Es würden zwei Aussagen gegen das Wort ihrer Tochter stehen. Und die beiden werden so viele Leumundszeugen haben, wie Sie für Ihre Tochter brauchen werden.«

»Es klingt ja fast, als wäre meine Tochter die Angeklagte und nicht diese Lümmels!« platzte Tom heraus.

»Ganz richtig«, sagte der Anwalt. »So ist es in solchen Fällen meistens. Für die Anklägerin steht mehr auf dem Spiel als für die Beschuldigten.«

»Der Ruf meiner Tochter spricht für sich selbst«, sagte Tom. »Vater Hadley von St. Paul's und die Schwestern an der Mercy-Oberschule werden Ihnen sagen, was Jennie für ein Mädchen ist.«

Der Anwalt lächelte geheimnisvoll. »Das bezweifle ich, Mr. Denton«, sagte er ruhig. Er schaute Jennie kurz an und richtete den Blick dann wieder auf Tom. »Ich bin von meinen Klienten bevollmächtigt, Ihnen tausend Dollar anzubieten, falls Ihre Tochter die Anklage gegen die Jungen fallenläßt.«

»Ich glaube, Sie können ebensogut wieder gehen, Mr. O'Connor«, hatte ihr Vater gesagt und war aufgestanden. »Man kann etwas, was bereits geraubt worden ist, nicht kaufen.«

Auch der Anwalt erhob sich. Er nahm eine Karte aus seiner Tasche, legte sie auf den Tisch und ging zur Tür. »Ich bin vor Prozeßbeginn jederzeit in meinem Büro erreichbar, falls Sie es sich noch anders überlegen sollten.«

»Was machen wir jetzt, Daddy?« fragte sie, wieder zurück in der Gegenwart.

»Vater Hadley hat gesagt, man hätte deiner Mutter dasselbe schon vor drei Wochen erklärt.«

Sie starrte ihren Vater an. »Dann hat sie also die ganze Zeit Bescheid gewußt und uns nicht ein einziges Wort darüber gesagt?«

Er nickte. Ein Frösteln überlief sie. Es konnte etwas nicht stimmen mit einem Gott, der einer Mutter gestattete, ihr eigenes Kind der Schande und der Lächerlichkeit preiszugeben, bloß um ihr eigenes Gewissen zu retten.

»Vater Hadley hat mir noch gesagt, daß dir das Stipendium weiterhin zur Verfügung stände, wenn du es annehmen willst, Jennie.«

Plötzlich fing sie an zu lachen. Man weigerte sich, ihr einen guten Leumund auszustellen, und bot ihr gleichzeitig ein Almosen an. Die beiden Haltungen schienen ihr unvereinbar miteinander. War das eine nur als Entschädigung für das andere gedacht?

Tom schaute sie überrascht an. »Worüber lachst du denn, Jennie?«

Ihr Gelächter erstarb, und sie blickte ihn ohne zu lächeln an. »Nichts, Daddy«, sagte sie. »Am besten, du rufst diesen Anwalt an.«

»Dann willst du die tausend Dollar also annehmen?«

Sie nickte. »Und das Stipendium ebenfalls. Auf diese Weise kannst du während meiner Abwesenheit eine Weile leben.«

»Ich will dein Geld nicht.«

»Sei nicht kindisch, Daddy«, sagte sie leise. »Nimm es, wenigstens so lange, bis du Arbeit findest und wieder auf den Füßen stehst.«
Die Tränen traten ihm in die Augen, und plötzlich zog er sie an sich. »Liebst du mich, Jennie-Bär? Liebst du deinen armen, elenden, gescheiterten Vater?«
»Das weißt du doch, Daddy«, sagte sie rasch, den Kopf an seiner Brust. Und so saßen sie eng umschlungen auf den Stufen in der stillen kühlen Herbstnacht und weinten.

6

Für einen Augenblick vernahm man nichts weiter als das leise Zischen der fluoreszierenden Lampen über dem Operationstisch. Mit sicheren und geübten Griffen entfernte Dr. Grant den völlig normalen Blinddarm der untersetzten wohlhabenden Frau, die vor ihm lag. Seine tiefe, männliche Stimme durchdrang die Stille. »Das genügt«, sagte er, befriedigt seufzend. »Sie können jetzt zunähen, Dr. Lobb.«
Er wandte sich von dem Tisch ab, und eine der Schwestern wischte ihm den Schweiß vom Gesicht.
Jennie streifte Schwester M. Christopher mit einem kurzen Blick. Falls die Oberschwester gemerkt hatte, daß der Blinddarm nicht entzündet gewesen war, so verrieten ihre dunklen, über der Schutzmaske sichtbaren Augen nichts davon.
»Naht«, brummte Dr. Lobb und streckte die Hand aus. Automatisch reichte Jennie ihm das Gewünschte. Dann war sie für eine Weile zu beschäftigt, um sich umzusehen. Sie merkte jedoch, daß Schwester Christopher sie beobachtete. Es machte sie jedoch nicht mehr nervös wie zu Anfang. Aber das war fast drei Jahre her. Nächsten Monat ging ihre Ausbildungszeit zu Ende.

»Das ist der vierte gesunde Blinddarm, den er diesen Monat entfernt hat«, flüsterte Jennie, während das Wasser in das Waschbecken strömte. »Warum macht er das?«
Der junge Stationsarzt lachte. »Für zweihundertfünfzig Dollar widersetzt man sich den Wünschen der Patienten nicht.«
»Aber das hat er doch gar nicht nötig«, flüsterte sie.
»Stimmt schon«, gab Dr. Lobb flüsternd zurück. »Aber selbst große Chirurgen müssen essen. Die schweren Fälle sind meistens umsonst, oder es ist außerordentlich schwierig, das Honorar einzutreiben. Man kann ihm also kaum einen Vorwurf daraus machen, wenn er hin und wieder irgendeiner reichen alten Schraube den Blinddarm entfernt. Es ist völlig risikolos. Der Arzt kann seine Rechnungen bezahlen, und die Patientin kann sich mit ihrer Operation brüsten.«

Er richtete sich auf und griff nach einem Handtuch. »Pst«, machte er. »Hier kommt der große Mann selber.«
Jennie nahm ein Handtuch vom Ständer und trocknete sich die Hände. Hinter ihr erklang die Stimme des Arztes. »Miß Denton?«
Sie drehte sich um und schaute ihn an. »Ja, Dr. Grant?«
»Wie ich höre, geht Ihre Ausbildungszeit nächsten Monat zu Ende.«
»Wenn ich die Prüfung bestehe.«
»Ich glaube nicht, daß Sie irgend etwas zu befürchten haben«, sagte er. »Ich habe eben mit Schwester Christopher gesprochen. Sie hält sehr viel von Ihnen. Ich übrigens auch.«
»Danke.«
»Wissen Sie schon, was Sie nachher anfangen werden?«
»Darüber hab' ich mir noch kaum Gedanken gemacht«, antwortete Jennie. »Ich werde mein Staatsexamen machen und mich für eines der großen Krankenhäuser vormerken lassen.«
»Es gibt kaum offene Stellen in den Krankenhäusern.«
Jennie wußte, was er wirklich meinte. In Wahrheit herrschte in den Krankenhäusern Personalmangel, weil kein Geld da war. Besonders an Operationsschwestern, die am besten bezahlt wurden. »Ich weiß«, sagte sie.
Er zögerte einen Moment. »Haben Sie im Augenblick etwas Dringendes vor?«
»Ich wollte gerade in die Kantine gehen.«
»Ich möchte mit Ihnen sprechen. Schwester Christopher hat nichts dagegen, wenn Sie außerhalb essen gehen. Wie wär's mit dem ›Steak 'n' Sauce‹?«
»Läßt sich hören«, sagte Jennie.
»Gut.« Er lächelte. »Treffen wir uns unten vor meinem Wagen. Es ist der schwarze Packard.«
»Ich weiß«, sagte sie rasch. Sämtliche Schwestern kannten den Wagen, der immer vor den Fenstern ihres Heimes stand. Neben Dr. Gedeons schwarzem Cadillac war es der teuerste Wagen vom Krankenhaus.
»Sagen wir in fünfzehn Minuten.«

Dr. Grant hielt ihr eine Packung Zigaretten hin. Sie nahm eine, und er gab ihr Feuer. Ihre Blicke begegneten sich über der flackernden Flamme. »Wahrscheinlich wundern Sie sich, warum ich Sie zum Lunch eingeladen habe?«
Sie nickte. »Zum mindesten war ich neugierig.«
Er lächelte. »Es tut mir leid, wenn ich Ihre Neugierde auf die Folter gespannt habe. Aber ich meinte es wirklich, als ich sagte, daß ich während des Essens nicht gern an meine Praxis denke. Aber ich glaube, jetzt ist es Zeit, zur Sache zu kommen.«
Sie gab keine Antwort.
»Während des vergangenen Jahres hatte ich häufig Gelegenheit, Sie im Operationssaal zu beobachten, Miß Denton. Ihre Befähigung ist mir von Anfang

an aufgefallen, und als Chirurg habe ich ihre kompetente Art zu assistieren stets zu schätzen gewußt.«
»Sehr freundlich von Ihnen, Dr. Grant.«
»Wie Sie vielleicht wissen, Miß Denton, habe ich eine ziemlich ausgedehnte und ausgefüllte Praxis. Viele Ärzte überweisen mir ihre chirurgischen Fälle. Davon sind manche belangloser Natur und können unter angemessenen Bedingungen in meiner Sprechstunde erledigt werden, was die Sache für den Patienten beträchtlich verbilligt.«
Jennie nickte stumm.
»Heute morgen hat mir Miß Janney, mit der ich seit vielen Jahren zusammenarbeite, mitgeteilt, daß sie heiraten und nach Südkalifornien übersiedeln will.« Er zog an seiner Zigarette. »Als ich heute ins Krankenhaus kam, habe ich mir erlaubt, mit Schwester Christopher über Sie zu sprechen. Sie ist der Meinung, daß Sie einen ausgezeichneten Ersatz für Miß Janney abgeben würden.«
»Soll das heißen, daß Sie mir eine Stellung anbieten?«
Er lächelte. »Auf meine umständliche Art und Weise läuft es darauf hinaus. Wären Sie interessiert daran?«
»Natürlich. Welches Mädchen wäre das nicht?«
»Es ist keine leichte Arbeit«, sagte er. »Ich habe ein paar Betten in meiner Klinik, und es dürfte oft sehr spät werden. Mitunter behalte ich auch einen Patienten über Nacht da. In solchen Fällen müßten Sie durchgehenden Dienst machen.«
»Dr. Grant«, sagte Jennie lächelnd, »ich habe in der vergangenen Woche zwei Acht-Stunden-Schichten mit nur vier Stunden Schlaf dazwischen gemacht. Für Sie zu arbeiten wäre die reinste Erholung.«
Er lächelte, langte über den Tisch und tätschelte ihr beruhigend die Hand. Alles in allem war er gar nicht so übel, selbst wenn er gelegentlich ein paar vollkommen gesunde Blinddärme herausnahm. Er war nur der Chirurg und konnte nichts für die falschen Diagnosen der Ärzte, die ihm ihre Patienten überwiesen.
Das glaubte sie, ehe sie für ihn arbeitete und dahinterkam, daß gesunde Blinddärme nicht das einzige waren, was er entfernte. In seiner Praxis wurden wahrscheinlich die meisten verbotenen Eingriffe in ganz Kalifornien vorgenommen.
Aber als ihr das zu Bewußtsein kam, spielte es keine Rolle mehr, weil sie in ihn verliebt war. Auch spielte es keine Rolle mehr, daß er bereits verheiratet war und drei Kinder hatte.

7

Tom schaute über den Tisch hinweg auf die Küchenuhr. Es war kurz nach zehn. Er faltete die Zeitung zusammen. »Ich glaube nicht, daß sie jetzt noch kommt«, sagte er, »das gescheiteste wird sein, ich leg' mich hin. Vielleicht hat sie Dienst«, sagte er lahm. »Du weißt doch, sie hat eine ziemlich verantwortliche Stellung. Haben die Schwestern in St. Mary's nach ihrer Abschlußprüfung nicht erklärt. sie hätte großes Glück, daß sie bei einem so bedeutenden Arzt untergekommen wäre?«

»Ja, aber trotzdem könnte sie ab und zu nach Hause kommen. Ich bin überzeugt, daß sie seit ihrer Prüfung nicht mehr zur Messe war.«

»Woher willst du das wissen?« fragte Tom ärgerlich. »St. Paul's ist nicht die einzige Kirche in San Franzisko.«

»Ich weiß«, sagte sie. »Ich fühle es. Sie will nichts mehr mit uns zu tun haben. Sie verdient so viel Geld, daß sie sich unser schämt.«

»Und worauf soll sie stolz sein? Du trichterst ihr doch bloß Religion ein, und die Lümmels auf der Straße johlen und pfeifen hinter ihr her, sobald sie sich zeigt. Glaubst du, ein junges Mädchen käme unter solchen Umständen gern nach Hause?«

Ellen ignorierte ihn. »Es ist nicht recht, daß ein Mädchen einfach so wegbleibt«, sagte sie eigensinnig. »Wir wissen beide, wie es dort in der Gegend, wo sie arbeitet, her- und zugeht, wie man die Ehefrauen untereinander austauscht und herumsäuft.«

»Jennie ist ein braves Mädchen und würde so etwas nie tun.«

»Ich bin mir dessen gar nicht so sicher. Manchmal ist ein Vorgeschmack der Versuchung wie ein Löffel voll Honig. Er reizt die Zunge, sättigt aber nicht. Und wir wissen beide, daß sie schon einen Vorgeschmack davon bekommen hat.«

»Du zweifelst also noch immer an ihr?« sagte er bitter. »Lieber glaubst du diesen beiden Strolchen als deiner eigenen Tochter.«

»Warum hat sie die Sache dann nicht vor Gericht gebracht? Wenn nicht ein Körnchen Wahrheit in dem enthalten gewesen wäre, was sie behaupteten, hätte sie keine Angst zu haben brauchen. Aber nein, sie nimmt tausend Dollar und läßt sich als Hure etikettieren.«

»Du weißt genausogut wie ich, warum sie es nicht zur Verhandlung hat kommen lassen«, antwortete Tom. »Und dafür kannst du dich bei der Kirche bedanken. Von dort hätte man ihr nicht einmal ein gutes Leumundszeugnis ausgestellt. Nein, man hatte Angst, daß die Eltern der Lümmels verärgert sein und ihre wöchentlichen Zuwendungen einstellen könnten.«

»Die Kirche hat sie aufs College geschickt und ihr diese Stellung verschafft. Die Kirche hat ihre Pflicht getan.«

»Worüber regst du dich denn dann auf?«

Für einen Augenblick saß sie still da und hörte, wie er seine Schuhe wütend zu Boden fallen ließ, während er sich im Schlafzimmer auszog. Dann erhob sie sich vom Stuhl und legte die Hand auf den Heißwasserspeicher. Ein heißes Bad würde ihren schmerzenden Gliedern guttun; bei diesem feuchten Herbstwetter machte ihre Arthritis ihr wieder arg zu schaffen. Sie nahm ein Streichholz und kniete neben dem Gasofen nieder. Sie zündete das Streichholz an und drehte an dem Hahn. Für einen Augenblick zuckte die Flamme auf und sank dann in sich zusammen, bis sie nur noch einen winzigen gelben Kreis bildete. Sie hob den Kopf und warf einen Blick auf den Zähler. Die Uhr war abgelaufen. Sie richtete sich auf und griff nach ihrem Portemonnaie. Sie öffnete das Kleingeldfach und wühlte darin. Sie fand keine passende Münze. Für einen Augenblick überlegte sie, ob sie Tom darum bitten sollte, zuckte jedoch dann die Schultern. Sie hatte nachgerade genug von seinen lästerlichen Reden. Dann mußte es eben ohne Bad gehen. Morgen früh nach der Messe war auch noch Zeit dazu. Sie ging in das Badezimmer und verwendete den Rest des warmen Wassers zum Gesichtwaschen. Tom stand mit entblößtem Oberkörper in der Küche, als sie herauskam. Schweigend drückte sie sich an ihm vorbei.

Tom ging in das Badezimmer und wusch sich geräuschvoll. Plötzlich wurde das Wasser kalt. Er fluchte, trocknete sich rasch ab und fischte in seiner Tasche nach einem Fünfundzwanzig-Cent-Stück. Er hob die Hand und steckte es in den Zähler und sah, wie das Rot auf der Scheibe verschwand. Er nickte befriedigt.

Morgen früh würde er den Ofen anstellen und in wenigen Minuten genügend heißes Wasser zum Rasieren haben. Er ging in das Schlafzimmer, ließ die Tür hinter sich auf, ohne etwas von dem leisen Zischen zu merken, das unter dem Ofen hervorkam.

Er legte seine Hosen über einen Stuhl und setzte sich auf das Bett. Nach einem Augenblick streckte er sich seufzend aus. Seine Schulter berührte Ellen, und er spürte, wie sie von ihm abrückte.

Die Augen fielen ihm zu. Gemeinsam mit seiner Frau schlummerte er hinüber in den Tod.

Jennie richtete sich im Bett auf, krampfhaft bemüht, ihre Blöße hinter der Decke zu verbergen, und starrte mit weitgeöffneten, verängstigten Augen auf die Frau im Türrahmen. Auf der anderen Seite des Bettes knöpfte Grant bereits in aller Hast sein Hemd zu.

»Haben Sie sich etwa eingebildet, er würde mich Ihretwegen im Stich lassen?« schrie sie Jennie an. »Haben Sie sich eingebildet, Sie wären die erste? Hat er Ihnen nicht erzählt, wie oft ich ihn schon so ertappt habe?« Ihre Stimme bekam einen verächtlichen Klang. »Oder glauben Sie gar, er wäre wirklich in Sie verliebt?«

Jennie gab keine Antwort.

»Sag's ihr, Robert«, wandte sich seine Frau an ihn. »Sag ihr, daß du heute mit mir zusammen sein wolltest und daß du nur hierhergelaufen bist, weil ich mich geweigert habe. Sag's ihr.«
Jennie starrte ihn an. Sein Gesicht war weiß, und er vermied es, in ihre Richtung zu schauen. Er nahm sein Jackett vom Stuhl und näherte sich seiner Frau. »Du bist völlig durcheinander. Komm, ich bringe dich nach Hause.«
Nach Hause. Jennie verspürte eine leichte Übelkeit. Dies war ihr Zuhause – seines und ihrs. Hatte er das nicht behauptet? Hier hatten sie sich geliebt, hier waren sie zusammengewesen. Und jetzt sprach er, als gäbe es noch etwas anderes.
»Ich bin immer völlig durcheinander, nicht wahr, Robert? Jedesmal versprichst du mir, daß es nie wieder vorkommen soll. Aber ich weiß es besser, nicht wahr? Schön«, sagte sie plötzlich, und ihre Stimme wurde hart und kalt. »Wir werden gehen. Aber erst mußt du es ihr sagen.«
»Bitte, Liebes«, sagte er rasch. »Ein andermal. Nicht jetzt.«
»Jetzt, Robert«, sagte sie eisig. »Jetzt – oder die ganze Welt erfährt die Wahrheit über Dr. Grant, den Abtreiber, den großen Liebhaber.«
Er wandte sich um und blickte Jennie auf dem Bett an. »Sie müssen sich eine andere Stellung suchen, Miß Denton«, sagte er heiser. »Ich liebe Sie nämlich nicht«, fuhr er mit gepreßter Stimme fort. »Ich liebe meine Frau.«
Und fast in demselben Augenblick, als die Tür hinter ihm zufiel, gab es in einem alten Mietshaus auf der anderen Stadtseite eine Explosion. Nachdem die Feuerwehrleute die verkohlten Leichname geborgen hatten, fällte der Arzt seinen Spruch. Die Opfer hätten Glück gehabt und seien bereits tot gewesen, ehe das Feuer ausbrach.

8

Charles Standhurst war einundachtzig Jahre alt, als er Jennie Denton kennenlernte. Es war acht Uhr an einem Frühlingsmorgen des Jahres 1936, und er befand sich im Operationssaal des Colton-Sanatoriums in Santa Monica. Er war der Patient, der gerade auf den Operationstisch gelegt wurde, und sie war die Operationsschwester.
Sie trat an die Seite des Tisches und fühlte seinen Puls, den Blick auf ihre Uhr gerichtet.
Er schaute sie an. »Wo ist Dr. Colton?«
»Er muß jeden Augenblick kommen. Er wäscht sich gerade.«
Sie ließ sein Handgelenk los und sagte etwas zu jemand hinter ihm. Er verdrehte die Augen und erhaschte den Anblick einer anderen Schwester. Er spürte einen Nadelstich im Arm und wandte den Kopf rasch wieder zurück. Sie zog die kleine Spritze bereits wieder heraus. »Sie sind aber flink«, sagte er.

»Das gehört zu meiner Arbeit.«
»Ich bin auch ziemlich fix.«
Wieder jenes Lächeln in ihren grauen Augen. »Ich weiß. Ich lese Zeitungen.«
In dem Augenblick trat Colton herein. »Hallo, Mr. Standhurst«, sagte er auf seine joviale Weise. »Haben wir heute schon Wasser gelassen?«
»Sie vielleicht, Doc, ich nicht, das wissen Sie ganz genau«, sagte Standhurst trocken. »Oder meinen Sie, ich hätte mich sonst noch einmal in dieses Schlachthaus schleppen lassen?«
Dr. Colton lachte. »Sie brauchen sich keine Sorgen zu machen. Diese Nierensteine werden wir im Nu heraushaben.«
»Trotzdem bin ich froh, Doc, daß ein Spezialist den Eingriff vornimmt. Gott weiß, was Sie alles herausschneiden würden, wenn ich es Ihnen überlassen hätte.«
Sein Sarkasmus störte Dr. Colton nicht weiter. Dafür kannten sie sich schon zu lange. Charles Standhurst hatte ihm ein Großteil des Geldes zur Einrichtung dieses Sanatoriums vorgeschossen. Wieder lachte er.
Der Chirurg kam herein und blieb neben Dr. Colton stehen. »Bereit, Mr. Standhurst?«
»Fangen Sie schon an. Nur sehen Sie zu, daß für die Mädchen noch was übrigbleibt.«
Der Chirurg nickte, und Standhurst spürte einen Stich in seinem anderen Arm. Er drehte den Kopf und sah Jennie dort stehen. »Graue Augen«, sagte er zu ihr. Seine zweite Frau hatte graue Augen gehabt. Oder war es die dritte gewesen? Er konnte sich nicht erinnern. »Ihre Maske würden Sie wohl nicht einen Augenblick abnehmen, damit ich den Rest Ihres Gesichts sehen könnte?«
Er sah den Schimmer von Humor in ihren Augen. »Ich glaube nicht, daß der Arzt damit einverstanden wäre«, sagte sie. »Aber nach der Operation werde ich Sie besuchen kommen, wenn es Ihnen recht ist.«

Als der Chirurg am nächsten Morgen in das Krankenzimmer trat, war Mr. Standhurst wach. Falls er dem Fernschreiber, der in einer Ecke des Raumes klickte, irgendwelche Aufmerksamkeit schenkte, so war es nicht ersichtlich. Der Arzt trat an das Bett. »Ich bin nur gekommen, um mich zu verabschieden, Mr. Standhurst. Heute morgen geht es wieder nach New York zurück.«
»Wie kommt es, daß Sie sich nicht erkundigen, wie es mir geht, Doc? Colton war schon viermal hier und hat jedesmal gefragt.«
Der Arzt zuckte die Achseln. »Wozu? Ich weiß, daß Sie Schmerzen haben.«
»Und was für welche, Doc«, sagte Standhurst. »Colton behauptet, die Steine, die Sie entfernt haben, wären so groß wie Tennisbälle gewesen.«

»Sie waren ziemlich groß, stimmt.«
»Er hat mir auch erklärt, daß ich den Beutel, den Sie in mich hineingehakt haben, so lange tragen müßte, bis die Niere wieder ausgeheilt wäre und funktionierte.«
»Sie werden ihn eine ganze Weile tragen müssen.«
Der Alte starrte ihn an. »Ihr lügt beide das Blaue vom Himmel herunter«, sagte er ruhig. »Das Ding werde ich bis ans Ende meiner Tage nicht mehr los, und die sind bereits gezählt.«
»Das würde ich nicht sagen.«
»Sie nicht, das weiß ich«, sagte Standhurst. »Deswegen muß ich es aussprechen. Sehen Sie, Doc, ich bin einundachtzig. Und wenn ein Mensch so lange lebt, bekommt er einen ziemlich guten Riecher für den Tod, seinen eigenen und den anderer Leute. Also machen Sie mir nichts vor. Wie lange noch?«
Der Arzt blickte in die Augen des Alten und sah, daß er keine Angst hatte. Nur etwas wie Neugierde spiegelte sich darin. Rasch entschloß er sich. Colton faßte die Sache völlig falsch an. Dies war ein Mann. Er verdiente die Wahrheit. »Drei Monate, wenn Sie Glück haben, Mr. Standhurst. Sechs, wenn Sie keins haben.«
Der Alte zuckte nicht mit der Wimper. »Krebs?«
Der Chirurg nickte. »Bösartig und metastasisch«, anwortete er. »Ich habe eine ganze Niere entfernt und fast die Hälfte der anderen.«
»Wird es sehr schmerzhaft sein?«
»Sehr. Aber das können wir mit Morphium lindern.«
»Zum Teufel damit«, sagte der Alte. »Der Tod ist ungefähr das einzige, was ich noch nicht erlebt habe. Ich möchte das nicht verpassen.«
Plötzlich begann der Fernschreiber zu klappern, der Alte wandte den Kopf und blickte den Arzt dann wieder an.
»Würden Sie mir einen Gefallen tun, Doc?«
»Alles was in meinen Kräften steht, Mr. Standhurst.«
»Diese Operationsschwester«, sagte Standhurst. »Die mit den grauen Augen und dem Busen.«
Der Chirurg wußte, wer gemeint war. »Miß Denton?«
»Wenn sie so heißt«, sagte der Alte.
Der Chirurg nickte.
»Sie hat versprochen, ohne Maske zu mir hereinzuschauen, wenn es mir recht wäre. Würden Sie beim Hinausgehen Dr. Colton Bescheid sagen, daß ich sie bitten ließe, mit mir zu lunchen?«
Der Chirurg lachte. »Zu Befehl, Mr. Standhurst.«

9

Jennie nahm die Sektflasche und leerte sie in den hohen, mit Eiswürfeln gefüllten Kelch. Der Sekt sprudelte und schäumte, setzte sich dann langsam, und sie goß nach, bis das Glas randvoll war. Sie steckte einen Strohhalm hinein und reichte Standhurst das Getränk. »Hier ist Ihr Ginger Ale, Charlie.«

Er grinste sie mutwillig an. »Es geht doch nichts über ein Glas Sekt«, sagte er, »wenn man mal richtig aufstoßen will. Ginger Ale ist gar nichts dagegen.« Er schlürfte genießerisch. »Ah«, sagte er und rülpste. »Probieren Sie doch auch mal, vielleicht macht es Sie etwas anlehnungsbedürftiger.«

»Und was hätte ich davon?«

»Ich würde mich mit Vergnügen daran erinnern, was ich vor zwanzig Jahren in einem solchen Falle gemacht hätte.«

»Sagen Sie lieber vor vierzig, um ganz sicherzugehen.«

»Nein«, sagte er und schüttelte den Kopf. »Vor zwanzig Jahren war es am schönsten. Damals habe ich es erst richtig gewürdigt, weil ich wußte, daß es nicht ewig dauern würde.«

Der Fernschreiber in der Ecke der Bibliothek begann zu klappern. Jennie erhob sich und trat an den Apparat. Als er aussetzte, riß sie das Schreiben ab und kehrte zu Standhurst zurück. »Roosevelt ist gerade zum zweitenmal als Präsidentschaftskandidat nominiert worden.« Sie reichte ihm das gelbe Blatt.

»Hab' ich mir gedacht«, sagte er. »Jetzt werden wir diesen Strolch überhaupt nicht mehr los. Aber was geht's mich an? Ich trete ohnehin bald ab.« Er gab seinem Blatt telefonisch Anweisungen.

»Gut. Und jetzt stellen Sie das verdammte Ding ab, damit wir ungestört sprechen können.«

Sie ging hinüber, schaltete ab, kam dann zurück und nahm ihm gegenüber Platz. Während er seinen Sekt nachdenklich durch den Strohhalm schlürfte, steckte sie sich eine Zigarette an. »Was haben Sie vor, wenn diese Arbeit hier zu Ende ist?«

»Darüber hab' ich mir noch keine Gedanken gemacht.«

»Dann wird's höchste Zeit. Lange dauert's nicht mehr.«

Sie lächelte ihn an. »Bestrebt, mich loszuwerden?«

»Seien Sie nicht albern«, sagte er. »Der einzige Grund, warum ich überhaupt noch lebe, sind Sie.«

Etwas in seiner Stimme veranlaßte sie, ihn forschend anzublicken. »Wissen Sie was, Charlie, ich glaube, Sie meinen das wirklich.«

»Natürlich«, sagte er gereizt.

Von plötzlicher Rührung ergriffen, trat sie neben seinen Stuhl und küßte ihn auf die Backe. »He, Schwester Denton«, sagte er. »Ich glaube, Sie klappen zusammen. Am Ende krieg' ich Sie doch noch.«

»Ich bin Ihnen schon lange gut, Charlie. Wir haben uns nur zu spät kennengelernt.«
Daran war viel Wahres. Schon beim allererstenmal, als sie am Tage nach der Operation zum Lunch zu ihm heruntergekommen war, war er ihr sympathisch gewesen. Sie wußte, daß er sterbenskrank war, und nach einer Weile merkte sie, daß auch er sich keinen Täuschungen darüber hingab. Aber das hinderte ihn nicht, den Kavalier zu spielen. Nichts von jener faden, geschmacklosen Krankenhauskost für ihn, selbst wenn er kaum noch etwas zu sich nehmen konnte.
Statt dessen wurde das Essen unter Polizeieskorte mit heulender Sirene von Romanoffs geliefert. Und mit dem Essen kamen ein Maître d'hôtel und zwei Kellner zur Bedienung.
Er saß in seinem Bett, nippte an seinem Sekt und sah zu, wie sie aß. Ihre Art gefiel ihm. Mäklerische Esser waren gewöhnlich selbstsüchtige Liebende. Sie gaben einem nichts und forderten dieselbe unerreichbare Befriedigung im Bett, die sie bei Tisch verlangten. Sein Entschluß stand, wie immer, augenblicklich fest. »Ich werde eine ganze Weile krank sein«, sagte er, »und eine Pflegerin brauchen. Hätten Sie Lust dazu?«
Sie hob den Kopf und schaute ihn fragend an. »Es gibt Schwestern, die sich auf Hausbetreuung spezialisieren, Mr. Standhurst. Bei einer von ihnen wären Sie wahrscheinlich besser aufgehoben.«
»Ich habe Sie gefragt.«
»Ich habe eine Stellung im Städtischen Krankenhaus von Los Angeles«, sagte sie. »Eine gute Stellung. Manchmal werde ich angefordert, um als Aushilfe einzuspringen wie hier. Diese Arbeit liegt mir besonders.«
»Wieviel verdienen Sie?«
»Fünfundachtzig monatlich bei freier Station.«
»Ich würde Ihnen tausend wöchentlich bei freier Station bezahlen.«
»Aber das ist doch lächerlich.«
»Meinen Sie?« fragte er und schaute sie unverwandt an. »Ich kann es mir leisten. Heute früh hat mir der Arzt erklärt, ich hätte nur noch drei Monate zu leben. Es war immer mein Prinzip, etwas mehr zu zahlen, wenn ich keine Dauerstellung bieten kann.«
Sie senkte den Kopf, als der Kellner ihr noch einmal Kaffee eingoß. »Sie werden ungefähr drei Wochen hier sein«, sagte sie. »Inzwischen kann ich kündigen. Wann soll ich anfangen?«
»Gleich. Und wegen der Kündigung brauchen Sie sich keine Gedanken zu machen. Ich habe Colton und dem Krankenhaus bereits Bescheid zukommen lassen, daß Sie für mich arbeiten würden.«
Sie starrte ihn einen Augenblick an, stellte ihre Tasse ab und erhob sich. Sie gab dem Maître d'hôtel ein Zeichen, und augenblicklich begannen die Kellner den Tisch hinauszurollen. »He, was soll denn das?« fragte Standhurst.

Jennie gab keine Antwort, trat an das Tischende und ergriff die Krankentabelle. Nachdem sie sie eine Weile aufmerksam studiert hatte, kam sie und nahm ihm das Sektglas ab. »Wenn ich schon jetzt für Sie arbeite«, sagte sie, »so verordne ich Ihnen erst einmal ein bißchen Ruhe.«
Nie vergeht die Zeit so schnell, als wenn sie knapp wird, dachte er. Alles scheint sich schärfer und klarer darzustellen, selbst Entscheidungen werden leichter getroffen. Vielleicht deswegen, weil man wußte, daß man die Verantwortung dafür nicht mehr zu tragen brauchte. Niemand behält das letzte Wort gegen den Tod.
Er spürte den Schmerz wie ein Messer in sich wüten. Er schauderte nicht davor zurück, aber ihr Gesicht verriet ihm, daß seine Qualen ihr nicht entgingen. Eine merkwürdige Art von Verständigung hatte sich zwischen ihnen herausgebildet. Worte waren überflüssig. Manchmal war ihm, als empfände auch sie den Schmerz.
»Vielleicht solltest du lieber zu Bett gehen«, sagte sie.
»Jetzt noch nicht. Ich möchte mit dir sprechen.«
»O. K.«, sagte sie. »Schieß los.«
»Du gehst doch nicht wieder zurück ins Krankenhaus, oder doch?«
»Ich weiß nicht. Ich hab' noch nicht darüber nachgedacht.«
»Du wirst dich nie wieder wohl fühlen in einer solchen Stellung. Ich hab' dich verwöhnt. Es geht nichts über eine Menge Geld.«
Sie lachte. »Du hast völlig recht, Charlie. Das hab' ich mir auch schon überlegt. Ich werde immer das Gefühl haben, daß irgend etwas nicht mehr stimmt.«
Er betrachtete sie nachdenklich. »Ich könnte dich in meinem Testament bedenken oder dich sogar heiraten. Aber meine Kinder würden den Fall wahrscheinlich bis vor den Bundesgerichtshof bringen und behaupten, du hättest mich beeinflußt. Du würdest nichts als Scherereien haben.«
Sie hielt seinen Blicken stand. »Immerhin schönen Dank, daß du den Gedanken erwogen hast, Charlie.«
»Für dich ist es lebensnotwendig, viel Geld zu verdienen«, sagte er. »Warum hast du dich eigentlich für den Schwesternberuf entschieden? Wolltest du schon immer eine werden?«
»Nein.« Sie zuckte die Achseln. »Ich wollte nur immer eine zweite Helen Wills werden. Aber als ich das Stipendium für St. Mary's erhielt, bin ich hingegangen.«
»Selbst um aus Liebhaberei Tennis zu spielen, muß man vermögend sein.«
»Ich weiß. Außerdem ist es jetzt dazu zu spät. Ich wäre schon zufrieden, wenn ich so viel verdiente, daß ich mir den besten professionellen Spieler mieten und zwei Stunden täglich spielen könnte.«
»Siehst du!« sagte er triumphierend. »Allein dazu brauchst du hundert Piepen täglich.«

»Ja. Ich werde wahrscheinlich doch wieder im Krankenhaus anfangen müssen.«
»Das brauchst du nicht.«
»Wie meinst du das?« fragte sie und schaute ihn an. »Weiter habe ich nichts gelernt.«
»Lange vor deiner Lehrzeit als Krankenschwester hast du angefangen, ganz etwas anderes zu lernen. Eine Frau zu sein.«
»Ich muß nicht allzuviel Talent dazu entwickelt haben«, sagte sie und verzog das Gesicht. »Das erstemal, als ich mich wie eine Frau zu benehmen versuchte, hat es mich fast das Genick gekostet.«
»Du meinst Dr. Grant in Frisko?«
»Woher weißt du das?«
»Bloße Vermutung«, sagte er. »Aber die Zeitung überprüft automatisch jeden, der näher mit mir zu tun hat. Grant steht in diesem Ruf, und die Tatsache, daß du für ihn gearbeitet und die Stellung so übereilt aufgegeben hast, bestätigte den Verdacht. Was war los? Ist seine Frau dahintergekommen?«
Sie nickte bedächtig. »Es war fürchterlich.«
»Das ist es immer, wenn man innerlich beteiligt ist«, sagte er. »Mir ist es mehr als einmal so ergangen.« Er goß sich noch ein Glas Sekt ein. »Der Kniff besteht darin, innerlich unbeteiligt zu bleiben.«
»Und wie macht man das?«
»Indem man Kapital daraus schlägt.«

10

Drei Tage später saßen sie zum Lunch auf der Terrasse, als sie den grauen Rolls-Royce die Auffahrt heraufkommen und anhalten sah. Ein schneidig gekleideter Chauffeur öffnete die Tür, und eine Frau stieg aus. Ein paar Minuten danach erschien der Diener auf der Terrasse. »Eine Mrs. Schwartz möchte Sie sprechen, Mr. Standhurst.«
Standhurst lächelte. »Legen Sie noch ein Gedeck auf, Judson, und bitten Sie Mrs. Schwartz herein.«
Der Diener verneigte sich. »Sehr wohl, Mr. Standhurst.«
Einen Augenblick später trat eine Frau über die Schwelle. »Charlie!« sagte sie, und unverhohlenes Vergnügen klang aus ihrer Stimme. Mit ausgestreckten Händen ging sie auf ihn zu. »Ich freue mich, dich wiederzusehen.«
»Aida.« Standhurst küßte ihre Hand. »Entschuldige, daß ich nicht aufstehe.« Er blickte in ihr Gesicht. »Noch immer schön wie je.«
»Du hast dich überhaupt nicht verändert, Charlie. Du kannst immer noch ein ernstes Gesicht machen und dabei das Blaue vom Himmel herunterlügen.«
Standhurst lachte. »Aida, dies ist Jennie Denton.«
»Sehr angenehm«, sagte Jennie. Sie sah eine Frau, die Mitte oder Ende Fünf-

zig sein mochte, unauffällig und gut angezogen. Die Frau drehte sich um, ihr Lächeln war warm und freundlich, aber Jennie hatte plötzlich das Gefühl, daß der Frau kaum etwas an ihr entging. »Ist dies das Mädchen, von dem du am Telefon zu mir gesprochen hast?« sagte sie zu Standhurst.

Standhurst nickte.

Die Frau wandte sich wieder an Jennie und musterte sie abschätzend. Plötzlich lächelte sie. »Du bist vielleicht kein Mann mehr, Charlie«, sagte sie in leichtem Plauderton, »aber dein Geschmack hat bestimmt nicht darunter gelitten.«

Offenen Mundes starrte Jennie die beiden an. Standhurst lachte; und der Diener erschien mit einem Stuhl auf der Schwelle. Er hielt ihn für Mrs. Schwartz, und sie nahm am Tisch Platz.

»Einen Kirschpunsch für Mrs. Schwartz, Judson.« Der Diener verbeugte sich und verschwand. Standhurst wandte sich an Jennie. »Du wunderst dich wahrscheinlich, was das alles bedeuten soll?«

Jennie nickte, noch immer unfähig, etwas zu sagen.

»Vor fünfundzwanzig Jahren hat Aida Schwartz das beste Haus westlich von den Everleigh-Schwestern in Chikago geführt.«

Mrs. Schwartz streckte den Arm aus und tätschelte seine Hand. »Charlie vergißt so leicht nichts«, sagte sie zu Jennie. »Er weiß sogar noch, daß ich nur Kirschpunsch trinke.« Sie warf einen Blick auf sein Glas. »Und du trinkst vermutlich immer noch Sekt auf Eis aus einem hohen Kelch?«

Er nickte. »Man gibt alte Gewohnheiten und alte Freunde nicht so leicht auf, Aida.«

Der Diener brachte ihr Getränk. Sie führte das Glas mit einer eleganten Bewegung an die Lippen und kostete. Sie schaute den Diener an und lächelte. »Vielen Dank.«

»Ich danke Ihnen, gnädige Frau.«

Sie hob die Augenbrauen in gutgelaunter Überraschung. »Sehr gut«, sagte sie. »Man glaubt gar nicht, wie schwer es ist, einen anständigen Cocktail zu bekommen, selbst in den teuersten Lokalen. Heutzutage trinken die Damen anscheinend nichts als Martinis.« Sie tat, als schüttele sie sich. »Schrecklich. Zu meiner Zeit hätte eine Dame so etwas nie angerührt.«

Standhurst schaute Jennie an. »Bei Aida durften die Mädchen nur Sherry trinken.«

»Whisky verkleistert das Gehirn«, erklärte Aida von oben herab. »Und meine Mädchen wurden nicht bezahlt, um zu trinken.«

Der Alte lachte, in Erinnerung versunken, vor sich hin.

»Das waren die guten alten Zeiten«, sagte Aida. »Sie kommen so leicht nicht wieder.«

»Warum haben Sie denn zugemacht?« fragte Jennie, die bisher schweigend zugehört hatte.

»Aus verschiedenen Gründen«, erklärte Aida ernst und wandte sich an Jennie. »Nach und während des Krieges war die Konkurrenz zu groß. Es schien, als wäre jedes Mädchen darauf aus, es umsonst zu machen. Und es wurde einfach schwierig, Mädchen zu finden, die gewillt waren, das hohe Niveau aufrechtzuerhalten, das ich forderte. Und da ich das Geld nicht brauchte, machte ich zu.«
»Aida ist eine sehr wohlhabende Frau. Sie hat ihr ganzes Geld in Grundstücken und Häusern angelegt, hier und in den meisten Großstädten im Lande.« Standhurst warf ihr einen Blick zu. »Wieviel bist du jetzt ungefähr wert, Aida?«
Sie zuckte die Achseln. »So um sechs Millionen Dollar herum«, erklärte sie beiläufig. »Dir zu danken und einigen guten Freunden wie du.«
Standhurst grinste. »Immer noch entschlossen, in das Krankenhaus zurückzukehren?«
Jennie gab keine Antwort.
»Nun, Jennie?« fragte er.
Jennie starrte ihn an, dann Aida. Beide beobachteten sie gespannt. Sie wollte etwas sagen, brachte jedoch kein Wort über die Lippen.
Mrs. Schwartz streckte den Arm aus und tätschelte ihr beruhigend die Hand. »Gib ihr etwas Bedenkzeit, Charlie«, sagte sie leise. »Einen solchen Entschluß muß ein Mädchen von sich aus fassen.«
In Standhursts Augen lag ein merkwürdig zärtlicher Ausdruck, als er Jennie anlächelte. »Sie wird sich bald entscheiden müssen«, sagte er leise. »Viel Zeit ist nicht mehr.«
Damals wußte er es nicht, aber es waren noch genau zwei Tage.

Er wandte den Kopf, als sie am zweiten Morgen nach dieser Unterredung ins Zimmer trat. »Ich glaube, ich bleibe heut im Bett, Jennie«, sagte er mit gedämpfter Stimme. Sie zog die Vorhänge auf und blickte ihn in dem Licht an, das über sein Bett fiel. Sein Gesicht war weiß, die Haut über den Knochen pergamentdünn. Er hielt die Augen halb geschlossen, als täte ihm die Helligkeit weh.
Sie trat an die Bettseite und schaute auf ihn nieder. »Soll ich den Arzt rufen, Charlie?«
»Wozu?« fragte er. Leichter Schweiß erschien auf seiner Stirn. Sie nahm ein kleines Handtuch vom Nachttisch und wischte sein Gesicht ab.
Während sie sein Kissen glättete, stützte sie ihn mit einem Arm. Sanft ließ sie ihn zurücksinken.
»Ich habe so eine Ahnung, als wäre es heut soweit«, flüsterte er, den Blick auf sie gerichtet.
»Sobald ich dir etwas Orangensaft eingeflößt habe, wirst du dich wohler fühlen.«

»Zum Teufel damit«, flüsterte er leidenschaftlich. »Wer fährt schon mit Orangensaft zur Hölle? Hol mir etwas Sekt!«
Schweigend stellte sie den Orangensaft ab und ergriff einen Kelch. Sie füllte ihn mit Eiswürfeln aus dem Kübel und goß den Sekt darüber. Sie steckte ein Trinkröhrchen in das Glas und hielt es ihm an den Mund.
»Ich kann noch allein trinken«, sagte er.
Ein Schmerzkrampf durchzuckte ihn, und er richtete sich plötzlich fast kerzengerade im Bett auf. »Oh, Heiland!« sagte er und preßte die Hände auf seinen Bauch. Augenblicklich lag ihr Arm um seine Schultern, während sie mit der anderen Hand nach der Morphiumspritze tastete.
»Noch nicht, Jennie, bitte.«
Sie schaute ihn einen Augenblick an und legte dann die Spritze wieder auf den Tisch. »Gut«, sagte sie. »Du mußt mir sagen, wann.«
Er sank in das Kissen zurück, und sie wischte ihm das Gesicht noch einmal ab. Er schloß die Augen und lag für einen Augenblick still.
Nach einigen Minuten sprach er, ohne die Augen zu öffnen. »Weißt du, Jennie«, flüsterte er. »Ich hatte geglaubt, ich würde so schön hinüberdämmern. Aber das ist nicht mehr auszuhalten.«
Er öffnete die Augen und schaute sie an. Er lächelte verhalten. »Gut, Jennie«, flüsterte er und schaute ihr in die Augen. »Jetzt!«
Sie wandte den Blick nicht von ihm ab und griff hinter sich nach der Spritze. Automatisch fand sie die eingesunkene Ader und drückte die Spritze aus. Sie griff nach einer anderen. Er lächelte, als er sie in ihrer Hand bemerkte. »Danke dir, Jennie«, flüsterte er.
Sie beugte sich vor und hauchte einen Kuß auf seine bleiche, feuchte Stirn. »Leb wohl, Charlie.«
Er lehnte sich in das Kissen zurück und schloß die Augen, indes sie die zweite Spritze in seinen Arm stach. Alsbald lagen sechs leere Spritzen auf der Bettdecke neben ihm. Sie saß still da, die Hand an seinem Puls, der schwach und schwächer schlug. Schließlich setzte er völlig aus. Sie starrte ihn einen Augenblick an, drückte ihm dann die Augen zu und zog die Decke über sein Gesicht.
Sie erhob sich, steckte die leeren Ampullen in ihre Uniformtasche, durchquerte das Zimmer schleppenden Schrittes und nahm den Telefonhörer ab.
Auf dem Wege in ihr Zimmer trat der Diener in der Diele an sie heran. Er hatte einen Briefumschlag in der Hand. »Mister Standhurst hat mich beauftragt, Ihnen dies zu überreichen, Miß Denton. Er hat es mir gegeben, ehe Sie heute früh zum Dienst gekommen sind.«
»Vielen Dank, Judson.« Sie machte die Tür hinter sich zu und riß den Umschlag auf. Darin befanden sich fünf Tausenddollarscheine sowie ein kleiner Zettel in seiner kritzligen Handschrift.

Liebe Jennie,

inzwischen wirst Du begriffen haben, warum ich Dich bei mir haben wollte. Mir ist die verlogene Barmherzigkeit immer unverständlich gewesen, auf die so viele Leute sich etwas einbilden, während sie die Todesqual nur verlängern.

Beiliegend Dein Trennungsgehalt. Mach' damit, was Du willst – leg' es als Notgroschen zurück, falls Du dich weiter der gemeinhin undankbaren Aufgabe widmen solltest, Dich für andere aufzuopfern; oder wenn Du nur halb so klug bist, wie ich glaube, so verwende es dafür, in Aidas Schule zu gehen, die ich, in Ermangelung eines besseren Namens, Standhurst College nennen will, und schaff Dir dort die Grundlage für ein leichteres und besseres Leben.

In Liebe und Dankbarkeit verbleibe ich
Dein ergebener
C. Standhurst

Den Zettel noch immer in der Hand, trat sie an den Schrank und nahm ihren Handkoffer herunter. Sie stellte ihn auf das Bett und fing langsam an zu packen. Knapp eine Stunde später stieg sie aus dem Taxi und eilte die Stufen empor in die Kirche, wobei sie sich den Schal, den sie um den Hals trug, über den Kopf zog. Beim Eintreten knickste sie kurz, ging den Gang entlang auf den Altar zu und wandte sich dann nach links zu der Statue der Jungfrau.

Sie kniete nieder, verschränkte die Hände und neigte für einen Augenblick den Kopf. Dann drehte sie sich um, nahm eine Kerze aus dem Gestell, hielt einen brennenden Docht daran und stellte sie zwischen die anderen Kerzen unter der Statue. Wieder neigte sie den Kopf, verharrte für eine Weile kniend, wandte sich dann um und eilte dem Ausgang zu. An der Tür tauchte sie ihre Finger in das Weihwasserbecken, schlug ein Kreuz, öffnete ihre Handtasche und ließ einen Schein in den Schlitz des Kollektekastens gleiten.

An jenem Abend erlebte der Pfarrer eine angenehme Überraschung. Unter all den Silber- und Kupfermünzen in dem Kollektekasten befand sich eine säuberlich zusammengefaltete Tausenddollarnote.

Der graue Rolls-Royce stand in der Auffahrt zu dem alten Hause auf Dalehurst Avenue, als Jennie in einem Taxi vorfuhr. Sie stieg aus, bezahlte den Fahrer, trat an die Tür und setzte ihren Koffer ab, während sie auf die Klingel drückte.

Irgendwo im Hausinneren schlug eine Glocke an. Die Tür ging auf, und ein Dienstmädchen sagte: »Hier entlang, bitte, Miß.«

Aida saß auf der Couch. Auf dem Tisch vor ihr stand ein Tablett mit Tee und Gebäck. »Stellen Sie den Koffer zu den anderen, Mary.«

»Sehr wohl, gnädige Frau.«
Jennie drehte sich um und sah, wie das Dienstmädchen ihren Koffer neben einige andere an der Tür stehende stellte. Sie wandte sich wieder an Aida. Eine Zeitung lag aufgeschlagen auf der Couch neben ihr, die große schwarze Schlagzeile nach oben.

STANDHURST TOT!

Aida erhob sich, ergriff ihre Hand und zog sie sanft neben sich auf die Couch. »Setzen Sie sich, Kind«, sagte sie leise. »Ich habe Sie erwartet. Wir haben noch genügend Zeit für eine Tasse Tee, ehe wir zum Bahnhof gehen.«
»Zum Bahnhof?«
»Natürlich, Kind«, sagte Aida. »Wir fahren nach Chikago, dem einzigen Ort in den Vereinigten Staaten, wo ein Mädchen ihre Laufbahn beginnen kann.«

II

Weithin leuchtete das riesige Plakat über der behelfsmäßigen Bühne des Truppenlagers. Es war eine Vergrößerung der berühmten Farbfotografie vom Umschlag des *Life*-Magazins. Als Jennie den Blick darauf richtete, mußte sie an den Bildberichter denken, der unsicher auf der obersten Sprosse einer Leiter in Nähe der Zimmerdecke gehockt und seine Kamera hinunter auf das Bett gerichtet hatte, auf dem sie lag.
Aus diesem Winkel waren ihre Beine zu lang gewesen und hatten den Rahmen gesprengt, und so hatte er sie umgedreht und ihre Füße auf das mit weißem Satin ausgeschlagene Kopfbrett gelegt. Dann war das Blitzlicht aufgeflammt und hatte sie, wie immer, für einen Augenblick geblendet, und Geschichte war gemacht worden.
Sie hatte ein schicklich ausgeschnittenes schwarzes Spitzennachthemd angehabt, das sie vom Hals bis an die Knöchel einhüllte. Dennoch hatte es sich so eng um ihre Glieder geschmiegt, die zarten Fleischtöne hatten sich so verräterisch von der schwarzen Spitze abgehoben, daß nichts der Phantasie überlassen blieb.
Life hatte das Bild publiziert und nur ein einziges Wort in weißen Blockbuchstaben darunter gesetzt:

DENTON

Das war vor fast einem Jahr gewesen, im Oktober 1941, etwa zu der Zeit, als *Die Sünderin* ihre Welturaufführung in New York hatte. Sie entsann sich der Überraschung, die sie empfunden hatte, als sie neben Jonas durch das Vestibül des Waldorf geschritten und zu dem Zeitschriftenstand mit einer Reihe von Aufnahmen von ihr gelangt war.

»Sieh doch mal«, hatte sie gesagt und war voller Verwunderung stehengeblieben. Jonas lächelte sie auf die merkwürdige Art an, die darauf hindeutete, wie sie inzwischen erfahren hatte, daß er sich über etwas besonders freute. Er war an den Stand herangetreten, hatte eine Münze hingeworfen und ein Magazin aus dem Gestell genommen.
Im Fahrstuhl öffnete sie die Zeitschrift. Eine dicke Balkenüberschrift stand über dem Text: *Das Seelische im Sexuellen.*

> Jonas Cord, ein vermögender junger Mann, der Flugzeuge, Sprengstoffe und Plastikfabrikate herstellt und dabei viel Geld verdient (siehe *Life*, Okt. '39) und der, wenn es ihn dazu drängt, auch gelegentlich einen Film dreht *(Der Renegat, 1930, Devils in the Sky, 1932)*, ist mit einer sehr persönlichen Interpretation der Maria-Magdalena-Geschichte in der De-Mille-Überlieferung herausgekommen. Mit seiner herkömmlichen Offenheit nennt er den Film *Die Sünderin.*
> Der Film steht und fällt mit der eindrucksvollen Leistung der jungen Frau, die Mr. Cord für die Hauptrolle verpflichtet hat, Jennie Denton.
> Ohne daß sie vorher Erfahrungen beim Film oder auf der Bühne gesammelt hätte, übt Miß Denton eine geradezu sensationelle Wirkung auf das Publikum aus. Bei aller Geschlechtsbewußtheit, welche die Bewegungen ihres Körpers zu verraten scheinen, ist sich der Zuschauer gleichzeitig tieferer Seelenregungen bewußt, die alle ihre Gebärden ausstrahlen. Vielleicht liegt es an ihren Augen, die groß und grau sind und in denen eine weit über ihre Jahre hinausgehende Vertrautheit mit Schmerz und Liebe und Tod schlummert. Auf irgendeine seltsame Weise scheint sie die paradoxen Gegensätze unserer Zeit zu verkörpern – das egoistische Verhalten des Menschen nach physischer Befriedigung und sein Streben nach seelischen Werten, die größer sind als er selber.

»Mein Gott, glauben die Leute das wirklich?« fragte sie.
Er lächelte. »Wahrscheinlich. Das ist eine von den Zeitschriften, die man durch Annoncen nicht kaufen kann. Ich habe dir ja gleich gesagt, daß aus dir ein Star werden würde«, sagte er, indem sie in sein Apartment traten.
Sie sollte gleich nach der Premiere wieder nach Kalifornien fahren, um einen neuen Film anzufangen. Sie sah das Drehbuch auf dem Tisch vor der Couch liegen. Jonas ging, nahm es in die Hand und blätterte darin. »Gefällt mir nicht.«
»Mir auch nicht. Aber Maurice behauptet, es würde einschlagen.«
»Mir ganz gleich«, sagte er. »Das ist keine Rolle für dich.« Er trat an das Telefon. »Verbinden Sie mich mit Mr. Bonner im Sherry-Netherland.«
»Maurice, hier Jonas«, sagte er kurz. »Setzen Sie *Stareyes* ab. Denton tritt mir nicht darin auf.«

Sie vernahm Bonners erregten Protest quer durch das Zimmer. »Mir ganz gleich«, sagte Jonas. »Besetzen Sie die Rolle mit jemand anderem ... Wem? ... Hayworth, Sheridan. Irgend jemand. Und von jetzt ab wird mir Denton für keinen Film mehr festgelegt, bis ich das Drehbuch gebilligt habe.«

Er legte auf und wandte sich ihr zu. Er lächelte. »Hast du das gehört?«

Sie erwiderte sein Lächeln. »Jawohl, Chef.«

Die Fotografie hatte augenblicklich Erfolg gehabt. Überall, wo man hinging, starrte sie einem entgegen – von Wänden, aus Schaufenstern, aus Kalendern und von Anschlagsäulen. Und auch sie war berühmt geworden. Sie war ein Star, und als sie nach Kalifornien zurückkehrte, hatte Jonas bereits einen neuen Vertrag für sie gebilligt.

Aber ein Jahr war vergangen, einschließlich der Bomben auf Pearl Harbor, und noch immer hatte sie keinen neuen Film gedreht. Nicht, daß es etwas ausmachte. *Die Sünderin* lief das zweite Jahr in dem großen Norman-Theater in New York und machte überall, wo sie herauskam, volle Kassen. Es war der größte Kassenerfolg, den die Gesellschaft je gehabt hatte.

Ihr Leben verlief mehr oder weniger nach einer festen Schablone. Bei Erstaufführungen des Films in der Provinz war sie anwesend, sonst hielt sie sich in Kalifornien auf. Jeden Morgen ging sie ins Studio. Dort war ihr Tag ausgefüllt – die Vormittage mit Schauspielunterricht; dann Lunch, gewöhnlich mit einem Interviewer; nachmittags Stimmbildung und Tanzunterricht. Wenn Jonas nicht gerade in der Stadt war, verbrachte sie die Abende meistens allein. Hin und wieder ging sie zum Essen zu David und Rosa Woolf. Sie hatte Rosa und ihren lebhaften Sprößling gern, der gerade die ersten Schritte unternahm und den gewichtigen Namen Henry Bernard trug, nach Davids Vater und seinem Onkel. Aber die meiste Zeit verbrachte sie allein in ihrem Häuschen mit der Mexikanerin. Es hatte sich herumgesprochen. Sie galt als Jonas' Mädchen. Und Jonas' Mädchen blieb sie.

Nur in seiner Gesellschaft spürte sie nichts von der Einsamkeit und der Zwecklosigkeit ihres Daseins, die sie immer stärker bedrückten. Sie wurde unruhig. Es war Zeit, wieder an die Arbeit zu gehen. Sie verschlang die Drehbücher förmlich, und manchmal, wenn sie glaubte, etwas gefunden zu haben, setzte sie sich mit Jonas in Verbindung. Und stets versprach er, das betreffende Buch zu lesen, und dann rief er sie ein paar Tage später an und teilte ihr mit, es wäre seiner Meinung nach ungeeignet für sie. Eine Begründung dafür gab es immer.

Einmal hatte sie ihn gereizt gefragt, warum er ihr eigentlich weiter Gage zahle, da er doch nichts für sie zu tun habe. Für einen Augenblick war er stumm geblieben. Als er endlich sprach, klang seine Stimme kalt und entschieden. »Du bist keine Schauspielerin«, sagte er. »Du bist ein Star. Und Stars können nur leuchten, wenn alles andere stimmt.«

12

Maurice Bonner betrat das Brown Derby in Hollywood, das dicke blaugebundene Drehbuch unter dem Arm. Der Oberkellner verbeugte sich. »Guten Abend, Mr. Bonner. Mr. Pierce ist bereits hier.«

Sie gingen zu einer Nische hinten im Lokal. Dan, der in einem *Hollywood Reporter* gelesen hatte, hob den Kopf. Er legte die Zeitung neben sein Glas. »Hallo, Maurice.«

Bonner setzte sich ihm gegenüber. »Hallo«, sagte er. Er warf einen Blick auf die Zeitung. »Haben Sie gelesen, was unser Mädchen für Kritiken bekommt?«

Dan nickte.

»Wieder ein Beweis dafür, wie recht ich habe«, sagte Pierce. »Ich halte sie jetzt für größer, als die Marlowe je war.« Er streifte Bonner mit einem abschätzenden Blick. »Gehen Sie immer noch einmal wöchentlich abends zu ihr?«

Bonner lächelte. In dieser Stadt gab es keine Geheimnisse. »Nein. Nachdem *Die Sünderin* in New York angelaufen ist, hat Cord ihren alten Vertrag zerrissen und ihr einen neuen gegeben.«

»Den Zusammenhang verstehe ich nicht.«

»Ganz einfach«, sagte Bonner. »An dem Vormittag, als sie den Vertrag erhalten hatte, kam sie in mein Büro. Sie borgte sich eine Feder und unterzeichnete ihn, schaute mich dann an und sagte: ›Jetzt brauche ich mich mit niemand mehr einzulassen. Selbst mit Ihnen nicht.‹ Nahm ihren Vertrag und rauschte hinaus.«

Pierce lachte. »Ich glaube ihr nicht. Einmal eine Hure, immer eine Hure. Sie muß noch etwas in petto haben.«

»Hat sie auch. Jonas Cord nämlich. Ich habe so eine Ahnung, daß sie ihn heiraten wird.«

»Das geschähe dem Strolch recht«, sagte Pierce rauh. »Er hat noch immer keine Ahnung, daß sie eine Hure war.«

»Keinen blassen Schimmer.«

»Da haben Sie's! Wie klug man auch zu sein glaubt, irgend so ein Weibstück ist immer noch klüger.« Pierce lachte. »Was macht denn Jonas?«

»Verdient sich dumm und dämlich«, sagte Bonner. »Aber Sie kennen ihn ja. Glücklicher ist er deswegen nicht.«

»Warum nicht?«

»Er wollte zur Luftwaffe, aber man hat ihn nicht genommen und ihn zurückgestellt, weil er unabkömmlich wäre. Und so verläßt er Washington verschnupft, fliegt nach New York und meldet sich zur Infanterie, der Schmock.«

»Aber er ist doch noch immer nicht Soldat.«

»Natürlich nicht. Er ist bei der Musterung durchgefallen – durchlöchertes Trommelfell oder irgend so etwas Dummes. Man hat ihn tauglich III geschrieben und in der darauffolgenden Woche Roger Forrester als Brigadekommandeur eingezogen.«
»Wie ich höre, muß David sich auch bald stellen«, sagte Pierce.
»Kann jeden Tag dran sein, der Kaffer. Er könnte mit Leichtigkeit Aufschub erhalten. Verheiratet, mit Kind; besonders jetzt, da die Filmindustrie als kriegswichtig gilt. Aber er will nicht.« Er blickte Pierce über den Tisch hinweg an. »Sogar Nevada geht mit seiner Wildwest-Schau wieder auf Tournee, um unentgeltlich zur Zeichnung von Kriegsanleihe aufzurufen.«
»Woraus hervorgeht, daß es immer noch einige Leute gibt, die die Welt für flach halten«, sagte Dan. Er winkte dem Kellner und bestellte noch eine Lage. »Haben Sie das Drehbuch gelesen?«
Bonner nahm das Buch von dem Sitz neben sich und legte es auf den Tisch. »Ich hab's gelesen.«
»Großartig, nicht war?« fragte er, und die Verkaufsbegeisterung klang aus seiner Stimme.
»Ganz gut«, sagte Bonner und nickte pedantisch. »Muß jedoch noch gründlich überarbeitet werden.«
»Welches Drehbuch muß das nicht?« fragte Pierce lächelnd. Er lehnte sich vor. »Meiner Auffassung nach braucht das Buch einen tüchtigen Produzenten wie Sie. Wanger von Universal ist ganz verrückt danach. Zimbalist von Metro ebenfalls. Aber dort paßt es nicht hin. Dort wäre es fehl am Platze.«
»Hören Sie auf mit dem Quatsch, Dan. Wir wissen beide, daß das Buch nur dann gut ist, wenn wir ein gewisses Mädchen dazu bewegen können, die Hauptrolle zu spielen. Und wir wissen beide, wer das ist.«
»Denton«, sagte Pierce rasch. »Ganz meine Meinung. Deswegen hab' ich es Ihnen ja gegeben. Ihr habt sie unter Vertrag.«
»Das schon, aber Jonas hat das letzte Wort, welchen Film sie drehen darf. Und er hat bereits einige sehr gute Stoffe abgelehnt.«
»Was bezweckt er eigentlich damit?« fragte Pierce. »Will er sie in einem Schrank einsperren und sie ganz für sich allein behalten? Das kann man mit einem Star nicht machen.«
Bonner zuckte die Achseln. »Sie kennen doch Jonas. Niemand fragt, warum.«
»Vielleicht gefällt ihm das Drehbuch.«
»Angenommen, das wäre der Fall«, sagte Bonner, »sobald er merkt, daß Sie der Agent sind, fliegt das Ganze in den Papierkorb.«
»Wenn das Mädchen nun aber selber ein bißchen Druck dahinter machen und ihm zureden würde?«
Bonner zuckte die Achseln. »Ihre Vermutung ist so gut wie meine. Aber ich gebe es ihr auf keinen Fall. Wegen eines Drehbuches setz' ich mir keine Läuse in den Pelz. Wie gut es auch sein mag, es gibt immer ein anderes.«

Pierce starrte ihn an und preßte seine vollen Lippen grimmig aufeinander. »Ich weiß, wie wir sie zu unserer Ansicht bekehren können«, sagte er. »Ich habe Handhaben ...«
Bonner unterbrach ihn. »Erzählen Sie mir nichts davon. Ich lass' mich gern angenehm überraschen. Ich will nichts davon wissen.«
Pierce starrte ihn einen Augenblick an und lehnte sich dann aufatmend in einen Stuhl zurück. Er griff nach der Speisekarte. »O. K., Maurice«, sagte er lächelnd. »Was wollen Sie essen?«

Die Post lag auf dem kleinen Sekretär im Wohnzimmer, als Jennie aus dem Studio heimkehrte. Sie trat an den Schreibtisch und setzte sich. »Wir werden gegen acht Uhr dreißig essen«, sagte sie. »Ich will vorher noch baden und ein Weilchen ruhen.«
»*Si, señorita*«, antwortete Maria und entfernte sich schlurfend.
Jennie sah die Post durch. Es waren zwei Umschläge, ein großer, der wahrscheinlich ein Drehbuch enthielt, und ein gewöhnlicher Brief. Sie öffnete den Brief zuerst. Der Briefkopf lautete: *St. Mary's College für Schwesternausbildung*. Sie überflog die Seite. Es war Schwester M. Christophers saubere Handschrift.

Liebe Jennie,
hiermit sage ich Ihnen im Namen der Studenten und der Lehrerschaft des St. Mary's College herzlichen Dank für die Sondervorführung Ihres Films, die Sie freundlicherweise für uns arrangiert haben.
Wir alle, die Ehrwürdige Mutter und die Schwestern, ich eingeschlossen, waren tief beeindruckt von dem rührenden Ausdruck des Glaubens an unseren Erlöser, Jesus Christus, der aus Ihrer Darstellung dieser sehr schwierigen und höchste Anforderungen stellenden Rolle spricht. Bedauerlich ist nur, daß die Hersteller des Films es für nötig befunden haben, gewisse Szenen einzublenden, die unseres Erachtens ohne Beeinträchtigung der Maria-Magdalena-Geschichte hätten wegbleiben können. Aber im ganzen waren wir außerordentlich erfreut darüber, daß es in diesen unruhigen Zeiten eine so noble und für alle sichtbare Darstellung der erlösenden Gnade gibt, die der Mensch in der Liebe Gottes findet.
Jetzt muß ich schließen, denn mein Dienst beginnt in Kürze. Seit dem Krieg arbeiten wir in der Schule und im Krankenhaus wegen Kräftemangels alle in Doppelschichten. Aber mit Gottes Hilfe werden wir unsere bescheidenen Anstrengungen verdoppeln, um Seiner Barmherzigkeit weitgehende Geltung zu verschaffen.
Die Ehrwürdige Mutter übermittelt Ihnen ihren Segen und betet dafür, daß Sie in Ihrer neuen Laufbahn weiterhin Erfolg und Glück finden mögen.

Ihnen in J. C. sehr ergeben,
Schwester M. Christopher

Einen Augenblick stand ihr das strenge, wachsame Antlitz der Schwester deutlich vor Augen, und plötzlich sehnte sie sich nach der im College verbrachten Zeit. Irgendwie schien es unendlich weit zurückzuliegen. Es war, als wäre sie ein völlig anderer Mensch, der nichts mehr mit dem großäugigen nervösen Mädchen zu tun hatte, das damals im Büro der Ehrwürdigen Mutter erschienen war.
Jennie griff nach einer Zigarette. Alle mußten dort furchtbar schwer arbeiten, wenn die Schwester das in ihrem Brief erwähnte. Schwester Christopher machte sonst nie viel Wesens von ihren eigenen Anstrengungen. Ein Gefühl der Nutzlosigkeit überkam Jennie, als sie das verhältnismäßig leichte Leben bedachte, das sie führte. Sie warf einen Blick auf ihre kräftigen, schmalen Hände. Sie faßte jetzt kaum noch damit zu. Das Wissen, das in ihnen schlummerte, schien in ihren Fingerspitzen zu kribbeln. Es mußte etwas geben, womit sie den Schwestern helfen konnte.
Und es gab etwas. Kaum daß sie den Gedanken gefaßt hatte, griff sie nach dem Telefon und wählte. »Rosa? Hier Jennie.«
»Wie geht's Ihnen, Jennie? David hat mir erzählt, Sie hätten mit Ihrem Auftreten in der Hope-Schau fast die gesamte amerikanische Wehrmacht demoralisiert.«
Jennie lachte. »Die armen Kerle waren zu lange von Frauen getrennt.«
»Erzählen Sie mir keinen Unsinn. In der Zeitung stand, Sie wären großartig gewesen.«
»Hat Ihnen David diesen Quatsch etwa zu lesen gegeben?«
»Natürlich«, sagte Rosa. »Jede Ehefrau in der Branche liest diese Spalte. Nur so können sie feststellen, was ihre Männer treiben.«
»Was macht der kleine Bernie?«
»Warum kommen Sie nicht eines Abends zum Essen und vergewissern sich? Sie waren lange nicht bei uns.«
»Ich komme bald mal.«
»Möchten Sie noch mit David sprechen?«
»Wenn er da ist«, sagte Jennie höflich.
»Wiedersehn alsdann«, sagte Rosa. »Auf bald. Hier ist David.«
»Na, was macht denn der Stolz der Norman-Sippschaft?«
»Geht mir gut. Tut mir leid, daß ich Sie zu Hause störe, David, aber ich habe ein kleines Anliegen und brauche Ihren Rat.«
Seine Stimme wurde ernst. »Was ist denn?«
Sie räusperte sich. »Ich habe das St. Mary's College für Schwesternausbildung als Stipendiatin besucht und möchte gern wissen, ob ich mit dem Studio eine Abmachung treffen kann, daß man einen Teil meiner Gage wöchentlich dorthin überweist, wie es mit der Notgemeinschaft der Filmschaffenden gehandhabt wird. Ich möchte mich gern für all das erkenntlich zeigen, was man dort für mich getan hat.«

»Ganz einfach.« David lachte, und etwas wie Erleichterung klang aus seiner Stimme. »Schicken Sie mir morgen einen Zettel ins Büro und teilen Sie mir mit, wieviel Sie abgezogen haben wollen, den Rest erledigen wir. Sonst noch etwas?«

»Nein, das wäre alles.«

»Gut. Vergessen Sie nicht, daß Rosa Sie zum Essen eingeladen hat.«

»Bestimmt nicht, David. Wiedersehn.«

Sie legte auf und schaute wieder auf den Brief. Jetzt fühlte sie sich wohler. Wenn sie schon nicht selbst mit dort sein und zugreifen konnte, so würde ihr Geld vielleicht eine kleine Hilfe sein. Sie legte den Brief beiseite und öffnete den größeren Umschlag. Sie hatte recht gehabt. Es war ein Drehbuch, ein sehr umfangreiches.

Neugierig las sie den Titel auf dem blauen Einband. *Aphrodite; ein Film nach einem Roman von Pierre Louys*. Sie schlug die erste Seite auf, und ein Zettel fiel heraus. Er war kurz und sachlich gehalten:

> Sehr geehrte Miß Denton,
> Sie haben schon lange keinen Film mehr gedreht, und ich glaube, Sie haben gut daran getan, auf den richtigen Stoff zu warten, mit dem Sie einen ebensolchen Erfolg wie mit der *Sünderin* haben könnten.
> *Aphrodite* wäre, meiner Meinung nach, dieser Stoff. Er enthält alles, was Ihrer Laufbahn einen neuen Glanz verleihen könnte. Ich bin äußerst gespannt auf Ihre Reaktion.
>
> Ihr sehr ergebener
> Dan Pierce

Sie faltete den Brief zusammen und steckte ihn wieder in das Buch. Dieser Dan Pierce war ein ganz Durchtriebener. Es fiel ihm gar nicht ein, dem Studio das Drehbuch auf die übliche Art einzureichen. Sie nahm das Drehbuch und ging damit hinauf in ihr Zimmer. Nach dem Essen würde sie es im Bett lesen.

13

> Sehr geehrter Mr. Pierce,
> ich danke Ihnen sehr für die Übersendung des anliegenden *Aphrodite*-Drehbuches, das ich Ihnen hiermit zurückreiche. Es ist ein interessanter Filmstoff, aber so recht dafür erwärmen kann ich mich nicht.
>
> Jennie Denton

Sie fragte sich, ob sie recht daran getan habe, das Drehbuch so in Bausch und Bogen abzulehnen. Sie hatte zwiespältige Empfindungen darüber. In der Nacht hatte sie es auf einen Zug durchgelesen. Die Geschichte hatte sie gefesselt. Doch je länger sie darin las, um so weniger begeistert war sie.

Sie fiel in einen unruhigen Schlaf und wachte verstört auf. Am nächsten Morgen ließ sie sich im Studio den Originalroman aus der Bibliothek holen und las ihn im Laufe des Tages und des darauf folgenden aus. Danach las sie die Filmfassung noch einmal durch. Erst dann merkte sie, wie unverschämt man die Geschichte verfälscht hatte.

Dennoch hegte sie nicht den geringsten Zweifel, daß sich ein großartiger Film daraus machen ließe. Und noch weniger Zweifel darüber, daß die Schauspielerin, die die Aphrodite spielte, in aller Munde sein würde. Die Aphrodite des Stückes war wahrhaftig die Göttin und das Weib, das den Männern alles bedeutete.

Aber das genügte nicht. Nirgends in dem ganzen Stück war etwas von der Seele der Aphrodite zu spüren, von ihrer Gottähnlichkeit. Sie war schön und warm und klug und zärtlich, ja, sogar moralisch – nach ihrer eigenen Vorstellung. Aber sie war eine Hure, wie es sie seit unvordenklichen Zeiten gab, nicht besser als alle, die Jennie gekannt hatte, nicht besser als Jennie selbst gewesen war. Und tief zuinnerst war Jennie entsetzt von dem, was sie las. Sie sah sich selbst in eine andere Zeit zurückversetzt – als das, was sie gewesen war und noch immer darstellte.

Sie legte den Umschlag auf den Ankleidetisch und drückte auf einen Knopf nach einem Boten, als das Telefon plötzlich klingelte. Sie nahm den Hörer ab. Erst als sie seine Stimme vernahm, wußte sie, wie sehr er ihr gefehlt hatte.

»Jonas! Wo bist du? Wann bist du eingetroffen?«

»Ich bin im Werk in Burbank. Ich muß dich sehen.«

»Ich dich auch, Jonas. Es wird ein furchtbar langer Tag werden.«

»Wozu bis heute abend warten? Kannst du nicht zum Lunch herüberkommen?«

»Das weißt du doch.«

»Sagen wir um eins.«

»Gut«, sagte sie und legte auf.

»Lassen Sie nur gut sein, John«, sagte Jonas.

»Sehr wohl, Mr. Cord.« Der Pförtner blickte Jennie an, dann Jonas. »Wäre es«, begann er zögernd, »wäre es zuviel verlangt, wenn ich Miß Denton um ihr Autogramm bäte?«

Jonas lachte. »Fragen Sie sie.«

Der Pförtner schaute Jennie fragend an. Sie lächelte und nickte. Er zog einen Bleistift und einen Zettel aus seiner Tasche, und sie kritzelte rasch ihren Namen darauf. »Vielen Dank, Miß Denton.«

Jennie lachte, als sich die Tür hinter ihnen schloß. »Wenn ich mein Auto-

gramm gebe, komme ich mir immer wie eine Königin vor.« Sie schaute sich im Büro um. »Hübsch ist es hier.«
»Es ist nicht meines«, sagte Jonas und goß Kaffee in zwei Tassen. »Es ist Forresters. Ich hab' mich nur während seiner Abwesenheit hier eingenistet.«
»Oh«, sagte sie neugierig. »Und wo ist deines?«
»Ich habe keins, nur das frühere meines Vaters in dem alten Werk in Nevada. Ich halte mich nie so lange irgendwo auf, daß ich eines brauche.« Er zog einen Stuhl heran und setzte sich neben sie. Er trank seinen Kaffee und betrachtete sie stumm.
Sie spürte, wie sie verlegen wurde und errötete. »Seh' ich denn einigermaßen ordentlich aus? Ist mein Make-up verschmiert oder was?«
Er schüttelte den Kopf und lächelte. »Nein. Du siehst blendend aus.«
Sie nippte an ihrem Kaffee. Ein bedrückendes Schweigen trat ein. »Was hast du in der Zwischenzeit gemacht?« fragte sie.
»Hauptsächlich nachgedacht. Über uns«, antwortete er und blickte sie fest an. »Über dich und mich. Während dieser letzten Trennung von dir war ich zum erstenmal in meinem Leben einsam. Nichts stimmte. Ich wollte keine anderen Mädchen sehen. Nur dich.«
Ihr Herz schien anzuschwellen und schnürte ihr die Luft ab. Ihr war, als müßte sie bei der geringsten Bewegung in Ohnmacht fallen. Jonas steckte die Hand in die Tasche und zog ein Etui heraus, das er ihr reichte. Stumm starrte sie darauf. Die kleinen Goldbuchstaben leuchteten ihr entgegen. *Van Cleef & Arpels.*
Mit zitternden Fingern öffnete sie es. Der herrlich geschliffene herzförmige Brillant begann zu funkeln. »Ich möchte dich heiraten«, sagte Jonas leise.
In der Auffahrt stand ein fremder Wagen, als sie abends aus dem Studio heimkehrte. Sie fuhr in die Garage und betrat das Haus durch die Hintertür. Falls es sich um noch einen Reporter handelte, so wollte sie ihm tunlichst ausweichen. Die Mexikanerin war in der Küche. »Ein Señor Pierce wartet im Wohnzimmer, Señorita.«
Sie fragte sich, was er wollen mochte. Vielleicht hatte er das Drehbuch noch nicht zurückerhalten und war gekommen, um es abzuholen. Pierce saß in einem Sessel, das aufgeschlagene Drehbuch im Schoß. Er stand auf und nickte. »Miß Denton.«
»Mr. Pierce. Haben Sie das Drehbuch erhalten? Ich hab' es vor einigen Tagen abgeschickt.«
Er lächelte. »Ich hab' es erhalten. Aber ich dachte, wir müßten noch einmal darüber sprechen. Ich hoffe immer noch, daß ich Sie dazu bewegen kann, Ihre Meinung zu ändern.«
Sie schüttelte den Kopf. »Das glaube ich nicht.«
»Ehe wir weiter darüber sprechen«, sagte er rasch, »möchte ich Ihnen erst zu Ihrer Verlobung gratulieren.«

»Danke. Aber ich muß Sie bitten, mich zu entschuldigen. Ich habe eine Verabredung.«
»Ich werde Ihre Zeit wirklich nur ein paar Minuten in Anspruch nehmen.« Er bückte sich und griff nach einem kleinen, hinter seinem Stuhl auf dem Fußboden liegenden tragbaren Kasten.
»Ich habe Ihnen doch erklärt, Mr. Pierce ...«
»Nur ein paar Minuten.« Eine eigenartige Sicherheit klang aus seiner Stimme. Es war, als wüßte er, daß sie nicht wagen würde, ihn abzuweisen. Er drückte auf einen Knopf, und der Kasten sprang auf. »Wissen Sie, was das ist, Miß Denton?« fragte er.
Sie gab keine Antwort. Langsam wurde sie wütend. Ihr sollte er mit derartigen dummen Scherzen nicht kommen. »Es handelt sich um einen Achtmillimeter-Projektionsapparat«, sagte er im Plauderton, während er eine Linse aufschraubte. »Wie man ihn gewöhnlich zur Vorführung von Schmalfilmen benützt.«
»Sehr interessant. Aber ich sehe wirklich nicht ein, was das mit mir zu tun haben soll.«
»Das werden Sie gleich merken«, sagte er und hob den Kopf. Seine Augen waren kalt. Er schaute sich nach einer Steckdose um. Er entdeckte sie an der Wand hinter dem Stuhl und schloß die Projektorschnur an.
»Ich glaube, diese weiße Wandfläche dort genügt für einen Film, meinen Sie nicht auch?« Er richtete den Projektionsapparat darauf und schaltete ein. »Ich habe mir erlaubt, den Film schon einzuspannen.«
Der Apparat begann zu schnurren, und Jennie drehte sich, um den an die Wand geworfenen Film in Augenschein zu nehmen. Die Szene zeigte zwei nackte Mädchen auf einer Couch. Ihre Gesichter waren nicht zu erkennen. Eine Befürchtung stieg in ihr auf. Die Szene kam ihr merkwürdig bekannt vor.
»Ich habe diesen Film von einem Freund in New Orleans erhalten.« Pierce stand hinter ihr und sprach die Worte wie beiläufig aus. Ein Mann erschien auf der Szene. Eines der Mädchen wandte sich ihm zu und blickte direkt in die Kamera.
Unwillkürlich entfuhr Jennie ein keuchender Laut. Das Mädchen war sie selbst. Dann entsann sie sich. Es hatte sich damals in New Orleans abgespielt. Erbleichend wandte sie sich um und starrte Pierce an.
»Sie waren schon damals sehr fotogen. Sie hätten sich vergewissern sollen, daß keine Kamera vorhanden war.«
»Es war auch keine vorhanden«, keuchte sie. »Aida hätte das niemals geduldet.« Sie starrte ihn schweigend an, ihr Mund und ihre Kehle waren plötzlich wie ausgetrocknet.
Er drückte auf einen Hebel, und als der Film aufhörte, ging das Licht langsam aus. »Ich sehe, Sie sind nicht sehr interessiert an Heimkinovorführungen.«

»Was wollen Sie eigentlich?«
»Sie.« Er begann, den Apparat einzupacken. »Aber nicht im üblichen Sinne«, fügte er rasch hinzu. »Ich möchte nur, daß Sie die Aphrodite spielen.«
»Und falls ich mich weigere?«
»Sie sind schön, Sie sind ein Star, Sie sind verlobt«, erklärte er beiläufig. »Und wenn dieser Film zusammen mit einem Abriß Ihrer gewerbsmäßigen Tätigkeit in die unrechten Hände fallen sollte ...« Seine kalten Augen blitzten sie an. »Nicht einmal ein so verrückter Kerl wie Cord will die Stadthure heiraten.«
»Norman hat mich unter Vertrag. Laut Vertrag darf ich keine Filme außerhalb drehen.«
»Ich weiß«, sagte Dan ruhig. »Aber ich bin überzeugt, daß Cord den Ankauf des Stoffes genehmigen würde, wenn Sie ihn darum bäten. Bonner würde den Film machen.«
»Und wenn Jonas ablehnt? Er weiß ziemlich genau, was er will.«
Ein schwaches Lächeln umspielte seine Lippen. »Dann müssen Sie ihn umstimmen.«
Sie atmete tief und langsam ein. »Und wenn ich das tue?«
»Dann bekommen Sie selbstverständlich den Film.«
»Auch das Negativ?«
Er nickte.
»Und wer gewährleistet mir, daß keine Duplikate existieren?«
Seine Augenbrauen hoben sich anerkennend. »Ich sehe, Sie haben etwas dazugelernt«, sagte er. »Ich habe fünftausend Dollar für dieses bißchen Film bezahlt. Und das hätte ich nicht getan, wenn ich mich nicht überzeugt hätte, daß keine andern Kopien existieren. Warum das Kind außerdem gleich mit dem Bade ausschütten? Unter Umständen machen wir wieder einmal ein Geschäft miteinander.«
Er packte den Projektionsapparat ein. »Das Drehbuch lasse ich hier.«
Sie gab keine Antwort.
Die Hand bereits auf der Klinke, wandte er sich noch einmal um.
»Ich hab' Ihnen ja gleich gesagt, es würde nur ein paar Minuten dauern.«

14

Jonas folgte Jennie in das dunkle Haus. »Du bist müde«, sagte er zärtlich und blickte in ihr bleiches Gesicht. »Es war ein anstrengender Abend. Geh zu Bett jetzt. Wir sehen uns morgen.«
»Nein«, erklärte sie entschieden. Sie wußte, was sie zu tun hatte. Sie wandte sich um, ging in das Wohnzimmer und machte Licht. Neugierig folgte er ihr.
Sie drehte sich um, streifte den Ring von ihrem Finger und hielt ihn ihm

hin. Er schaute darauf und blickte sie dann an. »Warum?« fragte er. »Hab' ich mich falsch benommen heut abend?«
Sie schüttelte den Kopf. »Nein«, sagte sie rasch. »Es hat mit dir überhaupt nichts zu tun. Nimm den Ring, bitte.«
»Ich bin zu einer Erklärung berechtigt, Jennie.«
»Ich liebe dich nicht«, sagte sie. »Ist das Grund genug?«
»Jetzt nicht mehr.«
»Dann weiß ich einen besseren Grund«, sagte sie, und ihre Haltung versteifte sich. »Ehe ich mich zu diesen Probeaufnahmen hergegeben habe, war ich die teuerste Nutte in Hollywood.«
Er starrte sie für einen Augenblick an.
»Ich glaube dir nicht«, sagte er langsam. »Das hättest du mir nie verheimlichen können.«
»Du bist ein Narr«, sagte sie scharf. »Wenn du's nicht glaubst, so frag doch Bonner oder irgendeinen anderen.«
»Ich glaube es immer noch nicht«, sagte er leise.
»Und was hast du dir gedacht, warum ich dich gebeten habe, mich die *Aphrodite* spielen zu lassen?« fuhr sie fort. »Nicht, weil ich das Stück für gut hielt. Nein, sondern um Pierce hierfür zu bezahlen.« Rasch trat sie an den Schreibtisch und nahm zwei kleine Filmrollen heraus. Sie ließ eine davon abspulen. »Meine erste Hauptrolle«, sagte sie sarkastisch. »Ein pornographischer Film.«
Sie nahm eine Zigarette aus der Schachtel auf dem Schreibtisch und steckte sie an. Dann wandte sie sich wieder an ihn. Ihre Stimme war jetzt ruhiger. »Oder gehörst du vielleicht zu den Männern, denen es Spaß machen würde, mit einem solchen Weib verheiratet zu sein, damit du dich jedesmal, wenn du einen anderen Mann triffst, fragen kannst: Hat er oder hat er nicht? Wann, wo und wie?«
Er machte einen Schritt auf sie zu. »Das ist vorbei jetzt. Es spielt keine Rolle mehr.«
»Nicht? Bloß weil ich für einen Augenblick eine Närrin war, brauchst du nicht auch den Kopf zu verlieren.«
»Aber ich liebe dich.«
»Selbst darin täuschst du dich. Du liebst mich nicht. Du hast mich nie geliebt. Du bist in eine Erinnerung verliebt. In den Schatten eines Mädchens, das deinem Vater den Vorzug gegeben hat. Gleich bei der ersten Gelegenheit hast du versucht, mich in ihr Ebenbild zu verwandeln. Selbst im Bett – was ich alles machen sollte. Glaubst du wirklich, ich wäre so naiv gewesen und hätte nicht gewußt, daß es die Dinge waren, die du von ihr gewöhnt warst?«
Sie hatte den Ring noch immer in der Hand. Sie legte ihn vor ihm auf den Tisch.
»Hier«, sagte sie.

Er starrte auf den Ring. Der Brillant schien ihn wütend anzusprühen. Er schaute sie an, sein Gesicht war angespannt und zerfurcht. »Behalte ihn«, sagte er kurz und ging hinaus.
Sie verharrte auf demselben Fleck, bis sie seinen Wagen davonfahren hörte. Dann schaltete sie das Licht aus und begab sich nach oben, den Ring auf dem Tisch und den Film, wie Konfetti nach einem Fest, auf dem Fußboden liegenlassend.

Mit weitgeöffneten Augen lag sie auf dem Bett und starrte in die Nacht. Ihr wäre wohler gewesen, wenn sie hätte weinen können. Aber sie war innerlich leer, ausgehöhlt von ihren Sünden. Sie hatte nichts mehr zu geben. Ihr Anteil von Liebe war aufgezehrt.
Vor langer, langer Zeit hatte sie geliebt und war geliebt worden. Aber Tom Denton war tot, für immer verloren, unwiderruflich dahin.
Sie rief in die Dunkelheit hinein: »Daddy, hilf mir! Bitte! Ich weiß nicht mehr ein noch aus.«
Hätte sie nur zurückgehen und von vorn anfangen können! Zurück zu den vertrauten Sonntagsgerüchen von Kohl und Corned beef, zu dem leisen Gemurmel einer geflüsterten Frühmesse in den Ohren, zu den Schwestern und in das Krankenhaus, zu der inneren Ausgeglichenheit und dem Bewußtsein, ein Teil von Gottes Schöpfung zu sein.
Dann vernahm sie plötzlich die leise Stimme ihres Vaters aus der grauen Morgendämmerung. »Möchtest du wirklich gehen, Jennie-Bär?«
Für einen Augenblick lag sie nachdenklich ganz still.
Plötzlich faßte sie einen Entschluß und fürchtete sich nicht mehr.
»Ja, Daddy«, flüsterte sie.
Der Wind warf das Echo seiner leisen Stimme zurück. »Dann steh auf und zieh dich an, Jennie, ich werde dich begleiten.«

15

Nach diesem Abend vergingen fast zwei Jahre, ehe Rosa wieder etwas von Jennie hörte. Es war fast sechs Monate nach Eintreffen der gefürchteten unpersönlichen Mitteilung vom Kriegsministerium, daß David am Brückenkopf von Anzio im Mai 1944 gefallen sei.
Keine Träume mehr, keine großen Abschlüsse, keine Anstrengungen und Pläne mehr, ein riesiges, erdumspannendes Unternehmen auf feingesponnenen Zelluloidfäden aufzubauen. Für ihn wie für tausend andere war all dem ein endgültiges Halt geboten worden in den vernichtenden Feuerstößen eines frühen italienischen Morgens.
Auch für sie hatten die Träume aufgehört. Das Liebesgestammel bei Nacht,

das Knarren des Fußbodens unter den Tritten auf der anderen Seite des Bettes, die miteinander geteilten Vertraulichkeiten und Pläne für die Zukunft.
Erst jetzt wußte Rosa ihre berufliche Tätigkeit voll zu würdigen. Die Arbeit nahm all ihre Kräfte in Anspruch und füllte sie voll aus. Mit der Zeit wurde der Schmerz immer tiefer in ihr Inneres zurückgedrängt, und sie empfand ihn nur noch, wenn sie allein war.
Wie es Überlebenden immer ergeht, dämmerte ihr nach und nach die Erkenntnis, daß nur ein Teil der Träume mit ihm ins Grab gesunken war. Sein Sohn wuchs heran, und eines Tages, als sie ihn über den grünen Rasen vor ihrem Haus springen sah, vernahm sie das Gezwitscher der Vögel wieder. Sie schaute in den blauen Himmel, nach der weißen, über ihr stehenden Sonne, und spürte, daß sie noch ein lebendiges atmendes Wesen war und dem Dasein angehörte.
Es trug sich alles an jenem Tage zu, nachdem sie Jennies Brief gelesen hatte. Er war in einer zierlichen weiblichen Handschrift, die sie nicht kannte, an sie adressiert. Zuerst glaubte sie, es wäre nur einer von den vielen Bettelbriefen, bis ihr Blick auf den Briefkopf fiel.

Barmherzige Schwestern, Burlingame, Kalifornien

10. Oktober 1944

Liebe Rosa,
zitternd und zagend und dennoch von der Zuversicht erfüllt, daß Sie mein Vertrauen respektieren werden, nehme ich die Feder zur Hand. Ich möchte nicht in alten Wunden stochern, die inzwischen verharscht sind, aber ich habe erst vor ein paar Tagen erfahren, welchen Verlust Sie erlitten haben, und möchte Ihnen und dem kleinen Bernie mein Beileid und meine Teilnahme aussprechen.
David war ein prächtiger Mann und ein wirklich gütiger Mensch. Er wird allen fehlen, die ihn gekannt haben. Ich schließe ihn täglich in meine Gebete ein und lasse mich durch die Worte Unseres Herrn und Erlösers trösten: Ich bin die Auferstehung und das Leben. Wer an mich glaubt, der wird leben, ob er gleich stürbe; und wer da lebet und glaubet an mich, der wird nimmermehr sterben.

Ihre Ihnen in J. C. treu ergebene
Schwester M. Thomas (Jennie Denton)

Rosa mußte an den Morgen nach der Verlobung denken. Als Jennie nicht im Studio erschienen war, hatte man sich weiter keine Gedanken darüber gemacht. Und David, der versucht hatte, Jonas in dem Werk in Burbank zu erreichen, teilte ihr mit, daß er auch ihn nicht habe aufspüren können.
Erst als nach zwei Tagen noch immer keine Nachricht von Jennie eingetroffen

war, begann man sich im Studio ernsthafte Sorgen zu machen. Schließlich hatte man festgestellt, daß Jonas sich in Kanada in dem neuen Werk befand, und David hatte ihn dort angerufen. Jonas war ziemlich kurz angebunden gewesen.

David setzte sich sofort mit Rosa in Verbindung und legte ihr nahe, Jennies Wohnung aufzusuchen. Als sie hinkam, öffnete ihr die Mexikanerin. »Ist Miß Denton zu Hause?«

»Señorita nicht da.«

»Wissen Sie, wo sie ist?« fragte Rosa. »Ich muß sie sprechen.«

Die Dienerin schüttelte den Kopf. »Señorita fort. Nicht sagen wohin.«

Rosa ging an ihr vorbei und trat in das Haus. Überall im Flur standen gepackte Kisten herum. Eine davon trug die schablonierte Aufschrift *Bekins, Spediteur.* Die Haushälterin sah ihr überraschtes Gesicht. »Die Señorita sagen mir, das Haus zuschließen und ebenfalls fortzugehen.«

Rosa wartete nicht erst, bis sie wieder daheim war, sondern rief David gleich von der ersten öffentlichen Fernsprechzelle an, zu der sie gelangte. Er sagte, er würde versuchen, noch einmal mit Jonas zu reden.

»Hast du Jonas erreicht?« waren ihre ersten Worte, als er abends zur Tür hereintrat.

»Ja. Ich soll *Aphrodite* sofort absetzen und Pierce hinauswerfen. Als ich ihn darauf aufmerksam machte, daß wir uns damit wahrscheinlich einen Prozeß einhandeln würden, erklärte er mir, er würde seinen letzten Dollar dafür ausgeben, Dan das Genick zu brechen, falls er etwas unternähme.«

»Und was ist mit Jennie?«

»Wenn sie bis Ende der Woche nicht wieder auftaucht, soll ich sie auf Warteliste setzen und ihr keine Gage mehr zahlen.«

»Und ihre Verlobung?«

»Davon hat Jonas nichts gesagt, aber ich glaube, auch das ist erledigt. Als ich ihn fragte, ob ich eine Pressenotiz aufsetzen sollte, sagte er nein und legte auf.«

»Die arme Jennie. Wo sie nur sein mag?«

Jetzt wußte Rosa, wo sie war.

Neuntes Buch

Jonas – 1945

1

Draußen brannte die hochsommerliche Wüstensonne weißglühend vom Himmel, aber hier im Dienstzimmer des Generals surrte die überlastete Klimaanlage und hielt die Temperatur in erträglichen Grenzen. Ich schaute Morissey an und richtete den Blick dann über den Tisch hinweg auf den General und seinen Stab.

»Das also wär's, meine Herren«, sagte ich. »Die CA-Jet X. P. erreicht mit Leichtigkeit eine Stundengeschwindigkeit von sechshundert Meilen und ist damit um fast hundert schneller als der britische De-Havilland-Düsenjäger, auf den man sich weiß Gott was einbildet.« Ich lächelte und erhob mich. »Wenn Sie jetzt bitte mit hinauskommen würden, werde ich es Ihnen vorführen.«

»Daran zweifle ich nicht im geringsten«, sagte der General schmeichelnd. »Wären uns die geringsten Zweifel geblieben, hätten Sie den Lieferungsvertrag nie bekommen.«

»Worauf warten wir dann noch? Gehen wir.«

»Augenblick noch, Mr. Cord«, sagte der General rasch. »Wir können Ihnen leider nicht gestatten, die Düsenmaschine vorzuführen.«

Ich starrte ihn an. »Warum nicht?«

»Für Düsenmaschinen sind Sie nicht qualifiziert«, sagte er. Er schaute auf ein Blatt Papier auf seinem Schreibtisch. »Aus Ihrem Gesundheitszeugnis geht hervor, daß Sie an einer unbedeutenden Reflexverzögerung leiden. In Anbetracht Ihres Alters ist das völlig normal, aber Sie werden verstehen, daß wir Sie nicht fliegen lassen können.«

»Das ist doch völliger Blödsinn, Herr General. Was glauben Sie denn, zum Teufel, wer die Maschine hergeflogen hat?«

»Damals war das Ihr gutes Recht«, erwiderte der General. »Die Maschine gehörte Ihnen. Aber von dem Augenblick an, da sie das Rollfeld draußen berührt, ist sie laut Vertrag Heereseigentum. Und wir können uns das Risiko nicht leisten, Sie damit aufsteigen zu lassen.«

Wütend schlug ich mit der Faust auf meine Handfläche.

Der General lächelte und trat um den Tisch herum auf mich zu. »Ich kann nachfühlen, wie Ihnen zumute ist, Mr. Cord«, sagte er. »Als mir die Ärzte erklärten, daß ich zu alt zum Kampfflieger wäre, und mich hinter einen Schreibtisch verpflanzten, war ich nicht älter als Sie jetzt sind. Und mir paßte das genausowenig wie Ihnen. Niemand läßt sich gern sagen, daß er älter wird.«

Worüber schwafelte der Kerl eigentlich? Ich war erst einundvierzig. Das ist kein Alter. Ich konnte immer noch Ringe um die Bürschchen fliegen, die draußen auf dem Rollfeld mit Gold- und Silberstreifen und Eichenblättern auf den Schultern herumliefen und noch nicht einmal trocken hinter den Ohren waren. Ich blickte den General an.

Er mußte mir die Überraschung an den Augen abgelesen haben, denn er lächelte wieder. »Das war erst vor einem Jahr. Ich bin jetzt dreiundvierzig.« Er bot mir eine Zigarette an, die ich schweigend nahm. »Oberstleutnant Shaw wird mit ihr aufsteigen. Er ist bereits auf dem Feld und wartet auf uns.«

Wieder las er mir die Frage von den Augen ab. »Seien Sie ganz unbesorgt«, sagte er rasch. »Shaw ist völlig vertraut mit der Maschine. Er hat die letzten drei Wochen in Ihrem Werk in Burbank verbracht.«

Ich richtete den Blick auf Morissey, aber er vermied es, mich anzusehen, und schaute bewußt woanders hin. Auch er schien die Hand im Spiele gehabt zu haben. Dafür würde er mir büßen müssen. Ich wandte mich wieder an den General. »O. K., Herr General. Gehen wir und schauen wir uns an, wie das Baby fliegt.«

Baby war das rechte Wort, und nicht nur für das Flugzeug. Oberstleutnant Shaw konnte kaum älter als zwanzig sein. Ich beobachtete, wie er mit ihr aufstieg, aber ich hielt es nicht aus, dazustehen und in den Himmel zu blinzeln und zuzusehen, wie er sämtliche Kunststücke mit ihr vollführte.

»Kann man hier irgendwo eine Tasse Kaffee bekommen?«

»Unten in der Nähe des Haupttors ist eine Kantine«, sagte einer der Soldaten.

»Danke.«

»Nichts zu danken«, sagte er automatisch, ohne den Blick von dem Flugzeug am Himmel abzuwenden, während ich mich entfernte.

Die Kantine hatte keine Klimaanlage, aber da man sie dunkel hielt, war es nicht allzuschlimm, obwohl die Würfel in meinem Eiskaffee geschmolzen waren, ehe ich mit dem Glas wieder an meinem Platz war. Verdrossen schaute ich zu dem Fenster vor dem Tisch hinaus. Zu jung oder zu alt. Das war die Geschichte meines Lebens. Ich war vierzehn gewesen, als der letzte Krieg 1918 endete, und fast über das wehrpflichtige Alter hinaus, als wir in diesen hineingerieten. Manche Leute hatten eben kein Glück. Ich hatte immer geglaubt, jede Generation müsse einen Krieg durchmachen, aber ich stand dazwischen und hatte das Pech, weder der einen noch der anderen anzugehören.

Ein mittelgroßer Heeresbus fuhr vor der Kantine vor. Männer kletterten heraus, und ich beobachtete sie, weil es nichts anderes zu sehen gab. Es waren keine Soldaten, sondern Zivilisten, und auch keine jungen Leute mehr. Die meisten trugen das Jackett über dem Arm und hatten eine Aktentasche in ihrer freien Hand, und einige waren bereits grauhaarig und andere völlig kahl. Etwas an ihnen fiel mir auf. Keiner von ihnen lächelte, nicht einmal, wenn sie sich in kleinen Gruppen unterhielten, die sie sofort auf dem Bürgersteig vor der Kantine gebildet hatten.

Weshalb sollten sie auch lächeln, fragte ich mich voller Bitterkeit. Sie hatten keinerlei Grund dazu. Für mich waren es alles Einfaltspinsel. Ich nahm eine Zigarette heraus und strich ein Streichholz an. Im Luftzug des Ventilators ging es aus. Ich kehrte dem Ventilator den Rücken zu, strich ein anderes an und schirmte die Zigarette ab.

»Herr Cord! Welche Überraschung! Was machen Sie denn hier?«

Ich blickte Herrn Strassmer an. »Ich habe gerade ein neues Flugzeug geliefert«, sagte ich und streckte ihm die Hand entgegen. »Aber was wollen Sie denn hier? Ich dachte, Sie wären in New York.«

Er schüttelte meine Hand auf die eigenartige europäische Weise, die er an sich hatte. Das Lächeln wich aus seinen Augen. »Auch wir haben etwas abgeliefert. Und jetzt fahren wir zurück.«

»Gehören Sie zu der Gruppe draußen?«

Er nickte. Er schaute durch das Fenster auf die Männer, und etwas wie Besorgnis spiegelte sich auf seinem Gesicht. »Ja«, sagte er bedächtig. »Wir sind alle zusammen in einem Flugzeug hergekommen, aber wir fliegen getrennt zurück. Drei Jahre haben wir zusammen gearbeitet, doch jetzt sind wir mit unserem Auftrag fertig. In Kürze kehre ich nach Kalifornien zurück.«

»Hoffentlich«, lachte ich. »Wir könnten Sie im Werk gebrauchen, aber ich fürchte, damit müssen wir noch ein Weilchen warten. Der Krieg in Europa mag zu Ende sein, aber wenn Tarawa und Okinawa ein Anzeichen sind, dauert es mindestens noch sechs Monate oder ein ganzes Jahr, bis Japan aufgibt.« Er gab keine Antwort.

Ich hob den Kopf und entsann mich plötzlich. Diese Europäer waren sehr empfindlich, was Umgangsformen anging. »Entschuldigen Sie, Herr Strassmer«, sagte ich rasch. »Dürfte ich Sie zu einer Tasse Kaffee einladen?«

»Ich habe leider keine Zeit.« Ein seltsam zögernder Ausdruck lag in seinen Augen. »Haben Sie auch hier ein Büro wie sonst überall?«

»Klar«, sagte ich und schaute ihn an. Auf dem Weg hierher war ich an der Herrentoilette vorübergekommen. »Auf der Rückseite des Gebäudes.«

»Ich erwarte Sie in fünf Minuten dort«, sagte er und eilte hinaus.

Durch das Fenster beobachtete ich, wie er sich unter eine der Gruppen mischte und an der Unterhaltung teilnahm. Ich fragte mich, ob der alte Knabe etwa im Begriff wäre, überzuschnappen. Es war schwer zu sagen, aber vielleicht war er überarbeitet und bildete sich ein, er wäre wieder im Nazi-Deutschland. Es bestand bestimmt keinerlei Veranlassung für ihn, so geheimnisvoll zu tun, als hätte er Angst, daß man ihn mit mir zusammen gesehen haben könnte. Schließlich standen wir alle auf derselben Seite.

Ich zerdrückte meine Zigarette in einem Aschenbecher und schlenderte hinaus.

Er wandte nicht einmal den Kopf, als ich auf dem Weg zum Lokus an seiner Gruppe vorüberkam. Kurz nach mir betrat er den Raum. Nervös blickte er sich nach allen Seiten um. »Sind wir allein?«
»Ich glaube, ja«, sagte ich und schaute ihn an. Ich überlegte mir, was man wohl machte, um einen Arzt herbeizurufen, wenn er wirklich übergeschnappt war.
Er ging, öffnete sämtliche Toilettentüren und schaute hinein. Befriedigt wandte er sich mir wieder zu. Sein Gesicht war angespannt und blaß, und kleine Schweißtropfen standen auf seiner Stirn. Symptomatisch, dachte ich. Zuviel von dieser Nevada-Sonne bringt einen Menschen um, wenn er nicht daran gewöhnt ist. Gleich seine ersten Worte überzeugten mich, daß ich recht hatte.
»Herr Cord«, flüsterte er. »Der Krieg dauert keine sechs Monate mehr.«
»Natürlich nicht«, sagte ich beruhigend. Nach allem, was ich gehört hatte, durfte man ihnen nicht widersprechen und mußte versuchen, sie zu beschwichtigen. Aber was dann? Ich trat an den Ausguß. »Hier, wie wär's mit einem Glas ...«
»Er wird schon nächsten Monat vorüber sein!«
Ich weiß nicht, was sich auf meinem Gesicht spiegelte, aber vor Überraschung blieb mir der Mund offenstehen. »Nein, ich bin nicht verrückt, Herr Cord«, erklärte Strassmer rasch. »Zu keinem anderen Menschen würde ich auch nur ein Wort darüber verlauten lassen. Aber nur so kann ich Ihnen für die Rettung meines Lebens danken. Ich weiß, von welcher Bedeutung das für Ihr Unternehmen sein könnte.«
»Aber ... aber wie ...«
»Mehr darf ich nicht verraten«, unterbrach er mich. »Sie müssen mir einfach glauben. Innerhalb des nächsten Monats wird Japan kapitulieren.« Er wandte sich um und rannte fast zur Tür hinaus.
Ich starrte ihm für ein Weilchen nach, trat dann an den Ausguß und wusch mein Gesicht in kaltem Wasser. Ich mußte noch verrückter sein als er, da ich ihm Glauben zu schenken begann. Aber warum?
Ich dachte noch immer darüber nach, als Morissey und ich den Zug bestiegen. »Wissen Sie, wem ich vor kurzem über den Weg gelaufen bin?« fragte ich. Ich gab ihm keine Gelegenheit zu einer Erwiderung. »Otto Strassmer.«
Sein Lächeln schien etwas wie Erleichterung auszudrücken. Er war wahrscheinlich darauf gefaßt gewesen, wegen des Luftwaffen-Testpiloten einen Anraunzer zu erhalten. »Netter alter Herr«, sagte Morissey. »Wie geht's ihm denn?«
»Scheint in ganz guter Verfassung«, sagte ich. »Befand sich auf dem Weg zurück nach New York.« Ich blickte aus dem Fenster auf die flache Nevada-Wüste. »Haben Sie übrigens mal Näheres darüber erfahren, woran er eigentlich gearbeitet hat?«
»Nichts Genaues.«
Ich schaute ihn an. »Was haben Sie gehört?«

»Nichts von ihm selber«, sagte Morissey. »Ein Freund von mir aus dem Technikerklub, der eine Weile daran mitgearbeitet hat, hat's mir erzählt. Viel wußte er zwar auch nicht. Er wußte nur, daß es unter dem Namen Manhattan-Projekt lief und etwas mit Professor Einstein zu tun hatte.«
Nachdenklich zog ich die Augenbrauen zusammen. »Was könnte Strassme für einen Mann wie Einstein tun?«
Wieder lächelte er. »Schließlich hat Strassmer eine Plastik-Biertonne erfunder die widerstandsfähiger ist als Metall.«
»Und?« fragte ich.
»Vielleicht hat der Professor Otto veranlaßt, einen Behälter für seine Atom zu erfinden«, sagte Morissey lachend.
Eine wilde Erregung packte mich. Einen Behälter für Atome, Energie in Flaschen, frei werdend, sobald man den Korken zog. Der kleine Mann war keineswegs verrückt gewesen. Er hatte gewußt, worüber er redete. Ich war verrückt gewesen.
Es würde eines Wunders bedürfen, hatte ich gedacht. Nun, Strassmer und seine Freunde waren in die Wüste gekommen und hatten ein Wunder vollbracht, und jetzt, nach getaner Arbeit, fuhren sie heim. Was es war oder wie sie es bewerkstelligt hatten, konnte ich nicht erraten, und es war mir auch gleichgültig.
Aber im tiefsten Inneren war ich überzeugt, daß es geschehen war.
Das Wunder, das den Krieg beenden würde.

2

Ich stieg in Reno aus, während Morissey weiterfuhr nach Los Angeles. Es war keine Zeit, Robair auf der Ranch anzurufen, und so nahm ich mir ein Taxi ins Werk. Wir schlängelten uns durch das Stahldraht-Tor hindurch unter dem großen Schild mit der Aufschrift *Cord Sprengstoffe,* das jetzt mehr als eine Meile von dem Hauptwerk entfernt war.
Die Fabrik hatte seit Ausbruch des Krieges ungeheure Ausmaße angenommen. Alle anderen Unternehmen, was das betraf, übrigens auch. Was wir auch taten, nie schien genügend Raum dafür vorhanden.
Ich stieg aus, bezahlte den Fahrer, und als er von dannen brauste, ließ ich meine Blicke über das vertraute Gebäude schweifen. Es wies Spuren des Verfalls auf und wirkte schäbig und veraltet im Vergleich zu den neuen Anbauten, aber das Dach glänzte und glitzerte weiß in der Sonne. Irgendwie hatte ich es nicht übers Herz gebracht, auszuziehen, als das Direktionspersonal seine Büros in das neue Verwaltungsgebäude verlegt. hatte. Ich warf meine Zigarette weg, trat sie mit dem Absatz in den Staub und betrag das Gebäude.
Der Geruch war derselbe wie immer, das Geflüster von den Lippen der hier

arbeitenden Männer und Frauen das gleiche, das ich immer vernommen hatte, wenn ich vorbeiging. *El hijo*. Der Sohn. Es war zwanzig Jahre her, und die meisten waren noch gar nicht hiergewesen, als mein Vater starb, aber noch immer nannten sie mich so. Selbst die jüngeren, von denen manche kaum halb so alt waren wie ich.

Auch im Büro hatte sich nichts geändert. Der schwere, massive Schreibtisch und die lederbezogenen Möbel wiesen jetzt Risse auf und waren durch die Zeit abgenutzt. Im Vorzimmer saß keine Sekretärin, was mich nicht überraschte. Es bestand keinerlei Veranlassung dazu. Man hatte mich nicht erwartet.

Ich trat hinter den Schreibtisch und schaltete die Sprechanlage durch, die mich direkt mit McAllisters Büro in dem neuen Gebäude eine Viertelmeile entfernt verband. Überraschung klang aus seiner Stimme. »Jonas! Wo kommen Sie denn her?«

»Von der Luftwaffe«, sagte ich. »Wir haben gerade die CA-Jet X. P. übergeben.«

»Gut. Hat sie ihnen gefallen?«

»Anzunehmen«, antwortete ich. »Mir hat man sie jedoch nicht anvertraut.« Ich bückte mich, öffnete das Schränkchen unter dem Telefontisch und nahm die dort stehende Flasche Bourbon heraus. Ich stellte die Flasche auf den Schreibtisch vor mich hin. »Wie sieht es mit unseren Lieferungsverträgen aus, falls der Krieg morgen zu Ende geht?«

»Für die Sprengstoffgesellschaft?« fragte Mac.

»Für alle Gesellschaften«, sagte ich. Ich wußte, daß er hier unten Abschriften jedes Vertrages aufbewahrte, den wir je abgeschlossen hatten, weil er dies als sein Hauptbüro betrachtete.

»Das wird ein Weilchen dauern. Ich werde gleich jemand damit beauftragen.«

»Eine Stunde etwa?«

Er zögerte. Als er sprach, klang eine leichte Neugierde aus seiner Stimme. »Gut, wenn es so wichtig ist.«

»Es ist wichtig.«

»Wissen Sie etwas?«

»Nein«, erklärte ich wahrheitsgemäß. In Wirklichkeit wußte ich ja auch nichts. Ich vermutete nur. »Ich möchte nur Klarheit haben.«

Für eine Weile herrschte Schweigen, dann sprach er wieder. »Ich habe gerade Fotokopien der Zeichnungen über die Umwandlung der Radar- und der Flugzeugzubehör-Abteilung in die geplante Elektronen-Gesellschaft aus dem technischen Büro erhalten. Soll ich sie mit hinüberbringen?«

»Tun Sie das«, sagte ich und schaltete ab. Ich nahm ein Glas von dem Tablett neben der Thermosflasche und füllte es zur Hälfte mit Bourbon. Dann richtete

ich den Blick auf die gegenüberliegende Wand, wo das Bildnis meines Vaters auf mich niederschaute. Ich prostete ihm zu.
»Es ist lange her, Alter«, sagte ich und kippte den Whisky hinunter.

Ich rollte die Fotokopien der Zeichnungen fest zusammen und blickte McAllister an. »Ich habe nichts dagegen einzuwenden, Mac.«
Er nickte. »Dann betrachte ich sie als genehmigt und gebe sie an die Einkaufsabteilung weiter mit dem Vermerk, das Material zur Lieferung nach Kriegsende in festen Auftrag zu geben.«

Die weißen Papierbogen häuften sich an, als er einen jeden Vertrag auf die Hauptpunkte hin durchsah. Schließlich war Mac fertig, hob den Kopf und blickte mich an. »Wir haben genügend Schutz-Hinfälligkeits-Klauseln in allen Verträgen bis auf einen«, sagte er. »Dieser eine sieht Lieferung vor Kriegsende vor.«
»Um welchen handelt es sich dabei?«
»Um das Flugboot, das wir für die Marine in San Diego bauen.«
Ich wußte, wovon er redete. Von der *Centurion*. Es sollte das größte je konstruierte Flugzeug werden, groß genug, um eine ganze Kompanie von hundertfünfzig Mann sowie eine zwölfköpfige Besatzung, zwei leichte Amphibien-Panzer und genügend Granatwerfer, leichte Artillerie, Waffen, Munition und Proviant für eine ganze Kompanie zu befördern. Mir war der Gedanke gekommen, daß sich eine solche Maschine als äußerst brauchbar erweisen könnte bei der Landung von kleineren Einheiten hinter den feindlichen Linien auf den pazifischen Inseln.
»Wieso haben wir einen solchen Vertrag abgeschlossen?«
»Auf Ihren Wunsch«, sagte er. »Entsinnen Sie sich nicht mehr?«
Ich entsann mich. Bei der Marine war man skeptisch gewesen, ob eine so große Maschine überhaupt flugtüchtig sein würde, und um sie zu einem Abschluß zu bewegen, hatte ich ihnen noch vor Kriegsende eine voll ausgetestete Maschine versprochen. Das war sieben Monate her.
Schon unmittelbar darauf waren wir auf Schwierigkeiten gestoßen. Drucktests ergaben, daß herkömmliche Metalle zu schwer für die Motoren waren. Wir büßten zwei Monate ein, bis die Techniker eine Vulkanfiber-Verbindung gefunden hatten, die etwa zehnmal leichter war als Metall und viermal so widerstandsfähig. Dann mußten wir Spezialmaschinen zur Herstellung des neuen Materials anfertigen. Ich ließ sogar Amos Winthrop aus Kanada kommen, um an dem Projekt mitzuarbeiten. Der alte Halunke hatte Großartiges geleistet dort oben und hatte eine Art, jede Arbeit bis zu Ende durchzuführen, wenn alle anderen versagten.
Kein Fleck im Fell des alten Leoparden hatte sich geändert. Er hatte mir so manchen Kummer gemacht und seine Vorteile rücksichtslos wahrgenommen.

»Wieviel haben wir bisher investiert?« fragte ich.
Mac warf einen Blick auf das Blatt. »Sechzehn Millionen achthundertsechsundsiebzigtausend fünfhundertvierundneunzig Dollar und einunddreißig Cent bis zum dreißigsten Juni.«
»Wenn das nur gut geht«, sagte ich und griff nach dem Telefon. Die Vermittlung meldete sich. »Verbinden Sie mich mit Amos Winthrop in San Diego. Und während ich auf das Gespräch warte, rufen Sie Mr. Dalton im Büro der Inter Continental Airlines in Los Angeles an und bitten Sie ihn, eine Sondermaschine für mich herzuschicken.«
»Was ist denn?« fragte Mac, mich beobachtend.
»Siebzehn Millionen Dollar, die im Eimer sind, wenn wir diese Maschine nicht sofort flugtüchtig machen.«
Dann kam Amos an den Apparat. »Wann können wir mit der *Centurion* frühestens den ersten Probeflug machen?«
»Wir kommen ganz gut voran. Es ist nur noch letzte Hand anzulegen. Irgendwann im September oder Anfang Oktober würde ich sagen.«
»Was fehlt denn noch?«
»Das übliche. Einfassungen, Ausstattungsgegenstände, Politur, Dichtigkeit. Du weißt schon.«
Ich wußte es. Die kleinen, aber wichtigen Dinge, die mehr Zeit in Anspruch nahmen als alles andere. Aber nichts wirklich Wesentliches, das die Flugtüchtigkeit der Maschine beeinträchtigte. »Mach sie startklar«, sagte ich. »Ich steige morgen mit ihr auf.«
»Bist du wahnsinnig? Wir haben noch nicht einmal Treibstoff in den Tanks gehabt.«
»Dann tankt auf.«
»Aber der Rumpf ist doch noch gar nicht auf Tragfähigkeit im Wasser geprüft«, schrie er. »Woher willst du wissen, daß sie nicht sofort bis auf den Grund der San-Diego-Bucht sinkt, wenn du sie die Rollbahn hinunterlaufen läßt?«
»Dann prüft gefälligst nach. Ihr habt noch vierundzwanzig Stunden, um festzustellen, ob sie flott ist. Ich komme heut abend hin, falls ihr noch jemand zum Handanlegen braucht.«
Dies war kein Projekt, für das wir Zuschüsse erhielten und für das der Staat aufkam, ob es klappte oder nicht. Hier handelte es ich um mein Geld, und ich hatte keine Lust, es zu verlieren.
Für siebzehn Millionen Dollar würde die *Centurion* fliegen, und wenn ich sie mit meinen bloßen Händen aus dem Wasser heben mußte.

3

Gegen ein Uhr nachts landeten wir auf dem Flughafen von San Diego. Von dort aus nahm ich sofort ein Taxi und fuhr nach der kleinen Werft, die wir in der Nähe des Marinestützpunkts gemietet hatten. Schon von weitem konnte ich sehen, daß alles hell erleuchtet war. Ich lächelte vor mich hin. Man brauchte es nur Amos zu überlassen, die Dinge in Schwung zu bringen. Er hatte Nachtschicht angeordnet, selbst auf die Gefahr hin, gegen die Verdunkelungsbestimmungen zu verstoßen.
Ich ging um den großen alten Bootsschuppen herum, der als Hangar diente, und hörte, wie jemand rief: »Startbahn freimachen.«
Und dann kam die *Centurion* aus dem Hangar heraus, Schwanz zuerst, und glich mehr denn je einem häßlichen rückwärts fliegenden Riesenkondor. Wie geölt schoß sie die Rollbahn hinunter auf das Wasser zu. Lautes Gebrüll erscholl aus dem Hangar, und ich wurde fast über den Haufen gerannt von einem Männertrupp, der herauskam und hinter der Maschine herlief. Ehe ich's mir versah, waren sie an mir vorbei und unten am Wasser. Amos befand sich unter ihnen und schrie genauso laut wie alle anderen.
Es gab einen gewaltigen Klatsch, als die *Centurion* auf die Wasserfläche aufprallte, einen Augenblick ächzender Stille, indes der Schwanz tief eintauchte und die drei großen Seitensteuer fast bedeckte, dann ein Triumphgeheul, als sie sich aufrichtete und mühelos auf der Bucht schwamm. Sie begann sich zu drehen und vom Dock abzutreiben, und ich vernahm das Gesurr der großen Winden, die die Trossen aufspulten und sie einholten.
Die Männer lärmten immer noch, als ich endlich an Amos herangelangte. »Was, zum Teufel, machst du denn da«, brüllte ich und versuchte mir in dem Getöse Gehör zu verschaffen.
»Was du angeordnet hast – sie auf Schwimmfähigkeit prüfen.«

Am nächsten Nachmittag gegen zwei Uhr waren wir immer noch nicht startklar. Der Steuerbord-Motor Nummer zwei spuckte Öl wie eine Quelle, jedesmal, wenn wir ihn anließen, und wir konnten die lecke Stelle nicht finden. Ich stand auf dem Dock und ließ meine Blicke über die Maschine schweifen. »Wir müssen sie zurück in die Werkstatt bringen«, sagte Amos.
Ich schaute ihn an. »Wie lange wird das dauern?«
»Zwei bis drei Stunden, falls wir Glück haben und den Fehler gleich entdecken. Am besten wir verschieben den Probeflug bis morgen.«
Ich blickte auf meine Uhr. »Wozu? Wenn wir um fünf starten können, haben wir immer noch dreieinhalb Stunden Tageslicht.« Ich traf Anstalten, in sein Büro zurückzukehren. »Ich gehe und leg' mich noch ein Weilchen auf deine Couch. Ruf mich, sobald alles klar ist.«
Aber bei all dem Geschrei, Gefluche, Gehämmer und Geniete hätte ich ebenso-

gut versuchen können, in einer Kesselschmiede zu schlafen. Dann läutete das Telefon, und ich erhob mich, um den Anruf entgegenzunehmen. »Hallo, Dad?« Es war Monikas Stimme.

»Nein, hier Jonas. Ich werde ihn an den Apparat rufen.«

»Danke.«

Ich legte den Hörer auf den Schreibtisch, trat an die Tür und rief Amos. Während er ihn aufnahm, streckte ich mich wieder auf der Couch aus. Als er ihre Stimme vernahm, warf er mir einen eigenartigen Blick zu. »Ja, im Augenblick hab' ich ziemlich zu tun.« Er war für eine Weile still und hörte ihr zu. Als er wieder sprach, lächelte er. »Ist ja großartig. Wann brichst du auf? ... Dann komme ich nach New York geflogen, sobald diese Arbeit hier fertig ist, und wir feiern tüchtig. Schöne Grüße an Jo-Ann.«

Er legte auf und trat an mich heran. »Das war Monika«, sagte er und blickte auf mich herab.

»Ich weiß.«

»Sie fährt heut nachmittag nach New York. S. J. Hardin hat ihr die Chefredaktion von *Style* übertragen. Sie soll sofort hinkommen.«

»Freut mich«, sagte ich.

»Sie nimmt Jo-Ann mit. Du hast das Mädel auch lange nicht gesehen, nicht wahr?«

»Nicht seit du die beiden vor fünf Jahren aus meinem Hotelzimmer in Chikago gedrängt hast.«

»Du müßtest sie mal sehen. Sie wird bildhübsch.«

Ich starrte ihn an. Jetzt hatte ich alles erlebt – Amos Winthrop als stolzen Großpapa. »Mann, du hast dich aber von Grund auf geändert, was?«

»Früher oder später muß der Mensch zur Vernunft kommen«, sagte Amos und wurde vor Verlegenheit rot. »Mit der Zeit merkt man, daß man den Leuten, die man liebt, nur immer wehgetan hat, und wenn man innerlich nicht völlig verhärtet ist, versucht man einiges wiedergutzumachen.«

»Was? Ähnliches hab' ich auch schon gehört«, sagte ich sarkastisch. Ich war nicht in der Stimmung, mir Moralpredigten von dem alten Bastard anzuhören, wie sehr er sich auch gebessert haben mochte.

»Motor klar zum Anlassen, Mr. Winthrop«, rief ein Mann zur Tür herein.

»Komme gleich.« Amos wandte sich wieder an mich. »Erinnere mich, daß wir dieses Gespräch fortsetzen, wenn wir den Probeflug hinter uns haben.«

Ich grinste, und er ging hinaus.

Als ich hinaustrat, lief der Motor ohne jede Störung. »Alles klar, wie mir scheint«, sagte Amos, sich an mich wendend.

Ich schaute auf meine Uhr. Es war halb fünf. »Alsdann«, sagte ich. »Worauf warten wir noch?«

Seine Hand berührte meinen Arm. »Kann ich dich wirklich nicht dazu bewegen, deinen Entschluß zu ändern?«

Ich schüttelte den Kopf. Siebzehn Millionen Dollar waren ein ganz schönes Argument. Er legte die Hände trichterförmig an den Mund. »Alle Mann von Bord, außer der Besatzung.«
Fast augenblicklich trat Stille auf dem Werftgelände ein, und der Motor setzte aus. Ein paar Minuten später kamen die letzten über die Gangway herunter. Ein Mann steckte seinen Kopf aus dem Fenster der Pilotenkabine. »Alles unten, außer der Besatzung, Mr. Winthrop.«
Amos und ich bestiegen das Flugboot und kletterten dann über die kleine Leiter aus dem Frachtdeck in die Passagierkabine und begaben uns von dort nach vorn in die Kanzel. Dort empfingen uns drei junge Männer, die mich neugierig musterten. Sie trugen noch immer ihre Schutzhelme von der Werft.
»Ihre Besatzung, Mr. Cord«, sagte Amos förmlich. »Rechts Joe Cates, der Funker. In der Mitte Steve Jablonski, Flugingenieur für Steuerbordmotore eins, drei und fünf. Links Barry Gold, Flugingenieur für Backbordmotore zwei, vier und sechs. Sie können ganz unbesorgt sein. Es sind alles alte Marinehasen, die ihre Aufgabe kennen.«
Wir gaben uns die Hände, und ich wandte mich wieder an Amos. »Wo ist der Kopilot und Navigator?«
»Steht vor dir«, sagte Amos.
»Wo denn?«
»Ich.«
»Was, zum Teufel ...«
Er grinste mich an. »Weißt du jemand, der dieses Baby besser kennt? Wer hätte mehr Anrecht, ihren Jungfernflug mitzumachen?«
Ich starrte ihn einen Augenblick an. Dann gab ich nach. Ich konnte nachfühlen, wie ihm zumute war. Gestern, als man mich den Düsenjäger nicht hatte fliegen lassen, war mir genauso zumute gewesen.
Ich kletterte hinauf auf den Pilotensitz. »Auf Stationen, Männer.«
»Aye, aye, Sir.«
Ich grinste vor mich hin. Man konnte deutlich hören, daß die Burschen von der Marine waren. Ich lächelte vor mich hin. Die *Centurion* war gar kein Flugzeug, in Wirklichkeit war es ein Kriegsschiff mit Flügeln. »Loswerfen«, sagte ich.
Aus dem Sitz zu meiner Rechten griff Amos nach oben und löste die beiden Schlepptaue aus. Ein rotes Licht leuchtete auf dem Brett vor mir auf, und ich spürte, wie die *Centurion* ins Wasser glitt. Ihr Heck tauchte leicht ein, als sie schwach schaukelnd darin zur Ruhe kam. Leise plätscherte das Wasser gegen ihren Rumpf. Ich beugte mich vor und drehte das Rad. Langsam drehte sich das Riesenflugzeug und bewegte sich auf die offene Bucht hinaus. Ich warf Amos einen Blick zu. Er grinste mich an. Ich grinste zurück. So weit, so gut. Zum mindesten waren wir flott.

4

Eine Welle überrollte das Vorderteil des Flugzeuges und übersprühte die Windschutzscheibe vor mir mit salziger Gischt, als ich zu dem letzten Punkt auf der Kontrolliste gelangte. Sie enthielt fast hundert Anweisungen, und seit unserem Start schienen Stunden vergangen zu sein. Ich schaute auf meine Uhr. In Wirklichkeit hatten wir das Dock erst vor sechzehn Minuten verlassen. Ich blickte durch die Fenster hinaus. Die sechs großen Motoren liefen regelmäßig, die Propeller funkelten vor Sonne und Gischt. Ich spürte eine Berührung auf meiner Schulter und wandte mich um.
Der Funker stand hinter mir, eine aufblasbare Schwimmweste und einen Fallschirm-Verpackungssack in den Händen. »Für den Notfall, Sir.«
Ich schaute ihn an. Er hatte seine bereits angelegt; ebenso die anderen beiden Männer. »Legen Sie die Sachen hinter meinen Sitz.«
Ich warf einen Blick auf Amos. Er hatte die Weste bereits an und befestigte gerade die Aufhängeseile des Fallschirms. Mit einem unbehaglichen Grunzen ließ er sich in seinen Sitz zurücksinken. Er schaute mich an. »Du solltest sie auch anlegen.«
»Ich habe eine abergläubische Abneigung dagegen«, sagte ich. »Wer sie nicht trägt, kommt nie in die Verlegenheit, sie zu brauchen.« Er gab keine Antwort und zuckte die Achseln, als der Funker auf seinen Platz zurückkehrte und sich anschnallte. Ich schaute mich in der Kabine um. »Alle Sicherheitsvorkehrungen getroffen?«
Wie aus einer Kehle kam die Antwort. »Aye, aye, Sir.«
Ich griff nach vorn und warf den Fahrschalthebel auf dem Brett herum, und sämtliche Lichter wechselten von rot auf grün. Von jetzt an würde das rote Licht nur aufleuchten, wenn wir in Schwierigkeiten waren. Ich richtete den Bug auf die offene See. »O. K., Männer. Los geht's!«
Langsam gab ich Gas. Das Riefenflugzeug geriet plötzlich ins Schlingern, als die sechs Propeller die Luft peitschten. Wir hüpften über die Wasserfläche wie ein Schnellboot bei den Rennen im Sommer. Ich blickte auf das Armaturenbrett. Der Luftgeschwindigkeitsmesser stand auf neunzig.
Amos' Stimme klang an mein Ohr. »Kalkulierte Auftriebsgeschwindigkeit für diesen Flug eins zehn.«
Ich nickte, ohne ihn anzuschauen, und gab mehr Gas. Der Zeiger stieg auf hundert, dann auf eins zehn. Wie ein Niethammer klatschten die Wellen gegen den Boden des Rumpfes. Ich brachte den Zeiger bis auf eins fünfzehn und lockerte dann den Knüppel langsam.
Für einen Augenblick geschah gar nichts, und ich erhöhte unsere Geschwindigkeit auf eins zwanzig. Plötzlich schien die *Centurion* zu erbeben und einen Sprung zu machen. Der Zeiger schnellte ruckartig auf eins sechzig empor, und das Steuerwerk bewegte sich leicht in meiner Hand. Ich schaute aus dem

Fenster. Das Wasser lag etwa sechzig Meter unter uns. Wir waren flugtüchtig.

»So leicht zu lenken wie ein Kinderwagen«, frohlockte Amos aus seinem Sitz.
Ich stand hinter dem Funker, der mir die neue automatische Anlage für Nachrichtenübermittlung erklärt hatte. Man brauchte jeden Spruch nur ein einziges Mal herzusagen, und wenn man dann den Registrierapparat einschaltete, wiederholte er ihn automatisch so lange, bis der Strom ausging.
Die Sonne hatte Amos' weißes Haar in das flammende Rot seiner Jugend verwandelt. Ich schaute auf meine Uhr. Es war achtzehn Uhr fünfzehn, und wir waren etwas zweihundert Meilen draußen über dem Pazifik. »Dreh jetzt lieber um und flieg zurück, Amos«, sagte ich. »Ich möchte das erste Mal nicht im Dunkeln landen.«
»Bei der Marine heißt es ›wenden‹, Herr Kapitän.« Der Funker grinste mich an.
»O. K., Matrose«, sagte ich. Ich wandte mich an Amos. »Wenden.«
»Aye, aye, Sir.«
Das Flugzeug ging in Schräglage und legte sich in eine sanfte Kurve, als ich mich wieder über die Schulter des Funkers lehnte. Plötzlich begann die Maschine zu schlingern, und ich wäre fast über ihn hinweggeflogen. Ich packte ihn an der Schulter, und plötzlich schrie der Steuerbordingenieur: »Nummer fünf setzt wieder aus.«
Ich tastete mich auf meinen Sitz zu und blickte aus dem Fenster. Der Motor stieß Öl aus wie ein Geiser. »Abstellen!« schrie ich und schnallte mich an.
Die Stränge in Amos' Genick traten wie Stahldrähte hervor, als er sich in das Rad der plötzlich bockenden Maschine legte. Ich griff nach meinem Rad, und mit vereinten Kräften hielten wir sie auf Kurs. Langsam beruhigte sie sich.
»Nummer fünf abgeschaltet, Sir«, meldete der Ingenieur.
Ich schaute hinaus. Der Propeller drehte sich langsam im Wind, aber es lief kein Öl mehr aus dem Motor. Ich blickte Amos an. Sein Gesicht war bleich und schweißüberströmt, dennoch gelang ihm ein Lächeln. »Wir schaffen es auch mit fünf Motoren ganz bequem.«
»Ja.« Laut Kalkulation hätten wir es auch mit drei Motoren schaffen müssen. Aber darauf hätte ich es nicht gern ankommen lassen. Ich schaute auf das Armaturenbrett. Für den Motor Nummer fünf leuchtete rotes Licht auf. Während ich hinsah, begann das rote Licht für Nummer vier zu flackern. »Was, zum Teufel?«
Noch während ich mich umwandte, um nachzuschauen, begann er zu stottern und setzte zeitweilig aus. »Nummer vier überprüfen!« schrie ich. Ich wandte mich wieder dem Armaturenbrett zu. Das rote Licht für die Nummer-vier-Treibstoffzufuhr brannte.

»Nummer-vier-Vergaser verstopft!«
»Mit Vakuum durchblasen«!
»Aye, aye, Sir!« Ich hörte es knacken, als er die Vakuumpumpe einschaltete. Ein weiteres rotes Licht blitzte vor mir auf.
»Vakuumpumpe außer Betrieb, Sir!«
»Nummer vier abstellen!« sagte ich. Es hatte keinen Zweck, die Leitung offen zu lassen in der Hoffnung, daß sich der Schaden von selbst beheben würde. Verstopfte Treibstoffleitungen neigen dazu, in Brand zu geraten. Und noch liefen vier Motoren.
»Nummer vier abgeschaltet, Sir!«
Als nach zehn Minuten keine neue Panne aufgetreten war, atmete ich erleichtert auf. »Ich glaube, jetzt ist alles O. K.«, sagte ich.
Ich hätte meine große Klappe halten sollen. Kaum hatte ich ausgesprochen, als der Motor Nummer eins aussetzte. Das Armaturenbrett vor mir leuchtete wie ein Christbaum auf. Dann fing Nummer sechs an zu würgen.
»Hauptkraftstoffpumpe ausgefallen!«
Ich warf einen Blick auf den Höhenmesser. Tausendfünfhundert Meter, fallend. »Notsignal durchgeben, fertigmachen zum Absprung!« schrie ich.
Ich hörte die Stimme des Sprechfunkers. »*Mayday! Mayday!* Cord Probeflug. Gehen auf Pazifik nieder. Position etwa eins zwei fünf Meilen westlich San Diego. Wiederhole. Position etwa eins zwei fünf Meilen westlich San Diego. *Mayday! Mayday!*«
Ich hörte ein lautes Knacken, und der Spruch fing von vorn an.
Ich spürte eine Hand auf meiner Schulter und schaute mich rasch um. Es war der Funker. Ich war etwas überrascht, bis ich mich entsann, daß der Hilferuf jetzt automatisch durchgegeben wurde. »Wir bleiben an Bord, wenn Sie es wünschen, Sir«, sagte er angespannt.
»Hier geht es nicht um Gott und Vaterland, Matrose! Nur um Geld. Springt ab!«
Ich warf einen Blick auf Amos, der noch auf seinem Platz saß. »Du auch, Amos!«
Er gab keine Antwort. Schnallte sich nur ab und erhob sich. Ich hörte, wie die Kabinentür hinter mir sich öffnete, als sie hindurchgingen zu dem Notausgang im Mannschaftslogis.
Der Höhenmesser zeigte zwölfhundert Meter, und ich schaltete die Motoren eins und sechs ab. Vielleicht konnte ich die Maschine auf das Wasser aufsetzen, falls die beiden übriggebliebenen Motoren mit dem Treibstoff durchhielten, der ihnen von den anderen zufloß. Unsere Höhe betrug elfhundert Meter, als das rote Licht für den Notausgang aufleuchtete. Ich warf einen raschen Blick aus dem Fenster. Drei Fallschirme öffneten sich hintereinander in schneller Folge. Ich schaute auf das Brett. Siebenhundertfünfzig Meter.
Ich hörte ein Geräusch hinter mir und schaute mich um. Es war Amos, der

wieder auf seinen Sitz kletterte. »Ich hab' dir doch befohlen, abzuspringen!« schrie ich.
Er griff nach dem Rad. »Die Jungens sind in Sicherheit. Wir beide schaffen es vielleicht, sie auf das Wasser aufzusetzen.«
»Und wenn nicht?« schrie ich wütend.
»Dann verpassen wir auch nicht viel. Wir haben nicht mehr soviel Zeit zu verlieren wie sie. Außerdem hat dieses Baby eine Menge Geld gekostet!«
»Na und?« schrie ich. »Deines etwa?«
Etwas wie Mißbilligung huschte über sein Gesicht. »In dieser Maschine steckt nicht nur Geld. Ich hab' sie gebaut!«
Wir waren bis auf dreihundert Meter hinunter, als Nummer drei ausfiel. Wir stemmten uns mit unserem ganzen Gewicht gegen das Rad, um die Steuerbordbelastung auszugleichen. In fünfundsechzig Meter Höhe setzte der Motor Nummer drei aus, und wir krängten nach Steuerbord hinüber. »Motoren abschalten!« brülllte Amos. »Wir stürzen ab!«
Ich warf den Hebel in dem Augenblick herum, als die Steuerbord-Tragfläche ins Wasser tauchte. Sie brach wie ein Streichholz ab, und die Maschine bohrte sich wie eine Ramme ins Wasser. Der Sicherheitsgurt schnitt in meinen Leib, daß ich unter dem Druck fast aufgeschrien hätte. Dann lockerte er sich plötzlich. Meine Augen wurden klar, und ich schaute hinaus. Wir trieben unruhig auf der See, eine Tragfläche zum Himmel emporgereckt. Unter unseren Füßen sickerte bereits Wasser in die Kabine.
»Bloß schnell raus hier«, schrie Amos und ging auf die eingeschnappte Kabinentür zu. Er drehte den Knauf und drückte. Dann warf er sich dagegen. Die Tür gab nicht nach. »Verklemmt«, schrie er und wandte sich nach mir um.
Ich starrte ihn an und war mit einem Sprung an der Notluke für den Piloten. Mit einer Hand zerrte ich an dem Schloß und drückte mit der anderen gegen die Luke. Nichts geschah. Ich hob den Kopf und sah warum. Der Rahmen war verbogen und sperrte. Hier war nur mit Dynamit durchzukommen.
Amos wartete nicht erst, bis ich ihn davon unterrichtete. Er riß einen Schraubenschlüssel aus dem Werkzeugkasten für Notfälle und zertrümmerte damit die Glasscheibe, bis das große Bullauge völlig ausgezackt war. Er ließ den Schraubenschlüssel fallen, griff nach der Schwimmweste und warf sie mir zu. Ich fuhr rasch hinein und vergewisserte mich, daß die automatische Verschlußvorrichtung so stand, daß sie einrasten würde, sobald ich ins Wasser stürzte.
»O. K.«, sagte er. »Raus mit dir!«
Ich grinste ihn an. »Alte Seemannstradition, Amos. Kapitän zuletzt. Nach dir, bitte.«
»Bist du verrückt, Mann?« brüllte er. »Ich käme nie und nimmer durch dieses Loch, selbst wenn man mich halbierte.«
»So groß bist du wieder nicht«, sagte ich. »Versuchen wir's.«

Plötzlich lächelte er. Sein Lächeln hätte mich stutzig machen müssen. Es war das eigenartige wölfische Lächeln, das er an sich hatte, wenn er jemand eins auswischen wollte. »Schön. Du bist der Kapitän.«
»So ist's besser«, sagte ich, straffte mich, bildete eine Tauschlinge mit meinen Händen, um ihn hinaufzuheben. »Ich wußte ja, daß du eines Tages einsehen würdest, wer etwas zu bestimmen hat.«
Aber dazu kam er nicht mehr. Und ich sah nicht einmal, womit er mich schlug. Ich segelte mit voller Ladung ins Traumland. Ich war an allen Gliedern gelähmt, aber nicht völlig bewußtlos. Ich wußte, was vor sich ging, aber ich konnte nichts dagegen tun. Meine sämtlichen Gliedmaßen schienen jemand anderem zu gehören.
Ich spürte, wie Amos mich auf die Luke zuschob, dann überlief es mich plötzlich glühend heiß, als schlüge eine Katze ihre Krallen in mein Gesicht. Aber ich war durch die schmale Luke hindurch und stürzte. Stürzte ungefähr tausend Meilen und tausend Stunden und tastete noch immer nach dem Handabzug meines Fallschirms, als ich in einem Haufen auf der Tragfläche landete. Mühselig richtete ich mich auf und versuchte an der Kabinenwand zu der Luke emporzuklettern. »Komm raus, du Lump!« schrie ich. Ich heulte. »Komm raus, und ich bringe dich um!«
Dann schlingerte die Maschine, und irgend etwas löste sich von der Tragfläche, traf mich in die Seite und schleuderte mich ins Wasser. Ich vernahm das leise Zischen der Druckluft, als die Schwimmweste sich um mich schlang. Ich legte meinen Kopf auf die großen daran befindlichen Polster und schlief ein.

5

Ich nahm die Ecke der Schlafbaracke so schnell, wie meine achtjährigen Beine mich trugen, und schleifte den schweren Patronengürtel und den darin steckenden Revolver im Sand hinter mir her.
Ich vernahm die Stimme meines Vaters. »He, Junge! Was hast du denn da?«
Ich wandte mich ihm zu und versuchte, Gürtel und Revolver hinter mir zu verbergen. »Nichts«, sagte ich und schaute zu ihm auf.
»Nichts?« wiederholte mein Vater »Laß doch mal sehen.«
Er griff hinter mich und entwand mir den Gürtel. Als er ihn aufnahm, rutschte der Revolver zusammen mit einem gefalteten Stück Papier aus der Halfter. Er bückte sich und hob sie auf. »Wo hast du das her?«
»Von der Wand in der Schlafbaracke, wo Nevadas Bett steht«, sagte ich. »Ich mußte hochklettern.«
Mein Vater steckte den Revolver wieder in die Halfter. Es war eine schwarzglänzende Waffe mit den Initialen M. S. auf dem schwarzen Kolben. Selbst ich war alt genug, um zu wissen, daß sich jemand in Nevadas Initialen geirrt haben mußte.

26/2615/16 Robbins, Die Unersättlichen

Mein Vater wollte den zusammengefalteten Zettel wieder in die Halfter stekken, ließ ihn jedoch fallen, und dabei entfaltete er sich. Ich sah, daß es ein Bild von Nevada war, mit einigen Ziffern oben und einem gedruckten Text darunter. Mein Vater starrte eine Weile darauf, faltete den Zettel dann wieder zusammen und schob ihn in die Halfter.
»Bring das wieder zurück an Ort und Stelle«, sagte er wütend. Ich merkte, daß er böse war. »Und laß dich nicht wieder dabei erwischen, dir etwas anzueignen, was dir nicht gehört, oder du bekommst eine tüchtige Tracht Prügel.«
»Kein Anlaß, ihn zu schlagen, Mr. Cord«, erklang Nevadas Stimme hinter unserem Rücken. »Ich hätte es nicht in Reichweite des Jungen hängenlassen dürfen.« Wir drehten uns um. Er stand da, sein Indianergesicht war dunkel und ausdruckslos, und streckte die Hand aus. »Geben Sie's mir, ich bring' es zurück.«
Schweigend überreichte mein Vater ihm den Revolver, und sie standen da und blickten sich an. Keiner von beiden sprach ein Wort. Ich starrte sie bestürzt an. Einer schien des anderen Gedanken lesen zu wollen. Endlich ergriff Nevada das Wort. »Wenn Sie wollen, können Sie mich auszahlen, Mr. Cord.«
Ich wußte, was er meinte. Nevada wollte fort. Augenblicklich stimmte ich ein lautes Geheul an. »Nein«, schrie ich. »Ich will's auch nie wieder tun, das verspreche ich.«
Mein Vater schaute mich für einen Augenblick an und richtete den Blick dann wieder auf Nevada. Ein kaum merkliches Lächeln huschte über sein Gesicht. »Kinder und Tiere wissen wirklich, was sie wollen und was das beste für sie ist.«
»So sagt man.«
»Verstecken Sie das lieber so, daß kein Mensch es je findet.«
Jetzt lag das verhaltene Lächeln in Nevadas Augen. »Darauf können Sie sich verlassen, Mr. Cord.«
Mein Vater schaute mich an, und sein Lächeln verschwand. »Hör zu, Junge! Wenn du noch einmal etwas anrührst, was dir nicht gehört, raucht's, verstanden?«
»Ja, Vater«, antwortete ich laut und vernehmlich. »Ich hab's gehört.«

Ich schluckte einen Mundvoll Salzwasser, hustete, erstickte fast, schlabberte und spuckte aus. Ich öffnete die Augen. Noch immer funkelten die Sterne auf mich herab, aber drüben im Osten dämmerte es bereits. In der Ferne glaubte ich Motorengeräusche zu vernehmen.
Meine Seite und mein Bein schmerzten, als hätte ich während des Schlafes darauf gelegen. Als ich mich bewegte, schoß mir der Schmerz in den Kopf, und mir wurde schwindlig. Die Sterne drehten sich um mich, ich wurde der Sache überdrüssig und schlief wieder ein.

Die Sonne wurde immer heller. Heller und greller.
Ich öffnete die Augen.
Ein winziger Lichtstrahl fiel direkt hinein. Ich blinzelte, und der durchdringende Lichtstrahl rückte zur Seite. Jetzt konnte ich erkennen, wo ich mich befand. Ich lag auf einem Tisch in einem weißen Raum, und neben mir stand ein Mann in einem weißen Kittel und einem weißen Käppchen. Das Licht wurde durch einen kleinen Rundspiegel über seinem Auge zurückgeworfen, durch den er mich betrachtete. Ich konnte die winzigen schwarzen Bartstoppeln auf seinem Gesicht erkennen, die beim Rasieren stehengeblieben waren.
»Mein Gott!« Die Stimme gehörte jemand, der hinter ihm stand. »Sein Gesicht ist ja fürchterlich zugerichtet. Es müssen mindestens hundert Glassplitter drinstecken.«
Ich erhaschte einen flüchtigen Anblick des zweiten Mannes, als der erste sich ihm zuwandte. »Still, Sie Idiot! Können Sie nicht sehen, daß er wach ist?«
Ich hob den Kopf, aber eine leichte Hand legte sich auf meine Schulter und drückte mich hinunter, und dann war ihr Gesicht da. Ihr Gesicht, das so viel Barmherzigkeit und Mitleid ausstrahlte, wie meines nie gezeigt hatte.
»Jennie!«
Ihre Hand drückte gegen meine Schulter. Sie hob den Kopf und sagte etwas zu jemand hinter mir Stehendem. »Benachrichtigen Sie Dr. Rosa Strassmer im Städtischen Krankenhaus von Los Angeles oder im Colton-Sanatorium in Santa Monica. Sagen Sie ihr, Jonas Cord wäre schwer verunglückt, sie möchte sofort kommen.«
»Sehr wohl, Schwester Thomas.« Es war die Stimme eines jungen Mädchens. Ich vernahm Schritte, die sich entfernten.
Wieder machte sich der Schmerz in meiner Seite und meinem Bein bemerkbar, und ich knirschte mit den Zähnen. Es trieb mir die Tränen in die Augen. Ich schloß sie für einen Augenblick, öffnete sie dann wieder und blickte sie an.
»Jennie«, flüsterte ich. »Jennie, es tut mir so furchtbar leid!«
»Schon gut, Jonas«, erwiderte sie im Flüsterton. Sie fuhr mit den Händen unter das Laken, das über mich gebreitet war. Ich spürte einen kurzen Einstich in meinem Arm. »Nicht reden. Es ist alles gut jetzt.«
Ich lächelte dankbar und schlief wieder ein, leicht verwundert darüber, warum Jennie den ulkigen weißen Schleier über ihrem herrlichen Haar tragen mochte.

6

Die Straßen vor meinen Fenstern lagen im hellen Morgensonnenschein und hallten wider von festlichem Lärm. Selbst in diesem gewöhnlich ruhigen und stillen Viertel von Hillcrest Drive, das sich an das Krankenhaus anschloß, herrschte rege Betriebsamkeit. Vom Marinestützpunkt auf der anderen Seite

von San Diego ertönte hin und wieder das triumphierende Aufheulen einer Schiffssirene. So ging es schon die ganze Nacht hindurch seit den gestrigen Abendstunden, als bekanntgeworden war, daß Japan kapituliert hatte und der Krieg vorüber war.
Jetzt wußte ich, was Otto Strassmer gemeint hatte. Jetzt kannte ich das Wüstenwunder. Aus den Zeitungen und dem Radio neben meinem Bett. Presse und Funk überboten sich in Berichten über den winzigen Atombehälter, der die Menschheit an die Pforten des Himmels gebracht hatte oder der Hölle.
Ich wälzte mich im Bett auf der Suche nach einer bequemeren Lage, als die Zugvorrichtung an meinem Bein zu quietschen begann wie eine Maus, die mitfeiern wollte.
Ich hätte Glück gehabt, erklärte mir eine der Schwestern. Mein rechtes Bein wäre dreifach gebrochen, meine rechte Hüfte ebenfalls, außerdem wären mehrere Rippen eingedrückt. Dennoch schaute ich noch in die Welt, wenn auch durch eine Schicht von dicken Verbänden, die mein ganzes Gesicht bedeckten und nur Schlitze für Augen, Nase und Mund freiließen. Aber ich hätte Glück gehabt. Zum mindesten lebte ich noch.
Ungleich Amos, der noch immer in der Kabine der *Centurion* saß, die auf einem Schelfrand etwa hundertunddreißig Meter unter dem Wasserspiegel des Stillen Ozeans ruhte. Armer Amos. Die drei Besatzungsmitglieder waren unversehrt aufgefischt worden, und ich war noch am Leben, dank Gottes Gnade und der armen Fischer, die mich im Wasser treibend entdeckt und mich an Land gebracht hatten, während Amos stumm in seiner feuchten Gruft saß, noch immer am Steuerwerk der Maschine, die er gebaut hatte und mit der er mich nicht allein hatte aufsteigen lassen.
Ich entsann mich der tröstlichen Worte des Rechnungsführers, der aus Los Angeles mit mir telefoniert hatte. »Keine Sorge, Mr. Cord. Wir können alles von den Steuern absetzen, unser tatsächlicher Verlust wird nicht einmal ganz zwei Millionen Dollar ausmachen ...«
Ich hatte den Hörer krachend aufgelegt und die Verbindung unterbrochen. Alles gut und schön. Aber wie schrieb man das Leben eines Menschen ab, den man aus Habgier umgebracht hatte? Ist in den Steuertabellen ein solcher Fall vorgesehen? Ich hatte Amos auf dem Gewissen, und ganz gleich, wie viele Unkosten ich von meiner eigenen Seele abzog, ich konnte ihn nicht wieder zurückbringen.
Die Tür ging auf, und ich hob den Kopf. Rosa trat ins Zimmer, gefolgt von einem Assistenten und einer Schwester, die ein Wägelchen vor sich herrollten. Sie kam von links an mein Bett und blieb lächelnd stehen. »Hallo, Jonas.«
»Hallo, Rosa«, murmelte ich durch den Verband. »Muß er schon wieder gewechselt werden? Ich dachte, das wäre erst übermorgen fällig.«
Sie lächelte noch immer, obwohl ihre Augen ernst waren. »Diesmal nehmen wir ihn endgültig ab, Jonas.«

Ich starrte sie an, als sie eine Schere von dem Wägelchen nahm. Ich streckte die Hand aus, um sie an der Durchführung ihrer Absicht zu hindern. Plötzlich hatte ich Angst, sie den Verband abnehmen zu lassen. Ich fühlte mich sicher darunter wie eine Raupe in ihrem Kokon, er schützte mich vor den neugierigen Augen der Welt. »Ist es auch nicht zu früh?«
Sie spürte, was ich empfand. »Ihr Gesicht wird noch für eine ganze Weile schmerzen«, sagte sie, die Binden aufschneidend. »Der Schmerz wird sogar noch heftiger werden, sobald Fleisch und Muskeln wieder in Aktion treten. Aber das vergeht. Wir können uns doch nicht ewig hinter einer Maske verbergen, nicht wahr?«
Ich nahm die Augen nicht von ihrem Gesicht, indes sie schnitt und abwickelte, schnitt und bloßlegte, bis der Verband herunter war und ich mir nackt wie ein neugeborener Säugling vorkam. Ich versuchte mein Spiegelbild in ihren Augen zu erkennen, aber sie waren unbewegt und ausdruckslos, unpersönlich und von professioneller Objektivität. Ich spürte ihre Finger auf meiner Backe, auf dem Fleisch unter meinem Kinn. Dann strich sie mir das Haar aus den Schläfen. »Machen Sie die Augen zu.«
Ich schloß sie. Mit leichten Fingern berührte sie die Lider. »Aufmachen.«
Ich öffnete sie. Ihr Gesicht verriet noch immer nichts. »Lächeln Sie«, sagte sie. »So.« Sie grinste breit und humorlos, daß es wie eine clownische Parodie auf ihr sonst so warmes Lächeln wirkte.
Ich grinste. Ich grinste, bis meine Backen anfingen zu schmerzen und wie Feuer zu brennen. Und grinste dennoch weiter.
»O. K.«, sagte sie und lächelte plötzlich richtig. »Jetzt können Sie aufhören.«
Ich hörte auf und starrte sie an. »Nun, wie ist's?« sagte ich leichthin. »Gräßlich, wie?«
»Nicht schlecht«, sagte sie unverbindlich. »Ein hinreißend schöner Mann waren Sie ohnehin nie.« Sie nahm einen Spiegel von dem Wägelchen. »Hier. Sehen Sie selbst.«
Ich ignorierte den Spiegel. Im Augenblick hatte ich noch nicht den Mut, mich darin zu betrachten. »Ich hätte vorher gern eine Zigarette, Doc.«
Schweigend legte sie den Spiegel beiseite und zog eine Packung Zigaretten aus der Tasche ihres Kittels. Sie setzte sich auf den Bettrand, schob sich eine in den Mund, steckte sie an und reichte sie mir. Mit dem Rauch sog ich etwas von dem süßlichen Geschmack ihres Lippenstifts ein.
»Sie haben sich ziemlich böse Schnittwunden zugezogen, als Winthrop Sie durch das Bullauge schob. Aber glücklicherweise ...«
Ich unterbrach sie. »Woher wissen Sie das? Über Amos, meine ich.«
»Von Ihnen. Während Sie in Narkose lagen. Mit jedem Glassplitter, den wir aus Ihrem Gesicht zogen, kam ein Teil der Geschichte heraus. Zum Glück waren keine Ihrer wichtigen Gesichtsmuskeln ernsthaft in Mitleidenschaft gezogen. Es waren in der Hauptsache oberflächliche Verletzungen. Wir konnten

die erforderlichen Gewebeübertragungen rasch vornehmen. Und erfolgreich, möchte ich hinzufügen.«

Ich streckte die Hand aus. »Geben Sie mir jetzt bitte den Spiegel, Doc.«

Sie nahm mir die Zigarette ab und reichte mir den Spiegel. Als ich hineinschaute, durchlief mich ein kalter Schauer.

»Doc«, sagte ich heiser. »Ich sehe ja genauso aus wie mein Vater!«

Sie nahm mir den Spiegel aus der Hand, und ich blickte sie an. Sie lächelte. »Tatsächlich, Jonas? Aber so haben Sie doch schon immer ausgesehen.«

Später an jenem Vormittag brachte Robair mir die Zeitungen. Sie waren angefüllt mit Berichten über die Kapitulation Japans. Ich warf einen flüchtigen Blick darauf und schob sie beiseite. »Kann ich Ihnen etwas anderes zu lesen bringen, Mr. Jonas?«

»Nein«, sagte ich. »Nein, danke. Ich habe keine Lust zum Lesen.«

»Sehr wohl, Mr. Jonas. Vielleicht möchten Sie ein bißchen schlafen.« Er ging auf die Tür zu.

»Robair.«

»Ja, Mr. Jonas?«

»Hab' ich ...« Ich zögerte und berührte meine Backe automatisch mit den Fingern. »Hab' ich schon immer so ausgesehen?«

Er lächelte und zeigte seine weißen Zähne. »Ja, Mr. Jonas.«

»Wie mein Vater?«

»Wie sein leibhaftiges Ebenbild.«

Ich schwieg. Seltsam, da hatte man sich nun sein Leben lang bemüht, niemand zu gleichen, und mußte schließlich erfahren, daß man unauslöschlich von dem Blut, das man in den Adern hatte, gekennzeichnet war.

»Noch etwas, Mr. Jonas?«

Ich schüttelte den Kopf. »Ich möchte jetzt schlafen.«

Ich lehnte mich in das Kissen zurück und schloß die Augen. Ich hörte, wie die Tür zuging, und allmählich nahm ich die Straßengeräusche nur noch mit halbem Bewußtsein auf. Ich schlief. Es schien mir, als hätte ich in letzter Zeit viel geschlafen. Als müßte ich den Schlaf nachholen, den ich mir in den vergangenen paar Jahrhunderten nicht gegönnt hatte. Aber ich konnte nicht lange geschlafen haben, ehe ich merkte, daß sich jemand im Zimmer befand.

Ich öffnete die Augen. Jennie stand an meinem Bett und blickte mich an. Als sie sah, daß ich die Augen aufschlug, lächelte sie.

»Hallo, Jonas.«

»Ich war eingeschlafen«, sagte ich wie ein Kind, das gerade zu sich kommt.

»In wenigen Wochen wird man dir den Gipsverband abnehmen und dich entlassen.«

»Hoffentlich, Jennie.«

Plötzlich merkte ich, daß sie ihre weiße Schwesterntracht nicht anhatte. »Ich seh' dich heut zum erstenmal in einem schwarzen Schleier, Jennie. Bedeutet das etwas Besonderes?«
»Nein, Jonas, den trage ich immer, außer wenn ich Dienst im Krankenhaus habe.«
»Dann hast du also heut deinen freien Tag?«
»Im Dienst Unseres Heilands gibt es keine freien Tage«, sagte sie schlicht. »Nein, Jonas. Ich bin gekommen, um mich zu verabschieden.«
»Verabschieden? Das verstehe ich nicht. Du hast doch selbst gesagt, daß ich in ein paar Wochen ...«
»Ich gehe fort, Jonas.«
Begriffsstutzig starrte ich sie an. »Fort?«
»Ja, Jonas«, sagte sie ruhig. »Ich war nur so lange hier im Hospital, bis sich eine Fahrgelegenheit nach den Philippinen ergeben würde. Wir bauen dort ein Krankenhaus neu auf, das im Krieg zerstört worden ist. Und jetzt ist es so weit, daß ich hinfliegen kann.«
»Aber Jennie«, sagte ich. »Du kannst dich doch nicht einfach von den Leuten trennen, die du kennst, von der Sprache, die du sprichst. Dort bist du doch völlig fremd und allein.«
Ihre Finger berührten das Kruzifix an dem schwarzen Ledergürtel unter ihrem Gewand. Eine tiefe Ruhe leuchtete aus ihren grauen Augen. »Ich bin nie allein«, sagte sie schlicht. »Er ist stets bei mir.«
»Du brauchst nicht zu gehen, Jennie«, sagte ich. Ich ergriff die Broschüre, die ich auf dem Nachttisch gefunden hatte, und öffnete sie. »Du hast nur ein zeitweiliges Gelübde abgelegt und kannst jederzeit zurücktreten. Du hast immer noch eine Probezeit von drei Jahren vor dir, ehe du den Schleier endgültig nimmst. Du gehörst dort nicht hin, Jennie. Es kommt alles nur daher, weil du verletzt und gekränkt warst. Du bist viel zu jung und schön, um dein Leben hinter einem schwarzen Schleier zu verbringen.«
Sie gab keine Antwort.
»Verstehst du nicht, was ich sage, Jennie? Ich möchte, daß du dorthin zurückkehrst, wo du hingehörst.«
Langsam schloß sie die Augen, und als sie sie wieder öffnete, standen sie voller Tränen. Doch als sie sprach, klang ihre Stimme fest. Ein unerschütterlicher Glaube sprach daraus. »Du bist derjenige, der nicht begreifen will, Jonas«, sagte sie. »Ich kenne keinen Ort, an den ich zurückkehren möchte, denn ich gehöre in Sein Haus.«
Ich wollte etwas sagen, aber sie machte eine sanfte Handbewegung. »Du glaubst, ich hätte mich nur zu Ihm geflüchtet, weil ich verletzt und gekränkt war? Du irrst dich«, sagte sie ruhig. »Man flüchtet nicht vor dem Leben zu Gott, sondern man wirft sich Gott um des Lebens willen in die Arme. Mein ganzes Leben war ich auf der Suche nach Ihm, ohne zu wissen, was ich suchte.

Die Liebe, die ich draußen in der Welt gefunden habe, war ein wahrer Hohn auf die Liebe, die mir vorschwebte; ich konnte nur einen winzigen Bruchteil der Nächstenliebe geben, die ich in mir spürte; das Erbarmen, das ich zeigte, war nichts im Vergleich zu Seiner Gnade. Hier, in Seinem Haus und Seiner Arbeit habe ich größere Liebe gefunden, als ich je gekannt habe. Durch Seine Liebe und in Übereinstimmung mit Seinem göttlichen Willen habe ich Sicherheit und Zufriedenheit und Glück gefunden.«

Dann trat sie ans Fußende des Bettes, drehte sich um und schaute mich an. »Ich werde oft an dich denken, mein Freund«, sagte sie leise. »Und für dich beten.«

Ich schwieg und drückte meine Zigarette aus. Aus Jennies Augen strahlte eine solche Schönheit, wie ich sie darin nie zuvor wahrgenommen hatte. »Danke dir, Schwester«, sagte ich ruhig.

Ohne ein weiteres Wort wandte sie sich um und ging hinaus. Ich starrte auf das Fußende des Bettes, wo sie gestanden hatte, aber jetzt war sie entschwunden, ohne auch nur die geringste Spur zurückzulassen.

Ich vergrub mein Gesicht in das Kissen und weinte.

7

Anfang September wurde ich aus dem Krankenhaus entlassen. Ich saß in dem Rollstuhl und sah zu, wie Robair meine letzten Sachen einpackte, als die Tür aufging. »Hallo, Junior.«

»Nevada! Was bringt dich denn hierher?«

»Ich bin gekommen, um dich heimzutragen.«

Ich lachte. Merkwürdig, wie man jahrelang dahinleben kann, ohne an jemand zu denken, und dann plötzlich von Herzen froh ist, den Betreffenden zu sehen.

»Das hättest du nicht zu tun brauchen«, sagte ich. »Robair hätte das schon allein geschafft.«

»Ich habe ihn hergebeten, Mr. Jonas. Damit es wie früher wäre. Draußen auf der Ranch ist es sehr einsam, wenn man keine Beschäftigung hat.«

»Und ich hab' mir gedacht, ein paar Urlaubstage würden mir guttun«, sagte Nevada. »Der Krieg ist vorbei, und jetzt im Winter ist die Wildwest-Schau geschlossen. Und Martha freut sich schon darauf, dich gesund zu pflegen. Sie ist bereits dort und bereitet alles vor.«

Ich schaute beide an und grinste. »Abgekartete Sache, eh?«

»Richtig«, sagte Nevada. Er kam und trat hinter den Rollstuhl. »Fertig?«

Robair machte den Koffer zu. »Fertig.«

»Also los, gehen wir«, sagte Nevada und rollte den Stuhl zur Tür hinaus.

»Wir müssen in Burbank kurz Station machen«, sagte ich, den Kopf wendend. »Bei Mac hat sich allerlei Kram zur Unterschrift angesammelt.« Mochte ich auch ans Bett gefesselt sein, die Geschäfte gingen trotzdem weiter.

Buzz Dalton hatte veranlaßt, daß auf dem Flugplatz von San Diego eine ICA-Sondermaschine für uns bereitstand. Gegen vierzehn Uhr waren wir in Burbank. Als man mich in sein Büro rollte, erhob sich McAllister und kam hinter seinem Schreibtisch hervor. »Dies ist das erste Mal, daß ich Sie sitzend erlebe.«
Ich lachte. »Genießen Sie den Anblick. Nach Ansicht der Ärzte laufe ich in ein paar Wochen wieder wie neu herum.«
»Da muß ich mich ja daranhalten. Schiebt ihn hinter den Schreibtisch. Ich habe alles vorbereitet.«
Es war fast sechzehn Uhr, als ich den Stapel Dokumente unterschrieben hatte. Müde hob ich den Kopf. »Was gibt's sonst Neues?«
Mac schaute mich an. Er trat an einen an der Wand stehenden Tisch. »Das hier«, sagte er und deckte etwas ab, das wie ein Radio mit einem Fenster drin aussah.
»Was soll das sein?«
»Das erste Erzeugnis der Cord-Elektronik-Gesellschaft«, erklärte er stolz. »Wir haben es in der umgewandelten Radar-Abteilung hergestellt. Es ist ein Fernsehapparat.«
»Fernsehapparat?«
»Bildübertragung durch die Luft wie beim Radio«, sagte er. »Es erscheint auf dem Bildschirm wie beim Heimkino.«
»Ah, die Sache, mit der DuMont schon vor dem Kriege herumexperimentiert hat. Funktioniert nur nicht.«
»Jetzt ja«, sagte Mac. »Es ist der nächste große Schlager. Sämtliche Radio- und Elektronik-Firmen verlegen sich darauf. RCA, Columbia, Emerson, IT & T, GE, Philco. Alle. Soll ich's Ihnen mal vorführen?«
»Klar.«
Er trat an das Telefon und nahm den Hörer ab. »Laboratorium, bitte.« Er hielt die Hand über die Sprechmuschel. »Ich werde eine Übertragung veranlassen«, sagte er.
Einen Augenblick später stand er wieder vor dem Apparat und drehte einen Knopf. Hinter dem Schirm flammte ein Licht auf, und eine Reihe von Kreisen und Linien erschien, die sich allmählich in Buchstaben verwandelten.

CORD ELEKTRONIK ZEIGT –

Plötzlich wurde die Ankündigung durch ein Bild ersetzt, eine Wildwestlandschaft mit einem Mann, der auf die Kamera zugeritten kam. Das Gesicht des Mannes erschien in Großaufnahme, und ich erkannte Nevada und wußte plötzlich, um welche Szene es sich handelte. Es war die Verfolgungsszene aus dem *Renegat*. Für fünf Minuten starrten wir schweigend auf den Bildschirm.
»Der Teufel soll mich holen«, sagte Nevada, als es vorbei war.

Ich warf einen Blick auf Robair. Etwas wie Verzückung spiegelte sich auf seinem Gesicht. Er schaute mich an. »Das nenn' ich ein Wunder, Mr. Jonas«, sagte er leise. »Jetzt kann ich mir zu Hause einen Film ansehen und brauch' nicht mehr zu gehen und im vierten Rang zu sitzen.«

»Deswegen will man also meine sämtlichen alten Filme kaufen«, sagte Nevada.

Ich hob den Kopf. »Was meinst du damit?«

»Du weißt doch, die rund neunzig Filme, die wir gedreht haben und die mir jetzt gehören?«

Ich nickte.

»Man ist schon verschiedentlich an mich herangetreten, sie zu verkaufen. Hat sogar gutes Geld dafür geboten. Für jeden fünftausend Dollar.«

Ich starrte ihn an. »Eins hab' ich in der Filmbranche gelernt«, sagte ich. »Man soll nie etwas verkaufen, wofür man Tantiemen bekommen kann.«

»Du meinst, man sollte sie vermieten wie an ein Theater?«

»Richtig«, sagte ich. »Ich kenne diese Rundfunkgesellschaften. Wenn sie für fünf kaufen, wollen sie fünfzig dran verdienen.«

Ich war mit einemmal müde. Ich sank in meinen Stuhl zurück. Robair war augenblicklich an meiner Seite. »Fehlt Ihnen etwas, Mr. Jonas?«

»Ich bin nur müde«, sagte ich.

»Am besten, Sie bleiben über Nacht in der Wohnung. Wir können morgen auf die Ranch hinausfahren.«

Ich schaute Robair an. Der Gedanke, in ein Bett kriechen zu können, hatte etwas Verlockendes. Mir tat bereits der Hintern vom vielen Sitzen weh.

»Ich werde einen Wagen bestellen«, sagte Mac und nahm den Telefonhörer ab. »Ihr könnt mich unterwegs im Studio absetzen. Ich habe dort noch zu tun.«

Während der Fahrt ins Studio ging mir ununterbrochen ein Gedanke durch den Kopf. Als der Wagen vor der Einfahrt anhielt, war mir plötzlich alles klar.

»Wir werden Bonner durch irgend jemand ersetzen müssen«, sagte Mac beim Aussteigen. »Ich bin Anwalt und kein Studiodirektor. Ich verstehe nichts von Filmen.«

Ich schaute ihn nachdenklich an. Er hatte völlig recht. Aber wer verstand schon etwas davon? Nur David, und der war tot. Mir war es ohnehin gleichgültig. Ich verspürte keinen Drang mehr, Filme zu drehen, kannte keinen Menschen mehr, den ich gern auf der Leinwand groß herausgebracht hätte. Und in dem Büro, das ich gerade verlassen hatte, stand ein kleiner Kasten mit einem Bildschirm, den man bald in jeder Wohnung vorfinden würde. Und dieser kleine Kasten würde Filme in einem Maße verschlingen, wie es die Kinos nie vermocht hatten. Aber auch das reizte mich nicht mehr.

Schon als kleiner Junge war ich mit jedem Spielzeug endgültig fertig gewesen,

sobald ich es einmal abgelegt hatte. »Verkaufen Sie die Kinos«, flüsterte ich Mac zu.
»Was?« schrie er, als traue er seinen Ohren nicht. »Sie sind das einzige in dieser Branche, das überhaupt noch Geld einbringt.«
»Verkaufen Sie die Theater«, wiederholte ich. »In zehn Jahren geht doch kein Mensch mehr hinein. Zum mindesten nicht in dem Ausmaß wie bisher. Nicht, wenn man sich denselben Film auch zu Hause ansehen kann.«
Mac starrte mich an. »Und was soll aus dem Studio werden?« fragte er, und etwas wie Sarkasmus klang aus seiner Stimme. »Soll ich das auch verkaufen?«
»Ja«, sagte ich ruhig. »Aber noch nicht gleich. Vielleicht in zehn Jahren. Sobald die Hersteller von Fernsehfilmen nicht mehr wissen, wo sie hin sollen. Das wäre dann vermutlich der richtige Zeitpunkt zum Verkaufen.«
»Und was machen wir in der Zwischenzeit? Sollen wir es einfach verkommen und brachliegen lassen, während wir Steuern dafür zahlen?«
»Nein«, sagte ich. »Vermieten Sie es wie das alte Goldwyn-Gelände. Selbst wenn wir dabei nur auf unsere Kosten kommen oder sogar etwas einbüßen, werde ich nicht nörgeln.«
Er starrte mich an. »Ist das Ihr Ernst?«
»Mein voller Ernst«, sagte ich, wandte den Blick von ihm ab und richtete ihn auf das Dach über den Bühnen. Zum erstenmal nahm ich es wirklich wahr. Es war geteert und wirkte schwarz und häßlich. »Mac, sehen Sie das Dach dort?«
Er drehte sich um, blickte in die angegebene Richtung und kniff die Augen vor der untergehenden Sonne zusammen.
»Lassen Sie es weißen, ehe Sie irgend etwas anderes unternehmen«, sagte ich leise.
Ich zog meinen Kopf ins Wageninnere zurück. Nevada warf mir einen merkwürdigen Blick zu. Seine Stimme klang fast traurig. »Es hat sich nichts geändert, nicht wahr, Junior?«
»Nein«, sagte ich müde. »Es hat sich nichts geändert.«

8

Ich saß auf der Veranda und blinzelte in die Nachmittagssonne. Nevada trat aus dem Haus hinter mir und ließ sich in einen Stuhl sinken. Er zog ein Stück Kautabak aus seiner Tasche, biß ein Ende ab und steckte den Rest wieder ein. Dann holte er ein Stück Holz aus seiner anderen Tasche sowie ein Federmesser und fing an zu schnitzen.
Ich schaute ihn an. Er trug ein Paar ausgebleichte blaue Hosen. Ein schweißdurchtränktes, altes Buckskinhemd, das bessere Tage gesehen hatte, klebte an seiner hochgewölbten Brust und seinen breiten Schultern, und er hatte ein rot-

weißes Halstuch gegen den Schweiß um. Bis auf sein weißes Haar sah er genauso aus, wie ich ihn aus meiner Kindheit in Erinnerung hatte. Seine Hände waren noch ebenso braun und kräftig und geschickt.
Er blickte mich aus seinen hellen Augen an. »Zwei verlorengegangene Künste«, sagte er.
»Was?«
»Priemen und schnitzen«, sagte er.
Ich gab keine Antwort.
Er schaute auf das Stück Holz in seinen Händen. »Wie oft hab' ich mit deinem Vater abends priemend und schnitzend auf der Veranda gesessen.«
»Und?«
Er wandte den Kopf und spuckte einen Strahl Tabaksaft über das Verandageländer in den Staub unten. Dann wandte er sich wieder an mich. »Ein Abend ist mir besonders in Erinnerung«, sagte er. »Dein Pa und ich saßen hier wie wir beide jetzt. Wir hatten eine Gluthitze gehabt. Plötzlich hebt er den Kopf, schaut mich an und sagt: ›Nevada, sollte mir etwas zustoßen, so paß auf meinen Jungen auf, hörst du? Jonas ist ein guter Junge. Manchmal schlägt er zwar ein bißchen über die Stränge, aber er ist ein guter Junge und hat das Zeug in sich, eines Tages ein besserer Mann zu werden als sein Daddy. Ich liebe diesen Jungen, Nevada. Er ist mein ein und alles.‹ «
»Mir gegenüber hat er das nie ausgesprochen«, sagte ich und schaute Nevada an. »Nie. Nicht ein einziges Mal.«
Nevadas Augen funkelten mich an. »Männer wie dein Daddy reden nicht gern über derartige Dinge.«
Ich lachte. »Er hat nicht nur nicht darüber geredet«, sagte ich. »Er hat es nie gezeigt. Er hat immer nur an mir herumgenörgelt.«
Nevada durchbohrte mich förmlich mit seinen Blicken. »Er war stets zur Stelle, wenn du in Schwierigkeiten warst. Mag sein, daß er dich angebrüllt hat, im Stich gelassen hat er dich nie.«
»Er hat mir mein Mädchen vor der Nase weggeheiratet«, sagte ich bitter.
»Das war vielleicht nur gut für dich. Vielleicht wußte er, daß sie nicht zu dir paßte.«
Das ließ ich hingehen. »Warum erzählst du mir jetzt das alles?«
Seine Indianeraugen verrieten mir nichts. »Weil dein Vater mir das Versprechen abgenommen hat, mich um dich zu kümmern. Ich habe bereits einen Fehler gemacht. Du warst so tüchtig in geschäftlichen Dingen, daß ich dich für erwachsen hielt. Das war ein Irrtum. Und ich möchte einem Mann wie deinem Vater gegenüber nicht zweimal versagen.«
Für einige Minuten saßen wir schweigend da, dann erschien Martha mit meinem Tee. Sie befahl Nevada, den Priem auszuspucken und aufzuhören, ihre Veranda zu verunreinigen. Er schaute mich fast schüchtern an, stand auf und ging hinunter, um seinen Priem hinter den Sträuchern loszuwerden.

Als er auf die Veranda zurückkehrte, hörten wir einen Wagen den Weg entlangkommen. »Wer das wohl sein mag?« fragte Martha.
»Vielleicht der Arzt«, sagte ich. Es war ausgemacht worden, daß unser alter Dr. Hanley einmal wöchentlich vorsprechen und nach dem Rechten schauen sollte.
Inzwischen war der Wagen bereits in die Auffahrt eingebogen, und ich wußte, wer es war. Ich erhob mich, auf meinen Stock gestützt, als Monika und Jo-Ann näher kamen. »Hallo«, rief ich.
Sie seien nach Kalifornien zurückgekommen, um ihre Wohnung aufzulösen, erklärte Monika, und da sie mit mir über Amos sprechen wolle, seien sie auf dem Rückweg nach New York in Reno ausgestiegen. Ihr Zug fahre erst um neunzehn Uhr weiter.
Als sie das hörte, warf Martha ihrem Mann einen bedeutungsvollen Blick zu. Nevada erhob sich und schaute Jo-Ann an. »Ich habe einen lammfrommen Braunen draußen im Korral, der es kaum erwarten kann, daß eine junge Dame wie du ihn reitet.«
Jo-Ann schmachtete ihn förmlich an. Aus der Art, wie sie ihn ansah, war unschwer zu erkennen, daß sie im Kino gewesen sein mußte. Ihr Held stand plötzlich in Fleisch und Blut vor ihr. »Ich weiß nicht«, sagte sie unentschlossen. »Ich habe noch nie auf einem Pferd gesessen.«
»Ich bring' es dir bei. Es ist ganz einfach, leichter als von einem Holzklotz zu fallen.«
»Aber sie ist doch nicht danach angezogen«, sagte Monika.
Das stimmte. Nicht in diesem hübschen geblümten Kleid, das ihr so große Ähnlichkeit mit ihrer Mutter verlieh. Rasch mischte Martha sich ein. »Ich hab' noch ein Paar alte Kattunhosen, die mir längst zu klein geworden sind. Ihr passen sie bestimmt.«
Ich weiß nicht, wem diese Hosen einst gehört haben mochten, aber eins war sicher, Martha auf keinen Fall. Sonst hätten sie sich nicht wie angegossen um Jo-Anns vierzehnjährige Hüften geschmiegt und ihre künftigen Rundungen gerade nur angedeutet. Jo-Anns schwarzes Haar hing nach hinten in einem Pferdeschwanz herunter, und in ihrem ganzen Aussehen lag etwas Altbekanntes. Ich kam nur noch nicht recht dahinter, was es war.
Sie rannte hinter Nevada her zur Tür hinaus, und ich wandte mich an Monika. Sie lächelte mich an. Ich erwiderte ihr Lächeln. »Sie ist mächtig gewachsen«, sagte ich. »Sie wird einmal ein hübsches Mädchen.«
»Heute noch Kinder, morgen schon junge Damen. Sie wachsen zu schnell heran.«
Ich nickte. Wir waren jetzt allein, und ein peinliches Schweigen trat zwischen uns. Ich griff nach einer Zigarette und schaute Monika an. »Ich möchte dir jetzt von Amos erzählen.«
Es war fast achtzehn Uhr, als ich alles berichtet hatte. In ihren Augen standen

keine Tränen, wenn auch ihr Gesicht traurig und nachdenklich war. »Ich kann nicht weinen um ihn, Jonas«, sagte sie und schaute mich an. »Weil ich seinetwegen schon zu oft geweint habe. Verstehst du das?«
Ich nickte.
»Er hat so vieles falsch gemacht im Leben. Ich bin froh, daß er endlich einmal etwas richtig gemacht hat.
»Er hat sich sehr tapfer verhalten. Ich habe immer geglaubt, er haßte mich.«
»Er hat dich auch gehaßt«, sagte sie rasch. »In dir sah er all das, was er nicht war. Gewandt, erfolgreich, vermögend. Er hat dich verabscheut. Aber am Ende hat er wohl eingesehen, wie dumm das war und wieviel Schaden er dir bereits zugefügt hatte, und wollte es wiedergutmachen.«
Ich schaute sie an. »Was für Unrecht hat er mir denn zugefügt? Zwischen uns ging es nur um rein geschäftliche Dinge.«
Sie warf mir einen eigenartigen Blick zu. »Sind dir die Augen noch immer nicht aufgegangen?«
»Nein.«
»Dann werden sie dir wohl nie aufgehen«, sagte sie und trat auf die Veranda hinaus.
Wir hörten Jo-Ann jauchzen, als sie auf dem großen Braunen rings um den Korral ritt. Für eine Anfängerin machte sie ihre Sache recht gut. Ich blickte Monika an. »Sie sitzt so leicht im Sattel, als wäre sie darin zur Welt gekommen.«
»Warum auch nicht?« erwiderte Monika. »Es heißt, solche Dinge wären erblich.«
»Ich wußte gar nicht, daß du reitest.«
Sie schaute mich gekränkt und verletzt an. »Sie hat auch noch einen Vater«, erklärte sie gereizt.
Ich starrte sie an. Dies war das einzige Mal, daß sie Jo-Anns Vater mir gegenüber erwähnte. Es war ein wenig spät, sich jetzt noch darüber zu erregen.
Ich vernahm das Geratter von Dr. Hanleys altem Wagen, der in die Auffahrt einbog. In der Nähe des Korrals hielt er an, stieg aus und trat an den Zaun. Er brachte es einfach nicht fertig, an einem Pferd vorbeizufahren. »Das ist Dr. Hanley. Er soll mich untersuchen.«
»Dann will dich dich nicht länger aufhalten«, sagte Monika kühl. »Auf Wiedersehn.«
Sie schritt die Stufen hinunter und ging auf den Korral zu. Bestürzt starrte ich hinter ihr her. In ihrer Launenhaftigkeit war sie mir schon immer unverständlich gewesen. »Robair kann euch zum Bahnhof fahren«, rief ich ihr nach.
»Danke!« Sie warf das Wort über ihre Schultern zurück, ohne sich umzudrehen. Ich sah, wie sie stehenblieb und mit dem Arzt sprach, dann wandte ich mich um und ging zurück in das Haus. Ich begab mich in das Zimmer,

das meinem Vater als Arbeitszimmer gedient hatte, und sank auf die Couch. Monika war schon immer ziemlich jähzornig gewesen. Selbstbeherrschung schien sie inzwischen noch nicht gelernt zu haben. Ich mußte lächeln, als ich daran dachte, wie gerade sie sich gehalten und wie schmuck sie ausgesehen hatte, als sie sich mit hocherhobenem Näschen von mir entfernte. Für eine Frau ihres Alters sah sie noch immer ziemlich gut aus. Ich war einundvierzig, demnach war sie vierunddreißig. Und nichts an ihr wackelte, was nicht wakkeln sollte.

Dr. Hanley hat den einen Fehler, daß er zuviel redet. Er redet einen blind, stumm und taub, aber man ist auf ihn angewiesen; die jungen Ärzte sind alle eingezogen.

Es war achtzehn Uhr dreißig, als er mit seiner Untersuchung fertig war und seine Instrumente einzupacken begann. »Ihr Zustand gibt zu keinerlei Bedenken Anlaß«, sagte er. »Aber ich halte nichts von dieser neumodischen Einstellung, gleich aufzustehen, sobald man sich bewegen kann. Wäre es nach mir gegangen, so hätte ich Sie noch einen Monat im Krankenhaus behalten.«

Nevada lehnte gegen die Wand des Arbeitszimmers und lächelte, als ich in meine Hosen fuhr. Ich schaute ihn an und zuckte die Achseln. Ich wandte mich an den Arzt. »Wann kann ich endlich anfangen, die ersten Gehversuche zu unternehmen?«

Doc Hanley lugte über den Rand seiner Brille hinweg. »Von mir aus gleich.«

»Ich dachte, Sie wären anderer Auffassung als die Ärzte in der Stadt und würden mir am liebsten noch mehr Ruhe verordnen.«

»Ich teile ihre Ansichten auch nicht«, sagte er. »Aber da Sie einmal aufgestanden sind und sich nichts mehr dagegen tun läßt, können Sie sich ebensogut ein bißchen bewegen. Es hat keinen Sinn, daß Sie bloß so herumliegen.«

Er klappte seinen Kasten zu, richtete sich auf und ging zur Tür. Er drehte sich um und schaute mich an. »Ich hab' vorhin Ihr Töchterchen draußen gesehen, ein reizendes kleines Ding.«

Ich starrte ihn an. »Mein Töchterchen?«

»Richtig«, sagte er. »Mit ihrem zurückgebundenen Haar sieht sie genau wie ihr Vater aus. Wenn man Sie als Junge gekannt hat, glaubt man, Ihr leibhaftiges Ebenbild vor sich zu haben.«

Ich konnte nichts sagen, nur starren. War der Idiot übergeschnappt? Alle Leute wußten, daß Jo-Ann nicht mein Kind war.

Der Arzt lachte plötzlich und klatschte sich mit der Hand auf den Schenkel. »Ich werd' nie vergessen, wie ihre Mutter zu mir in die Sprechstunde kam«, sagte er. »Damals war sie noch Ihre Frau. Einen so großen Bauch hatte ich mein Lebtag nicht gesehn. Jetzt wunderte ich mich auch nicht mehr über die

plötzliche Heirat. Sie mußten ihr das Kind schon lange vorher gemacht haben.«
Er schaute mich lächelnd an. »Das war, ehe ich sie untersuchte, verstehen Sie«, erklärte er rasch. »Man hätte mich umpusten können, als ich feststellen mußte, daß sie erst sechs Wochen verfallen war. Dabei sah sie tatsächlich hochschwanger aus. Sie war damals so nervös und aufgeregt, daß sie vor lauter Blähungen wie ein Ballon wirkte. Ich sah mir sogar die Urkunden noch einmal an und prüfte euer Hochzeitsdatum nach, um ganz sicherzugehen. Und war ganz verdattert, als daraus hervorging, daß Sie sie höchstens zwei Wochen nach der Trauung geschwängert hatten.« Noch immer anzüglich lachend, ging er hinaus.
In mir krampfte sich etwas schmerzhaft zusammen. Ich setzte mich auf die Couch. All diese Jahre. All diese Jahre hatte ich mich getäuscht. Plötzlich wußte ich, was Amos mir nach der Rückkehr von dem Flug hatte sagen wollen. Er hatte miterlebt, wie verrückt ich an jenem Abend gewesen war und mich selbst gehaßt hatte. Und Monika hätte wenig daran ändern können. Was für eine Kombination. Amos und ich. Aber ich – ich hatte nicht einmal den Kopf gewandt, um die Wahrheit zu suchen. Ich hatte meinen Weg einfach fortgesetzt und die Welt für meine eigene Dummheit verantwortlich gemacht. Und ich war derjenige, der mit meinem Vater in Streit gelegen hatte, weil ich mir einbildete, er liebe mich nicht. Das war der größte Witz von allen.
Jetzt konnte ich sogar der darin enthaltenen Wahrheit gegenübertreten. Ich hatte nie an seiner Liebe gezweifelt, sondern an meiner eigenen. Tief im Inneren hatte ich immer gewußt, daß ich ihn nie so lieben konnte, wie er mich liebte. Ich hob den Kopf und schaute Nevada an. Er lehnte noch immer an der Wand, aber jetzt lächelte er nicht mehr. »Hast du es auch gewußt?«
»Natürlich.« Er nickte. »Alle wußten es, nur du nicht.«
Ich schloß die Augen. Jetzt sah ich es. Es war wie an jenem Morgen im Krankenhaus, als ich in den Spiegel schaute und darin das Gesicht meines Vaters entdeckte. Deswegen war mir Jo-Ann diesen Nachmittag auch so altbekannt vorgekommen. Sie hatte das Gesicht ihres Vaters. Mein eigenes.
»Was soll ich nur machen, Nevada?« stöhnte ich.
»Das mußt du selber wissen, Sohn.«
»Ich möchte sie zurückhaben.«
»Möchtest du das auch wirklich?«
Ich nickte.
»Dann hol sie zurück«, sagte er. Er schaute auf seine Uhr. »Noch fünfzehn Minuten bis zur Abfahrt des Zuges.«
»Aber wie? In der kurzen Zeit kommen wir nie und nimmer hin.«
Er deutete auf den Schreibtisch. »Dort steht das Telefon.«
Ich schaute ihn wild an und humpelte an den Apparat. Ich rief den Stations-

vorsteher in Reno an und ließ sie suchen. Während ich darauf wartete, daß sie sich meldete, blickte ich Nevada an. Plötzlich hatte ich Angst, und als kleiner Junge hatte ich mich immer an Nevada gewandt, wenn ich mich fürchtete.
»Wenn sie es nun aber ablehnt zurückzukommen?«
»Sie kommt bestimmt zurück«, sagte er zuversichtlich. Er lächelte. »Sie liebt dich noch immer. Du bist so ungefähr der einzige, der das nicht gemerkt hat.«
Dann war sie am Apparat, und ihre Stimme klang besorgt und bekümmert.
»Jonas, fehlt dir etwas? Ist etwas geschehen?«
Für einen Augenblick brachte ich kein Wort hervor. Endlich fand ich meine Stimme wieder. »Monika«, sagte ich. »Fahr nicht!«
»Aber ich muß doch, Jonas. Ende der Woche muß ich meine Stellung antreten.«
»Scheiß auf die Stellung, ich brauche dich!«
Die Leitung blieb still, und ich dachte schon, sie hätte aufgelegt. »Monika, bist du noch da?«
Ich vernahm ihren Atem im Hörer. »Ich bin noch hier, Jonas.«
»Ich habe mich die ganze Zeit getäuscht. Über Jo-Ann und alles. Glaub mir.«
Wieder Stille.
»Bitte, Monika!«
Jetzt weinte sie. Dann klang es im Flüsterton an mein Ohr. »Oh, Jonas, ich habe nie aufgehört, dich zu lieben.«
Ich warf einen Blick auf Nevada. Er lächelte, ging hinaus und machte die Tür hinter sich zu.
Ich hörte, wie sie die Luft durch die Nase zog, dann wurde ihre Stimme plötzlich klar und bekam einen warmen, liebevollen Klang. »Als Jo-Ann klein war, hat sie sich immer ein Brüderchen gewünscht.«
»Komm rasch nach Hause«, sagte ich. »Ich werde mir alle Mühe geben.«
Sie lachte, es knackte, und die Verbindung war unterbrochen. Ich legte nicht auf. Mir war, als wäre sie mir ganz nahe, solange ich den Hörer in der Hand hatte. Ich richtete den Blick auf die Fotografie meines Vaters, die auf dem Schreibtisch stand.
»Na, Alter«, sagte ich und bat zum erstenmal in meinem Leben um seine Zustimmung, »hab' ich recht gehandelt?«

27/2615/16 Robbins, Die Unersättlichen

Harold Robbins

Die Moralisten

Ullstein Buch 2659

Zeugin und Opfer erbärmlicher Niedertracht wurde Marja schon als halbwüchsiges Mädchen. Mißbraucht von seinem dem Trunk ergebenen Stiefvater und der Mutter jäh beraubt, wird das verwirrend schöne, frühreife Geschöpf auf einen Weg gedrängt, den Spieler, Zuhälter und Gangster kreuzen, und der vor den Schranken des New Yorker Kriminalgerichts endet. Das leidenschaftliche Plädoyer für eine Sünderin, deren Schicksal dieser Roman in Rückblenden erhellt, gerät unversehens zur Anklage gegen eine Gesellschaft, die dem durch sie schuldig Gewordenen mit heuchlerischer Entrüstung und verständnisloser Härte begegnet.

ein Ullstein Buch

Trudy Baker
Rachel Jones

Kaffee, Tee oder mich?

Ullstein Buch 2874

»Wie im Fluge« vergeht dem Leser die Zeit bei dieser köstlichen inside-story, die das Stewardessen-Leben mit Offenheit und unbekümmerter Selbstironie schildert. Trudy Baker und Rachel Jones erkennen schon bei ihrem Jungfernflug, daß vor allem männliche Passagiere von hübschen Stewardessen einiges mehr erwarten als nur freundliches Lächeln ...

ein Ullstein Buch

Penelope Ashe

Nackt kam die Fremde

Ullstein Buch 2868

Gillian Blake, weiblicher Partner der Rundfunksendung »Billy & Gilly«, ist der Feierabendtraum zahlloser Männer zwischen Baseball und Rasenmähen. Doch sobald die Sendung, die das gutbürgerliche Leben zu zweit propagiert, beendet ist, entpuppt sich Gilly als männermordendes Sexbiest. Zahllos sind ihre Opfer, und wahllos greift sie zu . . .
Diese turbulente Satire auf die Sex- und Porno-Romanwelle wurde von mehreren bekannten amerikanischen Schriftstellern geschrieben und unter dem Pseudonym »Penelope Ashe« veröffentlicht.

ein Ullstein Buch

Jacqueline Susann

Die Liebesmaschine

Ullstein Buch 2966

Die Liebesmaschine — das ist die faszinierende und schockierende Geschichte der amerikanischen Unterhaltungsindustrie. Und es ist die Geschichte des brillanten, rücksichtslosen Robin Stone und der drei Frauen, die ihn lieben.

»Sex ist der Hauptbestandteil in Jacqueline Susanns Büchern. Denn sie selbst ist eine Liebesmaschine von Geburt an.« London Daily Mirror

ein Ullstein Buch

Nicole

Mal sehn, ob die Männer noch Löwen sind

Ullstein Buch 2816

Hinter dem Verfasserpseudonym Nicole verbergen sich zwei Damen der Pariser Gesellschaft. In ihrem frivolen, geschliffenen Briefwechsel spiegeln sich die amourösen Irrwege einer Frau, kommentiert von einer welterfahrenen Freundin. »Eine freche Satire moderner Liebessitten, mit Witz und Galle geschrieben, sehr vergnüglich zu lesen.« Die Welt

ein Ullstein Buch

Maud Sacquard de Belleroche

Geständnisse

Ullstein Buch 2892

»Geradezu vollkommene Frivolität und explosive Kraft« bescheinigt die Presse diesen »Erinnerungen einer Frau von vierzig Jahren«.
Und Maud Sacquard de Belleroche selbst nennt ihre Geständnisse »die Reise um mich selber, sozusagen mit achtzig Verführern«. Was die schöne Baronin aus Paris in ihrem Buch erzählt, beinhaltet denn auch mehr als der Leser normalerweise von einem Erinnerungsbuch erwartet.

ein Ullstein Buch